广东省第八批援藏工作队墨脱县工作组『佛墨缘』系列丛书

走向天路
援藏这三年
第二辑（上）

谢国高 著

南方日报出版社
NANFANG DAILY PRESS
中国·广州

图书在版编目（CIP）数据

走向天路：援藏这三年. 第二辑. 上 / 谢国高著. —广州：南方日报出版社，2019.9
ISBN 978-7-5491-2036-9

Ⅰ. ①走… Ⅱ. ①谢… Ⅲ. ①日记—作品集—中国—当代 Ⅳ. ①I267.5

中国版本图书馆CIP数据核字(2019)第171170号

ZOUXIANG TIANLU YUANZANG ZHE SANNIAN
走向天路：援藏这三年·第二辑·上

著　　者：谢国高
出版发行：南方日报出版社
地　　址：广州市广州大道中289号
出 版 人：周山丹
责任编辑：方　明　曹　星
责任技编：王　兰
封面设计：邓晓童
责任校对：裴晓倩
经　　销：全国新华书店
印　　刷：广州市尚铭印刷有限公司
开　　本：787 mm×1094 mm　1/16
总 印 张：46.25
总 字 数：800千字
版　　次：2019年9月第1版
印　　次：2019年9月第1次印刷
总 定 价：158.00元（全2册）

投稿热线：（020）87360640　读者热线：（020）87363865

编 委 会

前　言

援藏是党中央、国务院对西藏的特殊关怀，是相关省市、系统和央企等对西藏的特殊关心，是全国各地各族人民对西藏各族人民的深情厚意。援藏干部人才是新时代民族团结的使者、祖国统一的卫士，也是援受双方及两地联系沟通的桥梁纽带。援藏是一堆篝火，援藏干部人才在这里燃烧青春；援藏是一片热土，援藏干部人才在这里挥洒汗水；援藏是一块沃地，援藏干部人才在这里吸取营养；援藏是一抹天空，援藏干部人才在这里展翅翱翔。

2016年7月，受广东省及佛山市的委派，由谢国高、李斌、喻晓坤、邓宏照、李展健、郭振华、赖明建、雷震八位成员组成的广东省第八批援藏工作队墨脱县工作组（佛山援藏），跨越千山万水，飞越青藏高原，来到远离佛山三千多公里之外的墨脱。在粤藏两地各级党委政府、全国及广东省第八批援藏工作队、郭强总领队和许典辉领队的正确领导下，在佛山社会各界、墨脱干部群众的大力支持下，开始了为期三年的援藏工作，开始了丰富多彩的援藏实践。

墨脱，是一个美丽与危险并存、享受与忍受同在的地方。一方面，作为世界第一大峡谷的雅鲁藏布大峡谷赐予了人类最美的底图，莲花圣地、秘境墨脱让人向往，“世界雾都”“世界雨都”“世界水都”“世界生物之都”“世界气候之都”引人探秘；另一方面，作为全国最后一个通公路，唯一一个不通班车，号称“高原孤岛”，孤悬于喜马拉雅山之南的边陲小城，地震、塌方、滑坡、泥石流、滚石、倒树、雪崩等频发的自然灾害又时刻影响甚至威胁着人们的健康与生命。

他们是一批高学历、高职称而富有情怀、富有思想和具有丰富实践经验、活跃创新能力的新时代援藏人。强烈的民族情怀、边疆情怀、高原情怀、峡谷情怀，使他们对这片土地以及这片土地上的人民、这片土地上的一切都充满了情感。活跃的思维和丰富的思想，使他们更加深入观察和思考这里的一切。他们积极主动的探索、实践、努力、付出和当地干部群众的理解、关心、支持、配合，让他们积累了丰富的素材、激发了大量的灵感。远离家乡与亲人的孤独、寂寞、思念，没有让他们在这里虚度和沉沦，而是让他们在这里历练和升华。

他们与当地干部群众一道，谱写墨脱发展的新篇章；他们与其他援友一道，谱写华丽蜕变的新华章；他们与笔杆格子一道，谱写躬身践行的新文章。工作组及所有成员、短期柔性援藏人才、工勤人员，在援藏工作、援藏生活过程中形成了丰富的文稿和资料。这些文稿和资料，是全面、系统、客观、真实地反映援藏工作和援藏生活的珍贵史料，是援藏干部人才与当地干部群众共同创造的集体智慧的结晶。为了收集、整理、保护援藏史料和传承、弘扬、创新援藏文化，工作组将工作组的相关资料、工作组成员及短期柔性援藏人才的文稿、工作组委托他人撰写的反映墨脱和援藏的文稿，统一编辑为《广东省第八批援藏工作队墨脱县工作组“佛墨缘”系列丛书》，并委托相关出版社分期分批出版发行。所有工作组成员及短期柔性援藏人才均自愿放弃首次出版的收益，其出版所得全部归工作组所有并继续用于援藏事业。

序　言

只想告诉你真实的援藏

谢国高

2016年7月，受广东省及佛山市的委派，由我和李斌、喻晓坤、邓宏照、李展健、郭振华、赖明建、雷震共八位成员组成的广东省第八批援藏工作队墨脱县工作组带着广东省及佛山市的重托，带着八百万佛山人民的期盼，带着亲朋好友的祝福，怀着强烈的民族情怀、边疆情怀、高原情怀，飞上了青藏高原，越过了嘎隆拉雪山，来到孤悬于喜马拉雅山之南的边陲小城——墨脱，开始了为期三年的援藏工作。同时开始了写作《走向天路》的计划和行动。

《走向天路》从2016年7月13日我进藏的第一天开始，每天一篇，连续编号。当天没有完成任务或者因墨脱断网等原因没发的，次日或有网的时候再补上，坚持每天一篇。以前就发觉“坚持”不容易，后来发觉“坚持”更困难。因为每天无论阴晴云雨雪雾冷暖，无论是否有空是否疲劳，都要坚持，确实不容易啊！很多次，都因为太困睡着了，半夜才爬起来继续写，而晚上12点后才写完的情况就经常出现。

为什么要这样坚持这么执着呢？主要就是想把这三年援藏期间的所见所闻、所作所为、所学所习、所思所想、所感所悟、所获所得比较原生态地记录下来，发表在微信朋友圈，与朋友们一起分享，同时听取大家的意见建议，加强相互之间的良性互动。

通过《走向天路》，希望告诉大家一个我眼中的、心中的、相对真实的西藏、墨脱及援藏工作。之所以说相对真实，一方面是因为事物本身丰富多彩而纷繁复杂，而自己的认识水平有限，所描述的只能说是我眼中的、心中的所看所想，另一方面是因为广东省第八批援藏工作队墨脱县工作组的各位成员心态阳光，态度积极，行动迅速，所以我们一般只反映积极的、正面的、阳光的，而其他不能、不宜、不须描述的就此忽略了。

我的援友们将《走向天路》戏称为《新西游记》。想想是对的，我们来的是西藏，是祖国的西南部，方位对；用的是“游学”的心态来援藏，心态对；来的目的是学习，是取经，是历练，目标对。好吧，就让我们像“西游”一样，好好学习，好好工作，好好生活，好好历练，好好享受这个过程。他们又将《走向天路》戏称为《新一千零一夜》。想想也对，三年一共是一千零九十五天，与一千零一差不多，而且绝大多数都是晚上写的，也基本能够对应得上。

《走向天路》，可能是迄今为止唯一完全用手指在手机屏幕上面写就的一本书，是迄今为止唯一连续全景式地记录援藏工作的一本书，是“用心、用情、用爱”演绎和诠释援藏工作的一本书。

是为序。

目录

2017年（7—12月）

目录

目录

目录

目录

2017年

7 July 月

7月13日
星期四

走向天路366

齐心协力再出发

今天，是我们进藏一周年。一年来，我们克服了一个又一个困难，完成了一项又一项工作，实现了一个又一个目标，取得了一项又一项佳绩。一年中，我们有过苦，有过累，有过病，有过险，有过汗，有过泪，有过笑，有过喜。为了回顾过去一年的奋斗历程，总结成效、经验和做法，交流思想、感受和感悟，激发正能量和继续艰苦奋斗的热情，我们今天举行了主题为“我们援藏一周年 齐心协力再出发”的纪念活动。

活动分两部分。第一部分是合照与签名。下午六点，我们所有队员、援藏医疗人才、工勤人员一起在工作组驻地的工作组文化背景墙前合影留念。大家一起手拉“我们援藏一周年 齐心协力再出发”的横幅，并在横幅上签上自己的姓名，以对未来两年的援藏工作进行表态。第二部分是座谈与分享。我们八个队员、四个援藏医疗人才、两个驾驶员共14人参加了座谈会。大家分别围绕谈经历、谈收获、谈感悟、谈未来等内容来展开话题。通过座

谈，大家分享了体会，沟通了思想，凝聚了共识，激发了斗志，为做好未来两年的援藏工作打下了坚实的基础。

我在座谈中阐释了活动的主题——“齐心协力再出发”。“齐心协力”就是要团结一致，共同奋斗；“再出发”就是要归零，重新启航。我也简单分享了自己的体会，就是“三团”——团队、团结、团聚。团队是干事创业的前提和基础。离开了团队不能说一事无成但也是难以成事。单从一个人的角度看好像没多大力量，但整个团队凝聚起来就好像能量爆棚。团结是团队的生命线。我从团结有基础、团结有成效、团结有前景三个角度分析了不团结的危害、团结的必要、团结的好处，鼓励大家不忘初心，排除干扰，奋力前行。团聚是我们最大的心愿。要求大家在做好工作的同时，要注意安全，包括人身安全、财物安全、政治安全等，保重身体，平安健康地来墨，平安健康地回家，与家人团聚。

（发布时间：2017年7月14日0：40）

7月14日
星期五

走向天路367

凝心聚力再前行

经过了一年的艰苦奋斗、顽强拼搏，在取得显著成效的同时，也可能会出现以下几个方面的风险：一是经过了一年的兴奋期和奋斗期，可能会出现身体和精神疲惫，工作热情开始下降，奋斗精神开始消退；二是经过了一年的接触和沉淀，熟悉了当地的环境，可能会抱团意识开始淡薄，内部团结开始松懈；三是经过了去年的策划年，进入了今年的开工年，各个项目陆续上马，相关领导及队员可能会成为围猎的对象。这些，都有可能给未来两年的援藏工作带来消极影响甚至危害。

为了动态加强团队的建设和管理、沟通和交流、团结和合作、监督和提醒，从7月5日开始直到今天（7月14日），结合其他工作穿插安排，我分别与另外七位队员、四位援藏医疗人才、两位驾驶员、两位工勤人员共15人进行了“谈心谈话谈廉”。先是认真听取了大家的意见和建议，对关注的问题进行了讨论沟通，然后我也逐一进行了点评，对好的方面给予充分的肯定和表扬，对问题和不足给予客观的分析和指出，对今后的工作给予有针对性的建议，对廉洁风险进行分析和提醒。

由于我们都有共同的情怀、共同的目标和共同的经历，而且大家都开诚布公，情真意切，所以提起之前的奋斗容易引起司感，提起彼此的友谊容易引起共鸣，提起团队的目标与任务容易取得共识。在大家的共同努力下，这次“谈心谈话谈廉”活动取得了预期的效果，凝聚了共识，激发了斗志。大家均表示，不忘初心，团结拼搏，奋力前行。

（发布时间：2017年7月14日21：39）

走向天路368

扶贫“九个先”

广东省第八批援藏工作队墨脱县工作组（佛山援藏）的脱贫攻坚等工作引起了外界的关注。昨天（7月14日）下午，中国国际广播电台副总编辑任谦、总编室副主任窦小文一行十人专程前来工作组驻地进行采访。我和队员喻晓坤、郭振华、赖明建、雷震等接受了采访。

工作组在广东省第八批援藏工作队和县委、县政府的正确领导下，精心谋划，积极参与，主动作为，全力推进，成效初显。我们的做法大体可以总结为“九先”。

一是扶贫先治愚。思想观念的落后和眼界见识的缺乏是制约发展的首要因素。我们把解放思想、更新观念、增长见识作为武装头脑、促进发展的重要抓手。对一些领导、单位、干部、职工和群众的“等、靠、要”等消极思想，我们没有为了获得好评而去主动迎合和讨好，相反，我们都进行了耐心的沟通、教育和引导，努力用先进的思想引领人；我们全面参与“四讲四爱”活动，实现了“四讲四爱”进援藏、进乡村、进学校、进寺庙、进事业单位、进企业、进工地、进田间地头的“八进”，引导广大群众感党恩，跟党走，信科学，破陋习，勤致富，奔小康；我们组织了一系列的教育培训和学习考察，让广大干部群众开眼界，长见识，提技能；我们致力于门珞文化的保护、挖掘、传承、发展、创新，用先进的文化影响人……

二是扶贫先扶智。孩子上学是不少家庭贫困的原因，但孩子受教育更是家庭脱贫的重要出路。因此，我们把教育放在突出的位置上。我们在计划内资金中安排了相当一部分资金用于发展教育；与县政府共同成立了百万助学基金；与“担当者行动”一起为全县所有中小学校及幼儿园的每一个班建立图书角；为全县2000多名中小学生及幼儿园小朋友每人提供一套冬装和夏装校服；为全县所有幼儿园小朋友每人提供一个书包；为一批特殊家庭的孩子提供上学资助；致力于提高教学质量……

三是扶贫先健体。因病致贫返贫是脱贫攻坚的绊脚石，没有健康的身体，就没有致富的可能，健康的身体是革命的本钱。因此，我们十分重视医疗卫生在脱贫攻坚中的作用。我们帮助县人民医院顺利通过了二乙的验收；投资450万元新建了达木乡卫生院；协调佛山市中医院对口帮扶县人民医院；组织组团式医疗人才前来帮扶；订单式捐赠医疗器械和药品近200万元；前往八个乡镇46个村进行调研、指导和义诊并在此基础上编写《墨脱县农牧民常见病防治指引》；对重大疾病进行救治并至少把三个以上的病人从死亡线上拉了回来；协助提高医院的管理和诊治水平；培训一支带不走留得下的医疗人才队伍……

四是扶贫先安居。居无定所或者屋漏逢雨怎么可能实现脱贫致富？所以我们把安居工程也作为很重要的部分来抓。我们投资1.2亿元建设三个边境小康示范村，对他们的房屋全部进行拆旧建新；投资2400万元建设三个小康示范村，对他们的生活和生产条件进行改善；极力争取3000万元用于三个地质灾害严重的村搬迁到边境一线。而这九个村都是按住房安居化、道路硬底化、设施配套化、环境生态化、庭院经济化、景观旅游化的“六化”理念来进行策划、设计和建设的。

五是扶贫先乐业。产业是脱贫致富的源泉，没有产业支撑的脱贫只能是假性脱贫。在产业方面，我们计划内的1.6亿元项目资金中有超过六成与产业相关，几个重点项目全部是产业项目；投资3700万元用于支持茶产业的发展，拟将茶叶种植面积从原来的4000亩扩大到1200亩；致力于完善旅游基础设施及配套设施，提升旅游资源的品位；新建六大水果种植和若干养殖基地；推广高产优质高效的水稻品种……

六是扶贫先强基。党的正确领导是脱贫攻坚取得最终胜利的根本保障，党建促脱贫攻坚是扶贫的重要方法。我们投资2800万元新建六个村级组织活动场所（村级综合服务中心）；投资600万元建设一个镇级组织活动场所（镇级综合服务中心）；投资200万元用于改善党的宣传工作；投资92万元建设基层党组织建设服务平台；投资5万元支持非公有制企业党建活动场所；每年投资40万元用于军地援三方合作；建立军地援三方合作共建党建工作机制……

七是扶贫先建制。扶贫是一项长期复杂的系统工程，需要长效机制的保障。

我们建立了佛山—墨脱全面对口支援制度，率先践行习近平总书记在东西部扶贫协作座谈会上的重要讲话精神，落实《中共中央办公厅国务院办公厅关于进一步加强东西部扶贫协作的意见》，探索地区之间、部门之间、乡镇（街道）之间、行政村之间结对帮扶；我们大规模地开展了“佛墨缘”爱心家庭结对活动，目标是让全县所有的贫困户都一个爱心家庭结对，目前已经结对了200多户；我们建立了全面联系制度，全面系统地与县直部门、乡镇及村联系沟通，收集意见建议，解决实际困难；我们还将举办佛山—墨脱全面对口支援对接洽谈会……

八是扶贫先开源。没有什么都可以，就是不能没有钱；钱不是万能的，但万万不能没有钱。为了帮助墨脱群众实现脱贫致富，我们当起了“援藏乞丐”，每次回佛山出差或休假都是休而不息，跑领导，跑部门，跑基层，跑企业……目前，我筹集的计划外资金已达4000多万元，加上广东省委、省政府额外追加的1.2亿元，开创了计划外资金超过计划内资金的新局面。如果加上正在洽谈落实的招商引资项目，将会大体形成计划内资金、计划外资金、招商引资资金1：1：1的格局。

九是扶贫先济困。脱贫致富急不来，燃眉之急等不得。我们总是想群众所想，急群众所急，帮群众所需。白玛次仁小朋友被高压电击伤生命垂危，我们除了组织救治，为其募捐和减免医药费20多万元；加热萨乡久当卡村因严重地质灾害紧急搬迁到墨脱镇朗杰岗进行安置，群众饮水、用电、牲畜安置等无法解决，我们当场拨付10万元用于救急；去年“6·16”特大泥石流灾害事故的两户遇难者家属无法偿还贷款，我们协调爱心企业送来了5万元……到目前为止，我们为当地干部群众解决困难和问题已过60多项。

每一件工作的背后，都是一个故事，都是一篇文章。我们在“用心、用情、用爱”做着这个使命崇高的事业。脱贫攻坚，我们在行动，我们在付出！

墨脱县委、县政府对我们的努力也给予了充分的肯定和高度的评价。工作组被分别授予“墨脱县2016年度脱贫攻坚工作先进集体”“墨脱县党建促扶贫突出贡献组织”；喻晓坤、赖明建作为工作组的代表被授予“墨脱县2016年度脱贫攻坚先进个人”；我也连续两年被推荐参评“全国扶贫攻坚先进个人”。

（发布时间：2017年7月15日21：52）

7月16日
星期日

走向天路369

伸手可摘

团结小区的院子里长着几株桃树，不规则地排在我们所住的这栋书记楼前面。去年7月我们刚进来的时候，正是桃子成熟的季节。只是，那时候忙着熟悉环境和打开局面，所以即便是近在眼前，也被有意无意地忽略了。因此，你是否获得关注，重要的不是你是否有吸引眼球的亮点和能力，更加重要的是你出现的时间和场合是否恰当。

今年三四月份，正是桃花盛开的时节。此时的墨脱，也正是山上雪、山下雨的天气。每天云蒸雾绕，冷雨丝丝。凭窗远眺，沉浸在仙境天堂的喜悦；扶栏凝望，跌落到思忖无获的惆怅。推门而出，一枝枝鲜艳的桃花划破连绵的阴雨，伸进阳台，指向天空，给人温暖，给人希望。那个时候，也是巴宜和波密两地的桃花沟最热闹的日子。我们无缘前往一睹盛况，只能凝望眼前的几株，再加以想象和放大，仿佛看到了桃花沟的样子。

6月底，桃子开始慢慢地熟了，挂满了枝头，有些甚至直接穿透阳台的栏杆伸到阳台上来了。但它的善意和友好依然没有引起我的更多关注，因为那时候有三个重点项目因为种种原因需要重新选址、重新测量、重新勘探、重新设计、重新确定。虽然那时的情况说不上焦头烂额，但也令我对桃子的挑逗和诱惑无动于衷。后来，所有工作重新走上正轨，而且持续的雨季和四处断路也让我有更多的时间待在家里。于是，我又重新开始关注门前的几株桃树。

说实在的，这些桃子的长相并不怎么样。再加上受我们有些同志的长期误导，说由于气候水土等原因，这里的水果不好吃，于是我就一直记在心里。事实上，这里的人确实也不摘，所以很多被虫咬蜂蜇以后掉到地上，满地都是，腐烂发酵以后甚至还有淡淡的酒糟味。这让我想起了以前回乡下看到的情景，童年时候所种的水果由于没人管理和采摘，掉得满地皆是，发酵过程散发出幽幽酒香。此情此景，让我写下了下面这首诗：

回乡偶得

昔日植树果满枝，

蜂蜇虫咬没人瞧。

走近渐闻酒香味，

原是满地果发酵。

我们平时去买的水果都远在天边，而这里的水果却近在眼前，反而没人理会。看到这么多桃子掉到地上烂掉，我总是觉得有点儿可惜，于是便摘了几个回来，削皮以后一吃，十分清脆可口，根本就不是那么回事！现在，我每天都会摘几个回来，享受这新鲜而又免费的馈赠。所以，对别人熟视无睹的行为我们未必就一定要跟从，对别人反复强调的话语我们未必就一定要听从。小马过河的故事告诉我们，既要眼观六路，耳听八方，又要注重研判，自己探索。

（发布时间：2017年7月16日10：42）

7月17日
星期一

走向天路370

孩子，我们又来了

昨天（7月16日）晚上，我们（包括喻晓坤、邓宏照、李展健、赖明建、雷震）将客人送回酒店之后，便相约散步回家。我们沿着7月10日我和李展健走过的路，从亚东村的市政道路转向一条人踩踏出来的自然路，过了独木桥便来到了亚东村。

在村中，我们又见到了7月10日一起玩耍的那群小朋友。我和他们打招呼，他们便从四面八方跑过来。我基本上都认得他们，只是叫不出他们的名字。其中有一位小女孩我只记得她名字后面两个字是曲珍。没看到那天晚上的胡春燕（尼玛玉珍），我便问曲珍，她说春燕在家，我便让曲珍去喊她。

很快，小春燕便从家冲了出来。我蹲在地上，张开双臂迎接她。她毫不犹豫地冲进了我的怀里，我便把她抱了起来。队员们都叫她亲亲我，她便毫不羞怯地用脸在我的左右两边脸上蹭了一下。

小朋友们提出要到好日子莲花广场去玩。他们在我们身边跑前跑后，蹦来跳去。活泼好动的小男孩则极力争取表现，在我们的前面翻跟斗，希望得到我们的表扬。有些用单手操作，有些在平路上翻，有些往上坡方向翻，有些往下坡方向翻。对孩子们的热情表现，我们都给予了肯定和表扬，同时提醒他们注意安全。

小春燕和曲珍一左一右地牵着我的手，边走边聊。她们是如此的纯真无邪，让我心生爱意。我告诉她们，迟点会有一个阿姨带着一个哥哥过来，到时候带上阿姨和哥哥一起来玩，阿姨和哥哥一定会喜欢她们的。她们对此充满了期待。路上其他小朋友也开始拉其他队员的手，并最终互相牵在了一起。

到了好日子莲花广场，我们便和小朋友道别，因为我回来还要分别与县委办和组织部的同志沟通工作。很多小朋友便冲向自己喜欢的健身器材去玩耍。小春燕要我再抱一下，于是我便把她抱了起来。另外两个男孩子见状也立即跑了回来，一个要我抱，一个要晓坤抱，抱完才依依不舍地跑去玩了。

在回来的路上，大家都对这群活泼可爱的孩子产生了浓厚的兴趣。于是，我们的一个创意和策划也在路上产生了。欲知后事如何，请听下回分解。

（发布时间：2017年7月17日23：11）

7月18日
星期二

走向天路371

雨中天晴

连绵的雨季已经不知道持续了多少天，但这几天却十分难得地消停了一下。刚好，这几天广东省相关领导带队前来调研考察。原本是省政府副秘书长、省驻京办主任周德全带队的，后因他有其他重要工作任务便改为由省政府办公厅副巡视员、省驻沪办负责人朱荣信带队。

7月15日傍晚，朱荣信一行十人在林芝市委副秘书长肖锋等的陪同下，风尘仆仆地赶到墨脱。在县政府饭堂简单用餐后，又到广东省第八批援藏工作队墨脱县工作组驻地看望慰问并考察队员的生活设施。

7月16日上午，朱荣信一行在县委书记旺东、县长魏长旗等相关领导和人员的陪同下，参加了第八批援墨项目——白玛岗360度全景观光栈道（墨脱县城人行道）项目动工仪式；随后实地考察了第七批援墨项目——墨脱县城核心区（莲花圣地公园和墨脱古街）、第六批援墨项目——墨脱门珞历史文化遗产博物馆（莲花阁）和墨脱村茶园。下午，实地考察了“四代同堂”桥梁奇观（门珞民族智慧的结晶——德兴藤网桥）和果果塘茶园，然后参加了第八批援墨项目——德兴乡中心小学综合楼项目动工仪式，前往德兴村看望慰问了白玛旺堆和达瓦曲珍两个门巴族家庭，并实地考察了德兴村两委。

7月17日，朱荣信一行驱车前往达木珞巴民族乡中心小学，捐赠了一批教学办公用品和学生学习用品，这是根据该校提出来的需求进行的订单式捐赠。随后又参加了第八批援墨项目——达木珞巴民族乡卫生院项目竣工仪式。这才结束在墨的行程，启程返回林芝。

7月15日和16日两天晚上，都是电闪雷鸣，倾盆大雨。雨势之大，墨脱少见；雷电之烈，墨脱罕见。当时真的很担心第二天的活动，但每次到了早上它却出奇地停了，使得活动顺利进行。

7月17日早上，我们前往达木珞巴民族乡的时候，墨脱镇玛迪村附近的路段被泥石流冲毁，扎墨公路完全中断。所幸德兴乡德兴村至德果村的乡村道路上之前被冲毁的一座桥刚刚修好，于是我们便从鲁古吊桥过到雅鲁藏布江的对面，走这条乡村道路，到德果吊桥再回到江这边的扎墨公路来。弯曲的陡坡，狭窄的吊桥，泥泞的小路，随处的滚石，一路上惊险刺激，让朱荣信一行印象深刻，终生难忘。

朱荣信一行行程紧凑，内容充实，务实高效，既实地开展了调研考察，又关心指导了援墨工作，还看望慰问了援藏干部人才和当地少数民族群众。与朱荣信副巡视员一同前来的还有省驻京办、北京广东商会、内蒙古自治区广东商会的相关领导和企业家。

（发布时间：2017年7月18日21：34）

7月19日
星期三

走向天路372

首个竣工

墨脱县达木珞巴民族乡卫生院是我们进墨后策划建设的第一批项目之一。根据当地卫生事业发展规划和达木乡的实际需要，我们与县里共同研究确定了该项目。经过前期的艰苦努力，该项目完成了所有前置审批手续和测量、勘探、设计等前期工作，在广东省第八批援藏工作队的支持下，于去年9月13日正式动工建设。而我们是7月13日进藏、7月20日进墨的，这是我们进藏两个月、进墨两个月还欠一个星期的日子。这让我们创了投资建设类援藏项目最早开工建设的纪录。

而该项目的推进也并非是一帆风顺的。开始，相关负责人两次前往选址，均因各方面的意见未能达成一致而确定不了。那时正好是墨脱县党代会、人代会和政协会的“三会”期间，因此我也未能亲自前往。俟“三会”一结束，我们不顾周末休息时间，召集了县发改、住建、卫生、国土、林业、环保等部门及乡、村两级负责人和部分村民代表一起前往。我们实地考察了几个拟选址，分别听取了各方意见和建议，综合各方意见之后按照统筹兼顾、平衡各方的原则决定现选址。我们把选址的决定告诉大家并说明理由和依据，对大家的疑惑进行解释和沟通，对大家的建议进行吸纳和安排，最终取得了各方一致同意的喜人结果，大家都表示十分满意。此选址向县委、县政府主要领导汇报之后，也得到了支持。

该项目总投资400万元，由广东省第八批援藏工作队墨脱县工作组（佛山援藏）用计划内资金投资建设。新建卫生院门诊住院大楼一座537.86平方米，浇筑进院道路80米，修建挡土墙61.7米、围墙106.3米，硬化场地505.44平方米。该项目工期为10个月，

经过工作组和乡党委、政府及建设、施工、监理等相关单位的共同努力，于2017年7月竣工验收。这是我们首个竣工验收的项目。

该项目建成投入使用后，将进一步完善达木珞巴民族乡的医疗卫生条件，基本满足群众日常疾病诊治和危重急病转诊的需求，同时承担乡、村两级卫生技术人员的进修培训任务，保障了群众身体健康和生命安全，有利于推动达木珞巴民族乡全面步入小康社会。

7月17日，广东省政府办公厅副巡视员、省驻沪办负责人朱荣信，广东省驻京办副主任吴江，林芝市委副秘书长肖锋，广东省驻京办、北京广东商会、内蒙古广东商会的相关负责人，广东省第八批援藏工作队墨脱县工作组部分队员，墨脱县相关领导及相关部门、乡镇负责人一起参加和见证了该项目的竣工启用仪式。

愿该项目的竣工验收和投入使用，能够给达木珞巴民族乡乃至整个墨脱县的广大农牧民群众带来希望，带来健康，带来幸福！扎西德勒！

（发布时间：2017年7月19日21：43）

7月20日
星期四

走向天路373

密锣紧鼓

明天，由旺东书记带领的墨脱县党政代表团一行13人将抵达广东。他们将会在广东特别是佛山开展一系列的活动，然后于28日返回林芝。

为了做好党政代表团的接待及相关活动安排，除了邓宏照和赖明建两人留守墨脱负责当地的工作以外，我和喻晓坤、李展健、郭振华、雷震共五人于7月17日上午在达木乡完成公务活动后前往林芝，当晚与前来墨脱进行对口支援对接洽谈的禅城区公安分局政委吴少华一行八人进行了会面和交流，然后于18日返回佛山。

昨天（7月19日），顾不上旅途的疲惫和醉氧反应，我和喻晓坤有分有合，先后拜访了市委书记鲁毅、常务副市长蔡家华、市委常委兼组织部部长杨朝晖等市领导，汇报了墨脱县党政代表团来访的情况、广东省第八批援藏工作队墨脱县工作组的工作情况、援藏干部人才的表现情况，研究讨论了“佛山—墨脱对口支援洽谈会”方案，得到了相关领导的肯定和鼓励；拜访了市委秘书长郭长勇、市委副秘书长马时光、市发改局副局长张远航及市援藏援疆办，汇报沟通党政代表团来访和洽谈会的相关事宜。

今天，我和喻晓坤又马不停蹄，一早就和广告公司前往佛山新城中欧中心的“佛山—墨脱对口支援洽谈会”场地进行研究、设计和布置。但发现岭南大道与魁奇路交界处因地铁施工而堵车严重，而且不熟悉路况的参会人员不容易找到绕行的道路，于是便当机立断将会场改为党政代表团入住的宾馆，这样党政代表团足不出户就可以参会，而其他参会客人也容易找到地方。

在那里，我们确实了会议场地，研究了会场布置，梳理了会议流程，明确了会议资料，细化了会务安排，同时详细梳理了党政代表团的接待方案，研究和沟通落实相关事宜。然后又加强与市发改局等相关部门的沟通协调，争取会议通知尽快发出。待通知印发后，又逐一与市经信局、民政局、工商联等有关单位及相关行业协会的负责人沟通联系，争取支持，确保参会人员得到落实。

我们连续忙了两天，连午休都没有一个。办一件事不容易，在此感谢给予了我们关心和支持的各位领导及相关部门！同时也感谢各位队员的密切配合！

明天，我和喻晓坤将全程陪同并参与党政代表团在粤的活动。其他队员则根据自己的任务分工各司其职，各负其责，主动作为，积极配合，共同推进。

（发布时间：2017年7月20日21：39）

7月21日
星期五

走向天路374

修路惠民现真情

亚东村隶属于墨脱镇，位于墨脱县城旁边。亚东瀑布就在村子附近的山崖上，直冲下来，飞花溅珠，气势磅礴。这对游客而言是一道美景，而对村民来说是一个麻烦。原来，村子的对面，一个叫巴米典的地方，就是这个村子和半山上的另一个村——巴日村的常耕地。这两个村前往常耕地，都必须经过瀑布下方湍急的水流。这在旱季倒影响不大，蹚水而过就是了，可在雨季由于水量大就成了麻烦甚至是危险了。

这个地方我们都非常熟悉，因为在此已经蹚过几次水了。去年我们帮助亚东村一户“6·16”特大泥石流灾害事故重伤者家属收割水稻，就是从这里蹚水过去的。我是熟悉而没有意识，因为这种情况在这里比比皆是，连扎墨公路这条主动脉也一样，没有什么可稀奇的。但我们的队员、墨脱镇委副书记兼常务副镇长喻晓坤却很有心，他想给村民整修一下这条过河的机耕道，为这两个村的村民出入常耕地提供方便和安全。他跟我汇报了他的想法，我也给予了支持和鼓励。

经过喻晓坤努力的沟通协调，佛山市三水区及西南街道办事处愿意支持16万元用于亚东村机耕道路改造修复。5月23—25日，由林剑伟常务副区长带领的三水区党政代表团前来墨脱调研考察和对接洽谈，同时也把16万元的项目建设资金一并带来。24日，我们举行了简单的亚东村机耕道路改造修复项目启动仪式，三水区党政代表团也出席和见证了该民生实事项目的动工。

为了了解该项目的建设进度，我和喻晓坤及墨脱镇委书记格桑卓嘎于7月10日到现场实地查看。亚东村的村民们正在现场施工，乘“四讲四爱”的东风，他们精神焕发，干劲十足。我们听取了简单的汇报，结合这个项目，给村民们又简要地宣讲了“四讲四爱”，并发觉这种在施工现场结合实际的效果比课堂式的宣

讲效果要好很多。经过宣讲和沟通，村民们表示，16万元项目资金用于购买施工设备和材料，施工由他们投工投劳解决，不需要任何报酬，如果有剩余就用于其他小型的民生项目。这就是农牧民群众积极参与并践行“四讲四爱”的具体而生动的体现啊！

该项目总投资16万元，须架设波纹涵管5根共计25米，由亚东村驻村工作队和村两委组织农牧民群众投工投劳施工建设，预计7月底完工。项目建设地处亚东村203户和巴日村21户农牧民群众进出巴米典常耕地的必经之路，涉及1000余名农牧民群众的1100亩耕地。因常年降雨导致路面过水、被冲垮，且水流湍急，影响了出行和安全。

项目完成后将大大改善所涉及田地的交通状况，提高整地、插秧、收成等水稻种植各环节的机械化水平和效率，节省成本，加快农牧民群众脱贫致富的步伐。这是佛山一墨脱全面对口支援制度出台以来，最先启动的计划外支援建设项目，也是聚焦精准扶贫、造福民生的项目。

（发布时间：2017年7月21日23：29）

7月22日
星期六

走向天路375

首站考察

昨天下午两点半左右，由林芝飞往广州的南航CZ3478航班徐徐降落在广州白云国际机场。飞机上走下来13个身材矫健、脸色黝黑的人，他们就是由旺东书记带领的墨脱县党政代表团。他们是昨天早上八点半从林芝出发前往林芝米林机场，然后于10：25乘坐前述航班抵达广州的。

我和喻晓坤接到党政代表团后，于下午3点左右出发，直奔梅州雁南飞茶田。经过六个多小时的长途跋涉，我们终于在晚上九点半左右到达目的地，而此时距出发时已经13个小时了。带着疲惫的身体和喜悦的心情，大家吃过简单的晚餐便休息了。

今天早上七点半起床，8点早餐，八点半拜访梅县雁南飞茶田有限公司总经理谢斌。谢斌总经理详细介绍了该公司的历史起源、发展历程、取得成效、经验做法、政府政策等，并就我们关心的问题作了详细解答。然后我们在该公司相关负责人的陪同下，分乘三辆电瓶车前往茶田进行实地考察。座谈和考察开阔了眼界，增长了见识，愉悦了心情，解

放了思想，更新了观念，启发了思维，学习了经验，掌握了方法，成效显著。

然后，我们带着收获，带着感悟，经过六个半小时左右的路程，回到佛山，受到了佛山市政府副秘书长卢建华、市接待办副主任吕园园、市发改局副局长张远航等领导的热情接待。

（发布时间：2017年7月23日0：12）

7月23日
星期日

走向天路376

雁南飞的启示

昨天（7月22日）墨脱县党政代表团与梅县雁南飞茶田有限公司总经理谢斌等负责人进行了座谈，并进行了实地考察。通过座谈和考察，并结合墨脱茶叶发展的实际，大家都很受启发。主要有：

一是旅游化。该公司以茶叶为依托，逐步发展旅游和酒店餐饮，目前基本形成了茶叶、旅游（门票）、食宿各占三分之一的收入格局。也就是说，通过发展旅游使茶叶极大地增值了，收入增长了两倍多，而且旅游的发展进一步促进了茶叶的销售，相得益彰。墨脱目前具备产业化可能性的只有水电、茶叶和旅游，而水电属国家战略，地方不可控，剩下的只有茶叶和旅游。待派墨公路打通以后，将会进一步改善墨脱的交通条件，游客将会大增。我们可以利用现有的檫曲卡茶园的独特景观，对其道路和景观再加以改造，建设游客服务中心和酒店等相关配套设施，打造一个景观独特、配套完善的“檫曲卡茶园仙境旅游区”应该是可行的。我们原来就有此项目，只因种种原因而搁置，但日后条件成熟时依然可以重启。对所有新开的规模化茶园，都要进行景观设计，促进茶旅融合，为发展旅游业打下基础。

二是规模化。规模化是产业化的前提，没有规模化就不可能有产业化，所以一定要想方设法扩大茶叶种植面积。但墨脱全境山高谷深，坡陡崖峭，而且全境属雅鲁藏布大峡谷国家自然保护区，政策限制十分严厉，可用土地面积十分有限。因此，我们要加快可开垦荒地和坡地的开发，鼓励和引导农牧民群众把现有玉米地转变为茶园，在农牧民群众尝到甜头之后，要稳步把现有的水稻田也转变为茶园，通过茶叶的高附加值去购买低附加值的粮食。在茶叶规模化的同时，还有水果的精品化，结合小康示范村建设，规划建设若干果旅融合的精品水果种植基地。

三是高端化。墨脱茶叶具备高端化的基础和条件。为什么？因为墨脱茶叶几乎可以称得上是“所有名茶的集大成者”！其他名茶所具有的优越条件，如高海拔、高山、云雾、绿色、有机、生态、环保、无化肥、无农药、无公害、无污染……它们可能只具备其中一种或多种，但墨脱茶叶却全部具备，这样的茶叶你去哪里找呢？但是，光有基础和条件是不够的，还要通过与有花有香有益的植物进行套种或间种，进一步提高它的附加值才行。因为，墨脱茶叶高附加值的背后是高成本，如果没有高端化，就无法抵销高成本。

四是故事化。墨脱与印度的阿萨姆和大吉岭等地区地域相连，水土相通，纬度相近。据说墨脱自古以来就有茶树的生长和分布，印度的部分茶树历史上就是从墨脱引种栽培的，只是由于墨脱地域封闭、社会落后等多方面的原因没有发展起来，而印度则因为英国殖民者的需要和他们所带来的技术而发展起来了。如果这样说来，印度茶叶的源头还在墨脱，墨脱是喜马拉雅山脉南侧茶叶之源。当地门珞群众还流传着一些关于茶叶的传说，这些都有待于我们去挖掘、收集和整理。

五是市场化。产业必须根植于市场。这是不以任何人的意志为转移的。现有的组织形式难以支撑墨脱的茶叶实现产业化。我们应该积极探索“公司+基地+农户”的模式，在不改变产权的情况下实现组织化、规模化、规范化和标准化，以公司的规范化管理和标准向下延伸。而且应根据茶叶种植的规模和分布引入适度的竞争，以免独此一家别无分店而失去活力。应制定政策措施，引进人才和资金、技术、管理。加强品牌包装、形象策划和市场推广，彰显高原、峡谷、民族等特色。

（发布时间：2017年7月23日22：12）

7月24日
星期一

走向天路377

佛山墨脱心理零距离

佛山与墨脱的物理距离几千公里，但心理上是融合在一起的！这是佛山市委书记鲁毅于今天上午在佛山市机关小礼堂举行的“佛山市•墨脱县对口支援工作座谈会”上的开场白。确实，这句话一下就点破了佛山与墨脱密切的对口支援关系，也让本来就没有心理距离的双方与会人员更加融洽。鲁毅书记表示，佛山在心理上是把墨脱作为自己的第六个区来对待的，对远在祖国西南边陲的墨脱亲戚的到来表示最热烈的欢迎，也为墨脱的发展而感到欢欣鼓舞；对墨脱县委、县政府及广大干部群众在政治上关心、在工作上支持、在生活上体贴佛山的援藏干部表示感谢；在用好现有资金和物资并发挥实效的基础上，佛山会按照中央的要求、墨脱的需求、佛山的能力进一步完善支援计划，力度只会加大而不是减小。

鲁毅书记同时要求，佛山市各区各部门和前方工作组要按照习近平总书记系列重要讲话及广东省委书记胡春华、西藏自治区党委书记吴英杰等领导于6月21日在林芝举行的“广东•西藏对口支援工作座谈会暨项目签约仪式”上的讲话精神，坚决落实好各项援建任务；要提高对对口支援工作的认识，自觉接受当地党委、政府和广东省第八批援藏工作队的领导，多请示汇报；要特别注意搞好民族团结，尊重当地风俗习惯；要扎实有效地推进产业援藏工作，结合实际发展旅游、茶叶等产业，关注民生，突出医疗、教育、异地搬迁等；要广泛动员社会力量支持民生、产业等。

座谈会由佛山市委常委、常务副市长蔡家华主持。佛山、墨脱双方先是介绍了参会人员，然后墨脱县委书记旺东介绍了墨脱经济社会发展情况，佛山市委常委、常务副市长蔡家华介绍了佛山经济社会发展情况及对口支援墨脱县工作情况，随后是双方座谈交流，我和墨脱县发改委主任王斌发了言，最后是佛山市委书记鲁毅作重要讲话。

我在发言中感恩佛山市委市政府给我组建了这么好的一个团队，感恩佛山市委、市政府及广东省第八批援藏工作队对我们的关心，感恩林芝市委市政府、墨脱县委县政府及广大干部群众对我们的支持。我们在进藏一周年时，通过谈心谈话谈廉和召开座谈会这两个活动，形成了齐心协力再出发、凝心聚力再前行的共识。我们将不忘初心，继续努力做好剩下两年时间的援藏工作，交出一份满意的答卷，请组织和领导放心。

佛山市委书记鲁毅、常务副市长蔡家华、市人大常委会副主任李坚、市政协副主席兼秘书长骆毓林、市委秘书长郭长勇、市政府副秘书长卢建华以及市发改局、市经信局、市农业局、市住建局、市旅游局、佛山电视台等单位的分管领导，广东省第七批援藏工作队墨脱县工作组部分成员，墨脱县党政代表团成员，广东省第八批援藏工作队墨脱县工作组的五名成员参加了座谈。

（发布时间：2017年7月24日22：01）

7月25日
星期二

扫码欣赏 MV

走向天路378

“我捐10万元！”

当我宣布会议结束，人们正准备离场的时候，突然有一个人跑到台上来找我，说是要捐10万元！这是昨天在佛山皇冠假日酒店举行的“佛山市对口支援墨脱县洽谈会”结束时发生的惊喜一幕。原来这是广东光烁新能源发展有限公司佛山分公司总经理丘裕昌在参会之后，深受感染、感动而现场决定的，而此前他和他的太太罗新红——佛山市狮山哈津摇篮幼儿园的负责人已经以个人名义各捐赠了2万元！于是我只好重新开麦宣布了这个喜讯，现场顿时响起了雷鸣般的掌声。

已经散会的人们久久不愿离去，不少单位、行业协会和企业现场过来与我们沟通，都希望能够为墨脱的解困和发展奉献一点爱心和力量。共青团佛山市委书记王树斌邀请我们会后前往对接后续事宜；佛山市总工会副主席陈再勋表示可以对家庭经济困难的10—20名非义务教育阶段学生给予适当的资助；佛山市门窗情扶贫助学协会的秘书长户诚找到我们，说他们愿意解决我们编印的《墨脱县对口支援需求汇总》中的部分需求；佛山市电子信息行业协会秘书长陈伟成约我们前往对接洽谈；佛山市会议展览业协会无偿向国内外推介墨脱……

佛山市对口支援墨脱县洽谈会是我们进藏之初就谋划的一个创新性项目，也是对口支援对接洽谈的一个探索性尝试。我们通过与墨脱县直部门座谈、下乡进村入户调研、发文征集等渠道收集了400多项需求，进行分析、归类、整理，然

后汇编成册。我们在去年下半年就谋划墨脱县党政代表团访佛，然后在此期间举行佛山市对口支援墨脱县洽谈会，但因种种原因，直至今年7月才得以实现。

7月24日下午3点，佛山市对口支援墨脱县洽谈会如期举行。原来预计150人的规模，结果增加了100多人，达到250多人，以至于在会议室后面和两边通道加凳都不足以支撑。在此，对于热情参会的嘉宾表示衷心的感谢，对于招待不周表示深深的歉意！参会的主要领导有佛山市人大常委会副主任李坚以及市委台办、团市委、市工商联、市红十字会四个单位的主要负责同志，市发改局、市经信局、市农业局、市民政局、市商务局、市工商局、市旅游局、市教育局、市卫计局、市住建局等十多个单位的分管领导，各区发改局的分管领导，对口支援墨脱各乡镇的镇街，各相关行业协会、商会、社团，众多企业及市民。

为了保证洽谈会如期举行，我和喻晓坤有分有合于7月20日拜访了市委书记鲁毅、市委常委兼常务副市长蔡家华、市委常委组织部部长杨朝晖、市委秘书长郭长勇、市委副秘书长马时光、市发改局副局长张远航等领导，得到了大力的支持。市发改局于21日发出通知，我也对上述参会的市领导、市直单位的领导以及协助组织人员参会的市经信局、市民政局、市工商联、相关行业协会逐个打电话或者发短信、微信，确保参会人员的落实。洽谈会结束后，我也于昨晚和今天对上述市领导、市直单位领导、相关行业协会逐个发短信或微信表示感谢。

事非经过不知难！洽谈会圆满成功的背后是努力，洽谈会效果的背后是付出！在此再次对洽谈会给予了关心、支持和帮助的各位领导、社会各界人士表示衷心的感谢！！！

（发布时间：2017年7月25日23：57）

7月26日
星期三

走向天路379

持续发酵

7月24日下午在佛山皇冠假日酒店举行的佛山市对口支援墨脱县洽谈会已经过去两天了，可其效应还在持续发酵。究其原因，主要应归功于我们的精心组织。

注重创新。投资环境推介会、招商引资洽谈会等各种商业路演大家就见得多了，但对口支援对接洽谈会据说还是“大姑娘坐轿——头一回”。对口支援对接洽谈会与各种商业路演最大的不同，在于它的主要目的包含招商，但远不止招商，还有把受援地区的困难和需求进行推介，寻求支持和帮助，助力当地脱贫攻坚。

及早谋划。这个项目不是一时冲动，而是“处心积虑”。我们在去年7月进藏之初就开始谋划，只是因种种原因一直秘而不宣，默默准备。其间我们对此进行了多次讨论和安排，一切准备就绪，只欠东风，就是墨脱县党政代表团访佛。党政代表团访佛也是去年下半年就开始筹备，只是由于种种原因而一直等到现在才得以成行。

系统收集。我们为了收集需求，开展了三个层面的调研：县直部门和驻墨单位座谈，收集了意见建议110多条；下乡进村入户调研，在半年之内走遍全县七乡一镇46个行政村，为历批援墨工作组中的第一个，收集意见建议250多条；发文征集，由县委办发文给县直单位和各乡镇及村收集，与前述两项整合后整理出意见建议400多条。

形式多样。我们将收集整理的意见建议进行分类处理，我们能够解决的给予支持，不能解决的提请佛山市委、市政府及各部门、区、镇（街）解决，还不能解决

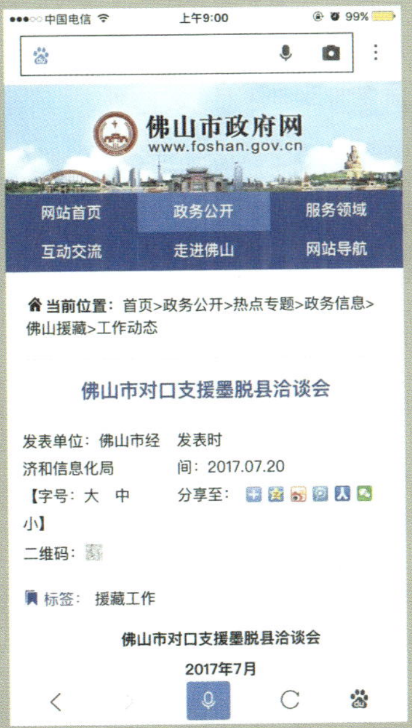

的寻求社会各界提供帮助，最主要的形式就是举行佛山市对口支援墨脱县洽谈会。

载体丰富。为了举办好佛山市对口支援墨脱县洽谈会，我们编印了纸质的《墨脱县对口支援需求汇总》手册作为会议资料；将《墨脱县对口支援需求汇总》在佛山市政府网站的《佛山援藏》专栏全文发布；将《墨脱县对口支援需求汇总》在7月24日洽谈会当天的《佛山日报》全文发布，占了两个整版；将《墨脱县对口支援需求汇总》制作成微信易企秀，创新传播方式。而同步推出的还有“佛墨缘”爱心家庭结对大招募等等。赖明建为收集整理和印刷这些资料倾注了大量的心血。

确保成效。为了确保洽谈会的如期举行，我和喻晓坤有分有合于7月20日拜访了市有关领导，得到了支持。为了确保洽谈会参会人员的落实，我自己逐个向拟邀请参会的市有关领导、市直单位有关领导以及协助我们组织人员参会的市经信局、市民政局、市工商联、相关行业协会打电话或者发短信、微信。洽谈会结束后，我也于当天晚上和次日向上述领导和单位打电话、发短信或微信致谢。

在佛山市及墨脱县、广东省第八批援藏工作队墨脱县工作组相关领导和人员的共同努力下，佛山市对口支援墨脱县洽谈会取得了圆满的成功和显著的成效。洽谈会得到了相关领导及社会各界的广泛关注和好评，现在还在持续地发酵，相关单位和个人不断与我们联系，纷纷表示为墨脱的解困和发展尽自己的一份力量。

（发布时间：2017年7月26日22：47）

7月27日
星期四

走向天路380

马不停蹄

今天上午10点，我们在南海千灯湖友邦金融中心门前与墨脱县党政代表团逐一握手道别。他们在与南海区对接洽谈并实地考察了广东金融高新区后前往广州，将于明天早上在广州白云国际机场乘坐CZ3477航班（6：00—9：50）返回林芝。至此，墨脱县党政代表团在广东的访问行程圆满结束。

为深入贯彻落实广东省委书记胡春华、西藏自治区党委书记吴英杰等相关领导于6月21日在“广东·西藏对口支援工作座谈会暨项目签约仪式”上的重要讲话精神，结合“两学一做”常态化制度化和“四讲四爱”主题教育实践活动，加强佛山与墨脱的对接洽谈，促进对口支援工作的进一步深化，增进佛墨两地的交流、融合，在广东省第八批援藏工作队墨脱县工作组的积极沟通协调下，由县委旺东带领的墨脱县党政代表团一行13人于7月21—28日赴广东考察。据说，这是墨脱县党政代表团历史上首次到访佛山。

党政代表团于7月21日下午两点一刻抵达广州白云国际机场后，于下午3点左右出发前往梅县雁南飞茶田。经过七个半小时的车程，于当天晚上九点半左右才到达目的地。22日上午与梅县雁南飞茶田有限公司总经理谢斌等进行了座谈，实地考察了茶田，并前往叶剑英故居和纪念馆开展了“缅怀革命前辈，践行‘四讲四爱’”的学习教育活动，然后于晚上七点半才返回到佛山。

23日上午，党政代表团先后考察了佛山祖庙博物馆和南风古灶等岭南文化遗产，下午由于台风而取消了原定前往顺德区逢简水乡的考察。

24日上午，党政代表团在考察了佛山新城之后，与佛山市召开了佛山市—墨脱县对口支援工作座谈会。座谈会由佛山市委常委、常务副市长蔡家华主持，市委书记鲁毅、市人大常委会副主任李坚、市政协副主席骆毓林等市领导和相关部门负责人参加。旺东书记和蔡家华常务副市长分别介绍了墨脱县、佛山市经济社会发展情况及对口支援工作情况，墨脱县委常务副书记谢国高和墨脱县发改委主任王斌分别作了交流发言，鲁毅书记作了重要讲话。

当天下午，由墨脱县委、墨脱县人民政府、广东省第八批援藏工作队墨脱县工作组举办的佛山市对口支援墨脱县洽谈会在佛山皇冠假日酒店隆重举行。谢国高主持了会议，播放了墨脱的宣传片，旺东书记和李坚副主任分别代表墨脱、佛山致辞，墨脱县委常委、常务副县长作了推介，佛山市三水恒利达针织有限公司副总经理文光峰先生代表爱心企业作了发言。佛山市相关部门领导、各区发改局（援藏援疆办）分管领导、各区指定对口支援的相关镇（街道）领导，各援藏队员所在单位分管领导，佛山市相关行业协会和企业代表，墨脱县党政代表团成员，墨脱县工作组部分成员，佛山市各大媒体及上级驻佛山市媒体，墨脱县的媒体参加了会议。洽谈会取得了圆满成功，社会反响强烈，原计划150人的会议规模结果来了250多人，更有爱心企业——广东光烁新能源发展有限公司佛山分公司总经理丘裕昌在会议结束时当场提出捐赠10万元支持墨脱发展，会后联络捐赠的单位和个人亦是络绎不绝。

洽谈会之后，党政代表团未曾歇息，便继续前往禅城区进行对接洽谈，并实地考察了祖庙街道兰桂社区服务中心和基层党组织建设。

25日至今天上午，党政代表团先后前往佛山市中医院、三水区、顺德区、高明区、南海区进行对接洽谈，并亲身体验了佛山市中医院的医疗服务，实地考察了健力宝饮料、百威啤酒、海天调味品、广东金融高新区等企业和园区。

党政代表团所到之处，都受到了当地党委、政府及有关单位的热烈欢迎。鲁毅书记等各级领导均积极表态，以“墨脱之所需，自己之所能”的态度、决心、行动来支持墨脱的发展和脱贫攻坚。可以说，在21—27日的一个星期时间内，整个佛山刮起了小小的墨脱旋风。党政代表团不仅实现了预期的各项目标，还有小小的意外惊喜。

我和喻晓坤组织并全程陪同了党政代表团的考察，李展健、郭振华、雷震参加了座谈会、洽谈会及党政代表团在各自所在区的对接洽谈和考察，邓宏照、赖明建分别负责了洽谈会的方案和资料等工作。

（发布时间：2017年7月27日22：56）

7月28日
星期五

走向天路381

缅怀革命前辈，推进“四讲四爱”

当前，墨脱县上下正在根据自治区党委及林芝市委的部署，深入开展“讲党恩爱核心、讲团结爱祖国、讲贡献爱家园、讲文明爱生活”主题教育实践活动。我们开展“四讲四爱”的形式多样，既有走下去——到基层中去，到群众中去，包括乡镇、村、学校、寺庙、企业及其他经济组织、事业单位、建设工地、田间地头、农牧民群众家中，又有请进来——请上级领导和专家学者前来指导、宣讲，还有走出去——组织干部群众到西藏其他地方、祖国内地调研学习。

在走出去方面，我们的主要考虑有：一是组织党政代表团前往广东进行对接洽谈和考察；二是组织相关部门和乡镇前往湖北五峰土家族自治县等地学习考察通过种茶实现脱贫致富的经验；三是组织部分中小学生前往佛山学习交流；四是组织部分妇女主任前往佛山学习考察；五是组织面向在佛山的西藏班学生的宣讲……其中第一项已成功实施，第二至第四项稍后实施；第五项因有关部门提出西藏自治区有关宣讲团已经宣讲过而作出了相应的调整。

墨脱县党政代表团在佛山的行程中，安排了与市委、市政府及各区、市有关单位的工作座谈和对接，举办了佛山市对口支援墨脱县洽谈会，考察了城市建设、产业发展、文化保护、基层党建等多方面的项目。此外，我们还专门安排了前往梅县雁南飞茶田有限公司学习考察，并安排顺道参观了叶剑英故居和纪念馆。

参观叶剑英故居和纪念馆是走出去开展“四讲四爱”主题教育实践活动的重要组成部分。在那里，我们详细学习了解了叶剑英元帅的革命生涯和事迹。大家都表示很有触动，很有启发。

一是强化了对革命史的学习。由于西藏是和平解放，缺乏像内地一样的长期而艰巨的革命斗争历程，所以大家对党的革命斗争史印象不是很深刻。而通过这次实地参观学习，以叶剑英同志的革命生涯为例，正好生动地补上了这一课，增强了大家对党及党的事业、党的恩情来之不易的认识，强化感党恩、爱祖国。

二是强化了艰苦奋斗的精神。革命斗争的条件是十分艰巨而残酷的，这过程当中体现了十分卓绝的艰苦奋斗精神。而墨脱作为最后一个通公路的县，现在的条件虽然有了很大的改善，但相比其他地区还有很大的差距，艰苦奋斗的精神永远不会过时，老西藏精神、老墨脱精神、“两路”精神还必须长期坚持和弘扬。

三是坚定了理想信念和立场。叶剑英同志屡次在革命的历史关头发挥了关键作用，为中国的革命事业做出了卓越贡献，毛泽东同志曾这样评价他：“诸葛一生唯谨慎，吕端大事不糊涂。”这些事件的背后，都是对党性的考验，是对理想信念的考验，是对政治立场、政治敏锐性和鉴别力的考验。

（发布时间：2017年7月29日1：12）

7月29日
星期六

走向天路382

万庙之祖

墨脱，作为中国特少数民族——门巴族和珞巴族的主要聚居地，有着神秘而独特的门珞文化。如何对门珞文化进行发掘、保护、传承、弘扬和创新？带着问题，墨脱县党政代表团于7月23日上午前往佛山祖庙博物馆进行了调研和学习。

佛山祖庙，在民间有着“万庙之祖”的美誉。它位于广东省佛山市祖庙路，始建于北宋元丰年间，后历经重修和扩建，逐步形成了今日的祖庙建筑群。佛山祖庙是集宗教、建筑、民间艺术、民俗、武术等多种文化艺术于一体的地方性综合博物馆。

佛山祖庙因宗教而生，因宗教而兴。佛山祖庙供奉的是道教的真武玄天上帝（即北帝），也是岭南众多北帝庙中最负盛名的一座。珠江三角洲为沿海地区和岭南水乡，历史上台风暴雨和洪涝灾害频发。而北帝是道教中掌管水务的神，相当于现实中的水利部部长，于是被佛山人供奉起来，希望能够根治水患，风调雨顺。巧合的是，据说自从有了祖庙以后，佛山就再也没有被台风正面侵袭过。据说明朝正统年间，顺德及附近地区农民暴动，攻打广州不下转而攻打佛山，被政府军打败。当时的地方官员上报朝廷时说是得到了祖庙的庇佑，于是朝廷敕封祖庙为灵应祠，并修建了灵应牌坊。从此，祖庙由民间祭祀变成官方祭祀，规模也得到了扩大。

佛山祖庙是岭南传统建筑的杰作。它与肇庆悦城龙母庙、广州陈家祠合称为岭南古建筑三大瑰宝。祖庙建筑艺术高超，装饰工艺精美，岭南特色鲜明。布局严整，疏密有致，充分运用了亭台楼阁廊榭坊等多种古建形式。灵应牌坊为三楼三层式建筑，大量使用斗拱结构，没有使用一根铁钉，历经千年以及台风、地震等自然灾害而毫发无损。作为古戏台的万福台，与两旁的看台建筑和门口的灵应牌坊构成一个闭环，形成了一个天然的立体环绕声回音壁，保证了演出的音响效果。祖庙前殿为山歇顶式建筑，正殿为我国现存古建筑中少见的宋式斗拱实例。

佛山祖庙被誉为“东方民间艺术之宫”。祖庙的正殿内陈设了许多珍贵的艺术品，如70件30种兵器、铜墙铁壁仪仗，直径1.31米的巨型铜镜，大型铜鼎、铜钟和香炉。铁器有大铁鼎、铁鼎、铁画、大型铁铸武士立像、铁铸瑞兽、铁炮等等。馆内还陈列有明、清等时期的石兽、石刻、碑刻等。这些陈列品集中反映了明清时期佛山的高超工艺技术。最值得称道的是祖庙的建筑装饰大量采用了“三雕两塑”——木雕、砖雕、石雕、陶塑、灰塑，工艺精湛，栩栩如生。还有一个值得特别留意的是漆扑雕塑工艺，祖庙内的大神像都是用这种工艺制作而成的。佛山的漆扑工艺，有着悠久的历史，据说最早出现于东晋时代，以唐代为盛，现已近于失传。此雕塑工艺须先塑出泥胎人像或其他动物、物品，然后翻制石膏模，在石膏模上用小麻布片逐层粘贴，脱模成型，再在胎塑造型表面施以精细雕塑、刻画线条、装饰上漆（油）、贴金、加彩等，最后塑造出一座完整的立体造像或器物。

祖庙是佛山民俗文化活动的标志性场所和最重要的载体。广东人以水为财，故而民间对北帝情有独钟，逢年过节和红白喜事都会前往祖庙进行朝拜祈福。佛山每年的春节祈福、“三月三”北帝诞、乡饮酒礼、春秋谕祭等具有较大影响力的民俗文化活动也是在祖庙举行。特别是每年举办的“佛山秋色巡游”大型民俗文化活动也是以祖庙为主会场。祖庙博物馆内的孔庙建于清宣统三年（1911年），为清末民国初的尊孔场所，也是小孩子入学开笔礼的举办地。祖庙是被称之为“南国红豆”的粤剧的主要发源地和传播地，直到现在还长年举办粤剧表演等民俗文化动态展示活动。

佛山是南派武术的发源地。以祖庙为依托，目前还建设了黄飞鸿纪念馆、叶问堂等，用于纪念佛山籍著名武术家黄飞鸿、叶问，也是佛山武术的最重要展览展示场所，每天都有“黄飞鸿醒狮表演”等活动。

佛山祖庙是全国重点文物保护单位、国家AAAA级旅游景区、广东省爱国主义教育基地、广东省中华文化传承基地。以祖庙为核心，政府规划建设了祖庙商圈和岭南天地，形成了一个既有历史传承，又有创新发展，既有岭南特色，又有南洋风情的现代城市核心区。

（发布时间：2017年7月29日22：09）

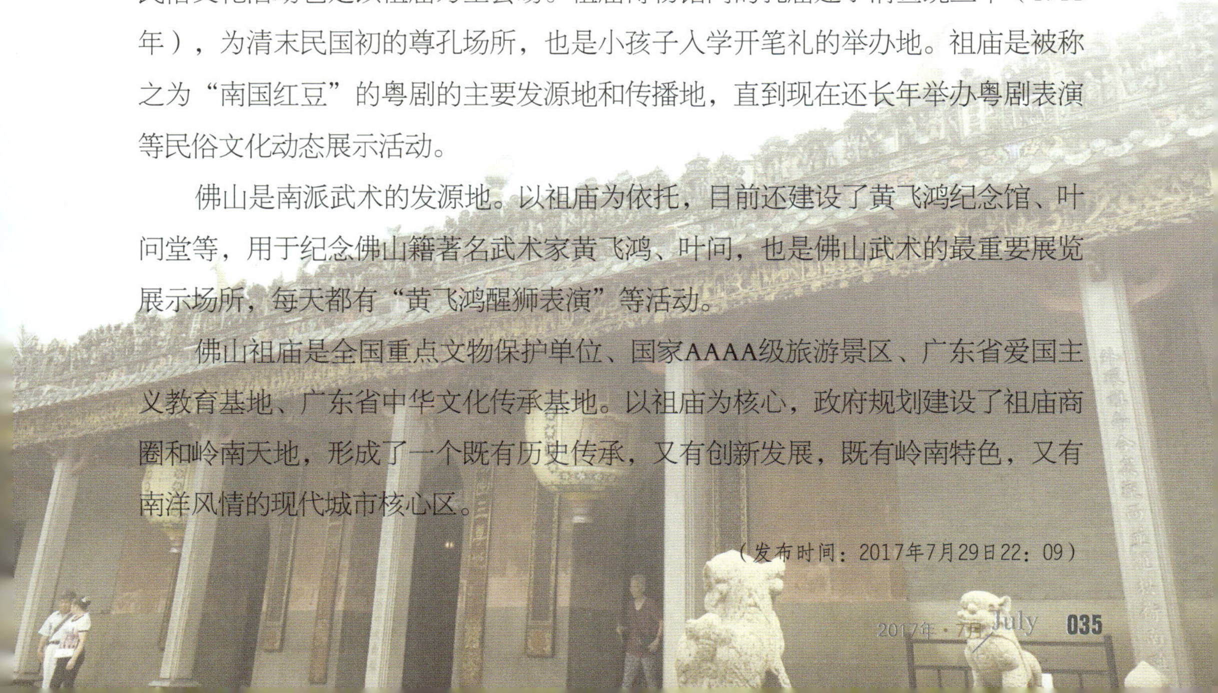

7月30日
星期日

走向天路383

化腐朽为神奇

如何对门珞文化进行发掘、保护、传承、弘扬和创新？带着这个问题，墨脱县党政代表团于7月23日上午前往佛山祖庙进行调研学习之后，又马不停蹄地赶往佛山南风古灶。

佛山素以“南国陶都”而闻名于世，改革开放以后更是发展成为“中国陶都”和“世界陶都”，拥有全球产业规模最大、产业链最完整的陶瓷产业集群。俗称“石湾公仔”的佛山工艺美术陶瓷更是佛山陶瓷乃至全球艺术陶瓷中的一枝奇葩。延绵五百多年薪火不熄的南风古灶和高灶是佛山传统陶瓷窑炉的代表和佛山陶瓷源远流长的见证。陶瓷是典型的化腐朽为神奇的技艺，把本身就扶不上墙的烂泥巴，愣是变成了实用美观的家居装修装饰材料和艺术品。

南风古灶位于世界陶都——佛山，佛山陶瓷的发祥地和核心区在石湾。南风古灶建于明正德年间，至今已经五百多年。五百多年来窑火不绝，被誉为“陶瓷的活化石”，现为国家重点文物保护单位，并被列入吉尼斯世界纪录大全。传统的陶瓷窑炉头低尾翘，犹如巨龙下凡，因此民间称之为“龙窑”。这条龙窑依山而建，坐北向南，入口对着南方，每到夏季南风阵阵，而民间又将烧火的地方叫作“灶”，所以这条龙窑叫作“南风灶”。

依托南风古灶，连同周边的高灶、高庙、林家厅等文物保护单位以及明清古民居建筑群、石湾陶瓷博物馆、石湾公园、公仔街、陶瓷旧厂房等，被政府一起规划建设成为集文化、旅游、创意、制作、体验、购物、餐饮、娱乐等于一体的“1506创意产业园”和国家AAAA级旅游景区。南风古灶旅游区内，汇聚了山公微雕、古作车拉坯、拍大缸、打草鞋等传统工艺精华，又引进了舞狮、武术、粤剧、剪纸等民间艺术精粹。古色古香的明清建筑，质朴优雅的街区环境，琳琅满目的艺术陶瓷，风格各异的陶艺作坊，神奇美丽的历史传说，巧夺天工的陶艺表演，都吸引着对美好有向往有追求的人们。

“给我一整天，还你一千年”！这是南风古灶的生动写照。

（发布时间：2017年7月30日20：12）

走向天路384

微笑吧

有人说，生活就是一面镜子，你对它笑，它就会对你笑。这确实很有道理！

景物是人的心灵的外在镜像。有什么样的心灵，就有什么样的风景。如果你有美好的心灵，就一定会看到美丽的风景。这就是我经常与朋友们分享的“慧眼出美景”。

要有美好的心灵，关键是要有积极的心态。人在事事顺心、样样如意的情况下，即使最糟糕的人他的心态可能都是积极的。但这种得心应手的情形不可能是常态。

我们经常面临的可能是各种困难和问题的挑战。在困难和问题面前，要保持积极的心态，首先是取决于我们对待困难和问题的态度，然后才是我们解决困难和问题的条件、能力。

人们常常说“过黑暗是黎明”“彩虹总在风雨后”，喜欢用克服困难和问题之后的美好情形来激发人们的信心和斗志。这固然很重要！其实，困难和问题的本身，以及解决它们的过程，本身就是一种乐趣，就是一种享受。

刮风当扇凉，下雨当滋润，打雷当提神，雾霾当洗尘。无惧风云变幻，不忧阴晴圆缺，喜看云卷云舒！

我曾经写过一首《绝处逢生》：

岩石虽坚也有隙，
硬发树草三五株。
莫惧人生不如意，
奇葩常开绝地处。

面对困难和问题，我们要有像丰胸隆臀机构一样的自信和豪迈——“没有什么大不了的”！

（发布时间：2017年7月31日23：40）

2017年

8月 August

8月1日
星期二

走向天路385

支持我们的军队

在中国人民解放军建军90周年之际，默默地祝福我们的祖国，祝福我们的军队，支持我们的祖国，支持我们的军队。

经广东省第八批援藏工作队墨脱县工作组工作会议讨论通过，决定支持解放军驻墨某部30万元，用于改善工作和生活条件；支持墨脱县公安边防大队、墨脱县武警中队各5万元，用于购买信息化设备，加强自身能力建设。其中，支持解放军驻墨某部的30万元为工作组向佛山市委市政府争取的计划外资金，支持墨脱县公安边防大队和武警中队的10万元为工作组向爱心企业——广州市齐明软件科技有限公司争取的计划外资金。

墨脱作为边境县，全县3.4万平方公里，其中有2.2万平方公里被印度非法占领，成为反分裂、反渗透、反蚕食斗争的最前线。我们去年7月进驻墨脱以后，通过全面系统的调查和分析，认为解放军和武警部队政治性强、纪律性强、成分单一，是“三反”斗争中最忠诚、最可靠、最中坚的力量。因此，加强“军地援”合作，对维护祖国统一，捍卫国家主权，促进民族团结，繁荣边疆地区，具有十分重要的意义。

因此，我们创新性地建立了“军地援”三方合作共建机制。一是建立了工作组的全面联系制度，安排专人分别联系解放军和武警部队驻墨各单位，多次前往解放军和武警部队驻墨各单位调研和慰问，拜祭烈士陵园。二是工作组积极向佛山市委、市政府及市民政局（市双拥办）汇报沟通，得到了市长朱伟和市民政局副局长廖沙等领导的关心支持。目前，佛山市已将解放军驻墨某部列为佛山以外的长期双拥共建单位，每年最少给予30万元的支持，拟将墨脱县公安边防大队和武警中队列入长期双拥共建单位。三是工作组在广东省第八批援藏工作队和墨脱

县委县政府的正确领导下，开展“军地援”三方合作共建党建和基层组织，充分发挥军队的政治优势、纪律优势、作风优势，地方党委的领导优势、统筹优势、业务优势，援藏工作队的理念优势、资金优势、后方优势，以加强和改善党在少数民族地区、边疆地区、农牧区基层的领导。

（发布时间：2017年8月1日21：59）

8月2日
星期三

走向天路386

力度不是一句空话

“我们决定支持100万元！”这是我们7月31日上午前往佛山市南海区狮山镇对接洽谈时黄文富镇长所说的话。黄文富镇长及狮山镇说到做到，马上兑现，当场拨付首期50万元，剩下50万元待镇党政代表团前来墨脱调研考察和对接洽谈时再带过去。副镇长叶伟华马上让人制作了一块牌子，并现场举行了首期的捐赠仪式。当天参加对接洽谈的还有镇财政局局长何永辉、镇城乡统筹局局长林泰华等相关领导。

就在一个星期之前的7月24日上午，佛山市•墨脱县对口支援工作座谈会在佛山市机关小礼堂举行。佛山市委书记鲁毅的讲话掷地有声：佛山要下最大的决心、使最大的力气、用最大的努力，坚决落实好对口支援墨脱这项重要政治任务！随后的四天里，墨脱县党政代表团分别到佛山市中医院等市直单位和五个区进行考察学习和对接洽谈，所到之处均获得了热情的接洽和给力的表态。各区和各相关单位均表示，“以墨脱之所需，尽自己之所能”！佛山市各级党委、政府及相关部门，特别是市委、市政府主要领导，历来都讲政治顾大局，十分重视援藏工作，把中央和省委的安排作为一项重大的政治任务、作为佛山自身发展的迫切需要来看待，内化于心，外化于行。

在墨脱县党政代表团来访之前，佛山市委、市政府已经根据广东省第八批援藏工作队墨脱县工作组的提请，拨付3000万元用于支持墨脱县多卡、龙列、岗玉三个严重地质灾害隐患村的整体搬迁异地安置；拨付250万元用于支持墨脱县经贸文化交流、干部职工和群众的培训等。而佛山市南海区、顺德区、高明区、三水区及南海区大沥镇、高明区更合镇等区、镇街，共青团佛山市委、佛山市郁南商会、佛山市三水区工商联等单位，均已由相关领导带队前来墨脱调研考察和对接洽谈，并给予了从十万到几十万元不等的支持。佛山市住建局、佛山市红十字会等相关单位及众多社团、企业乃至个人，虽因工作安排等原因尚未能够前来墨脱，但他们支持的资金和物资却早已随着他们的爱心进驻墨脱。

承诺不是一纸空文，力度不是一句空话！低调务实的佛山人在用实际的行动、真心的付出支持援藏工作，支持墨脱发展。

（发布时间：2017年8月2日21：36）

8月3日
星期四

走向天路387

对接在于落实

我们于7月24日下午在佛山举行的佛山市对口支援墨脱县洽谈会，现场反应热烈，事后反响强烈，其影响还在持续扩大，其成果还在持续深化，其效应还在持续发酵。事实胜于雄辩。目前的成效无声胜有声地回应了当时相关人员的犹豫——认为不会有什么实质性的效果、怀疑——认为我们只不过是作秀而已、否定——认为没有必要搞这样的活动。

现将洽谈会的部分成效列举如下：

1. 佛山市南海区拟支持墨脱扩大茶叶种植，建设墨脱南海茶园，具体方案正在对接洽谈中，近期区主要领导将赴墨脱调研考察和对接洽谈；

2. 佛山市南海区狮山镇支持广东省第八批援藏工作队墨脱县工作组工作经费100万元，首期50万元已经落实，另外50万元待镇主要领导来墨脱调研考察和对接洽谈时带来；

3. 佛山狮山哈津摇篮幼儿园现场支持工作组工作经费10万元，资金现已到位；

4. 佛山市三水区职业教育联盟协会，捐赠品牌电脑一体机30台，价值96,000元，图书2000册，价值3万元；

5. 顺德区勒流街道教育局对口开展教育帮扶：育贤教育集团对口墨脱县中学、县完小、县幼儿园，局教研室对口帮扶墨脱县教研室，根据墨脱需要安排3—5名教师到墨脱短期（1—3个月）支教和培训；

6. 中国五人足球城市联盟、佛山市五人足球协会与广东省第八批援藏工作队墨脱县工作组签订合作协议，对墨脱的体育设施建设、体育器材添置、体育运动培训、体育赛事举办等多方面给予支持；

7. 佛山市总工会拟资助10—20名墨脱贫困大中专学生，每人1万—2万元；

8. 佛山凌宇图书公司支持西藏墨脱县教育发展，以40%（含税金，配送运输费用）超低优惠支持工作组图书采购项目，另外捐赠200册图书给墨脱中小学；

9. 佛山市会议展览业协会利用其平台免费向国内外宣传墨脱及墨脱旅游；

10. 佛山市农业局、共青团佛山市委、佛山市妇女联合会、南海边防检查站、佛山市门窗情扶贫助学协会（基金）、佛山市电子信息行业协会、佛山市高新技术企业协会等单位拟给予相应的支持，具体内容正在洽谈中；

…………

目前，还有不少党政机关、企事业单位、社会团体及各界人士正在和我们沟通联系，希望为佛山援藏，为墨脱发展，尽一分力，献一份爱。

虽然洽谈会取得了圆满的成功，也取得了显著的效果，但还是要继续加强对接洽谈，促进落实。因此，这段时间我和工作组其他有关成员，有分有合，或登门拜访，或通过电话、微信等网络方式进行沟通协调。我自己也在检查和治疗身体之余，主动前往拜访或沟通联系了佛山市南海区、狮山镇、市总工会、团市委、市妇联、市郁南商会、市电子信息行业协会、市高新技术企业协会、市门窗情扶贫助学协会、市会议展览业协会、中国五人足球城市联盟、市五人足球协会、佛山狮山哈津摇篮幼儿园等十多个单位。

（发布时间：2017年8月3日22：43）

8月4日
星期五

走向天路388

好坏立见

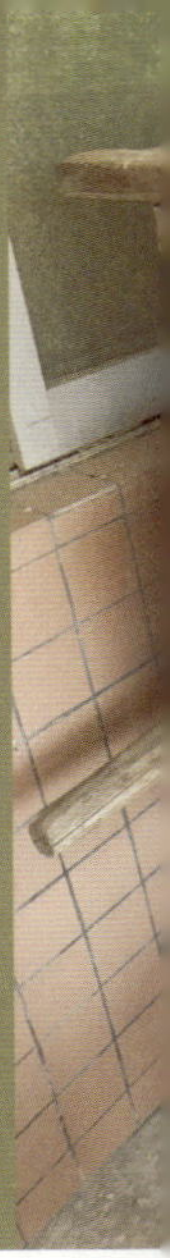

手摇风自扬，

谷从漏斗下。

丰瘪分槽出，

立见好与差。

这是我以前写的一首口水诗——《风柜》。7月底的周末，我回乡下看望父亲及其他家人时，看到了风柜，便想起了这首诗，于是拿出来与朋友们一起分享。

风柜是用来风谷（用风对稻谷进行筛选和分类）的一种农具，在我国水稻种植地区多有使用。风柜以四条腿和四条杠为骨架，就像楼房的框架结构一样。四条立柱式的腿前后（头尾）各一对，用于支持和固定柜体。四条杠上下各一对，分置于柜体的前后两面，也是用来固定柜体。四条杠上短下长，上面的一对与柜体等长，下面的一对长于柜体，用于抬动风柜。

风柜从上到下大概可以分为三层。最上面一层为一个四方形的自上而下逐步收窄的漏斗，为四条立柱和一个四方形的木框等所固定。漏斗底部有一个阀门，就是一块可以上下启闭的木板。这块木板突出于正面，在其下方有一块可以左右滑动的三角形木楔，用来控制阀门启闭的程度以调节稻谷的流量。

中间那层是一个圆形和方形相连并相通的柜体。右侧（头部）是一个圆形箱体（柜肚），内置六角形风页，有曲轴连杆伸出柜外面，用以摇动起风。左侧（尾部）是一个长方形箱体（柜箱），右边与右侧圆形箱体完全连通，以便风从右侧柜肚吹向左侧柜箱；左边出口不封闭，以便粉尘、禾衣等质量最轻的无用物从那飞出。

下边那层有两个像滑梯一样的导流槽，与中间层左侧的长方形柜箱相通。导流槽一般并列位于前面，这样方便风谷者观察和调节，也有交错一前一后设置的，缺点是不方便风谷者观察和调节。

风谷时，要先关闭漏斗的阀门，然后把已经晒干的稻谷倒进漏斗。右手摇动风页的曲轴，摇动时要以顺时针方向转动，以便风向上扬，稻谷及其他杂物便被吹向柜箱和尾部出口，如果以逆时针转动则会把稻谷及其他杂物往下打并卷入柜肚。左手左右滑动木楔以控制流量，调节到合适的流量后可以固定下来。风谷时要左右手相互配合，右手要注意掌握好摇风的力度和速度，最好能够保持匀速，左手要掌握好流量的大小。程序上要先摇风，待力度和速度合适了再开启阀门，这样才不至于稻谷和杂物一起直接掉下来。

完全饱满的稻谷（丰谷）由于重力的作用会在最靠近风源的右槽滚下来，不完全饱满的稻谷（瘪谷）会在稍为远离风源的左槽滑下来，而完全不饱满的稻谷（空谷）、禾衣、灰尘等杂物会从尾部的开口飞出去。根据风谷者力度掌握的不同，有时候要把右槽或左槽落下的稻谷重新再风一次，以免丰瘪不分或丰谷误弃。丰谷可以用作粮食，瘪谷可以碾成糠用作饲料，而从尾部飞出来的废物一般可以用作燃料或烧成灰烬用作肥料。

（发布时间：2017年8月4日22：22）

晒谷

7月底的周末回乡下看望父亲及其他家人的时候，正好家里的稻谷收割完了，在楼顶的天台上晒着。我想起了小时候晒谷的情形，为了教育孩子，便给他们示范和讲解。

稻谷收割回来了，紧接着就是晒谷。辛苦付出了半年，还要应对各种自然和病虫灾害，才有此收成，绝对不能坏在了这个环节上，否则就前功尽弃了，因为潮湿和高温会使稻谷发芽或变坏。

晒谷要有晒谷坪，我们乡下俗称“地堂”。以前由于经济技术条件落后，不少村落都是集体建设一个，然后按投资或人口等因素划分为大小不一的几块，每家每户一块。以前也没有水泥，就用黄泥、石灰等和水搅拌均匀，用一种俗称“泥跛”（粤语音译）的木头夯筑而成，谓之“灰沙地堂”。

集体建设的好处就是大家在一起晒谷，可以互相聊天和帮忙，一些用具也可以整合资源，缺点就是场地太小。后来经济、技术条件改善了，每家每户便在自己的房前建起了水泥的地堂，或者建起了楼房在楼顶天台来晒。

晒谷要先把稻谷倒到地上，用一种俗称“谷劣”（粤语音译）的用具把它推开、刮平，尽量弄均匀。所谓“谷劣”，就是用一根杆子垂直连接一块上厚下薄、两头收窄的木板。然后用一种竹子做的耙子在上面耙，把没有脱粒的稻穗、禾衣（禾叶，多已破碎）及其他杂物耙出来，再分拣处理。

翻谷是晒谷的一个重要环节，它可以让稻谷晒得均匀，而不是一面干一面湿或一部分干一部分湿。翻谷的方法很多，而且经常交替进行。主要有两种：

一种是“踢谷”。即用双脚紧贴着地面往前移动，原理有点像犁田、犁地，能把稻谷翻过来晒。踢完一行又调过头来踢另一行，每行之间相互紧贴着，直至全部踢完，形成有点像回形针一样的很多道拐。踢谷一般都是赤脚，这样效果会更好，但缺点是地面很烫，而且很容易被谷刺刺伤。

另一种是“劣谷”（粤语音译）。即用“谷劣”从两边把稻谷刮起来堆成一条条略呈三角形的“垄”。晒一会儿后先将垄的一边翻到另一边，再晒一会儿后再把另一边翻到这边，如此反复，最后把它推开、刮平再晒。

当日落或下雨的时候，就用“谷劣”把稻谷刮回来堆成锥体，用一种竹叶和竹篾编制而成的罩子罩着，底部再用胶纸覆盖，用砖头或石头压实，以防水往里渗透。如果来得及就用一种俗称“惨”（粤语音译，竹编，功能相当于）的用具把稻谷舀起来倒到一种竹编的箩中，挑回家去，第二天再挑出来晒。

“锄禾日当午，汗滴禾下土。谁知盘中餐，粒粒皆辛苦。”种谷是一种苦差，晒谷也是一种苦差。头顶烈烈炎日，脚踏火烧一样的地板，即使不动都满身大汗，更何况要经常动来动去。最倒霉的是南方的夏天经常会碰到突如其来的大雨，收谷的过程必须在极短的时间内完成，否则只能用一种竹编的东西拦着地堂的出水口，这样水可以从缝隙中流走，而稻谷却可以留下来。

晒谷后，还要“风谷”，才能正式收谷入库。风谷的过程，可以参阅昨天的《走向天路388——好坏立见》。

（发布时间：2017年8月5日22：37）

8月6日
星期日

走向天路390

乡村之晨

我的家乡是一个美丽而恬静的小山村。

清晨，整个村庄笼罩在薄雾之中，犹如仙境一般。群山如同穿上了白色的婚纱，个个清纯脱俗。当太阳爬上了东边的山梁，晨曦带来了艳丽的朝霞。金色的阳光斜斜地投射到地上，将整个村庄分成了两部分，西面洒满了金色的阳光，东面还沉浸在山岭的阴影之中。阳光的温暖让群山慢慢脱去了白色的婚纱，由厚变薄，自下向上，最后终于露出了她的真实面目，只剩下一身绿色的戎装。

村民们开始了一天的忙碌，炊烟袅袅升起，锅盆碰撞的声音不时传出。勤劳的村民已经行走在乡间小道，活跃在田间地头。小鸟在房前屋后、天井阳台飞上飞下，吱吱喳喳。出笼的鸡群伸长了脖子，拍打着翅膀四处奔散，寻找同样早起的虫儿。而鸭子则嘎嘎轻叫，迈着蹒跚的脚步走向河边和池塘。牛儿甩着尾巴，悠然自得的用舌头把还带着露珠的青草卷进了自己的嘴巴。

美好的一天就这样拉开了帷幕。

（发布时间：2017年8月6日22：05）

8月7日
星期一

走向天路391

“四讲四爱”再发力

今天上午，墨脱县召开“四讲四爱”主题教育实践活动第三节点总结暨转段部署会。县委常委、统战部部长边巴索朗主持了会议，县委常委、宣传部部长普果总结了第三节点工作并部署第四节点安排，墨脱镇、帮辛乡、县民族宗教事务局、县强基办等单位作了交流发言，我根据县委的安排作了讲话。

会后，广东省第八批援藏工作队墨脱县工作组与县委宣传部举行了简单的捐赠仪式，支持县委宣传部“四讲四爱”专项工作经费8.8万元，加上之前支持购买摩托车用于“四讲四爱”的0.625万元，合计近10万元。而这些，只是我们支持“四讲四爱”的其中很小一部分。之前，我们为了加强对“四讲四爱”的宣传，已经安排了200万元用于县广播电视台的改造提升；投入20多万元用于县党政代表团前往广东进行学习考察和对接洽谈（包括佛山市对口支援墨脱县洽谈会）。

接下来，我们还要组织相关部门和乡镇前往湖北五峰土家族自治县等地学习考察通过种茶实现脱贫致富的经验；部分中小学生前往佛山进行感恩教育；部分妇女主任前往佛山学习考察……由于墨脱进出的成本费用都很高，预计这几个活动需要投入将近100万元。再加上其他与“四讲四爱”相关的活动，广东省第八批援藏工作队墨脱县工作组用于支持“四讲四爱”的费用将超过300万元。

当然，广东省第八批援藏工作队墨脱县工作组支持“四讲四爱”绝不限于资金，而是全面参与。之前，我们已经让“四讲四爱”宣讲实现了“十进”：进援藏、进乡（镇）村、进农家、进学校、进寺庙、进事业单位、进企业、进建设工地、进田间地头、进民主党派。

广东省第八批援藏工作队墨脱县工作组全面参与和支持“四讲四爱”，已经引起了上级领导及社会各界的关注。《西藏日报》于7月11日以《用行动诠释“四讲四爱”——记广东省佛山市第八批援藏工作组》为题进行了详细的报道，篇幅几乎达到半个整版。

“四讲四爱”为西藏自治区党委部署的“讲党恩爱核心、讲团结爱祖国、讲贡献爱家园、讲文明爱生活”喜迎党的十九大主题教育实践活动。

（发布时间：2017年8月7日21：38）

8月8日 星期二

走向天路392

再去看看

我们曾于5月7日和11日两次前往加热萨乡久当卡村地质灾害紧急搬迁安置点——墨脱镇朗杰岗村调研和看望，并当场支持10万元帮助群众解决燃眉之急。

三个月过去了，现在怎么样了？带着挂念，带着问题，带着来墨看我的妻子和儿子，我们在驻村的加热萨乡人大主席多吉索朗的陪同下，于今天下午再次前往朗杰岗村。

本来是上午前往的，但因当时雨势较大而调整，中午的时候雨势开始减弱，便决定下午出发。路上有一些塌方和滚石，也有一些地方被雨水冲刷得沟壑纵横，但更多的是深深的泥泞，越野车在摇头摆尾中前行，有时刮得底盘沙沙作响。

我们边走，多吉索朗主席便边汇报相关情况。他说，包括旺东书记和魏长旗县长等在内的相关领导多次到现场关心指导；现在安置房建设进度很快，预计12月就可以竣工；之前的帐篷早已改成了活动板房，居住条件有了很大的改善；水轮发电机前两天已从久当卡村搬了过来，村民已有电用了；猪圈等牲畜的安置房已经建好并投入使用；现在人心稳定，群众满意……

到达驻村工作队后，才发现忘了带水鞋，幸亏施工单位有，便向他们借了几双。但因我和儿子的脚都比较大，没有合适我们俩的，小鞋也得穿了，只能弯曲着脚趾走路，时间长了甚是疼痛。

我们先去看看村民的居住环境，他们已从最初的帐篷搬到了新建的活动板房。两排整齐的活动板房坐落在山坡梯地上，前面是村民自己搭建的伙房，后面是连排的活动板房，两者之间形成了一条狭长的走廊。我们逐一走访了两排共34户人家，里面虽然简陋但却很整洁，让我感到很欣慰。我们重点走访了部分家庭，和大家进

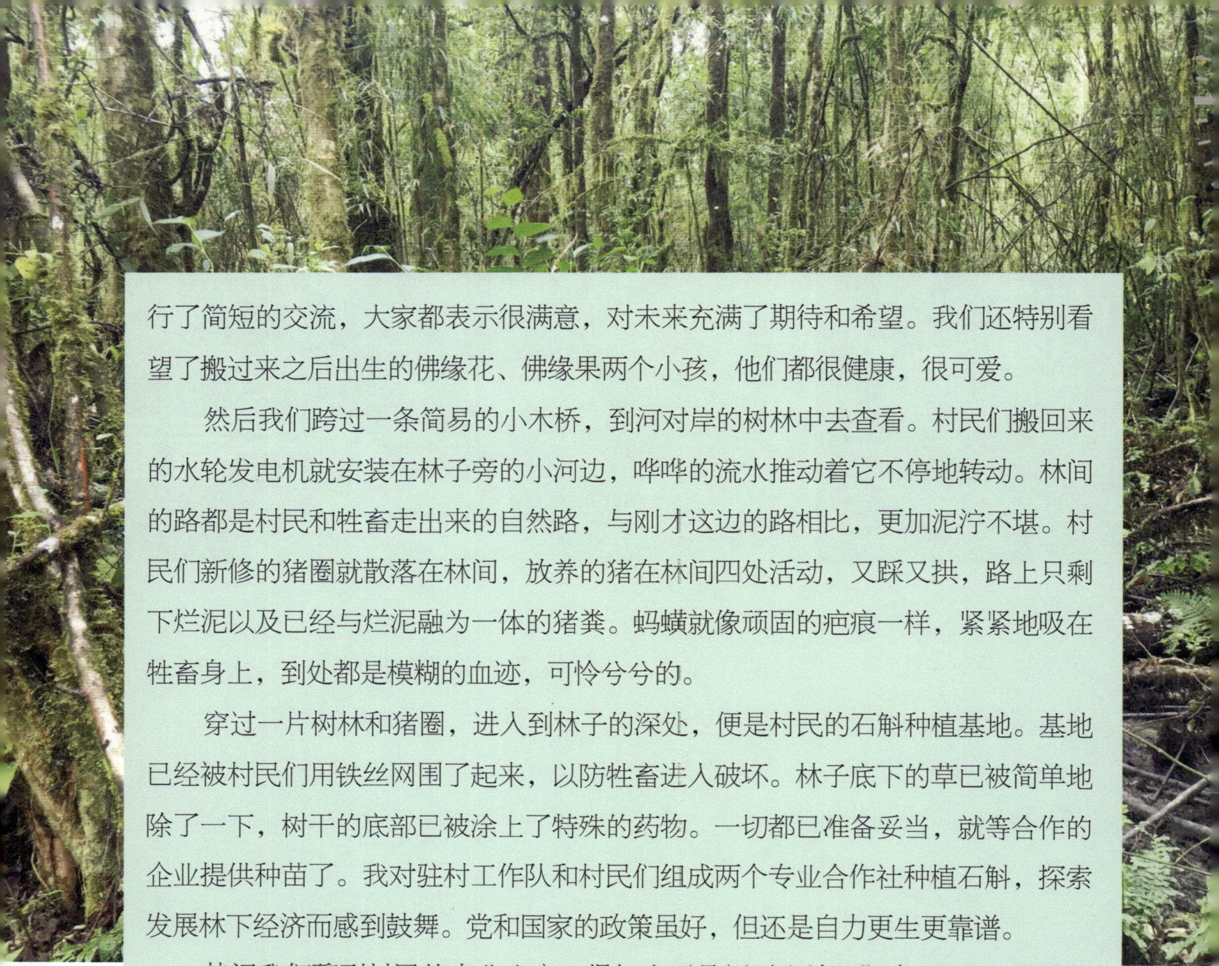

行了简短的交流，大家都表示很满意，对未来充满了期待和希望。我们还特别看望了搬过来之后出生的佛缘花、佛缘果两个小孩，他们都很健康，很可爱。

然后我们跨过一条简易的小木桥，到河对岸的树林中去查看。村民们搬回来的水轮发电机就安装在林子旁的小河边，哗哗的流水推动着它不停地转动。林间的路都是村民和牲畜走出来的自然路，与刚才这边的路相比，更加泥泞不堪。村民们新修的猪圈就散落在林间，放养的猪在林间四处活动，又踩又拱，路上只剩下烂泥以及已经与烂泥融为一体的猪粪。蚂蟥就像顽固的疤痕一样，紧紧地吸在牲畜身上，到处都是模糊的血迹，可怜兮兮的。

穿过一片树林和猪圈，进入到林子的深处，便是村民的石斛种植基地。基地已经被村民们用铁丝网围了起来，以防牲畜进入破坏。林子底下的草已被简单地除了一下，树干的底部已被涂上了特殊的药物。一切都已准备妥当，就等合作的企业提供种苗了。我对驻村工作队和村民们组成两个专业合作社种植石斛，探索发展林下经济而感到鼓舞。党和国家的政策虽好，但还是自力更生更靠谱。

其间我们聊到村民的农业生产，得知由于是新开土地，肥力不足，4月份种的玉米长了一尺多就不再长了。现在县里已经立项，准备投资200多万元，着力改善土壤结构，提高肥力。我建议除了从林芝运进黑土以外，也可以发动村民把人畜粪便和草木灰等拌到地里，既可消毒杀菌又能提高肥力。得知那里适合竹子生长，我建议引种部分笋用竹子，既可自用自食又可作为旅游商品出售。村里准备种果树，我建议认真研究考察，引种花可赏果可食、旱季开花雨季结果的树种，品种不要太多太杂，而是要成规模，这样可以做到果旅融合，相得益彰，两全其美。

当我们从林子出来返回到驻村工作队的时候，队员和村民们已经把饭菜都摆上桌子了。在感动之余又盛情难却，只好吃了再下山回家。还有让我感动的是，妻儿俩跟着我坐颠簸车、走泥泞路、穿蚂蟥林而无怨无悔。

（发布时间：2017年8月8日23：04）

8月9日
星期三

走向天路393

支持党建不遗余力

前天（8月7日），广东省第八批援藏工作队墨脱县工作组支持墨脱县非公有制经济组织党工委党员活动场所专项经费5万元，用于党员活动场所的建设和相关设备的添置，而这只是我们支持党建资金中的很少一部分。

党的正确领导是西藏长治久安、繁荣稳定、民族团结、社会和谐的根本保障。而加强党的领导，加强党的基层组织建设，充分发挥党的基层组织的战斗堡垒作用，在西藏既迫在眉睫，也是任重道远的一项基础性、战略性的工程。因此，广东省第八批援藏工作队墨脱县工作组在广东、西藏两地各级党委及广东省第八批援藏工作队的正确领导下，十分重视党的建设，既倾注了极大的热情，也投入了大量的资金。

为了加强党建的基础设施、配套设施、服务设施、活动设施建设，我们在计划内资金和计划外资金中安排了不少于2800万元用于建设六个村级综合服务中心（包括村级组织活动场所）；600万元用于建设一个镇级综合服务中心（包括镇级组织活动场所）；200万元用于对县广播电视台的改造提升，加强和改善党的宣传；92万元用于建设党的基层组织服务平台，加强和改善党在基层的服务；每年40万元用于军地援三方合作共建党的基层组织建设……三年合计投入不低于3800万元。

当然，我们支持党建不仅仅限于资金，还有更多的工作。

（发布时间：2017年8月9日22：00）

8月10日
星期四

走向天路394

雨中墨脱

白雾雅江起，
天雨空中下。
唯恐不够美，
群峰披婚纱。
（注：雅江为雅鲁藏布江的简称。）

（发布时间：2017年8月10日20：27）

走向天路395

发展产业毫不犹豫

近日，广东省第八批援藏工作队墨脱县工作组支持墨脱县帮辛乡15万元，作为该乡石锅产业发展专项资金，用于石锅产业的宣传、推广、电商、培训等。

墨脱由于山高谷深，坡陡崖峭，草盛林密，水湍流急，道艰路险，地少人稀，灾害频发，生产落后，生活贫困，因此长期以来主要依靠国家扶持和内地支援，居民收入中有相当部分来源于政策性补贴。

为了摆脱贫穷落后，当地各级党委、政府和历批援藏干部人才在党中央国务院的正确领导下，精诚团结，发奋图强，进行了一系列的探索和努力，取得了显著的成效，为今后的发展打下了良好的基础。因此，我们进墨以后，通过充分的调研，认真的分析，认为现在已经到了一个战略转折点，那就是要积极稳妥地推进产业发展。从而确定了我们援藏工作的新思路——“援藏理念开始从外部帮扶向自力更生转变，援藏项目开始从基础建设向产业发展转变，援藏重点开始从项目建设向长效机制转变，援藏方法开始从输血扶贫向造血脱贫转变”。

产业是经济发展的前提和基础，核心和根本；产业是脱贫的根基，是致富的源泉。没有产业支撑的脱贫只能是数字脱贫，没有产业发展的致富只能是假性致富。因此，我们把产业发展作为援藏工作的重中之重来抓。我们计划内的1.6亿元援藏资金中，产业项目资金达9700万元，约占60%，加上其他与产业相关的项目，约占80%，重点项目中无一例外都是产业项目。

在产业发展上，我们围绕“茶、旅、果、养、菜、谷、药、艺”等重点而展开：

“茶”，主要是扩大种植规模。结合墨脱的实际，发挥墨脱的优势，把茶叶作为墨脱农牧业的主导产业。整合资源和资金，计划投入不少于3200万元用于建设茶叶种植基地及相关配套设施，协助县里扩大茶叶种植规模；促进落实与铜墙铁壁科技有限公司的合作项目，扩大茶叶种植和加工；加强与佛山相关单位的沟通，争取更多计划外资金支持扩大茶叶种植规模……

“旅”，主要是提升旅游品位。结合墨脱的实际，发挥墨脱的优势，把旅游作为墨脱服务业的主导产业。整合资源和资金，完善旅游基础设施和配套设施建设，助力墨脱全域旅游创建AAAA级旅游景区。其中按照“住房安居化、道路硬底化、设施配套化、环境生态化、庭院经济化、景观旅游化”的“六化”理念，投入不少于1.5亿元用于建设六个小康村；投入不少于4000万元用于县城风貌改造；投入不少于3000万元建设墨脱母亲广场及配套设施；投入不少于2600万元用于建设墨脱白玛岗360度全景观光栈道、秘境墨脱、海市蜃楼、魁星阁等旅游设施……

“果”，主要是引种精品水果。充分发挥墨脱的水土资源和气候优势，规划建设墨脱雅鲁藏布大峡谷热带水果种植带。结合六个小康村的建设，拟规划建设梨树、佛手、李子、菠萝蜜（或芒果）、猕猴桃（或苹果）等种植基地；拟对现有的香蕉、柠檬、蜜柚、桃子、枇杷和木瓜等种植基地进行改造提升……

“养”，主要是开展养殖示范。充分利用墨脱的气候条件和水资源丰富的优点，通过建设一批养殖示范区，引进先进的养殖和管理技术，做好养殖示范引导，为下一步拓展养殖业积累经验，从而充分挖掘墨脱养殖产业潜力，加快发展养殖产业，增加农牧民收入。结合小康村的建设，拟规划建设藏香猪、巴麦牛（犏牛）、鱼塘水产和青头鸭等养殖示范基地……

“菜”，主要是探索冬菜种植。充分发挥墨脱的气候和水土优势，拟规划建设冬种蔬菜基地……

“谷”，主要是推广高产水稻。拟引进一批优质高产抗病水稻新品种和玉米新品种进行试种……

“药”，主要是积极种植药材。拟支持石斛等中药和藏药的种植……

“艺”，主要是发展传统工艺。结合实际支持石锅、竹编、藤编、门珞服饰等传统手工艺业的发展……

（发布时间：2017年8月12日23：25补发）

8月12日
星期六

走向天路396

雨后墨脱

雨歇天复晴，
蝉虫放肆鸣。
此景不常有，
人们盼莫停。

（发布时间：2017年8月12日10：10）

8月13日
星期日

走向天路397

风景墨脱

墨脱风景美如画，
没有来过以为假。
当你真正到了后，
其他地方算个啥？

（发布时间：2017年8月13日21：05）

走向天路398

扶持文化毫不吝啬

近日，广东省第八批援藏工作队墨脱县工作组支持墨脱县加热萨乡20万元，作为该乡门珞文化发展专项资金，用于恢复重建和发展壮大该乡民间艺术表演队。

门巴族和珞巴族作为中国两个人口较少的少数民族，拥有丰富、神秘、独特的民族文化，是中华民族文化中的一枝奇葩。为了方便表述，我们将其简称为“门珞文化”。如何发展门珞文化？我们确定了“和而不同，融而不灭”的理念和“挖掘、保护、传承、发展、创新”五个重点。

作为中华文化的有机组成部分，我们对于门珞文化应该给予充分的尊重和高度的重视，允许并支持其保持民族性和特色化。当然，任何事物都不可能孤立地存在和发展，门珞文化也不例外，而必须主动融入中华文化乃至世界优秀文化之中。当然，融合并非而且绝非是要消灭，而是在博采众长的基础上获得新的发展。此为“和而不同，融而不灭”。

观念是行动的先导。我们认真吸取了林芝等地的经验教训，在所有援藏项目、援藏工作中都坚持和秉承了“和而不

同，融而不灭”的理念。所有援藏项目均采用门珞风格，并吸收汉族及其他少数民族的先进理念、形式和方法，如母亲广场的母亲雕塑就是门珞妇女的形象。所有名称均采用具有当地民族风格和地域特色的名字，并使用汉藏双语标示，如“白玛岗360度全景观光栈道”。所有援藏工作的开展均尊重当地的民族文化、宗教信仰、风俗习惯。

在尊重的基础上，我们还致力于门珞文化的“挖掘、保护、传承、发展、创新”：

在我们规划援藏项目时，我们策划了墨脱母亲广场、墨脱县城风貌改造、白玛岗360度全景观光栈道、秘境墨脱、海市蜃楼、魁星阁等系列文化旅游项目，总投资达8000万元；

在我们得知缺乏乡镇及村级活动场所时，我们用全新的理念规划建设了一个乡镇级综合服务中心（包括乡镇级组织活动场所）、六个村级综合服务中心（包括村级组织活动场所），总投资达3000万元；

在我们得知县委宣传部向自治区党委宣传部申请了80万元用于成立墨脱门珞服饰专业合作社时，我们建议其将资金用于设备引进和人员培训等刀刃上，而在我们的援藏项目母亲广场为其建设“墨脱门珞服饰加工展销中心”，作为生产和展销场地；

在我们得知县广播电视台改造升级缺乏资金时，我们投资200万元支持其改造升级，用于加强门珞文化的宣传；

在得知县广播电视台缺乏工作用车时，我们将轮换出来的一辆丰田霸道越野车捐赠给该台，用于上山下乡采访；

在“2016广东（佛山）非遗周暨佛山秋色民俗文化活动”中，我们与佛山市政府及市发改局、市文广新局、市民宗局等单位沟通协调，邀请墨脱县代表团及墨脱门巴族舞蹈队共74人前往观摩和参演，费用由佛山市全资支持；

在“2016年西藏林芝雅鲁藏布江生态文化旅游节”上，我们根据相关部门的请求，为墨脱县表演队提供9万元，用于购买表演服饰及道具等；

在去年我们在德兴乡那尔东村调研时，得知被列为自治区级非物质文化遗产的该村神舞表演队在争取上级资金后，尚存资金缺口，于是沟通协调广东粤众互联网信息有限公司资助该神舞表演队2万元，用于表演面具制作及日常排练；

我们将联合相关部门编撰《门路秘境 莲花圣地墨脱县“十全十美”画册》，而费用将由我们全资支持；

在我们得知墨脱有不少优秀门路歌曲时，我们联合有关部门正在收集整理，并创作“佛墨缘”系列援藏歌曲，如《佛山援墨工作组之歌》《援嫂》《有一群佛山人》等，将它们制作成DVD等影视资料，而费用将由我们全资支持；

目前，我们已经会同县文广局起草了《墨脱县关于促进门路文化的扶持办法》，目前正在报请县政府批准实施，而扶持资金则由县政府和广东省第八批援藏工作队墨脱县工作组根据每年的资金需求共同投入。

…………

（发布时间：2017年8月14日20：35）

8月15日
星期二

走向天路399

遭遇“恐怖袭击”

突然间，感觉头顶被扎了一下。剧痛、麻痹、晕眩等说不清的症状马上向整个脑袋扩散，意识开始有些模糊，人有点蒙了。遭遇同样情况的，不止我一个，还有一同前往的援嫂。这是我们从扎西曲培家出来时发生的一幕，我们居然遭到了“恐怖袭击”！

袭击我们的不是人！这绝不是骂人！袭击我们的真不是人！而是马蜂！原来是扎西曲培家的门头上有一窝马蜂，可能今天来的人比平时多，进出影响了它们。于是，我们赶紧离开这个是非之地，再蹲下来让背崩乡党委书记王海斌和江新村党支部第一书记王洁等随行人员帮我们把毒液挤出来。

回到村委会，他们再次帮我们挤了一下，并涂了些驱风油，然后乘车返回乡里。回到乡卫生院的时候，扎西次仁院长等又帮我们查看了一下，并消了毒。

今天早上，我们在参加完墨脱县城致富路改造项目和秘境墨脱项目的开工仪式后，前往背崩乡江新村看望我们开展的“佛墨缘爱心家庭结对活动”的结对帮扶对象。我们在乡党委书记王海斌等乡村干部的陪同下，与前来墨脱探亲和体验的妻儿一起，先后来到达娃措姆和扎西曲培两个家庭。我们入户进行了沟通交流，并送上了慰问金和相关厨具，以表达我们的心意。

就在我们离开扎西曲培家的时候，发生了开头的惊人一幕。这种刺痛一直持续到现在都还没有完全消除，但它已经不断地在减弱，特别是挤了两次和消毒了以后。

我们离开乡里以后，还忍着疼痛前往解放军驻墨某部和华能亚让电站等进行了参观考察、学习交流。

（发布时间：2017年8月15日21：47）

8月16日
星期三

走向天路400

又一批项目开工

昨天，是日本宣布无条件投降72周年纪念日。当全国人民纷纷以各种形式进行纪念的时候，在越境入侵我国西藏洞朗地区的印度军兵还死赖不走之际，广东省第八批援藏工作队墨脱县工作组以实际行动来表达——“要想赢得尊重，唯有实力出众”！

经过墨脱县工作组的艰苦努力，佛山援藏在雨季尚未结束之前，于昨天再启动两个重点项目的建设，掀起了佛山对口支援墨脱项目建设的新高潮。这是我们启动建设的第四批项目——墨脱县城致富路改造项目和秘境墨脱建设项目。

而第一批两个项目——达木珞巴民族乡卫生院建设项目和德兴乡德兴村综合服务中心建设项目早已于去年9月13日启动建设，创造了投资建设类援藏项目最早开工建设的纪录，其中前者已于7月17日建成投入使用，后者也将于近期竣工验收；第二批两个项目——加热萨乡小集镇配套设施建设项目和加热萨乡龙列吊桥改造加固项目已于上半年开工建设，现已进入收尾阶段，将于近期竣工验收；第三批的两个项目——白玛岗360度全景观光栈道建设项目和德兴乡中心小学综合楼建设项目已于7月16日动工建设。至此，我们已动工建设的项目达8个，占我们规划建设的24个项目的三分之一。

广东省第八批援藏工作队墨脱县工作组在家成员，墨脱镇及县发改委、住建局等部门的相关领导，县广播电视台记者，设计、施工、监理等单位的相关员工，亚东村部分群众等参加了启动仪式。佛山市小记者协会派出的首名进入西藏的小记者谢泽邦参加了动工仪式，并首次运用现代化的无人机对动工仪式进行了全程录像和摄影。

（发布时间：2017年8月16日22：38）

8月17日
星期四

走向天路401

交通瘫痪

（徒步仁青崩之一）

前段时间持续强降雨，导致县内道路损毁严重。除了扎墨公路正常保持通行以外，其他下乡道路要么全段中断，要么部分中断，要么全天禁行，要么限时通行。但实际情况到底如何？由于种种原因，我们一直得不到全面、准确、及时、有效的信息，便决定选择离县城最近、路程最短的，由县城途经巴日村前往久当卡村（朗杰岗）和仁青崩自然村（仁青崩寺）的下乡道路去看看。

我的提议得到了队员雷震、王桂莲、王强及前来墨脱探亲的妻儿的积极响应，于是我们一行六人便于8月12日（星期六）下午出发。结果车刚出县城到了亚东瀑布便开始受阻，山上塌下来了一大堆烂泥，幸好越野车还能冲过去。再往上一小段路，路基坍塌了一部分，车辆靠里边还勉强可以通行。但前方有多块大石挡道，必须清障才能通过。于是便下车一起将它们推到路边，其中有一块实在太大了无法撼动，只好留在原地，车辆刚好可以绕行，但那绝对是考师傅的活。

搬了石头也只是延长了一点通车的路程，到了我们拟建项目——“海市蜃楼”附近就因塌方挡道完全无法通行了。于是我们只好弃车徒步，继续前进实地查看。沿途损毁确实严重，有些是路上方山体滑坡堆积物挡道，有些是路上方发生泥石流形成堆积物挡道或破坏路面、冲垮路基，有些是路上方山体滚石挡道，有些是路上方山坡倒树挡道，有些是路基塌方、下陷挡道……

我们蹚过积水，踏过泥泞，绕过滚石，跨过倒树，跳过裂缝，跃过坑洼，爬过土堆，越过石滩，攀过悬崖……当天下午烈日当空，没有任何杂质的空气，让无法遮挡和过滤的阳光，毫无顾忌直接投射到身上，晒得皮肤生痛，热得全身冒汗。由于时间关系和防止中暑，所以我们到了上崩多茶场的拐弯处便返回。而即使是村民们冒险骑行的摩托车也只能到此为止，再也无法前行了，前面的路除了人还能爬过去，任何车辆都已经无济于事。

有了星期六的亲身经历，于是便在星期一（8月14日）下午约见了县交通局的相关负责人。我们进行了深入的沟通交流，详细了解了交通管理体制、道路的建设和养护、道路交通信息的收集和处理等相关问题，并提出了相关的建议。从星期二开始便收到了相关的道路交通信息。

（发布时间：2017年8月17日22：10）

道路艰险

（徒步仁青崩之二）

星期三（8月16日）上午，我们吃过早餐后便再次出发前往仁青崩，沿途查看道路毁损的情况，队员王强和我的妻儿也跟随前往。这次车可以到达上崩多茶场拐弯处了，但也在那里受阻，施工人员正在进行清理。在那里等了一段时间，可以通行了，便继续上行到巴日村的岔路口。往右是往仁青崩的路，已经完全中断了；往左是往巴日村和久当卡村（朗杰岗）的路。8月8日我们曾经到过久当卡村（朗杰岗），路虽然难走，但尚可通行。在快到久当卡村（朗杰岗）的地方，向右有一条岔路也可以通向仁青崩，我们去年年底下乡进村入户调研的时候，也曾经走过这条路，虽然才走了一小段便要徒步。于是我们便决定往久当卡村（朗杰岗）方向，看看那边的路况怎么样。

穿过巴日村，我们便沿着泥泞坎坷的路往上爬。在快到久当卡村（朗杰岗）的时候，我们向右拐往仁青崩方向走。结果这次走的比去年年底的那次路程还短，就碰到了泥泞区，实在是太烂了，越野车也不顶用。没办法，“马死落地行”！于是我们便下车徒步，一路上都是泥泞而湿滑，一不小心就会来一个趔趄，甚至有一屁股坐在地上的危险。但这条路上，两边全是茂密的原始森林，高大挺拔的树木就像一排排精神抖擞的士兵。我们走在像森林隧道一样的林间小路，除了我们的说笑声，就只剩下风吹树林和鸟叫虫鸣了，越发显得幽静。但好景未必有好伴，每个人的周围都有一群蚊虫围着转，人好像被包围在一个会转动的圆桶中前进。一不留神，就会被它们乘虚而入，特别是那种俗称“一点红”的血蠓，就像“神台猫屎——神憎鬼厌”！

走了大概一个多小时，我们来到了快到仁青崩的地方。那里新开了一个小卖部，我们在那里买了一些零食和饮料作为午餐，并休息了一会儿。然后带着买来的泡面，到仁青崩寺管会要了开水，泡了吃，午餐就这样完成了。我们顺便了解了一下寺管会的工作、人员在岗、“四讲四爱”等情况。在仁青崩寺，我们与驻寺僧人进行了交流，发现其中一个僧人穿着一件印有“四讲四爱”的衣服，便表扬了他，也希望其他僧人向他学习。

然后，我的小孩便陪王强原路返回取车，而我们便沿着仁青崩到巴日村的那条路实地查看。这是一条年初才开通的新路，上也塌，下也塌，简直可以用塌得一塌糊涂来形容。有的地方甚至已经变成了悬崖峭壁，只好用修路的护栏搭成独木桥通行。滚石和倒树更多。上面塌下来、滑下来、倒下来、滚下来的，保守估计也要三五天才能清理完毕，而路基塌下去的就不知道什么时候才能修复，因为往里面挖更陡，土石方量更大。这条路与上午的那条路相比，更多的路段经过悬崖峭壁。当时我很纳闷，为什么不用修这条路的资金去把那条路硬底化？这样最起码有一条路可走，而不至于现在这样两条路都走不了。后来我才了解到，这两条路分属于不同的系统修建，资金也分别来自于这两个不同的系统，而按现行的管理体制它们的资金不能整合使用。这种条条分离、条块分割的体制到底浪费了多少资源？耽搁了多少事情？估计没有人会说得清楚。

走了约两个小时，下午4点左右，我们才回到巴日村与他们俩会合。下山的路上，我们碰到了上山的旺东书记，他要到久当卡村（朗杰岗）搬迁安置点去调研考察。这两次实地考察雨后路况，使我们更加了解了墨脱的道路交通运输相关情况，也让我们进一步坚定了加强统筹、统一规划、整合资源、集约建设、分别实现的建设思路和决心！

（发布时间：2017年8月18日21：00）

8月19日
星期六

走向天路403

走进门珞家庭

广东省第八批援藏工作队墨脱县工作组精心策划和组织实施的“佛墨缘”爱心家庭结对活动自开展以来，成效十分积极。目前结对家庭已达200多户，约占全县建档立卡贫困户的一半。在爱心家庭中，还呈现出了一批爱心典型。

“己所不欲，勿施于人”。我们作为策划者和推动者，首先从我做起，八名队员所在家庭均与墨脱相关家庭进行了爱心结对，其中郭振华还结对了两个家庭。我与背崩乡江新村的达娃措姆家结了对，另外根据县里的安排还要结对帮扶该村的扎西曲培及达木珞巴民族乡贡日村的让琼卓玛、布杜三个家庭。这些爱心结对和结对帮扶的家庭，我都不止一次前往看望慰问。

这段时间刚好妻儿过来探亲，加上儿子是佛山市小记者协会的记者，因此我尽可能让他们参与我们的相关会议、工作和活动，以便使他们对墨脱、门珞群众和援藏工作有更多的接触、更深的了解。对于我结对的家庭，也希望他们能够到其家里去看看，加强沟通交流，得到了他们的积极响应和大力支持。

8月15日，我们冒着道路正在改扩建施工，雨后塌方、滑坡、泥石流、滚石、倒树等自然灾害频发的危险，前往背崩乡江新村的达娃措姆、扎西曲培家，与他们进行了深入的交流，促进了双方的了解，并送上了慰问金和慰问品。

8月18日，我们前往达木珞巴民族乡贡日村的让琼卓玛、布杜家看望慰问，可惜他们这两户都没人在家，只好让驻村工作队代为转达我们的关心和慰问。一起前往的，还有队员、县教体局副局长郭振华。他的一个结对帮扶对象也在贡日村，我们就相约一起去看望慰问。

同日，我们还陪同普果常委前往珞巴民族乡卡布村看望慰问了她的两户结对帮扶对象，并送上了三台冰箱。普果还有一个结对帮扶对象在该乡珠村，由于路况不佳，其中一台冰箱只好先移交给乡政府，待路况改善了再转交给该结对帮扶对象。而这批冰箱，是广东省第八批援藏工作队墨脱县工作组与佛山市南海区沟通协调，由南海区人民政府提供的100台冰箱里的三台。

这次带上家属一起前往结对家庭看望慰问，加强了沟通交流，增进了相互了解，促进了民族团结和区域融合。（家里漏电保护开关跳闸了，怎么推也推不上了，先到这里吧！）

（发布时间：2017年8月19日23：53）

8月20日
星期日

走向天路404

走进藏族家庭

为了把援藏工作向家庭深化，以家庭为载体和纽带促进民族团结和区域融合，广东省第八批援藏工作队墨脱县工作组策划和开展了“佛墨缘”爱心家庭结对活动。

为了带好头，我们一家三口在8月15日和18日分别前往背崩乡江新村和达木珞巴民族乡贡日村看望慰问了我们结对的四户门巴族和珞巴族家庭，但还缺一个藏族家庭。我们的结对家庭中没有藏族家庭，但我希望妻儿能够走进藏族家庭，以便了解更多，沟通更多。

墨脱是以门巴族和珞巴族为主体的多民族聚居地区，也有少量的藏族群众分布，但他们的风俗习惯可能没有藏族聚居区那么典型，因此我们没有在墨脱选择前往，而是选择了巴宜区的拉嘎娘村。

我们的拜访对象是切梅。我们在村口的路旁遇见了她，跟她说明了来意，她十分热情地邀请我们到家里去。在进村的路上，她每遇到一个邻居都很自豪地告诉他们我们到她家去做客。

推开大门，进去是一个院子。院子里长满了花草树木和萝卜等农作物。一大一小两只狗开始狂吠，在她招呼之后就变成了欢迎。伙房在进门的右手边，一只

猫咪安逸地躺在沙发上。房子在院子的中间，门前是一块空地，晒着青稞、萝卜苗、油菜籽、奶渣等，她都逐一进行了介绍。房子前面的檐阶（广东叫法，与屋檐等齐的台阶）上摆放着已经晒干的一袋袋青稞等，很显然这是勤劳的果实。院子的四周是石砌而成的围墙，墙头上堆满了整齐的柴火。

她主动邀请我们到屋里去，那是一座两层的藏式民居。一楼有一个卧室和一个杂物房，都显得很整洁。二楼是一个客厅和两个卧室。她拉我们坐下，主动聊开了。她介绍了家里的情况，一家四口人，还有儿子及两个孙子，两个孙子都上了大学。当聊到两个孙子的时候，她脸上充满了欣慰。她说汉藏就是一家人，汉族人和藏族人都相处得很好，她还曾经到过广东等地参观学习，汉族人对藏族人都十分尊重和友善。她还说中国共产党对人民群众特别是藏族等少数民族十分好，习近平总书记带领的中央代表团还送了她水杯、茶杯等不少礼物。她一一搬出来给我们看，话语间充满了感恩之情。她还执意送了其中两个茶杯给我们，让我们十分感动，我们也回赠了相关纪念品。

我们聊了好久才告辞。我们下楼之后她还请我们吃奶渣并带一些走，见我们推辞她还十分诚恳地说没有毒，让我们放心吃，弄得我们不吃反而不好意思了。我们互相都留了联系电话，我答应以后有时间会再来看她，也邀请她有空再到广东和墨脱来做客。

她一直把我们送到村口，直到我们开车离开，我们相互之间挥手道别不下十次。我们依依不舍地离开了拉嘎娘村，但她却印在了我们的心中！

（发布时间：2017年8月20日23：48）

8月21日
星期一

走向天路405

不想回家

今天早上起来，儿子就几乎没怎么说话。在广东援藏公寓饭堂吃完早餐，我们前往林芝米林机场。一路上，他都神色凝重，一言不发。其实，昨晚说起回家的事，他就已经有些哽噎，圆滚的泪珠浸湿了睫毛，然后贴着鼻子两侧翻滚而下。

就在我们8月18日从墨脱前往林芝的路上，他就已经多次表达想回墨脱，包括到了林芝的这两天，搞得我几次都心软了，差一点就帮他们改了机票。最后还是下定决心，让他们如期回家。主要原因有二：一是墨脱海拔虽低，但没有从根本上改变它是高原的特点，存在隐性缺氧，长期待在这里对小孩的发育不是很理想；二是他马上就要开学了，让他提早几天回家收拾一下心情，准备下一个学期的开始。

他之所以想留在墨脱，从他的言语中透露出最起码有三个原因：一是当地的干部群众很纯朴、热情、友善；二是经常可以到附近的村庄跟小朋友玩一下；三是喜欢工作组的狗和摩托车，并叮嘱我一定要照顾好那只狗。他还说希望长大了以后要来西藏工作，我给予了充分的肯定和鼓励。

当开始排队等候安检的时候，他的泪水终于关不了闸，刹不了车，沿着脸颊两侧滚下来，弄湿了衣服和地板，弄得我鼻子一酸，两眼一湿。后来据他妈妈说，他

一直哭着坐飞机，直至回到家里。儿子啊！其实爸爸也很清楚，你不想离开墨脱，不想离开西藏，更不想离开爸爸。

去年当你得知爸爸要来援藏的时候，你就哭了好几天，连饭都吐出来了。当你和妈妈暑假去旅游的时候，因爸爸在家待命出发进藏，不能陪你们，结果弄得你们的旅游才开始了两天就提前终止了。每次爸爸回佛山，你都“死皮赖脸”地要跟我睡一块，还要紧紧地抱住我。每当我要返回墨脱，你又是以泪洗面。

其实，爸爸知道，你是一个很勇敢很坚强的小孩，只是内心的感情没办法骗你的表情和眼睛。掉泪不是羞，黏爸不是羞，谁让咱俩父子情深呢！

你说寒假还要来。如果真的这样，爸爸就晚一点休假，在墨脱等你，我的孩子！

（发布时间：2017年8月21日21：41）

8月22日
星期二

走向天路406
墨脱莲花湖

青山染水绿，
湖中倒影奇。
微风拂皱面，
光影更迷离。

（发布时间：2017年8月22日23：21）

8月23日
星期三

走向天路407

易贡取经

21日送妻儿坐飞机返回佛山后，接上刚好从佛山回来的县农牧局副局长赖明建，然后前往鲁朗高原生态农牧主题公园。那是广东省第八批援藏工作队投资建设的一个竣工项目。援藏干部、鲁朗景区管委会党组成员胡雄英热情地接待了我们，带我们逐一进行了参观考察并详细介绍了相关情况。我们重点了解了项目建设的速度和学习施工管理等方面的经验，很受启发。其间我们还沟通了捐赠墨脱巴米牛以支持该项目发展的事宜，目前正在落实。

然后，我们直奔易贡茶场。那是西藏最早种植和发展茶叶的地区之一，它的发展历程、经验、做法和教训，对于墨脱茶叶的发展都具有很强的参考意义。之前，我们已经联系了好几次，最后都因工作或自然灾害等原因而一直没能成行。这次终于能够如愿以偿了。

在通麦大桥头，便钻到桥底下，沿着易贡河往沟里去。快到易贡茶场场部的时候，先是经过2000年特大泥石流灾害遗址。那场泥石流灾害导致易贡河拦腰截断，形成堰塞湖。后来堰塞湖溃坝，造成通麦大桥及其下游的雅鲁藏布江上的解放大桥等桥梁全部被冲垮，据说下游的邻居印度损失更为惨重。翻过堆积体形成的山坡，又是去年国庆期间和今年6月的两次泥石流的遗迹。茶场的场部坐落在易贡河边上的一个洪积扇上，背对着一条较大的山沟，难怪会经常发生泥石流灾害。由于种种原因，场部又不能易地重建，因而难免背负一定的隐患。

场部的前面，正对着2000年特大泥石流灾害形成的易贡湖。翻滚汹涌的易贡河流到这里受到还没完全冲毁的堰塞坝而顿失滔滔，形成了一个平静的湖面，翻过堤坝之后才又恢复了它原有的气势。据说有关单位正在依托于此规划建设水电站。湖边靠近场部的一侧，形成了一个湿地公园，桦树林和草地相间，牛马悠然自得地在吃草。与场部隔湖相望的，就是铁山，据说著名的易贡藏刀以前就是采山上的铁矿冶炼打造而成的。湖区的里面，还弯着几个美丽的村庄，以及它们背后的雪山。据说这里还有一座叫藏刀山的，外形酷似一把直指苍穹的藏刀，可惜由于这几天起雾的缘故而没有看到。但失之东隅，收之桑榆，这里的雾又造就了仙境一般的易贡美景。特别是早上的时候，湖面上升起一层薄雾，而沿着山边的雾又像一条条洁白的哈达。

我们在援藏干部、茶场党委书记杨爱军等人的陪同下参观考察了场部、将军楼、茶园、茶叶加工厂、湿地公园和藏刀村等，并详细了解了茶场的历史与现状、经验与教训等相关情况，并就援藏项目的建设进行了交流。

当晚，我们留宿易贡茶场。幽静和星空成了这里的夜景。

（发布时间：2017年8月24日0：47）

8月24日
星期四

走向天路408

每家每户一台

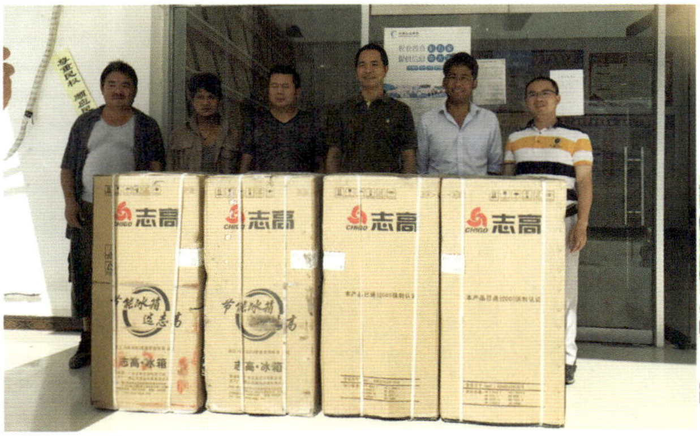

近日，广东省第八批援藏工作队墨脱县工作组向甘登乡及相关单位（家庭）赠送100台冰箱，价值10万元。其中，离县城最偏远的甘登乡的76户农牧民群众每家每户都获赠一台；甘登和加热萨两个乡政府、派出所、卫生院、小学各获赠一台共8台；背崩乡政府及阿苍村驻村工作队各获赠两台共4台；墨脱县公安局贡日便民警务站和墨脱县莲花圣地旅游开发有限公司各获赠一台共2台（另外各获赠一台消毒碗柜共2台），达木珞巴民族乡卡布村和珠村三个建档立卡贫困户各获赠一台共3台，余下7台根据相关单位及个人的请求再研究决定分配。

这批冰箱是由佛山市南海区人民政府根据工作组的请求专门拨款10万元，由工作组根据甘登乡及相关单位（个人）的请求而专门订购的。

去年，我们在开展县直及驻墨单位座谈、下乡进村入户调研、发文系统征求意见建议三项活动时，各单位及农牧民群众向工作组共提出了400多条意见、建议和诉求。我们安排赖明建进行了系统的收集整理，对相同、相似、相关的需求进行了整合。在此基础上，梳理出相关单位及农牧民群众对冰箱的需求近百台。

特别是甘登乡的农牧民群众，他们居住在雅鲁藏布大峡谷深处，位置偏远，目前尚未通公路，从县城出发前往距离最近的甘登村最少要两天（其中徒步一天半），前往距离最远的多卡村最少要三天（其中徒步两天半），他们的生产和生活都比较困难。因此，我们对他们的需求予以支持。

决心有了，还得有钱。来自佛山市南海区的队员邓宏照和雷震主动请缨，与南海区相关领导及部门沟通联系，得到了佛山市委常委兼南海区委书记黄志豪、副区长乔吉飞、区发改局局长盘石等相关领导的关心和支持，才有了这100台冰箱。

冰箱有了，但路却断了。因此，给甘登乡和加热萨乡政府、派出所、卫生院、小学等单位及甘登乡农牧民群众的冰箱目前还只能滞留在工作组驻地，静静地等待进出的道路复通。而给其他相关单位及农牧民的则已经兑现。

（发布时间：2017年8月24日23：05）

8月25日
星期五

走向天路409

央视关注

昨天和今天，中央电视台新闻中心代钦夫和孙福宽两位老师在西藏电视台社教外宣节目中心次仁多吉老师的陪同下，连续两天在墨脱进行采访。他们采访的主题是砥砺奋进的五年，切入点是扎墨公路通车以后所带来的深刻变化。

他们是前天晚上九点半左右才摸黑到达墨脱，于今天下午4点左右离开墨脱，中途因道路中断又堵了一个多小时，估计到达波密的时候都已经很晚了。他们的专业素养和敬业精神值得我们敬佩、学习。

昨天，他们一早起来就冒雨直奔菜市场，采访买卖双方的门巴族、珞巴族及外来群众，了解通路前后菜市场供应和价格的变化。然后又前往援藏项目建设现场，了解通车前后建材市场供应及价格的变化，援藏对墨脱经济社会发展所带来的深刻影响。下午，他们又顶着烈日前往墨脱村茶园采访正在采茶的门巴姑娘，了解她们种茶致富的心路历程及效果，还前往墨脱村委会副主任罗布央宗的家和妇女主任贡桑卓玛将于明天开业的农家乐，了解通路前后农牧民群众生活和脱贫致富的变化。然后前往广东省第八批援藏工作队墨脱县工作组驻地了解我们援藏工作的情况。

今天，他们也是一早起来，驱车前往背崩乡进行采访。一路上，他们感受道路对于墨脱的深刻意义。在背崩村采访完了以后，又驱车前往格林村，采访军民团结、融合及民兵训练等情况，并深入农牧民群众家中了解安居工程所带来的居住环境和生活的变革。

墨脱深刻的发展和变化，是在党中央、国务院及西藏自治区、林芝市党委政府的正确领导下，在县委、县政府及广大干部群众的砥砺奋进下所取得的。当然，这其中也有包括福建、广东等对口支援地区的无私奉献。因此，援藏工作也成为他们采访的重点之一。

至此，我们的援藏工作已经得到了新华通讯社、中央电视台、人民日报、中国国际广播电台、中国新闻社等中央媒体及国家级媒体的关注。

（发布时间：2017年8月25日23：00）

8月26日
星期六

走向天路410

开工&开业

今天上午九点半，我们的第五批援藏项目开工了！这也是我们24个项目中的第九个开工项目——墨脱县县城风貌改造项目。

县委书记旺东、县长魏长旗、广东省第八批援藏工作队墨脱县工作组在家队员、墨脱镇党政主要领导、项目施工和监理等相关单位的负责人、部分热心群众出席了开工仪式。

所谓仪式，就是由工作组成员、县住建局副局长李展健介绍一下项目概况，由旺东书记宣布一下开工即告完成。整个过程十分简单，时间十分紧凑。之所以安排这样的仪式，旨在向全县广大干部群众有一个交代——党的恩情和广东省及佛山市的援助正在一个个落实，也是向社会各界有一个告示，因为援藏项目需要大家的支持和帮助。

同在今天上午，墨脱村妇女主任贡桑卓玛利用自己的房子开设的门巴特色农家乐也正式开业。为了表示对农牧民群众自力更生，自主脱贫的支持，我们工作组在家成员受邀前往祝贺。我们为贡桑卓玛献上了代表我们祝福的哈达及队员们从自己家乡带回来的纪念品，祝福贡桑卓玛身体健康，家庭幸福，祝福农家乐客似云来，生意兴隆！

（发布时间：2017年8月26日16：30）

8月27日
星期日

走向天路411

一班爱心同学

总有那么一种人，身怀爱心！他们用自己奋斗的经历，去激励别人；用自己努力的成果，去帮助别人。我们身边就有这么一班人，他们是湖南师范大学公共管理学院2000级思想政治教育二班的同学。他们学业有成、事业有成之后，不忘关心别人，回报社会。他们自发成立了湖南师大“2000政二励志奖学金”，助力贫困学子圆梦大学。广东省第八批援藏工作队墨脱县工作组成员、墨脱镇委副书记兼常务副镇长喻晓坤就是这个基金的发起人之一。

在他的沟通协调下，这个基金飞上了青藏高原，降落在雅鲁藏布大峡谷。8月16日，该基金管委会执行副主席、佛山市顺德区华侨中学办公室主任袁永恩，基金创始成员、广西河池市罗城仫佬族自治县粮食局党组成员、副局长卢翔，爱心人士代表、佛山市三水区人民医院神经外科副主任医师罗伟，佛山市顺德区来尚网络科技有限公司总经理黄万红一行四人几经辗转，经过十几小时的长途跋涉，来到莲花圣地墨脱，受到工作组的热烈欢迎。随即举行了湖南师大“2000政二励志奖学金”墨脱助学签约仪式，工作组在家成员及墨脱镇镇长曹启兵参加了签约仪式。

签约仪式上，基金方和工作组相互介绍了情况。袁永恩代表基金方对援藏队员们的付出表示钦佩，对工作组的成效表示敬意。他表示，将在接下来的三年里每年注入10万元共计30万元助力墨脱贫困学子求学圆梦。我代表墨脱县委、县政府和工作组对基金方表示衷心的感谢。然后，我和袁永恩、曹启兵分别代表工作组、基金方和墨脱镇签订《湖南师大“2000政二励志奖学金”捐资墨脱助学协议书》，并为“墨脱镇援藏助学基金”揭牌。

17日下午，基金方在曹启兵、喻晓坤的陪同下来到墨脱村建档立卡贫困户达瓦拉姆家中，将第一笔助学资金4000元交给他们手中。达瓦拉姆早年因丈夫去世，独自抚养三个小孩成长，因缺乏劳力，经济负担过重。随着儿子扎西今年考入江苏大学，家中已有两名大学生、一名小学生，家庭处在贫困之中。作为湖南师大“2000政二励志奖学金”在墨首个受助学生，扎西表示会努力学习，争取用优异的成绩回馈党、回馈社会各界爱心帮扶人士。

据了解，湖南师大“2000政二励志奖学金”以湖南师范大学2000级思想政治教育二班的名义成立，为民间创立的纯公益性奖学金。奖学金以延续光荣传统，增进同窗情谊，实现人文理想为宗旨，以定期开展扶贫助学活动为基本的活动形式，以资助贫困学子、联系同学情感为基本目标。

2000级思想政治教育二班是一个优秀的班级，曾获“湖南师范大学优秀班集体”等殊荣。自毕业以来，该班同学多次协商开展资助活动，经发起人喻晓坤、袁永恩、田浩、刘朝春、张机、卢翔等多次商议，最终于2008年10月成立奖学金理事机构。奖学金的组织运作实行理事会制度，理事会经全班同学选举产生，定期换届。

在奖学金的组织运作过程中，本班同学大力支持，慷慨捐助，为奖学金的运行提供了基本的经费保障。此外，广大社会爱心人士纷纷加入鼎力支持，佛山市三水恒利达针织有限公司、佛山宇翔教育有限公司、广东至高贸易有限公司、广东狮子会狮山服务队等单位和组织，李伟、龚德贵、黄双球、黎英斌、旷志伟等多人先后为奖学金提供奖金援助，为各项活动的开展注入了活力。

奖学金的扶贫助学活动分批举行。第一期活动从2008年12月启动，2012年8月截止，历时三年。该期活动选址在广西罗城仫佬族自治县。三年来奖学金充分动员各方力量，向罗城仫佬族自治县怀群初级中学优秀贫困学子发放奖学金数万元，为该校赠电脑图书、体育用品、办公用品等价值约3万余元，获奖学金的学生达50余人次，直接受益的师生达300余人。

2011年9月，经理事会全体成员协商，奖学金的第二活动转移至湖南师范大学公共管理学院，以期回报母校的栽培之恩。为更好地实现奖学金的价值，奖学金与公共管理学院“困难让我更坚强”演讲比赛相结合，为比赛优秀选手提供奖金主持。到2016年为止，共有30名同学获得政二励志奖学金资助（每年2000元，直至大学毕业），约500余名自强之星选手获得奖金支持，给付助学资金支持40余万元。2017年8月，奖学金将西藏墨脱县贫困学子纳入助学范围，加大了帮扶的范围和对象。

奖学金运行以来，得到社会各界的广泛认可，光明网、《潇湘晨报》、《三湘都市报》、《校友（湖南师范大学）》、《佛山警察》、墨脱县政府网等国家和省市县媒体以及湖南师范大学官网等校内网站多次报道活动开展情况。

每一笔的捐款，承载的不仅仅是优秀学子对母校的热爱，更是对于社会责任的主动担当，以及对社会正能量的积极传播。每一次活动，不仅仅是新一批选手卓越风采的体现，更是对自强精神的又一次诠释。2000级思想政治教育二班励志奖学金由一种善念而发起，因一种责任而得以坚持，从广西罗城走来，在公管院发扬光大，同时增加了西藏墨脱的作用发挥，必将在共同的努力中走得更远。

（注：相关资料由基金方提供。）

（发布时间：2017年8月27日21：04）

8月28日
星期一

走向天路412

我愿为你留一盏明灯

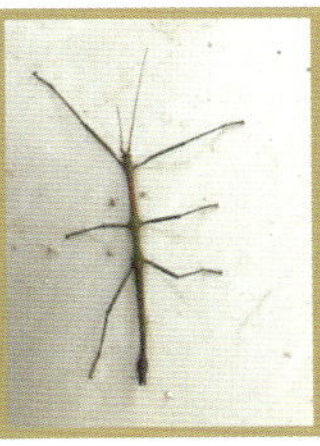

说实话，以前我不是那么喜欢你，甚至对你还有那么一点憎恶。因为，你每天晚上都来骚扰我。我已经跟你说得很明白了，可是你就像听不懂人话似的，死皮赖脸，一往无前。

每天晚上只要我在家，你都像如约前来似的，从不间断。我关上门，拉上窗帘，把你拒之门外，可是你依然死心塌地，不离不弃。进不了家，你就趴在门外等，爬到窗上看。一旦我开门进出，你就趁机溜进来，怎么赶也赶不走，除非使用武力。

曾经，你让我好烦恼。但逐渐地，你的坚持也开始融化我的心。虽然还是不能完全接受你，但最起码也开始理解你。毕竟，你有你的追求，而且这种追求从不改变。你的执着让我敬佩，假如人人都能像你一样，哪有做不好的工作啊？

除了你的坚执，还有你的形态和容颜，也让我开始慢慢地接受甚至欣赏。以前，一见到你，可能会忍心一脚把你踹开。而后来呢，我会停下匆匆的脚步，学会欣赏你。既然不能拒绝，干脆欣然接受。

现在，虽然还是不能让你贸然地进门，但我会在门外为你留一盏明灯，给你光明与温暖，点亮你最后的旅程。每次出门，如果碰到你，我还会为你拍照留念。虽然我不收集标本，但是能够拍下各种各样的虫子，以后有空做成图谱也很好呀！

（发布时间：2017年8月29日0：43）

8月29日
星期二

走向天路413

幸福，只因心中有爱

幸福，是一种体验，是一种感受，是一种精神。幸福与物质有交集，完全脱离于物质的幸福是不存在的，连最基本的生存都无法保障怎么可能幸福？倘若真的有，又有谁会需要和认同这样的幸福呢？但幸福与物质又绝非完全重合，交集的区域有多大，并非取决于物质的多少好坏，而是取决于内心的自我满足。影响幸福的因素很多，但心中有爱就一定会幸福！

8月21日，由深圳市幸福家家庭研究院组织的15位老师带着爱，走进墨脱实施“墨脱县儿童心理护理师资培养项目”。他们是经援藏队员、墨脱县教体局副局长郭振华前期沟通协调，应广东省第八批援藏工作队墨脱县工作组之邀而来。他们是来自九个省、市、自治区的15位心理专家、助教和义工。他们都是身怀爱心的人，每个人背后都有一个个动人的故事。此次儿童心理护理师资培养项目由广东省第八批援藏工作队墨脱县工作组、墨脱县委组织部、墨脱县教育体育局及深圳市幸福家家庭研究院联合主办。该项目商业价值达60万元，实际支出为20万元，由全国幸福家人专项基金全额赞助。这是该项目首次走上青藏高原，走进西藏。

此项目是广东省第八批援藏工作队墨脱县工作组引进社会组织，创新教育援藏内容和方式的积极探索与实践；是工作组深入开展“四讲四爱”的又一个创新性力作；是工作组持续推进“佛墨缘”爱心家庭结对的又一个实践性活动。

23日，经过前一天的适应和准备，墨脱县心理护理师资培养计划在墨脱县中学举行了开班仪式。这次培训共五天，持续到27日，参训人员主要是全县一线教师、班主任、德育管理者，还有11名公安干警、乡镇干部和各部门工作人员，近100人。昨天，他们还应县委组织部的要求对全县干部的情绪管理进行了培训。今天，他们已经离开墨脱开始返程了，扎西德勒！

据悉，深圳市幸福家家庭研究院一直致力于用专业的智慧改善乡村留守儿童、城市流动儿童的亲情缺失和家庭教育缺位，为乡村儿童的家长及教师提供家庭教育与心理护理的解决方案，协助乡村孩子在温暖的家庭和快乐的学校里健康成长。幸福家目前在深圳市志愿服务基金会成立了幸福家专项基金。儿童心理护理师资培养项目是幸福家基于促进留守儿童心理健康成长，为乡村教师提供心理护理心态、知识和技能的培训，让教师具备陪伴留守儿童心理健康成长的能力。幸福家根据多年多地的公益实践，建立了留守儿童心理护理师资培训体系；组建了由 60 多名国内知名心理学专家组成的公益导师团，300 余人的助教团队；通过吸纳社会捐助资金，与留守儿童集中的市、县教育局合作，帮助乡村学校培养心理护理师资，具备积极心理教育、团体活动和个案辅导的实操技能，并持续提供专业支持和激励。

经过培训的师资将会把爱传递给学生及身边的人，把幸福的方法教授给学生及身边的人。

有爱伴随，愿你幸福！扎西德勒！

（发布时间：2017年8月29日22：25）

8月30日
星期三

走向天路414

菌王

来了西藏，不能不提到虫草，也不能不提到松茸。因为，在我国三大松茸产区中，云南（特别是香格里拉）的名气最大，四川的产量最大，但西藏（特别是林芝）的品质最好，它们构成三足鼎立之势。

日本人对松茸十分钟爱甚至崇拜。他们之所以对松茸顶礼膜拜，其实是有原因的。据说1945年8月广岛被美国的原子弹轰炸之后，松茸是唯一存活的多细胞微生物。其实，日本人到现在都还没有弄明白一个道理，与其崇拜我们的松茸，还不如自己少折腾，少作孽！此外，日本人还信奉“以形补形”，所以把它视为“神菌”。其实“以形补形”应该不科学，如果科学的话，那你吃一条钢管下去不就得了？

松茸号称“菌王”，被列为我国二级濒危保护物种，也是世界上十分珍稀而名贵的天然食药两用菌。松茸不光具有独特而浓郁的香味，而且还营养丰富，更重要的是它具有防辐射和防癌抗癌的作用。

松茸长在一定海拔的高原或高山树林中。在西藏，主要长在一种叫青岗树的树林中。据说到目前为止，松茸还是天然的、野生的，还没有成功地进行人工培植。而市场上销售的所谓人工种植的松茸，其实只是一种类松茸，而不是真正的松茸，只有相似的外表，缺乏相同的实质。

在西藏，采集松茸的时间大概是6月中下旬开始到8月底9月初，过期不候。在这段时间里，你如果喜欢新鲜而便宜的松茸，可以在下午接近傍晚的时候，到乡村或者山上去，说不定就能碰上刚刚在山上采摘下来的人。我们就有过这样的经历，在山上买一手的才120元一斤，而回到城里比这还差的都卖到180元了。当然，不同年份的价格也因丰欠而不同。

买松茸最好是买新鲜的，营养没被破坏和衰减，更重要的是看得见摸得着，货真价实。我们曾经到过很多销售松茸的特产店，他们正在把已经开花的松茸切片加工成松茸干，而松茸开花以后营养就衰减甚至全失了。

（发布时间：2017年8月30日21：42）

8月31日
星期四

走向天路415

巧苦实

经常有人问我，你们工作组才八个人，干了那么多的工作，而且那么积极有效，到底是怎么干的？我的回答是：巧苦实！

巧就是巧干。这跟人们通常说的那种投机取巧的巧干不一样，我们不是投机取巧，而是科学地干，干得科学。我们敬畏高原，敬畏峡谷，尊重客观，尊重规律。首先，我们虚心请教。请教援藏前辈，请教各级领导，请教干部群众，做到心中有数。其次，我们深入调研。与所有县直部门和驻墨单位座谈，下乡进村入户走访8个乡镇46个村150多个基层单位及农牧民家庭，发文全面征集意见建议和需求，做到胸有成竹。再次，我们科学谋划。根据调研的情况和客观规律，谋篇布局，统筹兼顾，分工合作，分步推进，过程控制，成果反馈，持续纠偏。最后，我们不断创新。我们把“敢为人先、崇文务实、通济和谐”的佛山精神与老西藏、“两路”、老墨脱等精神相结合，提出了“佛山援藏，创新引领”的口号，让佛山援藏在雅鲁藏布大峡谷开出创新之花。

苦就是苦干。创新不等于脱离现实，好高骛远，而是恰恰相反，我们正视现实，克服困难，解决问题。墨脱山高谷深，坡陡崖峭，草盛林密，虫多兽猛，水湍流急，道艰路险，灾害频发。美丽与危险同存，享受与忍耐并存。为了深入调研和看望慰问群众，我们半年内走完了8个乡镇46个行政村，为历批援墨工作组中的第一个，其中徒步走完了当时不通公路（或断路）的17个行政村，行程200多公里。为了考察项目，我们徒步九个小时翻越嘎隆拉雪山；穿越丛林深入喜荣沟和嘎隆拉河谷；走完了县内通车的每一个路段，以及从县城到乡镇、乡镇到村、村到连片种养基地的每一条徒步路线；踏遍了县城的几乎每一个角落……“面对困难和问题，我们只是选择了克服。”我们只是把克服困难作为做好工作的前提和基础，而不是作为做好工作的目标和结果。

实就是实干。只有实干，当地干部群众才会接受，社会各界才会支持，团队才有凝聚力和创造力。首先，态度要诚实。我曾经跟队员们说过，如果我们虚情假意，也许当地干部群众不会说你什么，但也绝不会为你说什么。特别是支援地、受援地和社会各界对援藏干部的评价，真的是否像以前所宣传的一样，要用我们自己的行动去检验。其次，工作要真实。为了让社会各界了解援藏，支持援藏，我们也会积极宣传。这不是为了高调，而是为了争取支持，争取资源。但我们的宣传都以事实为依据，我们的工作可以列清单，晒太阳。最后，效果要实在。说一千道一万，过程固然很重要，但结果更重要，必须以结果说话。因此，我们的工作实行“目标引领，结果导向，过程控制，效果反馈，偏差纠正”，以争取达到最大的效果。

当然，理想与现实就像由纵轴线和横轴线所构成的一个扇形区域。我们所能够做到的，永远只是这个扇形区域中的一个点。这个点既不在纵轴线上，也不在横轴线上。离纵轴线和横轴线各有多远，取决于我们的努力。我们要做的，就是尽可能无限接近于纵轴线。

（发布时间：2017年8月31日20：51）

走向天路

援藏这三年·第二辑·上

2017年

9月 September

9月1日
星期五

走向天路416

谁的花花肠子多

我们平时爱取笑人家花花肠子多，但你知道这个世界上谁的花花肠子最多吗？

据说，藏香猪的肠子在猪科动物中是最长的，但与人及其他动物相比孰长孰短就不得而知了。藏香猪的肠子为什么那么长呢？这与它的生活习惯息息相关。绝大多数都是放养的，它们在野外什么乱七八糟的东西都乱拱一番，乱啃一番。如果肠子不够长，它们就消化不了，那可就是吃不了兜着走喽！

藏香猪在猪科动物中不光肠子最长，还有很多夸耀的地方：生活的地方海拔最高，风光最美；吃的东西最杂（拱到啥就是啥）、最珍贵（拱到冬虫夏草和松茸等珍稀食物一点也不奇怪）；猪肉中含有的微量元素最多（肯定啦，啥都啃）；猪肉中氨基酸含量最高；猪肉中脂肪含量最低；猪皮最薄（这个倒没想到，花花肠子多反而皮不厚）；鬃毛最长……

藏香猪，顾名思义，就应该是与青藏高原、西藏或藏族密切相关。的确，藏香猪主要生活在西藏、青海及云南、四川、甘肃等青藏高原及边缘的藏区。所以藏香猪被称为“喝圣泉，吃虫草”的头号土猪，肉质十分优良，成为藏族及其他相关少数民族的传统美食。更猛的是，甚至连藏香猪的猪粪都被作为藏药来使用。

墨脱由于野猪多，放养往往还会带来意外的收获。当然，那是母猪才有这样的机会，公猪就可能只是便宜了别人。母猪有时会带回来一群小野猪，长着獠牙利齿。据说这种情况下一般都要把仔猪关起来饲养，否则就会“放虎归山”，不但仔猪没有了，甚至连母猪也跟人跑了。

（发布时间：2017年9月1日19：17）

9月2日
星期六

走向天路417

为了茶叶

依托墨脱特殊的地理位置和优越的自然环境发展茶叶，通过种茶带动广大农牧民群众实现脱贫致富。这是中共中央政治局委员、广东省委书记胡春华，省长马兴瑞及佛山市委书记鲁毅、市长朱伟多次指示强调的，也是胡春华书记的家乡湖北省五峰土家族自治县已经实践了的成功经验和做法。墨脱在种茶方面也进行了有益的探索和实践，并已初步尝到了甜头。

带着相关领导的嘱托，带着墨脱人民的希望，带着浓浓的情怀，我和队员喻晓坤、李展健、郭振华、赖明建、雷震一行六人，在春节休假期间冒雪前往湖北省恩施市、五峰土家族自治县等地进行学习调研，得到了热情的接待，学到了很多的经验做法和政策措施。

于是，我们休完假回到墨脱之后，结合“四讲四爱”主题教育实践活动，便与县委组织部、县农牧局研究墨脱县党政干部前往湖北学习考察茶叶发展之事。当时的定位是，人员以相关县领导、有关部门和乡镇主要领导为主，内容以解放思想，更新观念，学习理念、经验、做法、政策和措施为主。由于工作等种种原因，最后学习考察人员中部门和乡镇负责人只有一人为主要领导，学习考察也一直到8月底才得以成行。

8月27日，我们一行15人从墨脱出发，当天到达林芝。28日，我们从林芝飞抵重庆，然后乘车直奔利川市。由于前面的飞机延误，后来虽然我们一路飞奔，马不停蹄，依然没有赶上座谈和考察。幸好利川市委副书记粟勇、市人大常委会副主任郭益超、市政协副主席王智、市委农办主任兼市农业局局长熊玉令、市农业局总农艺师邓楚雄等相关领导十分热情，在吃饭的时候给我们详细介绍了相关情况，并为我们准备了详细的书面材料。

29日上午，我们离开利川，途经该市主要茶叶种植基地毛坝乡。然后前往咸丰，途中考察了该县黄金洞乡大沙坝村的茶旅融合项目和异地搬迁安置扶贫开发工作。抵达县城后，我们进行了座谈交流。咸丰县委常委、常务副县长祁睿给我们介绍了情况，观看了专题片，进行了交流。咸丰县政府调研员曾庆国及县委办、县政府办、县农业局、县林业局、县旅游局等部门负责人参加了座谈。

午饭后，我们继续前往宣恩。在该县委常委兼统战部部长周志斌、县农业局总农艺师冉茂权、万寨乡乡长张艳丽、县伍台昌臣茶业有限公司董事长郑世兵等领导的陪同下，考察了五家台村观光茶园及伍台昌臣茶业有限公司的加工厂、展厅，观看了专题片，进行了座谈交流。晚饭后，我们前往恩施市住宿，途经香树林村时顺道考察了梨产业，研究引种到墨脱的可能性。

30日，我们前往宜昌，于中午到达市区。下午，我们在前一天才从林芝赶回来的三峡集团西藏公司基地建设管理部副主任赵华雄及三峡枢纽管理局枢纽保卫部副主任马西洋等领导的陪同下，前往三峡工程考察。我们参观了三峡展览馆，实地考察了三峡工程五级船闸、大坝及电厂等游客所不能进入的核心设施。马主任慷慨激昂的介绍既是对我们一次深刻的爱国主义教育，更让我们看到了雅鲁藏布大峡谷水资源开发利用的未来。这样到实地开展“四讲四爱”主题教育实践活动，比任何形式的宣讲都来得更直接，更有效。

31日上午，我们前往胡春华书记的家乡——五峰土家族自治县。在该县政协副主席李平、县茶叶局局长徐坤寿等领导的陪同下，我们实地考察了青岗岭茶叶公园、湖北茶博馆及五峰汲明茶业有限公司、湖北采花茶业有限公司等龙头企业。回到县城，我们进行了座谈交流，该县委副书记柯志强等领导赶来参加了座谈。午饭的时候，宜昌市人大常委会副主任、五峰土家族自治县委书记陈华专门抽空前来陪同，并直至送我们上车离开。

下午，我们前往宜都。该市委副书记王世斌、市人大常委会副主任王宏、市委办副主任兼市委农办主任侯家喜等领导接待了我们。我们实地考察了相关茶叶种植基地及宜都市安明有机富锌茶业有限公司、湖北宜红茶业有限公司、东阳光公司等企业，并进行了座谈交流。

9月1日，考察团已乘坐高铁从宜昌回到重庆；今天已乘飞机回到林芝；明天将回到墨脱。整个学习考察历时八天，行程6500多公里，考察县市区六个。县人大常委会副主任杨明强负责带队，县政协副主席嘎玛欧珠及县农牧局、县林业局、县旅游局三个部门和墨脱、德兴、背崩、格当、帮辛、甘登六个乡镇的相关负责人参加了学习考察，我全程陪同。原来费用由我们负责，后来由于县委组织部有相关培训费用，我们安排的费用就调整到其他工作中去。

这次的学习开阔了视野，解放了思想，更新了观念，坚定了信心，启发了思路，明确了目标，具体了做法，成效十分积极。我提议回来后召开县茶叶发展领导小组扩大会议，把茶叶发展研讨会、学习考察总结会、茶叶发展动员会的三大功能有机结合起来，做出成效。

（发布时间：2017年9月2日20：01）

9月3日
星期日

走向天路418
援藏文化

援藏是一项伟大的事业，也是一种崇高的文化。我们虽然深居雅鲁藏布大峡谷，但也不敢妄自菲薄，消极怠懈，而是克服困难，创新引领，全面深化。我们的行动，就是一种精神，就是一种文化。只是，我们没有把努力停留在行动上，而是把行动归纳、总结、上升、提炼为一种文化——援藏文化。通过我们的努力，援藏文化就像一朵朵美丽圣洁的莲花，盛开在雅鲁藏布大峡谷。

首先，理念引领。观念是行动的先导。有什么样的理念，就有什么样的行动，什么样的结果。我们根据习近平总书记“治国必治边、治边先稳藏”的治藏方略及总队、省队的精神，在深入调研和科学把握的基础上，将相关理念进行了具体化：我们的理念——“创新引领，全面深化”；我们的精神——“践行、融合、创新、大爱”（详见《走向天路122——援墨精神》）；我们的角色——“党的治藏方略的实践者、党的民族政策的执行者、党的援藏事业的建设者”；我们的定位——“宣传队、学习队、工作队、服务队、战斗队”（详见《走向天路96——角色定位》）；我们处理援受关系的原则——“尊重当地、学习当地、融入当地、依靠当地、服务当地”（详见《走向天路236——援受关系》）；……我们的这些理念得到第八批援藏工作队总领队郭强等相关领导的充分肯定和高度评价。

其次，形象识别。就是借鉴企业形象识别系统（CIS）的理念和方法，有意识、有策划地将团队的各种特征通过多种渠道和方式向社会公布与传播，以便使公众对团队更好地识别并留下良好的印象。为此，我们设计并制作了“佛山援藏”的标识（LOGO）（详见《走向天路98——啥意思嘛》）、援藏项目标识（详见《走向天路123——项目标识》）、队旗、队服、环保袋、名片等。

再次，立体宣传。火车不是推的，牛皮不是吹的，援藏不是虚的。但如何告诉社会一个真实的援藏呢？为了解决这个问题，我们构建了一个多渠道、多载体、多层次、多形式的立体宣传网络。包括政府网站（http://www.foshan.gov.cn/ztjs/fshz）、微信公众号（微信号：foshanyuanzang）、工作简报（《佛山援藏工作简报》及其汇编本）、新闻媒体及各种自媒体。我们还把工作简报和各种专题材料制作成微信易企秀，以更加生动形象的方式进行宣传，效果更佳（详见《走向天路97——援藏不虚》）。

最后，文化创作。除了我之外，其他队员都多才多艺。因此，我们因势利导，尊重和发挥大家的才艺，鼓励大家进行文学艺术创作，以活跃、发展和创新援藏文化。我自己则以蜗牛般的速度在微信朋友圈中推出《走向天路》系列，每天一篇，主要是想把这三年援藏期间的“所见所闻、所作所为、所学所长、所思所想、所感所悟、所获所得”比较原生态地记录下来，与大家一起分享，希望告诉大家一个我眼中的、心中的、相对真实的西藏、墨脱及援藏工作。同时，我也开始模仿着进行音乐创作，在相关老师的指导下，目前已经写了三首歌词：《佛墨缘——佛山援墨工作组之歌》《有一群佛山人》《援嫂》，并已谱唱，反响很好。

至此，我们已经初步建立起了立体多元的援藏文化创作和发展体系。未来，我们会继续努力，让援藏文化在雅鲁藏布大峡谷开出一朵朵奇葩。

（发布时间：2017年9月3日16：52）

9月4日
星期一

走向天路419

佛山援墨工作组之歌

（“佛墨缘”系列歌曲之一）

说实话，我从来就没有想过会跟音乐有什么缘分。因为，我不光五音不全，而且五音尽失。八个音符如果顺着排我还能念得出来，但如果经过排列组合或者只是抽取其中一个或几个出来，我就连念都不会念了。

音乐也是我人生中补考的第一课。那是初三毕业的时候，音乐课考的是乐谱，我唱了几次都未能过关。一位女同学实在是看不下去了，替我焦急，然后帮我把它翻译成汉字。我是十分生硬地念着这些文字才勉强 考过关。

大学毕业出来工作了，那个时候有时要应酬，被人拉去卡拉OK，那是我最窘的场面。我不光不能喝酒，也不会唱歌，还不会跳舞，就像木头一样呆在那里焦急地等待着不知何时才来的结束。后来有领导要求我们也必须唱，没办法只好硬着头皮壮着胆子上场，最终练就了“三大唱风”——“大胆上、大声吼、唱大概”。后来连应酬也不需要了，那就彻底解放了。

如果不是援藏，也许再也不会有什么机会去关注音乐了。因为援藏，就有机会经常接触藏族、门巴族、珞巴族等少数民族，而能歌善舞似乎成了我国少数民族的代名词。藏歌听多了，便好像有了那么一点感觉，也有了那么一点冲动。我想为工作组写一首歌，以便把我们的情怀、精神和行动用歌声表达出来。

因为，一个团队之所以称其为团队，就是因为有共同的理想、目标和任务，有共同的文化、精神和心理。而团队歌曲在团队文化中具有十分重要的地位和作用，它能激发共鸣，凝聚共识，奋力共行。于是，我便动议起草工作组之歌。但没有什么人回应，这也不能怪大家，因为大家可能也不知道该如何入手。

没办法，土鳖子只能土法炮制。平时说诗歌，那诗与歌肯定是有内在关联的。于是便在看了一些歌词之后，从写诗入手，模仿着写了一个草稿，放到相关

群里去征求意见，还是没有什么人回应。于是在县里找了几位熟悉音乐创作和演唱的同志来帮忙，也许是歌词实在太撇了，也许是因为我的角色妨碍了他们，没有取得实质性效果。

正在为难之际，刚好总政歌舞团原团长张千一和二炮文工团原团长屈塬两位老师来墨脱采风。我在陪同两位老师采风的时候，也顺便把我们的援藏工作向他们作了汇报，他们听了很感动。于是我便“打蛇跟棍上”，趁机向两位老师汇报了我们的想法和请求，并拿出了我们的草稿，两位老师当场表示愿意帮忙，不收取任何报酬，并且还是以我们的名义出现，而不是署他们的名。这高风亮节又让我们受教了。

两位老师回到林芝后，与林芝市及市委宣传部相关领导进行了沟通，谢英副书记等领导也提出了期望。回京后，屈塬老师很快便将修改稿发来。大师出手果然气度不凡！我们仅仅是根据自己的体会作了部分文字替代，整个格局没作任何改变。其间张千一老师又给予了具体的关心和指导。然后找到了墨脱的门巴美女、林芝市文工团的德吉老师帮忙谱曲，她说歌词实在是太好了，不需要改动任何一个字。

德吉老师不仅为我们谱了曲，而且请雪域之子为我们演唱了男声版，她自己演唱了女声版，还联系西藏兄弟文化传媒有限公司为我们进行了后期制作。然后，县文广局局长李和平、县广播电视台台长赵东等同志帮我们找人制作成视频，广东科杰通信息科技有限公司总经理曾伟英又让公司在此基础上加工成可以在微信朋友圈分享的视频。

除了上述提到的各位，还有曾经在墨脱工作过现任巴宜区米瑞乡党委书记的卢俊平同志也给予了很多有益而无私的帮助。因此，这首《佛墨缘——佛山援墨工作组之歌》是众多领导、老师和朋友关心和帮助的结果。在此，也衷心感谢为这首歌做出了贡献的各位领导、老师和朋友们！扎西德勒！

附：佛墨缘——佛山援墨工作组之歌

作词：谢国高

作曲：德　吉

演唱：雪域之子（男声版）德　吉（女声版）

编曲：小　良

录音：小　良

后期：小　巩

扫码欣赏 MV

谁在高原之巅把我们翘望？
八千里风尘无阻进藏路。
向着那神山圣湖一路飞奔，
满腔的热情在这里燃烧奔放。
粤藏同源，佛墨同根，
珠江之水连着珠峰之巅。
我们用爱装点莲花圣地，
真心付出化作片片吉祥云。

谁在峡谷深处把我们呼唤？
门珞同胞端着黄酒笑相迎。
无悔的脚步穿行在高山深谷，
奋进的人生在这里激荡回响。
粤藏一家，佛墨更亲，
携手奔康换来美梦成真。
哪怕让我们告别这高原峡谷，
我们也会终生为你牵挂。

（发布时间：2017年9月4日22：40）

走向天路420

有一群佛山人

（“佛墨缘”系列歌曲之二）

艺术源于生活，高于生活。文学艺术的创作，来源于经历，来源于体验，来源于灵感。

进藏之前，我就拜访了全国援藏干部的模范——许晓珠及其他在佛山的援藏前辈，聆听他们的动人故事；进藏之初，我们在林芝与广东省第七批援藏工作队墨脱工作组组长李灿及其他队员进行了深入的请教，了解了他们的生动实践；进墨之后，我们与当地干部群众深入交流，了解到佛山援藏干部在墨脱的点点滴滴；我们在墨脱也开展了如火如荼的援藏工作。

听了各位佛山援藏前辈的故事，他们的形象时常在脑海里翻滚，深受感动；和队友一起工作的亲身经历，感同身受，也为我们自己而感动。佛山人把“敢为人先，崇文务实，通济和谐”的佛山精神与老西藏精神、“两路”精神、老墨脱精神在这雅鲁藏布大峡谷里相结合，发酵，散发出浓郁而迷人的酒香，愈久弥醇，引人陶醉。

对前辈的感动，对自己的感受，总想用某种方式表达出来，于是便在4月11日写了一篇散文诗《走向天路273——有这么一群人》。后来，有了《佛墨缘——佛山援墨工作组之歌》的经验之后，便尝试把它改写成歌词。我们又找到了林芝市文工团的德吉老师帮忙对歌词进行修改和谱曲。

德吉老师为我们谱了曲，请了次仁宗吉为我们演唱，联系了西藏兄弟文化传媒有限公司为我们进行了后期制作。然后，墨脱县文广局和县广播电视台帮我们制作成视频，广东科杰通信息科技有限公司在此基础上帮忙加工成可以在微信朋友圈分享的视频。

这首《有一群佛山人》得到了相关领导、老师和朋友的关心和帮助。在此，衷心感谢为这首歌做出了贡献的各位领导、老师和朋友们！扎西德勒！

附：有一群佛山人

作词：谢国高

作曲：德　吉

编曲：小　郑

录音：多高•尕玛永江

后期：小　巩

演唱：次仁宗吉

扫码欣赏 MV

有一群佛山人
离乡别井
带着一股浓浓的民族情怀
有一群佛山人
离乡别井
怀着对祖国的赤子之心
飞上了青藏高原
他们穿行在高山峡谷间
付出了多少艰辛和汗水
他们走进了圣地墨脱
为了人民谋幸福
奉献青春
无怨无悔

有一群佛山人
离乡别井
怀着对高原边疆的爱
翻过了嘎隆拉
他们穿行在高山峡谷间
付出了多少艰辛和汗水
他们走进了圣地墨脱
为了墨脱更富饶
奉献青春
无怨无悔

（伴唱）
除了留下一片真情
他们什么也没说
只有条条哈达云
见证他们的杰作
除了留下一片辉煌
他们什么也没说
只有雅鲁藏布江
为他们传说
有一群佛山人

（发布时间：2017年9月5日22：52）

9月6日
星期三

走向天路421

援嫂

（“佛墨缘”系列歌曲之三）

后方稳，前方勇。援藏工作，既有前方工作队员的拼搏努力，更有后方各界的关心支持！在后方中，她们曾经是一个不为人所关注，但却在默默地忍耐和付出的特殊群体！她们就是援嫂，是军嫂、警嫂之后的又一群幕后英雄。

我们对在背后默默支持、在家里默默担当、在心里默默牵挂的援嫂们心存感激。于是，便在2016年10月24日写了一篇散文诗《走向天路104——援嫂》，今年4月12日又写了一首《走向天路274——援嫂》（之二），以表达对她们的感激和敬佩。后来，我便尝试把它改写成歌词。

同样，我们得到了林芝市文工团的德吉老师无私的帮助。她帮忙对歌词进行修改和作曲，并亲自为我们演唱。她唱得是那么动情，以至于很多援嫂甚至是援友们听了都流下了泪水，心情久久不能平静。

然后，德吉老师帮我们联系了西藏兄弟文化传媒有限公司为我们进行了后期制作。墨脱县文广局和县广播电视台帮我们制作成视频，广东科杰通信息科技有限公司在此基础上帮忙加工成可以在微信朋友圈分享的视频。

需要说明的是，相关领导、老师和朋友的关心和帮助都是无私的。在此，衷心感谢为这首歌做出了贡献的各位领导、老师和朋友们！扎西德勒！

援嫂包括了所有援建（援藏、援疆等援内，也包括援非等援外）工作人员的家属。援嫂是艰苦的，但也是幸福的。援嫂可能在艰苦卓绝方面比不上军嫂和警嫂，但援嫂也许比军嫂和警嫂们更值得骄傲，因为她们拥有自己的援嫂之歌。

附：援嫂

作词：谢国高

作曲：德　吉

演唱：德　吉

编曲：小　郑

录音：多高·尕玛永江

后期：小　巩

扫码欣赏 MV

千般不舍万般不愿
如果你真的要问我
谁会乐意让你离开
只不过是为了民族团结

千般不舍万般不愿
如果你真的要问我
谁会舍得让你离开
只能舍弃幸福为大家

我拥别了爱人
只留下泪水一串串
在孤寂的夜晚
想起你
我愿我的心
陪在你身边

我送别了爱人
把孤寂写成思念的诗
让所有的话儿
编成歌
唱给远方的你呀
我的爱人

（发布时间：2017年9月6日22：30）

9月7日
星期四

走向天路422

我爱冲锋衣

不少朋友在朋友圈看了我们的照片后会产生疑惑，因此经常有人问我：你作为县委常务副书记为什么总是穿着冲锋衣和冲锋鞋，而不是西装革履，不像是一个领导哦？这个问题倒是问到点子上来了。

墨脱的海拔从最高的南迦巴瓦峰7782米急剧下降到雅鲁藏布江流出我国实际控制区处的巴昔卡155米，垂直高差达7627米，为世界之最。因此，墨脱拥有全球最典型的从热带到寒带的垂直立体气候和植被，能够让你在三个小时就实现从赤道到北极的尖叫式跨越。“一山有四季，十里不同天”，在其他地方可能是夸张的形容，而在墨脱确实是真实的写照。最能适应这种立体气候的，就是冲锋衣。

墨脱位于喜马拉雅山东段和岗日嘎布山脉南侧，沿雅鲁藏布江逆流而上的印度洋暖湿气流受到高山阻挡，形成丰沛的降水。全县年降雨量在2300毫米以上，南部可达5000毫米，极端最高记录达7600毫米，为中国乃至世界降雨量最多的地方，因而被誉为“中国雨都”乃至“世界雨都”。墨脱的雨季持续时间长，大约从每年3月到10月中旬。雨季中的墨脱就像天被捅漏了一样，那个才真叫没完没了，其间难得有几个晴天。冲锋

衣是防雨的最好选择，而且不用天天换洗，因为即使你洗了也干不了。

墨脱雨季之中的晴天和旱季，没有任何杂质的空气，使得阳光十分纯粹，紫外线异常的强烈，一会儿就能把皮肉烤得生疼，冲锋衣是防晒的最佳配置。到了冬天，上山下乡，遮风挡雪御寒保暖，冲锋衣是最实在的配备。

墨脱绝大部分道路都是“水泥路”，就是水和泥的路，湿滑而泥泞。走这种“水泥路”，真正是“泥巴裹满裤腿，汗水湿透衣背”。弄脏弄湿了之后最容易洗净晾干的，就是冲锋衣，就连冲锋鞋都可以放到洗衣机去翻滚。墨脱草盛林密，虫多兽猛，穿着冲锋衣防蛇虫鼠蚁，效果会更好。

可见在墨脱，冲锋衣几乎就是“万能服”。另外，还要再加一顶草帽和一个斗笠，一个用来遮阳，一个用来挡雨。这样的行头，在墨脱就是顶用。在墨脱乃至整个青藏高原，要应对复杂多变的天气，穿衣服就要讲究方法和技巧，不要一件太厚一件太薄，而最好是长短和大小搭配，冷了一件件往上添，热了一件件往下脱。

这些都是客观因素。而最为关键的一点，就是我们来墨脱的目的和宗旨——不是当官而是做事！办公室只是我们办理文件和研究讨论的地方，而上山下乡、进村入户、田间地头、建设工地才是我们真正的战场。

（发布时间：2017年9月7日20：45）

9月8日
星期五

走向天路423

支持党建再出力

党的领导弱化，党的建设缺失，从严治党不力，是各被巡视单位党组织普遍存在的问题。因此，加强党的建设，既迫在眉睫，又任重道远。

我们一直深入学习贯彻习近平总书记系列重要讲话精神，特别是关于党的建设的重要内容。我们也把加强党的建设放在援藏工作的突出位置上（详见《走向天路393——支持党建不遗余力》）。

今天，我们根据自治区党委巡视五组反馈的情况和县里的整改方案，结合县纪委（监察局）和县委组织部、达木珞巴民族乡的请求，经工作组集体研究决定，再拨付20万元专项资金。其中，支持县纪委（监察局）谈话室建设改造资金缺口15万元，县委组织部和达木珞巴民族乡党员活动场所建设资金5万元。

党的建设永远在路上，我们的努力一直在持续。

（发布时间：2017年9月8日22：50）

9月9日
星期六

走向天路424

群众为什么不知道

“知道我们是哪里来的吗？”“不知道！”“知道我们是干什么的吗？”“不知道！”“知道援藏工作队吗？”“不知道！”这是去年9月10日我们在亚东村帮助白玛平措家收割水稻，在田里与其他村民交谈时的对话。三个“不知道”深深地扎在了我们的心里！

我们是第八批援藏干部，前面已有七批21年，剔除前两批没有安排进墨也有五批15年了。我们的援藏前辈与当地干部群众团结一致，在这里进行了艰苦卓绝的努力，取得了显著的成效。但在群众中还是缺乏应有的认知度和认同度。我们在后来的调研和接触中了解到，知道有援藏的群众只是部分，而大部分群众却不知道有援藏，或知道了也不怎么关心这件事。可见，援藏的影响主要在党政机关和事业单位，更多的是留在“圈子”内，浮在水面上。

原因究竟何在呢？我们进行了认真的分析研究，可能的原因有：一是我们深入基层还不够，与群众接触还不够；二是我们的宣传主要是对内（党政机关）和对上（领导），而对外和对下还不够；三是我们的项目主要集中在基础设施建设上，计划外资金主要是支持党政机关，而惠民生的项目、助贫济困的资金投入还不够；四是确实也有部分干部群众对援藏有那么一点漠然，颇有点仓央嘉措情歌《见与不见》中的韵味。后面的经历证实了上述情况不同程度的存在。

群众知不知道有援藏，对于我们作为援藏干部来说倒不是很有所谓。因为，来了就注定要承受这样或那样的委屈。我也经常开导和鼓励队友：“既然选择了当强者，就不要再去稀罕弱者的待遇”。但是，援藏代表的是党中央的关怀，代表的是支援地的关心，如果我们不能把党的恩情和内地的亲情及时、充分地传达给当地的干部群众，那就是一个大问题。如何传达和体现？我们进行了系列的探索和实践：

深入基层。我们从进墨的次日开始，便分片召开座谈会，与所有县直部门和驻墨单位进行了座谈。在后面的调研和工作中，我们已经走遍了几乎所有的基层单位，力争做到全覆盖无死角无遗漏，并对相关基层单位和驻墨单位进行了看望慰问。你走进基层，基层才会靠近你。

深入群众。启动下乡进村入户调研，用时21天走遍全县8个乡镇46个村，其中徒步前往17个当时不通路（车）的村，行程200多公里。在历批援墨工作组中，进墨当年走完46个村的我们是第一批，在三年内走完的我们是第二批。但我们在三年内肯定不止走一遍，因为除了帮辛、加热萨和甘登“上三乡”外，其他五个乡镇的所有村（包括不通路的）都已经走了两遍以上，通路的村就已经不记得多少次了。我们在节假日、周末或傍晚也会到县城附近的几个村去走走。而且，我们在看望慰问贫困户时，不允许工作人员通知其到村委会来领，而是坚持到其家中去，无论路有多远有多难。你深入群众，群众才会入心。

深入惠民。我们在策划和安排计划内资金援藏项目时，严格执行“两个80%”，即80%以上的资金投向基层，80%以上的资金投向民生。同时，我们极力争取计划外资金和物资，目前已有筹集计划外资金和物资1.6亿多元，超过了1.6亿元的计划内资金，刷新了援藏的新纪录。其中，广东省追加1.018亿元建设三个边境小

康村，将惠及197户1018人；争取社会各界支持资金和物资5000多万元（佛山市追加3000万元对三个村实施异地搬迁安置，将惠及90户381人；社会各界支持资金和物资2000多万元）。我们的计划外资金和物资，也是主要投向基层和民生，目前已经解决各类困难和问题60多项。你惠民生，才能得民心。

深入宣讲。今年，自治区党委部署开展“讲党恩爱核心，讲团结爱祖国，讲贡献爱家园，讲文明爱生活”喜迎党的十九大主题教育实践活动。我们全面参与“四讲四爱”，八个队员全部参与宣讲，每个队员最少宣讲一个场（次），我自己则宣讲了十多个场（次），包括前往当时不通路（车）的背崩乡西让村、地东村和德尔贡村等。通过我们的努力，让“四讲四爱”实现了“十进”：进援藏、进乡（镇）村、进农家、进学校、进寺庙、进事业单位、进企业、进建设工地、进田间地头、进民主党派。我们还组织了党政代表团前往佛山对接洽谈、党政考察团前往湖北茶叶取经、佛山对口支援墨脱县对接洽谈会、师生前往佛山感恩教育等一系列的创新性活动。全面参与“四讲四爱”，既让我们广泛接触了群众，沟通了思想，也让群众受教育，学会知党恩，感党恩，听党话，跟党走。

深入宣传。为了让社会各界了解、理解进而关心、支持墨脱，支持援藏，我们构建了一个多渠道、多载体、多层次、多形式的立体宣传网络。有朋友说我们的宣传太高调了。问题是援藏不同于其他工作，如果是其他工作我们就会秉持低调务实的佛山作风了。但援藏工作，不宣传的话社会各界就不了解，不理解，不关心，不支持；不宣传的话当地干部群众就不了解，不理解，不知党恩，不感党恩。而且，我们的宣传也是实事求是，以事实为依据，以行动为准绳，上得了网络，晒得了太阳。

（发布时间：2017年9月9日16：04）

9月10日
星期日

走向天路425

特殊的教师节

（援藏开放暨民族团结活动之一）

促进民族团结是援藏的核心宗旨之一。要促进民族团结，就要加强沟通和交流，增进相互了解和理解。为了让当地干部群众更好地了解援藏，理解援藏，支持援藏，配合援藏，总结一年多来的经验教训，我们经过认真研究和分析，决定分层次分类别举办一系列的“援藏开放暨民族团结活动”。

由于今天是第33个教师节，因此我们就以庆祝教师节为契机，以教师队伍作为切入点，打响活动的第一炮。经过精心策划和准备，我们分两个批次进行：

前天下午，我们邀请了山西师范大学的三名和肇庆学院的六名支教老师到工作组驻地庆祝教师节。我给他们介绍了工作组的理念、精神、角色、定位等团队文化，以及我们的援藏项目，发放了我们的工作总结材料，使他们对我们的援藏工作有一个初步的了解。我们也就如何教师育人进行了深入的交流和探讨。为了表达我们对老师的崇高敬意，庆祝教师节，我们向每位支教老师赠送了一个多功能台灯，每个价值1000元。每位支教老师均表示，这是他们走向讲台的第一个教师节，以这样的形式来庆祝，十分有意义，终生难忘。

昨天下午，我们邀请全县中小学幼儿园的八名优秀教师代表和六名新进教师举行援教座谈会。工作组成员、墨脱镇委副书记、常务副镇长喻晓坤主持了会议，工作组成员、县教体局副局长郭振华对新进教师进行了培训，新进教师代表杨静怡和优秀教师代表李明、白玛曲珍分别作了发言，我和县教育局局长桑杰顿珠也与教师们作了交流。参加座谈的还有工作组成员、县发改委副主任邓宏照和县住建局副局长李展健。

为了表达我们对老师的崇高敬意和庆祝教师节，我们在座谈会上还进行了捐赠。向县教体局捐赠图书专项资金25万元（其中9.5万元由广东省第八批援藏工作队墨脱县工作组在自有工作经费中以现金出资，另外15.5万元由佛山市凌宇图书有限公司以图书实物出资）；捐赠多功能台灯30个（其中前天的支教老师9个，昨天的优秀教师代表和新进教师14个），价值3万元，两者合计28万元。

座谈会后，我们邀请优秀教师代表和新进教师到工作组驻地进行实地考察。我给大家详细介绍了我们的团队文化（包括工作组的理念、精神、角色、定位等）以及我们的援藏项目，发放了我们的工作总结等材料，让各族教师了解、理解、关心、支持我们的援藏工作。

以庆祝第33个教师节为契机，我们通过这次举行的“援藏开放暨民族团结活动日”，取得了加强沟通交流、促进民族团结的预期的效果。接下来，我们还会有计划的分门别类地开展下去。

工作组成员、县教体局副局长郭振华为此次活动付出很多努力。最后，祝愿各位老师教师节快乐！扎西德勒！

（发布时间：2017年9月10日21：22）

9月11日
星期一

走向天路426

书香满峡谷

书籍是人类进步的阶梯，知识是改变人类命运的根源。让每一个孩子读上书是国家的政策，体现的是党的关怀；让每一个孩子有书读是援藏的目标，反映了我们的努力。

虽然国家对西藏及墨脱教育的投资力度很大，硬件设施相当完善，但我们依然把教育放在援藏工作的突出位置上。除了在援藏资金中专门安排了教育类项目，我们也筹集了大量的资金和物资用于支持教育事业及广大师生。

我们也致力于筹集更多的图书，目标是要把全县中小学及幼儿园每一个班的图书角都按照标准建立起来。前期，我和喻晓坤、邓宏照、李展健、郭振华等队员都分别向有关单位和个人募集了一批数量不等的图书，丰富了全县中小学生及幼儿的阅读书籍。

后来，在县教体局副局长郭振华的沟通协调下，佛山市顺德区教育局捐赠了价值5万元的图书；佛山爱心人士邓达华先生不远万里跑到墨脱捐赠了1万元的图书；佛山市文学艺术联合会捐赠了《画说佛山》一批。

然后，县住建局副局长李展健也通过自己的社会资源与“担当者行动”取得了联系。在郭振华和李展健的积极沟通协调之下，在兴全基金管理有限公司的全

资支持下，“担当者行动”委派张春亮和李义诚两位老师于6月12日走进墨脱，向全县八所小学42个班捐建了图书角，价值22万元。

张春亮和李义诚两位老师用了一周时间，克服困难和危险，前往墨脱县完全小学及德兴、达木、背崩、帮辛四所中心小学建设图书角，并给师生们做初级阅读培训。格当、加热萨和甘登三所小学因天气恶劣和道路危险而没有前往。此次建设完成后，“担当者行动”还将提供后期阅读培训服务。

有了上述的努力，让全县中小学及幼儿园“班班有个图书角”已经具备了较好的基础和条件。后经我提议，经工作组工作会议集体研究决定，对不足部分由工作组自有工作经费予以支持。

郭振华又与佛山市凌宇图书有限公司总经理罗叶丽进行了沟通协调，得到了罗叶丽总经理及该公司的鼎力支持。在总价25万元的图书中，该公司以图书实物捐赠15.5万元，工作组最终出资9.5万元。

至此，我们自己直接出资加上争取社会各界支持用于购买图书的资金已经超过53万元。全县中小学及幼儿园的46个班全部都建立起了标准的图书角。按照义务教育均衡化的验收要求，全县中小学及幼儿园需要图书30,440册，现已实际拥有图书31,340册，其中原有14,350册，我们新增了17,190册，增加了119.8%。

现在，书香充盈着整个雅鲁藏布大峡谷，浸润着整个墨脱。“授人以鱼不如授人以渔”，授人以渔不如授人以书。孩子们，“书中自有黄金屋，书中自有颜如玉”。如果你用心阅读，用心领悟，这些书本以及书本中的知识，将会改变你的命运，改写你的人生。请记住，悦读越快乐！

（发布时间：2017年9月11日21：25）

9月12日
星期二

走向天路427

外媒也关注

8月30日，《欧洲时报》以《援藏项目“转风向” 民众脱贫致富尝甜头》为题报道了广东省第八批援藏工作队墨脱县工作组的援藏工作。据有关媒体人士反馈，这是国外媒体首次报道援藏工作（当然，我们未核实）。

据悉，欧洲时报社总部设在法国巴黎，旗下的《欧洲时报》创刊于1983年，发行覆盖整个欧洲，是欧洲最具影响力的华文日报。

报道引用了习近平总书记的指示精神：要坚持精准扶贫、精准脱贫，重在提高脱贫攻坚成效；关键是要找准路子、构建好的体制机制，在精准施策上出实招、在精准推进上下实功、在精准落地上见实效。

报道以墨脱县墨脱镇村民贡桑卓玛从种植水稻、玉米到改种茶叶的前后变化为例，引出了墨脱县工作组产业援藏的规划、实施、初步成效等，尤其指出茶叶产业发展在墨脱县精准脱贫攻坚工作中发挥的重要作用。

报道指出，目前援藏项目开始由基础设施建设向产业发展转变；援藏方法开始从“输血”扶贫向“造血”脱贫转变。在援藏最初阶段，主要精力放在基础设施建设方面，而现在是要让民众有稳定的经济增收渠道。所以，工作组把产业发展作为援藏工作的重中之重来抓，“没有产业支撑的脱贫只能是数字脱贫”。

今日西藏
西藏大学生农村创业

援藏项目“转风向” 民众脱贫致富...
中新网·财经·正文
援藏项目“转风向” 民众脱贫致富添新力
2017年08月27日 13:22 中国新闻网
中新社拉萨8月27日电 题：援藏项目“转风向” 民众脱贫致富添新力
作者 周文元
种水稻、玉米，西藏墨脱县墨脱乡村民贡桑卓玛一亩地每年有一千多元(人民币，下同)的经济收入，而改种茶叶后，她能赚到四千元。如今，看到茶叶的经济效益后，像贡桑卓玛一样，改种茶叶的村民越来越多。
茶叶种植是墨脱县援藏产业项目的一部分。据墨脱县委常务副书记谢国高介绍，他们现在计划内的1.6亿元援藏资金中，产业项目资金约占60%。援藏项目开始从基础建设向产业发展转变，援藏方法开始从“输血”扶贫向“造血”脱贫转变。
墨脱县为西藏自治区林芝市辖县，位于西藏东
中国新闻网

《欧洲时报》的报道是根据8月27日中新社播发的题为《援藏项目

“转风向” 民众脱贫致富添新力》的新闻稿进行报道的。包括新华网、中国新闻网、人民政协网、中华网、凤凰资讯网、新浪网、搜狐网、网易等纸媒网媒在内的众多国内外媒体也纷纷进行了转载报道。

至此，我们的援藏工作已经实现了县（市、区）级媒体、市（地、州、盟）级媒体、省（直辖市、自治区）级媒体、国家级媒体、中央媒体、国外媒体，传统媒体（报纸、电视、广播、杂志等）和新媒体（网络和自媒体等）各级、各种媒体类型的全覆盖。

（发布时间：2017年9月12日20：58）

9月13日
星期三

走向天路428

空中水母

水母，大家都应该见过了吧？它像一把透明的圆伞，漂浮在水中，还拽着长长的尾巴，十分漂亮。

最近，我竟然在青藏高原上发现了水母！而且这种水母不是漂浮在水中，而是飘浮在空中！这也太神奇了吧？是的，我绝对没有被自己的眼睛所欺骗。但我也不能欺骗自己的良心，我必须把这个真相说出来。其实，它不是真正的水母，而是高原上的雨。

高原上的雨与其他地方的雨都不一样，有着自己的个性和特点。它一般都没有下雨前的狂风呼啸，也没有乌云笼罩。万里晴空，飘着一朵朵白云，慢悠悠地在进行太空漫步。不知道什么时候，其中一朵或几朵往地上抛下一条条白色的绳子或丝线，像是一种叫珠窜的藤状植物下垂的一条条气根。

一朵朵的白云拖着长长的尾巴往下拽，就像一个个飘浮在空中的水母。因此，我把高原上的雨形容为“空中水母”。水母十分漂亮，“空中水母”也很漂亮。“空中水母”下垂的触手把天与地连接了起来，成了真正的天梯。

高原上的雨来得快去得也快，绝不拖泥带水，磨磨蹭蹭，更不会没完没了。我喜欢“空中水母”的这种骤来骤去，爽快！

（发布时间：2017年9月13日21：41）

9月14日
星期四

走向天路429

山蚂蟥正盛

毫无疑问，山蚂蟥（山蛭）是墨脱盛产的重要土特产之一（详见《走向天路322——墨脱“吸血鬼”》），一般人都会觉得十分恐怖和恶心。但是，如果你以为墨脱只有恐怖和恶心的山蚂蟥，那你就大错特错了，这里还有美丽和悦目的山蚂蟥；如果你以为墨脱只有会动的山蚂蟥，那你也大错特错了，这里还有不动的山蚂蟥。

这不是忽悠人吗？我告诉你，这还真不是忽悠人！这里还有另外一种山蚂蟥，但它却不是一种动物，而是一种植物，是一种花朵。这种植物的山蚂蟥是一种豆科植物，主要分布于吉林、陕西、四川、湖北、江苏、浙江、湖南、江西、福建以及西藏的墨脱等地，生长在树林及树林的边缘、山谷沟边等地方。

山蚂蟥一般8—9月开花，9—10月结果，果实为一种荚果，可以用作绿化和观赏植物。现在正是山蚂蟥盛开的季节，扎墨公路及其他乡村道路两边开满了山蚂蟥。山蚂蟥也是一种药用植物，无毒，具有一定的药用价值，全株（包括根）可以入药。具有清热散风、消肿解毒、舒筋活络等功效，可以用于治疗或辅助治疗蛇咬虫叮、腰酸腿疼、跌打刀伤、风湿骨痛、多种炎症、小便不利等多种病症。

（发布时间：2017年9月14日21：14）

9月15日
星期五

走向天路430

订单式捐赠

援藏体现的是党中央的关怀和对口支援地的关心，也是社会各界一种爱的事业。援藏干部也一样，因爱而来，怀爱而至，用爱去做，留爱而返。因此，我经常与队友们一起分享：我们要“用心、用情、用爱”。

既然是爱的事业，除了前方工作组及各位队员的共同努力，更需要后方及社会各界的大力支持。因此，我们积极前往拜访相关领导、部门及企事业单位、社会人士，争取他们的关心和支持。自去年7月13日进藏至今，我们拜访的单位和个人超过100个，筹集计划外资金和物资5000多万元（未包括广东省追加的1.018亿元），其中资金4500多万元，物资500多万元。

在这些成绩的背后，既有相关领导及单位的关心支持，也有我们的积极争取，还有我们创新性的理念——“订单式捐赠”。捐赠都是发自内心，出于爱心，一般都是有什么给什么，有多少给多少。但我们为什么要提倡订单式捐赠呢？这是为了提高捐赠的针对性、经济性和实效性。

墨脱孤悬于喜马拉雅山南麓，离最近的城

市——林芝约350公里。从林芝到墨脱特别是波密到墨脱的扎墨公路，道路崎岖坎坷，曲折蜿蜒，起伏跌宕，十分难走和耗时。捐赠物资一般只能物流到林芝，然后要再雇车拉进墨脱，这样一来成本就很高。到了墨脱以后，还需要分发到相关乡镇及村，由于下乡的道路更为糟糕，进一步加大了分发的成本。如果是低值物资，物流成本和分发成本很有可能高于物资本身。

因此，我们建议捐赠方最好是能够根据我们提供的需求给予订单式的捐赠，这样针对性、经济性和实效性都强。捐赠的物资最好是单品种、大批量或少品种、大批量。为了尽量做到订单式捐赠，我们一直以来都注重收集各部门及乡镇、村的需求，归纳整理，汇编成册。工作组成员、县农牧局副局长赖明建为收集这些需求做了大量细致的工作。然后，我们再根据这些需求去寻找可能的捐赠单位和个人，并加强沟通协调，争取尽量予以满足。对于已经满足的需求，则进行销号处理。

在这种理念的导向下，我们的捐赠绝大多数都是订单式捐赠，如向佛山市争取3000万元用于支持三个地质灾害村异地搬迁安置等等。

当然，我们也从不拒绝并十分感谢其他的非订单式捐赠。因为捐赠本身就是一种爱，而爱是很难用资金和物资的品种、数量等因素去衡量的。订单，解决的是针对性、经济性和实效性问题，而绝对不是衡量爱心的标准。

（发布时间：2017年9月15日22：22）

9月16日
星期六

走向天路431

对接落实

为了贯彻落实习近平总书记“治藏必治边，治边先稳藏”的治藏方略以及在东西部扶贫协作座谈会上的重要讲话精神，经广东省第八批援藏工作队墨脱县工作组提请，佛山市政府于今年年初印发了《佛山市全面对口支援墨脱县镇乡结对工作方案》，这是佛山援藏的又一重大制度创新。

该方案印发实施后，安排有对口支援任务的市相关部门、各区及相关镇（街）纷纷与工作组沟通联系，对接落实。其中南海、顺德、高明、三水四个区还由相关区领导带队前来墨脱实地调研和对接。9月11—15日，佛山市农业局和佛山市旅游局分别前来墨脱实地调研和对接。它们是该方案实施后最早前来对接落实的市直部门。

9月11—15日，佛山市委农办副主任、市农业局副局长黄健明和佛山市农科所所长李湘妮一行五人前来墨脱。他们看望慰问了工作组的援藏干部人才，与工作组、县农牧局进行了座谈交流和对接洽谈，向工作组和县农牧局捐赠了一批价值3万元的农用物资，包括一批经过精挑细选的优质冬种蔬菜种子。工作组副组长、县委副书记、常务副县长李斌及其他在家的工作组成员、县旅发委相关负责人参加了座谈。他们实地调研考察了墨脱门路文化展示博览馆、墨脱古街、莲花圣地公园等援藏项目，米日村、玛迪村、墨脱村、德兴村等水稻种植基地，玛迪村和德兴村的香蕉种植基地，果果塘、墨脱村等茶叶种植基地。他们还顺道考察了易贡茶场，拜访了援藏干部、林芝市农牧局党组副书记、副局长刘亚平等相关领导，进行了深入交流。

佛山市农业局办公室主任卢志进、农业科副科长李乐珍和市农科所综合办公室主任赵应洪参加了调研和对接。工作组副组长、县委副书记、常委副县长李斌和工作组成员、县农牧局副局长赖明建等陪同调研和对接。

与此同时，佛山市旅游局副调研员胡永坚一行六人前来墨脱。他们看望慰问了工作组的援藏干部人才，与工作组、县旅发委进行了座谈交流和对接洽谈，向工作组和县旅发委捐赠了2万元工作经费及慰问物品。工作组副组长、县委副书记、常务副县长李斌及其他在家的工作组成员、县旅发委相关负责人参加了座谈。他们还在县旅发委副主任白玛曲珍的陪同下对莲花圣地公园、果果塘蛇形大拐弯、德兴民俗村等景区景点进行了实地调研。

佛山市旅游局办公室副主任陈森平、市纪委派驻文广新局纪检副组长肖长富、市旅游协会秘书长曾爱萍、市旅游协会导游分会会长郑坚强、市旅游协会旅行社分会秘书长蔡桢燕参加了调研和对接。

佛山市农业局和佛山市旅游局两个工作组一行还参观了工作组干部宿舍、援藏文化陈列室和援藏项目工程建设指挥部，关心援藏干部生活，了解了工作组援藏文化建设、团队建设、工作开展情况等。

我由于有其他重要工作安排，没能参与座谈和调研，但得以抽时间与佛山市农业局和佛山市旅游局的两个调研小组分别见面和交流。

（发布时间：2017年9月16日21：41）

9月17日
星期日

走向天路432

满山酒瓶子

最近，墨脱的山坡上到处都是酒瓶子。但这些酒瓶子并不是门珞群众在山上喝酒留下的，而是大自然的一种赐予。这种酒瓶，是一种果子，它的形状有点像酒瓶子，因此俗称酒瓶果。它在不同的地方还有不同的称谓，例如有的地方叫做小煨罐、大叶朝天罐，有的地方叫作映山红、满山红、遍山红，有的地方叫作暴牙郎，有的地方叫作秤杆菜，等等。这些都是从花果的形状、颜色等不同角度给它起的名字。其实，它的学名叫做尖子木，是植物中的尖子生。

它是一种灌木，野牡丹科尖子木属，高可达1—2米甚至更高。它的花是红色的，花蕾的形状是尖尖的，像是一个木楔，可能正是因为这样才叫作尖子木吧。每年的这个时候，墨脱的山坡路旁都开满了这种花，而且能够持续好几个月。这种植物分布于西藏的墨脱以及邻近的尼泊尔、缅甸、越南等地，国内广西、贵州、云南等地也有分布。

尖子木是一种十分理想的绿化美化树种。它的枝条多，开花的枝条长，而且花色鲜艳，花形奇特，果形奇异。尖子木也是一种药用植物。据说，尖子木全株均可入药，具有清热解毒之功效，可用于治疗或辅助治疗疔疮、腹泻、痢疾、吐血、尿血、痔血、月经过多、产后红崩、带下、跌打损伤、肿痛痕痒、止血止痛等症状。

（发布时间：2017年9月17日17：17）

9月18日
星期一

走向天路433

上门体检

为贯彻落实中央纪委和广东省纪委扶贫领域监督执纪问责工作电视电话会议精神，根据佛山市委的部署安排，佛山市纪委组织扶贫领域专项检查组于9月11—18日前来林芝及墨脱对广东省第八批援藏工作队墨脱县工作组的援藏工作进行了督导检查。

检查组由佛山市纪委、市财政局、市审计局、市农业局及市扶贫办等单位的七人组成，由市纪委常委、市监察局副局长、市预防腐败局副局长钟汉腾同志带队。据悉，在全国及全省电视电话会议后，佛山市是广东省第一个派出检查组前来对对口援藏工作进行执纪检查的。

检查组一行代表佛山市纪委前往工作组驻地和墨脱县人民医院分别看望了工作组全体成员及佛山在墨全部援藏医疗人才。检查组与工作组全体成员及墨脱县纪委、县财政局、县扶贫办等相关单位负责人进行了集体座谈，工作组作了工作汇报，钟汉腾常委作了动员讲话，传达了中央、省、市关于开展扶贫领域监督执纪问责工作的会议精神及具体工作要求。

检查期间，钟汉腾常委一行分别与工作组成员，墨脱县纪委、县财政局、县发改委、县住建局、县国土局、县扶贫办等县直部门，以及墨脱、德兴、背崩、达木等乡镇的主要领导进行了个别谈话。钟汉腾常委还拜访了在墨的县长魏长旗，听取县委、县政府对工作组的意见和建议。检查组细致检查财务情况和项目建设，深入德兴雅江水景茶园（暂定名）、德兴村级综合服务中心、达木珞巴民族乡卫生院等拟建、在建和已竣工的援藏项目进行实地检查指导。

返程时，检查组还利用周末时间与林芝市纪委副书记张华磊及援藏干部、林芝市纪委常委、市监察局副局长唐昊等负责人进行座谈，听取林芝市纪委及广东省第八批援藏工作队纪检组的意见建议。

检查结束后，检查组同援藏工作组领导交流了意见。今天上午一上班，工作组就在驻地召开工作会议，向全体成员传达学习了检查组的交流意见，针对指出的隐患和风险进行全面梳理排查，以鲜明的态度，坚决迅速拿出整改措施，立行立改，并与制度建设相结合，将短期整改和长期防范落到实处。

工作组同志认为，这次专项检查是佛山市委及市纪委对大家的关心爱护，是组织对大家贯彻落实脱贫工作决策部署、扶贫资金使用管理和工作作风情况的一次专项体检，有利于团队及团队每一个成员的“健康”，对墨脱的对口支援工作也是一次鞭策、鼓励和推动。检查组低调、务实、细致的工作作风，也十分值得我们学习。

（发布时间：2017年9月18日22：51）

9月19日
星期二

走向天路434

考核来了

援藏干部人才一年来的工作和表现怎么样？哪些干部人才表现得更优秀？哪些干部人才可以优先提拔？带着了解，带着关怀，带着考核，在中组部的统一部署下，广东省委组织部考核工作组于9月15日来到林芝，开始了为期八天的考核行程，将于9月22日返回广州。

其中由广东省委组织部副厅级组织员王叶敏带领的第一考核小组一行九人在完成其他地方的考核工作后，不远千里，不辞劳苦，不畏艰险，于9月18日中午抵达墨脱。而进出墨脱的扎墨公路，于9月16日晚间被泥石流冲毁，道路完全中断，直到9月17日晚上7点前才被扎木机械化养护队抢救开通出了一条便道。

我们就是9月17日在林芝结束了相关工作后返回墨脱的，在巴宜区鲁朗镇拉月村路段因交通事故被堵了三个多小时，于下午5点钟左右赶到波密吃了一个午餐和晚餐二合一的便饭。从波密到墨脱的扎墨公路上，被困了一天才被释放出来的车鱼贯而行。当我们回到扎墨公路70公里处附近的“二十三道拐”路段时，发现原有的一座钢架桥早已不见了踪影，从山上下来的小水沟，平时都是树木葱茏，遮天蔽日，流水潺潺，泉水叮咚，这次却被刨了三四米深、十多米宽，光溜溜的。我们都十分感慨，所谓意外就是在你想不到的时候，在想不到的地方，发生你想不到的事情。我们冒着黑夜继续行进在这条“生死扎墨公路”上，于晚上9点钟左右才回到工作组驻地。

考核小组在到达县城后，用了一个简单的午餐，便于下午召开座谈会。座谈会由墨脱县委常委、组织部部长赵敬主持，并介绍了考核小组的各位领导和成员，然后我介绍了工作组的各位成员，汇报了工作组一年来的工作，最后是民主测评。会后，考核小组兵分三路，分别与县四套班子成员、相关部门负责人、附

近四个乡镇负责人、队员所在单位班子成员、工作组八个成员分别逐一谈话。到了晚上七点半还没有谈完，于是便简单晚饭再继续谈，一直持续到晚上11点多才告结束。

今天上午，考核小组开了一个上午的内部会议。午饭后，考核小组在王叶敏同志的带领下，前来工作组驻地看望慰问。考核小组一行认真听取了我们关于团队文化和援藏项目等相关情况的汇报，并实地查看了队员的生活设施。然后，考核小组离开墨脱，赶往下一站继续开展工作。

也许大家都对考核结果充满了期待，但我们认为，考核的结果，也许是一种鼓励，也许是一种鞭策，而我们应做的，能做的，就是不忘初心，继续前行，奋力拼搏！对我们来说，比考核结果更为重要的，就是充分展现援藏干部人才的风采，为当地的发展尽自己最大的努力，为当地干部群众留下一片吉祥！

（发布时间：2017年9月19日21:24）

9月20日
星期三

走向天路435

推进项目

推进项目建设是我们的重要工作任务之一。召开项目推进例会和现场协调解决是我们推进项目建设的重要方法。

今天上午，广东省第八批援藏工作队墨脱县工作组召开援藏项目推进例会，而这次的例会只是我们众多例会中的一次。该例会平时由工作组成员、县发改委副主任邓宏照和县住建局副局长李展健具体组织召开，而这次由于困难和问题较多且复杂，他们邀请了我参加。县住建局局长刘敖、县安监局局长达学，项目的设计、施工、监理单位的相关负责人参加了此次会议。李展健主持了会议。

会上，首先由各设计、施工、监理单位相关负责人汇报项目进展、存在问题、进度计划等情况，大家进行分析和讨论。我和县住建局局长刘敖、副局长李展健、县发改委副主任邓宏照等在听取汇报后，对设计、施工和监理单位提出来的问题和困难给予了回复，并表示将在项目推进过程中给予全力配合和支持。县住建局局长刘敖和县安监局局长达学还分别就项目建设和安全生产提出了自己的意见和要求。

为了加快推进项目建设，我和与会人员进行了交流，指出援藏项目是党的民族政策、治藏方略、援藏事业的具体体现，代表的是党中央、国务院及对口支援地区对西藏及受援地的关怀和支持，具有较强的政治性、政策性和时效性，希望大家能提高认识，顾全大局，齐心协力，克服困难，按时按质按量完成援藏项目建设。

我还就如何加快推进援藏项目建设提了五点建议：一是要加强沟通协调。相关部门及设计、施工、监理单位要加强沟通协调，遇到困难和问题要及时沟通，及时协调，及时解决，确保进度。二是要强化统筹推进。相关部门要加强统筹，科学管理；各设计、施工和监理单位要加强统筹，相互协调，合理安排时序和分配资源，及时调整工艺技术和方法。三是要实施重点突破。要把完善设计、拆除违建、电网改造等影响施工的问题作为重点予以突破；要先动起来，遇到困难敢于直面，逐个击破解决。四是要注重工程质量。在项目建设过程中要符合国家相关的质量技术标准和行业规范，各设计、施工、监理单位要按照各自职责，狠抓工程进度、质量、安全，如果获奖可以给予适当的鼓励。五是要抓好安全生产。要进一步增强安全意识和责任意识，落实安全生产责任制和相关安全生产措施，确保援藏项目“零事故”。

会后，我们还前往县城风貌改造、致富路改造、白玛岗观光栈道等项目施工现场进行了实地查看和沟通协调，并前往GRC构件加工厂了解生产加工情况。

（发布时间：2017年9月20日23：23）

走向天路436

雅鲁藏布大峡谷水果经济带

经过前期的充分调研和分析，我们认为可以在墨脱积极发展水果种植：一是这里的自然条件适合种植部分水果，而且部分水果品质优异；二是一些村已有种植部分水果的历史，并从中尝到了甜头，如德兴村的枇杷；三是我们筹集的计划外资金足以支持一定规模的水果种植；四是县委、县政府及广大干部群众的大力支持。

我最初的设想是与小康村的建设相结合，打造几个以庭院种植为主的水果种植示范基地。后来拓展到扎墨公路和派墨公路沿线村庄。再后来经与县委常委、组织部部长赵敬等领导商议之后，决定以此为基础打造“雅鲁藏布大峡谷水果经济带”，最后扩大到全县的所有村，并将此项工作置于“军地援”三方合作共建党建和以党建促脱贫之中。

我认为，这是一件功在当代、利在千秋的好事。主要的作用有：一是绿化。虽然这在开门推窗都见绿的墨脱并不稀罕，绿化作用不是很突出。二是美化。墨脱虽然风景美如画，但如果万绿丛中出现一片红或一片黄、一片白……还是十分震撼的。三是产业化。在地广人稀但可用耕地更稀的墨脱，我们不另外占地，而是在每个村庄的房前屋后、田间地头、路旁溪畔种植水果，发展庭院经济、水果经济、旅游经济，打造旅游村。四是脱贫化。根据德兴村的经验，每户种植枇杷每年可增收几千到上万元不等，那么种几棵几年后就可以实现脱贫。

在树种的选择上，我有几个要求：一是花可赏。花色要鲜艳、漂亮，开花时节能够吸引游客，自己看着也舒服。要在旱季开花，这样花瓣不会被墨脱没完没

了的雨打掉，也容易受粉，而且与青藏高原其他地方形成反季节，其他地方冰天雪地的时候，墨脱却到处都是鲜花盛开。二是果可吃。这样可以提高它的实用价值和经济价值，既可以卖，也可以发展生态休闲度假旅游。退一万步来说，即使卖不出去也可以自己吃，改善营养结构和享受果品滋味，自己吃不完还可以送亲戚朋友赚个人情，可见只赚不亏。三是品可单。就是要一村一品，村与村之间形成错位发展和优势互补，村内形成规模，要有规模，有气势，好宣传，吸引人。四是树可活。就是选的树种要适应这里的气候和海拔等自然条件。

我们提供三大保障：一是树苗；二是初次肥料；三是种植指导。但需要村民投工投劳，当然这是内地所理解的投工投劳，即没有报酬的，而不是墨脱这里所理解的有报酬的投工投劳。

为了推进“雅鲁藏布大峡谷水果经济带”的建设，今天下午我们召开了会议进行了专项研究。县委常委、组织部部长赵敬，县发改委、旅发委、农牧局、林业局及墨脱镇、德兴乡、背崩乡、达木珞巴民族乡的相关负责人，我和喻晓坤参加了会议。

会议对此进行了研讨和讨论，达成了共识，要求各乡镇要回去进行摸底调查，宣传发动，选好树种，拿出方案；各部门要加强统筹，给予指导。县委组织部勇挑重担，主动承担牵头责任，将其与“军地援”三方合作共建党建和以党建促脱贫等工作有机结合起来，综合安排，统筹推进。

我们的蓝图会实现吗？这有赖于县委、县政府的加强领导，有赖于广大干部群众解放思想，更新观念，积极有为。

（发布时间：2017年9月21日21：48）

9月22日
星期五

走向天路437

全面对口支援在深化

根据广东省第八批援藏工作队墨脱县工作组的提请，佛山市政府于今年初印发了《佛山市全面对口支援墨脱县镇乡结对工作方案》。随后，市农业局、市旅游局等市直部门，南海、顺德、高明、三水四个区及南海区大沥镇、高明区更合镇、三水区西南街道等镇（街）纷纷主动前来墨脱对接落实。

经工作组特别是工作组成员、墨脱县教体局副局长郭振华积极与佛山市教育局、墨脱县教体局、佛山市顺德区勒流街道办事处及教育局等单位的沟通协调，9月14日佛山市教育局根据《佛山市全面对口支援墨脱县镇乡结对工作方案》的相关要求，正式发文组织顺德区与墨脱县各三所学校结对帮扶。佛山市对口支援墨脱县的首批结对帮扶学校，分别是勒流育贤教育集团初中部与墨脱县中学、勒流育贤教育集团小学部与墨脱县完全小学、勒流育贤教育集团幼儿部与墨脱县幼儿园。

为了落实结对帮扶，顺德区勒流街道教育局组织育贤教育集团、新球中学、新城小学、东风小学的校长组成教育考察培训团，在丁建平常务副局长的带领下，一行六人于9月15日至22日前来墨脱。他们与工作组及墨脱县教体局、各中小学校长、县幼儿园园长等进行了座谈，并向工作组及墨脱县教体局捐赠了图书专项经费5万元。

在墨期间，他们参观考察了墨脱县中学、墨脱县完全小学、墨脱县幼儿园、德兴乡中心小学、达木珞巴民族乡中心小学等学校，与师生进行了面对面的沟通和交流，深入课堂听课，对墨脱各中小学的办学理念进行了研讨和指导。连日来，濮文磊、温克健、何鑑宝三位校长分别应墨脱教育局的要求作了《现代学校办学理念、办学规划与校园文化建设》《学校办学特色的打造》《现代学校管理

与学校教科研工作规划》等专题培训，县教体局相关负责人及各中小学校校长就办学理念、办学规划、校园文化建设、特色办学和义务教育均衡化迎检工作进行了深入交流和研讨。育贤幼儿部何淑敏园长三天都驻扎在县幼儿园，就如何全面提升办园品质、打造品牌幼儿园进行深入探讨，给予全面指导。他们分别与次仁索朗和贫困教职工梁亮平、扎西央宗、东英，贫困学生仁增措姆等结成“佛墨缘”爱心结对家庭，并抽空走进他们的家庭看望慰问。他们还参观了莲花阁、果果塘茶园、鲁朗小镇等援藏项目。

概括起来，他们在墨期间举行了两个座谈会、三场讲座；考察了四所中小学、一所幼儿园、二个援建项目；帮助一所中学、五所小学、二个教学点修订完善办学理念和三风一训；与县中学、县完小、县幼儿园签订了合作协议，确定了课改项目与特色办学项目；与工作组及县教体局商定了后期支教工作重点领域与项目；看望慰问了五个结对家庭。

新球中学教研室主任祝小波也参与了这次的对接落实行程，并将留下支教三个月，协助县中学开展小组合作课堂教学改革。

据悉，勒流街道教育局主动作为，出台了一揽子对口支援墨脱教育方案，并逐步落实。这也是工作组举办的“佛山市对口支援墨脱县对接洽谈会”的丰硕成果之一。

（发布时间：2017年9月22日20：51）

9月23日
星期六

走向天路438

都是一样的人

（援藏开放暨民族团结活动之二）

“同是天涯沦落人，相逢何必曾相识。”当然，我们在这里取其含义是“都是一样的人”。援藏工作队员和来藏的西部计划志愿者，其实质是一样的，都是广义的援藏队员，只是派出单位、工作任务、工作年限等不同而已。

为了深入开展“四讲四爱”主题教育实践活动，加强援藏干部人才与西部计划志愿者的沟通交流，昨天下午5点，广东省第八批援藏工作队墨脱县工作组与在墨脱县工作的西部计划志愿者在县政府二楼会议室召开了“援志座谈会”。我及李斌、喻晓坤、李展健等四位援藏队员，杨洁平、李明玲、李欣等十六名志愿者参加了座谈会，我主持了会议。这是我们策划的“援藏开放暨民族团结活动”系列之二。

他们既有今年刚来的，也有已经是第二年的，还有已经是第三年的；既有直接分配到墨脱的，也有从拉萨和林芝等地调岗到墨脱的。杨洁平等十六位志愿者都进行了简洁的发言，主要围绕成为志愿者的机缘以及成为志愿者以后的学习、工作、生活、经历、收获、感受、不足等方面来进行。杨洁平还作为志愿者服务队队长介绍了他们一年多来开展的工作。从他们的发言中，可以看得到他们有情怀、有思想、有担当、有历练、有悟性，充满了阳光，充满了自信，充满了力量，让我们也很受教育，很受启发，很受鼓舞。

工作组副组长、县委副书记、常务副县长李斌，工作组成员、墨脱镇党委副书记、常务副镇长喻晓坤，工作组成员、县住建局副局长李展健也分别发了言，

以过来人的身份，从大哥哥的角度，与志愿者们分享了自己的心路历程，具有很强的针对性、启发性、指导性。

我也与大家进行了分享和交流，充分肯定和高度评价了志愿者们的崇高情怀、刻苦学习、勤奋工作、健康生活，建议大家要珍惜志愿者这个平台，好好学习，好好工作，好好历练，成长自己；珍惜墨脱加快发展的历史机遇，积极投身于墨脱的改革、发展和稳定大局，奉献青春和汗水，成就自己；珍惜相遇相识相知的缘分，工作上多沟通，生活上多交流，友谊上多交心，成熟自己。

我们以书面形式向志愿者们介绍了工作组的工作情况，并于会后邀请志愿者们到工作组驻地实地参观工作组文化室和项目建设指挥部，了解工作组的团队文化和援藏项目等情况。我们还向志愿者们捐赠了国家级非物质文化遗产——佛山香云纱一批（18件），价值1.08万元。

此次的“援藏开放暨民族团结活动”取得了圆满成功，达到了加强援志交流，推进“四讲四爱”，促进民族团结的预期目标。

（发布时间：2017年9月23日9：24）

9月24日
星期日

走向天路439

早晚色季拉

色季拉山是318国道上的一座名山，也是318国道风景线上的重要节点。它像一根美丽的扁担，挑起了鲁朗和尼洋河两个著名风景区。色季拉山属念青唐古拉山脉，是尼洋河与帕隆藏布两个流域的分水岭，著名的318国道蜿蜒其间，像一条挥舞的彩带。

色季拉山也是我们经常进出墨脱的两座名山之一，另一座为嘎隆拉雪山。我们已经记不清多少次翻越色季拉山了，但都有一个共同的规律，就是每次要么一早从林芝出发，迎着晨曦爬上色季拉山，要么一早从墨脱出发，披着晚霞甚至墨夜穿越色季拉山。色季拉山既是我们途经的重要节点，也是我们的一个心灵驿站。

一年之中的每一个月份，我们都曾经穿越过色季拉山。色季拉山留在我们脑海中印象最深的，除了蜿蜒曲折的盘山公路，就是林海、花海、云海、草原和远眺。

色季拉山被列为国家森林公园，它的林海雄伟壮观。山的两边都是茂密的原始森林，植被垂直分布明显，从山脚的针阔混交林到针叶林再到高山灌木林、草甸、荒漠、冰川。色季拉山林海最值得看的有

冷杉、杜鹃、桦树等，它们在不同的季节会给你不同的颜色看。如果你驻足路边甚至走进林中，会有更多惊喜的发现。不少藏医经常爬上色季拉山采药。

色季拉山除了冬天下雪，其他时间几乎都盛开着各种各样叫不出名的山花，五颜六色，你方唱罢我登场，络绎不绝。你根本用不着钻到林中，就是坐在车上或者路边小憩，都能让你眼花缭乱。但它最出名的还是杜鹃花。每年的五六月份，漫山遍野的各色杜鹃，从山脚到山顶次第开放，十分灿烂，极为壮观，很容易让人误入花丛，流连忘返。

色季拉山垭口两边各有一条山沟，318国道就是沿着这两条山沟上下色季拉山的。每逢清晨，特别是雨后，浓密的云雾弥漫着整个山谷，萦绕着整个色季拉山，并不断地在演变幻化，犹如海市蜃楼、蓬莱仙境。有时候远处的山上在下雨，朵朵白云拽着条条白色的丝线，很像一个个“空中水母”。

色季拉山上的高山草甸本身并没有太多的看头，主要是从垭口到鲁朗的下坡路段俯瞰鲁朗的花海牧场。

海拔4720米的色季拉山垭口也是一个极目远眺的好地方，是观赏中国最美十大名山之首的南迦巴瓦峰以及加拉白垒峰两座雪峰的绝佳位置。但据说南迦巴瓦只与有缘者见面，其实主要是看天气和季节，天气晴朗和秋冬春季看到南迦巴瓦峰俊美雄姿的机会比较大。从垭口往林芝的下坡路段，也有几个地方可以远眺尼洋河风光。

（发布时间：2017年9月24日16：28）

9月25日
星期一

走向天路440

风光旖旎尼洋河

我不敢说它就是世界上最漂亮的河流，但我说它是世界上最漂亮的河流之一就绝不是恭维她了。它就是尼洋河，发源于西藏自治区墨竹工卡和工布江达两县交界处的米拉山西侧的错木梁拉。尼洋河，又称“娘曲”，藏语意为“仙女泪”，是工布地区的母亲河。全长308公里，是雅鲁藏布江的五条主要支流之一，流域面积排第四，但径流量排第二，仅次于帕隆藏布。

尼洋河风光秀丽，旖旎非凡。在其与雅鲁藏布江交汇处，尼洋河就像一个大喇叭口，源源不断地注入雅鲁藏布江。尼洋河的清澈碧蓝与雅鲁藏布江的混浊泛黄相遇，清浊两股水形成了一道“泾渭分明”的汇流奇观。尼洋河河床平坦而宽阔，沙洲与河道相间，整个构图似乎毫无章法而又十分完美。河滩和沙洲被农牧民群众用木头和木板做成的围栏圈了起来，里面长满或种满了柳树，绿树下面是青青的草地和各种各样的小花，牛羊悠然自得地在吃草，还有各种鸟类出没其间。今年暑假我儿子来的时候见此情此景，跟我说这才是真正的世外桃源。尼洋河的河滩是最美的，依托这些河滩现已建立了雅尼国家湿地公园。

尼洋河的春天是美丽的。缓缓的流水泛着粼粼波光，碧蓝而清澈的河水倒映着两岸的青山和空中的白云。洁白的沙洲经过寒风的吹刮和河水的冲刷，形状各异，形态优美，静静地躺在那里。不知道什么时候地上钻出来的绿草和在树枝上爬出来的嫩芽，显得生机勃发，春意盎然，给人温暖，给人希望。

尼洋河的秋天是多彩的。夏天稍带混浊的河水好像经过了沉淀，开始变得碧蓝、清澈而秀美。水位逐渐地下降，更多的沙滩开始显露出来。河滩上的柳树和两岸的绿树渐渐变黄，整条尼洋河就像一条金色的腰带缠在工布地区。

云是青藏高原上十分重要的角色，如果没有了云，其他景观都会因此而逊色不少。尼洋河河谷的云也值得一看，有时候像是一条洁白的哈达横在河面上，或与河流同一方向，有时候像是一条巨龙悬在两岸的山峰边缘或山峰上，有时候飘浮在空中几乎把整个河谷都遮住了，像是搭了一个盖子，与河谷及两岸的山峰构成了一个倒三角形。

尼洋河就是一条风光带。狭义的尼洋河风光带可能只包括从尼洋河与雅鲁藏布江交汇处至318国道八一特大桥附近，而广义的尼洋河风光带则应该包括整个尼洋河流域。从河口往源头，尼洋河风光带徐徐展开。沿河沙洲密布，杨柳依依，两岸绿树满坡，雪峰座座，景色十分迷人。沿途景点众多，有苯日神山、比日神山、米拉山等神山，有措木及日、巴松措、卡定沟天佛瀑布等圣水，有尼洋阁、秀巴千年古堡、太昭古城、工布藏族村寨等人文景观，有嘎拉桃花村、世界柏树王园林、中流砥柱、牧场、田园等自然景观……

欣赏尼洋河的方式，从林芝出发往河口（下游）方向有三条路线：一是尼洋河左岸，沿着国道318线到达林芝村（珠江山庄附近）后转县道401线（沿国道318从色季拉山下来也是在此转），到达尼洋观光平台，此为最佳观赏路线；二是尼洋河上，过八一第二大桥后沿林拉公路和林芝至米林机场专用路前行，这条路很多路段就穿行于尼洋河上；三是尼洋河右岸，过八一第二大桥后沿省道306线行进。从林芝出发往源头（上游）方向可走林拉公路或国道318线沿途进行欣赏。另外，俯瞰和远眺也是欣赏尼洋河风光的好一种方式，理想的位置最起码有两个，一个是从林芝到色季拉山垭口的318国道旁，另一个是林芝市区旁边的比日神山。

（发布时间：2017年9月25日21：12）

9月26日
星期二

走向天路441

荣辱与共

我们曾经参照以往的做法，设计了我们的援藏项目标识（详见《走向天路123——项目标识》）。后来在与当地干部群众沟通交流的过程中了解到，有部分人认为既然全国各地和各民族人民都是一家人，就没有必要突出这个是谁援建的，那个是谁援建的。

我们对此意见进行了认真的研究分析，认为这种观点又对又不全对。对的是全国各地和各民族人民的确是一家，都是中国和中华民族大家庭不可分割的一部分。不全对的是没有必要表明由谁援建。因为援藏是党中央对西藏的特殊关怀，是对口支援地根据党中央的特殊关怀给予受援地的特别关爱。我们开展“四讲四爱”主题教育实践活动的主要目的就是要让西藏广大农牧民群众、中小学生、寺庙僧尼要知党恩，感党恩，听党话，跟党走。

我们在综合考虑之后，决定采用折中方案，取消原先的设计，不再单独建设项目标识塔，以免劳民伤财。同时，我们认真学习贯彻去年11月佛山市市长朱伟前来墨脱调研指导援藏工作时关于抓好援建项目质量和安全的指示精神，决定把相关内容整合到“建设工程永久性质量责任标牌”中去体现。

按照国家有关规范，“建设工程永久性质量责任标牌”必须标注的内容为：工程名称、设计使用年限、建设单位、勘察单位、设计单位、施工单位、监理单位及工程开工时间、工程竣工时间。我们在此基础上增加了“投资单位”和“测量单位”这两个与工程有关的内容，并在投资单位中将广东省第八批援藏工作队墨脱县工作组的八位成员名单及项目负责人也标注出来。

之所以要增加这些内容，并非是要炫耀自己或者留名后世，而是要让人监督，给人评价。因为通常情况下，一项工程如果使用正常，是没有人会去关心这是谁建的。只有出现问题的时候，大家才会想起去看看到底是谁干的“好事”，这时大家就可以按图索骥了。因此，我们等于是把八个队员的荣辱写在了墙上，绑在了工程上，荣辱与共。前段时间广东政府办公厅领导和佛山市扶贫领域专项检查组前来考察检查的时候，对此做法给予了充分肯定和高度评价。

这样做，对我们来说是有风险的，但也是有底气的。我们的底气首先是来自于完善的制度。我们进墨之初就由工作组成员、县发改委副主任邓宏照和县住建局副局长李展健共同起草了援藏项目全过程管理等制度。其次是来自于扎实的基础。从项目的规划、策划、选址、测量、勘察、鉴定、设计各个环节，从立项到审批的每一个步骤，我们都认真研究，反复讨论，充分论证，严守程序。邓宏照和李展健为此做了大量细致具体的工作。再次是来自于严格的管理。李展健具体负责施工管理。我给他的要求是“严格而不刁难”，即必须符合国家相关政策法规和标准规范，确保施工安全和质量安全，但又要热情服务，加强指导。李展健是一个具有优秀职业精神的人，属于他负责的工作或者领导的要求，他会十分积极、主动、自觉地去贯彻落实，不需要踢屁股。最后是来自于当地的支持。相关领导、部门（如发改、住建、安监等）及乡镇给予了我们有力的支持和配合，使得我们能甩开膀子干，抛开顾虑管。

（发布时间：2017年9月26日21：14）

走向天路442

种的不是树

“外面引进的树都种不活，活了品质也不好”“本地有些干部群众不喜欢引进外来树种”“别说是外来树种，就是从山上移栽下来的树都种不了”。这是我之前经常听到的几句内容大致相同的消极悲观而又让我疑惑丛生的话。是现实情况确实如此恶劣悲观，还是我们不想做、不敢做、不会做？

为了寻找答案，我们做了三个方面的探索和努力：

一是不允许传播这种消极悲观的言论。我说：“谁要是再说种不活的话，我就把你种到地里！”当然，这只是善意提醒和引导的一句俏皮话而已，但它却有效地抑制了消极悲观思想和言论的传播。你都不去尝试，怎么知道不行呢？我们了解相关信息的时候，既要了解不利的因素，也要了解有利的条件，并在此基础上克服困难，创造条件，实现目标。“只为成功找方法，不为失败找借口”，这才是正能量！

二是用心观察和调研。在与干部群众交流和上山下乡的过程中，不动声色地观察和了解，发觉干部群众并不拒绝外来的事物及物种，只要这种事物和物种是有益的，而且大家正在享受的不少事物及物种都是外来的，如人民币、汽车以及茶叶、枇杷、蜜柚等经济作物。这说明，不是本地的就一定要固守，不是外来的就一定要拒绝，关键是看事物带来的好坏和是否适应。我还和赖明建专门前往墨脱华阳园艺公司实地了解，得知他们引种栽培的很多树种都适应。

三是尝试引种。我自己及委托李展健、雷震、王强、欧康奎等队员从不同地方带了一些植物品种回来，种在工作组驻地门口周围的空地和部分村民的房前屋后进行试验。为了不让它们在托运过程中在高空冻死，我们不嫌重不嫌脏不嫌累直接抱到飞机上把它们带回来。我们一共试验了百香果、无核黄皮、草莓番石榴、金花茶、桂树、鞭炮花、高山杜鹃等十多个品种，除了鞭炮花活了以后又死掉，其他全部存活并开始生长，特别是百香果展现了超强的适应能力，生长非常快而且结果很多。

我们为什么要引种栽培这些树种呢？一方面，是想在农牧民群众的房前屋后种水果，发展庭院经济和生态休闲度假旅游，打造水果村和旅游村，帮助农牧民群众实现脱贫致富（详见《走向天路436——雅鲁藏布大峡谷水果经济带》）。另一方面，是想引进景观植物丰富和完善旅游景点，和墨脱的实际相结合，打造若干花海，吸引游客，增加体验，延长游客滞留时间，扩大消费，促进发展。

其实，我们种的不是一颗树，而是一颗心，一片情，一份爱。

（发布时间：2017年9月27日20：34）

走向天路443

我的眼睛瞎了？

刚洗完头，睁开眼睛，周围一片漆黑，看不见光明。难道我的眼睛瞎了吗？于是摸索着墙壁走出来，打开门一看，外面哗哗地下着雨，夜很黑，但还是有那么一点点的亮。原来不是自己瞎了，而是灯“瞎”了！这是我们9月23日前往林芝出差前一晚发生的事情。

人们常说“一刀两断”，那么墨脱最起码有两刀，即四断——断电、断水、断网、断路。“四断”虽然说不上是常态化制度化，但也要时不时地来一次，总是让人捉摸不透。“四断”的罪魁祸首在于雨季的洪水、泥石流、塌方、滑坡、滚石、倒树以及旱季的大雪封山、雪崩等频发性自然灾害。

前段时间由于墨脱连续降雨，西工河发生洪水和泥石流，导致亚让电站引水隧洞严重淤堵，并引发了其他事情，因此需要停机检修。原计划于9月1日至15日完成的，但由于清淤疏浚的数量和难度都超过了预期，因此后来又估计要到10月15日才能完成。

检修期间，县城主要由备用电站亚东电站临时供应。但由于亚东电站的发电能力有限，仅能保障一类重要用户的电力供应，各周转房和农牧民采用轮流供电，其他用户无法供电。其他各乡镇由六个乡村电站发电，对用户实行轮流供电。最边远的加热萨和甘登两个乡无法供电。

由于县城的一般用户轮流供电和不供电，因此酒店、商场及其他很多用户只好自己发电，房前屋后都摆满了柴油发电机。隆隆的机器轰鸣声响彻整个小县城，呈现出一片喧嚣但并不繁华的景象。酒店虽然自己发电，但也是限时供应，而且无法使用大功率电器。我们在接待客人时，还需要打了开水送到房间，并提供强光手电筒应急。而客人得按时作息，自己爬楼梯。

我们住在县政府后面的团结小区，由于与县政府同一线路，因而有幸成为一类重要用户，但电力供应依然是偶有中断。我们发现了一个应对的好办法，就是把强光手电筒充好电，停电的时候将它竖起来射向天花板，反射出来的光居然与开灯差不多。这样一来，其他需要用电的事无法做，但无须用电的活动就不受影响，甚至还能看书。条件是客观的，办法是人为的，乐趣是自找的。

就在我们出差的这几天里，我们的团结小区也停电了，他们吃饭都只能打着手电筒，文件和资料处理等需要用电的工作全部无法进行。所幸，当我们今天出差回来的时候，亚让电站已经检修完毕，恢复了正常供电。街上隆隆的轰鸣声也沉寂了下来，顿时安静了很多，有的只是人们的欢笑声和话语声。

感谢华能集团西藏分公司的领导和同志们！正是因为你们的努力、付出甚至牺牲，才使得我们在度过了28天的黑暗之后，重见光明。

（发布时间：2017年9月28日20：50）

9月29日 星期五

走向天路444

情留墨脱

根据《佛山市全面对口支援墨脱县镇乡结对工作方案》的安排及墨脱县人民医院的实际需要，在广东省第八批援藏工作队墨脱县工作组的积极协调下，佛山市中医院的两名医护专家陈建林、丁云霞在该院院长助理余俊文、医务科副科长陈苹的陪送下，于4月13日来到墨脱，开始为期半年的对口支援。6月，应墨脱县人民医院的请求，工作组积极与佛山市卫计局协调，分别由佛山市中医院和顺德区人民医院派出B超专家梁彤和妇产科专家王桂莲前来。

他们在墨脱县卫生局及县人民医院的领导下，在工作组的关心支持下，主动适应，积极融入，认真工作，创造了一系列的业绩。

在内科方面：一是完善了一个科室。将原有的胃镜室（1条胃镜）升级改造为消化内镜中心（2条胃镜+1条肠镜+胃幽门螺旋杆菌C14呼气试验检查），完善了相关预约、清洗消毒流程，培训了2名消化内镜操作医师和清洗消毒人员。迄今已开展胃镜110例，肠镜2例，幽门螺杆菌检查130例，发现墨脱首例小肠绦虫病、钩虫病。开展肠镜筛查，开墨脱先河。二是进一步落实医院核心制度，制定常见病的诊治规范，提升诊疗水平。三是根据县医院的实际条件，制定墨脱县急危重疾病的抢救流程。四是加强科研。拟申报1项西藏自治区科技厅科研课题。——《墨脱地区门珞两族幽门螺旋杆菌感染流行病学调查及抗HP疗效评价》，已完成前期的制表、问卷，目前正在进行病历收集及统计工作。

在妇产科方面：一是主导参与抢救1名Ⅲ度胎盘早剥并进行急诊子宫下段剖宫产术+子宫B-Lynch缝合术。术后患者恢复良好，受到当地干部群众一致好

评。积极开展新项目、新技术，如宫外孕治疗术、剖宫产术、清宫术、人流术等。二是进行了定期的教学讲课培训当地妇产科专科医生，培训的内容包括胎监分析，胎儿窘迫、月经病的诊治，孕期检查详细项目，慢性子宫颈炎，宫外孕的诊治，宫颈癌筛查，全子宫切除术、次全子宫切除术、卵巢蒂扭转治疗术，并详细进行了子宫血管和解剖、B-Lynch缝合手术的教学讲课等等。不断将广东及佛山的技术传授给当地医生，提高他们的诊疗水平。

在B超科方面：一是完善超声报告模板。超声科原有的模板病种非常少，几乎所有的报告都要逐字输入，严重影响工作效率，根据佛山中医院的报告模板结合这里科室的习惯修改后加以应用，大大提高了出报告的效率。二是增设了心脏超声、经阴道超声及血管超声检查。之前超声科的检查项目主要是腹部及少量的浅表超声，不能满足临床的需要，现在把这几个项目都开展了，并积极培训当地医生让他们练习操作，熟悉操作流程。三是规范了超声检查的手法及诊断标准。四是为提高本地医师的诊断水平，利用各种空隙时间通过幻灯片的形式授课，不断提高理论水平，目前授课次数达30余次。

在护理方面：持续改进护理文书书写、查对制度、病房管理、教学管理、基础护理管理、床边交接班制度等。制定相关护理文书模板、护理常规书籍、健康教育书籍、临床护理操作规范、50项操作规范流程、临床护理技术操作常见并发症的预防和处理规范及护士手册等。根据本地区临床护士工作中的不足之处，认真指导，并告知相关原因分析。加强疼痛专科护理学习及评分工具使用，疼痛评分上墙制度，利于临床护士应用书写，不断提升疼痛评估护理水平。完善外、内科及妇科护理，提高对危重病人的观察和抢救能力。组织内、外科护理团队学习并参与疑难病护理观察，完成墨脱县第一例胆囊切除+胆总管探查取石加T管引流术的护理观察，患者顺利出院，得到病人及家属一致好评。协助陈建林完善消化内镜中心工作、完善胃幽门螺旋杆菌C14呼气测定工作、规范消化内镜中心及相关制度。

在半年时间内，他们参与协助培训墨脱县乡村医生基本技能，并协助制定《墨脱县农牧民常见病指引》，对墨脱县常见病如高血压、糖尿病、冠心病、痛风、慢性胃炎、类风湿性关节炎、COPD（慢性阻塞性肺疾病）、酒精性肝硬化等进行规范化诊治，并通过培训了解乡镇村医疗的实际水平，为后期医疗帮扶做准备。他们利用周末假日多次下乡开展义诊，为边远的村民送医送药，并对乡卫生院医务人员做简要培训，传授相应的诊疗技术。

他们在墨期间，得到了县委、县政府及县委组织部、县卫生局、县人民医院的关心，也得到了工作组的大力支持。他们的专业素养、工作态度、工作作风、工作成效得到了领导和同事们的充分肯定。 他们通过自己的工作和努力，使医院得到发展，使群众得到实惠，使党的关怀和援藏的关心得到体现，身体力行践行“两学一做”和“四讲四爱”。 鉴于他们在墨脱的努力、付出和成效，县委、县政府授予他们“援藏优秀人才”的荣誉称号。

除了王桂莲按计划要到11月底才结束支援工作以外，陈建林、梁彤、丁云霞三位医护专家在结束了他们既定的工作任务和目标之后，带着全县干部群众的感恩和祝福，已于今天平安返抵佛山。他们人已走，但情已留！

（注：相关素材由工作组成员、县人民医院副院长雷震提供。）

（发布时间：2017年9月29日20：26）

9月30日
星期六

走向天路445

粤藏割荞

前几天，在出差途中，看到路边有藏族同胞在收割作物。我便让队员王强停车，下来看个究竟。王强告诉我，这是荞麦。

天啊！即使有文化，但没见识也是真可怕！我原来以为这是一种牧草，其实是一个天大的误会！这种作物我曾经见过多次，当时也曾经奇怪过，既然是牧草为什么还要用围栏围起来呢？但见农牧民群众把它收割回去晒干用作牲畜过冬的饲料，也就没有再深究，因此一直以为它就是一种牧草。它给我留下深刻印象的，就是它红色的茎，收割以后留下一片红色的头，也十分壮观。在林芝市区旁边的比日神山上就见过这种景象。

我们把车停在路边一个安全的地方，与藏族同胞们打了一个招呼，便拉开围栏的门走进去。只见一片已近干枯的褐色花，间或还有些正在盛开的白色花，花下面的叶子已有一层变黄了，但底下还有一层是绿色的。它们虽然没有匍匐在地，但也弯曲歪身，可能是它的茎承受不了很多的枝叶和花吧。但我依然看不出它与荞麦有什么关系，这时王强摘了一束倒过来来

给我看，才发现了它的乾坤，原来荞麦都藏在花下面，并且有一层皮包着，远观根本无法发现。

看到藏族同胞在欢快地劳动，我们也深受感染。于是便和喻晓坤走过去，从一位老人家手中要过镰刀，忙乎起来。老人家站在那里看着我们，笑得乐呵呵的，十分慈祥，其他年轻人也很开心，干劲更足。我们割起来还比较顺手，感觉跟割水稻和割草差不多，不同的是割了以后剩下的头没水稻和草那么硬，也没那么刺。由于还要赶路，我们帮忙割了一会儿就告辞了。他们十分热情地跟我们道别，虽然语言不通，但心灵是相通的，可以明显感受到他们的纯朴、热情和友善。

据了解，荞麦也叫花荞、甜荞、荞子、乌麦、三角麦等。荞麦最早起源于中国，已有非常悠久的栽培历史。在亚欧及中国大部分地区都有分布，而青藏高原却是荞麦的故乡。荞麦是人畜共享、食药两用的植物。荞麦含有丰富的膳食纤维、微量元素及其他营养成分。荞麦可以和大米一起煮成饭和粥，也可以加工成荞麦片、荞麦面、荞麦茶等多种食品和饮料。荞麦性甘味凉，有一定的药用价值，对改善肠胃功能、降血压血脂等有一定的帮助。荞麦的秸杆、籽粒、皮壳等都可以广泛用作禽畜饲料。荞麦因其具有开花多、花朵大、花期长、花味香、蜜腺发达、泌蜜量大的特点，因而与芝麻、油菜花一起成为中国三大蜜源作物之一。

（发布时间：2017年9月30日23：06）

走向天路

援藏这三年·第二辑·上

2017年

10月 October

10月1日
星期日

走向天路446

欢歌喜舞

为了喜迎党的十九大及国庆、中秋双节，近期墨脱县上下纷纷举办各种形式的文艺表演、歌咏比赛等文艺活动，以营造喜庆、积极、团结、和谐的社会氛围。

9月30日上午，“凝心聚力跟党走 粤藏欢歌迎盛会”文艺汇演在墨脱县好日子莲花广场举行。该活动由林芝市“四讲四爱”活动领导小组、广东省第八批援藏工作队主办，由林芝市委宣传部、广东省第八批援藏工作队墨脱县工作组、墨脱县委宣传部、墨脱县文广局承办。由巴宜区民间艺术团和墨脱县民间艺术团携手合作的13个节目，个个精彩纷呈，深受全县干部群众的喜爱，体现了喜悦的心情，体现了民族的团结，体现了祥和的气氛，体现了社会的和谐，体现了对党的热爱。这次文艺汇演，巴宜区民间艺术团带来了深情，墨脱县民间艺术团展现了热情。这是党中央以及西藏自治区、林芝市、巴宜区送给墨脱人民的国庆和中秋双节大礼。

下午，还是在墨脱好日子莲花广场，我们冒雨举行了“墨脱县2017年‘颂党恩展风采’喜迎党的十九大”歌咏比赛。该活动由墨脱县工青妇综合办公室、墨脱县委组织部、墨脱县委宣传部、墨脱县文广局联合主办。15个选手（个人和集体）倾情演唱，倾情演绎，倾情奉献，唱出了西藏及墨脱各族人民对党的热爱，对核心的忠诚，对祖国的认同，对团结的维护，对达赖的斗争，对和平的珍惜，对现状的满意，对未来的期盼。

除此之外，县直及驻墨各单位、各乡镇都举行了自己的活动。凝心聚力跟党走，不忘初心再出发，已经成了墨脱全体干部群众的共识。祝福我们的党，祝福我们的祖国，祝福我们的亲友！扎西德勒！

（发布时间：2017年10月1日23：58）

走向天路447

欢欣鼓舞

为了迎接党的十九大及庆祝国庆、中秋双节，广东省第八批援藏工作队墨脱县工作组于9月30日下午在驻地召开了“喜迎党的十九大暨国庆中秋双节座谈会”，所有在家的工作组成员（李斌、喻晓坤、邓宏照、李展健、郭振华、雷震、王桂莲、祝小波、欧康奎和我共十人）参加了座谈。

大家畅所欲言，直抒胸臆，回顾了党的十八大以来的光辉历程、辉煌成就以及我们援藏一年多来的工作成效，认为在援藏期间迎来党的十九大是我们的幸运，在国庆中秋双节坚守岗位是我们的职责，纷纷表示要立足本职岗位，把佛山的精神、理念、作风带过来，与老西藏、“两路”及老墨脱等精神相结合，做好本职工作，助推墨脱加快发展。

从大家的发言中最起码可以总结出以下几个特点：一是喜悦的心情。大家对党的十八大以来的成就感到欢欣，对党的十九大的召开感到鼓舞，对美好的未来充满期

待。二是昂扬的斗志。没有一个人对我们在墨脱的危险、困难和委屈感到畏惧、沮丧、徘徊，而是充满了积极的态度、阳光的心态、昂扬的斗志。三是高度的站位。大家对党的认识、对党的认同都非常充分，“四个意识”十分坚定，李展健和雷震两位民主党派人士也纷纷表示将在党的正确领导下奉献自己的力量。四是忠实的本职。大家的发言既有理论深度和宏观视野，但又不好高骛远，而是脚踏实地，立足本职，以个人的忠诚和努力汇聚到党的事业中去。

我听了大家的发言非常感动、感慨、感悟，对大家的发言、态度、决心和行动给予了充分的肯定和高度的评价，并围绕迎接、学习、传达、贯彻党的十九大提出了四个要求：一是要有良好的状态。要有健康的身体和精神，政治站位要高，“四个意识”要强。二是要有积极的工作。继续抓好项目建设，深化创新项目，搞好民族团结，抓实维稳安保。三是要有严格的纪律。要落实党的民族、宗教、边疆政策，抓好党风廉政建设，执行国庆中秋双节及党的十九大期间的请休假制度。四是要有优异的成绩。要不忘初心，继续团结奋斗，锐意创新，以优异的成绩向党的十九大献礼。

晚上，我们在工作组文化室与前来墨脱参加“凝心聚力跟党走 粤藏欢歌迎盛会”文艺汇演的巴宜区民间艺术团所有参演人员举行了联谊活动，加强与他们的沟通交流。通过雅俗共赏的文化交流促进民族团结和区域融合，凝心聚力跟党走，欢欣鼓舞迎“十九”。

（发布时间：2017年10月2日22：11）

走向天路448
国庆开工

在全国人民庆祝中华人民共和国68周年华诞及中秋佳节的时候，在各族同胞喜迎党的十九大胜利召开之际，广东省第八批援藏工作队墨脱县工作组以实际行动来表达祝贺。

10月1日，墨脱县茶叶研发中心、墨脱县茶叶展销中心、墨脱母亲广场（通俗名称，由背崩村小康村、背崩村级组织活动场所、墨脱县农产品展销中心三个项目组合而成）正式破土动工。这是我们启动建设的第六批援藏项目。至此，我们已有14个项目动工建设，约占全部24个项目的60%，其中已完工项目3个，约占13%。

国庆当天上午9点，墨脱县茶叶研发中心和墨脱茶叶展销中心在墨脱县城亚东市政道路开始动工兴建。县委副书记、县长魏长旗及相关部门负责人，墨脱县工作组在家成员（李斌、喻晓坤、邓宏照、李展健、郭振华、雷震、欧康奎及我），项目设计、施工、监理单位的相关负责人参加了开工仪式。开工仪式十分简单，由工作组成员、县住建局副局长李展健简要介绍一下项目的基本概况，然后由魏长旗县长宣布开工。隆隆的工程机械便动了起来。

然后，我们冒雨披雾，沿着正在进行改扩建施工的道路前往背崩乡。道路十分坎坷和泥泞，泥浆很深很厚，越野车在蛇形滑行中前进。沿途随时都有泥石流、滑坡、塌方等危险，途中因修路和抢通堵了两次。返程的时候我们三辆车中过了两辆车，然后就塌方了，第三辆车滞留了好久，待施工单位抢通后才得以返回县城。

我们到达后，墨脱母亲广场正式开工建设。工作组成员、县发改委副主任邓宏照简单介绍了项目概况，我宣布项目开工。前述的墨脱县工作组在家成员，背崩乡相关负责人，项目设计、施工、监理单位的相关负责人参加了开工仪式。

项目动工后，我们前往背崩乡对党的建设、党风廉政建设、党的十九大维稳安保、村级组织换届选举、“四讲四爱”等专项工作进行了综合督导检查。

（发布时间：2017年10月3日19：48）

10月4日
星期三

走向天路449

国庆迎检

10月1日，广东省第八批援藏工作队项目调研组一行四人冒着风雨，克服扎墨公路多处险情，前来墨脱对我们的援藏项目进行检查指导。调研组由林芝市政府副秘书长、发改委（粮食局）党组副书记、副主任（副局长）李连声带队，市扶贫（农发）办党组副书记、副主任韦浩等三人参加。

调研组一行先是顺道检查了已竣工验收并投入使用的达木珞巴民族乡卫生院项目，以及在建的“秘境墨脱”项目，然后来到广东省第八批援藏工作队墨脱县工作组驻地。我们向调研组一行汇报了我们援建项目的相关情况及工作组的文化。晚饭后调研组又连夜召集我们进行座谈，逐个检查进度，提出相关要求。

10月2日，调研组继续冒雨前往项目建设现场进行检查。我们先是来到“白玛岗360度全景观光栈道”进行实地检查，然后是墨脱县城风貌改造项目、县城致富路

改造项目、县城灯光亮化项目、墨脱镇综合服务中心项目。继而驱车前往德兴乡，冒着生命危险徒步穿越塌方路段实地查看了拟建的“雅鲁藏布江钻石水景茶园”，以及在建的德兴乡中心小学综合楼和德兴乡德兴村综合服务中心。

调研组代表广东省援藏工作队及广东省政府副秘书长、林芝市委副书记、常务副市长、鲁朗景区管委会第一主任、广东省第八批援藏工作队领队许典辉同志带来了节日的问候和祝福，也带来了充分的肯定和高度的评价。认为墨脱县工作组的项目建设“有进度、有质量、有安全、有成效”；项目建设全过程体现了“统一规划、统一策划、统一设计、统一建设、分别实现”的“统筹兼顾、整合资源、满足各方”的特点，体现了“高起点策划、高标准设计、高水平建设”的理念。

10月2日至3日，援藏队员、林芝市委副秘书长肖锋也带领另一个工作组一行12人前来墨脱进行关心和指导。

（发布时间：2017年10月4日18：03）

走向天路450

慰问老领导

（援藏开放暨民族团结活动之三）

我一直都坚持一个观点：我们现在所享受的，就是我们的前辈之前所创造的；而我们现在所创造的，就是我们的后辈所享受的。这两个子集并不一定完全重合，但一定会有交集，而且估计交集率超过60%。老同志、老干部、老领导一直都是我们学习、尊重、敬佩的对象。“喝水不忘挖井人”，“前人栽树，后人乘凉”，这些名言名句都充分说明了前辈们所作的努力和对我们的恩赐。

作为少数民族的老领导，他们为党和国家在少数民族地区做出了重要贡献，是党和人民的宝贵财富。为了表达我们对前辈们的尊敬，为了共贺国庆中秋双节，为了喜迎党的十九大，10月3日下午广东省第八批援藏工作队墨脱县工作组联合墨脱县委组织部邀请了住在墨脱的副处以上老领导举行“援老座谈暨民族团结活动”。工作组成员喻晓坤、邓宏照、李展健、郭振华、雷震及我，14位住墨副处以上老领导中的11位参加了座谈。

老领导们精神抖擞，热情洋溢，畅谈了自从有了援藏以来墨脱的发展和变化，人民群众的经历和感受，特别是充分肯定和高度评价了广东省第八批援藏工作队墨脱县工作组进墨以后的工作和表现，并列举了很多具体的例子。从他们的发言中，我们看到了党中央的关怀，看到了福建、广东及佛山等对口支援地区的关爱，看到了墨脱日新月异的发展变化，看到了各民族团结一心爱祖国。

我们代表历批驻墨工作组对包括老领导在内的墨脱各族干部群众一直

以来对援藏工作的支持和对援藏干部的关心表示衷心的感谢。代表县委、县政府及工作组对老领导们一直以来为墨脱的改革、发展、稳定所做出的贡献表示崇高的敬意，并致以节日的问候。对老领导提出的意见、建议和诉求，我们将会及时整理，及时调研，及时讨论，及时回复，及时解决。我们也建议老领导们要注意身体健康，发挥余热，为迎接党的十九大胜利召开，为墨脱的改革、发展、稳定，为各族人民的大团结继续贡献自己的力量。

会后，我们代表县委、县政府及工作组发放了慰问金和慰问品，住墨的副处以上老领导每人1000元和一盒广式月饼。每位老领导均表示一定在县委、县政府的正确领导下及工作组的支持下尽自己所能，不忘初心，持续发热，配合县委、县政府及工作组做好民族团结等各项工作，促进社会和谐，促进边疆稳定和发展。

根据老领导在座谈会上提出来的诉求，我和邓宏照、李展健于今天上午在老干支部书记扎西等两位老领导的陪同下，前往帕踪一路和帕踪二路两个退休干部居住区，对他们提出的入户道路硬底化和路灯工程进行实地考察。在实地查看和听取意见之后，我要求邓宏照和李展健首先与县发改委、县住建局等部门沟通，看相关内容是否已经列入小康村建设，如果未列入能否列入。如果未列入又不能列入，那么就先找人测量，计算一下工程量和资金量再研究决定。但我们向老领导保证，即使不能全部解决也会想方设法解决其中一部分实际困难和问题，请老领导放心。

（发布时间：2017年10月5日20：28）

10月6日
星期五

走向天路451

墨脱花海

徐步清风里，
暗香扑面来。
欲寻源何在，
无处不花海。

（发布时间：2017年10月6日22：35）

10月7日
星期六

走向天路452

墨脱朗月

汉语中有一个成语，叫做“蜀狗吠日”。原指四川盆地多雾少晴，连狗见到太阳都觉得稀奇而吠叫，现用来比喻少见多怪。我估计蜀狗是没有来过“世界雨都——墨脱”，否则它们将声嘶力竭而亡。因为这里的雨季更加漫长而连绵，从每年的3月份一直持续到10月中旬，难得有几个晴天。这里的墨狗虽多，但它们是不吠日的，即使它们觉得更加稀奇，因为据说它们都患有白内障和青光眼等眼部疾病。

雨季中的墨脱不仅晴天少，朗夜更少。我们曾经开玩笑说，墨脱有可能会产生气象学家，但不可能会产生天文学家。雨季的天空，谁也看不透。每年的中秋，还是墨脱的雨季。别的地方都是“赏月”，而我们在墨脱只能“想月”。去年的中秋，我们是在墨脱过的。那一天晚上，不光没有见到月亮，还下起了倾盆大雨，因此我在当天写了一篇《走向天路65——墨脱黑月》。

今年的中秋，注定也是要在墨脱过的。节前，一直都在下雨，我对朗月也就没抱任何幻想。但事情总有意外，当天上午还是阴雨蒙蒙的，结果在午后却开始放晴，实在是让人喜出望外。当天晚上我们也没搞什么活动，在饭堂简单吃过晚餐后，便各自回房与家人联系。到了午夜，依然没有意思要睡觉，于是便穿着睡衣和拖鞋再披了一件外套，到楼下去散步。我也不想辜负了今晚这个月亮。虽然天已转晴，但天空依然布满云层，月亮在云层之上时隐时现，显得有些羞涩而艰难。柔弱的月光和昏暗的灯光交织在一起，洒落在院子的小道上，显得有点儿寒凉。跟随着我的，只有饭堂的自来狗——小黑。

人们都说，“十五的月亮十六圆”。中秋的第二天，天气依然是十分难得的晴朗。当天晚上天高云淡，云很少，并在天空中编织出美丽的图案。圆圆的月亮在县城右后方的卓玛拉神山垭口慢慢地升起来，明亮而柔和。难得有此好情景，“不负如来不负卿”。大家都回房休息了，我独自一人溜出大院在县城转一圈。在中途遇到了送完客人到酒店后往回走的李斌，于是便一起溜达溜达。一路上，月光沐浴，清风送爽。依托不同的景物，光用手机就拍出了不同效果的月亮，甚是惬意。

（发布时间：2017年10月7日22：35）

10月8日
星期日

走向天路453

放假不放松

维护社会稳定与安全是古今中外特别是现代政府的重要职责，中国也不例外，而且具有自己的特色。墨脱虽然呈现出经济发展、社会稳定、民族团结的良好局面，但毕竟地处边境一线，是反分裂、反蚕食、反渗透斗争的最前沿，因此必须时刻绷紧维稳安保这根弦，特别是重要节假日和重大活动期间。维稳安保虽然不是援藏的主要职责，但援藏必须主动融入、参与、支持、配合并发挥积极作用。我们的角色定位“三者五队”中就有一个是“战斗队”——捍卫国家主权，维护祖国统一，促进民族团结，保持社会稳定。

为了做好党的十九大及国庆、中秋期间的维稳安保工作，广东省第八批援藏工作队墨脱县工作组（以下简称“工作组”）保持全员在藏在岗。除了做好职责分工以及县委、县政府统一安排的工作任务以外，我们还主动融入，积极参与，大力支持维稳安保工作。

9月28日，我和喻晓坤在出差返回途中，就顺道前往墨脱镇米日村和玛迪村调研了维稳安保工作和村换届选举工作，并代表县委、县政府及工作组进行了看望慰问。

9月29日上午、10月1日下午、10月3日上午分别参加了西藏自治区、林芝市及墨脱县三级的迎接党的十九大维稳安保动员大会。

10月1日上午，我们（李斌、喻晓坤、邓宏照、李展健、郭振华、雷震、欧康奎及我）前往背崩乡对各专项工作开展综合督导检查，其中就包括了维稳安保工作，并代表县委、县政府及工作组进行了看望慰问。

10月3日下午，我们（喻晓坤、邓宏照、雷震及我）在县公安局副局长巴桑、杨林鑫的陪同下，先后前往双拥路、东布路、完全小学、亚东四个便民警务站调研了维稳安保工作，并代表县委、县政府及工作组进行了看望慰问。

10月4日下午，我们（邓宏照、李展健及我）在前往德兴乡德兴村和荷扎村看望慰问贫困户的同时，对该乡及两个村的维稳安保工作进行了调研。

10月5日下午，我们（李展健、郭振华、欧康奎及我）前往达木珞巴民族乡达木村看望慰问贫困户的同时，对该乡及村的维稳安保工作进行了调研。

10月6日上午，我们（李展健、雷震、欧康奎及我）前往仁青崩寺督导检查维稳安保工作，并代表县委、县政府及工作组看望慰问驻寺干部。

下午，我们继续前往墨脱镇朗杰岗村（原为加热萨乡久当卡村，因地质灾害异地搬迁安置）调研维稳安保等工作，并代表县委、县政府及工作组进行了看望慰问。

傍晚，我们（喻晓坤、邓宏照、郭振华、雷震、王桂莲、祝小波及我）前往武警墨脱县中队调研维稳安保工作，并代表县委、县政府及工作组进行了看望慰问。同时，还将我们在县政府于10月4日上午举行的二手车拍卖会上以16.2万元拍得的丰田汉兰达越野车一辆捐赠给武警中队，提高他们反恐处突的能力，也结束了他们执行任务缺乏交通工具的历史。

当然，我们每次前往相关单位和乡镇、村的时候，都是按照“统筹兼顾、综合安排、一次前往、分别实现”的理念和方法进行安排，提高工作的综合效益。

（发布时间：2017年10月8日21：09）

10月9日
星期一

走向天路454

放假不放下

援藏工作与其他很多工作都不一样，其他很多工作放假就可以放下了，而援藏工作放假了也不能轻易放下，而最放不下的就是基层和群众。因为，援藏是一个爱的事业。

“用心、用情、用爱”是广东省第八批援藏工作队墨脱县工作组（以下简称“工作组”）的信条。这次国庆、中秋假期从10月1日到10月8日，共八天时间。我们秉承一贯的作风，这次放假也没放下。走基层，看群众，成了我们众多的活动之一。

10月1日上午，我们（李斌、喻晓坤、邓宏照、李展健、郭振华、雷震、欧康奎及我）在背崩乡参加完“墨脱母亲广场”项目开工仪式后，继续前往背崩乡对党的建设、党风廉政建设、党的十九大维稳安保、村级组织换届选举、“四讲四爱”等专项工作进行综合督导检查，并代表县委、县政府及工作组对坚守岗位的工作人员进行看望慰问。

10月3日下午，我们（喻晓坤、邓宏照、雷震及我）在县公安局副局长巴桑、杨林鑫的陪同下，先后前往双拥路、东布路、完全小学、亚东四个便民警务站进行调研和慰问，了解国庆中秋假期及党的十九大期间维稳安保工作落实情况，代表县委、县政府及工作组对奋战一线的警务人员表示慰问，为每个便民警务站送上慰问金2000元及广式月饼2盒。至此，我们已经全面完成了对全县公安政法系统所有单位（包括基层单位）的调研和慰问。

10月3日下午，我们（喻晓坤、邓宏照、李展健、郭振华、雷震及我）联合县委组织部在县政府二楼会议室举行了“援老座谈暨民族团结活动”，邀请了住墨的14位副处以上退休干部进行座谈，迎接党的十九大及国庆中秋双节。代表县委、县政府及工作组对老领导致以节日的问候，并为每位老领导送上慰问金1000

元及广式月饼1盒。根据老领导在座谈会上提出来的诉求，10月5日上午，我们（邓宏照、李展健、欧康奎及我）在老干支部书记扎西等两位老领导的陪同下，前往帕踪一路和帕踪二路两个退休干部居住区，对入户道路硬底化和安装路灯进行实地考察，并对后续工作进行了安排。

10月3日下午，我们（喻晓坤、邓宏照、雷震及我）在县城向德兴乡捐赠了慰问物资一批（大米50包、菜籽油50罐、广式月饼50盒），该乡党委书记王桂兰等接收了捐赠物资。该批物资由邓宏照沟通联系，由佛山市南海区狮山镇政府提供。10月4日下午，我们（邓宏照、李展健及我）在王桂兰的陪同下前往德兴村和荷扎村，代表县委、县政府及工作组将慰问物资及节日问候送到这两个村的13个贫困户家中，其他则委托乡政府代为转达，共计50个贫困户。同时，对该乡及两个村的维稳安保工作进行了调研。

10月4日上午，根据县委的安排，为做好巡视整改专题民主生活会的准备工作，我分别与分管的县委宣传部、县委统战部副科以上干部谈话，听取意见和建议，代表县委、县政府及工作组致以节日的问候，并送上广式月饼1盒。随后，我们把在9月22日下午举行的第二个"援藏开放暨民族团结活动"中赠送给全县18名志愿者每人一份的"佛山香云纱"（共18份，价值1.08万元）进行了交接。中午，我们（李斌、邓宏照、李展健、雷震、王桂莲、祝小波、欧康奎及我）应邀参加了一对门巴族新人的婚礼，送上我们的祝福。

10月5日下午，我们（李展健、郭振华、欧康奎及我）前往达木珞巴民族乡及达木村调研维稳安保工作，并前往2户"佛墨缘"爱心家庭结对活动帮扶对象进行看望慰问，代表县委、县政府及工作组送上慰问金1000元和广式月饼1盒。

10月6日上午，我们（李展健、雷震、欧康奎及我）前往仁青崩寺督导检查维稳安保工作，并代表县委、县政府及工作组看望慰问驻寺干部，中午与驻寺干部一起做饭共进午餐，共庆佳节。

午饭后，我们继续前往墨脱镇朗杰岗村（原为加热萨乡久当卡村，因地质灾害异地搬迁安置）调研维稳安保工作、村换届选举工作、我们之前支持的10万元应急安置资金使用情况、仿野生铁皮石斛种植基地等。我们徒步穿越沼泽地带前

往朗杰岗仿野生铁皮石斛种植基地实地考察，并实地进行丈量，拟拨款支持该村修建进出种植基地的步行道路。随后，我们代表县委、县政府及工作组看望慰问了驻村干部和村两委班子成员，并前往临时安置板房看望慰问群众，为搬迁后出生的佛缘花（女）、佛缘果（男）两位小朋友各送上2套衣服和1箱牛奶。

返回县城后，我们（喻晓坤、邓宏照、郭振华、雷震、王桂莲、祝小波及我）前往武警墨脱县中队调研维稳安保工作落实情况，并代表县委、县政府及工作组对全体官兵致以节日的问候。同时，我们还举行了捐赠仪式，捐赠武警中队丰田汉兰达越野车一辆。这是工作组在县政府于10月4日上午举行的二手车拍卖会上以16.2万元拍得的，捐赠给武警中队用于执行任务，从而结束了该中队执行任务缺乏交通工具的历史。

10月7日下午，我们（喻晓坤、邓宏照、李展健、郭振华、雷震、王桂莲、祝小波、欧康奎及我）在墨脱县工作组驻地举行了捐赠仪式，分两批向县教体局捐赠校服13,224套/件，价值97.3万元（其中第二批8688套/件，价值47.3万元；第三批4536套/件，价值50万元），而去年我们已经为全县中小学生及幼儿捐赠了第一批校服2000多套，价值近100万元；向县教体局捐赠图书一批，价值1万元。三批校服（近200万元）均由喻晓坤与相关爱心企业沟通联系争取而来，其中第一批由佛山市三水恒利达针织有限公司提供，第二、三批分别由广东达思丹服装有限公司、福建华荣服装有限公司提供，图书由郭振华沟通联系，由佛山市实验学校爱心老师及家长们提供。

（发布时间：2017年10月9日18：56）

10月10日
星期二

走向天路455

放假不放工

我们是“皇帝女——不休假（唔忧嫁）”。这个歇后语，在普通话语境中听不出它的味道，但在广东话语境中就很明显。它原来的表述是“皇帝女——唔忧嫁”，意即皇帝的女儿不愁嫁不出去。自从参加援藏工作后，我们也有假期，而且假期还相当长，除了国家法定节假日和周末之外，西藏还有地方性的民族节日如工布新年、藏历新年等，另外援藏干部还有60—80天的年休假，我自己对应的是70天。假期虽多，但由于工作的特殊性和项目的时限性，很少能休得成、休得完，“休而不息”“放假不放工”是常态。有感于此，我便将“皇帝女——唔忧嫁”以广东话同音替代的方式改成了“皇帝女——不休假（唔忧嫁）”。

回佛的假期，因汇报工作、对接洽谈、争取资源、捐赠回访、看望家属等原因，很难有真正的假期。例如今年1—2月回佛山休假的时候，真正属于自己的假期才15天，其中春节7天、陪家人外出旅游8天，其他的时间都放在了工作上。在藏的假期，因项目赶进度、维稳安保、看望慰问基层和群众、接待工作组等原因，其实很多假期也形同虚设。例如，这次的国庆中秋假期共八天，其实真正休息的也就不到两天（10月7日和8日）。因前两天已对相关工作进行描述，这里只按时间顺序简单梳理如下：

10月1日：上午，参加五个援藏项目的开工仪式，然后前往背崩乡进行综合督导检查；下午，参加林芝市迎接党的十九大动员大会；晚上，陪同广东省第八批援藏工作队项目调研组检查项目。

10月2日：上午，继续陪同广东省第八批援藏工作队项目调研组检查项目；下午和晚上，陪同另一个工作组调研考察。

10月3日：上午，参加并主持墨脱县迎接党的十九大维稳安保动员大会，然后参加墨脱县2017年重点工作调研考评总结会；下午，前往县城四个便民警务站调研和慰问，然后向德兴乡捐赠一批节日慰问物资，继而举行第三个“援藏开放暨民族团结活动”（老干部专场）；晚上，接待工作组。

10月4日：上午，与分管的县委宣传部、县委统战部副科以上干部分别谈话；中午，应邀参加一对门巴族新人的婚礼；下午，前往德兴乡及德兴村、荷扎村开展维稳安保调研及看望慰问贫困户；晚上，接待工作组。

10月5日：上午，前往退休干部住宿区实地调研入户道路及路灯问题；下午，前往达木珞巴民族乡及达木村调研维稳安保及看望慰问贫困户，然后前往“秘境墨脱”项目施工现场检查安全生产；晚上，接待工作组。

10月6日：上午，前往仁青崩寺督导检查维稳安保；下午，前往墨脱镇朗杰岗村调研维稳安保、村换届选举、仿野生铁皮石斛种植基地等工作并看望慰问农牧民群众，然后返回县城前往武警墨脱县中队调研维稳安保并捐赠丰田汉兰达越野车一辆。

10月7日：上午，休息；下午，举行校服（两批）和图书捐赠仪式。

10月8日：休息（原本安排前往看望慰问环卫工人的活动因雨取消）。

（发布时间：2017年10月10日20：12）

10月11日
星期三

走向天路456

岁月静好只因有人付出

进藏之前，我在单位曾经分管过电力能源，因此对电力行业有所了解，也很有感情，特别是对电力行业的干部职工十分敬佩，是他们的坚守和付出为我们带来光明与希望。特别是2008年南方几省的雨雪冰灾和后来几次的台风侵袭，佛山供电局的干部职工不光做好自己的抢修和保障工作，还根据国家和上级的要求远赴贵州、海南及湛江等地抢险救灾。看了他们的材料、照片和视频，就算是男儿有泪不轻弹也会感动得一塌糊涂。

进藏之后，每次出差几乎都能看到公路边、山坡旁、河谷中、森林里、悬崖上、雪山巅有工人在架设供电线路。每次看到他们，我的敬佩都油然而生，在心中默默地为他们祈祷，祝福他们平安健康。在内地架设供电线路都不是一件简单的事，在青藏高原上就更加不用说了。山高谷深，坡陡崖峭，水湍流急，道艰路险，冰天雪地，缺氧低压，这绝不是用“艰苦”这个词所能形容得了的，而是非常的“艰险”，他们时刻都面临着生命的挑战、死亡的威胁。

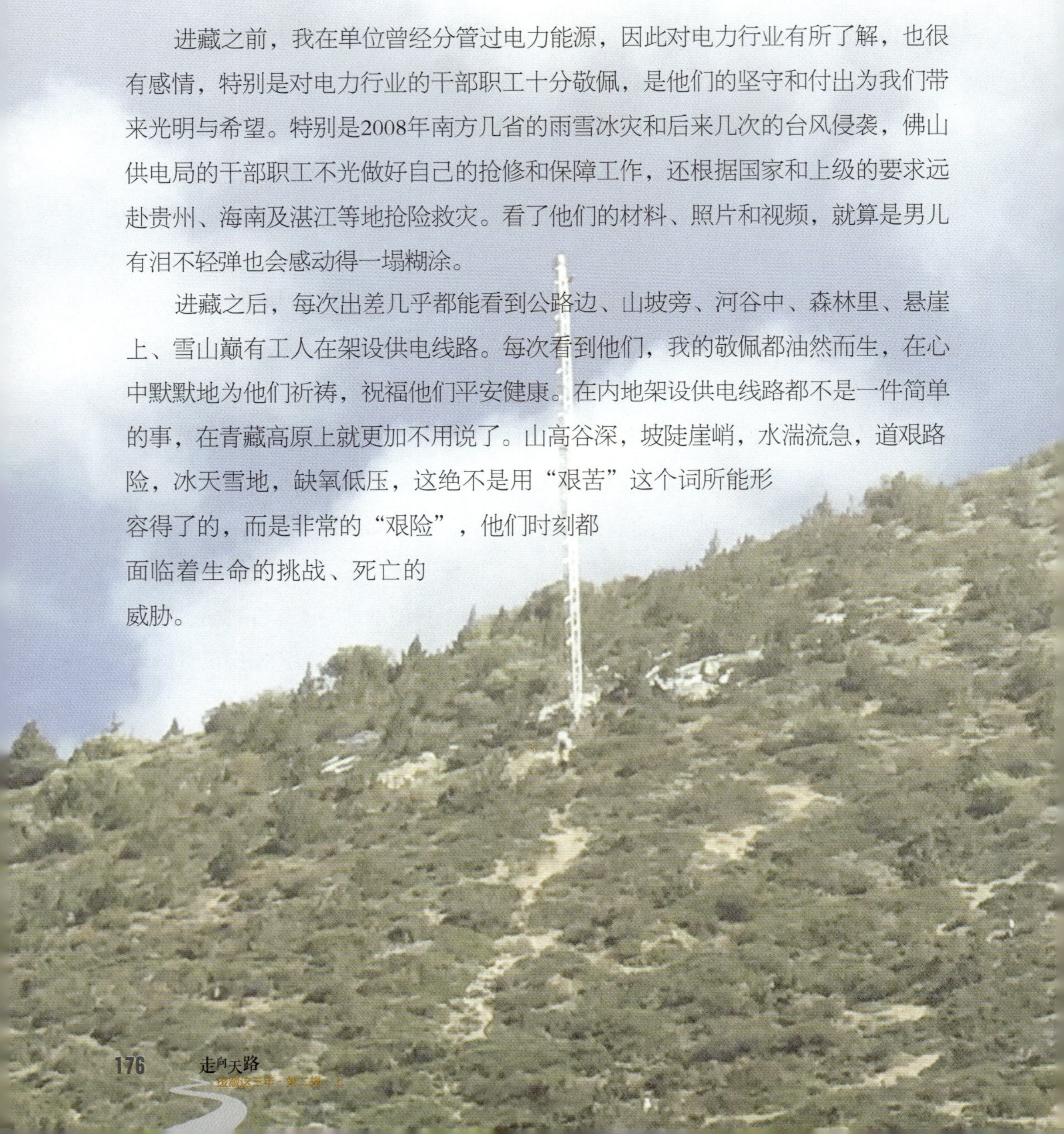

在墨脱，我也几次到华能西藏墨脱电力有限公司调研，也因工作而多有接触，对电力干部职工的艰辛和危险比较了解。4月26日，我乘飞机从成都返回林芝时，由于飞机无法降落而返航成都，被安置在酒店等候。与我同房的就是国家电网西藏电力有限公司的李彬先生。和他聊天时谈到，在青藏高原上，电力工人比筑路工人更艰险，因为筑路工人还有路可走，而电力工人根本没路可言，而且电力工人还要翻越雪山、悬崖、陡坡、森林、急流……修筑天路绝对值得赞颂，而修筑“天网”（天上的电网）更应该值得赞颂。只是，人们在走路的时候还会有人记得起筑路人，而人们在用电的时候几乎没人会想得起电力人了。

国庆前夕，我和喻晓坤在前往林芝等地出差的往返途中，见到架设电网的工人，都几次停了下来，与他们聊天，了解他们的工作、生活和故事，对他们致以崇高的敬意、节日的问候和衷心的祝福，并将我们携带在车上作为干粮的广式月饼也赠送给他们庆祝中秋佳节。

岁月静好，只因有人付出甚至牺牲！不是吗？我们各级各部门、各行各业、各领域各专业，都有无数的人在默默地承受、付出甚至牺牲。正是由于这些人的付出甚至牺牲，才造就了他人乃至整个社会的岁月静好。因此，我们在享受岁月静好的时候，不要忘了为此而付出甚至牺牲的人，更不要忘了做好自己的本职工作，用自己的付出去成就别人乃至整个社会的岁月静好。

（发布时间：2017年10月11日19：48）

10月12日
星期四

走向天路457

遍地“象牙”

“购买=杀戮！”“没有买卖，就没有杀害！”在环保主义盛行的今天，禁止猎杀大象以及进行象牙贸易的呼声一浪高过一浪。

然而，每年的3—4月和9—10月，墨脱却是满地“象牙”，随处可见，随手可捡，真是让人羡慕妒忌恨！但是，大家千万不要以为墨脱人民滥杀大象！而恰恰相反，墨脱全境都是雅鲁藏布大峡谷国家级自然保护区的范围，这里的门珞群众早已从过去以狩猎为生转变为全面禁猎了。

那么，满地“象牙”又是怎么来的呢？原来是天上掉下来的！你这不是开国际玩笑吗？天上怎么可能掉“象牙”？这还真不是开玩笑，它们是从两种当地俗称为“象牙树”的树上掉下来的。

一种是3—4月开花的。这种树高大挺拔，全身带刺，开花时一丝不挂，一叶不长，这个样子倒是有点像木棉树。花红色，形状有点像象牙，因此当地人称之为“象牙树”。这种树主要分布在墨脱境内的雅鲁藏布江两岸半山以下区域。每年的3—4月，雅鲁藏布江两岸万绿丛中一片红，十分壮观。特别是德兴村芭蕉叶梯田旁边长了一排，煞是好看（详见《走向天路

304——红遍雅鲁藏布》）。

另一种是9—10月开花的。这种树相对较矮，约为前一种的三分之一到二分之一高，也是全身带刺，枝条较密，粗生，当地人用来做生态篱笆。花红色，花形与前者一样（最起码在我们非专业人员的肉眼看来是这样）。但它开花的时候全身长满了叶子，显得有点万绿丛中一簇红。它们生长在雅鲁藏布江两岸半山的地方。

据了解，这两种树可能都属于刺桐。但我查询了一下，好像与百度百科上说的我国原产的五种、引进的五种共十种都不一样，会不会是另外两个新品种还不得而知，我对此不专业，而且墨脱的植物被研究和认识的也少。

但这两种树和花都十分美丽，是十分优良的绿化和美化树种。它们都十分贱生，扦插即可，生长迅速。我拟把它们种植于连接“秘境墨脱”和“海市蜃楼”两个景点之间的栈道，并命名为“墨脱象牙栈道”。它们俩之间实行间种，并与其他树种进行套种，以达到乔灌草高低搭配，不同树种互相间种套种，花开花落相衔接的目的，打造一条颇具墨脱特色的观光长廊。

（发布时间：2017年10月12日20：35）

10月13日
星期五

走向天路458

真正的神山

由于工作需要，我们时常往返于林芝市区与林芝米林机场之间，有时候也会从县道401线经过，那里就是苯日神山的脚下，但一直没有发现有什么特别之处。后来才知道，原来苯日神山是蛮有来头的。据了解，苯日神山是雍仲本教（简称“本教”）最重要的一座神山。原因就是苯日神山被认为是世界上唯一一座是由辛饶弥沃如来佛祖亲自加持的神山，而辛饶弥沃如来佛祖就是本教的创始人。有不少本教徒为了祈福消灾，每年都会前来朝拜和转山。但本教的转山与其他藏传佛教教派都不同，它是逆时针的。

苯日神山并没有一座特别突出的山峰，而是山峦叠嶂的一组山峰，经常为云雾所缭绕。苯日神山的范围大体上为国道318线鲁朗至林芝村段、尼洋河林芝村至河口（与雅鲁藏布江交汇处）段、雅鲁藏布江与尼洋河交汇处至大峡谷景区段所环绕。

一直以来，苯日神山都像萦绕着它的云雾一样，笼罩着神秘的面纱，只因与其有关的三个传说：

第一个是相传辛饶弥沃如来佛祖在阿里修行时，他的坐骑被魔鬼恰巴拉仁偷走，于是便一路追赶，终于在苯日神山追上并将其降服。为了超度它的灵魂，辛饶弥沃如来佛祖在此修行弘法达几十年之久。于是本教也就在工布地区传播开来，并使苯日神山逐渐成为本教最重要的神山。

第二个是传说当年莲花生大师与本教徒阿穷杰博在雅鲁藏布江与尼洋河交汇处斗法，莲花生大师想调集狂风试图将附近的村庄和树木吹走，而阿穷杰博则以巨石压住这些树木应对，才幸免于难，但这些树的树身却有所倾斜，直至现在还是向一个方向倾斜。当然，传说归传说，现实归现实，这里的树木倾斜乃是风向所致。

第三个是据传第九世生根活佛多增日巴珠色曾希望遍访本教各个寺庙及门派，寻求本教各门派的真经，当他途经苯日神山的色迦更钦寺时，看到昔日辉煌的寺庙如今破落不堪，担心本教会趋于消亡，于是便想重振雄风，但出师未捷身先死。他在临终前告知寺内所有僧人他不再转世，而是会在一年后变成100只鹰飞回来。这天是藏历四月三十日，次年的当天果真有100只鹰飞来绕寺三周，此后也是年年如此。后来不知什么时候开始，藏历四月三十逐步演变为藏族的拜鹰节。

现在，有关方面依托苯日神山及周边旅游资源规划建设了“苯日神山旅游区”。该旅游区包括尼洋河风光带的核心区，苯日神山以及环绕该山的七大古寺、转山古道、第穆石刻、玉容增村、帮纳民俗村、德木寺、米瑞生态观光农业示范区等。原来这里还有雅鲁藏布江上唯一的游艇码头，但现在好像已经没有了。

虽然苯日神山在古老的传说中十分神秘，在本教中的地位十分神圣，但千百年来它从来没有也不可能改变本教徒们的命运，而真正能够改变本教徒们乃至整个藏族人民命运的，唯有中国共产党。因此，与其围着苯日神山转，还不如紧密地围绕着中国共产党这座真正的“神山”转！

（发布时间：2017年10月13日20：39）

10月14日
星期六

走向天路459

医者仁心

医者仁心，意思就是说作为医务工作者，都要有一颗仁义之心。在约3000多年前的周朝，我国古人便已提出了“上医医国、中医医人、下医医病”的医道理论。约在2400多年前的古希腊也诞生了“希波克拉底誓言”，被奉为医务人员职业道德的圣典。1948年，世界医学会（WMA）针对纳粹医生的罪行，制定了《日内瓦宣言》作为医生的道德规范。1988年，美国人彼莱格里诺和托马斯马在《为了病人利益》一书中，提出了“一个医生所承诺的促进病人利益的义务”，被很多西方国家的医学院校用作学生毕业誓词，因此也被人称为“后希波克拉底誓言”。

医者仁心具有普遍性。援藏工作也因此而受惠不少。10月10—13日，在广东省第八批援藏工作队墨脱县工作组的沟通协调下，广东省医师协会疝和腹壁外科医师分会的医疗专家及相关爱心企业家一行12人，在广东省医师协会疝和腹壁外科医师分会主委、中山大学第六附属医院陈双教授的带领下，前来墨脱为当地群众免费进行疝气、痔疮筛查及手术。医疗专家和县人民医院合作开展了2台小儿疝气手术、1台痔疮手术，并进行现场教学，培训县人民医院的相关医生。目前，患者已经康复出院。10月11日下午，陈双教授一行还与县人民医院进行了座谈，随行的广东爱心企业向县人民医院捐赠了一批医疗设备和药品，价值22万元。

据悉，此行为“善医行·疝医行”的其中一个活动，而“善医行·疝医行”是中国外科医生正在开展的一项奉献自我、大爱无疆的公益活动。这一活动最初由中国医师协会外科医师分会旗下的疝和腹壁外科医师委员会发起，之后得到了中华医学会外科学分会疝与腹壁外科学组的热烈响应与积极配合。广东省第七批援藏工作队墨脱工作组的卢俊光和郝晋齐参与了此次活动并发挥了积极作用。

而在5月2—6日，经广东省第八批援藏工作队墨脱县工作组沟通协调，广东

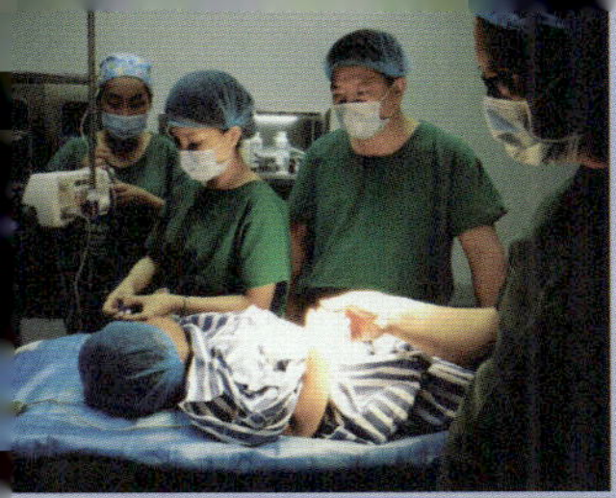

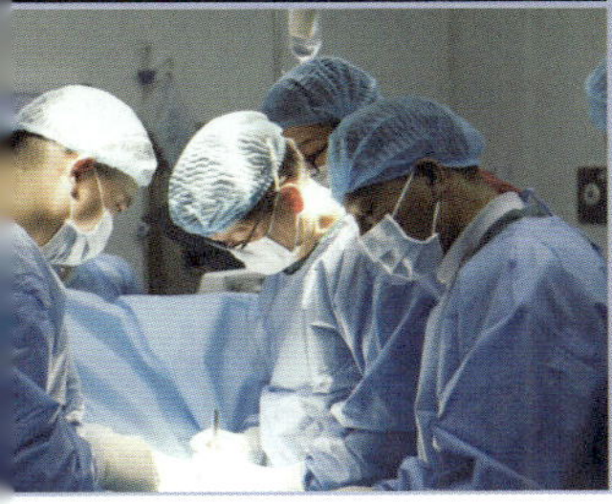

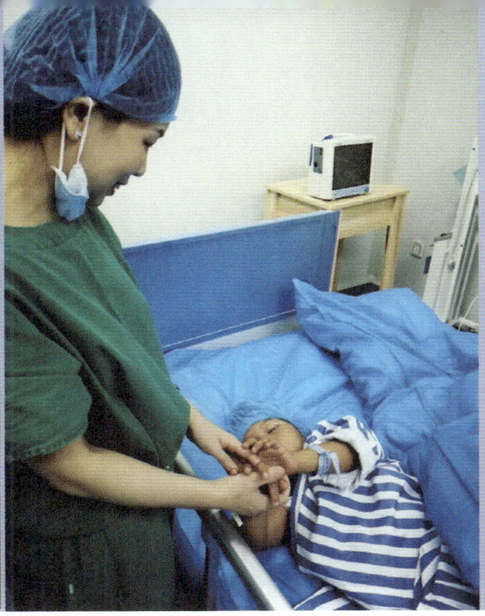

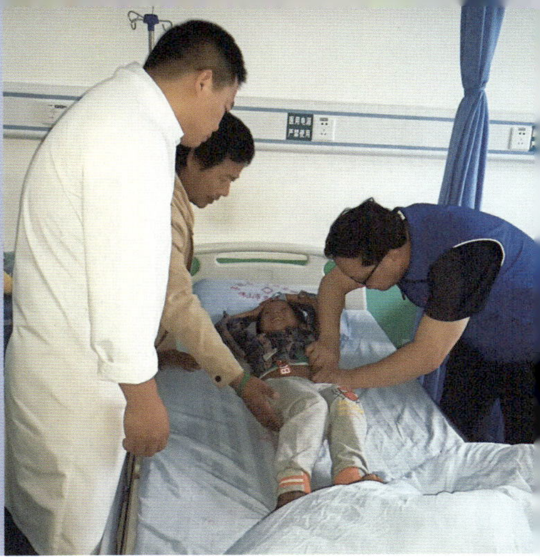

省天行健慈善基金会、中山大学中山眼科中心和广东省医师协会风湿免疫医师分会的专家们一行21人，在广东省天行健慈善基金会主席蔡光先生的带领下，已前来墨脱为群众进行白内障免费筛查及手术，为墨脱县城全体中小学生进行视力筛查及免费配镜，为广大群众进行风湿病等常见病义诊及免费赠药活动。

其中，中山大学中山眼科中心的专家们共接诊眼科病人202人，完成24例白内障复明手术，并为21位病人免费配老花镜；在县中学和县完全小学完成中小学生视力筛查共915人，中小学生视力筛查完成率达95%，发现须佩戴眼镜的近视学生144人，并于其回广东后为他们捐赠了相应的近视眼镜，还为所有筛查的学生建立视力档案，便于日后跟踪治疗。

同时，广东省医师协会风湿免疫医师分会的四名专家也在县人民医院开展风湿病等常见病义诊及免费赠药活动，共接诊273人，并为患者免费配发药品。在义诊的间隙，广东省医师协会风湿免疫医师分会的潘云峰、张卫红两位教授还参观了县人民医院内儿科，开展了一次教学查房，并为县人民医院内科医生讲授了常见风湿性疾病的诊断和治疗。

蔡光先生一行还来到墨脱县五保集中供养服务中心，逐一为长者们诊断眼科及风湿病方面的疾病，将派发的药品交到中心工作人员手中，嘱咐他们注意老人们的生活起居情况，按时按量给老人们服药。

他们都是“医者仁心”的具体体现。我们可能无法记住他们每一个人的具体姓名及行动，但我们肯定永远无法忘记他们“医者仁心”的精神和风范。

（注：部分素材由工作组成员、县人民医院副院长雷震提供。）

（发布时间：2017年10月14日20：59）

10月15日
星期日

走向天路460

上去瞧瞧

为了做好党的十九大维稳安保工作，广东省第八批援藏工作队墨脱县工作组成员、墨脱镇党委副书记、常务副镇长喻晓坤于10月10日开始在巴日村蹲点驻村。我想利用周末时间前往该村，一是去看看喻晓坤的工作和生活情况，二是调研了解该村维稳安保工作的落实情况，三是带领支教的美术老师前往考察。无奈昨天和今天上午雨势较大，为了安全起见，便留在家里与县委组织部的李龙勇同志研究修改军地援三方合作共建基层党组织的方案，并修改“四讲四爱”的相关材料。

今天临近中午的时候，雨势开始有所减弱，便决定前往。我和王强带上肉菜及喻晓坤需要的相关生活物资，接上支教的美术老师就出发了。带上支教的美术老师前往，主要是我希望他们能够利用在墨支教期间，跟着我们一起上山下乡进村入户，多了解，多接触，多体验，然后创作一组以墨脱的自然风光、人文景观（包括门珞人物、民俗活动、神话传说、劳动和生活场景等）、援藏工作为题材的系列美术作品，然后举办相关画展和拍卖活动，支持墨脱的贫困学生及其他有需要的人。而县城前往巴日村的道路，就是多角度观看县城美景的最佳去处之一。在这条道路上观看县城，一个现实版的海市蜃楼和人间仙境就呈现在你的眼前。我们的一个项目“海市蜃楼”就选址在这条道路的一个关键节点上。

看过的有记忆，想过的有启迪，经过的有痕迹，做过的有经历。虽然相关单位早已清理过了，但中秋节后连续多天的下雨还是给上山的道路留下了深深的痕迹。当然，沿路的塌方、滑坡、泥石流、滚石等自然灾害已经影响不了我们的决心和通行。虽然没有事先通知，但当我们来到巴日村委会的时候，喻晓坤与驻村工作队队员及村干部正在值班。好小子，没有让我们失望！我们听取了他们的工作汇报，询问了相关问题，查阅了台账资料，肯定了工作表现，提出了要求建议。随后，我们一起前往人口密集场所巴日村农家乐调研安全生产，因为该农家乐目前已经出租给在附近修路的工人居住，里面有30多人。然后，我们先后来到村党支部书记扎西江增和双联户长仁青次珠家中，了解生产生活情况，扯家常聊聊天，加强相互之间的沟通交流与互动合作。

不怕没制度，不怕没措施，不怕没人员，就怕不落实，就怕不检查，就怕不提醒。防线从来都是在第一道就被攻破的，因此我们的基层干部特别是第一线的工作人员，必须牢记使命，坚守岗位，做好本职，守好防线。我们的领导干部，必须牢牢把握调研、决策、组织、实施、检查、反馈、纠偏的这个领导与管理的闭环控制系统，一个环节不可缺少，一个环节不可忽视，否则将功亏一篑，甚至有害无益。

（发布时间：2017年10月15日22：02）

10月16日
星期一

走向天路461

峡谷丁香飘

去年10—12月，我们前往德兴、帮辛、加热萨、甘登等几个乡下乡进村入户调研的时候，经常能够在路边看到一种非常漂亮的花。

它们经常在树林或草丛中挤出身来，像是一把粉红色的大伞罩在树丛或草丛上。走近看，原来这种树枝多叶茂花繁，每个枝头上又像一把粉红色的小伞，整棵树就是由许多粉红色的小伞组成的一把粉红色的大伞。但盛开的花朵却像一个粉红色的碟子，周边是五片花瓣，中间还有几根花蕊。含苞待放的花蕾像是一根根粉红色的棒棒糖。走近闻，异香扑鼻，沁人心肺，让人陶醉。

这种花能够在万绿丛中脱颖而出，而且树形优美，枝繁叶茂，花多密集，花色艳丽，花香奇异，当时就觉得是非常好的绿化美化树种。但请教了随行人员和村民，无人知晓，于是作罢，只能把它记在心中，拟将其作为我们援藏项目的绿化美化树种。

后来有朋友推荐了一个APP，叫作“花伴侣”。这个应用工具是中科院植物研究所和鲁朗软件（北

京）有限公司研发，据说可识别超过万种花草树木。有了它，使得我在近乎绝望的黑暗中找到了光明和希望，在墨脱识别植物便有了一个得力助手。当然，它也只能识别常见的植物，而号称“世界生物基因库”的墨脱，所拥有的植物可不是用“常见”所能形容得了的。不少植物连“花伴侣”也爱莫能助，而且每次请它识别同一植物都有可能给出不同的结果，这也确实太过于难为它了，谁让墨脱的植物那么多而且奇呢？即使“花伴侣”给出了自认为信心较足的答案，还要拿现实中的植物与网上资料进行反复对比核实，才能有部分可以确信（而不是确定），而不少现实中的植物与网上资料介绍的近似，有可能只是同一个科、属、种，也有可能都不是。由于缺乏植物的基本知识而带来的困难是显而易见的。

前几天前往仁青崩寺和朗杰岗村督导检查、调研考察返回途中，在巴日村又碰到了这种花。用“花伴侣”进行识别，显示是“滇丁香”，几次识别显示结果一致，而且“可信度”均达90%以上。后来在网上进行查询核对，应为“滇丁香”无疑，当然也有可能是它的亚种或变种。

每年的四季度，这种“滇丁香”便在雅鲁藏布大峡谷中竞相开放，十分灿烂，异香扑鼻，醉煞路人。我们希望能把它种在墨脱白玛岗360度全景观光栈道两边，将其打造成一条丁香栈道。

（发布时间：2017年10月16日22：11）

10月17日
星期二

走向天路462

中期评估

根据国家发展改革委有关对口支援规划中期评估的部署要求，受广东省发展改革委（援藏援疆办）的委托，广东省国际工程咨询有限公司调研组在广东省第八批援藏工作队和林芝市发展改革委相关工作人员的陪同下，于10月15—17日前来墨脱开展《广东省“十三五”对口支援西藏林芝经济社会发展规划》中期评估调研。

10月15日下午，调研组一行六人来到位于县城附近的国道559线西漠嘴路段，那里有我们的一个在建项目——秘境墨脱（进城门户门珞牌坊及观光平台），以及与之相连的另外一个拟建项目——海市蜃楼（观光平台及象牙栈道）。我结束了在巴日村的维稳安保工作调研，赶回来与广东省第八批援藏工作队墨脱县工作组成员县发改委副主任邓宏照、县住建局副局长李展健及欧康奎等会合。我们一起在那里冒雨介绍了这两个项目，以及所有援建项目的规划、策划、选址、测量、地勘、设计、招标等前期工作，立项、选址、用地、环评、节能、风评等前置审批手续，施工、监理及现场、质量、安全管理，项目建设遇到的困难、问题及对策措施等相关情况。

随后我们一起来到工作组驻地，在文化室介绍了习近平总书记及党的治藏方略、广东省第八批援藏工作队的精神、工作组的团队文化（包括工作组的LOGO、信条、理念、精神、角色、定位、援受关系处理原则等），在项目建设指挥部对着项目推进图和一览图，更加直观地介绍了项目的理念、布局、安排、进度、效果等。

重点介绍了项目的布局——以打造中国最具特色小县城、带动旅游业和农牧业发展为目标，以县城为核心，以周边为节点，以扎墨公路（国道559线）和派墨公路（国道219线）为延伸，把项目扩大延伸到八个乡镇中的六个；资源整合的思路和做法——“统筹兼顾、统一规划、统一策划、统一设计、统一建设、分别实现、满足各方”；建设的理念——“高起点策划、高标准设计、高水平建设、高效能管理、高质量交付”；建设的目标——努力树立“策划、设计、施工、管理、质量、安全”的典范。

10月16日，调研组一行与工作组及墨脱县委组织部、县发改委、县住建局、县旅发委、县工计委、县财政局、县农牧局、县教体局、县商务局、县国土局等部门进行了深入的座谈。然后冒雨实地考察了县城风貌改造、致富路改造、白玛岗360度全景观光栈道、德兴村综合服务中心、德兴乡中心小学综合楼、雅鲁藏布江水景茶园等在建项目，以及广东省第七批援藏工作队墨脱工作组已经交付使用的县城道路建设项目、墨脱县敬老院项目、墨脱中学运动场项目等。今天，调研组一行在离开墨脱的途中又实地考察了已竣工投入使用的达木珞巴民族乡卫生院。

经过实地考察，调研组认为我们所有项目均经过精心策划、精心设计、精心选址、精心施工、精心管理，项目建设“有进度、有质量、有安全、有成效”。

（发布时间：2017年10月17日21：36）

10月18日
星期三

走向天路463

我在边疆迎盛会

今天上午，党的十九大在北京胜利开幕。党的十九大，是在全面建成小康社会决胜阶段、中国特色社会主义发展关键时期召开的一次十分重要的大会。习近平总书记代表党的十八届中央委员会所作的工作报告中，提出了一系列的新思想、新论断、新观点，为未来五年乃至更长时期的发展指明了方向，明确了目标和任务。

全国各族人民及广大海外华侨华人欢欣鼓舞。广东省第八批援藏工作队墨脱县工作组全体成员根据县委的统一安排收看了开幕会，聆听了习近平总书记所作的工作报告。大家都认为在援藏期间喜迎党的十九大，在祖国的西南边陲聆听习近平总书记的报告，十分有意义，十分有感触，十分有动力。

习近平总书记所作的工作报告，每读完一段，微信上就传来一段现场实录的内容。当习近平总书记作完报告没多久，报告的全文就已经从微信上传来了。这极大地方便了我们第一时间学习、了解和掌握。大家慨叹现代信息技术的方便快捷，更慨叹报告本身所具有的感召力和传播力。

中午吃饭的时候，队员们就已经开始了热烈的讨论和交流，热闹场面胜过过年过节，大家久久不愿离开回房休息。下午上班的时候，队员们在工作间隙抓紧时间去阅读报告原文及网上的相关解读。晚饭的时候热烈气氛依然如故。晚饭后，大家各自回房继续自学。接下来，我们将根据县委的统一安排部署开展学习、传达、贯彻和落实。

在全面建成小康社会的决胜阶段，西藏作为全国最大的集中连片贫困区域，必然迎来新的历史发展机遇。援藏作为党中央、国务院的重大战略部署，也必然迎来前所未有的战略机遇。因此，我们要做好党的十九大精神的学习、传达、贯彻和落实，不忘初心，团结一致，奋发有为，向党和人民交出一份满意的援藏答卷。

（发布时间：2017年10月18日22：49）

10月19日
星期四

走向天路464

墨脱日出

在那持续了近八个月的连绵雨季里，太阳可以称得上是墨脱的珍稀濒危物种了。当然，虽说墨脱雨季晴天少，但毕竟还没到完全绝迹的地步，因此还是偶有日出。墨脱的天气也十分好玩，雨旱十分分明，就像装了一个AB开关，拨过来这边就是雨季，拨过去那边就是旱季，而且采用了全球最先进的全自动控制系统，无须任何人工操作，以适应墨脱的特点。

每年大约从10月中旬开始到次年2月底，就是墨脱所谓的旱季。到了旱季，毫无杂质的空气使得阳光异常灿烂，像辣妹子一样辣劲十足。每当太阳出来的时候，人们就像是从长久的黑暗中被释放出来，睁不开眼睛。就连平时眼大水灵的漂亮乌鸡（姑娘），双眸也眯成了一条直线。别说是对着阳光，就是阳光投射到地上、水上再反射过来的光线，甚至是经过窗户玻璃和窗帘阻隔的光线，都不敢直视。因此很多人都戴了墨镜，走在户外，感觉好像到处都是黑社会。太阳晒在头上一会儿就"烤煎"得皮肉生疼，不戴帽子真受不了。但这个时候"聪明绝顶”的人就有了优势，他们可以直接把阳光反射回去！

在墨脱看日出跟其他地方不一样。我们蜗居在这雅鲁藏布大峡谷中，犹如井底之蛙，坐井观天。我们几乎没有机会爬到山顶上去看，而只能蹲在峡谷下面看。其他地方太阳是从云海中爬上来的，墨脱是太阳在云雾上扒开口子射下来的。墨脱的日出没有圆圆的蛋黄，只有混沌的一片光亮。墨脱的日出有如世界混沌初开，先是云雾阻隔，尽显艰难，但它坚持不懈，持续发力，逐步撕裂，最终露出圆盆般的笑脸，光芒四射。这个时候就轮到它报仇和发威了，云消雾散只在短暂间，剩下的一些残余势力也被赶到山顶上去了。

今天墨脱日出时还出现了一个奇怪而罕见的现象，就是靠近卓玛拉神山这边的云雾在日出的映衬下，上面是白的，下面是蓝的。不管是以前没留意到，还是将来还出现，反正都是——“墨脱蓝雾，天下奇观”！

（发布时间：2017年10月19日22：56）

10月20日
星期五

走向天路465

夜宿巴日

党的十九大胜利召开了。根据墨脱县委的统一安排部署，全县各级各部门认真组织收看了开幕会，各族群众也自觉进行了收看，聆听了习近平总书记所作的工作报告。在工作交往时，在午晚餐桌上，在茶余饭后，在微信及朋友圈中，大家的反应和讨论都十分热烈，特别是广大干部和职工。

那么普通党员及群众反应如何？带着这个问题，我和广东省第八批援藏工作队墨脱县工作组成员、县教体局副局长郭振华于昨天傍晚来到了墨脱镇巴日村并夜宿该村。之所以这样安排，原因有三：一是工作组成员、墨脱镇党委副书记、常务副镇长喻晓坤这段时间在该村开展党的十九大维稳安保工作蹲点驻村，对情况比较了解，我们还可以顺便给他带些生活物资补给一下；二是该村主要是藏族村民，他们的前辈是当年解放昌都时因听信谣言迁徙到墨脱的，他们的反应具有典型意义；三是可以与我们策划开展的“住遍墨脱”民族团结系列活动结合起来。

之前，我们已经开展并还在继续推进“走遍墨脱”（项目）、“睡遍墨脱”（调研）、“暖遍墨脱”（解困）等系列民族团结活动，“住遍墨脱”是在“走遍墨脱”的基础上的一个深化活动，目标是要在全县46个村都至少住一天以上，为的是更加深入接触、联系、沟通、了解群众。

昨天下午五点半，我们带着给喻晓坤及驻村工作队的给养就出发了，6点左右到达。饭还没做好，我们就先在村子里溜达一圈。此时正是傍晚时分，夕阳西下，余威犹劲，晚霞多彩，金色满地。整个县城沐浴在一片金色的阳光之中，又产生了一个天下奇观——金城墨脱。晚饭后，天色渐暗，但还没到开会的时间，我和喻晓坤、郭振华便开始家访。先是到了加多和丁增的家，然后到了村妇女主任嘎桑卓玛及其父亲布果果家。

到了晚上8点，我们回到村委会，驻村工作队队员、村两委班子成员及全村党员都已经陆续到齐了。我们便开始座谈交流，主题是传达学习贯彻落实党的十九大精神。喻晓坤主持了会议。我们先是让村两委班子成员及其他党员、驻村工作队队员谈谈自己的学习心得体会。从他们不太流畅的表达、害羞腼腆的笑容、发自内心的喜悦，我们能够真切地感受到大家对五年成就的自豪，对未来发展的期待，对民族团结的珍惜，对党和国家的拥护，对习近平总书记的爱戴。然后郭振华结合墨脱教育方面的实际谈了自己的心得体会，喻晓坤结合援藏干部、基层干部的实际从提高政治站位和立足工作岗位等方面谈了自己的学习心得。大家都谈得很好，有高度、有深度、有广度、有温度，有引领、有启发、有触动、有感受。

我传达了党的十九大精神，然后结合党的十九大报告、大家的发言、墨脱的实际、个人的经历，用显浅的语言谈了自己的体会和建议：一是要好好学习。先把报告通读一遍，把握全局，然后一个部分一个部分细读，把握局部，再逐段逐句深读，把握细节。除了自己学习，还要积极参与集体学习、干部宣讲、专家解读等各种学习。二是要好好体会。作为个人，作为家庭，作为一个村，可能对全国的发展成就体会不深，不够具体，那就从自己、家庭、村这五年的发展变化去感受去体会。每一个人、每一个家庭、每一个村的发展变化的累积和放大，就是整个国家的发展成就。三是要好好感恩。看到党团结带领全国各族人民创造了伟大的发展成就，我们得到了党中央、国务院的特殊关怀，而且这些关怀都是看得见、摸得着、数得出、用得上的，所以要真正地知党恩，感党恩，听党话，跟党走，拥护党和国家，爱戴核心。四是要好好工作。学习领会无非就是为了贯彻落实，贯彻落实无非就是从我做起，立足本职岗位，积极做好自己的工作，搞好自己的生产，不让党和政府担心、分心、伤心。五是要好好生活。创造环境和条件，让每一个人都有机会通过自己的努力去实现对美好生活的追求，是党和国家的最大心愿。因此大家要搞好家庭团结、邻里团结、民族团结，要摒弃陋习，淡化宗教消极影响，文明生活，以个人和家庭的美好生活汇聚成全国人民的美好生活。

座谈结束后，我们陪同驻村工作队队员、村治安联防队员在村内开展党的十九大维稳安保巡逻，并先后到村民布扎西、贡觉扎西、白马久美和村党支部书记扎西江增等人的家里走访，了解情况，听取意见，交流思想，沟通感情，促进团结，推动工作。至此，结合之前几次到该村开展的下乡进村入户活动，我们已基本走完了该村的21户家庭（已搬到县城，没人在家的除外），实现了家庭全覆盖。

当晚，我们躺在村委会会议室的沙发上，聆听夜的宁静，冥想星的闪烁，等待清晨的到来。

（发布时间：2017年10月20日22：01）

走向天路466

墨脱一年

一年十二月，
雨季约占八。
还有百多天，
阳光晒人趴。

（发布时间：2017年10月21日14：03）

10月22日
星期日

走向天路467

雨季墨脱

阴雨连绵云雾盛，
历经八月方始停。
莫怨上苍不作美，
心中有阳天自晴。

（发布时间：2017年10月22日10：23）

10月23日
星期一

走向天路468

秋上高原

悄悄地，秋姑娘来了。她的步履如此轻盈，以至于我们还没发觉，她就来了。

当青藏高原的蓝天变得更加深遂，云儿变得更加轻盈，阳光变得更加纯净的时候，她就来了。

当树林披上了黄衣红裳彩服，并从山上开始往山脚爬的时候，她就来了。

当草原蜕去青葱，把绿毯换成黄毯，紧紧裹住大地的时候，她就来了。

当江河从康巴汉子切换成门巴乌鸡，河水变得清澈碧蓝，沙洲变得柔美细腻的时候，她就来了。

当玉米胀得丰满，棒子堆满了窗台、挂满了屋檐的时候，她就来了。

当青稞变黄，像一片片黄金镶嵌在高山峡谷间的时候，她就来了。

当果子染红了枝头，压弯了枝条，人们在园里忙于采摘，在路边使劲叫卖的时候，她就来了。

当人们弯腰割草，秸秆上架，牛羊成群开始下山的时候，她就来了。

当人们的嘴角咧出了微笑，喜悦爬上了眉头的时候，她就来了。

当我们还没来得及准备的时候，她就全方位地来了。

（发布时间：2017年10月23日21：33）

10月24日
星期二

走向天路469

高原沙石场

行走于青藏高原，你能经常看到很多沙石场。有的在山边，有的在河边，有的在湖畔……多少年来，不管是哪个朝代，哪届政府，从来无人过问，无人阻止。即使近段时间的环保督查风暴来势汹汹，它们依然我行我素，置若罔闻，毫无顾忌，毫不收敛。而各级党委、政府及相关部门似乎也见怪不怪，拿它们毫无办法，只因对方势力实在太强大。到底是谁那么牛掰呀？原来它们同属于一个后台老板——风化！

这个老板既任性又有韧性，你来不来它都在这里，你管不管它都继续。经过了不知道多少年的持续努力，终于在青藏高原上建立起了庞大的沙石帝国，积累了极其丰厚的产业资源。从低海拔地区往高海拔地区走，有的从山峰上崩塌下来，穿过山坡上的树林，形成一道道美丽的伤痕，就像连衣裙背后的拉链；更多的是从荒漠半荒漠的山峰上崩塌下来，沿着陡峭的山坡堆积起来，形成一个个类似锥状的堆积体，就像裙摆上的一条条折褶；有的几乎整个坡面甚至整个山峰都被沙石所覆盖，俨然就是一个庞大的沙石堆。有些沙子很细，有些沙子较粗，有些直接还是大块的石头。它们都有一个共同点，就是上细下粗，自上而下逐渐变粗。

大自然是它们的总后台、保护伞，也是它创造历史和奇迹的兵器！

（发布时间：2017年10月24日23：18）

走向天路470

湿透的节目单

10月24日，接近中午的时候，雨又下了起来，而且越来越大。还去吗？雨下得那么大！不去吗？大家在等着！绝不能辜负了干部群众的一片热情！这是我们不约而同的选择。于是，午饭后我们（李展健、赖明建、雷震、王桂莲、欧康奎、索朗央宗、贾思原及我）便冒雨前往达木珞巴民族乡。

一路上雨都很大，到的时候也没有减缓。准备座谈和演出的干部群众都躲在广场旁边的小卖部和亭子下避雨。我和大家握手致歉，为让大家冒着寒风冷雨在这里等候而愧疚。过了一会儿，见雨还没有减缓的迹象，我建议大家解散回去，但大家都不愿就此放弃，建议再等等。

等了约一个小时，雨势开始减弱，大家建议活动开始，只是把议程改一下，原来安排在前的党的十九大精神交流座谈会改到晚上在室内举行。就这样，达木珞巴民族乡热烈庆祝党的十九大胜利闭幕文艺汇演冒雨进行。

文艺汇演共有17个节目，表演的主要是珞巴族群众、学生，还有部分乡干部、县民间艺术团的部分演员、县委宣传部及县幼儿园的两位同志，广东省第八批援藏工作队墨脱县工作组也应邀组织了两个节目进行交流。这个文艺汇演是在达木珞巴民族乡蹲点的县委常委、宣传部部长普果和乡长卓玛央宗等根据群众的意愿而张罗起来的。

丝丝细雨，阵阵冷风，漉漉地板，丝毫没有影响干部群众高涨的热情。歌唱的慷慨激昂，穿云破雾；舞蹈的热情奔放，驱寒去雨。他们都没有打伞戴帽，有些动作是要贴着地面的，他们也没有任何的犹豫，面上的喜悦和嘴角的微笑没有因寒风冷雨而消退而僵硬。观看的群众或站或坐，还有背着或抱着孩子的，他们时而大声欢呼喝彩，时而使劲鼓掌叫好。

雨渐渐变大，演员们初心不变，热情依旧。其中，索朗央宗代表工作组演

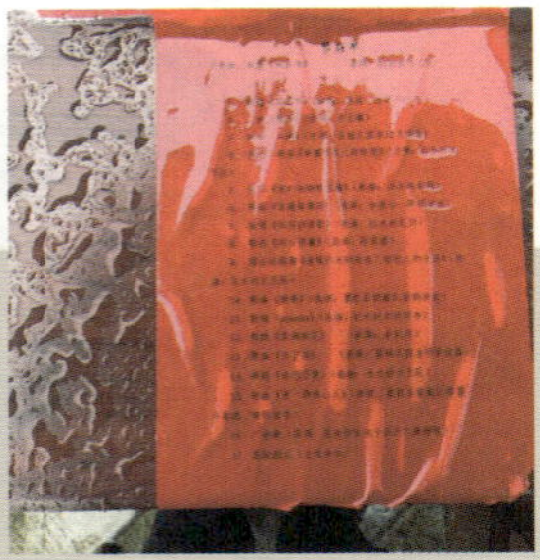

唱了一首《援嫂》。随后轮到雷震、李展健、赖明建、欧康奎、王桂莲五人小组代表工作组演唱《有一群佛山人》的时候，雨势已经很大，雨滴在地上溅起了水花。但他们坚持与当地干部群众一样，冒雨演出。我见雨势实在太大，示意贾思原和索朗央宗去为他们打伞，有群众也主动给他们打伞。

就这样，他们用自己的行动诠释了《有一群佛山人》的精神实质。而他们却是在前天晚上才接到的任务，已经各自回房休息的队员们在雷震的组织下又义无反顾地跑回来饭堂练习。当我晚上12点下去饭堂的时候，他们已经练得有点儿声嘶力竭。艺术的感染力固然需要艺术水平去体现，但墨脱特别是达木珞巴民族乡的各族干部群众及援藏干部人才冒雨倾情演绎所造就的感染力，却早已超出了艺术水平本身。拥护中国共产党，拥戴习近平总书记，知党恩，感党恩，听党话，跟党走，绝不是停留在口头上的一句空话！

雨势渐大，观看的群众无奈只好躲到两旁的亭子里，而我们依然坐在观众席上。后来确实没办法，我只好戴上了斗笠，后来斗笠也不顶用了，只好打起了伞。打伞也背后凉风嗖嗖，只好又加了一件衣服。最后屁股和腿湿了，只好站起来。我们一直坚持到最后一个节目结束，才离开位子。因为寒风冷雨已经冷了演员们的身，我们不能再凉了他们的心！伴随着我们的，除了热情四溢的演员们，还有摆在我前面的那张早已不知什么时候湿透了的节目单。

晚上，我们在达木村委会的会议室里召开了党的十九大精神交流座谈会。我和县委常委兼宣传部部长普果、县人民法院副院长春强分别结合自己的学习、工作和墨脱的实际谈了体会，驻村工作队队员、村两委班子成员及部分村民代表冒雨前往参加了会议。

寒风冷雨可以阻挡很多东西，但挡不住墨脱各族干部群众在县委、县政府的正确领导下拥护中国共产党、拥戴习近平总书记的心，挡不住他们听党话、跟党走的路！

（发布时间：2017年10月25日22：41）

10月26日
星期四

走向天路471

墨脱彩虹

雨过天晴彩虹现，
一条仙桥两头连。
佛墨相隔万千里，
党恩让咱结良缘。

（发布时间：2017年10月26日21：09）

10月27日
星期五

走向天路472

竣工&开工

10月26日，这是党的十九大胜利闭幕的第三天，十九届中共中央政治局常委同中外记者见面的第二天，广东省第八批援藏工作队墨脱县工作组以实际行动践行党的十九大精神。这一天，我们有一个项目竣工，三个项目开工。

竣工项目是德兴乡德兴村综合服务中心（村级组织活动场所），这是我们的第四个竣工项目。该项目总投资340万元，以“整体规划、统筹兼顾、整合资源、一次建成、分别实现”的崭新理念进行设计和建设，把面向村本级的公共服务功能统筹考虑在内，提供一站式的村级公共服务基础设施。该项目于2016年9月13日开工建设，经过一年多时间的努力，已经完成全部建设内容，其间克服了不知如何表达的重重困难。该综合服务中心，既是村两委的办公场所，也是村级组织活动场所，还具备便民、医疗、文化、休闲、娱乐等面向村级的基层服务功能。

开工的三个项目分别是德兴乡文朗村、墨脱镇

巴日村、达木珞巴民族乡卡布村三个边境小康村建设项目，各投资800万元，合计2400万元。这是我们启动建设的第八批援藏项目。而第七批的两个项目——县人民医院微生物实验室项目、达木珞巴民族乡卫生院及县其他医疗机构医疗设备建设工程项目，在完成所有前置审批和招投标手续后已于前段时间悄然实施。至此，我们已有19个项目动工建设，约占全部24个项目的80%，其中已完工项目4个，约占16.7%。

这三个边境小康村建设项目，全部是按照“住房安居化、道路硬底化、设施配套化、环境生态化、庭院经济化、景观旅游化”的“六化”理念来进行规划和设计的（详见《走向天路208——六化建小康》），将边境小康村、生态文明村、旅游示范村等理念融为一体，因地制宜，全面规划，整体设计，量入为出，分步实施，逐项建设，渐次推进，不断完善。

我们（李斌、邓宏照、李展健、赖明建、欧康奎、索朗央宗及我）与县相关领导、有关乡镇及村的领导、施工单位和监理单位的相关负责人、部分群众见证了这些项目的竣工和开工。

（发布时间：2017年10月27日21：59）

10月28日
星期六

走向天路473

援藏干部人才学习十九大

10月27日下午，广东省第八批援藏工作队墨脱县工作组联合县委组织部、县委宣传部召开了“墨脱县援藏干部人才党的十九大精神学习贯彻会议”。工作组成员（8人）及工勤人员（4人）、佛山柔性援藏人才（包括工程技术人员1人、医生1人、教师9人，共11人）、高校支教老师（包括山西师范大学3人、肇庆学院5人，共8人）、西部计划志愿者（18人），县委常委、宣传部长普果，县委组织部副部长南效鹏，共51人参加了会议。

我主持会议并带头对党的十九大精神进行学习。我首先介绍了党的十九大的重要历史意义，然后对如何把握报告的内容进行了分享。习近平总书记代表十八届中央委员会所作的报告，3.2万多字，共十三个部分。针对部分同志不擅长记忆的实际情况，我将报告的十三个部分划分为三个板块：第一板块为“回顾过去”，即报告的第一部分“过去五年的工作和历史性变革”；第二板块为“承上启下”，即报告的第二部分“新时代中国共产党的历史使命”、第三部分“新时代中国特色社会主义思想和基本方略”、第四部分“决胜全面建成小康社会，开启全面建设社会主义现代化国家新征程”，这个板块是在总结过去经验教训的基础上提出面向未来的新使命、新思想、新征程，具有承上启下的作用；第三板块为“继往开来”，即报告的第五至第十三部分，是今后的任务和措施。其中第五至第九部分为“五位一体”总体布局的经济、政治、文化、社会、生态，后面的四个部分分别为国防、港澳台、外交、党建。这样一归纳概括和划分，一下子就把报告十三个部分的内容给记住了。

其次，我把报告的精神概括为“八个新”：一是新成就新变革，即报告的第一部分“过去五年的工作和历史性变革”，从经济建设、全面深化改革、民主法治建设、思想文化建设、人民生活、生态文明建设、强军兴军、港澳台、全方位外交、全面从严治党共十个方面进行了总结；二是新时代新方位，即报告的开头和第一部分“过去五年的工作和历史性变革”，提出“中国特色社会主义进入了新时代，这是我国发展新的历史方位”；三是新矛盾新要求，即报告的第一部分“过去五年的工作和历史性变革”，指出“我国社会主要矛盾已经转化为人民日益增长的美好生活需要和不平衡不充分的发展之间的矛盾”，提出了“更好推动人的全面发展、社会全面进步”的新要求；四是新使命新实践，即报告的第二部分“新时代中国共产党的历史使命”，指出“实现中华民族伟大复兴”是中国共产党的历史使命，而且要进行伟大斗争、建设伟大工程、推进伟大事业三大新实践；五是新思想新方略，即报告的第三部分“新时代中国特色社会主义思想和基本方略”，指出新课题推动了新探索，实现了新飞跃，形成了新思想新方略，报告用“八个明确”和“十四个坚持”阐明了新思想和新方略；六是新目标新征程，即报告的第四部分

“决胜全面建成小康社会，开启全面建设社会主义现代化国家新征程”，分别从现在到2020年、十九大到二十大、2020年到2035年、2035年到21世纪中叶四个不同阶段提出了新目标，要求开启新征程；七是新任务新措施，即报告的第五至第十三部分；八是新面貌新气象，报告自始至终都体现了创新精神，从新结构到新论断、新观点、新表述等，而且报告对社会关切不再回避和遮掩，而是开始直面问题、回应诉求，体现了高度的责任、自信、勇气和智慧，呈现出新的面貌和气象。

再次，我对如何学习报告也进行了分享。通读全文，把握全局；精读部分，把握局部；细读段句，把握细节；深读相关，把握重点。同时要把自学与理论中心组学习、集体学习研讨、专家辅导、网络资料等学习有机结合起来，读懂，读深，读透，掌握内容，领会实质，学以致用。

最后，我对学习贯彻党的十九大精神也提出了要求和建议：认真学习，深刻领会；结合实际，转化应用；立足本职，汇流成海；发挥优势，率先垂范。

工作组副组长、县委副书记、常务副县长李斌，县委常委、宣传部部长普果，县委组织部副部长南效鹏，工作组成员、民主党派代表李展健（致公党）和雷震（九三学社），佛山柔性援藏人才代表王桂莲（医生）、祝小波（教师），高校支教老师代表王涛（山西师范大学）、贾思原（肇庆学院），西部计划志愿者代表杨洁平、胡佳发，都分别作了精彩的发言。发言紧扣党的十九大精神，结合墨脱的实际和自身的经历、工作、学习、生活，有理论、有思想、有认识、有体会、有决心、有行动。会议开得十分成功，达到了预期效果。

（发布时间：2017年10月28日12：38）

走向天路474

别样重阳节

昨天是农历九月初九——重阳节，是中国传统节日。据说，重阳节早在春秋战国时期就已经开始形成，到了唐代更是被正式定为民间节日，一直沿袭至今。我国于1989年将重阳节确定为老人节，倡导全社会树立尊老、敬老、爱老、助老的风气。而在2006年，重阳节更是被国务院列入首批国家级非物质文化遗产名录。

民间庆祝重阳节的活动很多，而且不同的地方又有所不同，最流行的莫过于登高望远、秋游赏景、遍插茱萸、看望老人等活动。而今年的重阳节，我们选择了看望老人。昨天下午，我们（邓宏照、李展健、赖明建、王桂莲、欧康奎、王雪飞、吴本新、甘智强及我）一行九人来到墨脱县五保集中供养服务中心，去看望那里的老人家。

去年中秋节那天，我们也曾前往看望慰问过他们。同上次一样，我们一下车便受到了在院子里散步的老人家的欢迎。他们一见我们到来就拍手欢迎，脸上堆满了笑容。走近的时候就紧紧地握住我们的手不放，有的甚至会拉着我们的手放到自己的额头上，请求“赐福”给他们。

我们和该中心主任次仁曲宗及县民政局在该中心维稳安保值班的张伟简单交流了一下，便让他们把老人家集中起来。他们俩及其他工作人员招呼老人家到餐厅集中，老人家都很听话，可见他们平时应该相处融洽。餐厅布置了气球，桌子摆满了丰富的食物和果品，是晚上用来庆祝重阳佳节的，整个环境温馨舒适。老人们坐下后，工作人员开始发

放牛奶等食品给他们。“老人变细蚊（广东话——老人变小孩）”，这个时候就体现出来了，再乖也得哄一下。个别动静较大的，就需要次仁曲宗主任个别“辅导”一下。

我首先给老人们介绍了我们是广东省第八批援藏工作队墨脱县工作组的，并逐一介绍了一起前往的另外八位队员，他们兴高采烈地拍手欢迎。然后，我告诉他们，今天是重阳节，我们代表县委、县政府及工作组前来看望大家，祝大家节日快乐，身体健康，扎西德勒！我也向老人们介绍了党的十九大已经胜利闭幕，党的十九大报告明确提出了“老有所养”等一系列善待老人的方针政策，我们也会在力所能及的情况下给予支持，老人们的生活将会越来越好，希望大家听从工作人员的安排，过好生活，保重身体，身心愉快。

工作组成员、县发改委副主任邓宏照也用通俗易懂的语言简要介绍了党的十九大的基本情况和主要精神，特别是与老人们相关的民生、民族、边疆等方面的内容，并告诉大家墨脱会越来越好，服务中心会越来越好，老人们的生活会越来越好。我们每讲一句，就请工作人员翻译一句，老人们听了以后都很激动，每次都会热情地鼓掌。当我们捐赠3万元给墨脱县五保集中供养服务中心用于改善服务条件的时候，老人们显得更加激动。

在从未离开过大峡谷的老人们看来，也许他们会觉得北京很远，党中央很远，习近平总书记很远，但他们对习近平总书记并不陌生，因为他们更加真切地体会和感受到了习近平总书记和党中央的亲切关怀。在墙上挂着的“庆祝西藏自治区成立五十周年”和“习近平总书记与西藏各族人民心连心”两幅图片中，他们都能辨认出习近平总书记。

随后，我们留下王桂莲为老人们进行身体检查和诊断治疗，其他人随次仁曲宗和张伟参观了墨脱县五保集中供养服务中心。与一年前相比，服务设施更加完善，服务质量更加提升，整个环境干净整洁，应该是花了不少功夫。当我问起次仁曲宗，作为一个未婚女孩来这里当主任，整天与老人们在一起是什么感觉时，她回答说虽然不是自己主动申请来的，但来了就尽心尽力地去做好，希望老人们在临终前得到更好的关怀和照顾。

墨脱县五保集中供养服务中心由佛山市政府在计划资金之外另行安排1000万元，由时任墨脱县委常务副书记、广东（佛山）第七批援藏工作队墨脱工作组组长李灿带领大家精心建设。当我们问起老人们在中心和在家有什么不同时，他们说就跟家一样。按我们的理解，这种“跟家一样”的感觉，应该是既来源于这个中心的基础设施及配套设施，也来源于这个中心的服务水平和质量。

当我们要离开的时候，老人们紧紧地握住我们的手不愿放开。返回途中，大家都认为昨天过了一个很有意义的重阳节，既看望慰问了老人家，又用老人们易于接受的语言向老人们宣讲了党的十九大精神，让老人们与全国人民一起同兴奋、同鼓舞、同体会、同感受。

昨天晚上，经过艰难的煎熬好不容易才入睡，就梦见了我的老母亲，整个故事情节清晰而完整，为前所未见。梦醒以后，自此无眠。只有在心中默默地祈祷她在天国安息、幸福！

（发布时间：2017年10月29日22：23）

10月30日
星期一

走向天路475

热心夫妻

丘裕昌先生是我援藏之前在一个工作的微信群中认识的，具体是什么时候已经无法回忆了。即便加了微信，也少有联系，如果有也只是间或在群里的一些共同交流。而见面就没有了，因此对他的印象不但不深刻，甚至是不知道他长啥样的。

但他让我印象开始深刻且不断加深的，是在我开始援藏之后。他一直都在关注我们的援藏工作，并不断地为我们打气加油，让我们很是感动。因为，我们内心很清楚，自从援藏以后，别说原来不熟的人不关注，就是原先的朋友也有流失。我们这样说，并没有埋怨任何人的意思，因为我们更清楚，这就是社会现实。不光这样，我们还为他们说话，他们连身边的朋友都照顾不过来，怎么可能照顾远在他乡的老朋友呢？正因如此，我曾经在去年10月15日写了《走向天路95——隐性危机》。

但丘裕昌先生对援藏的关注不但没有减弱，反而愈加强烈，还多次提出要支持援藏事业，让我们更是感动。由于去年刚来墨脱，很多前期工作都要抓紧开展，就算是回佛山出差也忙不过来，所以一直都没有机会见面。但他和他的妻子罗新红女士还是不忘初心，继续关心支持我们的援藏事业。因此，我下定决心，今年有机会回佛山出差的时候，不管再忙也要去看看他们夫妻俩。今年4月因故回佛山，我便和妻儿一起在4月22日（星期六）到了他们在禅城的办事处，进行了简单的交流。

今年7月21—28日，墨脱县委书记旺东带领县党政代表团前往广东对接落实佛山—墨脱对口支援工作。其间于24日在佛山皇冠假日酒店举行了“佛山市对口支援墨脱县对接洽谈会”，丘裕昌夫妇在会上现场捐赠10万元，将整个会议推向了高潮。随后，对接洽谈会的效果持续发酵，迄今社会各界承诺支持我们援藏的资金和物资已经超过了200万元。会议结束后，我也曾前往他们事业之一的狮山哈津摇篮幼儿园去拜访他们夫妻俩，代表墨脱县委、县政府及工作组表达衷心的感谢。

10月27日至11月1日，他们夫妻俩不远万里，历尽艰辛，亲自前来林芝市及墨脱县调研考察，再次捐款5万元，并联系他们的朋友——广东省威而信有限公司董事长陈启文先生也捐赠了两台价值5万元的“闭环除湿热泵干燥机”。他们夫妻俩还对我们工作组进行了看望慰问，甚至于连他们在林芝及墨脱期间的接待也不让我们花费。如此热血关心帮助援藏事业及门珞群众的夫妻，不能说是后无来者，但是前无古人应该不会有错了。

今天，他们俩已经离开墨脱，前往林芝继续他们的考察行程，将于11月1日返回佛山。请允许我代表墨脱县委县政府、工作组及14,000多墨脱各族干部群众向他们夫妻俩表示衷心的感谢！祝他们俩好人一生平安，身体健康，家庭幸福，工作顺利，一切如意！扎西德勒！

（发布时间：2017年10月30日21：55）

10月31日
星期二

走向天路476

援藏是海

一副身心来援藏，
又恐两头不到岸。
英雄何愁无用武，
会当搏击万里浪。

（发布时间：2017年10月31日20：45）

2017年

11月 November

11月1日
星期三

走向天路477

分管领域全覆盖

党的十九大胜利闭幕后，按照县委的部署，我分管的宣传、统战、援藏三大领域积极响应，迅速行动，分别组织了相关学习贯彻会议。

10月27日上午，“墨脱县统战系统学习贯彻党的十九大报告精神会议”在县政协会议室召开。县统战系统全体干部、县非公党工委全体党员、非公企业代表等参加了会议。县委常委、统战部部长、非公党工委书记边巴索朗主持了会议，县工商联主席才旦旺扎传达了党的十九大精神。我参加会议并讲话，要求充分认识学习贯彻党的十九大精神的重大意义；全面把握深刻领会贯彻落实党的十九大精神；切实抓好党的十九大精神的学习宣传贯彻。同时，根据党的十九大精神和自治区巡视反馈意见，就统战系统如何加强党的建设作了相关要求。

在该会议结束后，我于当天上午又赶往县委宣传部组织召开了“墨脱县委宣传部学习贯彻党的十九大精神会议”。县委宣传部全体干部职工参加了会议。我主持会议并讲话，一是对党的十九大报告的内容和精神进行了解读；二是对县委宣传部如何做好全县党的十九大精神的学习、宣传和贯彻提出了要求；三是对如何做好县委宣传部自身的工作提出了要求；四是根据党的十九大精神和自治区巡视反馈意见，就宣传系统如何加强党的建设提出了要求。县委常委、宣传部部长普果和县委宣传部主任科员（主持工作）格桑达瓦分别作了发言。

当天下午，我与县委组织部、县委宣传部联合组织召开了“墨脱县援藏干部人才党的十九大精神学习贯彻会议”。县委常委、宣传部部长普果，县委组织部副部长南效鹏，广东省第八批援藏工作队墨脱县工作组全体成员，县委组织部、宣传部部分干部，佛山柔性援藏人才，高校支教老师，西部计划志愿者，工作组工勤人员，共计51人参加了会议。我主持会议，带头对党的十九大精神进行了解读和学习，并对如何学习贯彻提出了要求。工作组副组长、县委副书记、常务

副县长李斌、普果、南效鹏，工作组成员、民主党派代表、县住建局副局长李展健（致公党党员）和县人民医院副院长雷震（九三学社社员），佛山柔性援藏人才代表王桂莲（医生）、祝小波（教师），高校支教老师代表王涛（山西师范大学）、贾思原（肇庆学院），西部计划志愿者代表杨洁平、胡佳发，都分别作了交流发言。

11月1日上午，“墨脱县民族宗教界代表学习党的十九大精神座谈会”于团结楼六楼会议室召开。县委办、县人大办、县政府办、县政协办、县委宣传部、县委统战部、县委政法委、县司法局、县民宗局、部分乡镇统战委员（民宗干事）、寺庙僧人以及墨脱镇、德兴乡、达木珞巴民族乡的村民代表参加了会议。县委常委、统战部部长边巴索朗主持了会议，副县长梁亚文传达了党的十九大精神。我作了讲话，要求深刻认识党的十九大精神的重要性，深入把握党的十九大精神的方向性，深入理解党的十九大精神的指导性。并特别强调民族和宗教事务必须置于党的领导之下、政府的管理之下、法律的约束之下，搞好民族团结、宗教和谐。

此外，宣传、统战系统的各个党支部也组织了多种形式的学习、传达、宣传、贯彻会议和活动。至此，我分管的宣传、统战、援藏三大领域已经实现了党的十九大精神学习宣贯的全覆盖。接下来就是要进一步深化学习，细化措施，把党的十九大精神与西藏特别是墨脱的实际相结合，与相关领域的工作业务相结合，将其贯彻落实下去，产生实际的、更好的工作效益。

（发布时间：2017年11月1日22：32）

11月2日
星期四

走向天路478

红会红心

红十字会是从事人道主义工作的社会救助团体，以发扬人道、博爱、奉献精神，保护人的生命和健康，促进人类和平进步事业为宗旨。这与援藏的宗旨有着广泛的交集，特别是在精神实质上有着高度的一致性。

因此，红十字会与工会、共青团、妇联、慈善总会等群团组织就成为我们援藏事业战略合作伙伴的重要发展对象。去年国庆期间，是我们进藏后首次出差返回佛山，虽然肩负着汇报请示、沟通工作、争取资源、巩固后方等多重任务，日程安排也非常紧凑，但我们依然把上述单位作为首批重点拜访沟通对象之一。

去年国庆节过后，我们前往佛山市红十字会拜访沟通，得到了常务副会长梁旭莹（主持工作）、副会长兼秘书长邝丽仪、办公室主任郑敏仪等人的热情接待。我们向梁会长等汇报了墨脱及我们援藏工作的相关情况，她们听后十分感动，十分敬佩，并表示将组织力量和资源予以全力支持，让我们更是感动。

我们返回墨脱以后，她们便着手组织和准备。当我们去年11月初组织墨脱县党政考察团和墨脱门巴族舞蹈队共74人前往佛山参加“2016广东（佛山）非遗周暨佛山秋色民俗文化活动”的时候，她们已经帮忙筹备了一批爱心物资。该批物资出厂价7万多元，市场价约20万元。我们在该会举行了简单的捐赠仪式、办理了交接手续，然后便开始陆续发往林芝。我们再雇车拉进墨脱，终于在去年年底前全部分发给有需要的相关单位和个人。

今年春节休假期间，我们也曾于2月17日前往该会拜访和致谢，继续得到她们的热情接待和大力支持，并表示将支持我们10万元专项工作经费，以及组织师资力量前往墨脱开展应急救援培训。此后她们多次动议和安排，终因工作原因而未能成行。

好事多磨，有志竟成。10月30日至11月3日，梁旭莹、邝丽仪、郑敏仪、佛山市红十字会顾问（广东花卉文化协会会长）苏丽思、佛山市高明区红十字会常务副会长区镜全、佛山市机关幼儿园园长、机关幼儿园红十字会会长聂莲及办公室主任吴婉婷，一行7人不远万里，不辞劳苦，不畏艰险，来到莲花圣地墨脱。

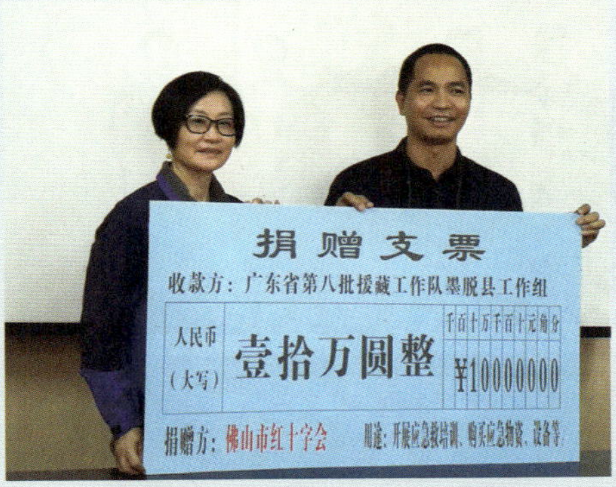

在墨期间，他们与广东省第八批援藏工作队墨脱县工作组进行了座谈交流，捐赠了10万元的专项工作经费；前来工作组驻地参观慰问，听取工作组团队文化和建设项目等相关情况的介绍；实地考察了莲花阁、莲花圣地公园、墨脱古街、德兴藤网桥等往批已建援藏项目，墨脱县城风貌改造工程、墨脱县灯光亮化工程、致富路改造工程、白玛岗360度全景观光栈道、雅鲁藏布江水景茶园、秘境墨脱、海市蜃楼等今批在建项目及仁青崩寺管会修缮工程等惠民项目；前往墨脱县幼儿园考察交流和捐赠图书；前往墨脱镇亚东村开展应急救援培训。

他们这次前来，也对今后的合作进行了交流和探讨，为今后的进一步合作打下了坚实的基础。他们这次前来，也带来了佛山市人大常委会副主任、红十字会会长麦洁华，佛山市副市长俞进，佛山市政府副秘书长邓灿荣等领导的关心和慰问。

今天，他们已经离开墨脱前往林芝。明天，他们将离开林芝返回佛山。他们都是一群慈眉善目、宅心仁厚、爱心充盈的人，红十字会的宗旨和精神在他们身上得到了充分的展现。让我们祝福他们一路平安！扎西德勒！

（发布时间：2017年11月2日22：06）

11月3日
星期五

走向天路479

可爱的顺德人

10月30日至11月3日，佛山市顺德区委常委潘东生一行13人不远万里，不辞劳苦，不畏艰险，来到门珞秘境、莲花圣地墨脱。

10月31日下午，潘东生常委一行与广东省第八批援藏工作队墨脱县工作组进行了座谈交流和对接洽谈，并向工作组捐赠了90万元工作经费。其中顺德区人民政府出资30万元、广东顺德清远（英德）经济合作区管理委员会20万元、顺德区龙江镇人民政府25万元、顺德区均安镇人民政府15万元。这当中，龙江镇和均安镇各有5万元（合计10万元）是定向支持结对帮扶的墨脱县背崩乡、帮辛乡。墨脱县委常委、副县长高功强及帮辛乡乡长周大明、背崩乡党委副书记婷姆也参加了座谈。

在墨脱期间，他们前来工作组驻地听取了工作组团队文化和建设项目等相关情况的介绍，并看望慰问了所有援藏干部人才和工勤人员；实地考察了莲花阁、莲花圣地公园、墨脱古街、德兴藤网桥等往批已建援藏项目，墨脱县城风貌改造工程、墨脱县灯光亮化工程、致富路改造工程、白玛岗360度全景观光栈道、雅鲁藏布江水景茶园、秘境墨脱、海市蜃楼等今批在建援藏项目及仁青崩寺管会修缮工程等惠民项目。他们还抽空前往墨脱县中学看望慰问了顺德区勒流街道在墨支教的9名教师，并与县中学的教师学生进行了足球比赛联谊活动。

而在此之前的4月12日，佛山市顺德区委常委、常务副区长王勇已经带领顺德区教育考察团一行五人前来墨脱进行调研考察和对接帮扶，签订了《佛山市顺德区教育局广东省第八批援藏工作队墨脱县工作组墨脱县教育局教育结对支援框架协议》，并向墨脱县教体局捐赠了一批价值5万元的图书，向工作组捐赠了3万元的工作经费，合计8万元。

此后，经郭振华的沟通协调，9月14日佛山市教育局正式发文组织顺德区与墨脱县各三所学校结对帮扶。9月15日至22日，顺德区勒流街道教育局常务副局长丁建平一行六人前来墨脱，与工作组及墨脱县教体局、各中小学校长、县幼儿园园长等进行了座谈，并向工作组及墨脱县教体局捐赠了图书专项经费5万元。他们参观考察了相关学校及幼儿园，与师生进行了沟通和交流，对办学理念进行了研讨和指导。还留下勒流街道新球中学教研室主任祝小波支教三个月，协助县中学开展小组合作课堂教学改革。

10月9日，勒流街道教育局再次安排8名优秀骨干教师前来墨脱，开展为期一月的支教工作。目前，他们已经发挥了积极作用，深受相关各方好评。

据不完全统计，迄今佛山市顺德区各级各部门（不包括企业和个人等社会各界）已经累计投入计划外援藏资金（物资）超过103万元，派出援藏干部人才超过16人次（其中医生1人次、教师15人次）。资金（物资）投入居全市各区第二，人力资源投入居全市各区第一。在此谨代表墨脱县委、县政府及工作组对顺德区委、区政府及相关部门、镇街、社会各界的关心支持表示感谢！

顺德人素来以低调务实、敢为人先而著称，在改革发展中创造了一个又一个奇迹，因而被外界称为“可怕的顺德人”。我自从大学毕业以后就一直在佛山工作，与顺德接触甚密，深有同感。特别是2013年至2014年间到顺德区挂职锻炼期间，感受更深。“可怕”是指顺德人改革创新和推动发展的意识、定力和成效。“可怕”的背后其实就是“可爱”，顺德人是十分可爱的！

（发布时间：2017年11月3日20：41）

11月4日
星期六

走向天路480

百香果蔓延墨脱

今天下午，墨脱历史上的第二棵百香果已经在德兴乡德兴村农副产品专业合作社的种植基地落户，并将生根发芽和开花结果。这是我亲手种下的一棵希望和梦想。同时，墨脱历史上第一个百香果种植基地也在该处诞生。该种植基地位于德兴村芭蕉扇梯田的下方。首期种植150株，藤蔓覆盖面积约2—3亩。种苗和技术支持由广东省第八批援藏工作队墨脱县工作组提供，工作组成员、县农牧局副局长赖明建为此付出了艰辛的努力，由该专业合作社负责种植。这也是我们出资支持的第一个种植基地。今后将视情况再决定扩大种植面积。部分干部群众也拿了一些回去零星种植。

墨脱的第一棵百香果，是我于今年2月委托王强带回来，并帮忙种在工作组驻地的门口。当时有两株，但其中一株不知什么原因死掉了。而剩下的那一株则显示了强劲的环境适应能力，在疯长的野草之中脱颖而出，迅速攀爬升高并蔓延扩散。后来王强给它搭了一个棚子，它更是“打蛇跟棍上”，毫不客气，很快就爬满了整个棚子，并开花结果。它十分高产，短短几个月时间，结的果没有一百个也有几十个了。当然，我也只吃到了一个未熟的，酸溜溜的，而其他的同样没熟就已成了囊中之物。现在，它已经爬到工作组饭堂的屋顶上了，也爬进了我的阳台。

百香果，又称鸡蛋果、洋石榴、紫果西番莲、藤石榴等，是西番莲科西番莲属的草质藤本植物。百香果是外来物种，原产于安的列斯群岛，现已广泛种植于世界热带和亚热带地区。百香果有“果汁之王”“维生素（VC）之王”“摇钱树”等美称，据说含有17种氨基酸和165种对人体有益的物质。百香果口感独特，可生食、煲汤、泡酒、做菜、做饮料或作为禽畜饲料等；可以入药，味甘、酸，性平，具有兴奋、强壮之功效，可用于预防和治疗多种疾病，改善和解除多种症状。花形奇特美丽，果形漂亮高产，既是理想的庭园观赏植物，也是理想的庭院经济植物。

（发布时间：2017年11月4日14：00）

11月5日
星期日

走向天路481

墨脱的雾

墨脱的雾是一首诗，门珞乌鸡（姑娘）的情感在这里抒发；墨脱的雾是一支歌，门珞哥达（小伙）的豪迈在这里激荡；墨脱的雾是一篇文章，乌鸡哥达的爱情在这里缠绵动人；墨脱的雾是一台大型实景舞台剧，门珞人民源远流长的历史在这里轮番上演。

墨脱离不开雾。如果离开了雾，墨脱就不再是秘境，也不再是仙境，雅江晨雾、海市蜃楼等天下奇观也将不复存在。墨脱就会像褪去婚纱的新娘，只是一个普普通通的女人。雾也离不开墨脱。如果离开了墨脱，没有了这个丰满诱人的胴体和美若天仙的容貌，雾就像被人丢弃的破旧婚纱，即使躺在路边也没人理睬。

墨脱是世界雾都，但她没有对外宣称，不是底气不足，而是因为自己已是无冕之王，无须多费口舌。而且其他一些地方已经号称了“雾都”，这在墨脱面前好像多少有点糟蹋了“雾都”这个词的感觉，就有点像“小姐”这个词被人用了以后其他美女都不爱别人叫她“小姐”一样。

墨脱的雾是自然的、天然的、纯粹的、洁白的，没有任何的杂质，不像别的地方可能饱含着工业污染。墨脱的雾是动态的而不是呆滞的，一直处于演变幻化过程中，形状、神态各异，而且千变万化，就像一部永不落幕的动画片。

墨脱的雾既是一个水循环的过程，也是一个天地万物轮回转世的经历。水是雾的源泉，雾因水而起；沟是雾的温床，雾因沟而藏；谷是雾的舞台，雾因谷而幻；山是雾的依靠，雾因山而恋；云是雾的化身，雾因云而去；天是雾的归宿，雾因天而升；雨是雾的轮回，雾因雨而降。

（发布时间：2017年11月5日22：31）

11月6日
星期一

走向天路482

今夜我在易贡白

11月4日（星期六），下午1点开完林芝市脱贫攻坚工作会议（电视电话），广东科杰通信息科技有限公司总经理曾伟英等三位朋友也刚好到了，于是我们便在饭堂吃午饭。

按照我们原先的安排，下午两点准时出发，目的地是德兴乡易贡白村。参加人员有广东省第八批援藏工作队墨脱县工作组成员邓宏照、雷震及我，工作组工作人员索朗央宗，佛山援藏医疗人才王桂莲及援藏教师祝小波、崔小勇、赖红英、王雪飞、吴本新、曾伟英等共12人。中途在德兴乡巴登则村对西绕登山（玻璃樽山）进行了旅游开发考察。

傍晚6点左右，我们与在荷扎村开完会赶来的德兴乡党委书记王桂兰等人会合后，前往易贡白村。简单用过晚饭后，夕阳已经西下。东面的远山上浮着一条长长的哈达云，映衬着才露尖尖角的雪山；南面雅鲁藏布大峡谷下游的天空上呈现出美丽的晚霞；西面的山顶上飘着几块小云，与黝黑的山峰、近处的经幡构成一幅美丽的图画。

我们在驻村工作队和村党支部书记扎西多吉等村干部的陪同下，在村里转了一圈，就支持该村种植水果等问题进行了调研和交流。然后逐一前往看望慰问了全部共8户贫困家庭，传达了党的十九大对困难群众的关怀，表达了县委、县政府及工作组的关心，并发放了慰问金。其间，月亮在东面的山梁上慢慢地升起，又大又圆又亮，柔和的月光洒落在这个山村上，当天正值农历十六、藏历十五。

当我们看望慰问完贫困户的时候，已是晚上9点多，月亮已经高挂天边。我们来到村委会，驻村工作队、驻寺工作队（罗邦寺）、村两委班子成员及村民代表已经集中在这里等候。我们代表县委、县政府及工作组分别对驻村工作队、驻寺工作队、村两委班子的艰苦工作特别是在党的十九大维稳安保工作期间的努力付出表示感谢，并进行了慰问，发放了慰问金。然后就开始了党的十九大精神的宣贯。负责联系德兴乡的工作组成员、县发改委副主任邓宏照先讲，我后讲。考虑到村民的汉语水平和文化程度，我们没有照本宣科，而是进行了转换，力求用村民听得懂的语言、接受得了的方式进行传达学习。

宣贯结束后，我们12人被分别安置到4户村民家中休息。此时发电的柴油机停了，为了保存电量，我们把手机也关了。室内一片漆黑，室外一片寂静，地上一片光明。我想，宁静致远无非就是这样子了。我不想辜负了这个静好的夜晚，便和邓宏照、雷震在村子附近的山坡上散步。徜徉在这个位于崇山峻岭上的小山村，天高云淡，明月高挂，群星璀璨，近山如黛，远山如雾，雪峰淡白。

我们碰到了同样不忍休息的曾伟英等人，便相约到我们住宿的地方喝啤酒聊天。照明就用强光手电筒照到天花板上再反射回来。到了晚上12点，我们依然不舍入睡，于是又再出去转悠。村支部书记扎西多吉家的伙房还亮着，他打开窗户热情地招呼我们进去喝酒聊天。伙房里点着蜡烛，扎西多吉夫妇俩和村妇女主任格桑拉珍在忙乎。原来他们在会议结束后回来收拾我们晚饭后的残局，并准备第二天的早饭。为了不耽误他们的工作，我们喝了一罐啤酒，聊了一会天就告辞回去休息了。喝了一肚子啤酒的结果就是中途要起来方便。这种事情平时在家都极不情愿，更何况是在这山村，还要跑到户外去。但它又给了我们更多的机会，去享受和感受这山村美好的夜晚。

第二天早上七点半就起床，这是我们调好了闹钟的，因为我们还想感受这里的早晨和日出。由于雷震和王桂莲早上还要给有需要的村民义诊，我便和邓宏照一起出去了。刚起床的时候月亮还高挂天边，我们出去的时候就已落到西面的山峰上了。此时的月亮已经没有了月光，但更加洁白如玉盘。远处的雅鲁藏布大峡谷云雾乍起，充盈着整个峡谷。

我们又沿着山岭爬到村子背后的山上去，经过一片茶田，来到一个小小的天湖——后来向村干部了解它原来叫作“千悲拉姆”，大意为“观音女神”。此时阳光已经投射到对面的雪峰上，形成了一座座金山。金山又倒映在湖中，形成了上下两座金山。湖的东西两边各有一棵核桃树，更加增添了意境。“这边风景独好”终于在这里找到了自己的注释。

我们下山回到村里的时候，雷震和王桂莲的义诊已经忙完了，我们的早餐也已经做好了。早餐过后，我们开始了新的、更为艰难而危险的旅程。

（发布时间：2017年11月6日23：27）

11月7日
星期二

走向天路483

只能走下去

11月4日下午两点，我们一行12人按照原定计划出发。当晚我们夜宿易贡白村。第二天上午，我们在乡党委书记王桂兰、县委宣传部副部长杨正勇、村党支部书记扎西多吉、村委会副主任高卫东4人的陪同下，一共16人走上了从易贡白到派墨徒步路线二号桥的下山道路，开始了更为艰险的旅程。这条路我们曾经于6月11日走了一段，但因准备不充分而中途折返。此后一直安排前往而因种种原因未能成行，直到这次才得以实现。

目前，扎墨公路（波密县扎木镇至墨脱）是进出墨脱的唯一公路，相关部门正在建设派墨公路（米林县派镇至墨脱）。派墨公路建成后进出墨脱将有两条路可供选择，并且形成环线。墨脱县城经德兴村、荷扎村、那尔栋村、巴登则村到易贡白村的道路已经打通并准备硬底化。这条路线是欣赏果果塘大拐弯等众多景观的最佳路线，但由于是断头路，绝大部分游客到了果果塘大拐弯观光平台即告返回。易贡白到二号桥的距离约有五公里左右，之前三峡集团西藏公司已经粗通了约一半以上。如果把剩下的部分全部打通并全部进行硬底化，那么派

墨公路到了二号桥的地方就可以有两条分支，一条往左向上爬山到易贡白经德兴再到县城，一条继续向前经背崩到县城，这样在雅鲁藏布江两岸形成两条路线，也构成墨脱县内部的小环线。这对完善道路交通，发展旅游产业，带动德兴发展具有重大战略意义。这就是我选择走这条路的原因所在。

我们沿着道路往山下和沟里走。已经粗通路段部分有的坡度太大，有的已被塌方掩埋，如果进行技术处理应该问题不大。但越往下就越陡，而且要反复经过几个常年塌方区域，到了后面就完全是自然路了，估计修建难度很大。我们走得也越来越艰辛，但在路上碰到往汗密方向背门的村民，一道门上百斤重，而且面积大很碍事，他们却很熟练地应对着危险复杂的路况，健步如飞，如履平地，当中还有妇女，确实让我们叹服不已。

到达二号桥后，稍事休息便向背崩方向进发。这就是著名的派墨徒步路线的一段了。狭窄的小路悬挂在白马西路河边的陡峭山崖上，只因上下丛林密布而不觉得它有多危险而已。为修路测量勘察而砍下来的树到处挡道，十分碍事。这不算什么，曾伟英的朋友在下山时因滑倒而扭伤了腿，已经疼痛得不行了，只好让扎西多吉搀扶着他慢慢地走。其间我们还砍出一条路下到河边，考察了在河边上的一个天然温泉。

快到三号桥的时候，修路把路弄断了。经过一段时间的等待和沟通，我和扎西多吉、高卫东等先上前探究竟，需要在几乎垂直的松泥上面爬过去。我们几个应该没问题，但考虑到团队中部分成员可能不行，于是把走在前面的高卫东叫了回来。后来与施工方沟通的结果是，他们先用挖掘机清理上方可能滚石的地方，估计要一个多小时，然后放下绳子让我们直接从悬崖上爬上去。此时已是下午两点多，离出发时已有五个多小时了，返回易贡白已经不太现实，于是只好耐心等待。

等了一个小时左右，施工方将绳子绑在挖掘机上，穿过一段横截面绑到一个树根上，再往下放，呈一个曲尺形。但绳子离路面还有很远的距离，于是扎西多吉用砍刀在施工面旁边的树林里开了一条路上去。我沿着他开的路往上爬，近乎垂直的山崖几乎难以落脚，幸亏有树和草可以稍微依靠一下。爬到绳子的末端，就是光溜溜的施工面，我抓着绳子攀了上去，还要横跨一段施工面，都是近乎垂直的坡面，确实胆战心惊！我发现还有一捆绳子，便要求施工方把它挂到下面的那一端去。其他人就抓着这两条绳子爬上来，确实不行的就由扎西多吉带着。每一个人上来都是艰难而危险的，花了一个多小时才上完了。每个人上来以后都激动得拥抱或者握手。

当我们从工地盘旋绕行下到河边，跨过三号桥，又从对岸的塌方区爬上去来到粗通的公路时，背崩乡乡长扎西曲扎及王强、索朗等五位驾驶员已经等候多时了。此时已是下午4点多了，离出发时间已有七个多小时。一种胜利归来和久别重逢的感觉油然而生，大家都疲惫不堪、心有余悸而又兴高采烈。

昨天一上班，我便约了县交通局局长曲珠了解情况。他说原来三峡集团西藏公司修了一段，后来因种种原因搁置了，交通部门也没列入计划。我跟他说明了这条路的战略意义，并让他与三峡集团西藏公司和林芝市交通局沟通协调，如果他们不修就用援藏资金来修。今天下午，曲珠给我反馈了市交通局的消息，他们已经初步同意列入计划，我们就静候佳音吧。

（发布时间：2017年11月7日23：40）

11月8日
星期三

走向天路484

情暖西北

西藏的很多事物都很奇特，不能简单地用内地的观点去看待和解释。比如西藏有一所大学——西藏民族大学。但它却不在西藏，而是位于3000公里之外的古都咸阳，是西藏自治区人民政府与国家民族宗教事务委员会合作共建的高校，是西藏和平解放后党中央在祖国内地为西藏创办的第一所高校，是包括西藏自治区党委书记吴英杰在内的很多党政领导及社会知名人士的母校，也是西藏众多学子求学圆梦的殿堂。目前在该校就读的墨脱籍大学生有21人。

11月的咸阳，正值深秋初冬时节，秋凉似冬寒，树叶飘落，渭水搁浅。此时，一股来自雅鲁藏布大峡谷的暖湿气流，翻越喜马拉雅山，掠过青藏高原，爬过秦岭山脉，降临在古城咸阳，湿润了在西藏民族大学求学的墨脱学子的眼睛，温暖了他们的心。这股暖湿气流，就是墨脱县委、县政府及广东省第八批援藏工作队墨脱县工作组的挂念和问候。

11月2日，正在西藏民族大学参加“西藏自治区第三期教育行政部门干部培训班”的墨脱县教体局副局长、工作组成员郭振华受托代表县委、县政府及工作组看望慰问了在该校就读的墨脱县学子。当天中午，正是师生们午休的时间，但教学A楼的202室却人头攒动，来自各个院系、各个年级的21名墨脱学子齐聚一堂，参加由工作组举办的“援藏开放暨民族团结活动”系列之四——援学座谈会。

座谈会上，郭振华带来了墨脱县委、县政府及工作组的关心、记挂和问候，详细了解了学子们在校学习和生活情况，向学子们传达学习了党的十九大精神，介绍了墨脱经济社会发展情况，介绍了佛山援藏的工作开展情况，勉励学子们不忘初心，牢记使命，深入学习贯彻党的十九大精神，为中华之崛起而读书，知党恩，感党恩，听党话，跟党走。

郭振华还对大四学生如何做好职业规划和社会就业准备给予了辅导，同时勉励其他年级的学生珍惜机会，珍惜时光，好好学习，天天向上。学生们争先恐后地发言，讲述了自己在校的所见所闻，汇报了自己的思想、学习、生活情况，表示将深入学习贯彻党的十九大精神，不忘初心，牢记使命，认真学习，不辜负党和政府以及家乡干部群众的期望。

郭振华还根据学生们的要求，与我进行了电话连线通话。我通过电话向同学们表达了县委、县政府及工作组的关心、问候和祝福，嘱咐大家保重身体，努力学习，学好本领，建设祖国和家乡。随后，郭振华受托代表县委县政府及工作组向4位家庭贫困的大学生发放了慰问金（每人1000元共4000元），向其他学生发放了生活用品（价值5000元）。

这次“援藏开放暨民族团结活动”系列之四既是工作组主动参与的“四讲四爱”主题教育实践活动之一，又是工作组积极开展党的十九大精神宣贯系列活动之一，还是工作组“情遍墨脱”民族团结系列活动之一。

（发布时间：2017年11月8日23：52）

11月9日
星期四

走向天路485

五区齐了

根据《佛山市全面对口支援墨脱县镇乡结对工作方案》（简称《方案》）的安排，佛山市相关市直单位分别对口支援墨脱县对应的县直单位，五个区分别对口支援墨脱县的八个乡镇，并分别安排了相关镇（街）进行结对帮扶。

《方案》印发以来，佛山市相关部门及各区、镇（街）均高度重视，指定分管领导、工作机构及工作人员，落实工作措施和资金，并纷纷主动前来墨脱对接洽谈和调研落实。前期已有市农业局、市财政局、市审计局、市旅游局、市红十字会、共青团佛山市委、市中医院、市郁南商会等市直单位，南海区及大沥镇，顺德区及龙江镇、均安镇，高明区及荷城街道、更合镇，三水区及区工商联、西南街道等区及镇（街）前来。

禅城区也十分重视。我们曾于今年春节期间拜访过区委书记刘东豪、区长孔海文、副区长渠铮及祖庙街道办事处党工委书记唐旭明、主任李仕亨等区（街）领导，他们都十分热情接洽，听取墨脱及援藏工作情况汇报，表示将全力支持。其后该区多次与我们沟通联系准备前来，但因工作原因一直未能成行。经过努力，佛山市禅城区委常委、宣传部部长张红兵一行九人终于在11月6日至10日来到墨脱。至此，佛山市的五个区都已全部前来墨脱对接落实了。

11月7日上午，禅城区党政代表团与广东省第八批援藏工作队墨脱县工作组进行了座谈交流。县委副书记、常务副县长、工作组副组长李斌主持会议。我代表县委、县政府及工作组表示欢迎，并介绍了墨脱的基本情况及援藏工作情况。禅城区援藏人才欧康奎汇报了自己的工作情况及感受。墨脱县加热萨乡副乡长达瓦唯色、甘登乡文化中心主任贡觉加措分别介绍了两个乡的基本情况，对来自佛山及禅城的无私援助表示衷心感谢。禅城区祖庙街道办事处主任李仕亨作了表态发言。常委张红兵代表区委、区政府对援藏干部人才的艰辛付出表示敬佩和问候，对佛山援藏所取得的成绩表示祝贺，并表示将加强沟通，做好对接，落实措施，助推墨脱早日脱贫奔康。

随后，禅城区祖庙街道办事处与墨脱县加热萨乡、甘登乡分别签订了对口支援协议。禅城区人民政府及祖庙街道办事处分别向工作组捐赠工作经费20万元，佛山市东建集团有限公司办公室主任曾楚坚代表禅城区祖庙总商会捐赠工作经费3万元，广东伊丽莎白美容健身有限公司和佛山市创业南方信息技术管理咨询有限公司分别捐赠工作经费2万元，共计47万元。禅城区党政代表团还看望慰问了全体援藏干部人才。

在墨期间，禅城区党政代表团一行还参观了工作组文化室和工程建设指挥部；考察了莲花圣地公园、墨脱古街、墨脱县城风貌改造、致富路改造、白玛岗360度全景观光栈道、县城及相关项目亮化工程、墨脱村茶园、墨脱门珞历史文化遗产博物馆（莲花阁）、果果塘茶园、德兴村综合服务中心、雅鲁藏布江水景茶园、秘境墨脱等已建和在建援藏项目。

禅城区党政代表团成员还包括区发展规划和统计局常务副局长范文婷、副局长关羡湛、区援藏援疆办副主任李海龙、副主任科员陈月华、祖庙街道党工委委员梁劲钊、财政局常务副局长甄国坚。

（发布时间：2017年11月9日22：19）

11月10日
星期五

走向天路486

师泽墨脱

今天，佛山市顺德区勒流街道骨干教师支教团队的8位老师在林芝米林机场呼啸而起，掠过青藏高原的巍巍雪峰，徐徐降落在广州白云国际机场，平安返回自己的家中。他们不带走一片云彩，但却带走了墨脱师生及门珞群众的祝福和思念；他们没留下一点遗憾，但却留下了佛山人民及人民教师的深情和师泽。

经过广东省第八批援藏工作队墨脱县工作成员、墨脱县教体局副局长郭振华的积极沟通协调，国庆假期结束的第二天（10月9日），温克健、崔小勇、梁彩媚、赖红英、王雪飞 、吴本新、甘志强、麦显平8位优秀骨干教师就在勒流街道教育局常务副局长丁建平的带领下，加上先前到来的祝小波，在墨脱开展为期一月的支教活动。10月10日下午，支教团队不顾舟车劳顿，抵达墨脱，与工作组进行了座谈交流。这个团队分小学语文、数学、外语和中学语文、数学、外语以及中小学体育共七个学科组，并分成中学（祝小波、吴本新、王雪飞、甘志强）、小学（崔小勇、赖红英、梁彩媚）、体育（温克健、麦显平）三个小组。

支教团队甫抵墨脱，便受到了县委县政府、工作组及全县教育工作者、干部群众的热烈欢迎。他们一来，便融入工作组，融入当地，与工作组成员及当地教职工建立了微信群，架起了与工作组及当地教职工零距离沟通交流的桥梁，加强工作沟通和情感交流，共享教学经验与教学资料。按照工作计划，他们在墨脱通过听课评课、专题讲座、示范教学、同课异构、教师结对等形式，指导和帮助当地教师开展教学研究，切实提升墨脱教育的能力、水平和质量。

他们开展了听课评课。他们深入课堂，对低、中、高各学段的课例进行课堂诊断，对所听的每一节课都作了细致的点评。由于沟通到位，点评到位，方式方法得当，当地教师都非常乐意接受他们的意见建议。同时双方也希望通过这样实实在在的近距离沟通指导，能在教学能力、水平和质量上有新的提升。

他们开展了示范课。他们在课前备课时都尽量依据学情，精心设计教学，反复修改，连周末和晚上都在加班备课。课堂关注学生的学习，用活动引领，用任务驱动，注重评价，激励学生，让学生大胆展示，体现学生的主体性地位，展示了他们良好的教学基本功，当地老师、学生都深受启发。每次示范课结束以后，都由相关学科教师参与评课。评课老师都能畅所欲言、坦诚交流，真正达到了教学教研的目的。

他们开展了同课异构。活动分为课堂展示和交流研讨两个环节进行。支教和当地两位老师都潜心研究教材，向师生们呈现了体现自己教学理念的课堂，虽风格各异，但都精彩有效。随后的研讨交流环节，听课教师进行了课堂评课与经验交流。研讨氛围热烈，老师们各抒己见，畅所欲言，为上课的老师提出宝贵意见。同一个课题，同一方讲台，凸现不同的匠心，展现着迥异的风格和个性，闪耀着异样智慧，使得同学们学习气氛浓厚，思维活跃，充分调动了孩子们的积极性和创造性。

他们开展了结对交流。祝小波在县中学召开了3个学科的教师结对会议，安排了三位支教老师与分别与县中学3个学科的2—3位教师结对，指导和帮助他们备课、研课、磨课，最终确定每个学科由1位老师来上汇报课。支教老师利用晚上或周末时间指导结对老师备课，磨课结束以后，组织同组教师一起评课，并且针对教学目标、教学内容、活动设计、教师的课堂语言等方面存在的问题逐一提出修改建议。

他们参与了课外活动。10月27日下午，支教团队全部参加了工作组召开的“墨脱县援藏干部人才党的十九大精神学习贯彻会议”；10月28日重阳节下午，祝小波、吴本新、王雪飞、甘志强四位老师随工作组一起前往墨脱县五保集中供

养服务中心，看望慰问老人家，同时向老人们宣讲了党的十九大精神；11月4日至5日，祝小波、崔小勇、吴本新、王雪飞、赖红英5位老师随工作组一起下乡进村入户，徒步考察西绕登山和德兴乡易贡白村到背崩乡的路线。

他们在墨期间得到了顺德区委区政府、墨脱县委县政府、工作组及县委组织部、县教体局、县中学、县小学等单位及相关领导的关心和支持。10月18日晚上，我和郭振华、雷震、王桂莲代表县委、县政府及工作组前往支教团队驻地进行看望慰问；10月31日下午，顺德区委常委潘东生率领的党政代表团与包括支教团队在内的工作组成员进行了座谈和看望慰问；10月30日上午，县教体局局长桑杰顿珠前往县中学看望慰问了在该校的4位支教教师；工作组及郭振华自始至终都对支教团队在工作上给予支持，生活上给予关心，待遇上给予落实。

对支教团队9位老师的主动融入、积极探索、大胆创新、艰苦努力、明显成效，县委、县政府及工作组都给予了充分的肯定和高度的评价，授予他们“墨脱县优秀援藏人才”的荣誉称号。

（发布时间：2017年11月11日12：30）

11月11日
星期六

走向天路487

马不停蹄

11月9日下午开完会已经快傍晚7点了，虽然时间有点晚，我们（喻晓坤、王桂莲、索朗央宗及我）还是如约出发，因为村里已经做好饭菜在等我们了。

经过半个多小时的车程，我们来到墨脱镇亚让村，此时天已经黑了。我们直接到了村党支部书记新向东的家，他们已经准备了丰盛的晚餐。我们吃过饭，便在驻村工作队和村两委班子的陪同下前往看望慰问贫困户。这个村由于离县城近，位于公路边上，村民又勤劳，所以贫困户只有2户6人，脱贫攻坚的任务和压力不大。

然后我们又来到村委会，代表县委、县政府及广东省第八批援藏工作队墨脱县工作组看望慰问了驻村工作队和村两委班子，感谢他们在党的十九大维稳安保期间及一直以来的支持。随后我们便一起在村里转了一圈，顺便了解村里的情况，研究讨论种植花可赏、果可吃的水果之事。

我们到村里的一个主要目的，就是宣贯党的十九大精神。但在这里我们变换了一种方式，没有将驻村工作队、村两委班子及村民集中起来，而是在吃饭和聊天的时候，在看望慰问贫困户、驻村工作队和村两委的时候，在散步讨论交流的时候，把党的十九大精神的宣贯融入其中。

我们忙完回到新向东家里又继续聊了一会，由于肚子不舒服便上房间写材料然后就睡觉了。喻晓坤在伙房里与他们继续喝酒聊天，王桂莲和索朗央宗则到村妇女主任德庆措姆家去休息了。

11月10日早上七点半起床，八点钟早餐，八点半出发前往旧村实地考察。这也是我们此次前来的另外一个主要目的，因为村里希望在那里种植七叶一枝花，请求我们给予资金支持。旧村位于与村子一河之隔的右后方山坡上，他们是1970年从旧村搬到现在这个位置上来的。

我们和新向东、德庆措姆、村委会主任拉吉、驻村工作队队长次成郎加一起过了河，便在公路旁边往上爬，穿过一片玉米地，便进入密林之中。路虽然有些陡，也有点烂，但这在墨脱算不上什么高难度。路程倒不太远，上山只需一个多小时，这在墨脱已经是最近的地方了。但我因为从前一天晚上开始就拉肚子，身体有恙，自然倍感吃力。

我们来到了位于林间的一片沼泽地，相对平整和开阔。据说这就是他们的老村，现在用作水稻田。村里拟在周边种植七叶一枝花，发展经济。我们表示支持，但也跟他们说清楚，我们的工作经费都是相关单位和个人捐赠的，要讲究效益。我们只支持种苗、材料等相关费用，而不支持村民投工投劳的报酬。这是我们一直坚持的一个原则，不能支持了你相关资金还要再出钱请你为你自己打工。

商议完毕便开始返回。其实我的肚子一路上都在翻江倒海，但一直忍着，希望能够坚持回到村里。回到那片玉米地的时候，终于忍无可忍，便在那里方便了一下。方便之后肚子是舒服了一些，但下身就开始不舒服了。由于要在上午十一点半前赶到背崩召开党的十九大精神学习宣传贯彻会议，就一直没有管它。

我们终于在十一点半左右赶到背崩，如期召开会议。我和喻晓坤分别为背崩乡及背崩村干部、背崩村驻村工作队队员宣讲了党的十九大精神，我还结合党的十九大精神和自治区党委巡视反馈意见就如何加强党的建设提出了要求。

我们午饭后返回工作组驻地。由于前一天晚上没有洗澡，就决定先洗个澡再去办公室。在检查下身为什么不舒服时，竟然发现龟头被俗称“一点红”的血蠓叮了两处，阴囊叮了一处，屁股叮了三处，都已开始红肿痛痒。按照以往的经历，这将持续一个星期到一个多月不等。这就是在墨脱野外方便的代价！

（发布时间：2017年11月12日0：30）

11月12日
星期日

走向天路488

芒花烂漫

秋天的墨脱，芒花盛开，芒花烂漫。房前屋后，田埂地头，溪边路旁，湖畔山坡，树林草地，无处不在，随处可见。各种叫不出名字的芒花，种类繁多，争相开放。

这种被视为杂草的芒花极少被人关注，它的花色并不鲜艳，不似其他花朵那样夺目，所以只好伸出长长的秆，在顶端开出扫把状的花，也有人叫它狗尾巴。芒花随风摇曳，像招手相迎，像挥手道别，也像颔首致意，只要你有心情，就可以萌生出很多意境。其实，它们是丛生植物，常常连片生长，成片开放，十分壮观。

墨脱的芒花普遍长得很高，普通者约有两三米，更甚者约有五六米，能够在草丛、灌木丛甚至是较矮的乔木丛中脱颖而出，像是一枝枝的羽毛笔。待到成熟时，风吹絮飘，犹如仙女散花，煞是好看。

在情感剧中时不时能够看到芒花盛开的镜头。我国台湾著名词作家庄奴还把它写成了一首歌：

芒花

原唱：陈惠英　成龙

填词：庄奴

编曲：宋继勇

又见芒花白了头

才知季节忧伤深秋

漂泊的日子无岁月

流浪的生活只忧愁

愁的是思家乡

愁的是想亲友

愁的是美丽祖国

山河是否依旧

芒花，芒花小小年纪

为什么白了鬓发

你可知道多少年的乡愁

叫我愁白了头

叫我愁白了头

可见，境由心生。再不起眼的东西，都有它存在的价值，都有属于自己的美。我经常跟伙伴们说：“慧眼出美景！”大概就是这个意思吧。

（发布时间：2017年11月13日20：14）

墨脱之秋

墨脱有秋天吗？当有人这样问的时候，我一脸的愕然。看着满眼的翠绿，我一脸的茫然。由于底气不足，拿捏不准，我自己也常常会产生这样的疑问和好奇。

如果按照季节的划分，北半球的秋天为9—11月，那么墨脱应该是有秋天的，因为这里一年也是12个月，没少眼睛缺鼻子的；如果按天文学的划分，秋天为秋分到冬至期间，那么墨脱也是有秋天的，照搬照套，直接对号入座就是了；如果按气象学的标准，秋天为炎热过后五天平均气温稳定在22摄氏度以下时就是了，而低于10摄氏度时就结束了，那么墨脱还是有秋天的，只是由于自己缺乏气象统计资料而无法判断起始和结束时间罢了。

墨脱的秋天就像墨脱的名字一样，是一朵隐秘的莲花；墨脱的秋天犹如门巴的乌鸡（姑娘），生性温柔、羞涩，需要我们去寻找，去发现。去哪里寻找好呢？我们先去山上吧。因为一年四季这四姐妹可以分成相向而行的两对，春天和夏天两姐妹是爬山虎，她们是从山脚开始爬上去的，而秋天和冬天两姐妹是落山虎，她们是从山顶开始爬下来的。

季节变化反应最明显的就是自然景观特别是树木。由于墨脱具备从赤道到极地的立体气候和植被，山顶终年积雪，山脚终年常绿，对季节变化不敏感，缺乏代表性，因此，墨脱的秋天既不在山顶，也不在山脚，而是在山腰上。与它偶遇的最佳地点，是在扎墨公路的嘎隆拉路段。每逢秋天来临，半山上的树木或黄或红，即使不黄不红也斑驳陆离。整座山呈现出上白、中黄（红）、下绿的分层染色。

季节变化也反映在动物身上。生活在山上的野生动物我们很难有缘相见相遇，但牛马骡子等大型牲畜就容易观察。每年的9月底10月初，帮辛乡的村民便到嘎隆拉路段满山地去找他们放牧在此的牛马骡子，然后赶着它们成群地往山下走，回到海拔较低的地方去。这个时候，墨脱的秋天就驮在牛马骡子的背上，带回了村庄。

季节变化还反映在庄稼上。每年的9月至10月初，每家每户的玉米收割完毕，便挂在了屋檐下、窗户上，堆在了阳台上、棚子里，铺满了屋内地板、室外晒场；层层叠叠的梯田逐渐变成了一块块黄金，辛苦了半年铸成的金子铺满了晒场，装满了编织袋，堆满了粮仓；红彤彤的辣椒，一串串地挂在了家里。这时，墨脱的秋天又从田野跑进了家里。

当桀骜不羁的江河开始变得温柔，波涛汹涌的势头开始减弱，流量开始减少，水位开始下降，河滩和河中巨石开始裸露的时候，墨脱的秋天便降临到江河之中，并顺着雅鲁藏布江漂流到了印度洋。

墨脱的秋天是综合的，立体的，分层的，多维的，动态的，变幻的。它有时候在空中，用阳光和云雾雨雪昭示着；有时候在山腰，用花草树木展示着；有时候在江河湖泊，用流水传送着；有时候在田间地头，用庄稼映衬着；有时候在屋里屋外，用收获装点着；有时候在人的身上，用衣服打扮着；有时候在人的心里，用思念牵挂着。

（发布时间：2017年11月13日20：44）

11月14日
星期二

走向天路490

三天也要来

11月10日，佛山市委统战部副部长、市工商联党组书记李德一行九人，几经辗转，长途跋涉，于晚上8点多抵达墨脱。一同前来的还有：佛山市工商联副主席陈立坚、经联部副主任杨建，佛山市顺德区委统战部副部长兼区工商联党组书记张鹏、副秘书长林小波，万穗集团董事长方犹存、佛山市中陶联盟科技有限公司副总经理何谦、广东顺德天地行房地产顾问有限公司董事长李国尧、惟合国际执行董事何芸。

他们是乘坐当天的CZ3477航班由广州飞往林芝的。我们经常这样走的都知道，前一天晚上几乎没得睡，一路上也是几乎没得睡。因为要乘坐该航班，就得当天凌晨3点起床，三点半出发前往广州白云国际机场，路上一个多小时，四点半到5点之间到达机场，办理登机手续，6点钟起飞。有些人在飞机上还睡得着，有些人就睡不着。然后于上午10点到达林芝米林机场后，还要驱车370公里，耗时十个小时，才能到达墨脱。沿途蜿蜒曲折，崎岖颠簸，十分艰辛。他们当中还有几个人因劳累、高反、颠簸等原因而吐了。

晚饭后，他们不顾舟车劳顿和身体不适，前来广东省第八批援藏工作队墨脱县工作组驻地进行了座谈和考察，听取了工作组的工作情况、援藏文化、援藏项

目等方面的介绍，向工作组捐赠了30万元的工作经费和价值38,820元的小家电、800元的高级护眼灯具一批，看望慰问了援藏干部人才，让大家很是感动。

第二天早上，李德书记和方犹存董事长就前往林芝。第三天早上便从林芝先飞成都，然后再转飞广州，因为当天没有林芝直飞广州的航班。他们俩的整个行程只有三天时间，这对前来西藏特别是墨脱的人来说，时间是多么的短促，行程是多么的紧张啊！个中的艰辛可想而知了。由于工作原因，他们只有这三天才有空，而这三天中又有两天是周末。李德书记在我们进藏之前就已经主动表态，一定要找时间来看望我们，并将给予力所能及的支持和帮助。此后一直在寻找机会，但因工作原因而未能成行，这次终于成行了却又是如此的紧张。“即使只有三天时间，我也会过来看看你们！”这是他出发前在电话中跟我说的。当我转告给队友们的时候，大家无不感动得一塌糊涂。

其他人则在陈立坚副主席的带领下，实地考察了墨脱门珞历史文化遗产博物馆（莲花阁）、莲花圣地公园、墨脱古街、德兴藤网桥等往批已建援藏项目，墨脱县城风貌改造工程、墨脱县灯光亮化工程、致富路改造工程、白玛岗360度全景观光栈道、雅鲁藏布江水景茶园、秘境墨脱、海市蜃楼等今批在建项目及仁青崩寺管会修缮工程等惠民项目。在完成所有工作任务和行程后，陈立坚副主席一行七人已于今天途经成都平安返回佛山。

他们在墨期间实地考察了众多项目，与我们及当地人进行了深入的交流，积累了深刻的友谊。

（发布时间：2017年11月14日21：58）

11月15日
星期三

走向天路491

学习贯彻党的十九大精神，我们在行动

我们在进藏及进墨之初就已经确定了广东省第八批援藏工作队墨脱县工作组的角色和定位，其中定位是“宣传队、学习队、工作队、服务队、战斗队”。宣传队是我们的定位中摆在首位的，因为我们要援藏就要首先宣传党的理论、思想、方针和政策。

10月18日，党的十九大胜利召开，全体工作组成员收看和学习了开幕会。当天中午在饭堂吃饭的时候，我们就召开了十分简短的会议，研究部署工作组全体成员全面积极主动参与党的十九大精神宣传贯彻活动。

于是，当天下午我便开始学习在网上传来的党的十九大报告，通读了几篇，有了初步的认识和理解。10月19日下午又再读了几遍，加深了认识和理解；晚上便前往墨脱镇巴日村召开了党的十九大精神学习贯彻座谈会，驻村工作队、村两委班子、村民党员参加了会议并作了发言，我和喻晓坤、郭振华也作了宣讲。

10月20日下午，县委理论学习中心组第十一次专题学习（扩大）会议召开，对党的十九大报告的第一至第二部分以及自治区办公厅的通知和旺堆市长的讲话精神进行了传达学习。其中我传达学习了党的十九大报告的第二部分。

10月24日上午，自学党的十九大报告，将其归纳总结为“八对新”，在笔记本上密密麻麻地写了六页纸；下午参加县委办公室党支部组织的学习党的十九大精神会议并进行了宣讲；然后应邀前往达木珞巴民族乡冒雨观看该乡庆祝党的十九大胜利闭幕文艺汇演；晚上在达木村委会召开了党的十九大精神学习贯彻会议，我参与了学习并进行了宣讲。

10月25日上午，我们先是前往墨脱镇亚东村召开党的十九大精神学习贯彻会议，我和喻晓坤进行了宣讲，然后返回好日子莲花广场多功能会议室收看了十九届中共中央政治局常委同中外媒体见面；下午参加了中共林芝市委理论学习中心组学习会议（电视电话）的学习。

10月26日下午，县委理论学习中心组第十二次学习（扩大）会议召开，我们学习传达了党的十九大报告的第三至第四部分以及闭幕会、中外媒体见面会精神。

10月27日上午，县委召开县统战系统学习党的十九大精神会议，我参加了会议并讲话，然后前往县委宣传部宣讲党的十九大精神，并对全县如何做好宣贯、如何加强党建、如何做好宣传工作进行了研究和部署；下午，我们召开了县援藏干部人才党的十九大精神学习贯彻会议，我主持会议并带头宣讲。

10月28日下午，我们前往县五保集中供养服务中心看望慰问五保老人，我和邓宏照用通俗易懂的语言对党的十九大精神进行了深入浅出的宣讲。

10月29日全天，我们参加了西藏自治区传达贯彻党的十九大精神领导干部大会（电视电话）。

11月1日上午，县委召开县民族宗教界代表学习党的十九大精神座谈会，我参加并讲话。

11月4日晚上，我们前往德兴乡易贡白村召开党的十九大精神学习贯彻会议，我和邓宏照进行了宣讲。

11月6日中午召开工作组工作会议，研究讨论了相关援藏工作，并对党的十九大精神进行了学习。

11月7日下午，县委理论学习中心组第十四次学习（扩大）会议，我参加了会议并作了题为《贯彻新发展理念，夯实产业发展基础》的发言。

11月9日下午，我参加了西藏自治区学习贯彻党的十九大精神宣讲报告会（电视电话），然后于晚上前往墨脱镇亚让村，我和喻晓坤宣讲了党的十九大精神。

11月10日，我们前往背崩乡宣讲党的十九大精神并研究部署加强党的建设，我和喻晓坤进行了宣讲。

除了上述提到的喻晓坤、邓宏照、郭振华（他们在其他场合还有其他宣讲）之外，李斌、李展健、赖明建、雷震等队友以及佛山派驻墨脱的短期柔性援藏人才也纷纷以各种形式进行了宣讲。而这，只是一个开始；未来，我们继续努力！

（发布时间：2017年11月15日22：31）

11月16日
星期四

走向天路492

墨脱落日

夕阳要西下，
黄昏不彷徨。
心中有正念，
何时不光芒。

（发布时间：2017年11月16日22：07）

11月17日
星期五

走向天路493

比日神山

林芝是我们在西藏进出墨脱最重要的桥头堡和驿站。由于林芝相对墨脱特别是佛山来说海拔较高，加上生怕碰到熟人被拉去喝酒，我们很少会在林芝长时间停留。如果是从佛山回来，一到林芝米林机场就直接驱车赶回墨脱，这当然很辛苦；如果是从墨脱回去，当天到林芝住一晚，第二天即飞回广州。有时候要到林芝开会或办事，就要作短时间的停留。对于我们来说，林芝市区好像没有什么可逛的地方，但有一个例外，就是比日神山。

比日神山，在藏语中意为“猴子山”，位于林芝市区东面，可从德吉路和318国道交汇处上去。比日神山在工布地区久负盛名，相传为莲花生大师所赐。它也是本教所推崇的一座神山，本教徒阿穷杰博则被视为神山的保护神。据说，当年佛本相争时，阿穷杰博最先出来反对，并与莲花生大师斗法。他们先是在苯日神山脚下的雅鲁藏布江与尼洋河交汇处比试，未遂，然后又移师到比日神山脚下的古鲁村继续。莲花生大师试图将比日神山推入尼洋河，从而彻底摧毁本教，但在阿穷杰博的阻击之下未能成功。经此一役，工布地区的本教得以保存和发展。

虽然与邻近的苯日神山相比，比日神山的地位和名气都不能与之相提并论，但它也有自己独特的区位优势和自然风光。山上有一座“林芝自然博物馆”，陈列着各种动植物标本近600种，据说是中国第二大、西藏第一也是唯一的自然博物馆。它是一座以藏东南自然资源为主题的动植物活体标本博物馆，直观地展示了林芝地区千姿百态的原始生态景观，是居民和游客了解西藏特别是藏东南珍稀动植物的最佳场所，宛如一本林芝的自然百科全书。

不过，我最感兴趣的既不是它的所谓神山，也不是它的林芝自然博物馆，而是它的自然风光和惬意感觉。从山脚往上，先是经过松海阁、林芝自然博物馆，然后到达步行栈道的入口，沿着它顺时针转一圈可以回到林芝自然博物馆附近的出口。这条步行栈道在树林中穿行，并且可以俯瞰林芝市区，是漫步于比日神山的好去处。在拉丁嘎村沿着生态路继续往上走，在道路的尽头是一块坡地，周围布满了五彩经幡，风吹幡动，禅意十足。在那里观看步行栈道所围绕的那座小山，就像一只神兽趴在尼洋河边上，守护着林芝的安宁与祥和。

在拉丁嘎村往左，过了拉嘎娘村，有一条环山公路，原来是可以顺时针转的，现在只能逆时针转了。原因就是东阳光公司在这条路的两头设了卡，说是他们在里面驯化虫草之类的，进去还要登记，碰到无人值守时还进不去了。真不知道是谁给了一个公司可以封路的权力！在拉嘎娘村往右，公路沿着山边走，是俯瞰尼洋河风光及市区景观的最佳选择。翻过垭口，下面是一片高山牧场。再往前走，就回到了拉嘎娘村了。

除了冬天，我在春、夏、秋三季都曾徜徉于比日神山之上。春天，嫩嫩的绿色从地里冒出来，从枝头上冒出来，爬满了山坡，春意盎然；各色小花从草丛中冒出来，从树枝上冒出来，开满了山坡，山花烂漫。特别是各色杜鹃花开得煞是灿烂。夏天，绿草如茵，绿树满山，牛马悠然自在地享受着大自然的赐予。秋天，青稞金黄，树木斑驳，枝头红果，秋意浓浓。

（发布时间：2017年11月17日20：28）

11月18日
星期六

走向天路494

工布新年的祝福

今天是西藏工布地区（林芝市）工布新年的大年初一。上苍给了我们一个意外的祝福，让我们又惊又喜！惊的是如此震撼，地动山摇；喜的是大步跨过，如获新生。

11月18日早上6时34分，西藏自治区林芝市米林县（北纬29.75度，东经95.02度）发生6.9级地震，震源深度10千米，有明显震感。中国地震台网公布的信息显示，到目前为止林芝市境内已有六次余震（或地震），最高震级为5.0，最低震级为3.0。

昨天晚上，我睡到凌晨两点多就醒了。因为在高海拔地区缺氧，睡不着是很正常的事情，很多援藏队员都有这样的情况。反正我早已经习惯了，也没在乎它，于是又不知不觉睡着了。

不知道什么时候，突然间被震醒，整个房子在剧烈地摇晃，地动山摇似的，响声就像老鼠跑过天花吊顶的声音放大无数倍，犹如重型工程机械在楼顶上拆房子一样，感觉房子都要被撕裂了。

不好了，地震！潜意识的反应让我马上掀开被子，抱着头，连拖鞋和衣服都没穿，扶着墙直接夺门而出，并把门打开着，就从四楼跑到了一楼的空地上。我不是怕死，而是没有必要作无谓的牺牲。我之前经历过多次地震，我都没有跑，但如此强烈的还是第一次，所以感觉完全不同。

我到达一楼的时候，另一个人也从另一栋楼冲了出来，并喊我“谢书记”。当时我没看清楚是谁，后来才知道是广东省第八批援藏工作队的志愿者杜子豪。我们都大喊“地震了，赶紧下来！”然后陆续有人跑下来，其中包括援藏队员、鲁朗景区管委会党组成员胡雄英。他拿了车钥匙，打开车门给了我一件冲锋衣并让我到车上避寒。后来志愿者梁文俊又给了我一双拖鞋。

由于当时跑的时候什么都没拿，便请胡雄英打电话给喻晓坤。喻晓坤下来后又再打电话给同在林芝出差的赖明建和雷震，随后他们也下来了。这时候，才感觉到寒冷，原来晚上最低气温有零下几摄氏度呢！

后来，在相对稳定的时候，我赶紧跑回房间穿衣服、洗脸刷牙和拿手机。随后，我和喻晓坤、赖明建、雷震分别联系在墨脱的李斌、邓宏照、王桂莲、祝小波、欧康奎等，直至得知墨脱县工作组的所有成员都安然无事才初步放下心来。

同时又与县委书记旺东及县委办副主任郭晓锋等取得联系，得知全县没有收到人员伤亡报告，而且摸底排查和应急措施正在旺东书记等领导的带领下有序开展，我就更加放心了。邓宏照、李展健、欧康奎主动了解各援藏项目受影响的情况，并联系和动员工地上的17台工程机械及130多名工人待命随时参与救援。雷震也主动联系县人民医院及王桂莲，让相关医疗人员进入应急待命状态。

紧接着，我们又将相关情况及时报告广东省第八批援藏工作队和佛山市委、市政府主要领导及相关领导。佛山市委书记鲁毅、市长朱伟、市委常委兼常务副市长蔡家华、市委常委兼南海区委书记黄志豪、市委常委兼组织部长杨朝晖等市领导纷纷打电话或发短信表示亲切的问候，并指示要在县委、县政府的正确领导下做好工作确保安全。结合各位领导的指示，我们又对安全工作、应对措施进行了研究和部署。

为了消除各位亲朋好友的担忧和回应他们的关心，我又在微信朋友圈发布了“广东省第八批援藏工作队墨脱县工作组（佛山援藏）全体人员均平安无事，暂未收到墨脱县的伤亡报告，谢谢各位朋友的关心”的信息。当前，各位领导和亲友的关心和问候络绎不绝，如雪花般飞来。

如此高震级的地震，整个林芝及墨脱都几乎没有收到伤亡和财产损失的报告，而且整个社会秩序井然，既得益于各项设施的质量和抗震性能，又得益于人们的安全和应急意识，更得益于党中央、国务院及各级各部门的正确领导和有效应对。

这次工布新年的祝福虽然十分震撼，但更反映出西藏及林芝、墨脱社会的安定和谐。扎西德勒！

（发布时间：2017年11月18日23：37）

11月19日
星期日

走向天路495

措木及日

林芝市区附近有几个好去处，其中一个就是措木及日。措木及日在藏语中意思为“观音泪”。它是一座古冰碛湖，当地人也叫它“冰湖”。它位于林芝市区八一镇东北方向，距市区约20多公里，海拔高度约3400米。

措木及日景区入口距八一镇只有2公里，从八一镇出发沿318国道往拉萨方向行驶，刚出市区右手边就是前往措木及日的旅游公路。沿着山沟爬升，一路上景色优美，风光秀丽。路旁流水潺潺，树木葱郁，山花烂漫，牛马成群，悠然自得。从八一电厂往上到措木及日之间，古冰川活动给我们留下了随处可见的U形谷、终碛垄、侧碛堤等古冰川遗迹和地形地貌。这里也是国家级水利风景区，如果对水力发电感兴趣的话还可以参观五级梯级电站。

措木及日一天到晚都有看头，一年四季皆有美景。春看嫩芽鲜叶和各种鲜花，夏看绿树成荫和林中奇葩，秋赏红叶黄叶和岁月斑驳，冬赏皑皑雪山和满树冰挂。措木及日周边的山坡上长满了茂密的冷杉、杜鹃等植物，是保存完好的原始森林，它们成为高原上难得的天然氧吧。

到达湖区后，可以沿着花海栈道漫步普日玛花海，但现在栈道失修，已经封闭了。沿着左边的湖畔旅游走廊进去，可以分别到达王子码头、野花海、措木及日的姐妹湖——昂措以及高山终极牧场。这是一条人踩畜踏而形成的自然路，原始古朴，幽深静谧，野趣十足。如果在湖区入口处的观音码头乘坐游船，可以到达位于右边的神牛码头，并可徒步前往措木及日的另一个姐妹湖——天眼湖和巅峰牧场，返回后继续乘船可以前往王子码头，然后徒步前往野花海、昂措和高山终极牧场。

可供选择的另一条路线就是在观音码头坐船到神牛码头，徒步前往天眼湖和巅峰牧场，返回神牛码头坐船前往王子码头，徒步前往野花海、昂措、高山终极牧场，然后返回昂措、野花海、王子码头，再继续沿着湖畔旅游走廊回到湖区的入口处。目前措木及日还没有形成环湖路。

措木及日历史文化底蕴丰厚。景区入口处的唐堆村是工布风情民俗文化村，在那里你可以体验到工布藏族的人文风情和民俗文化。这里也留下了许多关于观音的传说，从而成了工布地区许多故事的发源地。据说原始崇拜、本教、藏传佛教乃至内地的道教等宗教都在这里留下了许多传说。例如神牛返湖、姻缘松、布达拉宫神山、英雄树等众多故事。

（发布时间：2017年11月19日21：48）

11月20日
星期一

走向天路496

西方鲁朗

鲁朗，是我们从林芝进出墨脱的必经之地和心灵驿站，也是林芝市巴宜区的一个镇，更是全世界顶级的风景名胜区之一。它位于中国最著名最美丽的国道318线（川藏南线）上，是这条风景线上最璀璨最夺目的明珠之一。它在林芝市区八一镇以东约80公里处，色季拉山脚下，鲁朗河的源头。鲁朗在藏语中意为“龙王谷”“神仙居”。由于植被丰茂，动植物资源丰富，它被誉为“青藏高原上的天然氧吧”“青藏高原上的动植物基因库”等。

除了丰富的动植物资源，更让人称奇的是它的美色。至今工布地区的藏族同胞都流传着“这是一个让人不想家的地方”“如果到了鲁朗，你就会忘记自己的家乡”。那么，它到底有什么美色无法抗拒呢？

如果你从林芝市区出发，沿着国道318线往波密方向前进，经过蜿蜒曲折的盘山公路，就来到了海拔达4720米的色季拉山垭口，那里也是一个非常理想的观景平台。除了它的高海拔，还有随风飘扬的五色经幡，以及经常出现的形状怪异的云。最吸引人的，还有它是观赏世界第31高峰、中国十大名山之首的南迦巴瓦峰及与它一江之隔的加拉白垒峰的最佳位置。

沿着国道318线继续前进，就是鲁朗林海观景平台。在那里及公路沿线，你可以看到公路上下两方、左右两侧以及对面山坡上茂密的原始森林。森林里分布着冷杉、青冈树、黄花落叶松、杜鹃等众多的树种。其中最高大挺拔的是冷杉，它平时就像一个老爷爷，满身胡须（松萝），到了冬天树枝和树叶上积了一层厚厚的雪，又像一棵白色的圣诞树。黄花落叶松平时不怎么显山露水，但一旦到了秋天就一改常态，满身金黄，十分抢眼。杜鹃则在5—6月份的时候从下往上开成了花海。

继续往前，就是田园风光观景平台。从观景平台及公路沿线往沟里看，一个森林茂密的U形山体环绕着一条不太宽的河谷。河谷中有一条蜿蜒曲折的小河，河水一年四季都是碧蓝碧蓝的，清澈见底，流水潺潺。河的两岸是一片草甸，从河边一直延伸到山脚的林沿。春夏两季开满了各种野花，犹如一块色彩斑斓的绿地毯；秋天到了，所有花草变得枯黄，又摇身一变成了黄地毯；冬天里，白雪满地，又再次变成了白地毯。到了沟口，除了草甸，还有村庄和田园，各式的木栅栏围起来的田园十分美丽。这条河谷，从观景平台及公路上看是田园风光，从山脚和沟口的东巴才村进去便是另外一个景点——高山花海牧场。

下到山脚，是东巴才村、崩巴才村等村庄和田园，然后便到了广东援藏倾力打造的鲁朗国际旅游小镇。他们的目的是要打造一个凸显藏文化、自然生态、圣洁宁静、现代时尚的国际旅游小镇，为游客提供一个高品质而不可代替的精神空间，为城镇居民提供一个生态宜居的家园。蔡家华、许典辉、黄细花、王瑜、胡雄英、黄志明、谢斌辉等几批援藏领导及干部人才与当地干部群众一起，在此奉献了许多青春和热血。小镇大概由河右岸的中心镇区、鲁朗高原生态农牧主题公园和河左岸的酒店服务区、游客服务中心区等几大板块组成。

从中心镇区往右经过纳麦村上山坡向右前方走，然后翻越一个小垭口，便是一片美丽的山坡草甸，往下就到了扎西岗村，这是一个非常不错的藏族民俗村寨。在纳麦村到扎西岗村之间有一个山体向前突出的小山岗，在那里欣赏贡措湖和鲁朗国际旅游小镇是绝佳位置。经过扎西岗村回到国道318线往回走（即往林芝方向），便是鲁朗国际旅游小镇的酒店服务区和游客服务中心区，它们隔着国道318线分布，其中酒店服务区位于贡措湖边，而游客服务中心则位于雅伊沟口。据说沿着雅伊沟进去还有一个雅伊湖，沟与湖都十分漂亮，骑马来回要六七个小时。

除了上述这些看点，鲁朗的云海和雪山也很值得期待。

正因为鲁朗有着如此顶级的旅游资源，因此有关方面打出了“东方瑞士——鲁朗”的宣传口号。其实，以鲁朗的资源禀赋和精雕细琢，我们完全有理由相信西方的一些国家和地区以后会以打出“西方鲁朗”的宣传口号为荣。

（发布时间：2017年11月20日22：49）

11月21日
星期二

走向天路497

墨脱日出

日出卓玛拉，
白云镶金边。
莫愁雾太盛，
正念能消烟。
（注：卓玛拉为墨脱县城背靠的一座神山。）

（发布时间：2017年11月21日22：39）

11月22日
星期三

走向天路498

地震更要来

“我们这里地震了！你们是否还要来？”这是11月18日早上6时34分林芝市米林县发生6.9级地震后，我给佛山市工商局局长李灿，佛山市卫计局局长王政，佛山市农管办副主任、广东省渔政总队佛山支队政委梁城坚他们打电话征询意见。当时，他们一行十人正在成都双流国际机场候机，准备前来林芝。他们听了以后征询了同行的其他人的意见，一致回答：“地震了更要来！”这让我们十分感动，也十分担心！既担心他们前来的安危，也担心我们要参加抗震救灾而无法接待，幸好这些担心后来被证实了不必要。

11月17日至22日，为贯彻落实《佛山市全面对口支援墨脱县镇乡结对工作方案》，由佛山市工商行政管理局局长李灿，佛山市卫生计生局局长王政，佛山市农管办副主任、广东省渔政总队佛山支队政委梁城坚率领的一行十人前来林芝及墨脱关心看望援藏干部人才并对接落实援藏工作。原来是由佛山市副市长乔羽带队的，由于工作原因没能亲自前来，于是改由他们几位带队，并让他们一起带来了市委、市政府及他本人的关心和慰问。

他们一行与广东省第八批援藏工作队墨脱县工作组举行了座谈。我首先汇报了墨脱县的基本情况，援藏工作的基本情况及支持墨脱县农牧业和医疗卫生事业发展的情况，工作组成员、墨脱县农牧局副局长赖明建和墨脱县人民医院副院长雷震的表现情况。佛山市三水区南山镇镇长周锦钱和佛山市歌纳卫浴有限公司总经理、广东鼎誉投资有限公司董事长、佛山青年商会会长杨间贤就如何支持援藏事业作了发言。李灿、王政、梁城坚分别作了讲话，对援藏干部人才表达了问候，并表示将根据市委、市政府的要求和墨脱县的实际加大支持力度。随后，佛山市三水区南山镇人民政府和广东鼎誉投资有限公司还分别向工作组捐赠了30万元工作经费和10万元医疗专项经费。其中，杨间贤已是今年内第二次前来林芝及墨脱对援藏工作给予支持，体现了佛山企业家的担当和情怀。

在林芝及墨脱期间，他们一行还参观了相关援藏项目并前往相关单位进行了对接洽谈。

（发布时间：2017年11月23日9：32）

11月23日
星期四

走向天路499

高原之秋

原高秋风劲，
草黄牛羊肥。
万剑指苍穹，
天峻任云飞。

（发布时间：2017年11月23日18：28）

11月24日
星期五

走向天路500

金色的盆地

沿着河谷往里走，到了沟的尽头处，便开始盘山而上，然后翻越垭口，这是行走青藏高原最常见的情形。如果你是翻越海拔3000米特别是4000米以上的垭口，那么你会进入一个与之前山下完全不一样的世界，通常是一个个宽阔的高原山间盆地或山间河谷。

前往西藏的山南、日喀则、那曲甚至阿里等高海拔地区，经常能够看到这种盆地或宽谷，整个青藏高原真是“盆满钵满”。这些盆地或宽谷，常常是一个接着一个，走完了这个，翻越一座山，接着又是一个。将它们隔开的，就是四周的群山，其中有不少是皑皑雪峰。公路就在这些群山和盆地、宽谷之间不断起伏、摇摆，像挥舞着的彩练。

每当秋天来临的时候，这些只长草不长树的盆地或宽谷就变成了一个个金色的盆子。盆地或宽谷的底部，花草完全变黄了，就像裹上了一块黄色的地毯。除了雪峰之外，连周围的群山也是褐黄色的。群山与盆地或宽谷的底部有机地结合在一起，便形成了一个个的金盆。如果周边是雪山，那就变成金银盆了。

公路和河流在盆中或谷中穿过，蜿蜒曲折，绵远悠长。整齐的村庄或分散的房子，寂寞而孤独地镶嵌在盆中或谷中。休闲而黑色的牦牛、白色的绵羊与黄色的整体形成反差，相映成趣。很多时候，还能看到藏羚羊、狼、狐狸、野驴、野马等野生动物。有些还有蓝色的湖泊，使得整个盆地或河谷充满了生机和灵气。

秋天，它们是金盆；冬天和初春，它们是银盆；晚春和夏天，它们是绿色的聚宝盆。

（发布时间：2017年11月24日21：44）

11月25日
星期六

走向天路501

感恩教育之旅

去年下半年，我们在开展下乡进村入户的过程中，走遍了全县所有中小学及幼儿园。在帮辛乡中心小学调研期间，我和工作组成员、墨脱县教体局副局长郭振华进行了沟通，提出了在全县中小学开展感恩教育的设想和要求。此后，郭振华在县教体局及各中小学的支持和配合下，积极主动地开展了一系列的工作，并取得了初步成效。

今年初，适逢自治区党委开展“讲党恩爱核心、讲团结爱祖国、讲贡献爱家园、讲文明爱生活”喜迎党的十九大主题教育实践活动，我们便将原先安排的“墨脱县师生感恩教育之旅”与“四讲四爱”主题教育实践活动、“佛墨缘”爱心家庭结对活动有机结合起来，作为这两项活动的创新性子项目之一。原本安排在国庆节前后开展的，因党的十九大维稳安保工作而延期进行，于是乘势而为，又将其作为党的十九大精神宣贯的一个创新性子项目。

根据佛墨两地的实际和我们的工作安排，“墨脱县师生感恩教育之旅”终于在11月11日至18日成功举行。该活动由广东省第八批援藏工作队墨脱县工作组及县委组织部、县教体局共同举办，费用由工作组全额支持，全县六所中小学的22名师生赴佛山市参与了活动。

11月11日下午，工作组及县委组织部、县教体局与参加感恩教育之旅的师生在县政府二楼会议室进行了座谈。这也是我们策划开展的“援藏开放暨民族团结活动”系列之四。县教体局主任科员李光辉及师生各一名代表进行了发言。我与师生们进行了交流，建议大家要多看、多听、多问、多记、多思、多写。随后启动了感恩教育之旅开营仪式，县委组织部副主任科员梅朵措姆向学习考察团授旗，师生代表接旗。会后，学习考察团还前来工作组驻地进行了参观考察，了解援藏文化和援藏项目，领悟感恩教育的初衷。

学习考察团在郭振华等人的带领下，于12日离开墨脱前往林芝，13日上午由林芝经成都再飞往广州，于晚上11点顺利到达佛山市顺德区，得到当地有关部门和佛山小记者协会的热情接待，小记者协会还采访了考察团成员。

14日早上7点，学习考察团便驱车前往结对帮扶学校育贤教育集团，得到育贤教育集团的热情接待。他们参观了幼儿、小学、初中三个部，诚信超市、诚信乒乓球、诚信篮球、诚信阅览室、创客中心，小组合作教学。随后分小学、初中组召开了交流会。中午体验了该校午餐。下午，他们与育贤学子一起上心理团辅课、山水画课，学校还准备了语文、数学、英语等丰富的课程给老师们选听。最后举行了座谈会，交流心得体会。育贤教育集团校长濮文磊及家人还亲切会见了其爱心结对帮扶对象仁增措姆同学，并赠送了礼物。该校副校长、幼儿部园长何淑敏也给其爱心结对帮扶对象准备了礼物。

15日上午，他们前往东风小学，参观了校园，观赏了跳绳队的精彩表演，领略了该校花样跳绳特色项目的魅力，颇为震撼。随后前往新城小学，观看了合唱队的合唱表演及参观了书画室、书法室、科技室并进行了体验。中午体验了该校的午餐并考察了学生的午休情况。下午，他们参加了稔海小学全国足球学校挂牌和体艺节开幕式，观看了足球操表演和经典素读节目表演。随后看望慰问了江义

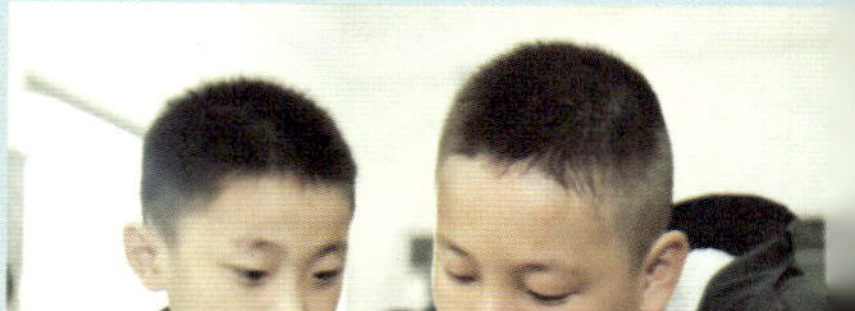

村两个五保户，参观了江义村博物馆和江义中学，并与该校第一批西藏班师生进行了互动交流，共进晚餐。

16日，他们先后参观考察了顺德区博物馆、顺德区图书馆、慧聪家电博物馆、慧聪家电商城、逢简水乡等。其中在顺德图书馆，他们进行了体验阅读，图书馆工作人员向师生讲解了读书的重要性，培养学生读书的兴趣，向老师们介绍了积极健康的适合小学生的书籍，同时推荐订阅优秀的儿童报纸、刊物，让学生们养成读书学习的好习惯。晚上，他们组织给10—12月份生日的师生过集体生日。在集体生日会上，老师和学生们一起用粤语、藏语、汉语和英文四种语言唱生日歌、吃蛋糕，师生喜悦之情溢于言表。师生们说，这是他们人生之中度过的最有意义、最难忘的一次生日。与县中学布鲁结对的爱心妈妈彭九侠女士带着四个多月的女儿与其见面，赠送给布鲁一双精美的运动鞋，勉励他刻苦学习，勇攀高峰。

17日，他们在佛山实验学校参加了禅城区校园足球联赛及体艺节开幕式，并受到佛山市教育局局长商学兵等领导的接见。中午，佛山市小记者协会的小记者家长周良丰给孩子们送来了蛋糕和书籍，让大家感受到佛山市民别样的关心和温暖。下午，他们参观了佛山新城及佛山科技馆。在佛山科技馆，师生们参观体验了宇宙探秘、海洋花园、科技之光、智慧之门等场馆，零距离地接触和了解科学的奥秘，感受时代的脉搏。当晚，他们前往广州乘飞机返回成都。于成都休息一晚之后于18日上午乘飞机返回林芝，并于当天平安返回墨脱。至此，为期八天的“墨脱县师生感恩教育之旅”顺利结束。

通过这次感恩教育之旅，让师生们切身感受到虽然墨脱条件艰苦，但党中央、国务院一直没有忘记墨脱，对墨脱给予了高度的重视和特殊的关怀。师生们均表示将把自己的所见所闻、所感所悟带回来，与同事、同学、亲人和朋友们一起分享，带头并带动身边的人一起知党恩，感党恩，听党话，跟党走。

（注：本文根据广东省第八批援藏工作队墨脱县工作组成员、墨脱县教体局副局长郭振华和中共墨脱县委组织部李龙勇两位同志提供的素材综合改编而成。）

（发布时间：2017年11月25日18：59）

11月26日
星期日

走向天路502

秋临南国

北风南来暑气消，
冷雨骤降秋天至。
绿叶斑驳还恋枝，
路人短袖换长衣。

（发布时间：2017年11月26日21：27）

11月27日
星期一

走向天路503

山村日暮

夕阳西下牧童回，
炊烟袅袅微风吹。
农妇提兜去喂食，
鸡鸭成群伸脖追。

（发布时间：2017年11月27日21：55）

11月28日
星期二

走向天路504

工布新年的学习

根据全国援藏总领队、西藏自治区委组织部副部长郭强5月24日在墨脱调研考察时提出低海拔地区应到高海拔地区学习和文化援藏的指示精神，我们（雷震、贾思原、王强及我）利用工布新年假期，于11月20日至27日前往兄弟县区学习调研。

我们此行，一方面是前往拉萨和林芝向自治区及林芝市相关部门汇报沟通工作，另一方面是前往兄弟县区学习。主要是学习他们的精神、经验、做法，民族文化的保护和发展，援藏文化和文化援藏等。

在山南，我们拜访了中铁五局拉林铁路指挥部，与党工委书记杨展等领导进行了座谈和交流，了解了拉林铁路的基本情况，特别是深入学习了拉林铁路的精神（敢于担当、团结奋斗、永不懈怠、永争第一）及指挥部的精神（敢于胜利、勇争第一）和口号（海拔高斗志更高，风暴强意志更强）。

在拉萨，我们拜访了自治区相关部门，汇报了相关援藏工作，并与尼木县委常务副书记赵金祥等援藏干部取得了联系，实地调研学习了藏香、藏纸、藏雕

（尼木三宝）等传统文化产业的保护、传承和发展经验。

在日喀则，我们与仁布县委常务副书记迟伟东等援藏干部取得了联系，并在县委常委、副县长魏家宜等援藏干部的陪同下前往强钦寺和仁布县仁玉民族玉器雕刻有限公司调研学习统战、民宗工作的经验做法，传统工艺的保护和发展；与南木林县委常务副书记闫凤林等援藏干部进行了座谈和交流，学习他们的精神、经验和做法。

在那曲，我们与申扎、尼玛、双湖、班戈四县的援藏干部和当地干部取得了联系沟通，与那曲市委副秘书长、申扎县委副书记陈人杰（援藏干部）和尼玛县委副书记、组织部部长柳跟象（当地干部）等领导进行了座谈交流，学习他们缺氧不缺精神的使命担当。

在林芝，我们拜访了市委宣传部、市委政法委、市扶贫办等部门，汇报沟通了相关工作。

通过这次学习调研，大家进一步坚定了信心，振奋了精神，强化了担当，学习了经验，积累了援藏文化创作的素材。

（发布时间：2017年11月28日22：10）

11月29日
星期三

走向天路505

躺在海拔5000米

在海拔5000米的地方睡上一觉会是什么感觉？如果有过这样的经历，你会感慨良多；如果没有这样的经历，你会想象很多。

在乃东、尼木、仁布、南木林等3000米级海拔和申扎、尼玛等4000米级海拔地区进行过渡和适应后，我们于11月23日从尼玛县出发，向5000米级海拔的双湖县进发。

从新的国道317线开始，到双湖的公路还有200多公里，全是新铺的柏油路面，虽然弯多路窄、起伏跌宕，但路况已经算是十分的好了。一路上平均海拔都在5000米左右，都是爬了山坡下宽谷，过了宽谷上山坡，虽然不是简单的重复，但基本上是周而复始。

各个宽谷盆地的草早已经枯黄，浅薄而稀疏，与褐黄的土地和山体融为一体，像是一个个巨大的金盆，在毫无遮拦的阳光照耀下，越发显得金碧辉煌。散布在宽谷盆地的多个蓝色湖泊，湖面上泛着已经被凝固了的波纹，在阳光照射下反射出耀眼的光芒。沿途极少有乡村和房屋，连牛羊等牲畜也不多见，倒是经常有成群的藏羚羊和野驴等野生动物出没。

由于是相同或相似的景色，虽然十分壮观而美丽，尽管不至于乏味，但也很快会进入审美疲劳。更为重要的是，越来越高的海拔和越来越稀薄的空气在不知不觉中让人开始慢性中毒，感觉越来越困，脑瓜越来越不清醒。强烈的阳光并没有带来相应的暖和，下一趟车都冷得浑身发抖，上得车来屁股好像坐在冰窖上一样，用手去摸那衫裤又冷又硬。强劲的寒风吹得人只好跟着风向跑，把尿尿的射程也比平时拉长了好几倍。

挨着饿，于下午3点左右到达双湖。我们在一家四川人开的小店里吃了午饭，入住据说是当地最好的四川宾馆，然后与当地相关领导、部门及经营者进行了沟通交流。走在不过百米的街道上，两边都是灰头土脸甚至有点破落的低矮房子。偶有车辆经过，扬起一阵灰尘，很快就被强劲的冷风吹到不知什么地方去了。三两行人裹得严严实实地走在街上，拖着缓慢的脚步以及长长的身影。

忙完了以后，大家都休息去了，我坐在床上写材料。房间没有空调，幸好有电热毯，于是打开了电热毯并盖上两张被子。一直到了晚上8点，见大家还没有动静，我便逐个敲门询问，没有一个人有吃意。于是只好让王强到车上搬来了方便面。我泡了一个，水不冷不热，面不软不硬，吃起来总觉得怪怪的，但有总比没有强。

吃完以后想洗漱一下，就拿瓢去桶里舀水，却被十分生硬地挡了回来，原来是水面结了一层厚厚的冰。于是只好去提了两瓶开水回来，倒到杯里和盆里，几乎不用摊凉就可以直接使用。去大解，厕所面向院子，背向院外，粪坑与外界相通。蹲下来，持续的冷风从下面冲上来，屁股的皮肤很快就板结了，小便的工具迅速消失于视野中。晚上出去小解，尿到地上变成了一个冰坨子，用脚踢了一下，滚出了好几米。后来才知道，原来气温在零下23摄氏度以下！

不躺下没感觉，一躺下就头痛。脑袋里面的东西好像被猛烈的冲击和搅拌过，只要轻微一动，就引来剧烈疼痛。于是只好像僵尸一样尽可能保持姿势，确实扛不住的时候就十分缓慢地挪动。尽管很困，但睡意全无。不知不觉中睡着了，却好像没睡着就醒了。如此反复，好不容易熬到天亮。

起床洗漱后，大家早餐都没吃就出发了，一路狂奔到拉萨，中午只在班戈县作了短暂停留。在交流的时候，大家都反映不同程度地存在同样的情况。严重的一夜没睡，出发就像逃命；稍次的一夜没怎么睡，出发就像逃跑。我问大家为什么带了制氧机和氧气瓶而不用，大家都说想感受一下。我们放在车上的矿泉水完全结成了冰，回到了拉萨才化了一点，直到回到林芝才完全化了。

通过这次体验，我们深刻体会到了工作和生活在高海拔地区的当地干群及援藏干部实属不易。“缺氧不缺精神”“气压低要求不降低”“海拔高斗志更高，风暴强意志更强”等口号不是喊出来的，也不是写在墙上的，而是当地干群和援藏干部用身体、意志乃至生命铸就的！

（发布时间：2017年11月29日23：45）

11月30日
星期四

走向天路506

美丽墨脱的建设者

你总是神不知鬼不觉地，披着黑夜来，迎着晨曦走。你总认为自己做的事自己知道就行，别人知道不知道无所谓。但你所不知道的是，背后总有一双眼睛盯着你，一颗心惦着你。你就是美丽中国的重要建设者、人民日益增长的美好生活需要的重要实现者、人与环境友好的重要结合者、城市的美容师——环卫工人。

因工作需要，我曾经多次天未亮就起来出发前往林芝或下乡进村。每一次，无论是阴晴雨雪冷热，都能看到你勤劳而忙碌的身影。你穿着带反光条的黄色衣服，能够穿透黑暗，穿透浓雾，穿透阴雨。其实，比黄色衣服及反光条更具穿透力的，是你的勤劳，是你的坚守，是你那颗善良而清洁的心。

你手中握着的大扫帚，一起一落地扫在大街上，也扫到了我的灵魂和心灵深处。我每次都想停车或停下脚步，向你表达我的问候和祝福，但又担心耽误了你的工作，也考虑到你可能根本就听不懂普通话，或者因为害羞腼腆而不知所措，而因此作罢。

我将我的所见所想与队友们及县住建局的同事们进行了分享，大家都很有同感，原来关注你的还远不止我一个。我们都想为你做点什么。经过队员们一起商议和征求相关捐款人的意愿，我们决定为你提供一套冲锋衣作为工作服。因为冲锋衣最适合墨脱的气候和天气，而且耐用和易清洗。

经过广东省第八批援藏工作队墨脱县工作组成员、墨脱县住建局副局长李展健等人的筹备，一批冲锋衣及相关劳动保护用品运抵墨脱。11月29日上午，在秋末初冬之际，工作组在好日子莲花广场举行了发放仪式，向全县25名环卫工人赠送工作服25套及相关防护用品，价值2.7万元。

工作组成员李斌、喻晓坤、李展健、赖明建、欧康奎及我，县住建局局长刘敖及全县环卫工人参加了发放仪式。我和李斌代表县委、县政府及工作组对全县环卫工人表示感谢和问候、敬意和祝福，同时传达学习了党的十九大的相关精神，并勉励大家爱岗敬业，立足本职，做好工作，为继续推进“清洁家园、美丽林芝、我们在行动”活动，为建设美丽墨脱做出更大贡献。

（发布时间：2017年11月30日21：46）

2017年

12月 December

12月1日
星期五

走向天路507

网箱种植

行走于青藏高原，无论是低海拔地区的河谷（峡谷），还是高海拔地区的盆地（宽谷），你如果留意观察，它们都存在不同程度的沙化（荒漠化）现象。这些问题的存在和发展，既有自然的因素，也有人为的原因。但不管怎样，它都严重威胁着整个青藏高原乃至亚洲的生态安全。

对此，当地各级党委、政府及相关部门也予以了高度重视，并采取了积极措施。甚至国家有关部门和地方政府合作，在那曲地区开展植树的研究和探索，还引起了习近平总书记的重视和批示。当然，由于我们没有到实地去考察，不知道他们的技术路线和方法是怎样的、效果如何。

前段时间我们到尼木、仁布、南木林、申扎、尼玛、双湖、班戈等高海拔地区学习调研的时候，看到公路两边植树种草的探索倍感欣慰，看到车毁、工毁草原以及草原沙化、荒漠化又十分痛心。须知，这对本来就十分脆弱的高原生态系统来说，不但不具备自我修复能力，就是人工恢复目前也没有更好的解决方案。

于是，我一路上都在想，也一路上都在问，看有没有更好的办法去解决。当然，保护是当务之急。例如在公路两侧挖边沟，不让汽车跑到草原上去造成车毁草原；鼓励农牧民骑马而不是开汽车或摩托车在草原上放牧；控制和减少放牧的数量以及实行科学轮牧；道路等施工时尽可能避免对植被的破坏；等等。

但另一方面，对已经破坏或沙化的地方如何恢复呢？这才是最头痛的事。结合自己的经历，我联想到了三个事情：一是江河湖海中的网箱养殖；二是足球场上的人工草坪种植；三是自带培养土的苗木。这些案例说明，如果自带一定的生存条件，就可以更好地与当地的环境融合。那么，我们是否可以培养出一箱箱适应当地的草坪，在雨季等适宜的季节和气候条件下再移植到当地，让其与当地融合生长呢？

当然，由于我不懂这些专业的事情，也许只是奇思异想，也许是一个新的思路。

（发布时间：2017年12月1日21：41）

走向天路508

秋天来看鸟

西藏既是鸟的天堂，也是观鸟的圣地。每年秋天乃至初冬，整个青藏高原简直就是一个鸟的世界。

鸟类最多的地方，就是海拔约3000—4000米的河谷宽阔处和各种湖泊。宽阔的河谷地势平坦开阔，水流缓慢，河中鱼虫众多，两岸的湿地和庄稼地又提供了丰富的食物及栖息地。其中最壮观的要数山南到曲水的雅鲁藏布江河段。密密麻麻的鸟类或成群结队，或有机分散，在水面上游弋。两岸的庄稼地上，简直可以用“晒鸟”来形容。人一走近，群起而飞，盘旋一番又落在稍远处，总是与你保持着它认为安全的距离。这些鸟有斑头雁、黄鸭、灰鹤、海鸥、鸬鹚等，种类众多。这些鸟都是从更北更冷的地方飞来，待到这里也变得够冷了就再飞到更南更暖的地方去了。

3000米以下的低海拔地区，多是高山峡谷。但这些峡谷两旁的山坡上都分布有各种森林。林子大了，什么鸟都有，确实是这样子。我们如果走进这些森林，会看到各种各样的小鸟穿梭其中，或跳上跳下。它们也不怯生，只有当你走近了它才会躲避一下。它们的体型相对较小，但羽毛相对鲜艳。

4000米以上高海拔地区的宽谷盆地，鸟的种类很少，通常看到的只有一种体型很小的鸟。它们经常在公路上及两旁觅食和玩耍。它们的飞行技巧十分了得，往往待飞驰而来的汽车到了才起飞，而且能够在空中刹车悬停和倒飞，很有点像苏-30战斗机的一些战术动作。

而常常盘踞在空中的主要就是鹰。天下一般黑的乌鸦也是十分常见的鸟类。看见秃鹫就要看你的运气了。

（发布时间：2017年12月2日22：09）

12月3日
星期日

走向天路509

藏族仙女节

历史惊人的相似，故事何其的雷同。其实，这就是人类社会的真实写照。国家之间、区域之间、民族之间，有很多区别，也有很多相似甚至相同。不同的是个性，相同的是本质。

汉族传说中的牛郎织女，在青藏高原的藏族人民群众中也有一对，他们就是赤尊赞和白巴东则。故事据说是这样的，松赞干布在修建大昭寺的时候，缺少一个护法神，于是命人从古印度请来了印度神话中的人物——吉祥天母“班丹拉姆”。结果这个老太太来了西藏以后，由于高原缺氧高反严重，从而变得性格古怪。怎么个古怪法呢？她的大女儿白巴东则，长了一副蛙蛙脸。请注意，是“蛙蛙脸”而不是“娃娃脸”。这么难看，虽然是女神，估计也没有什么人能够消受得了。你错了！世上总有人喜欢独一无二的，这个人就是护法将军赤尊赞。他们俩相爱了，而且还要爱得死去活来、缠绵悱恻的。但老太太不乐意了，可能她跟女儿的父亲从来都没有过这样的感觉。感情这东西，会让所有人都妒忌，母亲也不例外。因此，老太太强烈地反对，谁让你跟我女儿而不是我呢？我才不会让你们那么好过。妒忌之下，老太太把赤尊赞赶到了拉萨河南岸，把白巴东则留在了北岸，而且规定两人只有藏历10月15日才能隔河互相看对方一眼。老太太以为这样就可以折磨他们了，结果白巴东则却是一位慈悲的护法神，特别地爱护妇女儿童。于是，她赢得了众人的尊重和同情，人们把每年的藏历10月15日，也就是白巴东则和赤尊赞隔河相望的日子，设立成了“仙女节”。后来，中国人民解放军和中国共产党进藏，西藏和平解放，人民群众修了拉萨大桥，让这对青藏高原上的、藏族的牛郎织女终于可以在拉萨大桥上约会了……

这个仙女节又叫作“天母节”，藏语称之为“白来日追”，已经无法知道从什么时候开始发展成为西藏传统民俗节日。每当这一天来临，藏族群众都会以不同的方式来庆祝，但最热闹的莫过于大昭寺。每年藏历10月15日，从早上开始，来自藏区各地的藏族群众从四面八方赶来，把这个仙女节演变成了妇女节。妇女们会早早地起床梳妆打扮，然后到拉萨的八廓街及大昭寺，煨桑烧香，磕头礼拜，敬献哈达，进贡供养，祈福许愿。大昭寺的僧人也会早早地把松赞干布和白巴东则的塑像迎请到大昭寺中央的天井处，在众人朝拜之前给塑像刷上金粉。然后藏族群众特别是妇女会手捧哈达、青稞酒向松赞干布和白巴东则敬奉朝拜。

藏族的妇女们对这个节日十分感兴趣，因为随着社会的发展，很多青年男女会在那天互诉衷肠，相表爱意，从而演变成了藏族的“情人节”。更为重要的是，这是藏族妇女与老朋友相聚、集体狂欢的日子。这一天是她们开心的一天，任性的一天。在这一天，女性享有一个特权，那就是可以向甚至不认识的男子索要红包或礼物，而男子们一般都会“识相”地慷慨解囊，以表示对妇女的尊重和对节日习俗的遵从。男子们也会主动地给自己的女性长辈、妻女和姐妹备些小礼物，以表祝贺。家长一般都会给孩子“白拉姆顿羌”，就是相当于汉族的“压岁钱”，意思就是给传说中的“仙女白拉姆”的酒钱，以庆祝秋收和新一年的即将到来。根据藏历的推算，每年从这天起，青藏高原将正式进入寒冬季节。

今天，是今年藏历10月15日。今天，是藏族的仙女节、妇女节、情人节、狂欢节！扎西德勒！

（注：照片由陈雅提供，一并感谢！）

（发布时间：2017年12月3日23：23）

12月4日
星期一

走向天路510

又一项目开工

昨天（12月3日），是藏历10月15日，藏族的仙女节，这是一个风和日丽、阳光普照的美好周日。随着太阳不断翻越卓玛拉神山，由阳光组成的金色扫子从对面德兴乡的山顶开始一路往下扫到雅鲁藏布江，再往上往近扫到整个县城，为整个雅鲁藏布大峡谷涂上了一层薄薄的金粉。雅江晨雾也随着阳光的照射而不断地升腾、弥漫、幻变。县城对上的卓玛拉神山，为一条蓝色的哈达雾所环绕，十分的祥和。

上午10点，广东省第八批援藏工作队墨脱县工作组又一个援藏项目开工建设。这是我们开工建设的第九批第20个项目。至此，我们已有20个项目动工建设，约占全部24个项目的83%，其中已完工项目4个，约占16.7%。年底前我们还将有3个项目开工建设、2个项目完工。这样，除了一个配套项目要等主体项目实施之后才能开工外，其他所有项目都可以在年底前实现开工建设。

这次的开工项目是墨脱镇综合服务中心（扶贫商住楼）。该项目总投资600万元，以“整体规划、统筹兼顾、整合资源、一次建成、分别实现”的崭新理念进行设计和建设，把面向镇本级的公共服务功能统筹考虑在内，提供一站式的镇级公共服务基础设施。

工作组成员（李斌、喻晓坤、邓宏照、李展健、郭振华、赖明建、雷震、欧康奎及我）与墨脱镇相关领导、施工单位和监理单位的相关负责人、部分群众见证了项目的开工。

（发布时间：2017年12月4日18：55）

走向天路511

墨脱卅怪

第一怪：石头用来做饭菜。墨脱历史上地理封闭，铁器传不进来，门珞人民利用皂石这个独特的资源禀赋创造了世界独一无二的墨脱石锅，这是门珞人民智慧的结晶，也是门珞人民传统的特色炊具。

第二怪：粮仓柱头圆顶盖。墨脱地处热带亚热带地区，炎热多雨，粮仓必须建成吊脚楼，门珞群众为了防鼠，便在柱子的顶上加了一个圆盘，因为老鼠唯一不能爬的就是底朝天，这也是门珞人民智慧的结晶。

第三怪：藤网桥上摇篮摆。藤网桥是门珞人民勇敢和智慧的结晶，也是世界上独一无二的过江交通设施，人走在上面摇摇晃晃，就像惊险刺激的摇篮一样。

第四怪：溜索过江显气概。溜索是墨脱历史上最重要的交通设施之一，是勇敢者的游戏。

第五怪：有江不见有船开。墨脱地处雅鲁藏布江下游，雅鲁藏布大峡谷绝大部分位于墨脱境内，但由于落差太大，水流湍急，无法行船。

第六怪：开车图稳不图快。墨脱山高谷深，坡陡崖峭，道路弯多路窄，崎岖坎坷，沿江临崖，速度与激情并不合适，只有安全才是回家的最快速度。

第七怪：赤道北极紧相挨。墨脱具备从热带到极地（冰川）的立体气候，能够让你在三个小时左右实现从赤道到北极的尖叫式跨越。

第八怪：生物多得数不来。墨脱被称为“世界生物基因库”，动植物资源十分丰富，不少生物见所未见，闻所未闻。

第九怪：山顶还在云天外。墨脱山高谷深，很多山峰都在云端之上，故而有“山脚在江边，山顶在云端，说话听得见，走路不知多少天”的说法。

第十怪：冰川还有泥作盖。这也是天下奇观，嘎隆拉雪山的冰川夏天不化，但因降雨造成的泥石流又覆盖其上，形成冰泥混合的奇观。

十一怪：秋冬不肯下山来。墨脱具备从热带到极地的立体气候，秋天和冬天只能停留在半山和山顶，下不到山脚来。

十二怪：雨雪一起掉下来。由于墨脱的立体气候，在深秋、冬季和初春季节，经常呈现出山上雪、山下雨的奇特景象。

十三怪：最好四季衣服带。一山有四季，十里不同天，在别的地方是夸张，在墨脱却是真实的写照，所以外出最好是带齐衣服。

十四怪：洁白哈达天天戴。墨脱的云和雾形状千奇百怪，有很多像哈达一样的云和雾挂在半山腰或者横在雅鲁藏布江之上。

十五怪：云雾不请进屋来。雅江晨雾为天下奇观，每当弥漫开来，充盈着整个雅鲁藏布大峡谷，你可以亲眼目睹云雾是如何不请自来到家中作客的。

十六怪：蓝色晨雾像腰带。旱季的时候（每年11月至次年2月），由于光学效应的作用，卓玛拉神山之下会出现蓝色的晨雾，像腰带一样缠着神山，也是世界奇观。

十七怪：衣物夏天不用晒。墨脱是“世界雨都”，一年有八个月为雨季（每年3月至10月），持续的阴雨使得几乎什么东西都晒不干。

十八怪：灾害频发无人睬。墨脱地震、滑坡、塌方、泥石流、滚石、倒树、雪崩等自然灾害频发，人们早已习以为常，根本不把它们放在眼里。

十九怪：条件艰险受青睐。墨脱条件艰险，却吸引了众多的自驾游和徒步爱好者前往参观体验。

二十怪：村民爬山比猴快。墨脱山高谷深，坡陡崖峭，草盛林密，加上还有不少地方不通公路，村民都练就了一身走路爬山的好功夫。

廿一怪：乌鸡哥达会相爱。乌鸡是门巴语中姑娘的音译，哥达是小伙的音译。

廿二怪：男女皆可嫁进来。门珞同胞可以女嫁男，也可以男嫁女，并不受歧视。

廿三怪：年纪轻轻把娃带。门珞群众有早婚早育的习惯，特别是在过去，娃娃背娃娃的现象并不鲜见。

廿四怪：居室伙房分开盖。门珞群众喜欢将伙房和居室分开，伙房是煮食和待客的地方。

廿五怪：主人接待不上台。门珞群众淳朴热情，把最好的食物给客人吃，而主人特别是妇女并不和客人一起吃饭。

廿六怪：农副产品论个卖。墨脱市场经济不发达，农牧民群众商品经济意识不高，很多农副产品如牛马及柠檬、香蕉等都是以自然单位来买卖。

廿七怪：上山下地把酒带。门珞喜爱喝黄酒和啤酒，把酒当饮料，上山下地劳动带酒不带水。

廿八怪：喇嘛可以谈恋爱。墨脱全境为藏传佛教宁玛派（红教），喇嘛亦僧亦俗，披上袈裟为僧人，穿上便服为俗人，他们是可以结婚的。

廿九怪：群众房子国家盖。墨脱经济社会发展长期严重滞后于内地，党和国家为了改善民生，实施了安居工程等众多惠民政策，群众的房子只须自筹很小一部分的资金。

三十怪：孩子读书带脑袋。由于党和国家对墨脱的教育实施特殊的“三包政策”，从幼儿园到高中阶段的教育只要孩子们来就行了。

（发布时间：2017年12月5日21：37）

12月6日
星期三

走向天路512

第三批项目竣工

12月6日，广东省第八批援藏工作队墨脱县工作组的第三批援藏项目竣工。这次竣工的项目有两个：墨脱县人民医院微生物实验室项目、达木珞巴民族乡等卫生院医疗设备项目，投资额分别为65万元和35万元，合计100万元。这两个项目的竣工，使得我们的竣工项目达到6个，占全部24个项目的25%。

根据国家卫计委的《医疗机构基本标准（试行）》《二级综合医院评审标准（2012年版）实施细则》及《西藏自治区县级医院服务指南》，县人民医院的医疗业务指标要求达到二级综合医院标准，就需要建立标准的微生物实验室。同时，达木珞巴民族乡等乡镇卫生院需要配备和完善相关医疗设备。

这两个项目除了部分基建和装修工程外，还要购买必需的仪器设备以及附属设施：1.生物安全柜；2.全自动细菌鉴定仪；3.高压蒸汽灭菌炉；4.显微镜；5.比浊仪；6.普通水浴培养箱；7.二氧化碳培养箱；8.两台试剂冰箱（其中一台带20度急冻）；9.电子血压计；10.电子体温表；11.医用空调；12.接诊办公桌、候诊椅及医务人员用椅；13.血球分析仪；14.胎心监护仪；15.冷光单孔手术灯；16.医用消毒柜；17.十二道心电图机；18. 立式床旁X光机；19.疫苗冷藏柜；20.激光采血仪；等等。其中县人民医院微生物实验室占地30平方米。

这两个项目建成投入运营后，能够实现负责基本医疗及危重症病人抢救，有效提高卫生资源的使用率，既满足了日常卫生工作的需求，同时又能提高诊断率，保护了人民身体健康和生命安全，满足人民群众不断提高健康水平的迫切要求，全面促进当地经济发展。

（发布时间：2017年12月6日17：10）

12月7日
星期四

走向天路513

工作组被评为市级先进集体

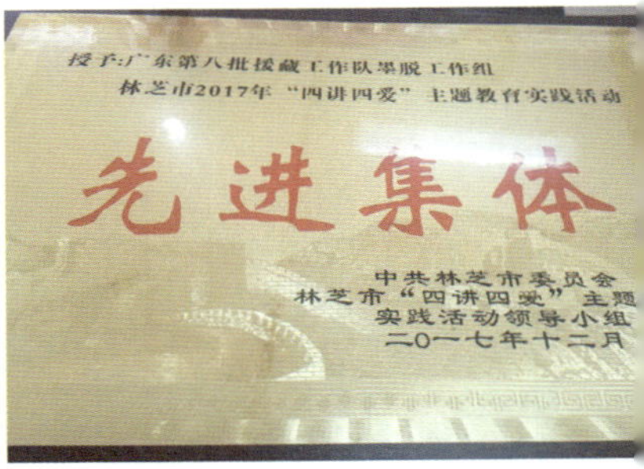

在今天召开的“林芝市2017年‘四讲四爱’主题教育实践活动总结表彰大会”上，广东省第八批援藏工作队墨脱县工作组被中共林芝市委员会、林芝市“四讲四爱”主题教育实践活动领导小组授予“林芝市2017年‘四讲四爱’主题教育实践活动先进集体”，工作组成员、墨脱县农牧局副局长赖明建受工作组委托参加了会议并接受颁奖。这是工作组的第四个集体荣誉，前三个为“墨脱县2016年度民族团结进步先进集体”“墨脱县2016年度脱贫攻坚工作先进集体”和“墨脱县党建促扶贫突出贡献组织”。这些集体荣誉的取得，都是佛山和林芝两市市委市政府、广东省第八批援藏工作队及墨脱县委县政府正确领导的结果，也是工作组八个成员（李斌、喻晓坤、邓宏照、李展健、郭振华、赖明建、雷震及我）及其他短期柔性援藏人才团结拼搏的体现。

根据西藏自治区党委、林芝市委及墨脱县委关于开展“讲党恩爱核心、讲团结爱祖国、讲贡献爱家园、讲文明爱生活”喜迎党的十九大主题教育实践活动（以下简称“四讲四爱”）的统一部署，工作组积极响应，主动参与，用心演绎，用行诠释，使“四讲四爱”在雅鲁藏布大峡谷开出一枝奇葩。

一、主动作为靠认识

1.主动认识。工作组组长、县委常务副书记谢国高在听取和综合工作组成员的意见后认为，“四讲四爱”的宗旨、目的、理念与援藏工作在本质上是一致的，都是为了加强党的领导，维护国家统一，促进民族团结，保持社会稳定，繁荣边疆经济。我们带着强烈的“民族情怀、高原情怀、边疆情怀”，来到墨脱

“用心、用情、用爱”开展援藏工作，为的就是让党中央及对口支援地区的关心关怀在墨脱落地、发芽、生根、开花、结果，让党的恩情落地化、具体化、现实化。因此，虽然各级党委对援藏参与“四讲四爱”没有提出明确要求，但我们作为“党的治藏方略的实践者、党的民族政策的执行者、党的援藏事业的建设者”和“宣传队、学习队、工作队、服务队、战斗队”，必须积极响应，主动参与，全力而为。

2.主动部署。作为县委常务副书记，谢国高根据县委的安排，于4月7日下午主持召开了墨脱县“四讲四爱”动员大会。会议传达学习了自治区及林芝市的方案，对墨脱县开展“四讲四爱”进行了研究部署。其后，谢国高参与了墨脱县“四讲四爱”宣讲员培训班开班仪式和结班仪式，以及每一次的节点培训会、节点总结会暨转段部署会并讲话，对每一个阶段的“四讲四爱”进行研究部署。作为工作组组长，谢国高于4月8日上午主持召开工作组会议，专题传达学习了自治区、林芝市及墨脱县“四讲四爱”的方案，并研究和部署工作组如何参与“四讲四爱”。工作组副组长、县委副书记、常务副县长李斌也亲自前往分管及下属单位部署、宣讲。

3.主动督导。谢国高除了多次陪同自治区及林芝市相关领导对“四讲四爱”进行督导检查，陪同各级媒体对“四讲四爱”进行采访报道外，他还按照“统筹兼顾、综合安排、一次前往、分别实现”的原则，结合其他工作前往相关乡（镇）村和基层单位进行督导检查。今年以来，他带领工作组成员多次深入5个乡镇、26个村、5座寺庙、7所学校及其他单位督导检查“四讲四爱”，并同步开展其他工作。

二、诠释党恩靠行动

援藏本身就是党中央对西藏的特殊关怀，就是对口支援地区对受援地区的特殊关心，就是党恩在西藏的具体体现。为了让广大农牧民群众、中小学生、寺庙僧尼对党恩有切身的认知，有切身的体会，因此我们通过做好援藏工作来让广大农牧民群众、中小学生、寺庙僧尼对党恩看得见、摸得着、听得进、悟得到。

1.狠抓项目。工作组确定了本批援藏期间（2017—2019年）共十大类24个援藏项目，总投资1.5967亿元，加上争取到广东省的1.018亿元和佛山的0.3亿元、社会各界的资金及物资0.2亿元，目前筹集到的计划外资金和物资超过1.6亿元，超过了计划内资金，刷新了援藏的新纪录。目前，24个项目中有已经完工的4个，正在施工的10个，即将开工建设的10个。所有项目均经过精心策划，精心设计，精心选址，精心施工，精心管理，努力树策划、设计、施工、管理、质量、安全的典范，造福墨脱人民。

2.狠抓产业。工作组把产业发展作为援藏工作的重中之重来抓。计划内的1.6亿元援藏资金中，产业项目资金达9700万元，约占60%，加上其他与产业相关的项目，约占80%，重点项目中无一例外都是产业项目。在产业发展上，工作组结合墨脱的实际，围绕“茶、旅、果、养、菜、谷、药、艺”等重点而展开：“茶”，主要是扩大种植规模；“旅”，主要是提升旅游品位；“果”，主要是引种精品水果；“养”，主要是开展养殖示范；“菜”，主要是探索冬菜种植；“谷”，主要是推广高产水稻；“药”，主要是积极种植药材；“艺”，主要是发展传统工艺。

3.狠抓解困。今年以来，工作组共投入资金和物资400多万元，解决了当地干部群众的困难和问题60多项。其中向佛山市政府争取了3000万元用于支持多卡、龙列、岗玉三个严重地质灾害村易地搬迁安置；看望慰问了40多户困难群众或患病干部职工和群众，发放慰问金4万多元……

以上只是列举三个重要方面，而工作组已做的，能做的，将做的，还远不止这些。

三、固化效果靠机制

“四讲四爱”作为一个活动，有起点，也有终点，不可能没完没了地持续下去，但它的宗旨、目的、做法和效果又必须继续下去，否则功亏一篑。怎么办？唯有建立、完善、健全长效机制。为此，工作组进行了一系列的制度创新：

1.全面支援。工作组起草了《佛山市全面对口支援墨脱县乡镇结对方案》，获得佛山市政府印发实施。全面对口支援制度是工作组探索地区之间、部门之间、乡镇（街道）之间、行政村之间结对帮扶的创举，是佛山市委、市政府高度重视援藏工作的又一制度创新和重大举措。目前，南海区、顺德区、高明区、三水区均已经安排党政代表团深入墨脱调研考察，捐资赠物；顺德区教育局和县教体局、勒流育贤教育集团与县中学、完小、幼儿园、佛山市中医院和县人民医院、禅城区公安局和县公安局签订了对口共建框架协议，对墨脱教育、医疗、公安等发展给予大力支持。佛山市内外许多爱心企业、社会团体纷纷入墨开展爱心援藏工作。目前，共募集到社会各类爱心物资价值506.4万元，资金376.4万元。

2.全面联系。进墨之后，工作组在深入调查研究的基础上，创新性地提出了全面联系制度。经过广泛征求相关领导和单位的意见，《广东省第八批援墨工作队全面联系制度实施方案》已于去年11月9日由中共墨脱县委员会印发实施。目前全体队员通过建立微信、QQ群、走访、座谈等方式与对口单位全面联系，积极主动了解对口单位的需求和困难，协助他们解决了一些问题。一年多来，已解决各单位和干部群众各类困难100多项，投入经费或物品价值超1000万元。

3.家庭结对。工作组提请中共墨脱县委印发实施《“佛墨缘”爱心家庭结对帮扶活动方案》，目标是让全县所有的贫困户都有一个爱心家庭结对。目前，已经开展4批共200多对家庭成功结对，其他深化工作在不断推进。如此大规模地进行爱心家庭结对，也是援藏史上的一个创举。

4.三方合作。考虑到墨脱是边境县，是反分裂、反蚕食、反渗透的最前沿，因此工作组策划建立了军地援三方合作共建机制。一方面，工作组多次全面看望慰问解放军和武警驻墨部队，并成功向佛山市争取将解放军驻墨某部列为长期双拥共建单位，每年最少给予30万元的支持；目前正在争取把武警墨脱县边防大队和武警墨脱县中队列为佛山市的长期双拥共建单位。另一方面，工作组与县委组织部共同策划建立军地援三方合作共建党建工作机制，发挥各自优势，致力于解决普遍存在的党的领导弱化、党的建设缺失、全面从严治党不力的问题。

（发布时间：2017年12月7日21：12）

12月8日
星期五

走向天路514

易地搬迁安置

由于自然环境和生存条件恶劣等方面的原因，墨脱历史上就存在着整村搬迁的现象，既有搬进来的，也有搬出去的，还有县境内搬迁的。历史上的搬迁是农牧民群众为了适应环境和寻找更好的生存条件而进行的自发行为，而现在的搬迁则是在各级党委和政府领导下的自觉行动，目的就是通过易地搬迁安置，为农牧民群众提供更好的生存和发展环境，从而实现脱贫致富和守边戍边的目标。

12月5日至7日，我们按照“统筹兼顾、综合安排、一次前往、分别实现”的工作原则，结合其他工作，分别前往墨脱镇朗杰岗、格当乡下那巴和多龙、达木珞巴民族乡珠村的4个安置点以及昌都三岩片区易地搬迁安置拟选地块进行调研。这些安置点，以前都曾去过，有些还不止一次，但像今次这样的系统调研还是头一次。

目前全县正在实施的易地扶贫搬迁和回迁安置工程共有4个，分别为墨脱镇朗杰岗（原为加热萨乡久当卡村）易地扶贫搬迁项目、达木乡珠村易地扶贫搬迁项目、格当乡多龙（原为甘登乡多卡村、加热萨乡龙列村、帮辛乡岗玉村）地质灾害易地扶贫搬迁项目和下那巴回迁安置项目。其中多龙地质灾害易地扶贫搬迁项目我们向佛山市政府争取了计划外资金3000万元给予支持，朗杰岗我们从筹集的计划外资金中拨付12万元用于当时的紧急安置和石斛种植基地建设。

这次调研主要是了解各个项目的基本情况、建设进度、存在问题等，并要求加强统筹协调、着力解决问题、加快推进进度、加强安全生产、狠抓质量管理等。

工作组成员喻晓坤、雷震参与了全部易地搬迁（回迁）安置项目的调研，李展健参与了朗杰岗项目的调研。县有关部门及乡镇负责人参与了相关项目的调研。

（发布时间：2017年12月8日22：26）

12月9日
星期六

走向天路515

墨脱天路

雨天两腿泥，

旱季一身粉。

墨脱天路上，

看咱援藏队。

（发布时间：2017年12月9日21：04）

走向天路516

灯塔

任凭风吹雨雪侵，
孑然屹立江海边。
但使一丝光尚在，
庇佑船夫灵过仙。

（发布时间：2017年12月10日20：53）

12月11日
星期一

走向天路517

全面督导检查

随着援藏项目的全面动工建设，如何加强建设管理，确保安全生产、建设质量和建设进度就提到议事日程上来了。特别是结合墨脱的实际情况，抢抓只有短短四个月时间的旱季黄金施工期，更是迫在眉睫的重要事情。

因此，广东省第八批援藏工作队墨脱县工作组于12月1日召开墨脱县援藏项目推进会。会上，工作组成员、县发改委副主任邓宏照通报了已启动的19个援藏项目和3个边境小康村建设的进展情况，工作组成员、县住建局副局长李展健结合各施工现场的具体情况强调了各建设单位主体责任内容，各项目责任主体单位也进行了发言。会议研究分析了援藏项目在推进过程中遇到的困难和问题，提出了相应的对策措施，并进一步明确了五方责任主体，全面加快援藏项目的推进。我主持了会议并提出了相关要求，各援藏项目责任主体单位负责人、援藏项目组成员参加了会议。

然后，我们按照“统筹兼顾、综合安排、一次前往、分别实现”的原则，结合其他工作，于12月4日至8日联合县安监局、县人社局及相关乡镇负责人对所有援藏项目进行了全面督导检查。

12月4日上午，我和邓宏照、李展健在县安监局局长达学、县人社局局长桑杰和墨脱镇镇长曹启兵的陪同下检查了墨脱县白玛岗360度全景观光栈道、县城风貌改造、致富路改造、墨脱镇综合服务中心、墨脱县茶叶展销中心、墨脱县茶叶研发中心等项目；下午我和邓宏照、雷震在达学、桑杰以及德兴乡人大主席高巴的陪同下前往德兴乡检查了德兴乡中心小学综合楼、德兴村综合服务中心、文朗村小康村建设等项目，并夜宿文朗村。

12月5日上午，我和喻晓坤、邓宏照、李展健、雷震在桑杰及县安监局罗布扎西的陪同下前往墨脱镇检查了秘境墨脱和巴日村小康村建设项目。

12月6日上午，我和喻晓坤、李展健、雷震在陪同佛山市高明区荷城街道党政代表团及总商会开展援藏工作对接洽谈时，前往县人民医院检查了微生物实验室项目，然后前往达木珞巴民族乡检查了卡布村小康村建设、达木珞巴民族乡卫生院、达木珞巴民族乡卫生院及其他乡镇卫生院医疗设备等项目。达木珞巴民族乡党委书记杨郓等陪同了该乡相关项目的检查。

12月8日上午，我和喻晓坤、郭振华、雷震前往背崩乡检查了雅鲁藏布江母亲广场项目（由墨脱县农产品展销中心、背崩村小康村建设、背崩村综合服务中心等项目按照“统筹兼顾、统一规划、统一策划、统一设计、统一建设、分别实现、满足各方”的原则整合而成，在同样的土地面积上实现由原来的两个项目统筹整合成了六个项目，极大地提高了土地资源利用率）。背崩乡副乡长谭建伟陪同了检查。

这次督导检查，一是对已开工建设项目进行调研，了解情况，现场沟通协调解决问题，确保安全生产和建设质量，督促建设进度，确保农民工工资及时足额发放；二是对尚未开工建设的几个项目进行督办；三是对已竣工投入使用的项目进行调研评估，了解使用和管理的情况。

这次督导检查实现了今批援藏项目的全覆盖，现场沟通协调解决了施工过程中的一些问题，对加强建设管理、加强安全生产、加强质量管理、加快建设进度起到了重要的促进作用，达到了预期效果。

（发布时间：2017年12月11日22：19）

12月12日
星期二

走向天路518

让每个援藏干部人才都参与十九大宣讲

党的十九大精神的宣讲，不仅仅是各级党委及其宣传部门的事，也不仅仅是各级领导干部及宣讲团成员的事，而是各级各部门的事、全体党员和干部的事、全社会的事。因此，充分调动各方面的积极性，让党的十九大精神家喻户晓，深入人心，就显得尤为重要。

根据广东省第八批援藏工作队墨脱县工作组关于党的十九大精神宣讲的部署要求，每一位来自佛山的援藏干部人才最少要开展一次以上的宣讲。我们的宣讲主要分为两个阶段，第一阶段是10月18日至12月1日，为集中式、讲座式、普及式的宣讲。在这一阶段中，工作组各位成员及其他柔性援藏人才都积极参与，主动作为，深入宣讲。

李斌：于10月27日在“墨脱县援藏干部人才党的十九大精神学习贯彻会议”、11月18日在墨脱镇玛迪村、11月25日在德兴乡德兴村进行了三场宣讲；

喻晓坤：于10月19日在墨脱镇巴日村、10月25日在墨脱镇亚东村、11月9日在墨脱镇亚让村、11月10日在背崩乡进行了四场宣讲；

邓宏照：于10月28日在县五保集中供养服务中心、11月4日在德兴乡易贡白村进行了两场宣讲；

李展健（致公党党员）：于10月27日的“墨脱县援藏干部人才党的十九大精神学习贯彻会议”、11月22日的“墨脱县援墨项目各参建方及农牧民施工队等人员学习贯彻党的十九大精神座谈会”进行了两场宣讲；

郭振华：于10月19日在墨脱镇巴日村、11月2日在西藏民族大学面向墨脱籍学生、11月15日在佛山市顺德区勒流江义中学面向西藏班学生和墨脱赴佛山开展感

恩教育实践体验的22名干部、教师、学生代表进行了三场宣讲；

赖明建：于11月26日前往墨脱镇墨脱村进行了一场宣讲；

雷震（九三学社社员）：于10月27日的“墨脱县援藏干部人才党的十九大精神学习贯彻会议”、12月1日在“墨脱县人民医院学习贯彻党的十九大精神座谈会”进行了两场宣讲；

王桂莲、祝小波（柔性援藏人才）等六人：于10月27日的“墨脱县援藏干部人才党的十九大精神学习贯彻会议”进行了宣讲；

欧康奎（柔性援藏人才）：于11月22日的“墨脱县援墨项目各参建方及农牧民施工队等人员学习贯彻党的十九大精神座谈会”进行了宣讲。

而我自己则带头前往8个单位（工作组及全体援藏干部人才、县委办公室、县委宣传部、县委统战部、县宗教办、县民宗局、县工商联、县五保集中供养服务中心）、4个乡镇（墨脱镇、德兴乡、背崩乡、达木珞巴民族乡）及6个村（达木村、巴日村、亚东村、亚让村、背崩村、易贡白村）进行了宣讲。

在第一阶段的宣讲中，我们累计开展宣讲活动超过了30场（人）次。从12月4日开始，我们的宣讲将转向第二阶段，这个阶段的宣讲主要是针对式、交流式、情景式的宣讲。

（发布时间：2017年12月12日20：11）

12月13日
星期三

走向天路519

镇街全落实

12月4日至8日，佛山市高明区荷城街道办事处主任蔡子强率领党政代表团和荷城总商会代表一行七人前来墨脱县对接落实结对帮扶工作。他们前来广东省第八批援藏工作队墨脱县工作组驻地参观了援藏文化室和项目指挥部，听取了有关援藏文化和援藏项目的介绍，进行了座谈，向工作组捐赠了20万元的工作经费（其中荷城街道办事处10万元，荷城总商会10万元），看望慰问了援藏干部人才。在墨期间，他们前往达木珞巴民族乡及达木村、卡布村进行了对接洽谈，看望慰问了相关贫困户；实地考察了县人民医院、达木珞巴民族乡卫生院、卡布村小康村建设、德兴村综合服务中心等援藏项目。荷城街道办事处党工委副书记谭桂清、荷城经促局局长招志军、荷城农林渔业局办公室主任黄国志、中油高富副总经理区细雄、盈夏纺织总经理黄永权、正一机械总经理苏志峰参加了此次行程。

根据《佛山市全面对口支援墨脱县乡镇结对工作方案》，由佛山市教育局、市卫计局、市农业局、市旅游局、市公安局、市工商局、市工商联等市直部门与墨脱县对应的县直部门结对帮扶，其他部门配合；佛山市的5个区与墨脱县的8个乡镇结对帮扶，具体是禅城区对口加热萨乡、甘登乡，南海区对口德兴乡、格当乡，顺德区对口背崩乡、帮辛乡，高明区对口达木珞巴民族乡，三水区对口墨脱镇。佛山市各区又根据实际情况安排了相关镇街与墨脱县各乡镇结对帮扶，具体是：禅城区祖庙街道对口加热萨乡和甘登乡，南海区狮山镇、西樵镇分别对口德兴乡和格当乡，顺德区龙江镇、均安镇分别对口背崩乡和帮辛乡，高明区荷城街道、更合镇对口达木格巴民族乡，三水区西南街道对口墨脱镇。

《佛山市全面对口支援墨脱县乡镇结对工作方案》于今年2月26日印发实施以来，市有关部门和各区及相关镇街高度重视，迅速行动，积极落实。到目前为止，市直部门中已有市卫计局、市农业局、市旅游局、市工商局、市工商联等单位前来墨脱对接落实，共计支持资金和物资74万元（其中资金32万元，物资42万元）；各区已全部前来墨脱对接落实，共计支持资金182.12万元；8个镇街已全部对接落实（狮山镇和西樵镇虽因工作原因多次前来而未能成行，但资金和物资已经落实到位），共计支持资金和物资417万元（其中资金289万元，物资128万元）。

今年以来，我们共争取到社会各界的资金和物资4752.498万元（其中资金4482.7万元，物资269.798 万元）。其中通过落实《佛山市全面对口支援墨脱县乡镇结对工作方案》获得的资金和物资共计673.12万元（其中资金503.12万元，物资170 万元），占我们获得的所有资金和物资总额的14.16%（其中资金占11.3%，物资占63.01%），极大地推动了援藏事业的发展。

（发布时间：2017年12月13日19：59）

12月14日
星期四

走向天路520
润物细无声

从10月18日开始，广东省第八批援藏工作队墨脱县工作组在县委县政府的正确领导下，一方面狠抓党的十九大精神的学习，一方面狠抓党的十九大精神的宣贯（详见《走向天路491——学贯十九大，我们在行动》《走向天路518——让每个援藏干部人才都参与十九大宣讲》）。这个阶段（10月18日至12月1日）的宣讲，为集中式、讲座式、普及式的宣讲。

从12月4日开始，我们的宣讲进入第二个阶段。这个阶段的宣讲，为针对式、交流式、情景式的宣讲，内容上主要是将党的十九大精神与具体的工作、生活实际相结合。4日至8日，我们根据“统筹兼顾、综合安排、一次前往、分别实现”的工作原则，把党的十九大精神宣讲与援藏项目的督导检查、易地扶贫搬迁（回迁）安置项目的调研、“住遍墨脱”民族团结系列活动、看望慰问基层干部群众等工作相结合，先后前往德兴乡的文朗村，达木珞巴民族乡的卡布村、达木村、珠村，格当乡的桑珍卡村、占根卡村、格当村、布龙村、格当寺，背崩乡的波东村、巴登村、阿苍村，共4个乡镇的11个村和1座寺庙进行调研，看望慰问了驻村工作队、驻寺工作队、村两委班子及相关贫困户，代表县委、县政府及工作组把党的十九大精神、党中央及习近平总书记的关怀带给基层的干部和群众。

在文朗村、布龙村、阿苍村，我们就住在村里，住在群众家里，利用晚上的时间，按照群众的生活习惯，与陪同的乡干部、驻村工作队队员、村两委班子成员、部分村民代表坐下来，围在一起，边吃零食边喝酒边聊天，了解各村的概况及群众生产、生活、收入、思想等情况，同时把党的十九大精神的宣讲及先进思想观念的宣传融入其中。我们有队友将这种工作方式笑称为“卧式调研”，即住在村里调研，以睡保调；将这种生活方式笑称为“室内林卡”和“晚上林卡”。至此，我们已经在8个乡镇的15个村住过，约占全县46个村的1/3。在珠村，适逢

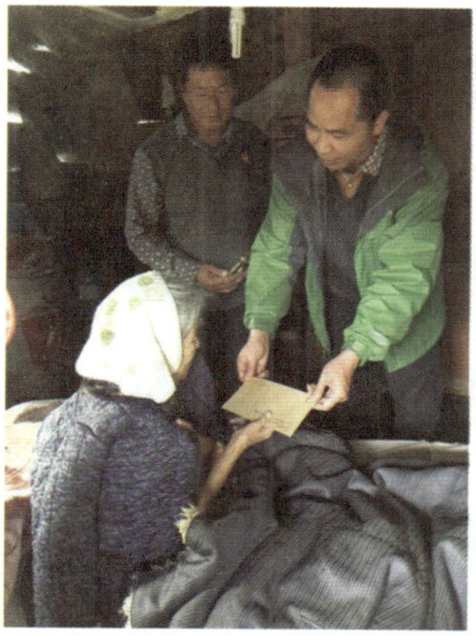

达木珞巴民族乡党委书记杨郓等乡干部在给全村的贫困户宣传脱贫攻坚的相关政策，我们便利用这个机会，在村委会门口的小广场上，在国旗下的基座上，席地而坐，用群众听得懂的语言，向群众宣传党的十九大精神。

在前往各乡镇及村的路上，每个方向都在修路，堵车和等候是再也正常不过的事。有时候施工方顾不过来，还要我们自己动手搬走路上的石头，才能勉强通过。有时候为了避开施工的封路时间，早上7点钟就得起来出发了。在波东村去巴登村的路上，原有的道路被挖断，我们只好攀到施工面的上方，从陡峭的山崖和密林中爬过去，十分惊险刺激。我和雷震不小心抓到了一棵带刺的小树作依靠，树刺深深地扎进了我们的手心而还不能放手。该村驻村工作队队员曲尼央宗说，她前一天经过的时候就差点滑下去了。而我们来回都得走这条路。在波东村去阿苍村的路上正在施工，我们只好弃车徒步前往，然后第二天早上从村里直接徒步下山。“断路不断心”，这是我们这次宣讲之旅的深刻体会。

工作组成员中，雷震全程参与了此次宣讲行程并开展了相关的义诊、调研和指导；喻晓坤参与了除文朗、波东、巴登、阿苍四个村以外的其他所有行程；邓宏照参与了文朗村的行程；李展健参与了卡布、达木两村的行程；郭振华参与了波东、巴登、阿苍三个村的行程。

这种宣贯与相关工作和生活相结合，在座谈和交流中将党的十九大精神、党中央及习近平总书记的关怀、相关的法规政策潜移默化地传达给基层的干部和群众，起到了春风化雨、润物无声的作用。

（发布时间：2017年12月14日20：07）

12月15日
星期五

走向天路521

跳出花样来

12月4日上午，广东省第八批援藏工作队墨脱县工作组决定支持墨脱县教体局专项资金7.358万元，专项用于“墨脱县佛墨缘花样跳绳队”的建设。我们的资金从来不支持那些等靠要者，而只支持这种积极有为者。佛墨缘花样跳绳队之所以能够获得我们的支持，源于他们已经初步跳出花样来了。

一条绳子打破了雅鲁藏布大峡谷的宁静，孩子们的欢声笑语响彻整个雅鲁藏布大峡谷；一条绳子带来了勃勃的生机和活力，一道道亮丽的风景线出现在墨脱的中小学校甚至大街小巷。一条绳子可以改变人的一生！一条绳子也可以改变这个世界！这就是花样跳绳的魅力。现在，如果你走进莲花圣地、秘境墨脱，你就可以在县城的街头巷尾看到多了一道靓丽的风景线——许多孩子拿着五彩缤纷的绳子在嗨皮。这种绳子叫作珠节绳，这种嗨法叫作花样跳绳。如果你有机会走进墨脱县中学、墨脱县完全小学，甚至是帮辛乡中心小学，你都可以看到师生们跳绳的热闹场面，绳起绳落，动作敏捷，花样百出，欢声笑语。这一切，无不冲击着你的视觉，冲击着你的心灵。

花样跳绳并非是墨脱土生土长的、原生态的，而是来自于3000多公里以外的佛山市顺德区勒流东风小学。但当这种趣味性、娱乐性、表演性、技巧性很强的体育运动与墨脱门珞同胞热情淳朴的民族性格和擅长运动的身体特质相结合的时候，就像墨脱的立体气候和植被一样，充满了生命力和创造力。跳绳是我国民间的传统体育项目，据有文字记载已经有一千多年历史。花样跳绳因器材简单、场地要求不高、老少皆宜而且充满趣味性、竞争性等特点深受大众欢迎。

佛山市顺德区勒流东风小学是“全国跳绳推广优秀示范学校”，曾经培养了一大批跳绳的世界冠军、亚洲冠军和全国冠军。根据工作组对教育援藏的统一部署，工作组成员、墨脱县教体局副局长郭振华积极沟通协调，佛山市顺德区勒流街道教育局安排了温克健、崔小勇、梁彩媚、赖红英、王雪飞 、吴本新、甘志强、麦显平8位优秀骨干教师，于10月9日至11月10日在墨脱开展为期一月的支教活动。而东风小学的温克健和麦显平两位老师，他们是中国跳绳导师级教练，他们的使命和任务是到墨脱推广花样跳绳，为墨脱打造特色项目和特色学校。

他们在工作组、县教体局及相关学校的大力支持和广大师生的积极配合下，在短短的一个月时间里，推广和训练工作取得了丰硕成果：一是培养了师资。墨脱县中学、完全小学和帮辛乡中心小学的参训老师已熟悉掌握“全国跳绳大众等级”的一、二级动作技术与基本跳绳裁判知识和跳绳大课间编排设计，全国跳绳推广中心特授权温克健、麦显平两位教练对参训的六位老师就地进行全国跳绳教练员和裁判员考核，成绩优秀，现场为他们颁发了教练员证和裁判员证。二是组建了队伍。成立了墨脱县佛墨缘跳绳俱乐部及墨脱县佛墨缘花样跳绳队，队员们已基本掌握了绳操、长绳跳、车轮跳和交互绳的基本动作技术，跳绳技艺正不断提高。三是掀起了热潮。他们通过详细的调查研究，帮助县中学、完全小学、帮辛乡中心小学完成了跳绳大课间的设计工作，三个学校的跳绳大课间活动雏形已现，全校已掀起跳绳的狂热高潮。四是保持了后续。这项活动没有随着温克健、麦显平支教工作的结束而结束，相反的是当地受训的6位老师回到自己学校都能学以致用，大力推广。现在县中学、完全小学和帮辛乡中心小学均已建立了学校花样跳绳队并按计划开展训练，三所学校的跳绳大课间活动正在有序开展。温克健、麦显平还利用微信等现代信息技术手段来进行远程指导，我们也会继续跟进。

回顾过去，时间虽短；展望未来，空间无限。墨脱的花样跳绳将会在县委、县政府的领导下，在工作组及县教体局的支持下，跳出花样，跳出雅鲁藏布大峡谷，跳出青藏高原，跳出中国……

（注：本文的相关素材由郭振华和温克健两位同志提供。）

（发布时间：2017年12月15日20：51）

12月16日
星期六

走向天路522

特别的生日

为了深入贯彻落实党的十九大精神，不忘初心，牢记使命，永葆共产党人的本色，广东省第八批援藏工作队墨脱县工作组于12月9日为党员过了一次特别的集体生日——政治生日。工作组党员成员喻晓坤、郭振华及我，同时邀请了工作组民主党派成员李展健（致公党党员）、雷震（九三学社社员），柔性援藏人才祝小波、贾思原、陈雅、张伟、宋毅洋，共10人参加。

12月9日，我和郭振华、雷震从背崩乡阿苍村徒步了一个多小时大约五公里的路程下山，然后乘车到指定地点与从县城前来的其他队友会合。我们在大家准备好相关装备和物资后，一起在党旗下合影留念，誓师出发。

我们在村民的带领下，沿着他们以前上山打猎和现在上山采药的道路前进。这是一条完全靠村民用脚踩出来的习惯路、自然路，没有经过任何的加工和修饰。我们之所以选择走这样的路，是因为徒步穿越到现在为止在墨脱还是基本功。目的是让大家通过亲身体验去感受墨脱未通公路之前的艰苦，徒步墨脱的艰险，从而学习和践行长征精神、“两路精神”、老西藏精神、老墨脱精神，磨炼意志，锤炼党性。

精神是抖擞的，心情是兴奋的，道路是艰险的，步履是蹒跚的。上山的路完全隐藏在遮天蔽日的丛林中，进入树林就好像是一个AB切换开关，之前和之后是两个完全不同的世界，之前是艳阳高照，之后是暗无天日。树中的植物种类繁多，层次分明，完全是一片热带亚热带丛林的景象。

刚开始的那一小段路在山脚的冲积扇上，相对还比较平缓，但它的缺点也是显而易见的，就是沼泽湿地，泥泞不堪。然后就是直上直下的陡峭山路，大家一鼓作气，团结协作，前拉后推，也歇了几次才到达第一个休息点。这段路最担心的就是郭振华，他这段时间身体不适，加上早上已与我和雷震徒步了约五公里。他的体力明显不支，步履明显缓慢，我们劝他在村民的陪同下返回，但他十分坚持，最后终于爬到了第一个休息点，好样的！

我们在第一个休息点休整了一下，便继续前行。这段路与刚才相比相对平缓，起伏落差不算太大，但它是沿着陡峭的山崖向上斜穿，坡面很陡，路面极窄，部分地方难以落脚，有的甚至是树叶覆盖的虚路，而且很湿滑，因此大家都特别小心谨慎。经过努力，大家都顺利通过，到达第二个休息点进行休整。

第三段路是沿着陡峭的山崖向下斜穿，路况与第二段差不多。顺利通过后，便来到了第三个休息点。从出发地到这里，我们走了大约三个小时。这里有一个很小的山间盆地。小盆地中有一小池水，清澈但好像不能见底，山林的倒影倒是上下一致，除了方向不同以外。

我们在那里举着党旗重温入党誓词，民主党派的同志也参与了见证。经过这么一段艰险的经历，到达这么一个荒野的地方，重温入党誓词，使大家对党的奋斗历程，对入党誓词，对不忘初心和牢记使命，都有了更加深刻更加充分的理解和体会，进一步激发了大家宣传贯彻、亲身践行党的十九大精神的积极性和主动性。

我们在那里稍作休整并简单午餐后，带着我们产生的垃圾，带着激动得还不能平复的心情，带着各自在内心暗下的决心，开始返回。回程用了两个多小时，来回共计五个小时左右。

这次行程，陈雅和贾思原两位女同志，郭振华和李展健两位身体不适的同志，李展健和雷震两位民主党派的同志，都表现出了坚强的决心、坚定的信心，与我们其他同志一起，用身体，用意志，用爱心，去丈量墨脱，去践行党的十九大精神。

直到今天，大家都还沉浸在这种激动和喜悦之中。大家都说，特殊的环境，特殊的经历，造就特殊的情感，特殊的友谊。此次的别样生日，我们都将终生难忘。

（发布时间：2017年12月16日21：40）

12月17日
星期日

走向天路523

让为党的十九大精神深入每个援藏项目

让党的十九大精神深入到每一个援藏项目，深入到每一位建设者，深入到每一个管理环节，是广东省第八批援藏工作队墨脱县工作组的要求。根据工作组的要求，负责项目管理的李展健和欧康奎等同志认识到位，措施到位，成效到位。

首先，他们让党的十九大精神深入人心。11月22日下午，工作组成员、县住建局副局长李展健和佛山柔性援藏人才、县住建局总工程师欧康奎组织召开了墨脱县援藏项目建设者学习贯彻党的十九大精神座谈会，并分别作了宣讲。与会人员包括所有援藏项目的各参建单位负责人及农牧民施工队等。通过座谈和宣讲，援藏项目的建设者们了解了党的十九大的基本精神，调动和激发了他们安全、优质、高效、廉洁地建设援藏项目的积极性，弘扬劳模精神和工匠精神，营造劳动光荣的社会风尚和精益求精的敬业精神，扎根一线、鼓足干劲、抢抓生产。我们平时前往工地的时候，特别是12月4日至8日对所有援藏项目进行全面督导检查的时候，也将党的十九大精神的宣贯融入其中，结合起来。

其次，他们让党的十九大精神深入工地。在我们所有援藏项目建设现场，都悬挂多条关于党的十九大精神的宣传标语和安全生产、文明施工的相关标语。“让十九大精神传遍工地的每个角落”，是我们的口号之一。通过在所有工地悬挂标语，让现场施工人员、管理者及过往人员抬头不见低头见，低头不见抬头见，真正做到朝见口晚见面，起到时刻提醒和潜移默化的作用。

再次，他们让党的十九大精神深入管理。我们的所有项目都遵循“统筹兼顾、统一规划、统一策划、统一设计、统一建设、分别实现、满足各方”的思路，“高起点策划、高标准设计、高水平建设、高效能管理、高质量交付”的理念，树“策划、设计、施工、管理、质量、安全”典范的要求。施工的环节，就是项目从理想到现实的转化过程，十分关键。因此，邓宏照、李展健、欧康奎等人团结拼搏，分工合作，既自己带头践行党的十九大精神，又将党的十九大精神贯彻到施工管理的全过程，保进度，保安全，保质量。用成效来体现，才是最好的落实。

（发布时间：2017年12月17日18：33）

12月18日
星期一

走向天路524

墨脱农副产品闪亮登陆佛山

今天，第四届广东（佛山）安全食用农产品博览会暨佛山农业旅游博览会徐徐降下了帷幕。然而让人热情难以消退的，还有墨脱的农副产品和神秘风光。

12月15日至18日，第四届广东（佛山）安全食用农产品博览会暨佛山农业旅游博览会在佛山市顺德区陈村花卉世界博览中心隆重举行。受佛山市农业局等相关单位邀请，根据墨脱县委、县政府的安排，广东省第八批援藏工作队墨脱县工作组代表县委、县政府出资并组织参加了该博览会。

在本次安农博会上，工作组装修了一个面积达36平方米的特装展位，共组织了23种墨脱的农副产品参展，都具有鲜明的地域特色、民族特色、高原特色、峡谷特色。主要有墨脱石锅，墨脱茶叶（红茶和绿茶），墨脱竹编、墨脱藤编及各式手串、佛珠、鸡血藤手镯、藤

拐杖等传统工艺品，门珞服饰，墨脱柠檬、墨脱红米等特色农产品，各式牦牛肉干和野生菌干等特色干货，等等。同时邀请西藏林芝阿姆拉有限公司组织手撕牦牛肉干、风干牛肉、干巴藏香猪、藏香鸡、珍珠菇5个品种加盟，共有28类产品参展。最受人关注和喜爱的是墨脱石锅、墨脱茶叶及各式牦牛肉干、野生菌干等，市民纷纷咨询、品尝、选购。

同时，工作组还组织了墨脱旅游宣传片和工作组创作的“佛墨缘”系列歌曲，以及《墨脱特色农产品志》《墨脱旅行指南》等宣传手册参展。墨脱神奇的自然风光、神秘的人文风情以及工作组（佛山援藏）“用心、用情、用爱”的援藏工作，都吸引了众多的市民驻足观看、咨询、交流，甚至有不少市民现场表示想尽自己的能力支持援藏，支持墨脱。

博览会期间，佛山市副市长乔羽及市发改局（援藏援疆办）、市农业局、市工商局、市旅游局等部门负责人，新疆维吾尔自治区伽师县委副书记刘晓明等领导前来墨脱展位参观指导、看望慰问。

通过参加本次安农博会，宣传了墨脱，宣传了佛山援藏，推介了墨脱旅游，推广了墨脱特色农副产品，为墨脱的农副产品及旅游服务与佛山及珠江三角洲的市场搭建了平台，为墨脱与佛山、林芝及西藏与广东两地各族人民的友谊搭建了桥梁。

工作组成员喻晓坤、邓宏照、郭振华、赖明建、雷震及我参与了此次安农博会，其中赖明建等为组织参加此次安农博会付出了艰辛的努力。

（发布时间：2017年12月18日19：42）

12月19日
星期二

走向天路525

助学济困一起来

12月5日，广东省第八批援藏工作队墨脱县工作组在墨脱镇政府一楼大堂同时举行“墨脱镇援藏助学金发放仪式”和“墨脱镇一百户家庭‘一对一’结对帮扶基金暨佛墨缘爱心结对物资发放仪式”。工作组成员喻晓坤和我、墨脱镇党委书记格桑卓嘎以及两类受援家庭代表等出席。

仪式由格桑卓嘎主持。她首先代表镇党委、政府及受援家庭对工作组的大力帮助和捐赠人的无私援助表示衷心感谢。然后她向受援家庭代表介绍了相关资金和物资的情况：在工作组成员、墨脱镇党委副书记、常务副镇长喻晓坤的积极沟通协调下，湖南师范大学“2000政二励志奖学金”（喻晓坤是该奖学金的创始人之一）于今年8月被引入墨脱，并成立了“墨脱镇援藏助学基金”。在三年内，该奖学金将每年按需支持最多10万元共30万元资助墨脱镇的贫困学生。此次发放是该奖学金8月份前来墨脱开展活动并进行第一次发放后，工作组受托进行的第二次发放。而墨脱镇一百户家庭“一对一”结对帮扶基金及物资，是喻晓坤根据工作组策划开展的“佛墨缘”爱心家庭结对帮扶活动，组织身边的爱心人士对墨脱镇一百户贫困家庭实施的爱心帮扶。今年4月18日完成了首轮58对家庭现场结对帮扶，随后陆续收到来自58个爱心家庭的帮扶资金80,800元、价值5万元的物资。这次就是工作组受托将相关资金和物资发放到墨脱镇的结对帮扶家庭家中。

喻晓坤补充介绍了湖南师范大学“2000政二励志奖学金”和墨脱镇一百户家庭“一对一”结对帮扶基金暨佛墨缘爱心结对物资的相关情况，并表示：奖学金是在工作组及镇党委、政府的积极沟通协调下来到墨脱，旨在助力墨脱更多品学兼优的贫困大学生拥有灿烂的未来；一百户家庭“一对一”结对帮扶是自己发动身边朋友发起的义举，是广大社会爱心人士发扬乐于助人中华民族传统美德的

具体表现，部分爱心人士还于今年4月亲自来到墨脱开展结对认亲，下一步将会继续发动身边的朋友帮助墨脱贫困家庭，让大家通过爱心结对和自力更生勤劳致富，助力墨脱镇脱贫攻坚。

随后，格桑卓嘎宣读了获得湖南师范大学“2000政二励志奖学金”的受援学生代表名单和墨脱镇一百户家庭“一对一”结对帮扶基金及物资受援家庭名单。我和格桑卓嘎、喻晓坤代表爱心人士向墨脱镇受援学生代表和受援家庭代表发放了相关资金和物资。

在资金和物资发放过程中，帮扶对象得知是工作组积极沟通协调和众多爱心人士大力关心支持的结果，都非常感谢工作组和那些素未谋面的爱心人士，感谢工作组和爱心人士的无私帮扶，让他们渡过了困难，树立了生活的信心和创造幸福的勇气。

喻晓坤是一位很有情怀和爱心的工作组成员，经常沟通协调相关爱心单位和人士捐资捐物帮扶墨脱县及墨脱镇。自去年7月20日进墨以来，他经手沟通联系落实的爱心资金和物资已达300多万元，其中资金近100万元，物资价值200多万元。光是校服就募集了三批共9000多套，价值近200万元，为当时全县2000多名中小学生及幼儿提供平均每人超过3套的校服。

（发布时间：2017年12月19日20：22）

12月20日
星期三

走向天路526

十箭齐发

12月4日，广东省第八批援藏工作队墨脱县工作组根据相关单位的请求，按照“我们的资金和物资从来不支持那些等靠要者，而只支持这些积极有为者”的精神，经过集体讨论同意，决定支持部分基层组织建设、村级便民服务大厅建设、脱贫攻坚、惠民济困、机关能力建设、产业发展、特色体育项目开展、门珞文化发展等项目。共计10个项目，支持资金和物资192.478万元。

支持墨脱镇基层组织建设专项资金60.62万元，专项用于全镇7个村的党建标准化建设。该资金申请经工作组讨论同意后，由工作组成员、墨脱镇党委副书记、常务副镇长喻晓坤与佛山市三水区政府及区发展规划统计局沟通协调，定向募集，得到大力的支持。

支持墨脱县发改委脱贫攻坚工作经费50万元。该资金申请经工作组讨论同意后，由工作组成员、墨脱县发改委副主任邓宏照与佛山市南海区西樵镇沟通协调，定向募集，得到大力的支持。

支持林芝墨脱茶叶有限公司宣传推广专项资金20万元。该资金经工作组讨论同意后，从工作组筹集的计划外资金中安排，专项用于墨脱茶叶的市场推广。

支持墨脱县佛墨缘舞蹈队（县委宣传部）专项资金10.2万元。该资金经工作组讨论同意后，从工作组筹集的计划外资金中安排，专项用于墨脱佛墨缘舞蹈队的组建、训练和演出等，包括相关服装和道具的添置。

支持墨脱县旅游发展委员会办公及党建专项工作经费10万元。该资金经工作组讨论同意后，从工作组筹集的计划外资金中安排，专项用于县旅发委的机关能力建设和基层党组织建设。

支持墨脱镇政府电脑20台价值8万元。该物资经工作组讨论同意后，由工作组成员、墨脱镇党委副书记、常务副镇长喻晓坤与三水职业技术学校定向筹集，专项用于墨脱镇7个村的便民服务大厅建设等。

支持墨脱县佛墨缘花样跳绳队（县教体局）专项资金7.358万元。该资金经工作组讨论同意后，从工作组筹集的计划外资金中安排，专项用于墨脱县佛墨缘花样跳绳队的组建、训练及活动，包括器材的添置等。

支持墨脱镇政府药品一批价值3万元、毛毯100张价值2万元。这是今年5月份加热萨乡久当卡村因突发严重地质灾害隐患而紧急整体搬迁安置到朗杰岗村时提供的紧急援助。

支持墨脱镇朗杰岗村石斛种植基地2万元。该资金经工作组讨论同意后，从工作组筹集的计划外资金中安排，专项用于修建从该村到石斛种植基地的步行道。

支持墨脱县仁青崩寺管理委员会数码相机1台、僧人床8张价值1.3万元。该资金经工作组讨论同意后，从工作组筹集的计划外资金中安排并采购，专项用于寺管会能力建设和改善僧人的住宿条件。

工作组成员李斌、喻晓坤、邓宏照、李展健、郭振华及我，还有相关单位的负责人参加了捐赠仪式。

接下来，工作组将对相关资金和物资的使用情况进行跟踪监督，并委托相关会计师事务所进行审计，确保资金和物资依法依规、严格安全使用。

（发布时间：2017年12月20日22：51）

12月21日
星期四

走向天路527

工作组产生第一个全国先进个人

12月1日，中国致公党中央坚持和发展中国特色社会主义学习实践活动总结大会在京召开，对坚持和发展中国特色社会主义学习实践活动先进集体和先进个人进行了表彰。广东省第八批援藏工作队墨脱县工作组成员、墨脱县住建局副局长、致公党佛山市高明区支部副主委李展健被评为“中国致公党坚持和发展中国特色社会主义学习实践活动先进个人”。这是工作组继今年3月抗灾保稳工作获得中组部通报表扬（中共中央组织部《组工信息》第 22 期，总 4814 期）之后，获得来自中央和国家层面的又一个重大喜讯。

李展健之所以被评为全国先进个人，源于他一直以来高度重视政治理论、专业知识、业务技能的学习和实践，源于他刻苦自励、勤奋努力、认真踏实的工作作风和优良的工作业绩，更源于他积极主动、恪尽职守、甘于奉献的援藏工作。

作为佛山市高明区民主党派援藏第一人，李展健2016年7月积极响应党和国家的号召，接受组织的挑选和委派，成为工作组的一名成员，奔赴西藏自治区林芝市墨脱县开展为期三年的援藏工作。他与工作组成员、墨脱县发改委副主任邓宏照及佛山柔性援藏人才欧康奎共同负责援藏项目的建设和管理。

自进藏以来，他在广东省第八批援藏工作队、墨脱县委县政府及工作组的正确领导下，按照工作组“创新引领，全面深化”的理念，“用心、用情、用爱”的信条，“践行、 融合、创新、大爱”的精神，“党的治藏方略的实践者、党的民族政策的执行者、党的援藏事业的建设者” 的角色，“宣传队、学习队、工作队、服务队、战斗队”的定位，“高原、边疆、民族”三种情怀，“尊重当地、学习当地、融入当地、依靠当地、服务当地”的援受关系处理原则，及时摆正位置，调整心态，进入角色，把自己融入团队，融入当地，与团队和当地干部群众打成一片，做到“人到、心到、情到”。他积极主动参加下乡进村入户调研，随同工作组在半年时间内，历时四个月、用时21天，走完全县8个乡镇46个村，其中用时13天徒步200多公里走完不通公路（或不通车）的17个村。工作组共收集各类意见、需求250多条，慰问贫困家庭100多户，慰问驻村工作队、寺管会（驻寺工作队）、 村两委干部共 250 多人次，慰问驻墨部队、政法系统等单位9家，等等。

在日常工作中，他把自己从事十几年的路桥建设和企业管理经验分享给大家，耐心向单位同事讲解广东省在工程质量、安全文明监管等管理领域上的先进做法；引导单位规范队伍管理，提升当地住建系统干部管理水平，严格执行管理标准；率先在受援地落实项目先进管理规章制度。在项目管理中相应地制定了《墨脱县项目工程管理制度》，内含各种安全文明管理和质量管理、责任制度等，为加强墨脱县在建项目管理，确保工程安全质量提供了依据；结合墨脱实际，创新管理方法，开创了网络监管模式，实

现安全、质量即时监管。根据墨脱不断发展的移动和网络条件，组建项目管理工作微信群，并要求施工工地负责人实现工程进展日报告，工程安全管理、工序验收进展即时报告制，各施工工地将工程进展情况即时通过微信发送至微信群，让工作组及县住建局相关管理人员随时了解工程现场情况，以确保施工过程中出现的问题能够被及时发现、及时解决。网络监管模式的创新运用，不仅确保了援藏项目建设有序开展，更使墨脱县工程质量安全监管水平得到了进一步提升。因李展健同志能认真履行安全生产职责，切实加强建筑安全生产管理，并取得明显成效，被评为“墨脱县2016年度安全生产工作先进个人”，年度考核被评为优秀。

他在援藏工作中还结合墨脱实际开展农牧民建筑技能培训、当地技术干部岗位培训。进藏以来共组织墨脱县农牧民、干部参加住建系统培训五批次204人次，帮助更多的农牧民群众学习到一技之长，参与到项目施工建设当中去，实现增收致富，同时也提升了当地干部的业务水平，为当地建筑业的长远发展培养了一支带不走的优秀管理队伍，打下了良好基础。除此之外，他多次主动走访慰问了困难群众，深入了解帮扶对象家里的生活情况，谈心、解困，帮助他们想办法、出主意，使他们树立信心，尽快实现脱贫。

李展健给人印象最深的，是他优秀的职业精神——积极、主动、自觉、认真。

（发布时间：2017年12月21日20：42）

走向天路528

培养的是一种意识

墨脱的稻田每年只种一季（茬、造），一般在每年的4、5月份到9、10月份，时间只有半年左右，剩下的半年左右时间（每年的10月、11月至次年的3、4月份）基本上处于闲置状态。稻田闲置的时间，与墨脱旱季的时间（每年11月至次年2月）基本上是重合的。按照墨脱的气候条件，旱季正是种植冬种蔬菜的黄金季节。墨脱蔬菜不能自给，需要长途跋涉从外面运进来，物流成本和销售价格较高，这为冬种蔬菜提供了市场。

种植的土地、种植的气候、市场需求都有了，但为什么没有形成种植的习惯和规模呢？首先是意识问题。墨脱过去不通公路，长期封闭，门珞群众的商品意识和市场意识都十分淡薄甚至缺乏。其次是习惯问题。受生产力和物质条件的影响，门珞群众长期以来的饮食都十分简单，除了重要节日、喜庆和亲友来访时比较丰盛外，平时基本上都是在石锅里放少量腊肉和野菜即可解决一餐。再次是生产方式问题。墨脱属于半农半牧、农牧结合的地区，夏季牲畜上山，秋冬春牲畜下山，田地就是它们的牧场。

由于底子薄，因此在墨脱要推动并干成一件事往往要以解决一个系统工程为前提。我们在推动冬种蔬菜的时候，部分群众会给你提出一系列的问题：种子谁来提供？肥料谁来提供？围栏谁来修建？种了谁来卖？我们的投工投劳谁来支付工资？……内心不够强大，意志不够坚定，经历不够丰富的人听了，不是瞠目结舌，也会望而却步！

广东省第八批援藏工作队墨脱县工作组是在粤藏两省区各级党委、政府和广东省第八批援藏工作队的正确领导下，在雅鲁藏布大峡谷十分艰险的环境中锤炼出来的一支“援藏铁军”。“在危险和困难面前，我们只是选择了克服”——“援藏铁军”就是这样炼成的。工作组在讨论的时候，态度鲜明，意

志坚定，远期目标是在墨脱培育冬种蔬菜这么一个产业，近期目标是在墨脱培养冬种蔬菜这么一种意识、这么一种习惯。

决策确定之后，就需要有人去执行和落实。本身就肩负着助推墨脱农牧产业发展的工作组成员、墨脱县农牧局副局长赖明建就成了不二之选。工作组成员、墨脱镇党委副书记、常务副镇长喻晓坤因任职在基层，扎根在基层，也被安排为配合、支持赖明建开展此项工作。“教育者首先受教育”，这是我对他们俩的要求。于是他们俩“只为成功找方法，不为失败找借口”，首先自己克服了认识和畏难的问题，然后与相关乡镇、驻村工作队、村两委负责人及部分村民代表反复沟通协调，终于功夫不负有心人。

经过喻晓坤、赖明建及相关乡镇、驻村工作队、村两委负责人及部分村民代表的不懈努力，工作组共发放冬种蔬菜种子25个品种（包括油菜及其他蔬菜）1300斤左右，价值6万多元（其中8个蔬菜品种由佛山市农业局和佛山市农业科学研究所捐赠，价值近2.5万元），可种植面积达1500多亩，覆盖全县4个乡镇13个行政村，参与群众近500户。此外，工作组还采购了250斤紫云英种子（价值4000多元，可种植50亩以上）发放给墨脱镇墨脱村的群众，让他们在收获后的田地里试种绿肥植物，以达到改良土壤的效果。

12月10日早上，我们在离开墨脱前往林芝返回佛山参加第四届广东（佛山）安全食用农产品博览会暨佛山农业旅游博览会之前，还专门陪同前来墨脱开展援藏交流指导的巴宜区工作组组长、巴宜区委常务副书记张立鹤一行前往墨脱镇亚东村实地察看。今天下午回到县里以后，结合其他工作，又到德兴乡德兴村进行了实地察看。目前各种冬种蔬菜长势良好。

扫码欣赏 MV

希望通过这一季的尝试和努力，能够有一个良好的开端，让群众养成这么一种意识，这么一种习惯。

（发布时间：2017年12月22日21：55）

12月23日
星期六

走向天路529

坐着火车去拉萨

山有多高啊 水有多长
通往天堂的路太难
终于盼来啊 这条天路
像巨龙飞在高原上
穿过草原 越过山川
载着梦想和吉祥
幸福的歌啊一路地唱
唱到了唐古拉山
坐上了火车去拉萨
去看那神奇的布达拉
去看那最美的格桑花呀
盛开在雪山下
坐上了火车去拉萨
跳起那热烈的雪山朗玛
喝下那最香浓的青稞酒呀
醉在神话天堂
…………

一首《坐着火车去拉萨》，唱出了天路之艰难，修路者之艰险，西藏人民的期盼，各地游客的向往。对于众多的藏迷们来说，《坐着火车去拉萨》吊了他们的胃口，勾了他们的灵魂。再加上各大旅行社的宣传和各种网络媒体的渲染，引得无数人为之向往，甚至不少人亲身体验。

作为援藏人，我们也不例外。我们经常进出西藏，但为了节省时间和提高效率，总是选择飞行。飞在青藏高原上也是一种摄人心魄的体验，为此我在去年10月5日写了一篇《走向天路85——飞在青藏高原》。今年12月11日至18日我们返回佛山参加“第四届广东（佛山）安全食用农产品博览会暨佛山农业旅游博览会”，然后20日要到拉萨办事。了解了一下，18日博览会结束当天刚好有广州至拉萨的列车（Z264），而到拉萨的时间也刚好是20日。于是大家商议了一下，一拍即合，喻晓坤、雷震及我提前两天出发，让咱们也体验一下坐着火车到拉萨的滋味。

我们于18日中午赶到广州火车站。由于有队友堵车，弄得时间很紧凑，弄得我们很紧张，但还能赶得上火车，总算是有惊无险。火车从广州出发，经过粤境进入湖南，一路上两边的树木依然绿色，虽然绿得有些陈旧和暗淡，甚至有点斑驳，但田地里的冬种蔬菜却是一片嫩绿，充满了生机和活力。到了长沙附近，天已经开始慢慢地变黑了。

经过一晚的咣当，19日早上醒来，火车已经到了河南和陕西的交界处。之后一直到西宁，外面都好像有一层薄薄的雾霭，不是很透明。两边的树木早已经凋零，显得有些霜白。建筑物显得更加冷峻而凝重。快到西宁的时候，天就开始黑了。在西宁换乘了一列加氧的列车，冒着黑夜和寒冷继续前进。午夜时分到达德令哈，让我想起了海子的诗《姐姐，今夜我在德令哈》。晚上的睡眠越发显得艰难和易醒。

20日早上醒来的时候，火车两边一片荒芜，河谷上只有一层稀疏而浅薄的黄草，就像老年人的体毛，只不过它是黄色的而已。两边的山体几乎一毛不长，光秃秃的。初出的太阳照射在山坡上，形成了一座座金山。间或也会出现一座座雪峰，怒剑指苍穹。零星的藏羚羊冒着清晨的寒冷，在刨啃已经几乎贴着地面的黄草。这种景致几乎延续到拉萨。

坐着火车去拉萨，原以为可以享受将近三天的休闲时光。结果令人意外的是，伴随着迎面快速而来的景观，还有就是工作。刚上火车不久，就接到了迎接国家有关对口支援绩效综合考核评价的通知，时间紧，任务重。下车已经来不及了，只能在车上利用现代信息技术手段来完成。我让工作组成员、墨脱县发改委副主任邓宏照将任务在县相关部门和工作组中进行了分解，并通过县委办公室发出通知和进行督查督办。然后分布在墨脱、佛山和火车上三个地方的队友按照各自的分工，分别与县相关部门进行沟通协调，指导、督促和落实。经过近三天的努力，这项工作已按要求完成本阶段的任务，而我们也于20日下午5点左右到达拉萨。

剔除大家在火车上反复的沟通协调、研究讨论、督促落实不说，光是坐这三天的火车其实也是蛮辛苦的。过了西宁就开始明显觉得缺氧，浑身多少都有些不舒服。这三天火车的晃荡，使得睡眠质量很不好。但它也带来了意外的收获，就是11月18日米林6.9级地震所造成的我们对晃动的敏感，经过这几天火车的晃荡以后，基本得到了消除。与此同时，我们在火车上利用工作之余，与中国铁路广州局集团有限公司和广州乘警支队的相关同志进行了交流，并结下了深厚的友谊。

21日早上前往自治区相关部门办完事后，我们马不停蹄，于林芝过家门而不入，直接从拉萨赶到波密，于昨日中午回到墨脱，赶上了昨天下午的工作。

（发布时间：2017年12月23日21：00）

12月24日
星期日

走向天路530

上下折腾

因为工作需要，我们每年都会有几次要上下青藏高原。每一次上下都是一次折腾，一次考验。上，高反；下，醉氧。

当我们第一次踏上青藏高原的时候，工作组八个人中，只有两个不太适应，其他六个都呈现了良好的身体状态。当我们第一次出差返粤回佛的时候，我们开始体会到了什么叫作醉氧。从那以后，我们每次回家都有这种深刻的体会。醉氧最大的特点就是嗜睡，除了起床吃饭之外，可以连续睡上好几天，而且脑袋也不是很灵光。但我们每次回去都是时间紧任务重：身体要适应、工作要开展、家人要陪伴。所以，即使醉氧，也难得有机会多睡一会儿。每次回家，很多亲友都十分关心，总想见个面表达一下。但除了年底的休假时间比较长以外，其他时间出差回来是难以满足亲友们的愿望的，所以总有一种亏欠的感觉。

其实，醉氧还不算是最难受的，最难受的是重上高原时的高原反应，我将其称之为“重返高原高反综合征”。之所以这么叫，是因为我们第一次上来的时候是没有高原反应的，而是下了高原再回来的时候才有。每次从佛山回来，或轻或重都要病一场。因此，每次回了佛山就不想回墨脱，但这只能是想想而已，毕竟我们的主要工作在墨脱；每次回了墨脱就不想回佛山，这个倒是可以做到，只是委屈了家人而已。

“重返高原高反综合征”总体感觉是全身不舒服，用广东人的话来说就是“周身不聚财”。具体感觉是类似感冒发烧综合症状。头晕头痛，脑袋运转不灵光；全身酸痛无力，特别是内脏器官不舒服，心跳加快；咽喉疼痛并伴有咳嗽等。这些症状是短期的，通过休息和医疗能够压制和克服。长期的症状是不容易入睡，即使很困也好。这里面还有一个特点，就是刚上高原生猛的人更明显，刚上高原高反明显的人反而不明显。

（发布时间：2017年12月25日9：02）

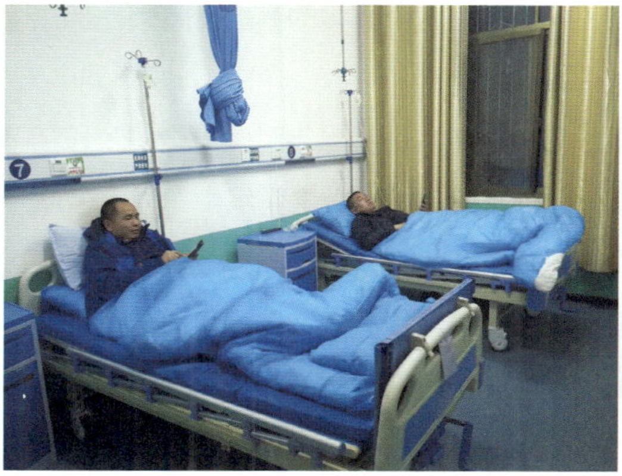

12月25日
星期一

走向天路531

进抵加热萨

（再战“上三乡”之一）

所谓“上三乡”就是指墨脱最偏远的三个乡——帮辛、加热萨、甘登。它们位于县城上游，雅鲁藏布大峡谷核心区。目前，这三个乡共有15个村，其中有7个村未通公路。加热萨乡也只是今年12月13日才实现历史性粗通，除了乡政府驻地更帮村以外，其他5个村以及甘登乡（2个村）都还没通公路。由于进出的道路实在是太过于艰险，大家都把前往“上三乡”视为一个严峻的挑战，特别是加热萨和甘登两个乡，雨季的时候就更不用说了。

去年，广东省第八批援藏工作队墨脱县工作组在进墨半年时间内走遍了包括“上三乡”在内的全县8个乡镇46个村，从而成了历批援墨工作组中第一个“吃螃蟹”的。当时“上三乡”不通公路或不能通车的村还有11个，包括加热萨的更帮村和帮辛乡的宗荣村、西登村、岗玉村。根据工作组“情遍墨脱”民族团结系列活动之“走遍墨脱”（二次全覆盖）、“睡遍墨脱”、“暖遍墨脱”等活动的安排，结合党的十九大精神的宣讲，按照“统筹兼顾、综合安排、一次前往、分别实现”的原则，我们于12月23日开始第二次前往“上三乡”。

我们（喻晓坤、雷震、贾思原、王强及我）五人于23日早上八点半出发，于中午1点多到达加热萨。来过墨脱的人都知道扎墨公路是如何的险峻。但如果你认为扎墨公路已经很险峻，那么我只能告诉你还有更险峻的。在扎墨公路达国大桥开始一路往山上爬，翻过山岭以后就又是雅鲁藏布江，只是公路离它垂直距离都有几百到1000米以上。整条公路就像悬挂在雅鲁藏布大峡谷的陡峭山崖上，这可是真正的挂壁公路。道路狭窄，路面崎岖，路边没遮没拦的，从车往下看都有一种不寒而栗的感觉。但是沿途的风景十分壮观，正应了我说的那句话：“美丽与危险同在，享受与忍受并存。”

到了帮辛以后，由于是新修道路，都是按标准设计和建造的，再加上还没经历过雨季，路况反而较之前的路段要好。但它的缺点也在于新修，被挖掘机挖掘过和被炸药炸过的山崖还不是很稳定，容易滚石头。快到加热萨的时候，真正的公路还没有打通，只是打通了一条施工便道。我们只能沿着这条施工便道下到沟里去，共有13道拐，每道拐都必须倒两至三次车才能弯过去，连王强这样的老师傅都没辙。下到沟里以后，路上很多滚石，我们得自己动手清理了以后才能通行。由此看来，这个历史性的粗通也是象征意义大于实际价值。

到达乡政府的时候，我们工作组支持20万元重新组建的“加热萨乡佛墨缘民间艺术团”正在训练。我们观看了一下，感觉不错。他们才训练了五天，已经能够跳两三个舞蹈了。大家的热情都很高涨，每天从早上9点一直训练到下午5点。这让我们很欣慰，钱没有白投。然后举行了冰箱的捐赠仪式，我们捐赠5台冰箱给加热萨乡党委、乡政府、乡派出所、乡卫生院、乡小学。这些冰箱是由佛山市南海区人民政府支持的100台冰箱里的一部分。同时还看望慰问了乡派出所、乡卫生院、乡小学。

（发布时间：2017年12月25日20：18）

12月26日
星期二

走向天路532

顶硬上

（再战“上三乡”之二）

加热萨乡现有六个村，其中更帮村位于乡政府所在地，龙列村位于往甘登乡的路上，加热萨村、拉贡村、曾久村、达昂村及曾久寺都位于乡政府背后的山坡上。我们此行的目的除了前往乡党委、政府以及乡派出所、乡卫生院、乡小学看望慰问外，还要前往山上的那四村一寺看望慰问驻村工作队、驻寺工作队、寺两委班子及贫困户。

12月23日中午在乡政府饭堂吃过午饭后，我和喻晓坤、雷震、贾思原以及乡干部洛桑江白、苏龙于下午两点钟出发，首站是加热萨村。上山的道路比较陡，路上是人踩畜踏而形成的一层厚厚的碎石和粉尘的混合物，人踩在上面扬起浓烈的粉尘，需要刻意拉开人与人之间的距离。这条路基本上没有树荫，午后的阳光直接晒在身上，感受到的可不是冬日暖阳，而是上晒、外冷、内热、外干、内湿的尴尬效果。

大家就这样冒着烈日，踩着粉尘，沿着不规则的“Z”字形山路慢慢地往上爬，走一会儿就休息一会儿，谁也不知道有多少个拐，也不知道休息了多少回，因为注意力全都集中在如何继续迈开自己的步子上。我自己在出发之前就因“重返高原高反综合征”而有点咽喉疼痛和咳嗽，但因为队友们休假的时间安排问题，加上自我感觉没什么大碍，于是便决定带病出发，结果这个时候它开始报复我了。走路的时候气喘吁吁，呼吸是畅顺了，但气流的每一次进出都是对咽喉的一次撕扯；休息的时候呼吸就不是那么畅顺了，咳嗽得让人频频地点头哈腰。更糟糕的是身体不适对体能造成很大的影响。但此时已是离弦之箭，不能回头，只能“顶硬上”！

当我们好不容易来到加热萨村党支部书记扎西次仁家时，我第一次发现了凳子是那么的值得依靠和眷恋。喻晓坤几次提醒我可以开始了，我总是委婉地告诉他再等等吧。直到我喘过气、缓过神来了，才站起来对驻村工作队、村两委班子及贫困户进行慰问。这次因为身体不适，也打破了我们以前一直坚守的原则，那就是不让贫困户集中过来，而是我们直接到其家里去。

我们离开加热萨村，继续往更高处的拉贡村前进。中途休息次数更加多了，见到住户都想进去坐一下。我们一时走在土路上，一时穿过玉米地，一时钻进灌木林。我感觉走了好久还没到，离我们上次的经验差距太大，结果原来是乡干部带我们走了最充分的路。拉贡村还有几户坐落在远离村委会的山岭上，去年我们在龙列村回望的时候发现了这几户人家，当时便开玩笑说应该去那几户人家看看，现在想不到居然玩笑成真。既来之则安之，我们在一个县政协委员家里对驻村工作队、村两委班子及贫困户进行了慰问。

我们离开拉贡村，走进了一片玉米地，坡度大概在70度左右。人在上面根本无法直立，只能斜斜地往上靠，脚下无平地，脚腕都是歪着的，而且还总是往下滑。穿越了那片玉米地和一片灌木丛后，终于找到了正确的道路。从这一刻开始直到曾久村，起伏不是很大，简直可以称得上是“山路中的高速公路”。到达曾久村已是下午5点多了，前往达昂村还要一个多小时，此时太阳已经下山，天很快就黑了，而且最险的路段还在前面。于是我们只在曾久村休息了一下，而没作停留。

曾久村在一条突出的山岭上，而达昂村在绕过了这条山岭以后还要往沟里走。这条路沿着近乎垂直的山崖一路往上，又险又陡。有些路段是凌空的，下面用了些钢筋甚至只是木头撑着。还好，去年只能攀着岩壁冒着生命危险爬过去的常年塌方区，在当地干部群众的努力下，硬生生地凿出了一条人可以走的小路，但还是只能快速通过，不敢往下看。去年我们来调研的时候为此严厉批评了当地干部和群众，并拟拨款300万元支持他们修吊桥，后来因交通部门对此已有规划而放弃，但也责成当地政府和群众想办法改善通行条件，提高安全保障。现在看来他们做到了，我们感到很欣慰。“强弩之末难以穿鲁缟”，最后的爬坡显得更加缓慢而吃力，一度还想抽筋。山高人为峰，路艰步为工。在经过五个多小时的艰苦努力后，我们终于在天黑的时候到达了上达昂。

当晚我们吃住在村支部书记次成多吉家。主人家十分热情，不断地端着黄酒和酥油茶请喝。晚饭后，我们和驻村干部张龙及村干部坐在火炉旁聊天。雷震则利用这个时间为村民义诊，进行医学调查，对村医进行指导，并赠送了部分常用药品。

第二天，我们对驻村工作队、村两委班子及贫困户进行慰问后，从陡坡下到下达昂以后开始往曾久村走。在曾久村，我们看望慰问了驻村工作队、驻寺工作队、村两委班子及贫困户。然后沿着陡峭的山路下坡返回乡政府所在的更帮村。陪同的乡干部说，他们数过有90多道拐。如果是走过这条路的人，我相信谁也不会去怀疑这个数字。回到更帮村，我们照例看望慰问了驻村工作队、村两委班子及贫困户，然后回到乡政府饭堂午饭。

这一趟下来，我们结合下乡进村入户调研、看望慰问基层干部群众、开展医学调查指导及义诊等工作，将党的十九大精神以针对式、交流式、情景式的生动灵活方式进行了宣讲，同时也更加深刻地体会到了乡镇干部、驻村干部、驻寺干部的艰辛，更加深刻地感受到了群众对生活的坚忍和对美好生活的向往，更加深刻地理解到了习近平总书记及中国共产党如此的深入民心。

（发布时间：2017年12月26日21：42）

12月27日
星期三

走向天路533

修理三天

（再战“上三乡”之三）

我们于12月24日午饭后便开始从加热萨乡返回县城。原来还想着顺路看望慰问帮辛乡的肯肯、帮果、根登三个村的，但由于修路耽搁了时间而放弃，改为直接赶回县城了，因为晚上还有接待任务。

我们回到县城已经晚上6点多了。由于满身是灰尘，便洗了澡换了衣服再去接待。接待对象是林芝市的一个工作组，带队领导是墨脱的老领导、援藏的老朋友，所以我简单地向他汇报了墨脱的相关工作情况之后，也告诉他我身体不适，他很理解也很关心，我便中途离开去了医院打点滴。

跟我一起打点滴的还有驾驶员王强，他也跟着我一起病了。从那天晚上开始，我们连续吊了三个晚上的针。雷震每天晚上都是陪着我们去陪着我们回，喻晓坤、邓宏照、李展健、欧康奎等队友或分或合前来打气，其他队友也在微信上发来问候，真是让我感动。特殊的环境，特殊的经历，造就特殊的情感，特殊的友谊。这些，只有真正经历过的才会懂。

在这青藏高原得病，治愈的难度要比内地大，速度要比内地慢，所以我们都怕得病，但它要缠上来你也没有办法。每天晚上打完针，睡完觉，感觉好像好得差不多了，但又总是断不了尾，然后在白天又不知不觉地反弹了。因此，25日至27日这三天，主要任务是对自己进行修理，工作也主要是参加会议和处理内务而已。

其实，按照广东省第八批援藏工作队的通知精神和对应的休假时间，我们从25日开始就可以休假返粤回佛了，只是有些工作还想再推进一下，故而还要再待一段时间。

这三天，就像年底清仓一样，把雷震开给我的药，还有我自己从佛山带来备用的消炎、抗病毒、感冒类的药全都吃光了。希望明天能够好起来吧，要不又会耽误我们的行程了。

（发布时间：2017年12月27日20：29）

12月28日
星期四

走向天路534

重新出发

（再战“上三乡”之四）

修理了三天，重整旗鼓再出发。依然是原班人马（我和喻晓坤、雷震、贾思原、王强），今天早上9点钟从县城开拔。

这次首站是帮辛乡及帮辛、根登、帮果、肯肯四个村。中午我们首先到达位于乡政府下方的帮辛村，在乡党委书记达穷、乡长周大明的陪同下，看望慰问了驻村工作队、村两委班子成员及贫困户，然后来到乡政府看望慰问了乡派出所、乡卫生院、乡中心小学。午饭后继续出发前往根登、帮果、肯肯三个村看望慰问驻村工作队、村两委班子成员及贫困户。路虽然不怎么好，但再不好也要比徒步强得多。

离开肯肯村后，我们便向加热萨乡进发。但加热萨乡并不是我们今天的目的地，我们的目的地是在加热萨乡的一个村——龙列村。到了加热萨乡，我们再也不能乘坐汽车了，只能徒步前进。在乡党委副书记扎西顿珠和龙列村党支书第一书记李军的陪同下，我们从加热萨乡到龙列走了将近两个小时。开始的那段路还算平缓，过了一道吊桥后就开始急剧上坡，一口气上了十道拐。

我们在傍晚6点左右到达龙列村党支部书记达瓦次仁家，今晚吃住就在他家里。我们先是看望慰问了驻村工作队、村两委班子成员及贫困户。晚饭后我们与陪同的乡干部、驻村工作队队员、村两委班子成员及部分群众围着火炉聊天，其乐融融。我们了解了党的十九大精神的学习情况、大家对整体易地扶贫搬迁的意见、该村今年的经济发展情况等。晚上，我们与陪同的乡干部一起打地铺，五个人一字排开躺在伙房的地板上，进一步拉近了彼此的距离。

每到一地，我们都把习近平总书记及党中央对西藏及墨脱各族干部群众的关怀，把党的十九大精神传达给基层的干部群众。这种针对式、交流式、情景式的宣讲更加容易为基层的干部群众所接受。

（发布时间：2017年12月30日22：13）

12月29日 星期五

走向天路535

直抵多卡

（再战“上三乡”之五）

我们今天的目的地是甘登乡及甘登村、多卡村。多卡村位于雅鲁藏布大峡谷的最深处，是墨脱最偏远的一个村，离加热萨乡约35公里。为了赶到多卡村，为了在太阳强烈之前赶到第一个垭口，我们七点半就起床，八点半就从龙列村出发了。

加热萨乡党委副书记扎西顿珠继续陪同我们前往。一出龙列村，就是急剧的爬坡，长度很长，而且无论是早上还是下午都是太阳晒背，去年我们曾经为此吃尽了苦头。我们弯过一个又一个坳，翻过一道又一道岭，终于在阳光尚未猛烈之前，在两个多小时之后，到达垭口。自此之后，一直到甘登乡政府所在地甘登村的路都是相对平缓的路段或是下坡路段。

我们离开垭口没多远，就碰到了骑摩托车前来接应的甘登乡乡长尼玛桑珠、乡党委委员扎西罗布以及另外五个村民。于是，我们每人分乘摩托车前往甘登乡政府，这让我们过足了山地悬崖摩托车越野的惊险刺激。在这种傍壁临崖，弯多路窄（平均宽度不足一米），路面起伏不平（有些泥泞不堪，有些碎石与粉尘厚积，有些乱石丛生）的险峻道路上飞驰，一时跳起来，一时俯冲下去，一时来个急弯，还要用脚踩地才能拐得过去，脑袋还得不断地躲闪崖壁和树枝等杂物。一方面慨叹门珞群众的艺高胆大，一方面刺激得胆战心惊。在这样的路上风驰电驶，绝对不能容忍有任何的差错！

但它的好处也十分明显，就是极大地提高了效率。原本从垭口到乡政府的路还要走两个多小时的，现在二十多分钟就到了。我们到了乡政府，稍作休息之后，便开始看望慰问乡派出所、乡卫生院、乡小学及甘登村驻村工作队、驻寺工作队、村两委班子、贫困户。

午饭后，我们启程前往多卡村。按照当地干部群众一般的行程规划，都是加热萨乡到甘登乡一天（20多公里），甘登乡到多卡村一天（15公里多），反之亦然。没有人一天就从加热萨赶到多卡村的，但“援藏铁军”就是要创造这个纪录。记得去年我们就是用一天的时间实现了从甘登到县城（其中甘登到久当卡村要徒步）的纪录，很多人听了以后都瞠目结舌。

由于很多村民都前往加热萨搬运去了，只剩下两辆摩托车，于是每次搭两人，先送一段路，然后再徒步前往，摩托车则返回去再搭两人过来。但摩托车也只能送一小段，更多的还是得靠双腿去丈量。就这样，我们的队伍拉得很长，只能是三三两两地走。经过大家的共同努力，我们终于在天黑之前全部都集结到了村党支部书记的家中。

随同我们前往多卡的还有乡长尼玛桑珠、乡党委委员扎西罗布、乡小学校长钱建宏、乡卫生院医生格桑和次仁拉巴，以及加热萨乡党委副书记扎西顿珠等。

（发布时间：2017年12月31日23：42）

走向天路536

再创三个纪录

（再战“上三乡”之六）

多卡村是观赏加拉白垒峰的最佳位置。傍晚的加拉白垒峰，在夕阳的映衬下一片银白。山峰上有时会升腾起一小团云，像是一个烽火台，又或是像一顶白色的圣诞帽；有时会被一条长长的哈达云所遮挡，像是披上了白色的面纱，当它移到一边时又变成了旗云。当太阳快要落下去的时候，加拉白垒峰又变成了一个火山，把它上空及周围的白云烧成了红色的晚霞。

12月29日晚上，我们在多卡村党支部书记家吃完晚饭后，看望慰问了驻村工作队、村两委班子及贫困户，然后召开了村民代表大会，为整体易地扶贫搬迁做思想工作（另文再述）。晚上，我们就住在村党支部书记家里。

30日早上起来用过早餐后，我们便开始原路返回。村党支部书记及部分村民一直送到十三道拐上方的垭口。他用背篓背了两壶酥油茶和若干只碗，当他放下背篓的时候背上全湿透了。于是我便让大家都喝一碗，一是接受并感谢乡亲们的热情相送，二是免得他们又再那么远的背回去。千里相送，终有一别。我让村民们就此打住，答应待他们明年搬到格当乡多龙村的时候再去新家看望他们。

我们下了十三道拐，过了吊桥，便沿着山脚一路斜跨地往上爬。因为甘登村的村民昨天前往加热萨搬运还没回来，所以今天就没有摩托车接了，全程15多公里全部靠走。我们在中午时分回到了甘登乡政府。

由于喻晓坤和雷震等队友有事要赶回佛山，于是我们在甘登乡政府午饭后便马上出发，返回加热萨乡。乡里找到了两辆摩托车，便先送两个，其他人徒步，摩托车返回再接两个，依此循环。摩托车把我们送到龙列村上方的垭口便返回去接其他人，我们便从垭口开始往下走。全路段都是陡峭的山崖路段，人踩畜踏形成厚厚的一层碎石和粉尘的混合物，走在上面很容易滑倒或打趔趄。

不包括从甘登乡到垭口乘坐摩托车的那一段，光是从垭口开始经过龙列村到加热萨乡就还有10多公里，加上上午的15公里，今天走了差不多近30公里。而且上午的几乎全部是陡峭的上坡路段，下午的几乎全部是陡峭的下坡路段，考验最大的除了意志和坚毅之外，还有就是两条腿和膝盖。

最厉害的就是援藏教师贾思原。她为了完成工作组安排给她创作一组援藏、墨脱、门珞油画的任务，已于23日至24日随同我们走完了加热萨乡的更帮、加热萨、拉贡、曾久、达昂五个村，徒步20多公里。这次又跟随我们在两天之内往返于加热萨乡和多卡村之间，总行程70多公里，其中徒步超过50公里。每当我们问她行不行的时候，她总是说："我可以的！"然后咬着牙关坚毅地走完每一步。她成了墨脱历史上首位下乡到达昂村和多卡村的女性援藏干部人才，也是墨脱历史上屈指可数的下乡到达昂村和多卡村的女性干部人才（假如曾经有过女性干部人才到过这两个村的话）。

我们在傍晚六点半左右到达加热萨乡政府，然后乘车返回。在天马上要黑的时候，我们回到了帮辛乡宗荣村的路口。喻晓坤和雷震坐上了索朗的车，索朗是专门从县城赶来迎接他们俩回县城的。他们终于在晚上10点多安全回到县城。"援藏铁军"在去年创造了一天从甘登乡到县城的纪录（其中甘登乡到当时的加热萨乡久当卡村全程徒步）的基础上，今年又创造了一天从加热萨乡龙列村到甘登乡多卡村、从多卡村直接返回县城的两个纪录。

（发布时间：2018年1月1日14：54）

12月31日
星期日

走向天路537

二次全覆盖

（再战“上三乡”之七）

2017年12月31日，据说今天是三末：周末，月末，岁末。就在今年的最后一天，我们终于实现了“走遍墨脱”的二次全覆盖。

昨天（12月30日）晚上在帮辛乡宗荣村路口与喻晓坤、雷震两位队友拥别后，他们返回县城，我们继续前往宗荣村。乘着夜色，我们在帮辛乡乡长周大明等乡干部的陪同下，在宗荣村看望慰问了驻村工作队、村两委班子及贫困户。

然后顶着黑夜，沿着“Z”字形的道路盘旋下到雅鲁藏布江边，过了仅容一车通过的岗玉吊桥，再沿着“Z”字形的道路盘旋而上，来到岗玉村。此时已是晚上8点多了。我们在村委会吃过饭后，看望慰问了驻村工作队和村两委班子。由于群众已经晚休，看望慰问贫困户便放到第二天。

我们在驻村工作队的伙房烧水洗脸和洗脚。连续两天共50多公里的徒步，加上前几天在加热萨往返达昂等村的徒步，总徒步里程超过70公里。这不光让两条腿酸痛，也让脚底长泡。泡了一下脚顿时感觉舒服多了。由于夜已深，便安顿大家去睡觉。极度的疲惫并没有带来安眠，相反浑身的疼痛让人彻夜难睡。

早上起来，雅鲁藏布江升腾起来的晨雾弥漫着整个村庄。我们洗漱完了之后便在村子里转悠了一下。早餐后继续看望慰问贫困群众。然后离开了岗玉村，返回雅鲁藏布江对面的西登村看望慰问驻村工作队、村两委班子及贫困户。至此，从12月23日开始发动的“再战‘上三乡’六日行动”宣告圆满结束。

在返回县城的途中，我们在德兴乡乡长白玛占堆和工作组成员、墨脱县发改委副主任邓宏照等人的陪同下，前往德兴乡德果村看望慰问了驻村工作队、村两委班子及贫困户。

至此，我们于今年发动的“走遍墨脱”二次全覆盖全面完成，而且二次全覆盖是指到访次数最少的村，而多的早已达十多次了。我们“睡遍墨脱”民族团结活动的计划也完成了19个村，占全县46个村的41%，而且最偏远的达昂、多卡等村及即将整体易地扶贫搬迁的岗玉、龙列、多卡三个村已覆盖。我们在去年（2016年）进墨的当年就以团队形式走遍了全县八个乡镇46个村，成了历批援墨工作组中的首创！今年（2017年）我们以团队形式再次走遍全县八个乡镇46个村，更是前无古人！

（发布时间：2018年1月1日17：43）

广东省第八批援藏工作队墨脱县工作组『佛墨缘』系列丛书

走向天路

援藏这三年

第二辑 下

谢国高——著

南方日报出版社
NANFANG DAILY PRESS
中国·广州

图书在版编目（CIP）数据

走向天路：援藏这三年. 第二辑. 下 / 谢国高著. —广州：南方日报出版社，2019. 9
ISBN 978-7-5491-2036-9

Ⅰ. ①走… Ⅱ. ①谢… Ⅲ. ①日记－作品集－中国－当代 Ⅳ. ①I267. 5

中国版本图书馆CIP数据核字(2019)第171163号

ZOUXIANG TIANLU YUANZANG ZHE SANNIAN
走向天路：援藏这三年·第二辑·下

著　　者：谢国高
出版发行：南方日报出版社
地　　址：广州市广州大道中289号
出 版 人：周山丹
责任编辑：方　明　曹　星
责任技编：王　兰
封面设计：邓晓童
责任校对：裴晓倩
经　　销：全国新华书店
印　　刷：广州市尚铭印刷有限公司
开　　本：787 mm×1094 mm　1/16
总 印 张：46. 25
总 字 数：800千字
版　　次：2019年9月第1版
印　　次：2019年9月第1次印刷
总 定 价：158. 00元（全2册）

投稿热线：（020）87360640　　读者热线：（020）87363865
发现印装质量问题，影响阅读，请与承印厂联系调换。

前 言

援藏是党中央、国务院对西藏的特殊关怀，是相关省市、系统和央企等对西藏的特殊关心，是全国各地各族人民对西藏各族人民的深情厚意。援藏干部人才是新时代民族团结的使者、祖国统一的卫士，也是援受双方及两地联系沟通的桥梁纽带。援藏是一堆篝火，援藏干部人才在这里燃烧青春；援藏是一片热土，援藏干部人才在这里挥洒汗水；援藏是一块沃地，援藏干部人才在这里吸取营养；援藏是一抹天空，援藏干部人才在这里展翅翱翔。

2016年7月，受广东省及佛山市的委派，由谢国高、李斌、喻晓坤、邓宏照、李展健、郭振华、赖明建、雷震八位成员组成的广东省第八批援藏工作队墨脱县工作组（佛山援藏），跨越千山万水，飞越青藏高原，来到远离佛山三千多公里之外的墨脱。在粤藏两地各级党委政府、全国及广东省第八批援藏工作队、郭强总领队和许典辉领队的正确领导下，在佛山社会各界、墨脱干部群众的大力支持下，开始了为期三年的援藏工作，开始了丰富多彩的援藏实践。

墨脱，是一个美丽与危险并存、享受与忍受同在的地方。一方面，作为世界第一大峡谷的雅鲁藏布大峡谷赐予了人类最美的底图，莲花圣地、秘境墨脱让人向往，“世界雾都”“世界雨都”“世界水都”“世界生物之都”“世界气候之都”引人探秘；另一方面，作为全国最后一个通公路，唯一一个不通班车，号称“高原孤岛”，孤悬于喜马拉雅山之南的边陲小城，地震、塌方、滑坡、泥石流、滚石、倒树、雪崩等频发的自然灾害又时刻影响甚至威胁着人们的健康与生命。

他们是一批高学历、高职称而富有情怀、富有思想和具有丰富实践经验、活跃创新能力的新时代援藏人。强烈的民族情怀、边疆情怀、高原情怀、峡谷情怀，使他们对这片土地以及这片土地上的人民、这片土地上的一切都充满了情感。活跃的思维和丰富的思想，使他们更加深入观察和思考这里的一切。他们积极主动的探索、实践、努力、付出和当地干部群众的理解、关心、支持、配合，让他们积累了丰富的素材、激发了大量的灵感。远离家乡与亲人的孤独、寂寞、思念，没有让他们在这里虚度和沉沦，而是让他们在这里历练和升华。

他们与当地干部群众一道，谱写墨脱发展的新篇章；他们与其他援友一道，谱写华丽蜕变的新华章；他们与笔杆格子一道，谱写躬身践行的新文章。工作组及所有成员、短期柔性援藏人才、工勤人员，在援藏工作、援藏生活过程中形成了丰富的文稿和资料。这些文稿和资料，是全面、系统、客观、真实地反映援藏工作和援藏生活的珍贵史料，是援藏干部人才与当地干部群众共同创造的集体智慧的结晶。为了收集、整理、保护援藏史料和传承、弘扬、创新援藏文化，工作组将工作组的相关资料、工作组成员及短期柔性援藏人才的文稿、工作组委托他人撰写的反映墨脱和援藏的文稿，统一编辑为《广东省第八批援藏工作队墨脱县工作组“佛墨缘”系列丛书》，并委托相关出版社分期分批出版发行。所有工作组成员及短期柔性援藏人才均自愿放弃首次出版的收益，其出版所得全部归工作组所有并继续用于援藏事业。

序 言

只想告诉你真实的援藏

谢国高

2016年7月，受广东省及佛山市的委派，由我和李斌、喻晓坤、邓宏照、李展健、郭振华、赖明建、雷震共八位成员组成的广东省第八批援藏工作队墨脱县工作组带着广东省及佛山市的重托，带着八百万佛山人民的期盼，带着亲朋好友的祝福，怀着强烈的民族情怀、边疆情怀、高原情怀，飞上了青藏高原，越过了嘎隆拉雪山，来到孤悬于喜马拉雅山之南的边陲小城——墨脱，开始了为期三年的援藏工作。同时开始了写作《走向天路》的计划和行动。

《走向天路》从2016年7月13日我进藏的第一天开始，每天一篇，连续编号。当天没有完成任务或者因墨脱断网等原因没发的，次日或有网的时候再补上，坚持每天一篇。以前就发觉“坚持”不容易，后来发觉“坚持”更困难。因为每天无论阴晴云雨雪雾冷暖，无论是否有空是否疲劳，都要坚持，确实不容易啊！很多次，都因为太困睡着了，半夜才爬起来继续写，而晚上十二点后才写完的情况就经常出现。

为什么要这样坚持这么执着呢？主要就是想把这三年援藏期间的所见所闻、所作所为、所学所习、所思所想、所感所悟、所获所得比较原生态的记录下来，发表在微信朋友圈，与朋友们一起分享，同时听取大家的意见建议，加强相互之间的良性互动。

通过《走向天路》，希望告诉大家一个我眼中的、心中的、相对真实的西藏、墨脱及援藏工作。之所以说相对真实，一方面是因为事物本身丰富多彩而纷繁复杂，而自己的认识水平有限，所描述的只能说是我眼中的、心中的映像，另一方面是因为广东省第八批援藏工作队墨脱县工作组的各位成员心态阳光，态度积极，行动迅速，所以我们一般只反映积极的、正面的、阳光的，而其他不能、不宜、不需描述的就此忽略了。

我的援友们将《走向天路》戏称为《新西游记》。想想是对的，我们来的是西藏，是祖国的西南部，方位对；用的是“游学”的心态来援藏，心态对；来的目的是学习，是取经，是历练，目标对。好吧，就让我们像“西游”一样，好好学习，好好工作，好好生活，好好历练，好好享受这个过程。他们又将《走向天路》戏称为《新一千零一夜》。想想也对，三年一共是一千零九十五天，与一千零一差不多，而且绝大多数都是晚上写的，也基本能够对应得上。

《走向天路》，可能是迄今为止唯一完全用手指在手机屏幕上面写就的一本书，是迄今为止唯一连续全景式的记录援藏工作的一本书，是“用心、用情、用爱”演绎和诠释援藏工作的一本书。

是为序。

目录

2018年
（1—7月）

目录

目录

目录

目录

目录

走向天路

援藏这三年·第二辑·下

2018年

January 1月

走向天路538

我同意！

（再战“上三乡”之八）

“我同意！”这是甘登乡多卡村的乡亲们在12月29日晚上的村民代表大会上的郑重承诺。

12月29日，我们经过35公里的徒步，到达全县最偏远的多卡村。得知村民们对整体易地扶贫搬迁有顾虑，全村31户只有11户同意搬迁，村两委班子成员及村务监督委员会委员中只有2人同意搬迁，于是临时决定召开村民代表大会，对整体易地扶贫搬迁作二次动员。我们首先了解了村民的顾虑，归结起来主要有三：一是嫌安置点海拔高；二是嫌新房不够大；三是嫌土地不够好。

待村民代表陆续到齐了以后，我们便开会。我来讲，尼玛桑珠乡长来翻译。我首先问了村民两个问题：一是你们祖祖辈辈都是住在多卡村吗？回答是否定的，他们的祖先也是从外面搬进来的。二是你们种的粮食有卖吗？回答也是否定的，他们吃的大米都是从外面买回来的。

然后我跟乡亲们讲了搬迁的主要好处：一是交通方便。安置点多龙村在国道219线路边，交通便利，出入、上学、就医等各方面的生活都十分方便。路通财通，有条件的乡亲们可以发展交通运输、住宿餐饮、机械施工等方面的产业，村集体在路边也预留了商服用地，为以后发展经济打下了基础。二是政策优惠。安置点多龙村是边境工作量村，16—65岁的家庭成员（不含在校学生和公职人员）每人每年可享受边境补贴6000多元，还会逐年提高，而这个补贴是新增的，现在的村庄是没有的，原有的其他各项政策一分不少。而且工作组向佛山市政府争取了3000万元，使得贫困户自筹部分一分都不用掏，非贫困户自筹部分减少。三是新房子好。多卡和龙列、岗玉三个村共90户，总投资1.1亿元，平均每户达122万余元，配套设施完善，新修房子标准高，功能齐全，安全舒适便利。

不搬的坏处有：一是交通不便。离多卡最近的甘登村和龙列村都要整体易地扶贫搬迁，在建的加热萨到甘登的公路也将停修，那么多卡到加热萨只能靠徒步进出，路程超过35公里。由于交通和生活都十分不便，村里的女孩子出去读书以后极可能不会嫁回来，而外面的女孩子更难嫁进来，以后这个村的男性娶妻生子相当大难度。二是政策更差。这次搬迁由于有援藏的计划外资金3000万元注入，村民自筹部分减少，贫困户自筹部分全免，这次不搬迁，下次再搬的时候可能就没有这种待遇了。

我还就村民提出的问题逐一进行了回应，打消群众的顾虑。例如：村民们嫌安置点海拔高的问题，我两个地方都去过多次，海拔高度比较接近，这个问题其实并不存在；村民们嫌新房不够大的问题，我就反问他们你现在的房子有多大？他们说亲戚朋友来了没地方睡，我就反问他们我们现在来了你有地方给我们睡吗？然后跟大家讲清楚新房子的标准，要有规矩，不是谁想要多大就有多大，而且新房子比现在的房子无论在哪方面都强多了；村民们嫌土地不够好的问题，我指出他们祖先最初开垦的土地也是生地，经过多年的改良后才成为现在的熟地，安置点的地也一样，可以通过不断的改良变成熟地，而且由于可以享受边境补贴，即使不种地的收入也要比现在高，新增的收入可以买到比现在土地产出多几倍的东西。

最后我指出：一是故土难离可以理解，但是不应该犹豫，你们的祖先搬到这里来的时候条件更差、情况更不明，你们现在搬过去房子有了，地有了，条件那么好，还有什么可担心和徘徊的呢？二是有什么顾虑可以提出来，我们一起研究解决，但绝对不能将这个作为向党委、政府漫天要价的理由。三是2017年12月29日是一个分水岭，你们选择正确，村庄就走向繁荣富裕，你们就是历史功臣；反之你们选择错误，村庄就走向没落，你们就是历史罪人，你们已经结婚生子，但不能那么自私，让子孙后代成光棍，甚至连子孙后代都没有了。四是三个村里，另外两个村都全部愿意搬，难道人家都是傻的，就你聪明吗？五是党委、政府为此进行了科学的论证，为此付出了很大的代价，为此做了大量的工作，目的就是为了让群众真正过上好日子，希望大家不要辜负了党委政府的一片苦心，而且搬过去以后党委、政府也不会撒手不管。

与我们一起前往该村的甘登乡乡长尼玛桑珠、乡党委委员扎西罗布、乡小学校长钱建宏，以及加热萨乡党委副书记扎西顿珠等也从自身出发作了解释工作。工作组成员喻晓坤、雷震，援藏教师贾思原以及多卡村村干部、驻村队员和各家各户的代表参加了会议。会议达到了预期效果，各家各户的代表都纷纷表示感谢党和政府的关心，都表示愿意搬迁。就这样，扰攘多日的问题终于解决了。

（发布时间：2018年1月1日22：45）

1月2日
星期二

走向天路539

全面动工

12月31日，这是2017年的最后一天，也是2018年即将来临的一天。就在这一天，雅鲁藏布江钻石水景茶园和墨脱县县城及乡镇亮化工程这两个项目正式动工兴建。至此，广东省第八批援藏工作队墨脱县工作组计划内的十大类24个项目已经全面动工建设！工作组成员（李斌、邓宏照、李展健、欧康奎及我）与墨脱县有关部门、施工单位和监理单位的相关负责人、部分群众见证了项目的开工。

这是我们开工建设的第十一批项目。而第十批的两个项目——墨脱县广播电视台演播室改造升级工程和墨脱县县城及乡镇亮化配套高压线路迁改工程这两个项目早已悄然动工。

计划内的所有项目必须在2017年年底前全面开工建设，这是我们在进墨之初就定下来的铁定目标。现在，我们做到了！这凝聚了佛山和林芝市委市政府、广东省第八批援藏工作队及墨脱县委县政府的正确领导，凝聚了林芝市、墨脱县相关部门和乡镇、墨脱县广大干部群众的鼎力支持，凝聚了广东省第八批援藏工作队墨脱县工作组全体成员及相关援藏干部人才的团结拼搏。

最近一年半来，工作组全体成员及相关援藏干部人才团结一致，奋力拼搏，顶住了重重压力，承受了种种委屈，沟通了层层关系，冲破了个个障碍，才实现了计划内所有项目全面动工。这当中，具体负责项目建设的邓宏照、李展健、欧康奎三位同志发挥了主体作用和主动作用，功不可没。

（发布时间：2018年1月2日20：14）

1月3日
星期三

走向天路540

三分之一已竣工

2017年12月31日，我们在“上三乡”（帮辛乡、加热萨乡、甘登乡）看望慰问基层干部群众和宣讲党的十九大精神结束后，风尘仆仆地赶回县城，见证了我们计划内最后一批项目的开工建设——雅鲁藏布江钻石水景茶园和墨脱县县城及乡镇亮化工程，同时也见证了我们计划内的第四批项目竣工——墨脱县广播电视台演播室改造升级工程和墨脱县县城及乡镇亮化配套高压线路迁改工程。这两个项目的竣工，使得我们的竣工项目达到8个，占全部24个项目的三分之一。当天，我们还为获批成立的“墨脱县广播电视台”挂牌，墨脱的广播电视事业将揭开新的一页。

墨脱县广播电视台演播室改造升级工程总投资200万元，建设县广播电视台演播室灯光系统、舞美设施、多景区演播室设备和录音棚设备等。其功能定位为多功能演播室，满足了作为演播室的所有功能需要，包括新闻类、栏目访谈类节目。该项目建成后将大大提升墨脱县广播电视节目的制作水平。

墨脱县县城及乡镇亮化配套高压线路迁改工程总投资90万元，为墨脱县城风貌改造工程的子项目，也是因为得不到相关的支持配合不得已而安排的一个项目。该项目于2017年11月开工建设，现已完成工程全部建设内容。该项目主要是对经过“秘境墨脱”和“雅鲁藏布江母亲广场”这两个项目的高压线进行迁移，配套夜景亮化及其他项目施工，以提高建设效率，减少安全隐患。

（发布时间：2018年1月3日21：36）

1月4日
星期四

走向天路541

全国首个援藏普法志愿服务队成立

2017年12月31日，全国首个援藏普法志愿服务队——墨脱县“佛墨缘”普法志愿服务队宣告成立。广东省第八批援藏工作队墨脱县工作组在墨成员（李斌、邓宏照、李展健及我），县委常委、副县长高功强，县司法局全体干部职工参加了成立仪式。工作组副组长、县委副书记、常务副县长李斌主持了仪式，县委常委、副县长高功强致辞，我代表县委、县政府作了讲话。工作组向县司法局捐赠10万元作为普法志愿服务队的成立和运行经费，支持20万元作为普法奖励基金。同时，我代表县委、县政府授旗，县司法局局长李秋苹接旗。

三个县级领导（县委常务副书记谢国高、县委副书记兼常务副县长李斌、县委常委兼副县长高功强）同时出席普法活动，据说是墨脱县司法行政工作史上罕

见的。我们之所以那么重视普法工作，跟我们的经历和认识有关，也跟墨脱的实际需要有关。工作组八个成员中，邓宏照和我的本科第二专业都是法学，邓宏照、雷震和我都参加过国家司法资格考试，我还担任过法制科室的负责人，因此对法律及普法都有相当的认识。在墨脱，门珞群众相信宗教不相信法律的现象还不同程度地存在，普法工作任重而道远。而法治，更是建设社会主义现代化强国的应有之义和必由之路。

我们成立墨脱县“佛墨缘”普法志愿服务队的初衷，是2017年8月份县司法局在帮辛乡试点组建了大学生普法志愿服务队，利用暑假在家乡开展了系列宣传、教育、服务活动，取得了良好的效果，得到了林芝市司法局和西藏自治区司法厅的充分认可和高度评价。工作组为进一步总结工作，推广经验，与县司法局沟通协调成立了墨脱县“佛墨缘”普法志愿服务队。工作组所有成员及佛山市派出的所有柔性援藏干部人才全部自愿加入，普法志愿服务队还包括各乡（镇）寒暑假返乡大学生、县司法局全体干部职工及社会各界法学相关专业的青年等。

普法志愿服务队开展工作的方式主要有：一是抓住重大纪念日、节假日等节点，以“法律八进”活动为载体，采取集中活动与分散活动相结合，通过法治展板、有奖问答等多种方式，创造性地开展普法工作。二是推出“普法温暖打工路”“新春普法行”“精准普法”“打开心窗，爱心传递”，开展法律知识、安全知识讲座等创新宣教精品活动，深入乡村、寺庙、学校、企业、事业单位、社区、工地等开展法制宣传活动。

希望墨脱县“佛墨缘”普法志愿服务队的成立，能够为墨脱的普法宣传教育工作，为法治墨脱的建设做出积极的努力和贡献。

（发布时间：2018年1月4日20：01）

1月5日
星期五

走向天路542

旅游村初探

我一直都想依托墨脱独特的自然风光和神秘的人文风情，将墨脱的每一个村落都打造成旅游村，让广大的农牧民群众告别传统的单纯的农牧生产和生活方式，吃上旅游饭，促进乡村经济发展方式的转变，落实乡村振兴战略。于是，我在小康村的建设中提出了“六化”理念，即“住房安居化、道路硬底化、设施配套化、环境生态化、庭院经济化、景观旅游化”。

为了使理想转化为现实，我们在背崩乡西让村、地东村、德尔贡村和墨脱镇巴日村、德兴乡文朗村、达木珞巴民族乡卡布村实施小康村建设时，都以“六化”为目标，按照“整体化设计、模块化构成、阶段化实施”的理念，以“看菜吃饭、宜留则留、宜改则改、遇弱补强、遇缺补齐”的方法去实施。而其他的村，我们则是以“六化”为目标，按照打造“雅鲁藏布大峡谷水果经济带”的思路，支持他们种植“花可赏、果可吃”的特色精品水果，配合旅游村的建设。

我们的财力和精力都是有限的，不可能全县出击，村村俱到，而只能突出重点，带动全面，形成亮点，引领示范。根据上级的安排，由广东省支持1.018亿元计划外资金建设的西让、地东、德尔贡三个小康村交给县里实施。特色精品水果的

种植，我们只向有意愿参加的村提供种苗和指导，由群众自己负责实施。我们重点是抓好巴日、文朗、卡布三个小康村的建设。

综合各方面的因素，文朗村又是重中之重。之所以这样选择：一是德兴乡党委、政府及文朗村驻村工作队、村两委班子、村民工作得力，支持到位。这是首要的。二是文朗村有着良好的人文因素。据说文朗村是“佛手村”，村后的五座山峰是佛手的五个手指，而文朗村则刚好位于佛手的掌心上。文朗村的平面布局与拉萨色拉寺的平面布局有着惊人的相似。文朗村的教育不错，与其村名互相呼应。三是文朗村有着优质的旅游资源。从文朗村远眺县城，美景尽收眼底，是旅游休闲的好去处。村旁的梯田和茶田景观也很好。村子下方是雅鲁藏布江和鲁古吊桥。四是进村道路正在改造扩建并硬底化，将大大改善道路交通设施。为了策划和推进文朗村的旅游村建设，我曾六次带队到该村进行实地调研和考察。

我们在文朗村的投资和建设主要包括四个方面：一是小康村建设项目。总投资800万元，为计划内资金。主要建设内容包括魁星阁、水系景观、挡土墙、入户道路硬化及相关配套设施等。二是“佛墨缘”农家乐。总投资100万元，为工作组自筹计划外资金。定位是休闲度假风格，配置独立卫生间和淋浴设备，为目前全县定位最高的农家乐。三是旅游步道。总投资20万元，为工作组自筹计划外资金。与现有机耕道相接，纵向穿越景观梯田，向下延伸与横跨雅鲁藏布江的鲁古吊桥相接，兼具旅游徒步和村民耕种步行双重功能，并与进村机动车道形成环线。步道将由我们提供资金购买材料，由村民投工投劳建设，而且这种投工投劳不是“墨脱式的投工投劳”，而是“内地式的投工投劳”，即不需要支付工资的。四是在全村大遍种植佛手。佛手是药食两用植物，长相奇特，并且能够与文朗村的“佛手村”呼应起来。我们将用自筹的计划外资金购买种苗，发动村民种植。

我们希望通过在文朗村的积极探索，为墨脱旅游村的建设提供一种参考启发甚至是示范引领。2017年12月31日，我们支持该村的两个计划外项目——文朗村“佛墨缘”农家乐项目和文朗村旅游步道项目正式开工建设。我和邓宏照、李展健、欧康奎，德兴乡、文朗村和驻村工作队的相关负责人，相关设计、施工、监理单位的负责人及部分村民见证了这两个项目的开工。

（发布时间：2018年1月5日21：46）

1月6日
星期六

走向天路543

期待蔬菜满树

在2017年12月15日至18日举办的第四届广东（佛山）安全食用农产品博览会暨佛山农业旅游博览会上，一个展销蔬菜和花卉种苗的展位引起了我们的注意。“这些蔬菜和花卉怎么长在树上的？”在他们展示的图片上，这些蔬菜和花卉并不像平时长得一样，而是长在低矮的像灌木或小乔木一样的树上，十分奇特，而且长得非常多。

我们停下来了解了一下，原来这是农业领域最为前沿的科技和栽培模式，这让我们对农业的理解发生了颠覆性的变化。据说，通过这种新技术可以极大地提高蔬菜的产量，例如单株西红柿的覆盖面积可达几十乃至上百平方米，累计结果数量可达上万个，重量可达五六千斤，经济效益十分显著。而且，这种树化蔬菜使得原来的一年生草本植物变成多年生木本植物，实现一次种植多年收获。更为重要的是，这种树化蔬菜由于长相奇特，具有极强的观赏价值，是发展观光农业、休闲农业、体验农业、高效农业的重要载体。

于是，我马上召集工作组成员、墨脱县发改委副主任邓宏照和墨脱县农牧局副局长赖明建过来一起了解研究，决定除了花卉以外的其他62个蔬菜品种每个品种买10株共620株，带回墨脱试种。由于担心耽搁时间太长不利于成活，于是安排工作组成员、墨脱县

教体局副局长郭振华将这些蔬菜品种带上飞机空运回林芝，并于当日返回墨脱，交给了德兴乡德兴村农副产品专业合作社去试种。

我在12月22日下午赶回墨脱之后，便与工作组副组长、县委副书记、常务副县长李斌，工作组成员、县住建局副局长李展健，佛山柔性援藏人才、县住建局总工程师欧康奎，以及县发改委、县住建局、县文化局，国家电网、中国移动、中国电信驻墨机构，相关设计、施工、监理等单位的负责人，前往墨脱县城风貌改造工程和致富路改造工程等项目的施工现场，对相关管线问题进行沟通协调，现场解决问题。

然后，我和王强一起前往德兴村实地查看树化蔬菜的种植情况，因为我对此事惦记着呢！让我感到欣慰的是，它们已经被妥善地种在温室大棚里，并且每个品种都作了标记。虽然目前是它们的休眠期，还没有开始生长，但我期待着它们能够争气，在今年开春后能够长起来，树上长满蔬菜。

（发布时间：2018年1月6日20：39）

1月7日
星期日

走向天路544

一个青年企业家的援藏情怀

"自古英雄出少年"！在民营经济十分发达的佛山，不足二十或者二十出头的青少年企业家并不鲜见。他们有的子承父业，有的在家族企业任职高层，有的则自己创业。他们虽然年纪轻轻，但不乏企业家精神，甚至有不少人怀着强烈的家国情怀。佛山市超盈实验中学董事会董事何启锵就是这样一位具有情怀的青年企业家。

根据广东省第八批援藏工作队墨脱县工作组全面联系制度的安排，德兴乡由工作组成员、墨脱县发改委副主任邓宏照负责联系。当他得知德兴乡中心小学一直没有标准篮球场，难以达到教育均衡标准的情况时，马上与佛山市南海区教育局张鉴华科长等联系。而张鉴华等又根据佛山—墨脱全面对口支援制度关于佛山市南海区狮山镇结对帮扶墨脱县德兴乡的安排，与位于南海区狮山镇的佛山市超盈实验中学（佛山市美术实验中学）进行了沟通协调，得到了校董事会董事长何超盈及董事何雪诗、何启锵一家两代三人的积极响应，捐资10万元支持德兴乡中心小学建设标准化篮球场。

经过工作组、德兴乡、中心小学及施工单位的共同努力，该标准化篮球场如期建

成，成为目前墨脱县质量水平最高的篮球场。2017年11月27日至12月1日，佛山市超盈实验中学董事会董事何启锵和校后勤老师邓志刚两人专程从佛山前来墨脱，参加篮球场的竣工交付仪式。

11月28日，何启锵一行参观了德兴乡中心小学的学生宿舍、饭堂、足球场和教室等教学和生活设施，然后来到新建好的篮球场，与德兴乡党委书记王桂兰、德兴乡中心小学校长王现飞及全体师生共同见证了篮球场的竣工并交付使用。随后，他们与墨脱县教体局、德兴乡、中心小学举行了座谈会，德兴乡党委书记王桂兰，工作组成员、墨脱县教体局副局长郭振华等相关领导参加了座谈，并表达了感谢。何启锵先生表示，今后佛山市超盈实验中学将在力所能及的范围内，继续加强与德兴乡中心小学的交流，并提供必要的帮助，为墨脱教育事业的发展尽力。

在佛山，像何雪诗、何启锵一样有着强烈的家国情怀和援藏情结的青少年企业家还有很多，例如丘裕昌和罗新红夫妇、杨间贤……

（发布时间：2018年1月7日20：58）

1月8日
星期一

走向天路545

第二次领队座谈会

1月3日至7日，我和林芝市人民医院党委副书记、院长、广东省第三批组团式援藏医疗队队长李欣，有幸一起跟随林芝市委副书记、常务副市长、广东省第八批援藏工作队领队许典辉，前往拉萨参加第八批援藏干部人才第二次领队座谈会。而第一次座谈会则是2016年11月26日在拉萨召开的，当时我也参加了会议。虽然会期只有一天，但我前往参会却要五天，因为光是来回就花了四天。

1月5日，第八批援藏干部人才第二次领队座谈会正式召开。西藏自治区党委常委、组织部部长、区直机关工委书记曾万明，区党委组织部副部长、编办主任仲崇东，区卫计委党组书记、副主任王亚蔺，区党委组织部副部长、第八批援藏干部人才总领队郭强，区党委组织部副部长张咏合、李凤学，区发改委副主任张秀武，区卫计委副主任许培海等领导出席了会议。全国17个省市援藏干部人才领队、17个县（区）委援藏常务副书记代表、8个医疗人才组团式援藏工作队队长，以及区党委组织部、区招商引资局、区卫计委等部门的相关负责人参加了会议。郭强同志主持了会议。

会上，17个省市援藏干部人才领队、3个组团式援藏医疗队队长代表、2个援藏县（区）委常务副书记代表作了发言，汇报了进藏以来的工作情况、存在问题、意见建议，郭强同志对相关意见建议进行了回应。许典辉同志汇报了广东省第八批援藏工作队的工作情况。

最后，曾万明同志作了重要讲话。曾万明同志先是传达了区党委书记吴英杰的批示精神，希望全体援藏干部人才为精准扶贫出谋划策，精准发力。然后转达了吴英杰书记、齐扎拉主席及区党委、区政府、区党委组织部对全体援藏干部人才的慰问。曾万明同志在讲话中充分肯定和高度评价了第八批援藏干部人才的工

作成效，认为“创造了新的辉煌”。其中多次提到并表扬了广东省第八批援藏工作队在许典辉同志的领导下所取得的成绩，包括总体成效，鲁朗小镇的规划、建设、管理，组团式援藏医疗，集装箱水产养殖，有机肥生产，3D打印等。曾万明同志要求，要以习近平新时代中国特色社会主义思想引领援藏工作，并作了深入的阐述；要牢牢肩负起新时代赋予援藏干部人才的新使命，包括扛起维稳的第一责任，全力助推精准脱贫，开创组团式援藏医疗新局面，重心下移、改善民生、凝聚人心等；要千锤百炼，塑造援藏干部人才的良好形象，包括做政治忠诚的明白人、做干事创业的带头人、做遵规守纪的老实人等。

会议在充分肯定和高度评价第八批援藏干部人才显著工作成效的基础上，深入研究分析了当前援藏工作的新形势新任务，进而提出了在习近平新时代中国特色社会主义思想及党的十九大精神指引下深入做好援藏工作的新要求新举措，为今年乃至今后更长时间的援藏工作指明了方向，明确了目标、任务和措施。与会同志深受启发，深受鼓舞，均表示将不忘初心，牢记使命，继续“用心、用情、用爱”去做好各项援藏工作，向党和人民交上一份满意的答卷。

（发布时间：2018年1月8日20：41）

1月9日
星期二

走向天路546

寻魂问道

门巴族和珞巴族是中国的两个特少数民族，其在发展的历史长河中创造和积累了丰富而独特的民族文化，是中华文化十分宝贵的有机组成部分。由于历史和教育等原因，门珞人民对自身的民族文化缺乏充分的认识和研究。而其他人士对门珞文化的了解和研究也呈现出“少、散、浅、弱”的特点。随着现代化进程的加快，传统的门珞文化正面临着灭失的危险，而文化则是一个民族或地区的魂，文化灭失了就等于魂也丢了，因此对其进行保护和发展既迫在眉睫又任重道远。我们进墨后，对门珞文化给予了高度的重视，倾注了极大的热情，确定了“和而不同，融而不灭”的理念和“挖掘、保护、传承、发展、创新”的五个重点，并采取了一系列的政策措施。但我们是“知文而不懂文”，光靠我们自己还是靠不住，亟待充分调动相关专家学者、社会人士的积极性和力量。

带着对门珞文化的向往，带着对保护和发展门珞文化的使命，带着对工作的坚持和执着，我在当当网等网上书店不断地搜索，把能够搜索得到而又有货的与墨脱和门珞相关的书全都买遍了。书是买回来了，可我的工作很忙，时间和精力也很有限，所以还来不及看。但通过这些书我大概了解到有哪些人已经或者正在对门珞文化进行研究，并通过自己的朋友圈与部分人取得了联系，其中包括了冀文正和罗洪忠等老师。

我1月3日至7日前往拉萨参加第八批援藏干部人才第二次领队座谈会。于是便于4日在林芝前往拉萨的路上与罗洪忠老师联系，得到了他的积极回应。当天下午5点左右，他赶到我入住的酒店与我见面，我向他进行了请教。罗洪忠老师现为《西藏人文地理》杂志编辑、主笔。他不愧为门珞文化研究时间最长、出版著作最丰、获得奖项最多、社会影响最大的专家学者之一。他对冀文正、张江华、陈立明、李坚尚、金辉、王强、安逸宝贝、张宇航、张文恒、彭澎和陈星等涉猎过墨脱及门珞文化的专家学者及其著作进行了全面系统的介绍和分析。与我之前掌握的信息相结合，极大地拓宽了我对门珞文化研究领域的了解，也给了我很多的启发和思考。我也向他介绍了我们对门珞文化的一些设想和做法，并就如何促进门珞文化的保护和发展进行了初步的探讨。

据了解，他出版了《边陲墨脱》《賨人故里》《莲花圣地》《深峡淘金》《峡谷风云》《雪域红飘带》《莲花遗梦》等7部人文专著和纪实文学，还有《仓央嘉措故里》《梦幻藏东南》《藏地文化苦旅》等3部书稿已同出版社达成出版协议。他撰写的《人文雅鲁藏布大峡谷（三卷）》丛书，入选2012年度国家出版基金资助项目；入选《光明日报》2013年8月最具有出版价值的图书排行榜单；获得第三届中国大学出版社优秀图书一等奖；入选国家新闻出版广电总局、国家民委举办的第二届向全国推荐百种优秀民族图书；入围参评第三届中国出版政府奖图书奖；参加美国、英国等国外大型图书展，被大英博物馆收藏。

（发布时间：2018年1月9日22：04）

1月10日
星期三

走向天路547

冒雪穿越

1月5日在拉萨开完“第八批援藏干部人才第二次领队座谈会”后，便于1月6日返回林芝。由于米拉山隧道尚未打通，所以即使走林拉高速公路，到了米拉山仍然要循318国道翻山。下雪了，米拉山两侧的公路都结了冰。我们小心翼翼地行驶在公路上，时不时看到因打滑而失控的车辆撞到护栏上，有的还反弹了两次。

我们从拉萨返回墨脱共须翻越三座山——米拉山、色季拉山、嘎隆拉山，到了秋冬它们都成了雪山，而嘎隆拉山则是终年积雪。山的海拔一个比一个低，但翻越的难度一个比一个大。我们6日回到林芝，7日继续返回墨脱。一出林芝就要开始翻越色季拉山，路上的积雪明显要比米拉山厚。有一些车辆特别是大货车因爬不上去而停在路边，也有因失控而发生事故的车辆东歪西斜地横在路上，而更多的是停下来赶紧加装防滑链然后继续往上爬。

下午，我们开始翻越嘎隆拉山。这里的雪更大，雪花纷纷扬扬地飘落在挡风玻璃上，如果你定神盯着看，仿佛进入了一个时空隧道。路上的积雪更厚，加上弯多坡陡，虽然我们的越野车已经换上了雪地轮胎，但依然经常打滑甩尾。在这样的天气条件下，在中国顶级的越野公路上，玩的就是漂移，玩的就是心跳。只要是有惊无险，其实我是很享受这种惊险刺激的。在波密到嘎隆拉隧道口的路段，因午后的阳光还发生了一个小型的雪崩。当我们听到声响的时候，河沟里已经升腾起了一团浓浓的白色雪雾。

在进入嘎隆拉隧道之前，我们停车下来稍事休息，纷纷扬扬的雪花飘打得眼睛都睁不开，而且“感动”得流泪。刚出了嘎隆拉隧道口，就是一片雪茫茫，几乎什么也看不见。路上是厚厚的积雪，公路上下方都是一片玉树琼花的景象，所有的花草树木都变得晶莹剔透。在浓厚的雪雾中，太阳艰难地露了一下脸，就消失得无影无踪了。从隧道出口到52K，一共有九道拐。我们还没到第一道拐就停下来了，原因是前方有两辆大货车失控相撞把路给堵住了。在这种情况下，其他车辆是帮不上忙了，唯有等待挖掘机前来。在这等待的空档，我让王强他们在路上等，而我则徒步下行到52K。在这种漫天飞雪，冰天雪地的环境中独自一人踏雪前行，别有一番滋味。人喜欢热闹，但有时候又喜欢孤独，孤独能给人一种自我；人喜欢暖和，但有时候又喜欢寒冷，寒冷能给人一种清醒。我就这样走在快要没膝的雪地上，去独享这份孤独与冷酷。在走了差不多一个半小时后，在手机马上没电就要关机的时候，我终于来到了52K便民警务站。正开始与民警们聊天，王强他们开车下来了。于是便坐上车，继续返回墨脱。不久便追上了冒雪带队前来52K验收项目的工作组副组长、县委副书记、常务副县长李斌一行。他们三辆车中有一辆滑到边沟里去了。

冰天雪地和行车艰险并没有影响我的心情，反而更有雅兴去观察、感受这冰雪的世界。所有的花草树木根据它的树干、枝节等因素被塑造成不同的形象。高大挺拔的冷杉变成了一把把一层层白色的伞；低矮丛生的灌木像晶莹剔透的鹿角或是珊瑚；纤细多枝的竹子在结节的地方形成一个个雪团，像是一串串冰糖葫芦；菊状千里光（一种草本植物）则像是一支支白色的棒棒糖；其他花草树木各有特点，有的像棉花糖，有的像雪糕，有的像旗帜……所有躺着的东西都被加盖了一层厚厚的白雪，形态各异。房子加装了一层白色的屋顶，车子加载了一个白色的外壳，挡土墙加了一层白色的坐垫，倒在地上的木头加了一层白色的外套，木墩和石头戴上了一顶白色的帽子……

这次的雪下得有点大。以前雪线最低也就到二十三道拐附近，这次却到了80K还要往下。但过了80K往下一点，雪就变成雨夹雪再到雨了。下到地上很快就融化了，整个路面湿漉漉的。终于，我们冒着寒风冷雨和漆黑夜色在晚上8点左右回到县城，去感受家的温暖——虽然只是一个宿舍。

（发布时间：2018年1月10日20：57）

1月11日
星期四

走向天路548

门珞孩子对美好生活的向往

习近平总书记提出“人民对美好生活的向往就是我们的奋斗目标”。对美好生活的向往是每一个人的物质和精神追求的综合。对美好生活的向往需要有人去教育和引导，也需要有形式和内容去表达。那么，地处祖国西南边陲、喜马拉雅山之南、雅鲁藏布大峡谷深处的墨脱的门珞孩子们，他们对美好生活的向往是怎么样的呢？

1月10日下午，由广东省第八批援藏工作队墨脱县工作组、中共墨脱县委组织部、墨脱县教育体育局、墨脱县完全小学、肇庆学院支教团联合举办的“十九大之新时代的中国梦文化自信‘画生万物’——墨脱县完小首届师生绘画作品展”在墨脱县完全小学足球场举行。画展展出了县完全小学教师和学生的300多幅（件）绘画、藏文书法、手工作品等，其中学生作品占了绝大部分。孩子们的作品充满了童真童趣，充满了阳光和希望，充满了对美好生活的向往。

县完小校长次达多杰主持了开幕式；肇庆学院支教老师贾思原介绍了支教工作及画展的相关情况；参展学生代表进行了发言；县教体局副局长次仁拉姆作了讲话；我代表县委、县政府及工作组对肇庆学院支教老师的辛勤付出与积极成效表示肯定和感谢，对孩子们通过自己的绘画作品表达出来的对美好生活的向往表

示欣慰和鼓励，对画展的成功举办表示热烈的祝贺。在开幕式上，工作组与县教体局举行了捐赠仪式，捐资2万元给孩子们购买画材，还向肇庆学院的五位支教老师（贾思原、苏瑞、赵廉禹、杜铮、梁君杰）颁发“墨脱县优秀援藏人才”的荣誉证书。

据了解，由于历史和现实的原因，在肇庆学院派出支教老师之前，墨脱县的美术教育处于弱势甚至是缺失的状态，孩子们对美好生活的向往难以甚至无法通过绘画来表达。在得知这种状况后，广东省第八批援藏工作队及墨脱县工作组积极与广东省教育厅及肇庆学院的领导沟通协调，肇庆学院派出了首批五名支教老师，其中就有两位美术老师——贾思原、杜铮，前者在县完小，后者在县中学。他们在美术教育方面做了大量工作，倾注了大量心血，取得了积极成效。这次画展，就是贾思原老师在县完小的领导下，与其他相关老师及孩子们共同努力的结果。工作组在得知孩子们学画画缺乏画材后，经集体讨论决定给予2万元的支持，让孩子们的梦想得以实现。

希望通过这次引进美术老师的举措，通过这次举办画展，能够为墨脱的孩子们提供一个美的启蒙、美的教育，把他们对美好生活的向往激发出来，表达出来。

（发布时间：2018年1月11日23：09）

1月12日
星期五

走向天路549

下雪了

我问山：你为何这么忧愁？竟然一夜之间白了头！

山回答说：呵呵，我不愁！这白色是我冬天的棉袄！且看来年脱掉，一切依然那么美好！

我问树：你为何这么忧愁？丢盔弃甲还弄白了头！

树回答说：呵呵，我不愁！赤身裸体是我对你毫无保留，圣洁的灵魂都在心里头！且看来年绿叶红花满枝头！

我问河：你为何这么忧愁？停下了脚步不再往前走！

河回答说：呵呵，我不愁！冰冻只能束缚我的手脚，却阻挡不了我内心的追求！且看来年我向海奔流！

（发布时间：2018年1月12日21：19）

1月13日
星期六

走向天路550

会诵经的湖

由于目前林拉高速公路的米拉山隧道还没打通，我们每次往返于林芝和拉萨之间，都要翻越米拉山口。在米拉山口的西侧（墨竹工卡一侧），即从林芝往拉萨方向已过米拉山口，318国道上有一个路牌，上面显示有一条岔路通往思金拉措，路程才5公里。虽然我们已经很多次往返于这条路，虽然思金拉错距318国道才5公里，但我们一直没有拐进去看过。

前段时间，我们从林芝出发前往拉萨，由于道路限速，加上已过午饭时间，我们便商量停车休息并吃自带干粮充饥。正在商量的时候，就看到了这个路牌，于是便决定走进去看看，顺便把停车休息和午餐也一并办了。

从318国道进去确实很近，翻过一个垭口便到了。垭口旁边有一个大型的五彩经幡塔，往下靠近湖边还有一个，冬天的风相当强劲，吹得经幡迎风飞扬，啪啪作响。我们走到路的尽头，有两辆车停在那里，但不见人影，只听到有人诵经的声音，我便以为他们在经幡塔下诵经，因此也没在意。

地上很多小鸟，不知道是不是麻雀，一会儿跳来跳去，一会儿低飞。它们对于人的到来似乎欢迎大于害怕，总是围绕在人的周围，你走近一点它便跳远一点，你走得太快它便低飞一下，然后又落在你的身边。我们拿出面包捏碎了洒在地上，它们便全都围了过来啄食。我们议论着是否可以逮着它们，于是便蹲下来尝试了一下，几乎是触手可及。

褐黄色的草地上到处都是洞，胖乎乎的鼠兔，憨态可掬，一时从洞中探出头来，一时从洞中跑出来，一时又跑回去，一时又跑到另外一个

洞口，一时又在草地上玩耍。我们又议论吓唬它一下看看会怎么样？我们便在地上捡起了一块石头，用力地砸在它身边，吓了它一跳。它便赶紧跑回洞里，然后又探出头来东张西望。觉得安全了，又把洞里的伴侣叫出来，一起探头东张西望，然后嘴巴对嘴巴，可能是互通信息说安全了吧。

再往下，就是湖边了。湖边堆着一座座的玛尼石堆，十分壮观。湖面已部分结冰，部分没结冰。冬日的阳光十分明媚，斜斜地晒在湖面上，波光粼粼。但是，明媚的阳光并没有带来预想中的温暖，阵阵冷风刮来让人精神抖擞。诵经的声音依然持续，但就是不见人影。我们竖起耳朵倾听，希望搞清楚声音来自何方，人在哪里，结果一无所获。后来我们反复倾听，反复研究，才发现了真相。原来是湖面部分结冰，部分没结冰，风吹水面，水浪拍打岸边和浮冰，综合而成的声音，根本就没人诵经！

思金拉措，当地信教群众把它视为“财主百龙之王”居住的神湖。它位于拉萨市墨竹工卡县日多乡东南、山南市桑日县增期乡以北，距川藏公路（318国道）约5公里，距墨竹工卡县66公里，距拉萨市124公里，距工布江达县约130公里，距林芝约260公里。思金拉措海拔4500米，藏语意为“具有威力的神湖”，地形犹如聚宝盘，四周群峰簇拥，每年到了藏历六月十五日那天，历代班禅、达赖喇嘛以及直贡活佛都要来到思金拉措神湖祭拜，湖中投入许多金银财宝以报神湖的恩赐。它还有很多的神话、传说和故事。

（发布时间：2018年1月13日22：47）

走向天路551

墨脱的天下奇观

墨脱独特的自然和人文条件，造就了众多世界级的天下奇观。最起码有以下四个：

奇观之一：微缩地球。墨脱在直线距离不到一百公里的范围之内，拥有从热带到极地的最完整立体气候。与此相对应，墨脱拥有从热带雨林到高山苔藓的最完整植被类型。墨脱就像微缩的地球，在两三个小时内就可以实现从赤道到北极的尖叫式跨越。这在全球范围内都是独此一家，别无分店。

奇观之二：雅江晨雾。墨脱是当之无愧的“世界雾都”。旱季（每年11月至次年2月）的早晨，整条雅鲁藏布江被浓雾笼罩，像一条白色的巨龙。随着时间的推移，这条巨龙会升腾和变幻，龙爪伸满两边的每一条沟壑，然后沿着向阳的山坡向上爬升，最后悬浮在山顶之上，蔚为壮观，在全球范围内独一无二。雨季（每年3月至10月）的早晨，雅鲁藏布江也会起雾，雾多而分散，变幻莫测，形态万千。

奇观之三：墨脱蓝雾。雅江晨雾已是天下奇观，但还有更奇的，就是墨脱蓝雾。旱季的时候，县城背靠的卓玛拉神山，由于气流的作用，会有一条雾带由北向南游动。这条雾带上下很宽，上可以至山顶，下临村庄，底线边缘清晰而稳定。日出前后，由于光学效应的作用，这条雾带会呈现出上白下蓝的截然不同的颜色，确为天下奇观。

奇观之四：冰泥混合。墨脱与波密交界的嘎隆拉地区形成了众多的冰川，它们一年四季都不化。雨季的时候，降雨或融雪而造成的泥石流会覆盖在永久性冰川之上。到了秋冬下雪又再覆盖在泥石流之上，直到次年融雪才消退。这种冰泥混合的现象，绝对是天下奇观。

（发布时间：2018年1月15日8：18）

1月15日
星期一

走向天路552

早鸟

日出晨雾散，
早鸟出林间。
雏鸟睡醒叫，
亲鸟捉虫还。

（发布时间：2018年1月15日22：33）

1月16日
星期二

走向天路553

新年首发

在过去的一年半（2016年7月至2017年12月）中，广东省第八批援藏工作队墨脱县工作组已经为墨脱县相关部门、乡镇及群众解决各类实际困难、问题和需求近130个，投入资金和物资近2000万元，并形成了工作组惠民济困清单。

近日，根据墨脱县相关部门和乡镇的申请，经工作组集体讨论，决定对部分请求事项给予资金支持。这是工作组在2018年的首次集中发力，共185万元。资金的主要投向为加强党的建设、产业发展、干群关怀、能力建设等。具体如下：

支持德兴乡文朗村“佛墨缘”扶贫农家乐建设专项资金100万元；

支持德兴乡文朗村旅游便道建设工程材料专项资金20万元；

支持墨脱县人民医院医疗设备购置专项资金16万元；

支持墨脱县委宣传部党的十九大精神宣贯专项工作经费10万元；

支持墨脱县财政局财务工作专项工作经费10万元；

支持背崩乡人民政府职工澡堂维修改造经费10万元；

支持扎木机械化养护队防寒衣裤125套价值6万元；

支持达木珞巴民族乡党建工作专项经费5万元；

支持甘登乡人民政府改善干部职工伙食专项经费3万元、勘察沿江徒步旅行线路专项经费2万元；

支持加热萨乡人民政府改善干部职工伙食专项经费3万元。

（发布时间：2018年1月16日22：30）

1月17日
星期三

走向天路554

一路温暖

根据广东省第八批援藏工作队的安排，我们在2017年12月25日开始就可以返粤回佛休假了。而按照西藏自治区的相关要求，我们最晚也只能待到2月28日就得进藏。因此，虽然相关政策允许我们有相应的休假时间，但实际上是很难休得完的。以自己为例，我对应的假期是70天，但即使从去年12月25日休到今年2月28日，也不可能休得完。

今年由于要等待和迎接国家发改委开展的对口支援绩效综合考评，加上墨脱旱季（每年11月至次年2月）才是项目施工的黄金季节，为了做好迎考和加快推进项目建设，我们普遍都迟于去年12月25日才开始休假。我自己则于1月15日离开墨脱，返粤回佛开始那种“休而不息”的所谓休假模式，留下柔性援藏人才欧康奎继续坚持到春节前，做好项目管理。

1月15日的早上，整个墨脱云雾笼罩，山上下起了大雪，山下下起了冷雨，呈现出墨脱在晚秋、冬天和初春三季“山上雪，山下雨”的典型特色。我和王强等在丝丝冷雨中出发了。

我们先后来到了亚东便民警务站、贡日便民警务站、嘎隆便民警务站和52K林业检查站，代表县委、县政府及工作组对沿线基层单位及干部职工进行了看望慰问，对他们一直以来坚守岗位特别是去年3月和9—10月的维稳安保期间做出的努力表示感谢，勉励大家继续坚守岗位、克服困难、做好工作，并提前送上新春的祝福。在嘎隆便民警务站和52K林业检查站，我们还对这两个基层单位各赠送了一台冰箱、消毒柜、一体化电脑（共6台）。

近日，我们还根据扎木机械化养护队的申请，为该队125名干部职工各提供一套防寒衣裤，价值6万元，使奋战在这条“生死扎墨公路”上的守护神不再寒冷。

在嘎隆拉隧道口停车休息的时候，王强跟我说："本来从县城出来一路爬升，应该是越来越冷的，但由于工作组的关心体贴和看望慰问，连我都感觉到越来越温暖了，估计被看望慰问的单位及干部职工会觉得更加温暖吧！"

是啊！我们从县城出发，沿着扎墨公路一路攀升，一路寒风冷雨，亚东便民警务站和贡日便民警务站的同志们就这样工作于寒风冷雨中。到了快接近52K的时候，更是下起了纷纷扬扬的大雪，我们连下车方便一下都得打个哆嗦，但嘎隆便民警务站和52K林业检查站的同志们就这样冒着寒风大雪工作。而扎木机械化养护队的同志们就战斗在整条全长118公里的扎墨公路上，这可是咱们墨脱的生命线和幸福线啊！

15日在林芝留宿了一晚。16日从林芝飞往成都，下机之后直奔墨脱的老领导、老党员冀文正家，代表县委、县政府及工作组对其及家人进行了看望慰问（另文再述）。然后又赶往成都东站，乘坐高铁抵达重庆北站，直奔西南医院，代表县委、县政府及工作组看望慰问了因公致病的华能西藏墨脱电力有限公司总经理卢道辉等三人。当我从医院出来的时候，已经是晚上9点多，到达酒店已经10点多了。这时候才想起来还没吃晚饭，但酒店相对偏僻，而且时间已经晚了，出来转了一圈没找到可以吃饭的地方，幸好在一个面包店马上就要打烊之前买到了所剩的两个面包，晚餐终于有着落了。回到房间，发现穿在里面的秋衣秋裤全湿了，原来是成都和重庆相比林芝实在是太热了。

今天，从重庆飞回广州，然后返回佛山，终于回到阔别了一段时间的家，感觉更温暖了。

（发布时间：2018年1月17日21：10）

1月18日
星期四

走向天路555

坚持与执着

如果你不懂得什么叫作坚持与执着，那么冀文正老先生就是一个地地道道的活标本。带着墨脱县委、县政府及广东省第八批援藏工作队墨脱县工作组对老干部、老党员的关心和关怀，带着对老领导、老前辈的尊重和敬仰，带着对门珞文化的追寻和担当，我于1月16日离藏返粤休假的途中，专程从林芝飞往成都，拜访了冀老，并代表县委、县政府及工作组对其及家人进行了看望慰问。

我一下飞机便直奔冀老家。他和女儿从小区门口出来接我，我一眼便认出了他，虽然之前我们从没见过面。他动作利索，步履稳健，超出了我对一个84岁高龄老人的想象。我原本想着到他家里边跟他聊边让他的家人帮我煮一碗面条充饥就行，结果他们父女俩执意要带我去吃饭。他们点了好几个菜，十分热情地招呼我吃，但他俩并不怎么吃，我就请他们也多吃点，原来他们已经在家吃过了，而且坚持要买单，让我觉得很过意不去。吃完午饭后，冀老让女儿把没吃完的菜打包带回去。在他身上，我看到了那种经历过苦难的人对劳动成果和财富的珍惜

（而绝不是吝啬），反观我们在某些地方看到的严重浪费，不是自己创造的劳动成果和财富真是不懂得珍惜啊！

到了家里，门正对着摆了一张床，床上躺着冀老已经五年多卧床不起的老伴，颤巍巍的手上还拿着冀老的文稿在看。他们介绍了我，我过去握手问候，她能听懂但说话很艰难，嘴巴挣扎着动了几下依然没说出来，但眼泪却滚滚地流了出来。坐下后，冀老详细给我介绍了他的经历，以及他所写作的28本书。他的女儿则忙前跑后，招呼我们喝水、吃水果以及根据冀老的介绍搬拿书稿和照片等。客厅和两个房间都摆满了他的手稿、照片、录音、笔记以及已经出版的书籍。

据他女儿说，冀老一心扑在门珞文化的收集、整理、撰写、翻译和出版上。多少年来，痴心不改，风雨无阻。他自己先用手写，再去找人帮忙打印，然后自己校对。初稿弄好了，就去联系出版社，据说有一次他一天之内就坐了9次公交车来回奔波，这可是一个84岁高龄的老人啊！出版社联系好了，还得找钱，这才是最头疼的事，在市场经济条件下这些公益性的图书还得私人找钱啊！这几年老伴病了，照顾家庭的任务就更多的落在了已经退休的四女儿身上。为了支持他的理想、坚持和执着，母女俩及其他家人把整个家庭生活都撑了起来，不让他分心。可见，一个人付出的背后，有着更多的人在默默地付出和牺牲！

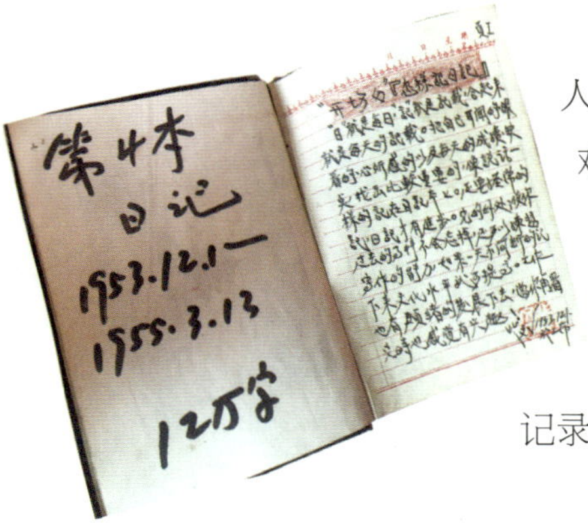

冀老说，他到了墨脱之后就爱上了墨脱及门珞人民，与门珞文化结下了不解之缘。在那个极其艰险的年代，他凭着仅有的小学文化，自学了门巴语、珞巴语和藏语并进行翻译，坚持做笔记把所见所闻及相关的东西原生态地记录下来，把微薄的收入拿去买相机、胶卷和录音机作为记录器材。退休的时候带着30多万元回来，绝大部分都拿去收集资料和出书了。他现在住的这个地方，当时的房价才每平方米3000多元，而现在已是3万多元，如果他当时不是拿来出书而是拿来买房……到目前为止，他已经编著了关于墨脱和门珞文化的图书28本，其中已出版25本。有人将他称为“门珞文化的救星”！因此，他的努力、付出、成就在社会上引起了广泛的关注，他被评为“成都市武侯区十大杰出人物”，更被评为“四川省优秀共产党员”和“四川省劳动模范”，并引起了中央电视台、人民日报和新华社等众多媒体的关注，多张照片获得国际金银奖并在10多个国家和地区展出。

冀老表示，虽然所有的笔记、录音、照片、手稿和书籍都是自己的心血之作，但它却属于墨脱，属于门珞人民，特别是国家有关部门、西藏自治区及林芝市和墨脱县、社会各界对他的努力和付出也曾给予相应的支持。因此，他希望能够捐赠给墨脱，并希望能够得到妥善的安置和保管。对于冀老遇到的资金等困难，我也作了回应。我们已经起草了《墨脱县关于促进门珞文化发展的扶持办法》并报县政府，但对于是否可以印发实施尚不明确。如果该《扶持办法》获得通过，那么我们就在这个框架内予以支持；如果该《扶持办法》尚未成熟，那么我们就提议工作组召开工作会议讨论是否给予支持。

民族文化、区域文化是属于一个民族、一个地区的，但它更是属于一个国家甚至是全人类的。因此，各级党委政府及相关部门、社会各界都有义务、责任来收集、整理、挖掘、保护、传承、创新、发展民族文化和区域文化。作为国内唯一一个以门巴族和珞巴族为主体民族的县，我们需要有更大的担当，更大的胸怀，更大的勇气，更大的作为，把墨脱建设成为中国门珞文化的研究、保护、创新、展示、交流、合作和转化应用中心！

（发布时间：2018年1月18日21：59）

1月19日
星期五

走向天路556

足球飞舞

近日，经广东省第八批援藏工作队墨脱县工作组积极沟通协调，由中国五人足球城市联盟（简称“中国五联”）、佛山市五人足球协会、东莞市亿好体育用品有限公司联合捐赠的280只足球（价值4.7367万元），在经过3000多公里的长途跋涉之后，终于运抵墨脱，由工作组移交给墨脱县教体局，再分发到全县各中小学及相关机构，霎时间整个雅鲁藏布大峡谷到处足球飞舞，足球气氛热烈。

这是工作组在“创新引领，全面深化”的援藏理念之下，所开展的“体育援藏、体育扶贫”的一部分。而“体育援藏、体育扶贫”则是工作组所开展的一系列创新性工作的一部分。在此之前，工作组已经引进了佛山市顺德区勒流街道东风小学的温克健、麦显平两位中国跳绳导师级教练前来墨脱开展花样跳绳培训，取得成功。目前花样跳绳已经在全县各中小学普遍开展起来，“墨脱县佛墨缘花样跳绳队”也已组建起来，工作组还为此支持了7.358万元（详见《走向天路521——跳出花样来》）。加上工作组沟通协调佛山市超盈实验中学捐赠10万元兴建的德兴乡中心小学高标准篮球场，工作组在“体育援藏、体育扶贫”领域投入的资金已达22.0947万元。

我们与中国五联的合作，源于一个朋友的介绍。2017年7月31日，就是我们陪同旺东书记带领的墨脱县党政代表团前往佛山及五区对接洽谈期间，我与中国五联秘书长、佛山市五人足球协

会会长杨炜彬和佛山市五人足球协会常务副会长谭振见面，商讨了相关合作事宜并达成共识。随后我因工作原因返回墨脱，8月5日中国五联在佛山隆重召开中国五人足球城市联盟第一次全国盟主大会暨2017—2018赛季“竞彪体育”中国五人足球城市联赛新闻发布会，工作组成员、墨脱县教体局副局长郭振华受托代表工作组和墨脱县教体局与中国五联、佛山市五人足球协会在会上签订了《中国五人足球城市联盟对口援建西藏墨脱县框架合作协议》。中国五联以“体育援藏、体育扶贫”的形式支持墨脱加强足球等体育设施的建设、体育运动的开展、体育赛事的组织等，以达到“扶志健体”的作用。

据了解，足球运动在墨脱具有比较广泛的群众基础，县教体局每年举办的足球赛事也深受群众喜爱。全县各中小学都有自己的足球队，墨脱县中学、县完小还是教育部认定的“2017年全国青少年校园足球特色学校”。中国五联及佛山市五人足球协会的对口援建，将为墨脱补齐教练员、运动员专业培训、场馆建设、品牌打造和宣传等短板提供强劲助力，将为墨脱打造足球区域特色注入新鲜血液和强大动力；将有助于墨脱县脱贫攻坚，提升墨脱群众体育水平和健康水平，促进佛山与墨脱之间、两地各民族之间交流融合，实现民族大团结。

中国五联秘书长、佛山五人制足球协会会长杨炜彬先生表示，按照协议希望双方通过建立密切、长久及融洽的援建关系，充分发挥各自资源和业务特长，实现墨脱县体育脱贫，全面提升墨脱人民群众的身体素质，在足球及相关体育产业领域开展援建合作。墨脱县作为西藏自治区第一个确定为中国五联“五人足球创新扶贫示范基地”的县域，并作为西藏林芝的城市盟主代表，将在中国五联培训指导下开展群众性业余足球比赛。中国五联及佛山五人足球协会将“依墨脱所需，尽协会所能”深入开展足球业务培训交流及足球旅游合作，援助工作组为墨脱提供足球场馆设施、装备、器械及扶持相关体育产业，在中国五联举办的相关赛事中宣传墨脱，与墨脱建成“五人足球兄弟城市”。

据悉，中国五联由佛山市五人足球协会、三亚市五人足球协会、韶关市五人足球协会在2017年1月10日联合发起。同日，各城市在佛山市签订了《中国五人足球城市联盟章程》，标志着中国五联正式成立。目前，中国五联已经发展成为一个由全国29个省市自治区、141个地级以上城市的足球协会、专业体育公司组成的超大规模联合体。联盟建立了涵盖青训、场馆、旅游、听障、裁判、教练、影视、器材八个专业委员会，覆盖所有与足球相关的体育产业。随着2017年联盟大会的召开，中国五联同时启动了中国五人足球城市联赛、“刘孝五”五人足球发展基金、足球学院建设、2019年第五届聋人室内足球世界杯申办、中国五人足球队排名、对口援助西藏墨脱体育脱贫等多项重大工程，带动了数百家相关企业的参与！中国五联正发展成为以体育赛事为中心，以体育产业为依托，覆盖全国、涵盖全年龄段的超大型体育联合体，中国五联正以超常规的发展速度，引领中国五人足球的大发展！

（注：本文部分参照了郭振华同志撰写的简讯。）

（发布时间：2018年1月19日20：06）

1月20日
星期六

走向天路557

初生牛犊

为贯彻落实习近平总书记及党中央、广东省关于做好对口支援西藏工作的相关精神，在广东省第八批援藏工作队的沟通协调下，广东省教育厅于2017年组织了全省13所高校与西藏林芝、昌都两市开展教育对口帮扶工作，共建大学生思想政治教育实践基地，其中肇庆学院被安排对口支援墨脱县。在肇庆学院、墨脱县委县政府、广东省第八批援藏工作队墨脱县工作组及县教体局的共同努力下，肇庆学院派出了由苏瑞（幼教）、杜铮和贾思原（美术）、赵廉禹（体育）、梁君杰（生物）五人组成的首批援藏支教团队。

“初生牛犊不怕虎”，他们带着对莲花圣地、秘境墨脱的向往和对西藏及门珞人民的热爱，怀着对雅鲁藏布大峡谷艰险和对未来工作生活不确定性的忐忑，在带队老师杨玉孟的带领下，来到墨脱。他们抵达墨脱后，迅速克服困难，熟悉环境，融入援藏团队，融入所在学校，融入当地社群，找准定位，适应角色，人生中第一次独立走上讲台，开启了从学生到老师的角色转变。

苏瑞在县幼儿园担任中一班的配班老师，主要负责社会与健康、科学与数学的教学等工作；贾思原在县完全小学负责一至五年级9个班的美术教学，兼任三年级一班班主任及四年级、五年级二班、六年级一班品社老师，并承担工作组的援藏、墨脱、门珞题材油画

创作任务（另文再述）；赵廉禹在县完全小学负责一至四年级的体育和六年级的品社教学，兼任二年级班主任；杜铮在县中学负责七、八年级的美术和音乐教学，兼任七年级三班辅助班主任；梁君杰在县中学负责七年级的生物教学，兼任七年级二班班主任，同时作为支教团队的队长负责团队的组织管理和沟通协调。由于他们尊重当地，遵守纪律，坚守岗位，热心工作，积极探索，关爱学生，乐于奉献，因此获得广大师生的接受、欢迎和爱戴。

同时，他们还关注学生的全面健康成长。一是丰富户外活动，加强体育锻炼。例如苏瑞设计了多项幼儿体育、户外和游戏活动，让幼儿能够科学规范地进行体育锻炼；赵廉禹将一些枯燥的运动项目以游戏的方式开展，激发学生的兴趣，并在一年一度的校运会上大胆创新，充分调动师生积极参与。二是美化教学场地，营造学习氛围。例如苏瑞与其他老师加班做好教室环境创设，定期设计和更换主题墙，布置教室区角；贾思原、杜铮分别把原先无法使用的美术、音乐教室进行整理修复，并且通过粉刷墙画、张贴范画等方式营造氛围。三是开设兴趣班组，促进多元化发展。贾思原开设美术第二课堂和美术兴趣培训班取得了显著成效，1月10日举行的“十九大之新时代的中国梦文化自信‘画生万物’——墨脱县完小首届师生绘画作品展”得到了相关领导和全校师生一致好评；杜铮开展了美术第二课堂，并创建了墨脱县中学第一个美术社团；赵廉禹首次开设了篮球兴趣班。四是践行“六个解放”，探索“小组合作学习”模式。梁君杰积极参与“小组合作学习”改革试验，努力解放学生的头脑、眼睛、嘴巴、双手及空间、时间。

他们不光自己积极地去探索和实践，还能够站在不同的角度去观察、思考、研究墨脱在教育方面存在的困难、问题、不足，并大胆地提出自己的感受、意见、建议。例如他们提出要严格按照标准强化与实施幼儿园一日活动安排；美化园区环境，丰富园内活动；加强教师教学技能培训，提高教研活动质量；美育智育均衡发展，正视美育观念；正确认识体育教育，探索体育教育新方式；补足实验用具，完善仪器用具管理制度；校园文化多元化，丰富校园生活；等等。这些，无疑都具有一定的针对性、可行性和启发性。

他们初出茅庐，血气方刚，带着满腔热血，带着满怀热情，带着满身干劲，来到极其艰险的雅鲁藏布大峡谷。他们首先要解决的不是我带来了什么，我做了什么，而是我学到了什么，我留下了什么。在这里，他们深受工作组的“民族情怀、边疆情怀、高原情怀”（三种情怀）和“用心、用情、用爱”（“三用”信条）等先进援藏文化的浸润，更是受到了“两路精神”“老西藏精神”“老墨脱精神”的洗礼，让他们深受教育，真正达到了“教育者首先要受教育”的目的。这，也许才是他们此行的最大收获！

他们在这里的探索、努力和付出，县委、县政府及工作组、县教体局及所在学校都给予了充分的关心、支持和肯定。县委、县政府对他们五人全部授予“墨脱县优秀援藏人才”的荣誉称号，这是首批来墨援藏支教的老师获此殊荣。荣誉固然重要，而更为重要的是这荣誉背后所赋予的对人民教师的期望，对粤藏友谊和民族团结的期盼。

近日，他们已经圆满结束了援藏支教任务，在肇庆学院学生处副处长罗永全老师的带领下，离开墨脱，返回肇庆学院。在墨脱，他们留下了匆忙的足迹和忙碌的身影，留下了良好的口碑和积极的成效，留下了无私的爱心和深厚的友谊。回广东，他们带走了墨脱干群的关心，带走了门珞人民的祝福，带走了广大师生的不舍。

（发布时间：2018年1月20日21：23）

1月21日
星期日

走向天路558

最美援墨支教老师

首先，最美援墨支教老师是一个群体，所有前来墨脱支教的老师都具备这样的特质，他们都用自己的行动和成效去展现了自己的风采。

因工作原因，我们和他们每位老师都有过或多或少的接触，而我们接触和了解得比较多的是他们其中的一个代表——肇庆学院首批“大学生援藏（墨脱）支教志愿服务队”的贾思原老师。当时，全国第八批援藏干部人才总领队、西藏自治区党委组织部副部长郭强提出了“文化援藏”的战略部署及“十个一工程”。工作组在全国及广东省第八批援藏工作队的正确领导下，深入学习，认真研究，迅速部署，采取了一系列的措施。这当中，就包括了创作一组以援藏、墨脱及门珞风情为主题的油画。当我们找到贾思原老师的时候，跟她说了我们的设想，她毫不犹豫地愉快地接受了我们的任务。自此，我们也走进了以她为代表的援墨支教老师的工作、生活乃至内心世界，并揭开了这位最美援墨支教老师的面纱。

她的美，美在了外表。她首先是一位美女老师。这是我们所有见过她的人对她的整体印象。至于她怎么个漂亮法，由于我们没好意思盯着细细地品，因此也就没法给大家具体、形象地描绘了。但她的美，远不在外表。

她的美，美在了情怀。她对党和国家充满了热爱，对高原峡谷充满了情怀，这与工作组的“三种情怀”（民族情怀、边疆情怀、高原情怀）是高度契合的。在她首次进墨的时候这样写道：“首先在进来墨脱的路上我留下了眼泪，一是对大自然的敬畏，二对祖国的热爱。从未有过如此强烈的爱国之情，面对眼前的这段路顿时让我明白什么才叫作‘国家’，什么叫作‘中华民族’。但是如果我从未来过，从未真正亲身体验过这段路，纵使我读过再多的书，了解再多的历史，有再充沛的情感，我可能也不会有如此之深刻的感受，正因我身临其境我才

为此而感慨和自豪，在我们的背后真的有个强大的祖国”。在2017年10月27日“墨脱县援藏干部人才党的十九大精神学习贯彻会议”她的发言当中，在12月9日工作组举行野外拓展及集体政治生日她的表现当中，在她日常的工作及言行举止当中，无不流露出强烈的爱党爱国情怀。

她的美，美在了敬业。她于2017年7月至2018年1月随队进墨开展为期半年的支教，被安排在墨脱县完全小学，担任三年级一班班主任，并负责一至五年级9个班的美术课，四年级、五年级二班、六年级一班的品社课，二年级的品生课。除了做好本职工作，她还能够站在不同的角度去观察、思考、研究墨脱在美学教育中存在的困难、问题、不足，并大胆地提出自己的感受、意见、建议。她对工作的认真与执着，受到了广大师生的一致好评。

她的美，美在了心灵。她负责美术第二课堂兴趣班，对学生进行针对性的指导和培训，就地取材，因材施教，利用一些民族图片、民族服饰、废弃材料或花草树木等来画画或是做手工。她从一至六年级中挑选学生举办美术兴趣班培训，利用中午和晚上休息时间去教学生画画。由于深受学生的喜爱，学生一下课便缠着她带他们画画，自此她再也没有正常地吃过午饭和晚饭，都是回到宿舍后再以零食充饥，甚至中午连吃零食的时间都没有，午休就更不用说了。晚上好不容易把学生劝走，还自费找车把他们安全地送回家去。画材没有了，她就自己掏钱买来给学生用。须知，她这个支教老师其实还是一个学生、一个孩子，并没有自己的收入。工作组在得知这一情况后，经集体讨论决定支持孩子们2万元用于购买画材。她和孩子们的努力在今年

1月10日举办的“十九大之新时代的中国梦文化自信‘画生万物’——墨脱县完小首届师生作品绘画展”上得到了充分的展现。孩子们的作品超出了所有人的预期，这背后的“付出”可不是简单的两个字啊！

她的美，美在了坚毅。她接受了工作组的任务之后，随同我们前往林芝、山南、日喀则、那曲、拉萨五市相关县区特别是双湖、尼玛、班戈、申扎等高海拔地区，开展文化援藏的调研、交流和采风，冒着严寒和高反出色地完成了任务。在墨脱，她随同我们下乡进村入户开展调研、体验和采风，足迹遍及全县七个乡镇（除了格当）的30个村，占全县46个村的三分之二，并克服生活上的种种不便，在条件极为艰苦的5个村（多卡、达昂、龙列、岗玉、文朗）夜宿，体验门珞群众的生活，加强民族交往交流交融和团结。特别值得骄傲的是，她全程走完了极为艰险的“上三乡”（帮辛、加热萨、甘登）的15个村，其中徒步前往7个未通公路的村，行程超过100公里。下坡的时候，她是跳着走的，后来我们才知道，原来是她的膝盖痛得无法弯曲！很多时候我们问她“行不行”，她的回答总是“我可以的！”我们已经是“过来人”，其中的不便、劳累甚至疼痛可想而知，可她硬是一声不哼，扛了过来，走了下来。由此，她成了历史上首位到访过多卡、达昂等极偏远、极艰险村的援藏女性！也是墨脱历史上屈指可数的下乡前往这些村的女性！

（发布时间：2018年1月21日21：05）

1月22日
星期一

走向天路559

成效全面突显

（2017年工作回顾之一）

2017 年，是广东省第八批援藏工作队墨脱县工作组的实施年、推进年。工作组在佛山和林芝市委市政府、全国及广东省第八批援藏工作队、墨脱县委县政府的正确领导下，在佛山社会各界和墨脱全体干群的大力支持下，深入学习习近平新时代中国特色社会主义思想，贯彻落实党的十九大精神，按照“创新引领，全面深化”的援墨理念，在2016年调研年、规划年谋篇布局并全面启动的基础上，顺势而为，乘势而上，全面实施，全面推进，阶段性成效全面突显。

工作组在雅鲁藏布大峡谷环境非常艰险的情况下，实现了“团队非常团结、援受非常融洽、成效非常显著”的良好局面，得到了中央及广东、西藏两地各级相关部门和领导的充分肯定与高度评价，得到当地广大干部群众的充分认可和高度赞许。

一年来，工作组被中组部通报表扬1次；荣获市级集体荣誉称号2个（林芝市2017年度民族团结进步先进集体、林芝市 2017 年“四讲四爱”主题教育实践活动先进集体）；工作组成员李展健被致公党中央评为“坚持和发展中国特色社会主义学习实践活动先进个人”，谢国高被评为“林芝市第三届践行社会主义核心价值观最美人物”（林芝市十大最美人物）之“最美援藏人”，李斌被评为“墨脱县最美援藏干部”；工作组驾驶员王强被评为“墨脱县道德模范”；柔性援藏医疗人才陈建林、梁彤、丁云霞、王桂莲，支教老师祝小波、温克健、麦显平、王雪飞、崔小勇、甘志强、吴本新、赖红英、梁彩媚、苏瑞、贾思原、赵廉禹、杜铮、梁君杰18人全部被授予“墨脱县优秀援藏人才”称号。

自2016年7月进墨以来，工作组累计获得集体荣誉称号5个（其中市级2个、县级3个）；工作组成员获得个人荣誉称号10个（每人都有一个以上），在2016年、2017年的年度考核中连续两年八个成员全部被评为优秀；所有柔性援藏人才全部被授予“墨脱县优秀援藏人才”称号（25人）。由于很多部门的年度总结表彰大会还没召开，预计工作组及有关成员获得的荣誉称号还会持续增加。

（发布时间：2018年1月22日22：02）

1月23日
星期二

走向天路560

休而不息赢支持

（2017年工作回顾之二）

“我们进入了一年一度的休假模式，同时也开启了另外一种工作模式。因为，对于援藏来说，休假只不过是换了个地点换了种方式工作而已”。我在2016年12月底返粤回佛休假的时候这么说过。在这种理念的指导下，工作组充分利用2017年1—2月返粤休假时间，积极开展后方的各项工作。其间，我自己连同陪孩子旅行8天和春节7天总共才休息了15天。

一是争取支持。向相关领导汇报工作，到相关单位沟通对接，争取领导的支持，争取各方的帮助。据不完全统计，工作组先后拜访了省发改委等3个省直单位，市委、市人大、市政府、市政协主要领导及有关领导，市委宣传部等16个市直单位，禅城、南海、顺德、高明、三水5个区的区委、区政府，南海区发改局等5个区直单位，祖庙街道等2个镇街，佛山日报等5家新闻媒体，南海区人民医院等3家医院，佛山供电局等1家国企，广州齐明软件等8家企业，佛山市郁南商会等3个商会，共计超过50个单位。工作组其他成员也根据自己的实际情况积极前往拜访相关领导和单位，争取支持。

二是学习考察。根据援藏工作和援藏项目的实际需要，工作组先后前往市内的岭南天地、1506创意产业园、南风古灶、南海千灯湖、西樵山、顺德逢简水乡以及省内的广州百万葵园、南昆山等地考察学习，并于2月20日至23日顶风冒雪前往全国茶产业百强县湖北省恩施市和五峰土家族自治县学习考察茶产业的发展经验和做法。

三是不忘项目。1月12日，工作组在佛山召开工作会议，对援藏项目进行了全面研究部署。2月19日，工作组邀请医护专家在佛山召开座谈会，听取佛山医疗专家对发展墨脱医疗卫生事业的意见和建议。工作组多次前往广东省城乡规划设计研究院和华南建筑设计研究院等援藏项目设计单位对接交流，加强项目设计的指导和督促。

四是巩固后方。工作组前往各成员所在单位及所在区汇报其工作表现和工作实绩；前往各成员家属所在单位提请给予关心支持；前往各成员家里看望慰问其家属。

通过不懈的努力，工作组得到了后方的有力支持。全年共争取计划外资金和物资4752.498万元（其中资金4482.7万元，物资269.798万元），累计争取计划外资金和物资5375.14万元（其中资金4847.742万元，物资527.398万元）。

（发布时间：2018年1月23日20：51）

1月24日
星期三

走向天路561

狠抓项目夯基础

（2017年工作回顾之三）

项目建设是整个援藏工作的核心和关键，工作组凝心聚力，强力推进。

一是完善规划。工作组在充分调研的基础上，把计划内资金1.5967亿元规划为十大类24个项目，属交钥匙工程；计划外资金1.318 亿元（其中1.018亿元为广东省支持建设3个边境小康村，3000万元为佛山市支持3个地质灾害严重隐患村搬迁到边境易地安置）规划为4个项目，属交支票工程。

二是明确思路。确定了项目布局——以打造中国最具特色小城、带动旅游业和农牧业发展为目标，以县城为核心，以周边为节点，以扎墨公路和派墨公路为延伸，把项目扩大惠及全县八个乡镇；建设思路——统一策划、统一设计、统一建设、分别实现、满足各方；建设理念——高起点策划、高标准设计、高水平建设、高效能管理、高质量交付；建设目标——努力树“策划、设计、施工、管理、质量、安全”六个典范。

三是做好前期。工作组以只争朝夕的速度统筹做好项目的策划、选址、测量、地勘、设计等前期工作，立项、选址、用地、环评、节能、风评等前置审批及招投标等手续，为项目建设赢得了时间和主动。

四是创新管理。工作组针对墨脱的特殊因素，创新项目管理方式，科学管理，规范管理，严格管理，树立典范。建立了项目建设联席会议制度和项目安全质量责任书制度，创造性地提出了“施工错时计划、过程微信监控、材料集中加工”等项目管理办法，在施工中

严格实行“三控三管一协调”（具体指工程进度控制、质量控制、投资/成本控制，合同管理、职业健康安全与环境管理、信息管理，全面组织协调）。

五是加强培训。积极培训当地农牧民施工队，在项目中积极进行传帮带，协调组织64人次参加自治区及林芝市住建系统的建筑技能培训。

六是克服困难。面对项目建设中意想不到的重重困难，工作组以“火一般的热情、铁一般的意志、水一般的艺术”，一一攻克，确保项目顺利推进。

至2017年底，计划内的24个项目已全部动工建设，其中已完工的达8个，占全部项目的1/3；计划外的4个项目正协调县里有序推进。

（发布时间：2018年1月24日22：07）

1月25日
星期四

走向天路562

发展产业谋长远

（2017年工作回顾之四）

工作组通过充分调研和分析，认为产业是经济发展的前提和基础，核心和根本；产业是脱贫的根基，是致富的源泉。没有产业支撑的脱贫只能是数字脱贫，没有产业发展的致富只能是假性致富。因此，工作组把产业发展作为援藏工作的重中之重来抓。

一是确定援藏新思路。推动“援藏理念开始从外部帮扶向自力更生转变，援藏项目开始从基础建设向产业发展转变，援藏重点开始从项目建设向长效机制转变，援藏方法开始从输血扶贫向造血脱贫转变”。

二是突出资金新投向。计划内的1.5967亿元援藏资金中，投向产业项目的资金达9700万元，约占60%，加上其他与产业相关的项目，约占80%，重点项目中无一例外都是产业项目。

三是明确产业新重点。工作组紧紧围绕“茶、旅、果、菜、谷、药、艺”等重点推进产业发展。

“茶”，主要是扩大种植规模。把茶叶作为墨脱农牧业的主导产业。整合资源和资金，投入不少于3700万元用于建设茶叶种植基地及相关配套设施，协助县里把茶叶种植面积由进墨时的4180亩扩大到2017年底的7326亩，是原来的1.75倍，新增了3146亩。目前可采摘茶园面积达3798亩，2017年共采摘茶青47,019斤，农牧民直接增收176.1万元。组织县党政代表团前往梅州雁南飞茶田和湖北恩施、宜昌两市（州）五县（市）学习考察茶产业的发展经验和做法。

“旅”，主要是提升旅游品位。把旅游作为墨脱服务业的主导产业。工作组整合资源和资金，按照“住房安居化、道路硬底化、设施配套化、环境生态化、庭院经济化、景观旅游化”的“六化”理念，投入不少于1.5亿元用于建设六个小康村；投入不少于4000万元用于县城风貌改造；投入不少于3000万元建设雅鲁藏布江母亲广场及配套设施；投入不少于2600万元用于建设墨脱白玛岗360度全景观光栈道、秘境墨脱、海市蜃楼、魁星阁等旅游设施。为把德兴乡文朗村打造成为旅游村，工作组自筹100万元投资建设“佛墨缘”农家乐，投资20万元建设旅游栈道。

“果”，主要是引种精品水果。规划建设墨脱雅鲁藏布大峡谷旅游水果经济带，沿雅鲁藏布江和扎墨公路、派墨公路沿线按“一村一品”建设一批“花可赏，果可吃”的旅游型特色精品水果种植基地。

“菜”，主要是探索冬菜种植。一方面积极探索冬种蔬菜种植，工作组提供种子和技术指导，已发放种子25个品种1300多斤，可种植面积达1500多亩；另一方面积极引种现代农业前沿技术“树化蔬菜”，目前已经试种62个品种620株。

“谷”，主要是推广高产水稻。2017年引进优质高产抗病水稻新品种3个，取得了很多实践经验。

“药”，主要是积极种植药材。投资12万元用于支持朗杰岗村试种铁皮石斛15亩。

“艺”，主要是发展传统工艺。在雅鲁藏布江母亲广场规划建设了墨脱县门珞服饰加工与展销中心。

四是加大投入做推广。工作组组织了13人的县党政代表团前往佛山市及五区开展对接洽谈；组织了74人的党政干部和农牧民表演队前往参加“2016广东(佛山)非遗周暨佛山秋色民俗文化活动”；投入20多万元参展第四届广东（佛山）安全食用农产品博览会；投入20万元用于墨脱茶的宣传推广；投入15万元用于墨脱石锅的推广，均取得积极成效。目前正在积极创作《墨脱茶之歌》。

（发布时间：2018年1月25日22：23）

走向天路563

创新机制图长效

（2017年工作回顾之五）

援藏是一项长期复杂的系统工程，需要长效机制作保障。为此，工作组在制度创新方面进行了一系列的探索和努力。

一是建立全面对口支援制度。工作组在全国范围内率先践行习近平总书记在东西部扶贫协作座谈会上的重要讲话精神，落实《中共中央办公厅国务院办公厅关于进一步加强东西部扶贫协作的意见》，探索地区之间、部门之间、乡镇（街道）之间、行政村之间结对帮扶，提请佛山市政府印发了《佛山市全面对口支援墨脱县乡镇结对工作方案》，由佛山市教育局、卫计局、农业局、旅游局、公安局、工商局、工商联等市直部门与墨脱县对应的县直部门结对帮扶，其他部门配合；佛山市五个区与墨脱县八个乡镇结对帮扶，五个区又根据实际情况指定了八个镇街与墨脱八个乡镇结对帮扶。该《结对工作方案》印发实施以来，市有关部门和各区、相关镇街高度重视，积极行动，迅速落实。到2017年底，市直部门中已有市卫计局、市农业局、市旅游局、市工商局、市工商联等单位前来墨脱对接落实，共计支持资金和物资74万元（其中资金32万元，物资42万元）；各区已全部前来墨脱对接落实，共计支持资金182.12万元；八个镇街（祖庙、狮山、西樵、龙江、均安、荷城、更合、西南）已全部对接落实，共计支持资金和物资

417万元（其中资金289万元，物资128万元），勒流街道也主动开展教育结对帮扶。通过落实《结对工作方案》获得资金和物资共计673.12万元（其中资金503.12万元，物资170万元），占2017年计划外资金和物资总额的14.2%（其中资金占11.3%，物资占63.0%），极大地推动了援藏事业的发展。

二是建立全面联系制度。工作组创新性地建立了全面联系制度，这也是工作组首创。让八个成员分片联系所有县直部门、乡镇及村。全面联系制度实施后，工作组与相关单位及群众的沟通联系实现了“从被动变主动，从自发变制度，从无序变有序，从分散变系统，从偶尔变经常”的“五个转变”。每个成员都与联系单位建立了分片联系微信群，并不定时走访联系单位，加强沟通交流，听取意见建议，协调解决问题。进墨以来累计为各相关单位及干部群众解决各类实际困难和问题130多个，投入资金和物资近2000万元；看望慰问基层单位和干部群众420多人（次），约占全县总人口的3%，发放慰问金66.5万元。

三是开展“佛墨缘”爱心家庭结对。为了推动区域、民族的交流与融合，促进民族团结和谐，助力脱贫攻坚，工作组策划开展了“佛墨缘”爱心家庭结对帮扶活动，目标是让全县所有贫困户都有一个佛山或其他地区的爱心家庭与其结对。至2017年底已成功开展了五批，结对305户，约占全县410户贫困户的75%。如此大规模的家庭结对，在援藏工作中史无前例。结对成功后，工作组还进行必要的跟踪指导，爱心家庭也会在资金、物资、孩子教育等方面给予必要的支持和帮助。

（发布时间：2018年1月26日22：06）

1月27日
星期六

走向天路564

支医助教惠民生

（2017年工作回顾之六）

温饱问题基本解决之后，健康和教育就成了人民群众最关心、最直接、最现实的利益问题。因此，工作组高度重视墨脱的医疗和教育，把其作为最大的民生来抓。

在医疗方面：

一是加大基建投入。投资450万元的达木珞巴民族乡卫生院和投资100万元的墨脱县人民医院微生物实验室及应急项目（高压快速消毒系统、自体回输血设备等）相继建成并投入使用。

二是加大药械投入。累计共向社会各界争取各类医疗设备和药物达230万元。

三是加强疾病医治。指导或处理急重症30多例，开创新技术5项，免费义诊600多人次，免费发放药物15万元。

四是加强基层公共卫生研究。组织援藏医疗专家开展墨脱县常见病、多发病的调查，编写了《墨脱县农牧民常见病防治指引》，并以此作为培训县人民医院的医生及村医的教材，开创医疗援藏的新模式。申报了西藏自治区科技厅课题《墨脱门珞民族幽门螺杆菌流行病学调查及抗Hp方案疗效评价》，填补了县级医院在西藏自治区科技厅的课题空白。

五是加强人才培训。累计共开展各类培训60余场次，培训1542人次。包括开展全县乡村医生培训，目前已经开展一期；邀请北京、上海、广州等地全国著名的足踝外科专家以及协调Depuy Synthes足踝事业部，在林芝市人民医院举办了西藏自治区第一届足踝创伤学习班暨Depuy Synthes巅峰体验林芝

学习班等。

六是加强人才引进。落实《佛山市全面对口支援墨脱县乡镇结对工作方案》，协调佛山市及禅城区疾病预防控制中心、佛山市中医院及顺德区人民医院、高明区人民医院共派出医疗专家10名，在疾病预防控制、医院管理、疾病救治、人才培训、医学研究、下乡义诊等方面都发挥了积极作用。

在教育方面：

一是加大基建投入。投资300万元的德兴乡中心小学综合楼项目已经动工建设，目前正在有序推进；投资10万元建设的德兴乡中心小学篮球场已经建成投入使用，成为全县标准最高的篮球场。

二是组织结对帮扶。落实《佛山市全面对口支援墨脱县乡镇结对工作方案》，积极与广东省、佛山市、顺德区、勒流街道四级教育部门沟通联系，促成肇庆学院与墨脱县政府共建大学生思想教育基地，顺德区教育局与墨脱县教育体育局结对帮扶，勒流育贤教育集团与墨脱县中学、县完全小学、县幼儿园结对帮扶，延续禅城区南庄中心小学与县完小结对帮扶。肇庆学院首批派出5名学生赴墨支教，勒流街道先后派出14名校长、骨干教师赴墨开展支教、培训工作，其中育贤教育集团派出4人专家组深入墨脱中学、完小开展教研工作。

三是加强各类培训。累计开展各类培训40次近2200人次。其中探索社会组织援藏新模式，引进深圳市幸福家家庭研究院前来开展儿童心理护理师资培养计划，培训了100名教师；引进“担当者行动”开展阅读教学培训，培训了80名语文教师、项目管理员及图书管理员（学生）；引进佛山市顺德区勒流街道的14名优秀校长和教师前来开展办学理念、办学特色、校本教研、课堂教学技能、花样跳绳等专项培训，培训了教师近600人次；选派了15名教师前往广东特别是佛山参加各类培训。

四是全面配齐图书。按照义务教育均衡化标准，为全县所有学校（幼儿园）配齐图书近3万册，价值78万多元。

五是加强教研工作。指导建立墨脱县教育教学研究室，建立健全教研及管理制度，开展教研工作；经常深入学校开展各类教学督导和指导；开展“感恩教育”，引导广大师生“知恩感恩，刻苦自立”，并组织22名师生赴佛山开展“感恩教育体验之旅”。

六是开展课堂教学改革。由佛山市顺德区勒流街道教育局支持的墨脱县中学小组合作教学改革试点顺利推进，借鉴顺德勒流近年来的教改成果，推广佛山教育先进理念，与墨脱本土需要深度结合，开创了墨脱县中小学课堂教学改革先河。

通过援藏与当地的共同努力，全县教学管理逐渐规范，教学质量取得了明显进步。2017年小考有15人被内地西藏班录取，是2016年（2人）的7.5倍；中考有6人被内地西藏班录取，是2016年（3人）的2倍。

（发布时间：2018年1月27日21：41）

1月28日
星期日

走向天路565

固边兴边保稳定

（2017年工作回顾之七）

根据习近平总书记关于“治国必治边，治边先稳藏”的治藏方略，工作组清醒地认识到，固边兴边和维护稳定是各级党委、政府的重要职责，援藏也必须主动融入、参与、支持、配合并发挥积极作用。

一是建立军地援三方合作机制。针对墨脱作为边境县是反分裂、反蚕食、反渗透最前沿的特点，工作组推动建立了军地援三方合作共建机制。一方面，工作组多次看望慰问解放军和武警驻墨部队，并成功争取佛山市将解放军驻墨某部列为长期双拥共建单位，每年最少给予30万元的支持，目前正在争取把县边防大队和县武警中队也列进来。另一方面，工作组与县委组织部共同策划开展军地援三方合作共建基层党组织，发挥各自优势，致力于解决普遍存在的党的领导弱化、党的建设缺失、全面从严治党不力的问题。军地援三方合作共建基层党组织为全国首创。

二是全力支持固边兴边。争取和整合共计1.558亿元用于建设七个边境小康村。其中广东省追加1.018亿元计划外资金用于建设三个边境小康村，争取佛山市追加3000万元计划外资金用于支持三个地质灾害严重隐患村易地搬迁到边境一线地区进行安置（合并为一个村），整合计划内资金2400万元用于三个边境小康村建设。

三是主动参与3月维稳。2017年3月维稳敏感期间，又遭遇进出墨脱的唯一交通要道扎墨公路因积雪和雪崩而多天多次中断。工作组在县委主要领导外出学习的情况下主动作为，一个月内，主持召开了“墨脱县2017年政法、综治（维稳）工作会议”；出席了“墨脱县2017年维稳反恐联合实战演练”；按照“统筹兼顾、综合安排、一次前往、分别实现”的原则，前往10个县直部门和驻墨单位、四个乡镇11个村、1个寺、扎墨公路沿线3个便民警务站、各校园和援藏项目工地进行调研检查；深入相关部门和市场调查了解雪灾期间的物资储备和市场供应等情况；深入开展“暖春行动”，发放爱心物资应急救灾，惠民济困；积极做好舆论宣传引导工作，营造稳定和谐的社会氛围；特别是率队顶雨冒雪前往扎墨公路沿线实地考察和协调处置灾情。工作组3月抗灾保稳工作获得中组部通报表扬（中共中央组织部《组工信息》第22期，总4814期）。

四是主动参与十九大维稳安保。为了做好党的十九大维稳安保工作，工作组保持全员在藏在岗，主动融入，积极参与，大力支持。2017年9月5日，谢国高主持召开了“墨脱县迎接党的十九大维稳安保工作会议”。随后，工作组在谢国高的带领下深入县武警中队等维稳执法力量，墨脱、背崩、达木、德兴四个乡镇及6个村、1个寺、4个便民警务站等基层单位看望慰问和调研检查十九大维稳安保等工作的落实情况。

五是支持维稳安保队伍建设。工作组共投入106.2万元用于支持维稳安保队伍建设。其中支持县公安局50万元用于完善执法装备；支持解放军驻墨某部30万元用于改善相关装备；以16.2万元拍得四驱越野车一辆支持县武警中队维稳安保，提高他们反恐处突的能力，也结束了他们执行任务缺乏交通工具的历史；支持县边防大队和武警中队各5万元（共10万元）用于改善信息化装备。

六是积极参与固边兴边行动。工作组派员与解放军驻墨某部联合开展边境巡逻（全国首创）；工作组成员多次参与维稳安保应急实战演练。

（发布时间：2018年1月28日19：16）

1月29日
星期一

走向天路566

深入宣讲推促落实

（2017年工作回顾之八）

2017年是党的十九大胜利召开之年。工作组根据党中央及西藏自治区各级党委的部署，围绕党的十九大迎接、学习、宣传、贯彻四个重要环节，与“两学一做”学习教育常态化制度化相结合，与具体工作相结合，积极响应，主动参与“讲党恩爱核心、讲团结爱祖国、讲贡献爱家园、讲文明爱生活”喜迎党的十九大主题教育实践活动（以下简称“四讲四爱”）和党的十九大精神学习、宣传、贯彻活动。

在“四讲四爱”方面：

一是主动认识。工作组认为“四讲四爱”的宗旨、目的、理念与援藏在本质上是一致的，都是为了加强党的领导，维护国家统一，促进民族团结，保持社会稳定，繁荣边疆经济，必须积极响应，主动参与，全力而为。

二是主动部署。我于4月7日下午主持召开了墨脱县“四讲四爱”动员大会，并于第二天主持召开工作组会议研究部署如何主动参与“四讲四爱”。其后，我参加了墨脱县“四讲四爱”的每一次培训会、节点总结会、转段部署会，对每一个阶段的“四讲四爱”进行研究部署。李斌前往分管单位及下属单位进行部署和宣讲。

三是主动督导。我除了多次陪同上级领导对“四讲四爱”进行督导检查外，还带领工作组深入五个乡镇26个村、5座寺庙、7所学校及其他单位督导检查。

四是主动宣讲。工作组八个成员全部都积极主动参与了“四讲四爱”宣讲，实现了“宣讲十进”：进援藏（工作组全体成员参与）、进乡（镇）村（5个乡镇11个村）、进农家（多个农牧民家庭）、进学校（3所学校）、进寺庙（3个寺庙）、进事业单位（县人民医院，为工作组新增对象）、进企业（3家企业，为工作组新增对象，包括非公有制企业）、进建设工地（所有援藏项目建设工地均悬挂“四讲四爱”的宣传标语，并前往2个工地进行现场宣讲）、进田间地头（冒雨前往果果塘茶园和墨脱村茶园面向中途歇息的农牧民宣讲）、进民主党派（民主党派人士李展健和雷震主动参与了宣讲）。据不完全统计，工作组以各种形式开展的宣讲活动达30多场次，农牧民群众、中小学生、寺庙僧尼、外来务工人员等受众达1500多人次。

五是主动创新。工作组通过“请进来”“带出去”“一起嗨”等方式开展了一系列的创新性活动，让受众有亲身感、现场感、参与感，从而获得更加丰富细腻的活动效果。如组织党政干部前往佛山对接洽谈，前往梅州雁南飞茶田和叶剑英元帅纪念馆、湖北恩施和宜昌两市（州）五县（市）及三峡水利枢纽学习考察，组织师生前往佛山开展感恩教育等。工作组因此被中共林芝市委员会和林芝市“四讲四爱”活动领导小组评为“林芝市2017年四讲四爱主题教育实践活动先进集体”。

在学习宣传十九大方面：

一是认真学习。工作组认真收看学习了党的十九大开幕会及十九届中共中央政治局常委同中外媒体见面会；收看学习自治区党委及林芝市委理论学习中心组会议和各个专题报告会；参加县委理论学习中心组及所在党支部各个专题学习会议；参与全县援藏干部人才党的十九大精神学习贯彻会议。工作组参与各种集体学习超过15次，同时还安排援藏干部人才认真自学。

二是精心部署。我在2017年10月18日党的十九大开幕会当天及其后的多次工作组会议，都对工作组如何深入学习宣传贯彻党的十九大精神进行了研究部署；

10月27日召开的宣传系统、统战系统、援藏系统党的十九大精神学习贯彻会议和11月1日召开民宗系统党的十九大精神学习贯彻会议，对全县及四个系统如何做好党的十九大精神学习宣传贯彻进行了研究部署。李斌对其分管的住建和旅游系统也进行了研究部署。至此，工作组实现了分管领域的全覆盖。

三是深入宣讲。按照工作组关于“援藏干部人才人人都是宣讲员，援藏项目工地个个都是宣讲场”的要求，掀起了党的十九大宣讲的热潮。在第一阶段的集中式、讲座式、普及式的宣讲中，援藏干部人才开展各类宣讲累计超过30场次，深入到10多个县直单位、四个乡镇的9个村。在第二阶段的针对式、交流式、情景式的宣讲中，工作组深入到八个乡镇的28个村、4个寺庙。至此，实现了“宣讲十二进”：进援藏（全体援藏干部人才参与）、进机关（10个）、进乡村（八个乡镇37个村，乡镇全覆盖，村占总数的80%）、进农家（60多个农牧民家庭）、进学校（8所）、进寺庙（4个）、进事业单位（2个）、进企业（12家）、进工地（所有援藏项目建设工地均悬挂党的十九大宣传标语，并组织所有施工、监理单位及相关设计单位进行宣讲）、进田间地头（面向在田间劳作的农牧民宣讲）、进民主党派（民主党派人士李展健和雷震主动参与了宣讲）、进内地西藏班（对西藏民族大学就读的墨脱籍青年学子、江义中学西藏班学生进行宣讲）。

（发布时间：2018年1月29日20：26）

1月30日
星期二

走向天路567

情遍墨脱促团结

（2017年工作回顾之九）

我国是统一的多民族国家，民族团结是国家繁荣稳定的重要保障。援藏就是贯彻落实习近平总书记治藏方略和党的民族政策、宗教政策、边疆政策的重大战略部署，是促进民族团结的重大举措。民族团结是援藏工作的核心宗旨、目标、任务之一，援藏干部人才就是新时代民族团结的使者。民族团结不是一句空话，需要有内容、有形式、有平台、有渠道、有活动。因此，工作组策划实施了以“情遍墨脱”为主题的系列民族团结活动。

一是走遍墨脱。在2016年进墨半年时间内走完全县八个乡镇46个村创造援墨新纪录之后，工作组在2017年再次走完八个乡镇46个村，实现二次全覆盖，再次刷新援墨纪录。而且两次只是指次数最少的村，而最多的已经达10次以上。

二是睡遍墨脱。这是“走遍墨脱”的升级版，目标就是在全县八个乡镇46个村至少住一天以上，以空间的停留和时间的延长保证下乡进村入户调研、联系、沟通、交流的广度、深度、温度。目前已经完成了19个村，约占全部的41%。

三是联遍墨脱。工作组八个成员全面联系所有县直单位、乡镇及村，做到无遗留、无死角、全覆盖。每个成员通过制度化、专人化、经常化、系统化的沟通联系，收集诉求，解决问题。

四是帮遍墨脱。《佛山市全面对口支援墨脱县乡镇结对工作方案》让佛山市相关部门及区、镇街与墨脱县相关部门及八个乡镇全面结对帮扶，建立起制度化、固定化、经常化、全面化的沟通协调和支持帮扶机制。

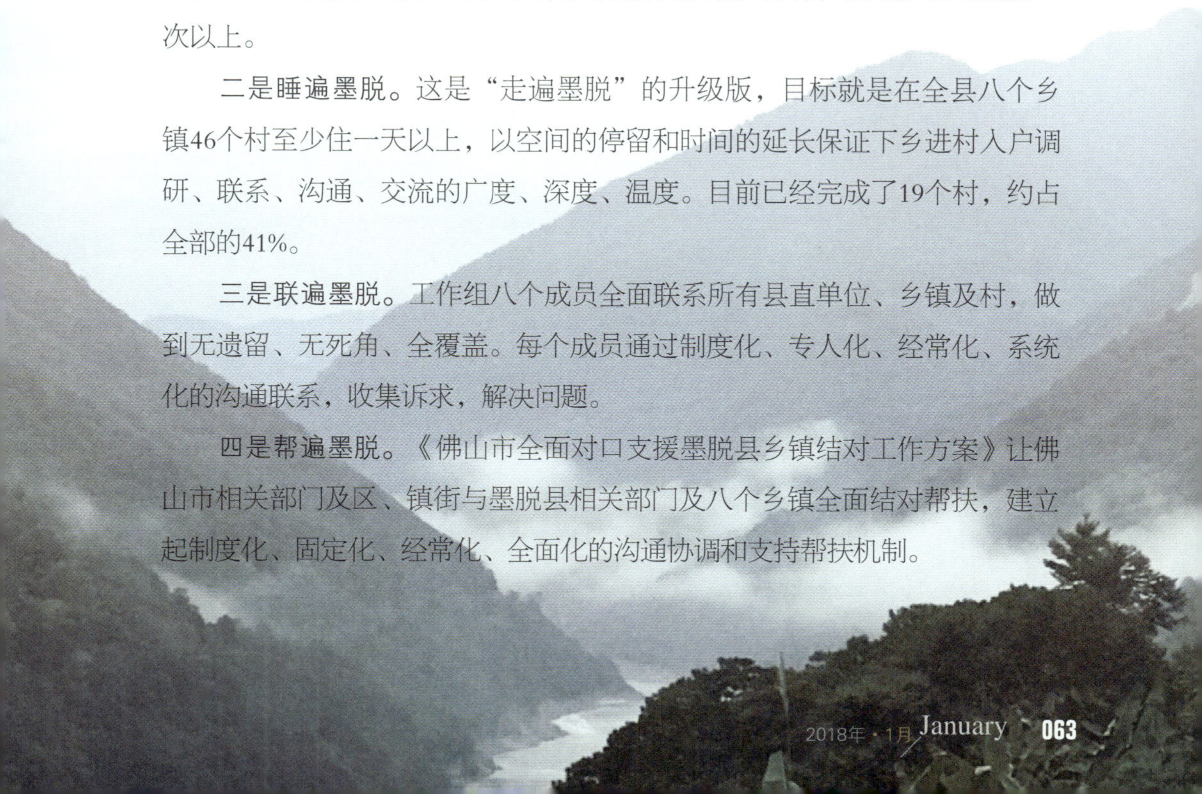

五是结遍墨脱。策划开展“佛墨缘”爱心家庭结对帮扶活动，大规模组织爱心家庭与墨脱贫困家庭进行结对帮扶，在援藏史上并无前例。

六是建遍墨脱。把援藏项目布局从原来以县城为主扩大到全县六个乡镇，并通过向佛山市争取3000万元计划外资金搬迁三个地质灾害严重隐患村，惠及“上三乡”（帮辛、加热萨、甘登），从而扩大到全县八个乡镇。

七是种遍墨脱。以打造雅鲁藏布大峡谷旅游水果经济带为核心，以扎墨公路和派墨公路沿线村庄为重点，推广种植“花可赏，果可吃”的特色精品水果，打造若干旅游村。

八是暖遍墨脱。工作组的看望慰问覆盖全县所有基层单位，医学调查、医疗指导和义诊覆盖所有村庄，爱心物资及教学指导覆盖全县所有学校及学生。

九是宣遍墨脱。与县委宣传部和县文化局联合，支持县民间艺术团下乡演出，覆盖全县所有乡镇及相关单位。2017年已与林芝市委宣传部、墨脱县委宣传部、墨脱县文广局联合承办了“凝心聚力跟党走　粤藏欢歌迎盛会”大型文艺汇演；参与了墨脱县“讲党恩爱核心、讲团结爱祖国、讲贡献爱家园、讲文明爱生活迎七一红歌合唱比赛”和达木珞巴民族乡庆祝党的十九大胜利闭幕文艺汇演等。

十是训遍墨脱。目标是争取培训的人员覆盖所有县直部门、八个乡镇及46个村。目前累计已经培训了3946人次，约占全县总人口的30%。

此外，工作组还开展了“援藏开放暨民族团结系列活动”，加强与墨脱社会各界的沟通交流，目前已经与教师、中小学生、西藏民族大学墨脱籍学生、退休干部、志愿者、环卫工人等界别举行了6场交流会。

工作组因在民族团结方面的出色表现，被评为“2017年度林芝市民族团结进步先进集体”。

（发布时间：2018年1月30日22：57）

1月31日
星期三

走向天路568

文化援藏铸灵魂

（2017年工作回顾之十）

文化是一个民族、一个地区的魂。根据全国及广东省第八批援藏工作队关于文化援藏的战略部署，工作组积极响应，主动参与，全力支持。

一是以先进的文化引领人。工作组通过积极参与“两学一做”学习教育常态化制度化和“四讲四爱”、党的十九大精神宣讲等，用习近平新时代中国特色社会主义思想来武装干部群众的头脑，克服和消除宗教的消极影响，引导干部群众知党恩，感党恩，听党话，跟党走。同时，把“敢为人先、崇文务实、通济和谐”的佛山精神与“两路精神”“老西藏精神”“老墨脱精神”相结合，与墨脱新时代的特点相结合，形成了“新墨脱精神”——“传承、创新、融合、发展”。

二是加强文化基础设施建设。工作组在规划援藏项目时，注重加强文化基础设施建设，策划了雅鲁藏布江母亲广场、墨脱县县城风貌改造、白玛岗360度全景观光栈道、秘境墨脱、海市蜃楼、魁星阁等系列文化旅游项目，用全新的理念策划了一个镇级综合服务中心（镇级组织活动场所）、六个村级综合服务中心（村级组织活动场所），总投资达1.1亿元。

三是加强门珞文化的保护和发展。针对门珞文化，工作组确定了“和而不同，融而不灭”的理念和“挖掘、保护、传承、发展、创新”五个重点。在所有援藏项目中都采用门珞风格，所有援藏工作均尊重当地的民族文化、宗教信仰、风俗习惯。安排超过300万元的资金用于支持县电视台的改造提升、“墨脱门珞服饰加工展销中心”的建设、加热萨乡及德兴乡那尔东村民间艺术表演队的重建等，安排10.2万元、10万元、7.5万元分别成立墨脱县佛墨缘舞蹈队、“佛墨缘”普法志愿服务队、佛墨缘花样跳绳队。联合县文化局制定了《墨脱县关于促进门珞文化的扶持办法》，成立了墨脱县门珞文化发展扶持资金。

四是丰富发展援藏文化。工作组在调研和实践的基础上，形成了“创新引领，全面深化”的理念，“用心、用情、用爱”的信条，“践行、融合、创新、大爱”的精神，“党的治藏方略的实践者、党的民族政策的执行者、党的援藏事业的建设者”的角色，“宣传队、学习队、工作队、服务队、战斗队”的定位，“民族、高原、峡谷、边疆”四种情怀、“尊重当地、学习当地、融入当地、依靠当地、服务当地”（“五个当地”）的援受关系处理原则，设计了颇具特色的组徽、组旗、组服和援藏项目标识。同时，工作组成员纷纷开展各种文艺创作，我自己坚持每天撰写《走向天路》系列散记，并创作 “佛墨缘”系列歌词（如《佛墨缘佛山援墨工作组之歌》《援嫂》《有一群佛山人》等）。这些，都是对援藏文化的丰富和发展。

五是加强佛墨两地文化交流。组织墨脱县党政代表团、党政干部考察团、门巴族舞蹈队、师生代表团等多个批次前往佛山等地学习考察、交流演出。2017年与林芝市委宣传部、墨脱县委宣传部、墨脱县文广局联合承办了“凝心聚力跟党走 粤藏欢歌迎盛会”大型文艺汇演；参与了墨脱县“讲党恩爱核心、讲团结爱祖国、讲贡献爱家园、讲文明爱生活迎七一红歌合唱比赛”和达木珞巴民族乡庆祝党的十九大胜利闭幕文艺汇演等。

（发布时间：2018年1月31日21：33）

2018年

2月 February

2月1日
星期四

走向天路569

团队建设保根基

（2017年工作回顾之十一）

团队是干事创业的前提和基础。工作组十分重视团队的建设，努力依托雅鲁藏布大峡谷十分艰险的环境打造一支“援藏铁军”。

一是加强政治理论学习。2017年，工作组召开了多次专题学习会议，深入学习习近平新时代中国特色社会主义思想及党的十九大精神、习近平总书记对广东工作重要批示精神，系统学习中央及粤藏两省（区）、佛山林芝两市、墨脱县相关会议和领导讲话精神，增强“四个意识”，坚定政治立场，提高政治站位。

二是严抓党风廉政建设。工作组做到党风廉政建设逢会必提、逢会必学、逢会必讲，时刻提醒。在援藏一周年之际开展“谈心谈话谈廉”活动，专题提醒。根据佛山市纪委开展扶贫领域执纪问责专项检查的反馈意见，做到有则改之，无则加勉，认真开展对照检查和组织落实整改措施。

三是加强团队内部团结。工作组充分认识到内部团结是外部团结的前提和基础。组织召开“我们援藏一周年，齐心协力再出发”座谈会及系列活动，凝聚人心，团结拼搏。

（发布时间：2018年2月1日21：14）

2月2日
星期五

走向天路570

全面带动不落下

（2017年工作回顾之十二）

援藏是全面援藏，是一个系统工程。但援藏人力、精力、财力、物力都十分有限，不可能面面俱到，眉毛胡子一把抓，只能“整体规划、合理布局、突出重点、带动全面”。前述的2017年工作回顾之二到十一都是我们的重点工作，也是我们所谓的狭义的援藏工作。当然，这些狭义的援藏工作里面还有重点，而不是平均分配、平均发力。

除了前述的狭义的援藏工作之外，我们还有广义的援藏工作。其中之一就是工作组各成员在任职单位各自的分管工作，这些也是援藏工作十分重要的有机组成部分。如我自己作为县委常务副书记分管宣传、统战等；李斌作为县委副书记、常务副县长分管住建局、旅发委、编办、安居办等；喻晓坤作为墨脱镇党委副书记、常务副镇长协助镇长工作，分管综治维稳工作等；邓宏照作为县发改委副主任协助主任工作等；李展健作为县住建局副局长分管建筑业市场监管等；郭振华作为县教体局副局长分管教研室，主抓教学质量等；赖明建作为县农牧局副局长分管维稳、综治、保密、农牧业领域生态环境保护工作等；雷震作为县人民医院副院长分管医疗业务、门急诊等。由于各成员分管工作点多面广，性质和特点差异很大，不好归纳概括，为了避免累赘，就没有把它写到援藏工作总结中来。

各成员在出色地完成前述的狭义的援藏工作和所在单位的分管工作的同时，也积极开展广义的援藏工作，充分发挥了人才援藏、思想援藏、智力援藏、知识援藏、技术援藏、经验援藏、作风援藏等优势，出色地完成了各项工作任务。

（注：2017年工作回顾之一至十二参考了郭振华同志所写的工作组2017年工作总结。）

（发布时间：2018年2月2日18：23）

2月3日
星期六

走向天路571
墨脱新十三怪

之前在《走向天路511——墨脱卅怪》中总结了墨脱三十怪，后来在2017年底第二次下乡进村入户调研的时候，继续留心观察，又总结了十三怪，加上之前的三十怪，共有四十三怪了。

卅一怪：没辣不算真饭菜。墨脱雨季时间长，空气潮湿，门珞群众喜爱吃辣椒。

卅二怪：背带绑着天灵盖。墨脱道艰路险，挑和抬都不方便，主要靠背，门珞群众喜欢把背带绑在头上。

卅三怪：房子只能吊着盖。墨脱山高谷深，坡陡崖峭，缺乏平地，门珞群众的传统建筑为吊脚楼。

卅四怪：粮仓分开单独盖。传统上，门珞群众的住房、伙房、粮仓都分开盖，互相独立。

卅五怪：玉米棚子地头盖。墨脱山高路远，玉米地远离村庄，为了提高收割效率，减轻重量，门珞群众就地修建棚子放置玉米，待干了再慢慢地背回去。

卅六怪：栅门层层把山寨。为了把牲畜限制在一定的范围内，避免它们进入村庄、践踏庄稼和到处乱跑，门珞群众都在进村道路上修建了栅门。

卅七怪：砍刀随身别腰带。墨脱林密草茂，门珞群众特别是男子一般都把一把砍刀别在腰间随身携带。

卅八怪：汽车报废没人卖。由于进出墨脱的道路艰险和成

本过高，汽车等机械报废了不但没人争，反而没人要。

卅九怪：河滩旱季露出来。墨脱境内的雅鲁藏布江及其支流由于落差太大，水流湍急，雨季的时候根本就没有河滩，只有到了旱季水位下降才能见得到河滩。

四十怪：通路未必车能开。在墨脱，由于自然灾害频繁，所以通路与通车是两个不同的概念，通路未必就能通车。

卌一怪：草树疯长难种菜。墨脱由于雨水和真菌过多，蔬菜根部容易烂掉，不太好种，但树和草却可以用疯长来形容。

卌二怪：落后反而更现代。墨脱虽然是全国最偏远落后的地区之一，但是由于有国家投资和援藏，有些领域如村民住宅、机耕道、机械化开垦等甚至比内地很多农村还先进。

卌三怪：生殖器具也崇拜。门巴族历史上有生殖崇拜的传统，把男性生殖器具悬挂在门口。

（发布时间：2018年2月3日21：34）

2月4日
星期日

走向天路572

东平河

一江逶迤进城来，
两城巍峨入江中。
一桥飞架贯南北，
两岸辉映竞向荣。

（发布时间：2018年2月4日22：45）

2月5日
星期一

走向天路573

虚心接受

近日，墨脱县扶贫办副主任顿珠同志在跟我交流的时候提到，他经常关注广东省第八批援藏工作队墨脱县工作组的微信公众号、工作简报等相关信息，对我们“用心、用情、用爱”开展援藏工作，特别是每次都“休而不息”，利用自己的休假时间开展援藏工作，全心全意为墨脱和门珞群众，表示感谢。

同时他也提出，在我们的信息中曾经看到“乌鸡”“哥达”的字眼（就是门巴语“姑娘”和“小伙子”的音译），他建议改成“乌吉”和“郭达（大）”，这样无论是发音和情感上都能接受。尤其是“姑娘”的译法，“乌鸡”容易使人联想，他认为“乌吉”会好一些；“小伙子”的译法，因为第一个字发“guo”而不是“ge”，他认为“郭达（大）”会好一点。当然，他表示他的也不是标准译法，只是从民族情感和发音方面提出来的建议。

收到顿珠同志的建议后，我们十分重视，十分抱歉，也十分欣慰！

十分重视是因为我们充分认识到援藏的核心宗旨是“捍卫国家主权、维护祖国统一、促进民族团结、保持社会稳定、繁荣边疆经济”。民族团结是前提和基础，是援藏的核心任务和关键工作之一。这种直接音译法表面上看事情很小，但它实质上牵涉到民族情感、民族团结，是大事、要事，所以不能掉以轻心，而是要虚心接受，自觉改正。因此，我跟工作组各成员及其他柔性援藏人才及时进行了沟通。因为之前发布的信息难以更改，但今后发布的信息一定要严格把关，严格规范，以我们的实际行动去体现对少数民族的尊重，去赢得少数民族对我们的尊重。

十分抱歉是因为虽然我们主观上没有任何恶意，但客观上可能已经影响甚至损害了民族情感。因此，我们在这里为我们的译法不规范、不恰当而诚恳、郑重地向门巴人民致歉！但影响甚至损害民族情感和民族团结绝不可能是我们的本意，尊重民族情感和促进民族团结才是我们的初衷。为了正确处理援受关系，我们提出了“尊重当地、学习当地、融入当地、依靠当地、服务当地”的“五个当地”的原则，而“尊重当地”是放在首位的。为了尊重民族情感，我们所有援藏项目都采用了门珞风格，并致力于门珞文化的挖掘、保护、传承、创新、发展。为了促进民族团结，我们也策划开展了“情遍墨脱”和“援藏开放暨民族团结”系列活动，取得了显著的成效。

十分欣慰是因为门巴族的同志和群众没有因为我们的不谨慎、不规范而产生误解和隔阂。在此我也十分感谢顿珠同志的提醒和建议，使得我们的不规范译法不至于持续下去，避免了影响民族情感和民族团结。我们也希望门巴、珞巴、藏等各族人民继续保持热情、淳朴、善良、勤劳、勇敢的优良传统，与汉族及其他少数民族加强交往交流交融，加强民族团结进步。我们也会一如既往，继续“用心、用情、用爱”做好援藏工作，致力于促进民族团结进步。

（发布时间：2018年2月5日21：39）

走向天路574

夕照东平河

一轮斜阳挂天边，
晚霞映照满江红。
偶有航船徐徐过，
带起两边波浪涌。

（发布时间：2018年2月6日22：05）

2月7日
星期三

走向天路575

家的温暖

这段时间冷空气南下，翻越南岭山脉，寒潮入侵岭南，广东虽然地处东南沿海，但气温也较低，特别是广东的湿冷使人感觉更加明显。

2月7日，天气阴转晴，开始使人感到有点温暖。当天下午，广东省委常委、组织部部长邹铭接见广东省的援派（援藏、援疆、援川）干部代表并进行了座谈。省委组织部常务副部长罗冀京、省卫计委副主任刘冠贤、省发改委副巡视员张展宏，省委组织部相关负责人，省援藏工作队（12人）、省援疆前方指挥部（10人）、省援川工作组（3人）参加了座谈。省第八批援藏工作队领队许典辉、省第八批援疆前方指挥部总指挥贺宇、省援川工作组组长李兴文、西藏林芝市人民医院院长李欣、新疆喀什技师学院副院长曹卫国进行了汇报发言。

省委常委、组织部部长邹铭作了重要讲话。他首先表示中央政治局委员、广东省委书记李希对援藏、援疆等援派工作十分重视，到任不久就已经连续两次作出重要批示，要求大家学习好，贯彻好，落实好。然后他讲了三点意见：一是充分肯定和高度评价了我省的援派工作。认为援派干部人才做了很多开拓性的工作，并特别提到了许典辉带领的广东省第八批援藏工作队及林芝市人民医院创建三甲医院、鲁朗国际旅游小镇建设管理、集装箱养鱼、有机肥生产、3D打印等多项工作。认为大家都竭尽全力去做，做得很辛苦，做得很棒，后方的同志也很感动和很受教育，援派干部人才的精神值得学习和敬佩。二是强调要用习近平新时代中国特色社会主义思想统领援派工作。认为援派工作是习近平总书记的大思想、中央的大战略、国家的大格局，要求援派干部人才要用习近平新时代中国特色社会主义思想武装头脑，渗透进去，体现出来。认为接下来的援派工作还很艰巨，需要加倍努力，已经做好了的要复制、推广。三是要加强援派干部人才队伍建设。认为要加强思想、政治、作风、纪律等建设，要廉洁有为，尊重少数民族的风俗习惯。认为援派干部有部分已经提拔，还有部分尚未提拔，先提的不要骄傲，后提的要顾大局。最后希望援派干部人才休假期间在完成会议、联络等相关工作的同时，好好休息，陪陪家人，并向全体援派干部人才及家属提前致以节日的问候。

组织部门是干部之家，更是援派干部人才之家。此前的1月5日，西藏自治区党委组织部和全国第八批援藏工作队在拉萨召开了“第八批援藏干部人才第二次领队座谈会”，自治区党委常委、组织部部长、区直机关工委书记曾万明也作了重要讲话。邹铭和曾万明同志的关怀及广东、西藏两省（区）组织部门的关心，使援派干部有了家的感觉，有了家的温暖。与会代表纷纷表示，一定要在习近平新时代中国特色社会主义思想及党的十九大精神指引下，在支援地和受援地各级党委、政府的正确领导下，不忘初心，牢记使命，砥砺前行，做好援派工作，以优异的成绩回报党中央和国务院，回报支援地和受援地各级党委、政府，回报支援地社会各界和受援地干部群众。

（发布时间：2018年2月7日21：48）

2月8日
星期四

走向天路576

声音传遍珠三角

昨天（2月7日）早上8点至9点，广东省第八批援藏工作队墨脱县工作组的声音通过佛山电台94.6频率再次传向珠三角乃至整个华南地区的上空。

一年前的2017年2月24日，工作组首次作客佛山电台，共同举办直播节目，向社会各界和广大市民宣传墨脱、宣传援藏，让更多的人了解墨脱、了解援藏，关注墨脱、关注援藏，支持墨脱、支持援藏。当时我和工作组成员、墨脱镇党委副书记、常务副镇长喻晓坤，工作组成员、墨脱县发改委副主任邓宏照一起参加了直播节目。

节目结束之后，佛山电台又为我们录制了三条宣传墨脱、宣传援藏的公益广告，第一、二条由我进行录制，第三条由我和喻晓坤、邓宏照一起录制。这三条公益广告在整点或半点时播出，已经在珠三角乃至整个华南地区上空传播了一年，引起了社会各界和广大市民对墨脱、对援藏的广泛关注和支持。

这次是我们时隔一年后第二次作客佛山电台参与直播节目。我和工作组成员、墨脱县发改委副主任邓宏照，工作组成员、墨脱县人民医院副院长雷震参加了直播。我们与佛山电台著名主持人大田、刘世媛聊了墨脱的自然风光和人文风情，援藏的相关工作和故事，让社会各界和广大市民更加了解、理解、关注、关心、支持、支援墨脱和援藏。

这次节目结束后，佛山电台还将为我们录制新的公益广告，在接下来的一年时间里播出。同时，佛山电台将录制我们的相关援藏故事，制作成专题节目陆续播出。

感谢佛山电台，感谢FM94.6！2018，重新出发！

（发布时间：2018年2月8日14：45）

2月9日
星期五

走向天路577

四大策略

2016年7月我们进驻墨脱，开始了三年的援藏工作。同时，我们也开始了另一轮调研、观察和思考。如何才能减少甚至消除社会上对援藏的一些误解以及官方宣传与社会评价不一、口头表达和内心评价不一的消极影响？如何才能让受援地及干群对党中央、支援地和援藏的关怀有更好的体验？如何才能在历批援藏、全国援藏中突出自己的特色？带着问题，我们做了很多调研、观察、讨论和思考，也采取了很多策略和措施。贯穿始终的基本策略主要有四个：

——创新策略。墨脱虽然条件艰险，但当地干部群众和历批援藏干部为我们打下了良好的基础，因此我们认为不应该再过多地强调客观原因，而应该更多地发挥主观优势，把“敢为人先，崇文务实，通济和谐”的佛山精神带进来，与当地的“‘两路’精神”“老西藏精神”“老墨脱精神”相结合，形成了“传承、融合、创新、发展”的新墨脱精神和“创新引领，全面深化”的援藏理念，策划实施了全面联系制度、全面对口支援制度、“佛墨缘”爱心家庭结对活动、“军地援”三方合作共建机制、资源统筹整合共建共享机制、援藏文化建设等一系列重大援藏工作创新，并将创新的理念、意识和做法贯穿于整个援藏工作过程中，渗透深入到援藏工作的方方面面，硬是在极其艰险的雅鲁藏布大峡谷开出了创新之花，树起了创新大旗。

务实策略。如果说创新是佛山人的血液的话，那么务实也是佛山人的特质。面对背后可能出现的怀疑和议论，面对眼前也许存在的漠然和观望，我们没有选择说什么、怎么说，而是选择了做什么、怎么做。我们暗下决心，“你可以不服，但你不得不服”！“你可以不服”是指别人的主观状态和心理行为，“你不得不服”是指我们的主观努力和客观事实。我们不做表面文章，来点正能量，下点真功夫。我们用身心和脚步去丈量墨脱，硬是两次走遍了全县的八个乡镇46个村，实现了下乡进村入户的“二次全覆盖”；我们以“火一般的热情、铁一般的意志、水一般的艺术”，硬是克服和化解了项目建设过程中的重重障碍，实现了在2017年底全面开工建设；我们“休而不息”争取后方的支持，硬是当好了“援藏乞丐”，实现了计划外资金和物资（1.65亿元）超过计划内资金的新突破……这些，恐怕就不是表面功夫、花拳绣腿可以实现得了的。

惠民策略。我们按照习近平总书记关于“搞好民族团结，最管用的是争取人心”，“要将心比心、以心换心”的重要论述，时刻把门珞群众的冷暖放在心上，记在心中。在1.5967亿元的计划内资金中，我们按照“以民生援藏为龙头、以产业援藏和智力援藏为两翼”的总体思路，认真“落实两个80%”（即援藏资金分配坚持“两个倾斜”的原则，80%以上用于基层及农牧区，80%以上用于改善民生）。在计划外资金和物资（迄今已有1.65亿元）中，我们加强统筹和整合，在尊重相关领导和适当照顾机关，帮助提升机关能力建设和服务水平的同时，将绝大部分的资金和物资投放到基层，投放到农牧民群众。如广东省追加的1.018亿元全部用于3个边境小康村的建设，佛山市追加的3000万元全部用于3个村的易地扶贫搬迁安置，剩下的资金也主要用于解决基层和农牧民群众的实际困难和问题，物资分配更是直接面向基层和群众。如我们为全县2000多名中小学生及幼儿提供了校服和其他套装15,000多套（件），为全县388名在读幼儿每人提供一个书包及相关文具，为甘登乡农牧民群众每家每户提供一台冰箱……为了切实做好惠民济困工作，我们除了通过座谈和下乡收集诉求外，还发文全面收集诉求400多条，将其梳理汇编成册，并于2017年7月24日在佛山创新性地举办了“佛山市对口支援墨脱县对接洽谈会”，取得空前成功，共获得社会各界支持资金和物资592.125万元。据不完全统计，至2017年底累计为各相关单位及干部群众解决各类实际困难和问题140多个，投入资金和物资近2000万元；看望慰问基层单位和干部群众550多人（次），约占全县总人口的4%，发放慰问金约70万元。

透明策略。务实低调并不代表不宣传，只是不做虚假宣传而已。我们建立了包括但不限于政府网站、微信公众号、工作简讯、工作简报、微信“易企秀”、其他自媒体等在内的综合的立体的援藏宣传网络，并与各级媒体建立了良好的合作关系。据不完全统计，迄今为止国内外各级各类媒体对我们的宣传报道已达近百次。我们宣传并不是为了炫耀，更不是为了自己，而是为了援藏，为了当地，旨在让社会各界更多地了解墨脱、了解援藏，关注墨脱、关注援藏，支持墨脱、支持援藏。在加大宣传力度的同时，我们也加大了公开力度。我们接受社会各界的捐赠和向墨脱相关方面投放资金（物资）都会有一个十分简单的仪式，就是拍个照并公之于众。我们的做法也让社会各界树立了信心，使我们获得的计划外资金和物资越来越多。我们还在此基础上形成了《广东省第八批援藏工作队墨脱县工作组接受社会各界捐赠清单》和《广东省第八批援藏工作队墨脱县工作组惠民济困清单》。

（发布时间：2018年2月9日21：03）

2月10日
星期六

走向天路578

篱笆与桩

（感恩回访之一）

“一个篱笆三个桩，一个好汉三个帮。”这句话拿来形容团队负责人与团队成员的关系，有其十分恰当的部分。我曾经与队友们开玩笑说：“如果团队没有我（一盘散沙），可能成不了什么大事；但如果我没有团队（光棍司令），那就什么小事也成不了。”我也常常自嘲：“我是一个合法‘传销组织’的负责人，我的‘业绩’都来自于‘下线’。”其实，无论怎样表述也好，核心内容无非就是一个：一个团队必须依靠各位成员，一个团队必须依靠团结合作。否则，没有团队成员的支持，团队负责人成不了好汉而是烂汉，成不了篱笆而是泥巴，爬不起来，扶不上墙。因此，作为团队负责人，也要关心和支持团队成员。

我们每次返粤回佛休假，都处于“休而不息”的状态。其中十分重要的一项工作就是关心队员及其家属，这是我们每次休假不管时间再怎么短、工作再怎么忙也从不落下的事情。这次休假因工作原因工作组各位成员普遍晚回，而我自己则晚回了25天，只剩下37天的假期，剔除了春节7天干不了什么事，连同周末也就只剩下30天，但是我们也不打算打折。

我们先后前往工作组八个成员所在单位——佛山市发改局（李斌）、市经信局（谢国高）、市农业局（赖明建）、南海区经科局（邓宏照）、南海区黄岐医院（雷震）、顺德区勒流街道（郭振华）、高明区更合镇（李展健）、三水区西南街道（喻晓坤），以及2017年度来墨短期柔性援藏人才所在单位——佛山市中医院（陈建林、梁彤、丁云霞）、禅城区国土城建和水务局（欧康奎）、顺德区人民医院（王桂莲）、顺德区勒流街道（祝小波、温克健、麦显平、赖红英、梁彩媚、崔小勇、吴本新、王雪飞、甘志强）等单位进行回访，反馈他们在墨的工作、表现和成效，提请所在单位给予关心和支持。另外，我们每次前往拜访市及各区有关领导的时候，也会汇报他们的工作和表现情况，提请给予关心和爱护。

同时，我们先后前往工作组八个成员的家里进行看望慰问，反馈他们在墨的工作和生活情况，请家属放心，对家属的付出和支持表示感谢。我们成员虽然不多，但感人的故事却不少。例如雷震的第二个孩子刚刚出生三天他就出发进藏，李展健的第二个小孩是在他飞返途中就出生了，郭振华的第二个孩子和赖明建的第二、三个孩子（双胞胎）是在他援藏期间出生的，然后都留给了家属来照顾；还有成员在援藏期间奶奶、母亲去世都没在身边的……

除了我们之外，佛山市还有一批是按照国家及广东省有关部门要求，由佛山市相关单位派出，在墨脱以外的林芝等西藏其他地区进行短期援藏，他们也是佛山援藏干部人才队伍的重要组成部分。我们积极沟通协调落实他们的补贴待遇等相关政策，得到了佛山市政府及市发改局、市财政局等相关部门的大力支持，首批14个人的问题已经得到解决，其他的还在沟通协调之中。

（发布时间：2018年2月10日20：15）

2月11日
星期日

走向天路579

援藏学什么

援藏既是一个工作和生活的过程，又是一个体会和感悟的过程，更是一个学习和历练的过程。援藏是一个大平台，大得超越了青藏高原的边界；援藏是一个高站位，高得超越了珠穆朗玛的海拔。只要自己有意识、有方向、有动力、有毅力、有方法，必定能学到很多，体会很多，感悟很多，收获很多。

因此，我们提出正确处理援受关系的“五个当地”（尊重当地、学习当地、融入当地、依靠当地、服务当地）原则中，就有一条是“学习当地”，而且仅位于“尊重当地”之后。在进墨之初，我就担心队友们来自先发地区，又具有高学历、高职称等特点，可能会存在不够谦虚谨慎的危险，因而经常与队友们交流：“我们要向当地、向高原、向历史学习，千万不要以为高原没高人，不要以为墨脱没能人。”但也有队友在开始的时候会反问我，来援藏学什么呢？他们这样问，并不是态度和认识的问题，而是方向和内容的问题，即学什么和怎么学的问题。

其实，当时我自己也还没完全弄清楚这个问题，因为对事物的认识总有一个过程，而不可能是一蹴而就的。因此，我就跟他们说了最直观的两个例子，是值得我们学习的：一是适应艰险环境的能力。当地干部群众在那么艰险的环境中生存和发展，创造和积累了丰富的经验和教训。二是学习兄弟民族语言的能力。当地的少数民族干部群众学汉语就比我们学习少数民族的语言强。当然，还有其他很多值得我们学习的地方，只是当时还没有系统化。但带着这个问题，我也边工作边思考，总结出最起码有以下几个方面是值得我们学习的：

学政治。西藏是全国最讲政治也是必须最讲政治的地方之一，因为如果在拥护党的领导核心、党中央、中国共产党、中华人民共和国、中国特色社会主义道路等重大政治问题上认识不清、立场不稳，就会祸害西藏甚至全国各族人民。因此，我们首要的就是学讲政治，务必增强“四个意识”，提高政治站位，强化政治敏锐性和鉴别力。要深入学习习近平新时代中国特色社会主义思想，党的十九大精神，习近平的治藏方略，党和国家的民族政策、宗教政策、边疆政策等，致力于促进捍卫国家主权、维护祖国统一、促进民族团结、保持社会稳定、繁荣边疆经济。

学精神。西藏各族干部群众在党的正确领导下，在极其艰险的环境中，在长期的工作实践中，形成了很多宝贵的精神。其中最为突出的是“‘两路’精神”“老西藏精神”和“老墨脱精神”。“‘两路’精神”是“一不怕苦、二不怕死，顽强拼搏、甘当路石，军民一家、民族团结”，老西藏精神和老墨脱精神是“特别能吃苦、特别能战斗、特别能忍耐、特别能团结、特别能奉献”。这些都是我们适应环境、过好生活、做好工作的精神指引。我们必须深入学习，并与“敢为人先、崇文务实、通济和谐”的佛山精神相结合，与实际工作和生活相结合，并在实践中不断创新发展。

学工作。西藏及墨脱的工作与其他地方的工作既有相同和相似的地方，也有很大的区别和特点，不可同日而语。在西藏及墨脱工作，要充分考虑民族、宗教、边疆、高原、峡谷等因素以及发展基础、发展阶段等问题。特别是要深入学习当地干部群众在艰险的环境和复杂的社会中做好民族工作、宗教工作、边疆工作、基层工作、群众工作的知识、经验、做法和技巧，才能真正做好援藏工作，提高处理错综复杂问题的能力。

学知识。青藏高原及高原上的民族、宗教、风俗、习惯、自然、地理等都具有独特性和多样性，还有很多我们尚未掌握或了解不深的领域。因此，我们要深入学习相关的历史知识、地理知识、生物知识、国防知识、民族知识、宗教知识等。

学海无涯苦作舟。要了解更多，做好更多，就需要努力更多，学习更多。

（发布时间：2018年2月11日21：55）

2月12日
星期一

走向天路580

对口镇街全回访

（感恩回访之二）

为了促进粤藏、佛墨两地和汉族与门巴、珞巴、藏族等少数民族的交往交流交融，助力墨脱实现脱贫攻坚、决胜全面建成小康社会，广东省第八批援藏工作队墨脱县工作组率先践行习近平总书记在东西部扶贫协作座谈会的重要讲话精神，落实《中共中央办公厅国务院办公厅关于进一步加强东西部扶贫协作的意见》，探索地区之间、部门之间、乡镇（街道）之间、行政村之间结对帮扶的方法思路，提请佛山市政府印发了《佛山市全面对口支援墨脱县乡镇结对工作方案》。

其中，该方案安排佛山市五个区与墨脱县八个乡镇结对帮扶，五个区又根据实际情况指定了八个镇街（禅城祖庙、南海狮山和西樵、顺德龙江和均安、高明荷城和更合及三水西南）与墨脱八个乡镇结对帮扶。该方案印发实施以来，八个镇街高度重视，积极行动，迅速落实。至2017年底，八个镇街已全部由主要领导及相关领导带队前来墨脱开展调查研究、学习考察、对接落实，共计支持资金和物资417万元（其中资金289万元，物资128万元），有力地推动了援藏事业的发展。

工作组成员、墨脱县教体局副局长郭振华所在的顺德区勒流街道，工作组成员、墨脱县人民医院副院长雷震所在的南海区大沥镇等镇街也主动前来开展教育、医疗等方面的结对帮扶。其中南海区大沥镇人民政府和南海区第六人民医院（黄岐医院）组团前来墨脱，向德兴乡卫生院捐赠了价值5万元的药品，向德兴乡中心小学赠送了价值3000元的文具；顺德区勒流街道教育局、勒流总商会、广东东菱电器有限公司前来

墨脱向工作组捐赠了价值5万元的图书，价值1万元的小家电。

勒流街道教育局组织了勒流育贤教育集团初中部与墨脱县中学、勒流育贤教育集团小学部与墨脱县完全小学、勒流育贤教育集团幼儿部与墨脱县幼儿园结对帮扶。随后组织了相关学校的校长等六人前来墨脱开展调查研究、交流研讨、专题培训、教育指导等，并留下祝小波支教三个月，协助县中学开展小组合作课堂教学改革。紧接着又组织了八位优秀骨干教师前来墨脱开展为期一月的支教活动。他们与祝小波一道，通过听课评课、专题讲座、示范教学、同课异构、教师结对等形式，指导和帮助墨脱教师开展教学研究，切实提升墨脱教育的能力、水平和质量。同时，他们还把花样跳绳带了进来，并组建了墨脱县佛墨缘花样跳绳队。

工作组在前方的工作，得到了包括相关镇街在内的后方的大力关心和支持。我们此次返粤回佛休假，利用休息时间，开启了“感恩回访”，全面回访了上述十个镇街，历时六天。我们向各镇街反馈了工作组的工作情况，代表墨脱县委、县政府、工作组及受援乡镇、全体干群表达了感谢，对进一步加强对口支援工作进行了深入的交流和探讨，并诚挚邀请相关镇街再次前来墨脱开展交往交流交融。

（发布时间：2018年2月12日22：15）

2月13日
星期二

走向天路581

五区书记全接见

（感恩回访之三）

根据《佛山市全面对口支援墨脱县乡镇结对工作方案》，安排佛山市五个区与墨脱县八个乡镇结对帮扶。其中禅城区对口帮扶加热萨乡和甘登乡、南海区对口帮扶德兴乡和格当乡、顺德区对口帮扶背崩乡和帮辛乡、高明区对口帮扶达木珞巴民族乡、三水区对口帮扶墨脱镇。

各区又根据自己的实际情况安排了八个镇街与墨脱的八个乡镇结对帮扶，其中为禅城区祖庙街道对口帮扶加热萨乡和甘登乡、南海区狮山镇和西樵镇对口帮扶德兴乡和格当乡、顺德区龙江镇和均安镇对口帮扶背崩乡和帮辛乡、高明区荷城街道和更合镇对口帮扶达木珞巴民族乡、三水区西南街道对口帮扶墨脱镇。

当然，各区是分解责任而不是转移责任，是增加责任而不是推卸责任。该方案印发实施以来，五个区高度重视，积极行动，迅速落实。至2017年底，禅城、南海、顺德、高明、三水五区党委政府已全部由相关区领导带队前来墨脱开展调查研究、学习考察、对接落实，共计支持资金182.12万元（仅包括区本级）。如果加上镇街支持的资金和物资417万元（其中资金289万元，物资128万元），区镇（街）两级共计支持资金和物资599.12万元，有力地推动了援藏事业的发展。

面对各区的关心和支持，我们深怀感恩之心。此次返粤回佛休假，我们继续坚持“休而不息”，启动了“感恩回访系列活动”的第三个层次（第一层次是队员所在单位及队员家属，详见《走向天路578——篱笆与桩》；第二层次是相关镇街，详见《走向天路580——对口镇街全回访》），全面回访五区党委、政府及有关部门，历时六天。我们先后拜访了市委常委、南海区委书记黄志豪及区委区政府办公室、区发改局、区经科局等部门负责人；市委常委、宣传部部长、顺德区委书记郭文海，区委副书记王勇、区委常委潘东生及区发展规划和统计局、区教育局等部门负责人；禅城区委书记刘东豪，区委常委、宣传部部长张红兵、副区长渠铮及区国土城建和水务局等部门负责人；高明区委书记徐东涛，区委常委、常务副区长管雪，区委常委、纪委书记蔡国富，区委区政府办公室、区发改局等部门负责人；三水区委书记黄福洪及有关部门负责人。

五个区委书记全接见，可见各区从主要领导到区委、区政府到相关部门再到相关镇街都十分重视。他们深入学习习近平新时代中国特色社会主义思想和党的十九大精神，牢牢把握习近平“治国必治边，治边先稳藏”和“加强民族团结，建设美丽西藏”的治藏稳藏方略，积极主动关心、支持、参与援藏工作，为我们提供了有力的支持。

我们向各区汇报了工作组的工作情况，代表墨脱县委、县政府、工作组及受援乡镇、全体干群表达了感谢，对进一步加强对口支援工作进行了深入的交流和探讨，并诚挚邀请各区领导再次前来墨脱开展交往交流交融，把援藏工作做得更加扎实更加深入。

（发布时间：2018年2月13日20：37）

2月14日
星期三

走向天路582

市直单位回访

（感恩回访之四）

根据《佛山市全面对口支援墨脱县乡镇结对工作方案》，安排佛山市教育局、卫计局、农业局、旅游局、公安局、工商局、工商联等市直部门与墨脱县对应的县直部门结对帮扶，其他部门配合。

该《结对工作方案》印发实施以来，市有关部门高度重视，积极行动，迅速落实。至2017年底，市直部门中已有市卫计局、市农业局、市旅游局、市工商局、市工商联等多个单位前来墨脱对接落实，共计支持资金和物资74万元（其中资金32万元，物资42 万元）。如果加上佛山市政府及其他有关部门，市本级支持的资金和物资高达3925万多元，极大地推动了援藏事业的发展。

面对市委、市政府及有关部门的厚爱、关心和支持，我们深怀感谢之意、感激之情、感恩之心。此次返粤回佛休假，我们继续坚持“休而不息”，启动了“感恩回访系列活动”的第四个层次，就是向相关市领导汇报，回访相关部门。

市委书记鲁毅，市委常委、南海区委书记黄志豪，市委常委、宣传部部长、顺德区委书记郭文海，市人大常委会副主任李坚，市委秘书长郭长勇等市领导先后接见；其他相关市领导虽因工作原因未能亲自接见，但也通过电话、信息、微信等现代信息技术手段听取了汇报。各位领导都耐心听取了我们的汇报，对我们的工作给予了充分肯定，询问了我们在前方的困难和问题，对我们的工作作出了重要指示，对我们的生活和家庭嘘寒问暖，关怀备至，令我们倍感欣慰和温暖。

同时，我们先后拜访了市发改局、市经信局、市教育局、市农业局、市住建局、市旅游局、市红十字会、市总工会、团市委、市中医院等相关单位，其他因工作原因而未能接见的单位也通过电话、信息、微信等现代信息技术手段进行了回访和沟通。我们向各相关单位负责人汇报了工作组的工作情况，代表墨脱县委、县政府、工作组及受援部门、全体干群表达了感谢，对进一步加强对口支援工作进行了深入的交流和探讨，并诚挚邀请各位领导前来墨脱开展交往交流交融，把援藏工作做得更有成效。

（发布时间：2018年2月14日18：47）

2月15日
星期四

走向天路583

回访社会各界

（感恩回访之五）

我们提出了“创新引领，全面深化”的援藏理念。“全面深化”就是要促进援藏工作“向部门深化、向基层深化、向社会深化、向家庭深化、向市外深化、向全面深化”（即“六个深化”）。其中向社会深化是我们的一个重要方向，后面的四个“深化”都与社会密切相关。

以企业为主的社会各界是援藏事业的重要支持者。佛山地处改革开放前沿，民营经济发达，民营企业家们普遍具有较强的政治责任感和社会责任心，热心于社会公益事业及援藏事业。2017年，除了党政机关以外，我们获得以企业为主体的其他社会各界支持的资金和物资近650万元，有力地促进了援藏事业的发展。

例如：广东科杰通信息科技有限公司为工作组提供全方位的信息技术保障支持服务，价值100万元；深圳市幸福家家庭研究院向工作组提供墨脱县儿童心理护理师资培养计划项目，价值60万元；福建华荣服装有限公司向工作组提供校服4536套，价值50万元；广东达思丹服装有限公司向工作组提供校服8688件，价值47.2997万元；“担当者行动”向工作组提供全县八所小学共42个班级的图书角，价值22万元；广州市齐明软件科技有限公司支持工作组工作经费10万元；广东光烁新能源发展有限公司佛山分公司支持工作组工作经费10万元；广东鼎誉投资有限公司支持工作组工作经费10万元；佛山市郁南商会先后多次支持工作组资金和物资共10多万元……

这次回来休假，我们也将企业及其他社会各界作为重要的感恩回访对象。由于关心和支持过我们的行业协会、商会、企业及个人众多，逐一拜访显然不现实。而我在佛山已没有办公室，因此请他们过来也不现实。当然，这些不便阻碍不了我们回访的决心，我们就约个地方见个面，确实不行就打个电话或者发个信

息、微信。只要能表达我们的感恩之心，双方都觉得方式并不是太重要。这次时间虽短，但接触的商（协）会、企业及其他机构却有20多家。

我们回访的很多单位负责人都跟我们说：“你们在墨脱已经那么艰难，回来应该好好休息一下，多陪陪家人，没有必要跑得那么辛苦，真正把职业当事业。”他们在资金和物资上已经那么支持，现在又如此设身处地地为我们着想，让我们十分感动。我们也跟他们说：“你们出钱出物出力，甚至不远万里亲自送到墨脱来，我们已经很感动，现在我们只是上门道个谢，按广东话说就‘得把口’（意为只剩嘴巴说的，其他什么也没有），如果连回访一下说句感谢的话都不做，让我们情何以堪？”

当然，百密必有一疏。尽管我们已经很努力，也还是会有遗漏的，也有我们忙不过来的，也有对方忙不过来的。对于关心支持过我们而未能成功回访的相关单位及社会各界人士，我们深表感谢，也深表歉意。

援藏事业需要前方工作机构及队员们的积极努力，更需要各级党委、政府及有关部门的高度重视，还需要社会各界的鼎力支持。有你撑场，愈战愈强。

今天是农历的大年三十，在新春佳节来临之际，我们在此对粤藏及佛（山）林（芝）两地党委政府、全国及广东省第八批援藏工作队、墨脱县委县政府、佛山及相关地区社会各界、墨脱全体干部群众的关心支持表示衷心的感谢！同时祝福各位领导、社会各界人士、亲戚朋友新春愉快，身体健康，工作顺利，家庭幸福，狗年大吉！扎西德勒！

（发布时间：2018年2月15日7：53）

2月16日
星期五

走向天路584

层层部署

广东省各级党委、政府及有关部门历来高度重视援藏援疆等援建工作，思想认识深，政治站位高，政策措施全，支持力度足，民族感情厚。近日，尽管岁末年终的工作十分繁忙，但广东省各级党委、政府及有关部门仍然把援藏援疆等援建工作放到重要议事日程上，相继召开会议进行研究部署。

2月8日，广东省对口支援西藏新疆工作领导小组召开第八次会议，总结广东省2017年对口支援工作，部署2018年工作。省委书记李希主持会议并讲话，省领导马兴瑞、任学锋、王伟中、林少春、邹铭、江凌、王学成、林雄，省对口支援西藏新疆工作领导小组成员单位负责同志参加了会议。省发改委及省援藏、援疆、援川及深圳市援疆前方工作机构负责同志作了汇报发言。

李希充分肯定了过去一年广东省对口支援工作，代表省委、省政府向援藏援疆的全体同志致以新春的问候。他指出，援藏援疆是以习近平同志为核心的党中央的重大决策部署。习近平总书记高度重视西藏新疆工作，党的十八大以来就做好对口支援西藏新疆工作作出了一系列重要指示，为援藏援疆工作指明了前进方向、提供了根本遵循。我们一定要坚持以习近平新时代中国特色社会主义思想为指导，提高政治站位，高质量推进对口支援工作，坚决完成好党中央交给广东的重要政治任务。

李希强调，要聚焦脱贫攻坚精准发力，推进对口支援工作取得更大成效。一是着力协助受援地补齐民生短板。紧贴当地脱贫需求，找准问题，精准发力，在资金、项目安排和人才支持上向民生领域倾斜，抓好一批真正惠及当地群众的民生工程。二是扎实推进产业支援。发挥援受双方产业资源优势，加强政府引导，扎实抓好能有效增加当地群众收入的产业项目。三是加强人才智力支援。持续推动“组团式”智力支援，加强受援地干部人才培养培训，为当地打造一支留得住、带不走的人才队伍。四是增进民族交往交流交融。加强民族团结，虚心向各族干部群众学习，注重发挥好商会、行业协会等平台作用，多办群众热切期盼的好事实事。

李希强调，要加强领导，落实责任，强化担当，为做好对口支援工作提供坚强保障。一要加强省委对援藏援疆工作的领导，定期听取汇报，推进工作落实。二要压实工作责任。把责任扛在肩上，层层抓落实，切实把对口支援工作抓紧抓实、务求实效。三要加强监督考核。完善项目资金监督管理机制，提高资金使用的综合效益，以考核促提升，确保各项目标任务顺利完成。四要从政治上、工作上、生活上关心关爱关注援建干部职工，解决好他们的后顾之忧，让援建干部职工全身心投入工作。

2月13日，佛山市召开援藏援疆援川干部人才座谈会。市领导鲁毅、蔡家华、杨朝晖等出席会议。驻四川凉山州工作组、驻西藏墨脱县工作组、驻新疆伽师县工作队、驻新疆生产建设兵团41团工作队负责同志作了汇报发言。市委书记鲁毅作了重要讲话。

鲁毅充分肯定过去一年佛山市对口支援和东西部扶贫协作工作，代表市委、市政府及全市人民向援藏援疆援川的全体工作人员致以亲切问候和崇高敬意。他指出，对口支援和东西部扶贫协作是国家战略；一年来，佛山市援派干部人才肩负组织的重托，自觉克服困难，充分发挥自身优势和特长，扎实推进援藏援疆援川工作并取得良好成效，受到当地党委、政府和群众的充分肯定，展示了佛山援建干部求实务实抓落实的工作作风和良好的精神风貌。

2018年是贯彻落实党的十九大精神的开局之年，是改革开放40周年，也是决胜全面建成小康社会、实施“十三五”规划承上启下的关键一年。鲁毅要求，各工作组（队）一定要坚持以习近平新时代中国特色社会主义思想为指导，深入贯彻落实党的十九大精神，按照省援藏援疆工作领导小组第八次会议工作部署，继续保持良好的工作状态，以新的、更大的努力推进对口支援和东西部扶贫协作工作，确保百分之百优质地完成各项既定工作任务。

鲁毅指出，要创新思路举措，落实好援助资金，把对口支援和东西部扶贫协作工作做得更好。各工作组（队）要坚持在当地党委、政府的正确领导下开展工作，在与当地党委、政府充分沟通、协调一致的前提下推进援建项目落地落实，把佛山的资金优势、技术优势与当地经济社会发展特别是产业发展结合起来，确保援建效果更加明显，更符合当地人民群众的需求，更符合当地党委、政府的战略布局。要全面贯彻党的民族政策，巩固发展民族团结大局，把民族团结牢牢抓在手上、放在心中、融入血液。

鲁毅强调，要加强对援建干部履职尽责情况的考核，从政治上、工作上、生活上关心、关爱、关注援建干部；要主动关心、及时解决其家庭困难，切实解除他们的后顾之忧。

此外，佛山市各区和市有关部门也相继召开了相应的会议，研究部署本地区、本部门的对口支援工作。如南海区于2月11日召开对口帮扶援建工作总结会议，2月13日市经信局召开援派干部人才座谈会。

（发布时间：2018年2月16日18：38）

2月17日
星期六

走向天路585

高原天路

高原天路万里长，
我用身心去丈量。
青藏风情无限好，
等你怀爱来欣赏。

（发布时间：2018年2月17日21：15）

2月18日
星期日

走向天路586

钱怎么来

援藏资金（物资）分为计划内资金（无物资）和计划外资金（物资）两种。计划内资金是制度性的安排，体现的是党中央及对口支援地区（单位）对受援地区的关怀。计划外资金（物资）不是制度性的安排，不是援藏的工作任务，但同样体现党中央及对口支援地区（单位）对受援地区的关怀，更体现了广大援藏干部人才的情怀和努力。

计划内资金是根据中央第五次西藏工作座谈会的部署，由援藏省市按上年度地方财政一般预算收入的千分之一来安排，各省市再将任务分解、压实到下辖各级政府，用于支援西藏发展。千分之一的援藏资金安排保证了各援藏省市能随各自财力的增长而加大投入，但援藏资金与国家资金相比却是九牛一毛，可见党恩更多的是来自于习近平总书记及党中央、国务院。根据相关制度安排，由广东省单一对口支援林芝市之后，广东省对口支援西藏的资金，四分之三用于林芝市，另外四分之一用于昌都市。所不同的是，广东省对口支援林芝市是出钱出人，而对口支援昌都市是出钱不出人。

以援墨（脱）资金为例，“十三五”期间（2016—2020年）广东省将投入2.9245亿元，其中佛山将上缴2.4148亿元，约占82.6%，其余为广东省统筹其他市上缴的资金。在广东省第八批援藏工作队墨脱县工作组的任期内（2016年7月—2019年7月），我们将投入的资金为1.5967亿元，约占“十三五”期间援墨资金的54.6%。我们把1.5967亿元策划成24个项目，在2017年底之前已经全部动工建设，其中已竣工项目8个，占总数的三分之一。

计划外资金（物资）是为了体现对口支援地区党委政府、社会各界及人民对受援地区及人民的关心和支持，为了更好地推动受援地区经济社会发展，由对口支援地区党委、政府及有关部门主动追加，或者由援藏干部人才自加压力主动争取而来。据不完全统计，至2017年底广东省第八批援藏工作队墨脱县工作组先后拜访了各级领导和部门、相关企事业单位、行业协会（商会）等共计超过100个（次）。通过坚持不懈的努力，进墨以来累计争取计划外资金（物资）约1.65亿元（其中：资金近1.558亿元，物资和服务近900万元；2017年1.526亿元），超过了计划内资金1.5967亿元，开计划外资金（物资）超过计划内资金的先河。

在1.65亿元的计划外资金（物资）中，其中1.018亿元为广东省委、省政府为体现对习近平总书记及党中央重大战略部署的重视，为体现对西藏及墨脱人民的关心而主动追加，用于三个边境小康村的建设，其余6320多万元的资金（物资）则由广东省第八批援藏工作队墨脱县工作组积极与佛山市及相关地区的各级党委政府及有关部门、行业协会（商会）、企事业单位、爱心人士等社会各界沟通协调争取而来。以工作组2017年筹集的1.526亿元（资金超过1.463亿元，物资和服务超过620万元）计划外资金（物资）为例，其中：广东省政府1.018亿元，佛山市政府及相关部门3925万元，禅城区政府及相关部门和镇街40万元，南海区政府及相关部门和镇街约200万元，顺德区政府及相关部门和镇街约104万元，高明区政府及相关部门和镇街55万元，三水区政府及相关部门和镇街116.62万元，其他社会各界近650万元；广东省1.018 亿元，佛山市4840万元，佛山市外240万元。

从上述援藏资金（物资）特别是计划外资金（物资）的来源结构也可以看出，我们所提出的“创新引领，全面深化”的援藏理念，向部门深化、向基层深化、向社会深化、向家庭深化、向市外深化、向全面深化（“六个深化”）得到了有效的落实。

（发布时间：2018年2月18日20：13）

2月19日
星期一

走向天路587

钱怎么花

援藏资金（物资）特别是计划外援藏资金（物资）的筹集是一个艰难的过程，但援藏资金（物资）的分配和使用也不是一件轻松的事情。相对于援藏资金（物资）是如何筹集的，人们可能对援藏资金（物资）是如何使用的更感兴趣，因为资金（物资）从来就是一个敏感的话题。那么，援藏资金（物资）是如何花掉的呢?

我们先来看计划内资金。以广东省第八批援藏工作队墨脱县工作组为例，我们这批安排的计划内资金（无物资）为1.5967亿元，全部用于援藏项目建设，规划为十大类24个项目。用通俗的话来说，计划内资金是“见活不见钱”。资金对我们来说只是一个数字，但要把数字变成项目，把理想变成现实，却是一个艰巨复杂的过程。因此，我们“以火一般的热情，铁一般的意志，水一般的艺术”，一一克服和化解，终于在2017年底前让全部项目动工建设变为现实，其中已竣工项目8个，占总数的三分之一。

我们再来看计划外资金（物资）。我们一是制定制度。分别制定了计划外资金和物资的管理办法，提供了制度保障。二是建立机制。形成了集体决策机制，所有计划外资金（物资）的使用均由工作组工作会议集体讨论研究决定，提供了机制保障。三是确定投向。一方面是指定用途、定向筹集或限定用途的资金（物资），如广东省追加的1.018亿元指定用于三个边境小康村建设、佛山市追加的3000万元定向用于三个地质灾害隐患严重和深度贫困村易地扶贫搬迁安置、三批共15,000多件（套）校服发放给全县中小学校等，另一方面是可以自由支配的资金（物资），我们在尊重捐赠人意愿的基础上，重点投向教育、医疗、惠民济困等民生领域和产业发展、机关能力建设等提升自我发展能力的领域。四是整合资源。不少捐赠人都希望自己独立支持一个项目，但由于墨脱的建设成本很高，资金分散使用不但不能达到预期效果，反而有可能是毫无效益，因此我们都说服捐赠人由工作组统筹安排，整合使用。五是公开透明。我们在支持某个项目或事项的时候都会搞一个十分简单的捐赠仪式，并在微信公众号发一个简讯，公诸于众。每年都会形成惠民济困清单，向社会公布，自觉接受监督。

当然，我们不是为了花钱而花钱，而是希望能够促进民族关系的团结、发展基础的夯实、发展能力的提升、群众生活的改善、机关服务的优化、思想观念的改变。我们进墨之初通过调查研究和沟通交流了解到，个别干部群众认为援藏干部除了做好狭义的援藏工作之外，就是给钱给物的。对于个别干部群众存在的这种认识，我们进行了认真的研究和分析，认为又对又不全对。对的是我们除了做好狭义的援藏工作之外，确实有必要向社会各界争取更多的资金（物资）用于支持当地经济社会发展和惠民解困；不全对的是给钱给物不是我们既定的义务，而且还要看应该怎么给。我们经过慎重的研究，决定对个别干部群众存在的“等靠要”思想不迎合、不讨好、不满足，资金（物资）只支持积极有为者，让其正能量得到充分的发挥。

（发布时间：2018年2月19日21：11）

2月20日
星期二

走向天路588

墨脱早晨

这次返粤回佛休假的前几天，我尝试着在早上按不同的时段起床，出门去感受墨脱的早晨。

出门时最早碰到的就是门卫，虽然墨脱县城冬天的气温都在10摄氏度以上，但又潮又湿的清晨，依然显得有那么一点冷。他们已经起床在值班了，身上穿着我们前段时间赠送给他们的外套。门卫的职业和收入都是低微的，但是他们的职业和精神又是高尚的，他们拿着低微的工资去守护着高昂的资产和安全。

出门后最先碰到的就是清洁工人。他们是城市的美容师，美丽中国的重要建设者和捍卫者。他们冒着黎明前的黑暗和日出前的浓雾，穿着贴着反光条的工作服，让人在黑暗和浓雾中一下就可以辨认出来。他们手中的扫帚此起彼落，很有节奏感，好一首劳动之歌。我们之前赠送给他们的冲锋衣没穿在身上，也许是还不舍得穿。

往前走，遇见的是出租车司机。墨脱虽然偏远落后，但该有的都有。司机师傅们早早就已经出车了，其实他们不是睡不着，也不是不想睡，而是为了服务那些早起早出的几个人，为了每次车程的几块钱，可见生活不容易呀。我在心中默默地祝福他们出入平安，生意兴隆。

再往前走，看到建筑工人们在路上行走，正赶往工地开工。他们头上戴着安全帽，身上穿着工作服，长期在工地上工作和生活，使他们显得有点衣衫褴褛。货车和各种工程车辆的司机拉开车门，跳了上去，发动车辆预热，然后就出发去干活了。我真的不知道这些兄弟姐妹吃过早餐没有。

在学校附近，我见到了赶路上学的学生。他们有的独自一人走在黑暗中，真佩服他们的勇气和无惧；有的三三两两，成群结队，有说有笑，嬉戏打闹；有的是父母俩或是其中一个牵着手，亦步亦趋地跟在后面，亲情暴露无遗；有的坐在父母的摩托车上，双手紧紧地抱着父母的腰；有的坐在父母的汽车上，就看得不是很清楚了。

当我走进村里，村民们在6点左右就起床了，有的在洗漱，有的在搞卫生，有的在做早餐，有的在喂猪，有的在忙其他。门珞群众的勤劳从早上就开始了。

…………

无论走到哪里，雅江晨雾都会笼罩在我身边，直至太阳升起来了，才慢慢地离散、升腾、变幻。然后是金色的阳光，照耀着我回到家中。

（发布时间：2018年2月20日21：08）

2月21日
星期三

走向天路589

请你来墨脱看巨型实景演出

一部《印象·刘三姐》，曾经创造了一个全新的演出表现形式，创造了一个全新的旅游体验形式，创造了一个全新的文化产业形态。随后，在这种创新业态及其巨额回报的鼓励下，全国各地的大型实景演出如雨后春笋般地涌现出来，如河南登封的《禅宗少林·音乐大典》、湖南张家界的《天门狐仙·新刘海砍樵》（湖南张家界）、山东泰山的《中华泰山·封禅大典》等等，至少有20多个。

其实，墨脱也有自己的实景演出。而且与其他地区相比，墨脱的实景演出更有自己的特点：历史悠久，源远流长；天造地设，浑然天成；规模宏大，气势恢宏；随到随看，随处可看。那么，墨脱的巨型实景演出到底是怎样的呢?

我们先找好它的看台。它的看台就有好几个地方，包括从县城到仁青崩寺的道路沿线，特别是“海市蜃楼”观光亭、巴日村农家乐等位置，以及莲花阁、拉贡山和文朗村等。当然，这几个看台中最成熟的就是莲花阁，而最佳的就是“海市蜃楼”观光亭。为了让居民和游客更好地观看观赏，我们在县城往巴日村的道路上一个肘子位置规划建设了“海市蜃楼”观光亭，并用栈道与位于扎墨公路进城咽喉位置的“秘境墨脱”观光牌坊相连，在德兴乡文朗村规划建设了“魁星阁”。它们三足鼎立，隔江相对，遥相呼应。“海市蜃楼”是俯瞰，“秘境墨脱”是仰望，“魁星阁”是远眺。本来在拉贡山还规划了高度达39米的青藏高原第一塔——“佛缘塔”，但由于地质原因而放弃了。

它的舞台就是整个雅鲁藏布大峡谷。北起米林县派镇大渡卡村，南到墨脱县巴昔卡村（印度非法控制），全长504.6千米。当然，中央舞台在墨脱县城及其周边地区。观赏时间为全天时，最佳观赏时间为早上八九点钟左右。观赏条件为全天候，无论阴晴云雨雾雪冷暖干湿。当你站在“海市蜃楼”观光亭的位置，放眼整个县城及周边地区，酝酿和准备了一个晚上的演出就周而复始地悄然开始了。但是，它绝对不是简单的重复，每一天、每一次，你可以看得到相似，但却找不到相同。

旱季的演出最为壮观。雅江晨雾就像一条白色的巨龙，在游动，在升腾，在扩散，在变幻，就像舞台上的烟雾。它在游动和升腾的同时，也在扩散和变幻，向两边的每一条沟壑弥漫，遇到山坡阻挡时，有的突然向上喷涌，速度很快，有的沿着山坡环绕，形成一条雾带。当雅江晨雾弥漫扩散到亚东瀑布底部，与瀑布下端相接的时候，奇观就开始出现了，整个雅江晨雾反而好像是由亚东瀑布跌落飞溅而形成的。另一个奇观就是当雅江晨雾向县城弥漫开来，只有电视塔和莲花阁等高的建筑物浮在云雾之上，而其他都沉浸在云雾之中的时候，一个现实版的海市蜃楼、蓬莱仙境就出现了。这就是我们为什么把那个观光亭命名为“海市蜃楼”了。随着太阳升起，又出现了两个奇观。一个是太阳从卓玛拉神山升起，万丈光芒就像电影放映机一样投射到雅鲁藏布对面的山上，从上到下形成了金色（有阳光照射的地方）、黑色（阳光还没照到的地方）、白色（雅江晨雾）、绿色（近处的花草树木）四层色谱结构。另

一个是卓玛拉神山山坡上的云雾，由于光线的作用，呈现出上白下蓝的颜色，形成了天下奇观——墨脱蓝雾。随着太阳的升起和时间的变化，雅江晨雾就像一条白色的巨龙一样沿着县城对面即德兴乡那边的山坡向上升腾，直到悬浮于山顶之上。而其他地方的云雾则逐渐消散，消失得无影无踪。

雨季的演出最为科幻。雨季（每年3月至10月）的雅江晨雾，又呈现出与旱季（每年11月至次年2月）完全不同的特点。它没有旱季那么集中，而是相对集中，有机分散，形态万千，变幻莫测。

在大自然这个总导演的策划之下，在雅鲁藏布大峡谷这个天然大舞台之上，在雅江晨雾和太阳光线绝妙搭配所形成的绝妙舞台效果之中，门珞群众千百年来在这里上演着一幕幕的爱情剧、生活剧、奋斗剧……历史悠久，场面宏大，情节动人，扣人心弦。

“秘境墨脱”实景演出等着您！莲花圣地门珞人民欢迎您！

（发布时间：2018年2月21日22：41）

2月22日
星期四

走向天路590

墨脱转城

转山、转湖、转森林等是藏族及相关少数民族的传统性、特色性、宗教性、民俗性、群众性体育活动。一般是马年（藏历）转山、羊年（藏历）转湖、猴年（藏历）转森林。此外还会转佛塔、转佛殿、转寺庙等其他具有宗教意义或他们所信仰的神物圣地。剔除宗教的消极因素和影响，这些活动也具有鲜明的民族性、区域性等特色，可以将其积极因素和作用发挥出来，引导其向体育性、旅游性、文化性、贸易性等方向发展。

墨脱在藏语中语意为“花朵”。当年西藏地方政府吐蕃王松赞干布邀请莲花生大师进藏弘扬佛法，莲花生大师在全藏遍访神山圣水，发现了墨脱，并将其称之为“博隅白玛岗”，藏语意为“隐藏的莲花”“隐秘的莲花”。据说莲花生大师还在墨脱留下了一个脚印，这个脚印就是墨脱县城的一个小山岗——白玛岗。这个小山岗的平面投影图就是一个大大的脚印。脚印略呈东西走向，脚跟背对着现在的莲花湖公园一带，脚趾对着亚东点一线。

脚的左右两边分别为白玛岗路和东布路，两条相连的道路也形成了墨脱的一环路，而墨脱现在已经发展到三环了。白玛岗将县城分成了南北两个片区，处于县城的核心位置，现在为县委、县政府的所在地。

我们在白玛岗上，县委、县政府围墙之外、之下，规划建设了一条环状并具有放射线的“白玛岗360度全景观光栈道”，并对白玛岗进行边坡治理和林相改造，探索打造“白玛岗花海”。我们对这两个项目的定位是——“开明政府的好形象、城区融合的好工程、居民休闲的好去处、游客观光的好地方”。目前，这两个项目都已经在积极推进过程中。待这两个项目建成后，居民和游客就可以围着它转了。

此外，我们还有一个更大的设想，就是规划建设“墨脱环城步道”。线路的大致走向是以现在扎墨公路进城的关键节点——西漠嘴为起点，现在我们正在那里修建“秘境墨脱”进城牌坊和观光平台。然后沿着我们正在修建的“象牙栈道”上山到达同样是我们正在修建的“海市蜃楼”观光亭，然后沿着山坡绕过墨脱村背后到达墨脱茶业有限公司，往前再经过气象局、拉贡山、电视台和莲花阁、亚东点，在亚东点和“秘境墨脱”牌坊之间用玻璃吊桥相连接，形成一个闭环。现在拉贡山的步道已经成型，“秘境墨脱”和“海市蜃楼”之间的步道在修。环线上已经成型的观光点有莲花阁、拉贡神山、拉贡茶场、邦塘茶场等，正在修建的有“秘境墨脱”“海市蜃楼”和墨脱茶厂等。沿线高低起伏，越山岗，跨河流，飞峡谷，绕山坡，穿丛林，景点众多，景观独特，旅游、休闲、健身、文化等价值极高。

如果这条环城旅游休闲步道能够建成，将极大地提升墨脱的品位和影响力，极大地促进墨脱旅游业及相关产业、事业的发展。到那个时候，我们的居民和游客就不光可以转山、转湖、转森林，而且可以转城了。据说，“转墨脱一圈，胜过转山三千”。只是我们只能提设想、建部分，总的设计和建设就要靠县里或者以后几批的援藏人来完成了。

（发布时间：2018年2月22日21：40）

2月23日
星期五

走向天路591

冬去春来

冷风夹带凉雨丝，
路树返秋穿黄衣。
未待斑驳褪尽去，
绿叶攀枝露春意。

（注释：2月的南国，乍暖还寒。冬天似乎已经到了强弩之末，但它还是要继续挣扎几下。寒风夹带着冷雨，使一些路树的树叶变黄并落叶。与北方不同的是，南方四季常绿，但有些树种如榕树、小叶榄仁等却有“沤春”的现象，即春天树叶才变黄以及落叶。但未待黄叶落尽，新叶就已经开始发芽了，存在黄绿相接、相间的现象。新叶爬枝，意味着春天来临了。）

（发布时间：2018年2月23日20：53）

2月24日
星期六

走向天路592

相争

雨后蚯蚓现，
两鸡同时见。
飞扑上前啄，
每人扯一边。

（发布时间：2018年2月24日22：14）

2月25日
星期日

走向天路593

假期匆匆而过

明天早上，更确切地说是今天夜里3点，我们就要离开佛山，离开温馨的家，前往广州乘坐广东话俗称“倒屎倒尿咁早”（早上6点）的航班，返回西藏，返回林芝，开始新一年的援藏工作。

这次的假期，时间上比上次短，总共才30多天，少了半个多月，但感觉上更加短，总觉得意犹未尽。

我们要做的事情还没有做完。有些领导还没来得及去汇报，有很多关心和支持过我们的党政机关、企事业单位、社会团体以及个人还没有来得及去回访答谢，有很多需要争取的资源还没有来得及去沟通协调……

我们要陪的亲人还没有陪好。妻子上班的时候陪不了，下班了又要忙于家务。儿子上学的时候陪不了，放学了又要忙于学习。好不容易等到他们都放假了，妻子又要忙于准备过年，儿子又要忙于寒假作业。回乡下过年了，时间又是那么的匆忙，虽然人在一起，但聊的机会不是很多。没在一起的亲人就更难见上一面。

我们要叙的友情还没有叙够。人在世上，谁没有一帮朋友？自从我们去援藏之后，他们日夜挂念，倍加关心。可是一年又一年了，很多朋友还是没能见上面。能够见面的部分朋友也是采用聚会的方式集中见一下，其他更多的朋友就无暇顾及了，真是于心不忍。

时间都去哪了？绝大部分都用在“休而不息”上了。拜访领导汇报工作，回访相关单位和个人表示感谢，前往相关部门沟通协调……时间虽短，但拜访和会见的单位（个人）却不下30个。在这短短一个多月的时间里，我们人在佛山，心在墨脱，讲的是墨脱的话，干的是墨脱的事。

尽管我们对家乡及亲友们依依不舍，但另一方面又惦记着墨脱的人和事。因为今年是我们援藏项目的全面建设年、援藏工作的全面深化年，需要在2016年全面调研年、全面规划年和2017年全面实施年、全面推进年的基础上，不忘初心，牢记使命，团结一致，艰苦拼搏，为明年的全面收尾、全面收官打下扎实的基础。

（发布时间：2018年2月25日18：45）

2月26日
星期一

走向天路594

回南天

就在我们结束休假返回墨脱的时候，佛山及广东其他一些地方就已经开始进入“回南天”了。它虽然不比墨脱的雨季更糟糕，但也很具有自己的个性和特点。

“回南天”是我国华南地区（广东、广西、海南、香港、澳门）及与之相邻的湖南、江西、福建等部分地区在每年春季所出现的一种特殊天气现象。与其有点相似的天气现象还有我国华东地区的梅雨天气、墨脱的桃花雨天气等。

每当冬去春来、乍暖还寒的时候（每年2月底至5月初），来自北方的冷空气已经到了“强弩之末，势不能穿鲁缟”，但它却不甘心自愿退去，而是要垂死挣扎。来自南方的暖湿海洋气流，也不会无所作为，而是步步紧逼。在它们冷暖交合的地带，通常呈现出阴晴云雨不定的天气状况。

整个天是白茫茫的，真的有点“像雾像雨又像风”，但像雾又不是雾，像雨又不是雨，像风又不是风。其间以大雾为主，浓雾笼罩是“回南天”的最具特色的表象，偶有小雨，很少有风。天气十分潮湿而略带一些闷热，似乎连空气都能拧出水来。室内四处“冒水”，到处是湿漉漉或潮乎乎的。陶瓷、石头、玻璃等一些表面冰冷的物体挂满了水珠甚至是水流，就像洗澡期间的浴室。其他的所有物品特别是像衣服、毛巾之类吸水能力较强的物品，都是潮乎乎的，有的甚至可以拧出水来。

在绝大多数人的眼里，“回南天”都是像“南霸天”一样的坏蛋。事实也基本确凿，每当“回南天”出现时，家居装修、家居用品、家用电器、电子产品、食品饮料等所有会产生霉烂质变的东西都容易受潮变坏。我记得有一年的“回南天”使我家的装修全部起泡、剥落，柜子里面的很多衣物霉烂报废。此外，“回南天”还容易引起疾病和交通、滑跌等事故。因此，要适当采取相应的防潮和防范措施。

但“回南天”就像一个硬币的两面，有正面就有反面，有反面也就有正面。整个“回南天”期间，受暖湿空气的浸润，万物滋生。小草发芽，绿树长叶，百花齐放……可见，“回南天”是“黎明前的黑暗”，是“明媚前的雾霾”。“回南”已经到了，明媚还会远吗？

（发布时间：2018年2月26日17：56）

走向天路595

酒悟

当你说自己已经醉了的时候，其实你是清醒的。
当你坚持自己是清醒的时候，其实你已经醉了。
当你发现自己醉了的时候，其实你已清醒了。
当你已经清醒的时候，才发现自己原来醉了。
其实，酒不在瓶中，不在杯中，不在手中，而在心中。
心中有酒，天长地久。

（发布时间：2018年2月27日21：04）

走向天路596

如何识山

山是我们最常见的地形地貌之一。墨脱属于典型的高山峡谷地貌，“横看成岭侧成峰，远近高低各不同”。那么，我们如何正确认识山呢？

首先我们要了解山是什么。山就是地球表面高耸于地面的部分，由泥土、沙石等物质组成，一般为植被和冰雪等覆盖或者裸露，如嘎隆拉、多雄拉、卓玛拉、拉贡山、白玛岗等。山按其高度可分为高山（海拔在3500米以上）、中山（海拔在1000—3500米）和低山（海拔在1000米以下）。如果绝对高度在500米以内，相对高度不超过200米，起伏不大，坡度较缓，地面崎岖不平，由连绵不断的低矮山丘组成的地形就是丘陵。高而大的山叫作山岳、大山、高山、崇山等，矮而小的山，有不同的叫法，如山丘、山冈、山岗、山包等。不特定多数的山（一般指很多的山）在一起就构成了群山，例如墨脱就可以形容为群山雄峙，而连绵的群山就是山峦。

成行排列的群山向两头起伏延伸，向两边起伏下降，其形状就像人的脉络或树叶的叶脉一样，那就是山脉，如墨脱就位于喜马拉雅山脉东段和贡日嘎布山脉南坡。几条山脉的结合处就叫山结，如帕米尔山结。如果若干相邻的山脉沿着一定方向有规律地分布，并由同一造山运动所形成，那就构成了山系，如横贯亚欧大陆的阿尔卑斯—喜马拉雅山系。这是从个体到群体来看的。

我们再从整体到局部来看。山的整体或主体部分即谓之山体；山的形态和气势谓之山势；山势险要的地方谓之山险。山体从上到下可以分为山顶（山尖、山巅），即山的顶部，山最高的地方；山峰（山头），即山突出的尖顶；山岭，即从山顶到山嘴的那部分山体；岭嘴，即山岭突出的部分，如易贡白村就位于岭嘴上；山脊（山梁），即山岭顶部像动物的脊梁骨似的隆起的部分；山口（垭口），即两座山峰之间凹下去的地方，多为通道经过的地方；山坡，即山顶与地面之间的倾斜面；山腰，即山顶和山脚约一半的地方；山脚（山麓、山根），即山靠近平地的部分；山嘴，即伸出去的山脚的尖端，如西漠嘴；等等。此外，山上还有一些特殊的部位，如：山崖，即陡立的山坡；山洼，即山中的洼地（有水）；山坳（山坞），即山间的平地（不一定有水）；山涧，即山间的小溪流；山沟，即山坡凹进去的地方，多有山涧……

以山体为坐标，它的方位有：山东，即山的东面，如山东省位于太行山以东；山西，即山的西面，如山西省位于太行山以西；山南，即山的南面，西藏自治区山南市位于冈底斯山和念青唐古拉山以南；山北，即山的北面，但此方位较山东、山西、山南少用。此外，山上、山下、山中、山里、山间、山外等词语，以及山顶、山腰、山脚等形容山的部位的词语，也可用于表示方位。

除了山体本身，山体表面以及邻近空间还有很多事物和现象。如有山泉、山水、山涧、山溪等各种水体；有山林及山树、山草、山竹、山茶、山药、山药蛋、山楂（山里红）、山芋、山茱萸、山核桃等各种植被；有山猫、山猪、山羊、山鸡、山魈等各种动物；有山民、山仔、山妹等各种人物；有山国、山城、山乡、山村、山庄、山寨、山门、山墙等各种建筑物；有山陵、山寺、山庙、山神等各种祭祀对象；有山崩、山洪、山体滑坡等各种地质灾害；有山风、山雨、山岚（山间的云雾）等各种天气现象；等等。

因山而形成的各种事物和现象也很多。如：山地，即多山的地带，地质学的定义为海拔500米以上，相对高差200米以上的地方；山区，即山地、丘陵以及比较崎岖的高原地区；山窝（山旮旯），即偏僻的山区；山野，即山村僻野；山

国，即多山的国家，如尼泊尔；山城，即山上或靠山的城市，如重庆；山乡，即山间的乡村；山村，即山区的村庄，如墨脱的每个村都是山村；山谷，即两山之间的狭长地带，多有水流；山峡，即两山夹水的地方，一般比山谷还窄；山货，即山区的土特产；山歌，即流行于山区的民间歌曲；山水画，即以描画山村自然为主的一种中国画；山地车，即专门为越野行走而设计制造的自行车；山轿，即山区把椅子绑在抬杠上做成的乘坐用具；等等。

此外，还有很多或因与山有关，或因像山一样、与山类似而形成的词语。如：山盟海誓、山明水秀、山清水秀、山穷水尽、山南海北、山珍海味、山高皇帝远、山高水长、山高水远、山高水低、山积……

有些城里人有笑乡下人或山里人“山”的陋习。殊不知，“山”原来有这么丰富深刻的内涵，有这么多姿多彩的现象。如果再不改掉这种陋习，就真是“有眼不识泰山”了！以后，你还好意思笑人“山”吗？

（发布时间：2018年2月28日20：14）

2018年

March 3月

走向天路597

冬之墨脱

岭上漫天雪，
半坡秋意浓。
山脚绿色盛，
墨脱不知冬。

（发布时间：2018年3月1日18：45）

3月2日
星期五

走向天路598

墨脱之冬

墨脱的冬天犹如一幅巨大的自动窗帘，徐徐地从上往下伸展，结果还没到底就已经开始收卷回去了。

墨脱的冬天也许是从嘎隆拉开始的。“嘎隆拉下雪了！”从外面回来的人给我们带回来了信息。我们才知道墨脱已经开始慢慢地步入冬天了。雅鲁藏布大峡谷犹如一口深井，隐藏在这莲花圣地、秘境墨脱之中。我们待在里面，犹如井底之蛙，坐井观天，再加上峡谷之中四季常绿，竟不知外面季节已变换。

每年的10月底11月初，多雄拉就开始大雪封山了。这条闻名于世的派墨徒步路线也从此封闭近半年之久。自此，扎墨公路就成了进出墨脱的唯一通道。嘎隆拉是扎墨公路的制高点和关键节点。因此，我们在墨脱所感受到的冬天，就是从嘎隆拉开始的。

每年10月底，嘎隆拉就开始下雪了。下得一场比一场大，一场比一场厚，雪线一场比一场低，最低的时候可以去到贡日村和80K以下。雪中的嘎隆拉，云层密布而低沉，太阳像是一盏无力的雾灯，偶尔艰难地露个脸。空中大雪纷飞，虽没有鹅毛之硕，但也有鸭绒之大。整个山岭为厚厚的冰雪所覆盖，是嘎隆拉最圣洁的时候。花草树木一夜之间变成了玉树琼花，冰清玉洁。汽车在路上辗下的两条黑色车辙，以及夹在中间并被底盘刮平的白色积雪，加上路边没被破坏的自然隆起和起伏的冰雪，形成五条平行线蜿蜒弯曲向前延伸，仿佛要把人引向仙境一般。整个山谷万籁俱寂，除了汽车的喇叭和发动机的轰鸣，就只有树上的积雪不堪承受跌落下来，才会骤然打破这寂静。山鸡等野生动物在林间上蹿下跳，奔跑穿梭，也是默不作声，就像在洁白的银幕上上演的哑剧。沿途的瀑布虽然没有变成冰瀑，但也失却了往日的气势，听不到瀑布跌落时撕裂空气和落地时冲击石头的声音，反倒像一条银练飞花飘雪。往日气势磅薄的河流也顿失滔滔，水流的动作轻盈而温柔，河中的石头都戴上了一顶顶洁白的帽子，与两边丛林白雪铺地一起，映衬着河床及水流的黝黑。

此时的扎墨公路，犹如一条时空隧道。从嘎隆拉隧道口往下，一直到墨脱县城，是一条步步快乐（落）之路。上端连着堪胜东北雪乡的冰雪大世界，下端连着堪胜西双版纳的热带雨林，中间还串着针叶林、针阔叶混交林等多种植被类型。此时的“一山有四季，十里不同天”展现得淋漓尽致。一条扎墨公路，就像是一条从北极到赤道的航线，在不到一百公里的路程和三个小时左右的车程范围之内，实现了从北极到赤道的空间跨越，从极地到热带的气候跨越，从冰原到雨林的植被跨越，从冬天到春天的季节跨越。

在墨脱县城，光靠气温是难以感受得到冬天来临的，光靠衣着是难以体现得了冬天来临的。因为墨脱1月的平均温度为8.4 ℃，历史年极端最低气温也有2 ℃。从气候学的角度，只有平均气温连续五天低于10 ℃才算是冬天，而在墨脱是很难找得到符合这样条件的天气的。因此，我们只能按照北半球的通常时间，把每年的12月至次年2月，或者按照中国的习惯把立冬到立春的这段时间，或者按照西方的习惯把冬至至春分的这段时间，作为墨脱的冬季。当然，就像拿着标准身高体重去度量每一个人一样，肯定会呈现出很多的个体差异。墨脱的冬天也不例外。

在墨脱县城，冬天得到山上去找。在墨脱的旱季里，如果突如其来下了一场雨，那就要抬头看山了。如果山上白了头，那么墨脱的冬天就来了。因为墨脱属于典型的高山峡谷地貌，垂直高差悬殊，因而在晚秋至初春季节，会呈现出典型的“山上雪，山下雨”的神奇天气现象。原来还是绿色葱茏的山林，当山上白了头的时候，就会呈现出不同的表现。接近山顶并有下雪的那些地方的树木，就像见到了日夜思念、朝思暮想的情人，迫不及待地剥得一干二净，一丝不挂。而山顶往下半坡以上的部分树木，就像发情的姑娘，霎时间换上了色彩斑斓的彩衣，尽显自己的花枝招展和楚楚动人。整座山，也就呈现出头白、身黄、脚绿的特殊景象。

冬天的墨脱，正处于旱季之中。堪称天下奇观的“雅江晨雾”成了墨脱旱季和冬天里的绝唱。每天早晨，一条白色的巨龙在雅鲁藏布慢慢地升腾而起，并向每一条沟壑和整个县城弥漫，造就了一个现实版的“蓬莱仙境”和“海市蜃楼”，造就了墨脱“仙境之城”的美誉和荣耀。

冬天的墨脱，由于正值旱季，把郭达（小伙子）和乌吉（姑娘）的爱情从房间和网络中解放出来，从而获得了更加广阔的天地，蛇虫蚊蚁的冬眠蛰伏也增加了他们的自由度。“月上柳梢头，人约黄昏后”，多了一份温馨浪漫，少了一种原始直接。

夜幕降临，华灯初上。一锅热气腾腾的墨脱石锅鸡，一壶淡淡的墨脱黄酒，驱散了冬天的清冷和心灵的冰霜，犒赏了一天的辛劳，安抚了躁动的灵魂。酒足饭饱之后，一泡热水澡，再扯一张厚厚的被子，一觉到天亮。

嘎隆拉的冰雪，扎墨公路的穿越，雅鲁藏布的晨雾，门珞同胞的未央之夜，都是墨脱冬天抹不去的记忆，忘不掉的眷恋。

（发布时间：2018年3月2日22：16）

3月3日
星期六

走向天路599

切玛

去年2月27日，刚好是藏历新年大年初一。我们当天从佛山返回林芝后，分别前往一个藏族家庭和一个门巴族家庭做客。当我们到达的时候，主人家都十分热情地出来迎接。他们捧着一个外形类似于方形的鼎且造型十分精美的箱斗，据说这个箱斗叫“卓索切玛”，简称“切玛”。“卓索切玛”是藏语，“卓索”大概意为“麦子”，“切玛”中的“切”大概意为“煮熟的糌粑”。这种风俗习惯叫作“献切玛”。

“切玛”有一个底座，是一个梯形体框架，四条腿向外侧伸展，四条腿之间有“围裙”相连，但略高于脚底。“切玛”的主体是一个倒梯形箱体，中间有一块高于箱子的隔板将箱体分成两格，一格装满了麦子，一格装满了糌粑，麦子和糌粑上面插着一些用各种颜料染成的麦穗、鸡穗花（又称瑞圣花）、酥油花（也有用刻有吉祥图案的木板替代的）等。隔板上也雕刻有月亮和星星等相关吉祥图案。“切玛”两端分别有两个把手，多为龙的造型，用来扛抬使用。“切玛”的外侧几乎都雕刻有“八瑞相”或龙凤等相关吉祥图案，并且油漆一新，极为精美。“八瑞相”又称“藏八宝”“藏八仙”“八吉祥”等，依次为宝瓶、宝盖、双鱼、莲花、右旋螺、吉祥结、尊胜幢、法轮，是藏传佛教中的八种吉祥物。

主人家让我们抓起少量小麦向空中抛撒三下，代表着第一敬天，第二敬地，第三敬父母、兄弟姐妹及朋友，再抓点糌粑放到嘴里吃。然后面对主人说：“扎西德勒（语意大概为吉祥如意）！”

后来，我们才知道藏族及门巴族人民在举行一些重大的庆典仪式时都会用到“切玛”。例如我们应邀前往参加藏族和门巴族同胞婚宴的时候，主人家也是让请来帮忙的亲戚朋友端着“切玛”迎宾的。我们前往西藏其他地方出差，又见到有些地方扛抬着“切玛”去迎接客人的，还有些酒店也放在大堂作为陈设和迎客之用。

其实，“切玛”除了用来迎宾以外，更加重要的是用来供奉祈福。“切玛”是藏族人民的吉祥物，在藏历新年的时候家家户户“供切玛”，已经成为藏族人民的一种民族风俗习惯。每当藏历新年来临的时候，家家户户都要制作或采购（因为现在大多已经商品化了，无须自己动手）“切玛”。在“切玛”中装上和插上前述物品，于除夕当天将其连同其他供品放在佛堂里面和神像下面，以祈求好运。大年初一早晨，女主人会扛着“切玛”到水边祈祷，然后背回第一桶干净的水，让全家人起床洗漱和喂牲畜饮水。待全家老小依序坐定后，女主人便端起“切玛”向全体家人祝福：“扎西德勒彭松措（语意大概为祝吉祥如意又圆满）。”而其他家人则会抓一些小麦在空中抛撒三下，抓点糌粑放在嘴里，然后回祝：“阿妈巴珠贡康桑（语意大概为愿慈母安乐又健康）。”互相祝福之后，便可进食。客人来拜年，主人家也会“献切玛”。

可见，“切玛”就是一个用刻满吉祥图案的箱斗装满麦子、麦穗、糌粑等物品的供物，是藏族群众祈福和迎宾的一种吉祥物。因为，丰收的麦穗在藏区被视为祥瑞之兆，因而“切玛”也成了藏区最受欢迎的祈福和迎宾吉祥物之一。

（发布时间：2018年3月3日21：46）

3月4日
星期日

走向天路600

回到墨脱

在离墨返粤回佛“休而不息”一个多月后，我们终于在昨天晚上回到墨脱的这个家。

我们是2月26日早上从广州飞抵林芝的，由于接到广东省第八批援藏工作队的通知，3月2日要召开2018年第一次全体会议，我们就安排欧康奎、武健、吴永丰三位柔性援藏人才于当天进墨开展工作，而其他七位工作组成员则留在林芝开展沟通对接工作。其间分头前往拜访了广东省第八批援藏工作队和林芝市有关领导、有关部门，并前往林芝市人民医院看望了正在那里进行救治的病人。

3月2日下午，广东省第八批援藏工作队2018年第一次全体会议在林芝市党政大楼召开。林芝市委副书记、常务副市长、广东省第八批援藏工作队领队许典辉主持了会议，广东省第八批援藏工作队全体干部人才和林芝市直有关单位负责人参加了会议。林芝市委副秘书长肖锋传达了粤藏两省区党政主要领导的重要批示和有关讲话精神，林芝市纪委常委、监察委委员唐昊传达了粤藏两省区党委组织部主要领导的有关批示精神和相关要求，林芝市政府副秘书长、市发改委党组副书记、副主任李连声对2018年对口支援西藏项目投资计划和对口支援工作绩效综合考核评价实施方案进行了传达部署，林芝市财政局党组副书记、副局长沈明传达了2017年审计报告有关情况并对加强资金管理工作进行部署。最后，许典辉作了重要讲话，对2017年的工作进行了全面总结，对2018年的工作进行了全面部署。当天晚上，西藏自治区人大常委会副主任、林芝市委书记马升昌看望慰问了广东省第八批援藏工作队全体干部人才。

3月3日早上，我们离开逗留了五天的林芝，启程返回墨脱。这是我们在林芝逗留时间最长、相对休闲的一次，而以前都是时间短促，行程仓促。这次之所以能待这么多天，主要是时间安排问题。因为即使我们在2月26日抵达林芝当天进

墨，3月1日再出来林芝，那在墨脱也只有两天时间，而且要承担两次进出墨脱的风险，因此干脆待在林芝开展工作和适当休整。

我们回墨必经的色季拉和嘎隆拉两座山，依然白雪皑皑，一副冰天雪地的模样。而翻越了色季拉特别是嘎隆拉后，我们感受到了比林芝更加盎然的春意和生机。此时的林芝，还处在冬末春初的料峭之中，山上和傍晚还在下雪，只有盛开的樱花、发芽的柳枝、戏水的鸭子在告诉我们春天已经开始悄悄地走近，前脚都踩着冬天的脚后跟了。而帕隆藏布大峡谷和雅鲁藏布大峡谷虽然还处在乍暖还寒的春寒料峭之中，但毕竟春天已经来临了。很多树木都在发芽吐绿，而桃花、杜鹃花等已然盛开。在扎墨公路边，还发现了两株古老的多花含笑对我们笑脸相迎。

我们在回来的路上，还顺道前往鲁朗小镇实地考察和研究了“墨脱之窗暨佛山援藏展示中心”，前往嘎隆、贡日、亚东三个便民警务站和达木珞巴民族乡及卡布村调研检查了维稳工作情况及卡布小康村建设项目。“不让每一次行程空跑”，是我们“不让每一刻生命浪费”的具体体现。我们都是按照“统筹兼顾、综合安排、一次前往、分别实现”的原则开展工作的。我们在听取有关单位的情况汇报后，对各单位的维稳工作给予了肯定，对同志们的付出表示感谢，对相关工作提出了建议，对他们送上了新年的祝福。

（发布时间：2018年3月4日23：25）

3月5日
星期一

走向天路601

项目第一

做好援建项目的建设是我们前来援藏的主要目的、首要任务、核心工作、关键环节之一。如果用“锦上添花”这个成语来形容，援藏项目的建设是“锦”，其他工作都是“花”，“锦”之不存，“花”将焉附？可见做好援藏项目建设的极端重要性。

在佛山和林芝两市市委市政府、全国及广东省第八批援藏工作队、墨脱县委县政府的正确领导下，在全县干部群众和相关建设单位的大力支持下，在广东省第八批援藏工作队墨脱县工作组全体成员及柔性援藏人才特别是邓宏照、李展健、欧康奎等同志的努力拼搏下，我们计划内资金安排的24个援藏项目已于去年年底前全部开工建设，其中已竣工项目8个，占总数的三分之一。

我们今年1月17日至2月26日返粤回佛休假期间，留下了欧康奎负责项目管理，他一直坚持到2月9日，待所有项目都停工了才返回佛山，然后于2月26日随同我们返回林芝并于当天进墨开展工作。我们因参加3月2日召开的广东省第八批援藏工作队2018年第一次全体会议而于3月3日进墨。

进墨当天，我们顺道前往达木珞巴民族乡卡布村检查了该村的小康村建设项目。得知我们到来，卡布村的部分村民在村口等待，为我们献哈达，敬黄酒，以表达对我们的欢迎和感谢，让我们十分感动。乡党委书记杨郓和乡长卓玛央宗等乡领导及驻村工作队、村两委班子成员陪同检查。我们实地查看了村综合服务中心（村级组织活动场所）、村文化广场、村内道路及进户道路等建设内容，了解安全、质量、进度等相关情况，并现场调查村民的意见建议。

回到墨脱的第二天是3月4日，星期日。我们没有作任何休整，一早就在县安监局局长杨正勇等的陪同下，前往各项目施工现场进行检查。因为在墨脱特殊的自然气候等条件下，项目建设不能等，等不得，不能拖，拖不起。我们先后

前往墨脱镇和德兴乡检查了白玛岗360度全景观光栈道、县城风貌改造、致富路改造、县城及乡镇灯光亮化工程、墨脱县茶叶展销中心、墨脱县茶叶研发中心、“秘境墨脱”进城牌坊及观光平台、巴日村小康村建设、雅鲁藏布江钻石水景茶园、德兴乡中心小学综合楼、文朗村小康村建设等计划内资金项目，以及文朗村“佛墨缘”扶贫农家乐、文朗村耕种和旅游便道等计划外资金项目。

项目所在地的乡镇负责人及驻村工作队、村两委班子成员陪同了检查。我们详细检查了各个项目的安全、质量、进度等情况，指出了项目建设过程中存在的问题并提出整改措施，现场协调解决一些实际的困难和问题，对加强项目建设和管理进行了督导。其中，对一些存在质量问题的项目，对施工和监理等单位的负责人给予了严厉批评，并要求返工，让大家感受工作组对项目的严格和规范管理；对一些项目因测量、设计等原因造成与所在环境不匹配的，要求与相关单位沟通调整。当某个时期或某个地区把某种行为或某种现象视同儿戏的时候，就需要有人认真地站出来。

在上述乡镇及村检查援藏项目的同时，我们也按照“统筹兼顾、综合安排、一次前往、分别实现”的原则，调研检查了该乡镇及村的维稳工作情况。

我们本来打算今天前往背崩乡检查剩下的援藏项目，并对我负责联系的该乡的维稳、党建、党风廉政建设等工作进行综合督导的，但由于道路中断和修路而被迫放弃。由于墨脱各个方向都在修路，新修的道路在桃花雨的浸润下更加湿滑泥泞，汽车行驶其中，经常打滑和漂移，玩的就是惊险刺激。不少越野爱好者到处寻找惊险刺激，而我们却几乎每天都穿越在中国乃至世界顶级的越野公路上。

（发布时间：2018年3月5日20：33）

3月6日
星期二

走向天路602

有点小兴奋

回到墨脱，有点小兴奋。阔别多日，有点回家的感觉。这是情感上的。还有工作上的，一方面是援藏项目建设总体进展顺利，另一方面就是以产业发展促脱贫攻坚小有成效。

我们进驻墨脱以后，充分发挥之前在佛山长期从事产业发展工作的优势，通过充分调研和分析，认为产业是经济发展的前提和基础，核心和根本；产业是脱贫的根基，是致富的源泉。没有产业支撑的脱贫只能是数字脱贫，没有产业发展的致富只能是假性致富。因此，我们把产业发展作为援藏工作的重中之重来抓，并采取了一系列的行动和措施，包括确定援藏新思路、突出资金新投向、明确产业新重点等。

在我们明确的产业发展新重点——“茶、旅、果、菜、谷、药、艺”中，因

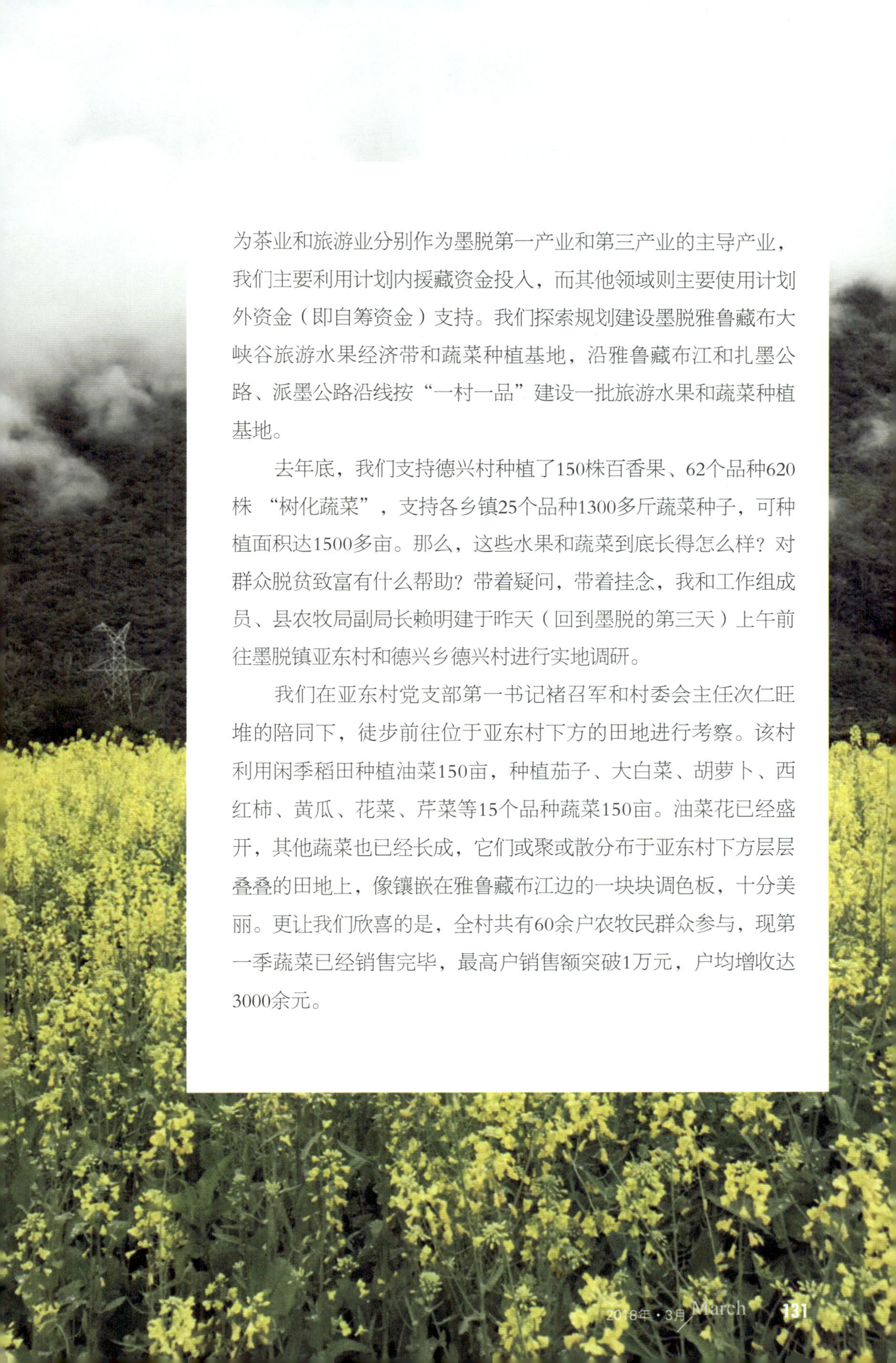

为茶业和旅游业分别作为墨脱第一产业和第三产业的主导产业，我们主要利用计划内援藏资金投入，而其他领域则主要使用计划外资金（即自筹资金）支持。我们探索规划建设墨脱雅鲁藏布大峡谷旅游水果经济带和蔬菜种植基地，沿雅鲁藏布江和扎墨公路、派墨公路沿线按“一村一品”建设一批旅游水果和蔬菜种植基地。

去年底，我们支持德兴村种植了150株百香果、62个品种620株“树化蔬菜”，支持各乡镇25个品种1300多斤蔬菜种子，可种植面积达1500多亩。那么，这些水果和蔬菜到底长得怎么样？对群众脱贫致富有什么帮助？带着疑问，带着挂念，我和工作组成员、县农牧局副局长赖明建于昨天（回到墨脱的第三天）上午前往墨脱镇亚东村和德兴乡德兴村进行实地调研。

我们在亚东村党支部第一书记褚召军和村委会主任次仁旺堆的陪同下，徒步前往位于亚东村下方的田地进行考察。该村利用闲季稻田种植油菜150亩，种植茄子、大白菜、胡萝卜、西红柿、黄瓜、花菜、芹菜等15个品种蔬菜150亩。油菜花已经盛开，其他蔬菜也已经长成，它们或聚或散分布于亚东村下方层层叠叠的田地上，像镶嵌在雅鲁藏布江边的一块块调色板，十分美丽。更让我们欣喜的是，全村共有60余户农牧民群众参与，现第一季蔬菜已经销售完毕，最高户销售额突破1万元，户均增收达3000余元。

然后我们驱车前往位于对面的“海市蜃楼”观光平台和“秘境墨脱”进城牌坊及观光平台观看。这片梯田坡地位于县城正下方，与县城构成了十分合适的方位结构。如果在那里种植大面积的油菜花、紫云英和其他蔬菜，就能与县城的美景、雅江晨雾的奇观、“海市蜃楼”和“秘境墨脱”的观光平台等有机搭配起来，使冬季的墨脱更加绚丽多姿和温暖人心。这样既能发展旅游业，又能发展蔬菜种植带动农牧民增收致富，还能通过沤烂油菜花和紫云英的秸秆改良土壤，实现多种效益。

其实打造千亩油菜花海的构想已在3月3日（回到墨脱的第二天）晚上的工作组工作会议上提出并确定下来。这次只是再次实地考察而已。我们将于近期在亚东村召开冬种蔬菜现场会，总结经验，树立典型，表彰先进，带动其他村民及其他有条件发展冬种蔬菜的村参与。

随后我们又驱车来到德兴村，在驻村工作队队长帅令等人的陪同下，查看了该村种植在芭蕉扇梯田的油菜花，稀稀疏疏的，效果一般，不值一提。但我们在德兴村农副产品专业合作社试种的150株百香果和620株“树化蔬菜”却全部存活并长势喜人，又让我们看到了希望，感到了欣慰。我们建议德兴村在水稻收割后把芭蕉扇梯田拿出来交给专业合作社来使用，然后所得收获以分成的方式来进行，以提高双方的积极性和效益。

发展水果和蔬菜种植并将其景观化、旅游化，在墨脱将大有可为！想着就很美！

（发布时间：2018年3月6日19：25）

走向天路603

墨脱的雷

墨脱有打雷吗？当我突然想起这个问题的时候，好像没什么太深刻的印象。但昨天（3月6日）下午正在思索间，突然一声春雷乍响，吓了我们一跳。惊蛰刚刚过（3月5日），春雷便接踵而来。这节气还弄得蛮准的。自从进墨以来，由于相对缺氧和低气压等因素，我们的小心脏或多或少都受到了影响。过去，我们只有运动或激动时才知道自己原来还有心脏的，而现在它却经常提醒我们它的存在。惊蛰本来是惊醒蛰居的虫兽的，我们不知道虫兽吓着了没有，但我们的小心脏倒是被它吓得怦怦直跳。

但墨脱的雷多少有点儿虚张声势，就是在开春的时候哼哈几声就没有下文了。这是一种很奇特的现象。我们进墨已经有一年又八个月了，横跨了三个年头，但很少听到打雷。据我的记忆，2016年进墨后当年没有听到过雷声，去年开春时听到过春雷乍响，然后就沉默不语了，直到8月份有连续三个晚上雷声大作。而最近的一次，就是昨天了。

墨脱除了不怎么打雷，还有一个奇特的现象。就是只闻雷声响，不见有闪电。我不敢保证绝对没有电闪雷鸣的时候，但我所见证的那么几次确实是这样。也许这就是某些人所说的造物主是公平的吧，给了墨脱多雨和多地震、泥石流、塌方、滑坡、滚石、雪崩等自然灾害，就不给打那么多雷了，让墨脱的小朋友可以好好睡个安稳觉。

（发布时间：2018年3月7日21：05）

3月8日
星期四

走向天路604

妇女节快乐

连续下了几天的雨，结果到了昨天戛然而止，还出起了明亮的太阳，使整个雅鲁藏布大峡谷云消雾散，阳光明媚，人们原先绷得紧紧的愁脸就像突然间断了线，瞬间绽放出欣喜的笑容。老天爷总算识趣，让咱们墨脱的妇女有一个好天气，有一个好心情，过一个好节日。

墨脱的门珞等各族妇女同胞素有美丽、善良、纯朴、热情、温柔、勤劳等众多优点，深受人们的青睐和赞扬。这两天，为了庆祝“三八”妇女节，体现对妇女的尊重、敬佩和关爱，各级各部门各地纷纷结合实际举行座谈会、文艺表演、过林卡等活动。

广东省第八批援藏工作队墨脱县工作组也于昨天联合墨脱县妇女联合会共同举办了第七个“援藏开放与民族团结活动”，邀请了八名妇女代表（涵盖了门巴、珞巴、藏、汉等民族，包括全国、自治区及林芝市的党代表、人大代表、政协委员及县级妇女领导干部、相关界别的妇女代表等）参加。

在工作组驻地，我们首先向妇女代表介绍了援藏文化，包括习近平总书记的治藏方略，广东省第八批援藏工作队的精神，墨脱县工作组的组徽及援藏宗旨、援藏理念、援藏精神、援藏信条、援藏角色、援藏定位、援藏心态、援藏情怀、援受关系、援藏歌曲、援藏文学等，妇女代表对如此精练而丰富的援藏文化大为惊叹。

随后，我们介绍了广东省第八批援藏工作队墨脱县工作组援藏项目推进图和一览图。推进图横向包括项目类别、项目名称、投资额、前期工作和施工期间的每一个阶段、责任单位、责任人等要素，纵向列出了我们计划内资金的十大类24个项目的名称以及计划外资金的两大类4个项目的名称，纵横轴的夹角区域列出了每个环节的完成时间等要素，每完成一项就贴一面红旗，使大家对所有项目的概况及进度一目了然。一览图把计划内外的28个项目全部用现状图和效果图进行对比。妇女代表们听了我们的介绍，对项目的规划、策划、设计、管理等惊叹不已。

然后，我们进行了座谈和交流。我们介绍了工作组自进墨以来工作的开展情况及取得的成效，衷心感谢包括广大妇女在内的墨脱各族干部群众对我们的关心和支持，并祝福包括各位妇女代表在内的墨脱各族妇女同胞。我们还认真听取了妇女代表们的意见和建议。

最后，我们与妇女代表一起合影留念，并向她们每人赠送了一份国家级非物质文化遗产——佛山香云纱，以表达佛山市委市政府、全体佛山市民以及工作组对墨脱各族妇女同胞的关心、慰问和祝福。

在此，我们谨祝墨脱、佛山及所有的妇女节日快乐，身体健康，工作顺利，家庭幸福，万事如意！扎西德勒！

（发布时间：2018年3月8日21：05）

3月9日
星期五

走向天路605

援藏心态

不把援藏当公事，而是家事；

不把墨脱当他乡，而是家乡；

不把干群当别人，而是家人。

这是我们的援藏心态。我们自进墨以来，“用心、用情、用爱”，主动担当，积极作为，自加压力，在“创新引领，全面深化”的援藏理念指引下，将援藏工作引向“六个深化”（向部门深化、向基层深化、向社会深化、向家庭深化、向市外深化、向全面深化），从而构建起全方位宽领域多层次的全面援藏新格局。

这种心态，是从一开始就有的。只是，开始的时候有点朦胧，但随着时间的推移越来越清晰；开始的时候有点肤浅，但随着工作的深入越来越深刻；开始的时候有点清淡，但随着发酵的持续而浓郁。

我们没有把援藏当工作，而是把工作当职业，把职业当事业，把事业当家业，当成是自己的家事、自己的事来对待、来做。我们争取的计划外资金和物资中，就有相当一部分是我们各个成员自己的私人资源。也正因为如此，有人将我们评价为“私人老板”，把什么都当成自己的事来做。

我们没有忘记自己是援藏干部，牢记自己的宗旨和使命；我们

也没有忘记自己是西藏干部，我们是任职而不是挂职（外界有很多人误以为我们是挂职）。我们早已把墨脱当成自己新的家乡、新的家园。因此，我们在墨脱的工作是按佛山的水准来做的，在墨脱的项目是按佛山的标准来建的，但在情感上甚至还要高于佛山。

情感因时间而积累，因经历而深刻，因互爱而升华。三年的时间不长，但三年的经历很特殊，三年的情感很丰富。特殊的环境造就特殊的经历、特殊的情感、特殊的友谊、特殊的爱情。墨脱的干部职工和门珞同胞纯朴、善良、热情、勤劳、勇敢、智慧，对我们的关心支持已经融入血液，流进心房，潜入大脑。从此，我们结下了兄弟姐妹般的情谊。

我们的心早已在墨脱安了家。三年援藏结束后，人是可以回去，心是回不去了。

这，可能也是我们每一个援藏人的心态和情感吧！

（发布时间：2018年3月9日21：17）

3月10日
星期六

走向天路606

墨脱桃花开

云重雾垂引天矮，
风静雨蒙迷似海。
三月桃花如羞女，
借却轻纱悄然开。

（发布时间：2018年3月10日17：46）

3月11日
星期日

走向天路607

墨脱的风

墨脱的天气真的很奇特。与墨脱的雷一样，墨脱的风也算得上是稀罕之物，特别是与内地相比。我们生活在墨脱，对风好像没什么明显的感觉，以至于几乎忘记了它的存在。只有在别的地方享受或忍受着风的时候，别人问起或自己想起的时候，才会突然反问一个问题：墨脱有风吗？

墨脱的一天几乎都没有风。早上只看到雅江晨雾从雅鲁藏布江上升腾，弥漫，变幻。我们可以通过雾的运行轨迹感受到气流的方向和速度，但从来不曾出现过风起云涌的景象。如果是晴天，雅鲁藏布江上的雾会随着时间的推移慢慢地沿着向阳一侧（西边）的山坡逐渐爬升并演变成云，但不管怎样演变，也没有风将其吹散或吹走，而是像一条白色的巨龙一样最终悬浮于山顶之上，而从雅鲁藏布江弥漫到其他地方的雾则在不知不觉中消失于无形。如果是阴雨天气，雅江晨雾则显得分散而形态万千，变幻无穷，布满了整个雅鲁藏布大峡谷的沟壑和山坡，而同样的是，一天到晚也不会被风吹走。与其他地方的雾相比，没有了风的捣乱，墨脱的雾显得更加淡定、从容、恬静、休闲、自在。

墨脱的各种天气几乎都没有风。晴天的时候一般没有风，太阳只是从不同角度烤晒着大峡谷而已。阴天的时候没有风，连树叶都几乎纹丝不动。雨天的时候没有风，雨滴几乎都是垂直降落到地面上的，除非是毛毛细雨，即使打在树叶上也只是让树叶上下抖动而已。在其他地方是风雨交加的，经常看到雨前狂风怒吼、飞沙走石，雨中狂风骤雨、雨流乱飞乱窜的现象，而在墨脱是看不到的。下雪的时候也没有风，即使在嘎隆拉雪山，雪也是自然飘落下来的，没有见过狂风呼啸、雪花乱舞的景象。

墨脱的四季几乎都没有风。春天，没有微风吹拂，春风荡漾的感觉，有的是阴雨连绵，烟雨朦胧的景象。夏天，没有山雨欲来风满楼，狂风暴雨乱吹砸的暴虐，有的是嘀嘀嗒嗒的雨下个不停，让人愁的感觉。秋天，没有一夜秋风催叶黄，或是秋风扫落叶的美妙意境，有的是像发情的姑娘，只能自我打扮得斑驳陆离。冬天，没有北风呼啸，雪花飞舞的恣意张扬，有的是雪花纷纷扬扬，轻轻飘落的洒脱。

风都去哪儿了？风都被墨脱的高山峡谷给束缚住了。当风遇上雅鲁藏布大峡谷，就像秀才遇上兵——有理说不清。雅鲁藏布的高山峡谷，就像一个霸道的家婆，把这个过门的小媳妇儿管得妥妥的，让她再也“疯”不起来了。其实，这家婆也还没有完全扼杀这小媳妇儿的意思。平时，她还是可以蹑手蹑脚地走动，只是要做到神不知鬼不觉的。晴天的午后，特别是夏季晴天的午后，霸道家婆爱睡懒觉，这个时候就是小媳妇儿最自由最畅快的日子了。憋了那么久，也该疯疯了。这个时候的她，还真有点疯了，动静虽然不大，但有点乱，没方向，没秩序。

墨脱的风，坐着，站着是等不来的，走着，跑着，她就来了。她像一个温柔而腼腆的门巴乌吉（姑娘），更加需要我们的主动。当你走起来甚至跑起来的时候，会觉得风拂脸颊。此时，我们都弄不清到底是风动还是人动，也许是心动吧！

（发布时间：2018年3月11日21：10）

走向天路608

项目“八防”

墨脱的自然、气候和环境条件都具有自己的独特个性。墨脱的一年除了有四季以外，还有其他绝大多数地区所不具备的旱雨两季，与四季交叉并存。雨季（每年3月至10月）是墨脱的最显著特征之一，对墨脱的很多方面都具有基础性、决定性、关键性的影响。墨脱的雨季对项目建设影响特别大，最大的是施工，但其他各个方面、各个环节也受其消极影响，例如材料和工艺。

我们2016年7月进藏到达林芝后，与以李灿为组长的第七批援墨工作组进行工作交接，并向他们虚心请教，得到悉心指导，得知雨季是影响项目建设的最重要因素之一。进墨之后，我们将雨季铭记在心，时时刻刻都留心观察、思考、研究和分析，并收集了很多负面案例，从而提出了墨脱（特别是援藏项目）建设材料与工艺的“八防”。

一防水。墨脱雨季时间长，年降雨量大，地表水和地下水丰富，为全球降雨量最大和水资源最丰富的地区之一，号称“世界雨都”和“世界水都”。在墨脱搞项目建设，材料与工艺防水的必要性更为突出。我们发现，在一些地下水丰富的地方施工，到处冒泡，堵了这个那个冒，堵了那个这个冒，即使后期做很多改造也难以根治。

二防潮。全球哪里最潮？墨脱！可惜，人家的是潮流，墨脱的是潮湿。因为降水量大，水资源丰富，雾气太盛，墨脱的空气湿度非常大，几近100%，墨脱又荣获了“世界雾都”和“世界潮都”的称号。大环境如此，靠抽湿根本不顶事儿，很多东西一下就霉变或剥落了。因此，材料与工艺的防潮十分突出。

三防滑。与潮湿相伴的就是湿滑。我们发现，之前的一些项目由于没有考虑这个因素，而不恰当地使用了一些材料和工艺，异常湿滑，容易使人滑倒，发生事故。例如地砖采用了抛光砖而不是防滑砖，台阶搞成了斜面而不是平面等。

四防锈。同样是与潮湿有关，在使用钢铁等金属材料与工艺时必须注意防锈。

五防腐。还是与潮湿有关，在相关材料与工艺方面需要注意防腐蚀。

六防火。这倒是与雨季和潮湿无关，而是与旱季和干燥有关了。墨脱的很多房子都是木结构的，每当旱季（每年11月至次年2月）来临的时候，火灾隐患很大。而一旦发生火灾事故，很容易出现“火烧连营”的悲剧。墨脱道艰路险，消防部门绝对是远水救不了近火，而村民的消防和自救的意识、能力都严重不足。

七防晒。墨脱的空气、阳光都没有任何的污染和杂质，每当晴天和旱季的时候，太阳直接烤晒着大地。因此，材料与工艺也应尽可能考虑防晒的因素，虽然这个需求并非十分突出。

八防震。这也是最突出的一个需求之一。墨脱位于印度洋板块与亚欧板块的交汇处，有活跃的强烈地震带存在，每年地震频繁，是直接而现实的威胁。

此外，防雷、防风等方面的需求也要兼顾，并要符合相关政策法规和质量技术标准规范。

因此，我们在援藏项目的规划、设计、施工、材料、工艺等各个方面和环节都尽可能考虑了“八防”。例如，在地下水丰富的地方，让地

板与地面保持一定的距离，或在地板之下按水流方向设置导流槽，留置出水口等；在坡地上修路或修台阶时，全部修成平面而不是斜面；建筑装饰材料尽量不要使用木质材料；地板砖尽量避免使用抛光砖而是使用防滑砖、耐磨砖；等等。

当然，百密总有一疏。我们只能“用心、用情、用爱”去做，只能保证符合相关质量技术标准规范，不敢保证全部达到“八防”的需求，更不敢保证绝对万无一失。

作为一个外行和非专业技术人员，我对事物的理解和判断不是来源于专业技术和知识，而是来自于学习、观察和思考。这成了我开展跨界工作和实施外行领导内行、非专业管理专业的重要因素和能力之一。

（发布时间：2018年3月12日21：14）

3月13日
星期二

走向天路609

如何让项目符合实际

回到墨脱的这几天，在前往援藏项目建设工地检查的过程中，也发现了一些问题和不足。有些是因为施工不符合质量技术标准规范而造成的，对此我们全部要求整改甚至返工；但也有些是因为质量技术标准规范不符合实际或者测量、勘探和设计与实际环境不相符、不匹配而造成的，这就要求我们要在符合相关政策法规和质量技术标准规范的情况下，按照实事求是的原则予以调整和完善。

造成质量技术标准规范与实际不符的原因有很多，但以下三个因素是可能存在的：一是有些质量技术标准规范是在实验室甚至是在办公室想出来的，而实际情况却千差万别。如衣服上厚厚的、长长的那一叠标签，穿的时候极不舒服，想拆但又不好拆，整件衣服缝得最好的反而就是这个地方了，甚至于连衣服都坏了它还好好的，真是神憎鬼厌；又如阳台的实体围墙，高得似个围笼，屋主花钱买了还得再花钱打掉它以降低高度。二是参与制定质量技术标准的人出于职业安全自保。管理上可能存在一条潜规则，就是“你死好过我死”，所以不管你死活，不管是否符合实际，反正

能够保障自己的职业安全即可。三是行业利益或职业利益。毋庸置疑，每一个行业、职业都有自己独特的利益，而由相关专业技术人员来参与制定这些质量技术标准的时候，他们难免会把行业、职业甚至个人利益自觉或不自觉地进去。而质量技术标准一旦制定并实施，就具有很强的顽固性，即使不符合实际，却也难以修改。

造成设计与实际不符的可能原因有：一是有些专业技术人员太“专”，读书多但见识少，知识多但担当少，研究多但思考少，想象多但实践少，缺乏宽广的眼界和视野，理论联系实际的动力和能力不足，爱钻牛角尖。二是单纯追求符合质量技术标准规范和图纸上的美观，而对人性和实际情况统筹考虑不足。例如很多小区道路蜿蜒曲折，时宽时窄，在构图上很漂亮，但实际上不顶用，这就是很多花草被人踩踏致死的原因。三是测量和勘探工作不扎实、不充分、不准确，“上梁不正下梁歪”，前置作业影响后续工作。四是设计没有充分考虑项目所在的环境，与环境脱节。真正的图纸是项目的所在环境，而不是设计师手中的白纸。

因此，我们在项目建设过程中，要把握以下几个原则：一是实事求是的原则。这是最根本的原则。不唯书不唯上，是怎样就怎样，该怎样就怎样。二是原则性与灵活性相结合的原则。原则是用来指导它所适用领域的根本指针，但具体的情况却千差万别，我们只能把握原则的精神实质，去处理具体的情况。三是理论联系实际的原则。书本是死的，人是活的，情况是变化的。例如拿着标准身高去衡量每一个人，要么超高，要么偏矮，但你能说这些人就是畸形的吗？四是制宜的原则。要结合实际，因时、因地、因事、因环境制宜，不要千篇一律，不要生搬硬套。五是创造性地执行原则。全国的政策法规、标准规范都是一样的，但每个地方都有自己不同的个性、特色和亮点，原因何在？就在于把握精神实质以后与本地的实际情况相结合而形成的个体差异。

由此引申出来的一个问题是，要使一个项目（事项）符合实际，需要一个什么样的决策体制呢？我认为“政治决策、专家论证、专业执行、群众评议”是比较合适的。

目前，我们正在根据在检查过程中发现的问题和不足，以“白玛岗360度全景观光栈道”为样板，通过若干方面的调整、补充、完善，尽可能使其更加符合实际，更加符合人性，更加符合环境。一是在保证安全的前提下适当降低实墙围栏的高度，避免栈道变成战壕；二是对设计时没有考虑到的部分边坡进行治理，避免发生滑坡；三是对设计中忽视的栈道与边坡之间的沟进行填土种花，避免它变成垃圾沟；四是对靠墙的边坡进行美化，制作成宣传栏、壁画等；五是对沿线管线进行处理；等等。

（发布时间：2018年3月13日20：40）

3月14日 星期三

走向天路610

统合资源建项目

上级领导及部门对基层给予项目及资金的支持是我国行政管理体制的一大特色，体现了党中央国务院、各级党委政府及相关部门对基层及群众的关心。但由于上级领导及相关部门需要面向多个行政层级和多个行政区域，因此即使项目及资金再多，具体分配到每一个基层单位的时候也是极其有限的。而由于条块分割和条条分离的体制性原因，上级领导及相关部门支持的项目及资金到了基层以后，却不能以块为单位进行统筹安排和整合使用。每个项目都占一块不大不小的地，建一个不大不小的项目，致使不少项目呈现出“散、小、弱”的现象，项目、资金、土地缺乏效益。

墨脱属于典型的高山峡谷地貌，可开发利用的土地资源极其有限，十分珍贵，因此统筹项目建设，整合使用资金的需求更为突出。因此，我曾经建议墨脱县向自治区申报成为“统合资源改革创新试点示范县”，以块为主，统筹整合上级领导及相关部门支持的项目及资金，“统一规划，统一策划，统一设计，统一建设，按份共有，分别使用”。当然，从理想到现实有一个过程，有时候这个过程甚至还相当的艰苦而漫长。

有鉴于此，我们决定在援藏项目建设中率先进行探索和实践。我们的所有项目都在不同程度上融入和体现了上述统合的理念。当然，负责项目建设的邓宏照、李展健、欧康奎三位同志也为此付出了艰辛的努力。

以墨脱雅鲁藏布江母亲广场为例：我们考虑到派墨公路（米林县派镇至墨脱县墨脱镇）即将打通，背崩乡的区位优势将发生历史性逆转，成为进墨的第一镇和桥头堡，就像行进中的军队向后转，后队变前队，末端变前端。于是我们在背崩乡规划建设三个项目：墨脱县农产品展销中心、背崩村小康村、背崩村综合服务中心（村级组织活动场所），总投资2980万元。但选址发生了冲突，原来那块地方规划了一个乡村客运站和一个游客服务中心。我们经过认真的研究和分析，按照“统一规划，统一策划，统一设计，统一建设，分别实现”的原则，将我们的三个项目和资金统筹整合成一个“1+6”的大项目——墨脱雅鲁藏布江母亲广场。以原有项目为基础，以原有资金为规模，以母亲广场为中心，分别建设墨脱县农产品展销中心、墨脱县门珞服饰加工展销中心、背崩乡综合服务中心、背崩村综合服务中心（村级组织活动场所）、背崩乡客运站、背崩游客服务中心，实现了土地不增加，资金不增加，功能增加，效益增加的多赢局面。

以德兴村综合服务中心为例：我们投资350万元在德兴乡德兴村建设了德兴村综合服务中心（德兴村村级组织活动场所）。我们经过认真的研究和分析，决定在策划设计时，以“一站式服务中心”的理念，将面向村级的公共服务功能尽最大可能整合进去，主要包括村两委班子办公、驻村工作队办公和生活、村便民服务大厅、卫生室、文化室等等。而德兴村综合服务中心除了具备上述功能之外，还可以作为村民大会和文艺演出的地方。一楼大厅架空，对外开放（不砌墙），配置25平方米的高清LED背景墙。这样，一楼大厅不仅可以作舞台，这时观众坐在外面的广场，还可以作看台，只需要摆上台凳即可，这时以外面的广场为演出场地。这种经过统合的项目，有点像百变空间，增加了功能，提高了效益。

（发布时间：2018年3月14日21：25）

3月15日
星期四

走向天路611

突出重围

谁都知道，项目建设是一件十分困难的事情。由于墨脱特殊的自然条件和环境，在这里搞项目就更是难上加难。那么，我们的项目建设到底难在何处？我概括了一下，最起码有“五难”。

一是确定难。这个不是墨脱的特有因素，也不是哪一个部门的问题，而是我们的项目管理体制如此，只是为了体现困难的完整性而记述在此。一方面是确定难。第七批援墨工作组已为我们作了项目规划，但那只是方向性和概念性的，而具体的、细化的项目还需要我们深入调研后提出，经与县里沟通确定后上报广东省第八批援藏工作队和林芝市发改委，再报广东省发改委并报广东省政府同意，待到正式批复同意，已经是2017年2月4日，半年多时间过去了，仅有的三个旱季也过了一个。另一方面是审批难。这不是说在墨脱县及林芝市办理前置手续遭到刁难，而是建设项目的报批程序和手续繁多，十分耗时耗力。

二是选址难。一方面受自然保护区影响，墨脱全境为雅鲁藏布大峡谷国家级自然保护区，选址难，林评更难，问题十分突出。我们选址的时候都是会同有关部门一起前往现场确定的，但部分项目都已经挂网招标了才被有关部门告知那里是核心区，不能用。另一方面受地震影响。墨脱地处印度洋板块和欧亚板块交界处，存在强烈的活跃地震带，需要规避。我们的部分项目选址并开始挂网招标以后，国家地震局在墨脱进行研究，又发现了新的活跃地震带，需要规避。这两个因素导致我们的部分项目多次重新选址和办理前置审批手续，浪费时间和精力。

三是运输难。大家都知道，“蜀道难，难于上青天”，而墨道难，倍胜于蜀道。墨脱的道路本来就十分难走，结果我们还碰上了“好运气”，扎墨公路和派墨公路（墨脱到背崩段）全线改扩建和路面硬化，德兴大桥封闭维修，其他各个方向都在修路，甚至于不通公路（加热萨乡及龙列村，背崩乡西让村等）或通路不通车，使本身就难的道路运输更是难上加难。但根据上级的要求，我们又不得不在这些地方安排项目。因此，我们的建筑材料运输十分困难，经常受断路、封路、封桥的影响，一封就是十天半月的，时间不能保障，运输成本大增。

四是施工难。墨脱雨季（每年3月至10月）时间长，很多时候都无法施工，这是影响建设进度最大的问题。旱季（每年11月至次年2月）时间短，中间还有一个春节，前后放假又去了一个月。时间都去哪儿了？这个问题在墨脱显得尤为突出。由于雨季和旱季的原因，施工期与备料期错位，雨季不好施工但可以备料，旱季可以施工但不好备料（嘎隆拉路段大雪封山），又增加了施工的难度和成本。

五是推进难。制约进度的因素很多。与其他地方所不同的是，墨脱的建设市场竞争不充分甚至缺乏竞争。在墨脱搞项目的从老板到工人职业水平都极低，很多人甚至连基本的专业知识和技能都没有。我们的管理人员很多时候要给他们十分具体的指导，甚至连采购材料和排班都要给他们安排。因不符合相关质量技术标准规范而整改和返工的情况时有发生。每次环保督查检查都因沙石场关闭等原因而最少停

工十天半月的。还有就是拆除违建工程以及其他人为因素也极大地影响了进度。例如县城风貌改造项目从去年8月动工以来一直到11月近四个月的时间里没有任何实质性的进展，原因就是违建拆除的阻碍。

几乎没有一个项目不遭遇困难，几乎没有一个项目背后不隐藏着一个故事。“面对困难、问题和危险，我们只是选择了克服。”面对项目建设中的重重困难，我们以“火一般的热情、铁一般的意志、水一般的艺术”，一一克服和化解。事非经过不知难。你如果没有这样深刻的经历和体会，就是文笔再好也不可能写得出前面的那几句话。

“雄关漫道真如铁，而今迈步从头越。”今年是援藏项目的建设年、决胜年。过去的克服不代表未来的坦途。面对现实，面向未来，我们还有很多困难和问题需要解决。“革命尚未成功，同志还须努力！”

（发布时间：2018年3月15日19：47）

3月16日
星期五

走向天路612

项目“两化”

雅鲁藏布大峡谷是一幅雄绝壮美的山水画卷，是大自然赐予人类最美的天然图画，也是人类活动、建设和创造的极致底图。我们在这张美若仙境的底图上开展活动、建设和创造，必须秉持增色添彩而不是涂鸦抹黑的原则，否则就是对这张天然图画的破坏，是对大自然的一种犯罪。

那么，我们如何在保护好这张底图的基础上增添色彩，让它变得更美丽更极致呢？就是要在项目建设的全过程中融入景观化、旅游化（“两化”）的思想，以旅游化为导向，以景观化为理念。从国家的政策、墨脱的禀赋和定位等各方面因素综合考虑，旅游业必定是墨脱服务业的龙头产业和主导产业，这是自然选择的结果，政策选择的结果，市场选择的结果，不以人的意志为转移。旅游饭，墨脱是吃定了，吃也得吃，不吃也得吃，但主动地吃就好吃，被动地啃就难啃。当然，旅游化不是一句空话，而是要通过景观化去体现，通过项目化去落实。

因此，我们首先要树立“两化”意识。“两化”是一种思想，一种观念，一种理念，一种意识，必须将其树立起来，传递出去，贯彻下去。提倡“两化”，不是要将“两化”凌驾于一切工作之上，而是要融入一切工作之中，在开展工作特别是进行项目建设的时候统筹兼顾，综合考虑，结合安排。

其次是要建立“两化”机制。目前墨脱县旅游发展委员会已经成立，但那也只是把原来县旅游局的牌子换掉，把原来的领导班子重

新任命而已。如果没有意识上的提升、职能上的转变、机制上的建立，那就是典型的换汤不换药，一点都不顶事儿。因此，县旅发委必须充分发挥规划引领、政策推动、机制保障的作用，探索建立项目的“两化”审查机制，在县基建领导小组会议的框架内开展工作，发挥作用。

最后是要落实“两化”设计。在项目建设中增加“两化”设计和建设并不增加多少成本，但其效果和效益都是倍增的。在设计中需要特别强调的就是要与人性相符，与环境相融。设计师们一定要记住，人性才是最实的需求，环境才是最美的底图。在政策法规、标准规范、安全可靠、功能实现、人性满足、环境相融中实现完美结合的设计才是最好的设计，建成的项目才是最好的作品。

（发布时间：2018年3月16日19：31）

走向天路613

感恩之作

我们来自西江之滨
郁南的山水把我们抚养
那是我们美丽的故乡
从那里
我们开启了创业的梦想

啊　珠江西江是纽带
佛山郁南商会是桥梁
啊　一头连着郁南那故乡
一头连着佛山这家乡

我们来到珠江之畔
佛山的土地给了我们营养
这是成就我们的故乡
在这里
我们开始了展翅飞翔

啊　我们团结在一起
共同创造幸福和吉祥

啊　我们凝聚在一起
共同成就新时代
伟大梦想

啊　我们团结在一起
共同创造幸福和吉祥

啊　我们凝聚在一起
共同成就新时代
伟大梦想

这是《佛山市郁南商会之歌》，在3月16日的佛山市郁南商会2018年会暨郁南推介会上正式推出。

郁南是我的家乡。我在那里出生长大，直到上大学之前都几乎没有离开过那里。郁南县隶属于广东省云浮市，位于广东省西部，西江中游南岸（右岸），是一个十分美丽而富有特色的地方。我和几乎所有的人一样，也十分地热爱自己的家乡。

大学毕业以后来到佛山工作，佛山又成了我的第二个家乡。和我一样，也有不少郁南人来到佛山工作、经商和生活，成了新佛山人。其中从商的这部分新佛山人，依法成立了佛山市郁南商会，凝聚人心创造幸福吉祥，为实现中国梦贡献力量。

我们2016年7月进墨以来，佛山市郁南商会也一直在关注和支持援藏工作。进墨之初就发生了加热萨乡一个珞巴少年白玛次仁被高压电击伤的事件，在我们全力组织和协调救治的同时，佛山市

郁南商会也主动伸出了援手，第二天就筹集并汇来了25,680元的善款，这是我们进藏后获得的第一笔计划外资金。去年4月，佛山市郁南商会自发组团前来，成了我们进藏后前来墨脱的第一个商会（协会），支持了资金45,366.76元和价值57,580元的物资。后来，佛山市郁南商会副会长、广东中旅（佛山）旅行社有限公司副总经理史美玲又寄来了儿童书包388个，价值30,000元，为当时全县在读的每一个幼儿园儿童和学前班儿童送上一个书包。至此，佛山市郁南商会已支持资金和物资15.86万元。对此，我们深怀感恩。

后来，在屈塬、张千一、德吉等老师的无私帮助下，我创作了《佛墨缘——佛山援墨工作组之歌》《有一群佛山人》《援嫂》三首歌词。史美玲得知后，问我是否可以帮忙创作一首《佛山市郁南商会之歌》，我答应可以尝试一下，于是便等待灵感出现。后来我拟出了初稿，他们送去给相关专业人士作了适应性修改，并谱曲和演唱，于是便有了这首歌曲。

这是商会之歌，也是感恩之歌。感恩商会，也感恩家乡。

（发布时间：2018年3月17日21：24）

3月18日
星期日

走向天路614

请叫我墨脱

请不要叫我西藏江南。我有江南的青山绿水，也有北国的林海雪原；既有江南的水乡田园，也有北国的草原牧场；既有江南的烟雨朦胧，也有北国的雪花纷飞；既有江南的秀美婉约，也有北国的粗犷雄浑。

请不要叫我青藏版纳。我不光有西双版纳的热带雨林，也有西双版纳所没有的皑皑雪峰，以及冻原苔藓、高山草甸、高山灌木、针叶林、针阔叶混交林……我可以让你在不到一百公里的路程中，车程三个小时左右的时间内，实现从赤道到北极的尖叫式跨越。

请不要叫我高原藏区。我虽然属于青藏高原，但我却是高山峡谷。我虽然属于西藏自治区，境内也有可爱的藏族及其他同胞，但我的世居民族和主体民族却是神秘的门巴族和珞巴族，各民族在这里和谐共处。

请再也不要煞费心思，多费口舌，叫我这个名字那个称谓了，还是请叫我墨脱吧！因为，我是一朵“隐秘的莲花”，有自己的名字和姓氏，也有自己的个性。全球只有一个墨脱！我只有总部，只此一家，别无分店，更不搞连锁经营。我的个性独一无二，其他任何一个地方都代替不了我，任何一个称谓套到我的头上都不合适。其他地方只有我的一部分特征，其他称谓只能反映我的一个侧面，无论你怎么叫怎么套都是对我的生搬硬套，都是对我的贬损甚至污辱。

请叫我墨脱！因为我有自己的名字，更有自己的自信。我有世界最大的峡谷——雅鲁藏布大峡谷；我有世界最美的山峰——南迦巴瓦峰；我有世界最顶级的越野公路——扎墨公路；我有世界最神秘的人文风情——门珞文化；我有世界最大的降雨量，是名副其实的“世界雨都”；我有世界最丰富的水资源，是名副其实的“世界水都”；我有世界最壮观的雅江晨雾，是名副其实的“世界雾都”；我有世界最丰富的动植物资源，是活的“世界动植物博物馆”；我有世界最完整的垂直气候和植被，堪称“微缩的北半球”；我有世界纬度最北、海拔最高的热带气候和植被……

从这一刻开始，请您叫我墨脱！

我有我的个性，我有我的自豪，我有我的骄傲！

我，就是墨脱！

（发布时间：2018年3月18日20：38）

3月19日
星期一

走向天路615

问计于春 定计于年

俗话说，一年之计在于春。事实上确实如此。因此，我们今年回到墨脱之后，根据自己所分管的工作，相继召开了四个会议。一方面是传达学习贯彻落实2月8日广东省对口支援西藏新疆工作领导小组第八次会议、2月13日佛山市对口支援西藏新疆工作座谈会、3月2日广东省第八批援藏工作队2018年第一次全体会议精神，另一方面是总结自己分管工作去年的成效，分析存在的问题，部署今年的工作，问计于春，定计于年。

3月4日是我们返回墨脱的第二天。当天，我们对县城及周边地区的援藏项目进行了全面的检查督导。晚上，我们召开了工作组2018年第一次工作会议。工作组全体成员及所有柔性援藏人才参加了会议。会议传达学习了前述相关会议精神；工作组各成员汇报了休假期间“休而不息”的工作情况和所负责的援藏项目进展情况，以及今年工作设想等；会议对去年的工作进行了总结，对今年的工作进行了研究部署。会议指出今年是援藏项目和援藏工作的决胜年，要求要全力以赴推进项目建设工作；要全力以赴做好绩效考核工作；要全力以赴深化创新性工作；要全力以赴做好其他工作和分管工作；要全力以赴抓好队伍建设。

3月6日下午，我们召开了墨脱县统战工作座谈会。县委常委、统战部部长边巴索朗及县委统战部、县宗教办、县民宗局、县工商联在家同志参加了会议。会上，县委常委、统战部部长边巴索朗汇报了全县统战系统2017年工作情况及取得的成效，存在的问题和困难，2018年的工作计划。县工商联主席桑布次仁等同志作了补充发言。会议对全县统战工作给予了充分的肯定和高度的评价，认为全县统战系统干部职工政治素质好，业务素质好，精神面貌好，团结协作好，工作成效好。会议在充分分析了统战工作的重要意义之后，提出了要求：全县统战系统要高举习近平新时代中国特色社会主义思想伟大旗帜，深入学习党的十九大和全国“两会”精神，在上级党委、政府和县委、县政府的正确领导下，凝心聚力，团结协作，锐意进取，力争统战工作再上新台阶。一是要加强自身的建设；二是要加强对象的服务；三是要加强民族的团结；四是要加强政策的落实；五是要加强活动的组织；六是要加强维稳的力度。

3月9日下午，我们召开了墨脱县宣传工作座谈会。县委常委、宣传部部长普果及县委宣传部全体干部职工参加了会议。会议听取了普果同志及县委宣传部、县网信办、县文化市场综合执法大队2017年度工作开展情况和2018年工作要点的汇报。会议认为2017年的宣传工作有三个特点：“一个体现、两个好、一个有”，即“体现了宣传部人员少、时间紧、任务重、压力大，但同志们精神面貌好、工作成效好、工作有亮点”。针对2018年的宣传工作，会议提出了六点意见建议，即“六个多”：一要多认识，认识宣传思想工作的重要性；二要多提高，努力提高自身素质；三要多联动，建立宣传部与其他部门、各乡镇及特定群体的上下和多方联动机制；四要多举措，活动形式灵活多样，措施也要丰富多彩；五要多渠道，拓宽受众面；六要多创新，希望每一年都能有进步。

3月13日上午，我们召开了墨脱县援藏项目工作会议。县有关部门和乡镇、各项目施工和监理单位负责人参加了会议。各项目的施工单位（15个）、监理单位（2个）负责人分别汇报了项目建设的进展情况和监理情况；县住建局副局长李展健汇报了项目建设质量安全情况；县发改委副主任邓宏照汇报了项目建设进度和资金使用情况，并对项目建设进度管理进行部署；县安监局副局长白玛遵珠就项目建设安全生产进行了部署；县住建局局长刘敖对项目建设管理进行了部署；县纪委副书记、监察委副主任贺伟对亲清政商关系和廉政建设提出了要求；

县国土局局长李振、县财政局副局长王根等作了补充发言。会议总结了去年项目建设的情况和成效，分析了当前面临的形势和挑战，要求一是只争朝夕抓进度；二是千方百计抓解困；三是不折不扣抓质量；四是一丝不苟抓安全；五是热情似火抓服务。

前三个会议覆盖了我自己分管的三大领域，而后一个会议则突出了其中的重点和难点。既全面部署和推进，又重点突破和带动。希望通过这四个会议，为今年的决胜年打下坚实的基础。

（发布时间：2018年3月19日21：15）

新春走军营

我们认为，援藏的宗旨是捍卫国家主权，维护祖国统一，促进民族团结，保持社会稳定，繁荣边疆经济。与我们一样在践行上述同样宗旨的，还有当地各级党委、政府及部门，以及驻地解放军和武警部队。墨脱作为边境县，地处反分裂、反蚕食、反渗透的最前沿。驻墨解放军和武警部队是最忠诚、最可靠的中坚力量。

我们在“军地援”三方合作机制下，已经形成了一个习惯，每年都会定期或不定期地走访慰问驻墨解放军和武警部队。到目前为止，我们已经多次走访慰问，覆盖驻墨解放军部队所有连级以上单位和所有武警部队。我们也在力所能及的情况下关心和支持驻墨解放军和武警部队的建设。我们成功向佛山市政府争取将解放军驻墨某部列为长期双拥共建单位，每年给予30万元的支持，去年的支持已经落实到位，给他们购置了相关生活设备。去年我们从自筹计划外资金中支持了武警墨脱县边防大队和武警墨脱县中队各5万元（共10万元），用于购置相关信息化设备。还花16.2万元向县政府拍得丰田汉兰达越野车一辆，赠送给武警墨脱县中队作为执法用车。

今年回来，我们既是循例又是有目的地走访慰问驻墨解放军和武警部队。3月16日上午，我和邓宏照、赖明建走访了武警墨脱县中队，当天下午我和李斌、李展健、郭振华、欧康奎走访了墨脱县消防大队；17日上午我和邓宏照、雷震走访了武警墨脱县边防大队，当天下午我和邓宏照、李展健走访慰问了驻墨解放军某部的两个单位及一个边防派出所。我们参观了他们的营地、装备和工作、生活设施，听取了有关工作情况特别是维稳工作的汇报，进行了座谈交流。我代表县委、县政府及广东省第八批援藏工作队墨脱县工作组对他们的工作给予了充分的肯定，对他们为墨脱经济社会发展和民族团结和谐做出的贡献表示感谢，对他们的工作特别是维稳工作提出了期望和要求，并表示将在力所能及的范围内继续关心支持部队的建设。我们还就“军地援”合作共建基层组织和打造白玛岗500亩生态景观林等事项进行了交流，达成了共识。

（发布时间：2018年3月20日22：43）

3月21日
星期三

走向天路617

南下背崩

背崩是我负责包片的一个乡。每年春节后回到墨脱，把援藏工作及分管的宣传、统战工作安排部署后，我都会第一时间前往该乡进行综合调研督导。由于前往该乡的公路全线改扩建及硬底化施工，经常长时间封路，我们3月3日回到墨脱后几次动议前往都没能成行。据说3月15日可以通行，于是我们决定前往，结果才走到果果塘茶园便受阻了，施工单位正在浇注混凝土路面，只好打道回府。直到17日下午才成行。

前往背崩的公路经过改扩建，已经比我们刚来的时候“宽阔”多了，让我们从道路交通方面感受到了墨脱日新月异的变化。但由于下雨和施工，路面依然泥泞，汽车碾压着厚厚的泥浆并滑行前进。果果塘和乡政府附近有两小段已经硬底化了，虽然只比一条车道宽一点，但汽车在上面跑就像行驶在墨脱的高速公路，因此我们也担心这条公路全线硬底化以后可能会有人开得太快而飞到雅鲁藏布江中去。同时让我们担心的是还有那么长的路段正在进行改扩建及硬底化施工，又要经常长时间的封路，我们在背崩的“雅鲁藏布江母亲广场”项目何时才能完成?

到达背崩后，我和邓宏照、李展健在乡党委书记王海斌等人的陪同下实地检查了“雅鲁藏布母亲广场”的三个项目，听取了现场施工负责人和监理人员的汇报，对进度、质量和安全提出了要求。然后留下了李展健在工地上继续指导和帮助，直到晚上他还在那里工作。我们其他人则前往扎西罗布等两户家庭看望慰问。我们曾经支持过扎西罗布2万元用于自有房屋开设农家旅馆，现在已经经营起来了，并于去年顺利实现了脱贫。我们的再次到来和看望慰问，让他感动得热泪盈眶。随后我们又前往看望慰问了驻村工作队和村两委班子，并调研检查了维稳工作情况。然后，我们前往实地查看乡政府澡堂的维修情况，去年底我们支持了10万元用于该项目。在乡政府，我们召开了会议，听取了王海斌代表乡党委、政府所作的工作汇报，并对党建、党风廉政建设、意识形态、维稳等专项工作进行了检查督导。在家的乡党委、政府班子成员参加了会议。我代表县委、县政府对乡党委、政府的工作表示了充分肯定和衷心感谢，并希望乡党委、政府在县委、县政府的正确领导下，团结和带领广大干部群众，以学习贯彻落实习近平新时代中国特色社会主义思想为引领，以抓好党的建设为带动，以完成脱贫攻坚为突破，全面推进各项工作的开展，争取再上新台阶。

（发布时间：2018年3月21日20：47）

3月22日
星期四

走向天路618

逐寒而睡

3月17日傍晚在背崩乡吃完晚饭后，由于李展健还要继续忙工地上的事，便让他忙完后留宿乡里，我和邓宏照在乡党委书记王海斌的陪同下前往格林村，我们要夜宿格林。这既是我们“睡遍墨脱”系列民族团结活动的一站，也是开展其他工作的统筹安排。因为，我们从来都是按照“统筹兼顾，综合安排，一次前往，分别实现”的原则下乡和出差的，为的是“不让每一次旅程空跑，不让每一刻生命浪费”。

格林村位于背崩乡背后高山上的一个垭口下方，因此我们要盘山而上。这是一条十分壮观的天路，从下方浓雾弥漫的雅鲁藏布江边，一直到山上的白云深处，海拔上升了一千米左右。当你置身其中的时候，对这条天路的感觉可能不是很明显，如果是从隔雅鲁藏布而对的德兴乡那尔东、巴登则、易贡白三个村那边看过来就极其壮观。同样的道理，我们在这边看另外一边的往阿苍、波东、巴登三个村的盘山公路也是极其壮观，特别是在雾中若隐若现的时候。

我们上山的时候下着小雨。雨水的浸泡加上大车的辗压，使得原来尚可的路面变得十分泥泞而湿滑。我们向上爬升的过程中，刚好碰到了雅鲁藏布雨中和傍晚起雾，虽然没有风起云涌的狂虐，但它们北上青藏高原的那种遇曲转弯，遇弯回旋，遇山越岭，遇坡上山的情景，加上难以预测的无穷变幻，依然动感十足。近雾远山，构成了一幅美轮美奂的山水画卷。

我们越往上爬，天越来越黑。到了格林村，天已经完全黑了。整个村子漆黑一片，只有几处灯光告诉我们它的存在。我们在驻村工作队的引导下，打着手电筒来到了他们的驻地。村党支部书记和村委会主任也过来了。还好，他们这里自己想办法拉了电，不用黑着脸聊天。我们坐下就开始了解情况，聊着聊着驻村工

作队队长晋美扎西突然问我们吃饭了没有，原来是他们还没有吃饭！这真是饱汉不知饿汉饥啊！我让他们赶紧吃饭，结果他们端出来的只有一小碟榨菜及每人一碗炒饭。虽然我下乡进村入户特别多，对驻村工作队和村民的生活比较了解，但这个情形还是让我有点小意外。这是林芝市公安局的驻村点，除了晋美扎巴，还有母久华、郭文鑫、罗乐等四人。晋美扎巴说，他们已经有一个多月没有洗过澡了。我们平时眼中的特权部门和特权人员，生活条件也一样的艰苦和简朴。相比之下，有的部门的驻村条件比这里好得多，却还向基层提出这样的那样的要求，我们真心怀疑到底是来驻村的还是住店的了。

我们待他们吃完饭后，便连夜慰问了驻村工作队和村两委班子。然后继续喝茶或喝酒（村民带来的墨脱黄酒）聊天，听取情况介绍和工作汇报，聊些大家关心和感兴趣的话题。在这乍暖还寒的初春时节里，山上的格林依然很冷，连狗和猫都蜷曲着身体在火炉前面取暖，小狗冷得全身直打哆嗦，眼中流露出可怜的感觉。

夜已深，我们便在村干部的带领下前往各家各户住宿。我和邓宏照住在村委会主任多杰平措家。勤劳能干的小伙子建了一幢两层的漂亮小楼。由于晚上喝水太多，天气又冷，麻烦来了，我们睡觉前就已经下楼出外上了几趟厕所。当我们都入睡后，醒来了还是要上，但开门时才发现门锁坏了，出不去，叫人又叫不应。情急之中，在房间里发现了一个空的薯片罐，成了救命稻草。夜里，下了一个晚上的大雨。蒙蒙眬眬中又担心会不会发生泥石流？但寒冷与困倦又不容多想，一个晚上就这样蒙蒙眬眬，半睡半醒地过去了。早上等邓宏照起床后让他从外面把门打开了我才能出去。经过一个晚上的寒眠，他已经感冒了。

早上起来，雨小了。村子下方有一个因1950年墨脱大地震塌陷而形成的一个小山间盆地。这个盆地以前是村庄的恶梦，它曾在大地震中埋没了整个村庄；现在是村庄的美梦，盆地中的小坝子成了村民的稻田和耕地。每当清晨来临，一股雾便会从盆地缺口处升腾和涌入，沿着山坡一直延伸到盆地的末端。它会分成上下几层，层次感十足，像是几条长长的哈达披在半坡。有时候它会弥漫扩散开来，让整个盆地笼罩着一层薄薄的晨雾。这就是我称之“格林仙境”或“格林童话”的美景了。

我们起床后，在多杰平措家吃了早餐，然后在村干部的陪同下看望慰问了贫困户，检查了水蜜桃种植的情况。根据我们提出的打造雅鲁藏布旅游水果经济带和建设门珞旅游村落实乡村振兴战略的要求，经过与村里的反复沟通协调和村庄的自然条件，我们决定支持他们600株水蜜桃种苗。种苗已于前几天历经波折运抵村里，由于当时封路我们无法前往，就安排乡和村组织群众种植。我们这次过来的任务之一就是检查种植的落实情况，目前的结果还比较满意。

随后，我们开始返回县城。晚上便约了国网林芝墨脱县供电有限公司的相关负责人进行沟通协调，他们答应4月上旬保证通电。困扰村民好久的问题有望得到解决。我们也会继续跟踪了解。

（发布时间：2018年3月22日20：53）

3月23日
星期五

走向天路619

走访政法系统

政法系统（政法单位、政法部门、政法机关）通常包括政法委、检察院、法院、公安部门、司法行政部门、国家安全部门、武警部队以及它们内设的和下设的独立机构。政法系统的重要职责是司法和执法，维护社会公平正义和国家长治久安。政法系统更是维护社会稳定的专业队伍和力量。

在西藏，维护社会稳定是压倒一切的头等大事，完全符合党和国家的总体战略布局，完全符合西藏及全国各族人民的根本利益，完全符合世界各国政府及人民的根本利益。基于这个认识，我们一直都十分重视、关心政法系统的建设。我们进驻墨脱之后，第一个前往实地调研的便是县委政法委和县公安局。随后的日子里，我们的调研覆盖所有的政法单位，其中有些单位已经多次；我们的支持惠及所有的政法单位，其中有些单位已经多次；我们的看望慰问覆盖政法系统的所有基层单位乃至驻村、驻寺民警，其中有些已经多次；我们的维稳调研督导最少两次覆盖全县八个乡镇46个行政村，特别是每年的敏感期和十九大等重大节日及活动，其中有些乡镇村已经多次。

据不完全统计，我们累计投入207.4万元用于支持全县政法系统建设和维稳工作开展。其中，支持县公安局50万元用于完善执法装备；支持县法院63.66余万元用于修建围墙和大门；支持县检察院37.54万元用于维修挡墙；支持县司法局20万元作为普法奖励基金、10万元作为普法志愿服务队专项经费；向武警墨脱中队赠送1辆价值16.2万元的四驱越野车用于反恐防暴应急处突；援助县边防大队和武警中队各5万元（共10万元）用于改善信息化装备。看望慰问政法单位特别是基层单位超过30个（次），慰问金超过4万元，慰问品价值超过3万元。

3月20日上午，我和邓宏照、赖明建前往县委政法委和县公安局调研维稳工作。这已经是我们进墨以来的第三次了。县委副书记、县委政法委书记、县公安局局长、督察长刘明及县委政法委、县公安局相关负责人参加了座谈。我们听取了县委政法委专职副书记罗布的综合汇报。刘明同志作了讲话。邓宏照和赖明建作了发言。我肯定了全县政法系统的工作和成效，认为他们工作措施和亮点、成效多，获得各级各类肯定和荣誉多，获得组织提拔重用的人员多；表达了对全县政法系统为墨脱的稳定和谐、为援藏的创新发展而做出的努力甚至牺牲的谢意；回顾了援藏与全县政法系统的互动和合作并表示将在力所能及的情况下继续给予适当的支持。

在此之前，在我们今年回到墨脱的两个多星期里，我们已经前往武警墨脱县中队、墨脱县边防大队、墨脱县消防大队等政法单位调研，并看望慰问了嘎隆、贡日、亚东三个便民警务站和背崩边防派出所，以及背崩村、格林村、仁青崩寺等驻村驻寺民警。

警民团结如一家，警援团结把手拉。

（发布时间：2018年3月23日20：36）

3月24日
星期六

走向天路620

墨脱的雪

雅鲁藏布大峡谷犹如一个很长很深的大井，生活在这个大峡谷中犹如井底之蛙，坐井观天。我们这些井底之蛙虽不知外面季节已变换，但却看到了雅鲁藏布大峡谷无比的丰富与精彩。殊不知，我们所处的大井竟然是现实版的世外桃源、蓬莱仙境、海市蜃楼。世界上再也没有任何一个地方可以拥有如此的美妙美好与诗意画意：披着晨雾，种着水稻，啃着甘蔗，吃着香蕉，看着雪山……以至于外面的人拼命地往井里挤，挤得都差点要井喷了。

每年的10月底11月初，漫长的雨季渐渐结束，短暂的旱季来临。这个时候往后就几乎不会再下雨了，但如果某天真的下雨了，雪也就来了。这个时候的雨称为“封山雨”，下到山上是雪，落到山下是雨。我将这种景象形容为“山上雪，山下雨”。之所以称之为“封山雨”，是人们站在山下的角度来说的，因为下到山上的根本就不是雨，而是雪。这也说明了我们站在不同的角度就会有不同的看法和说法，而这不一定就是客观正确的，只是代表和反映了当时在这个角度的心理状态以及行为表现。“封山雨”大概有两层意思，一是下到山上给它加了个白顶，像一顶白色的帽子，紧紧地扣在头上；二是大雪封山，隔断了进出的道路。

墨脱是典型的高山峡谷地貌，境内群山环抱，河谷深切，地势北高南低，东西对峙，状如莲花，因此被莲花生大师称为“博隅白玛岗”，意即“隐秘的莲花”。县境北部，雪山雄峙，有南迦巴瓦、多雄拉、嘎隆拉、多隧拉、金珠拉等众多雪山。其中号称中国乃至世界最美山峰的南迦巴瓦峰，就坐落在墨脱北部，既是莲花圣地的神山，更是秘境墨脱的靠山。除了这些终年积雪的著名雪山以外，到了每年的深秋、冬季和初春，墨脱境内的其他高山包括南部的高山也会下雪，变成雪山。往日还是绿色的山头，一夜之间便白了头，雪线往下的部分树木也在匆忙间变成黄色或斑驳，形成了一个“白头、黄身、绿脚”的巨人。从每年的10月底11月初开始，墨脱的雪山就以北部的常年雪山为依靠，沿着雅鲁藏布江两边向南延伸，形成一个向南开口的U形雪山群落。到了次年的3月底4月初，它们又开始从南到北逐渐退却，到最后只剩下那几座常年雪山了。

墨脱的雪山和冰川很有自己的特色和个性，有着世界独一无二的天下奇观——冰泥混合。这是墨脱特殊的自然和气候条件所形成的，高山峻岭孕育了冰川，但雨季又形成了泥石流，导致泥石流覆盖在冰川之上，从而造就了冰泥混合的天下奇观。嘎隆拉的雪景十分壮观而漂亮，那个晶莹剔透的世界，让我忘却了冰天雪地的寒冷，反而激起了内心的涌动和热血。

然而，人们心中圣洁的白雪，旅游者心中向往的雪山，对墨脱来说同时又是一个麻烦。在未通公路之前，徒步进出是唯一的选择，当时的墨脱有着“高原孤岛”的恶称。因此，以前的雪是居民和徒步者的恶梦，它和雨交替轮番地折磨着人们，直到现在很多人聊起来都还会跟我说：“你真的不敢想象啊！”后来即使通公路了，雪依然是影响交通的重要因素。每年的冬天，嘎隆拉路段大雪封山，给进出车辆造成了很多不便甚至事故。每到春天，那个路段又容易发生雪崩，导致道路中断甚至事故。例如去年3月份的一次雪崩就导致扎墨公路中断了十几天。

其实，雪既不是天使，也不是恶魔，关键是看它落在何处，落在何时，以何形式出现，对何人来说。

（发布时间：2018年3月24日21：27）

3月25日
星期日

走向天路621

春临墨脱

峡门关不住，
春光进谷来。
佛墨携手越，
百花迎雪开。

（发布时间：2018年3月25日20：36）

3月26日
星期一

走向天路622

走访队友单位

每年春节后回到墨脱，前往各队员所在单位走访是我的一个习惯，今年也不例外。走访的主要目的是听取意见建议，开展沟通交流，给予指导协调。

今年3月3日回到墨脱后，结合自己的工作安排和相关单位的时间安排，统筹兼顾，综合考虑，穿插安排。从3月6日开始，直到今天才全部走访完了六个队员的所在单位。

3月6日上午前往喻晓坤的所在单位——墨脱镇；3月7日先后前往郭振华所在单位——县教体局，赖明建所在单位——县农牧局，雷震、武健、胡永丰所在单位——县人民医院；3月22日前往邓宏照所在单位——县发改委；3月26日前往李展健和欧康奎所在单位——县住建局。

在每个单位，我都耐心听取了他们对该队员的评价及意见建议，对援藏工作及我本人的意见建议，对县委及我分管工作的意见建议。各个单位的相关负责人都详细汇报了该队员在该单位的工作和表现情况，也开诚布公地提出了相关的意见建议，我们都虚心接受，全盘接收，分类处理，逐个落实。

与此同时，我们就相关工作和话题进行了沟通交流，了解掌握他们的看法和想法，表达我的意见和建议。我也就相关的设想和工作进行了指导和协调，例如县城的规划、景观的设计、路网的完善、停车的安排、环城旅游步道的设想、白玛岗花海的构思、项目的管理、茶叶的发展、雅鲁藏布大峡谷旅游水果经济带的建设、墨脱冬种蔬菜基地和千亩油菜花海的打造、教育和医疗卫生事业的发展等等。

当然，有的单位及负责人相对重视，走访取得了一些积极的成效；有的单位及负责人就不怎么当一回事儿，只是当成走过场，除了加强了沟通交流，其他方面没有什么实质性的成效。思想观念的改变不可能一蹴而就，我们只有努力地去推动和带动。

（发布时间：2018年3月26日20：46）

3月27日
星期二

走向天路623

周末巡检

今年是援藏项目的建设年，援藏工作的决胜年。而援藏项目建设是援藏工作决胜的前提和基础、核心和关键。援藏项目没有完成，其他工作都是无源之水、无本之木、空中楼阁、海市蜃楼，花无锦可依，魂无体可附，翼无虎可凭。因此，今年的主题是：项目！项目！

由于墨脱特殊的环境和条件，援藏项目的建设和推进困难重重。我们在广东省第八批援藏工作队和墨脱县委、县政府的正确领导下，在全县干部群众的大力支持下，以“火一般的热情，铁一般的意志，水一般的艺术”，一一化解和克服，但在推进的过程中依然困难重重。所有项目都动工以后，项目建设的上中游问题已经开始向中下游转移。客观因素主要是雨季来临难以施工，到处修路和封路难以运料备料；主观因素主要是有些老板不愿意投入以降低成本，招工难导致人手不足，员工素质低下导致进度缓慢、经常返工甚至撂挑子不干，从老板到员工有些不服从管理、指导和服务，由当地提供的施工条件跟不上项目建设的需要，项目推进过程中还有很多问题需要协调等等。

项目建设的日常工作由邓宏照、李展健、欧康奎三人负责。墨脱的特殊情况，让他们本来单纯而清晰的角色变得多重而复杂。他们既充当援藏项目的业主，又一定程度上充当了施工单位的老板；他们既充当相关部门的行政管理人员，又在一定程度上充当了项目经理；他们既充当技术指导，又在一定程度上充当了施工人员；他们既充当裁判员，又在一定程度上充当运动员。援藏项目的限时完成，让他们本来固定的工作时间变得无限的弹性和延长。他们有时候没顾得上吃完早餐就已经出去，很多时候赶不回来吃午饭和晚饭，都是饭堂给他们留着已经冰冷的饭菜；他们不少时候吃完晚饭还要出去，或者召集相关部门及施工、监理单位的负责人开会，直至深夜；他们顾不上周末和节假日，有的只是如何早日按时按质按量完成；他们晴天冒着烈日，雨天顶着雨水，阴天披着阴冷，活跃于工地上，穿梭于工地间。

作为工作组的负责人，面对困难、问题和矛盾，我没有放弃自己分管的援藏工作不管，跑来墨脱做官，更没有为了迎合、讨好和取悦而回避、逃避，撇清自己与援藏的关系。因为我深知，正确妥善处理好援受关系的原则是“尊重当地、学习当地、融入当地、依靠当地、服务当地”，赢得尊重、认可的基础是我们的实际行动和表现，而不是耍嘴皮子，说几句奉承的话。工作组在广东省第八批援藏工作队和县委、县政府的正确领导下，在全县广大干部群众的大力支持下，直面挑战，化解矛盾，解决问题，克服困难。例如达木珞巴民族乡卫生院的选址、秘境墨脱进城牌坊及观景平台和巴日村小康村两个项目的征地、墨脱县茶叶研发中心和展销中心两个项目的受阻、县城风貌改造和致富路改造两个项目的拆违和管线、德兴村综合服务中心（村级组织活动场所）的资金不足、佛缘塔的三易其址及项目变更、雅鲁藏布母亲广场的决策等。我们在这个过程中，使团队更加团结，为援藏铁军创造了坚实的共同经历、感情基础、力量源泉，也与当地的关系更加融洽，为佛墨合作、民族团结缔结了深厚的区域情感、民族情谊。

除了他们三人的日常管理，我也会陪同他们巡视、检查和督导。除了我们3月4日对县城及周边的项目、3月17日对背崩乡的项目进行全面的专项督导检查以外，我们还有日常巡检。结合其他工作前往有项目的地方的时候，因其他工作经过项目建设工地的时候，在县城及周边散步的时候，都会顺便对工地进行巡检。当然也有专门安排的日常巡检，例如3月20日晚上前往墨脱县茶叶研发中心、茶叶展销中心巡检夜班施工的情况，3月24—25日利用周末时间前往巴日村小康村（海市蜃楼）、“秘境墨脱”进城牌坊及观景平台、雅鲁藏布江钻石水景茶园、德兴乡中心小学综合楼、白玛岗观光栈道、文朗村小康村及“佛墨缘”农家乐、耕种旅游两用步道等项目进行巡检。

（发布时间：2018年3月27日21：53）

3月28日
星期三

走向天路624

雅鲁藏布大峡谷旅游水果经济带开建

去年9月21日，我和县委常委、组织部部长赵敬召集县发改委、旅发委、农牧局、林业局及墨脱镇、德兴乡、背崩乡、达木珞巴民族乡的相关负责人进行了座谈，研究讨论推进“雅鲁藏布大峡谷旅游水果经济带”的建设。之所以叫“旅游水果”，就是说这些水果是以景观化为理念，以旅游化为导向的，即“花可赏，果可吃”，既具有水果的基本功能和价值，更具有旅游的功能和高附加值。主要选择旱季开花结果的品种，实行“一村一品”的规模化、集约化种植，主要种植在房前屋后、村边路旁，不占耕地、不毁林开荒。这是我们以“旅游村”模式具体贯彻落实乡村振兴战略的创造性选择、创新性工作，是符合墨脱优异的自然禀赋、旅游资源以及地少人稀的特点的。

我们的决策从来不会停留在口头上，而是以实际行动来体现。我们让相关部门和乡镇报各个村的需求，但毕竟他们长期在这里工作和生活，难以跳出墨脱看墨脱，报来的需求绝大多数不符合我们的要求。于是我安排工作组成员、县农牧局副局长赖明建会同有关专家和行家重新研究，拿出方案报我审定。赖明建一方面安抚和照顾家庭，一方面继续做好其他工作，一方面研究和推进这项工作，拿出了初步的方案。我们研究讨论之后，决定先满足扎墨公路、派墨公路沿线及其他群众意愿较强的十一个村庄（达木珞巴民族乡的贡日、达木、卡布村，墨脱镇的米日、玛迪、墨脱村，背崩乡的格林、江新村，德兴乡的文朗、巴登则、易贡白村）。种植模式为我们提供种苗和指导，乡党委、政府及驻村工作队、村两委班子组织落实。

由于西藏及墨脱特殊的地理环境和自然条件，所需种苗无法在本地得到满足，全部都要从外地采购和运进，最近的在成都，1500多公里，最远的在佛山，3000多公里。而且不能空运，一来成本太贵，二来如果保温处理得不好就会在高空被冻死，不切实际。陆路先从佛山运到成都，再由成都沿318国道运到波密，然后再转运至墨脱。因为佛山的物流公司不敢进藏，成都的物流公司不敢进墨脱，只好这样倒腾了。为适应墨脱群众的观念和技能，我们从佛山采购的苗木都是自带营养土的，即树头带着一大坨泥的，即使扔在地上几个月也不会死，只是运输成本大幅上升了。可见，每一棵树苗到墨都几经周折，十分珍贵。

历尽艰辛，第一批600株水蜜桃果苗于3月14日运抵墨脱。由于前往背崩乡的道路封闭，经多方协调后连夜运往背崩乡格林村。我们则由于封路而未能前往，只好委托和安排乡党委、政府及驻村工作队、村两委班子组织种植。我和邓宏照、李展健则在3月17日的短暂通路窗口期前往背崩开展工作并夜宿格林村，于第二天检查了种植的情况。第一批第一个村就这样种植了树苗。

3月20日，我和赖明建前往达木珞巴民族乡达木村，会同在乡里蹲点维稳督导的县委常委、宣传部部长和乡党委书记杨郓等现场组织和指导种植。我与普果、杨郓种植了达木村的第一株翠冠梨，该村总共种植该树种1500株。赖明建和我们委托的技术顾问王永江在现场为农牧民群众进行了种植指导。3月21日，该乡卡布村种植了圆黄梨1000株，另外还在113K处种植了200株红心蜜柚。3月22日，该乡贡日村种植了黄金梨2000株。第一批旅游水果的种植宣告结束。

这一批旅游水果的种植，标志着广东省第八批援藏工作队墨脱县工作组策划和组织实施的雅鲁藏布大峡谷旅游水果经济带正式开始建设。

（发布时间：2018年3月28日22：17）

3月29日
星期四

走向天路625

第59个“3·28”

1959年3月10日，以第十四世达赖喇嘛为首的西藏地方反动上层集团为了保持腐朽落后的政教合一的农奴制，企图永久享受这种残酷统治的宗教和贵族特权，悍然发动了旨在分裂祖国破坏团结的全面武装叛乱。1959年3月28日，中央人民政府宣布解散西藏地方政府，由西藏自治区筹备委员会行使西藏地方政府职权，领导西藏各族人民一边平叛一边进行民主改革，百万农奴从此翻身获得了解放。

2008年3月14日发生了“拉萨三一四事件”后，西藏社会各界和各族干部群众认为设立西藏百万农奴解放纪念日，让人们了解历史，牢记历史，显得十分迫切。于是，在2009年1月19日西藏自治区九届人大二次会议上，382名与会代表一致投票决定，将每年的3月28日设为西藏百万农奴解放纪念日，让包括藏族等西藏各少数民族在内的全体中华民族同胞永远牢记1959年西藏平叛和民主改革的这一历史性事件。缅怀历史，牢记历史，才能珍惜现在，才能面向未来；忘记历史，忽视历史，就像剪了尾巴的“无尾飞砣”，失却方向，不知道飞往何处。

昨天，是西藏百万农奴解放59周年纪念日。西藏各级各部门、各地各族群众，都组织或自发举行了各种纪念活动，诉说59年前的黑暗统治，叙述59年来的崭新变化，纷纷表达了感党恩，跟党走，拥核心，爱祖国，讲团结的坚决态度和畅快感受。墨脱县各级各部门和各界各族群众也举行了形式多样、内容丰富的纪念活动。昨天上午，县委、县政府在县中学举行了升国旗仪式，县直机关干部、驻墨军警和学生代表参加，我主持，县长魏长旗讲话。下午，县委、县政府在好日子莲花广场举行了“3•28西藏百万农奴解放纪念日主题朗诵比赛”，县直机关干部和部分群众观看了比赛，我也参加了活动。

广东省第八批援藏工作队墨脱县工作组和中共墨脱县委宣传部创新性地制作了《新旧西藏对比：墨脱旧貌与新颜》“易企秀”（H5），用简短的文字和十组新旧对比的照片，反映了59年来墨脱的发展变化，用照片记录，用事实说话。这个“易企秀”本来安排在3月28日当天才正式发布的，结果3月27日就被相关人员泄露了出去。结果一发不可收，全县的干部职工、各族群众纷纷将其转发到自己的微信朋友圈及微信群。援藏干部人才转发后更是将其传播到全国各地乃至国际社会。据说这是迄今为止墨脱县被转发次数最多、受众人群最广的一条微信信息。这既说明了这种纪念和传播形式深受广大干部群众喜爱，更反映了包括藏族、门巴族、珞巴族在内的西藏各族同胞对翻身解放的喜悦，对现在幸福生活的满足，对党和国家的拥护，对核心的忠诚和爱戴。

（发布时间：2018年3月29日20：50）

3月30日
星期五

走向天路626

情暖扎墨公路

3月21日，广东省第八批援藏工作队墨脱县工作组应林芝公路分局扎木机械化养护队的邀请，前往驻墨脱县城的养护队三工区，为该工区的全体员工发放防寒服。这批防寒服，是根据养护队的请求，经工作组全体会议研究决定，为养护队全体125名员工提供的，价值共6万元。其中提供给驻波密县城的一工区和驻扎墨公路80K的二工区的防寒服已于去年底今年初发放完毕。

我和县住建局副局长李展健、县农牧局副局长赖明建前往参加了发放。三工区的员工向我们敬献了哈达，养护队队长汤刚旦代表该队向工作组赠送了“真情奉献墨脱路　谱写粤藏护路情”的锦旗。汤刚旦队长说，防寒服穿在身上，暖在心里。我代表县委、县政府及工作组对养护队为养护和保通扎墨公路这条墨脱的生命线、幸福线而做出的努力和贡献表示感谢，对养护队的全体员工表示慰问，并希望养护队的全体职工继续保持艰苦奋斗的作风，发扬“老西藏精神”“两路精神”和“老墨脱精神”，养护好扎墨公路，继续为墨脱县经济社会发展做出更大贡献。

自2013年扎墨公路正式通车以来，养护队即担负起养护扎墨公路（G559线波密县扎木镇到墨脱县墨脱镇）的养护重任。随着派墨公路（G219线米林县派镇到墨脱县墨脱镇）的即将打通并延伸到察隅县和云南省，在墨脱县境内的这两条国道都将交由养护队负责，其队部也即将进驻墨脱。

养护队为确保扎墨公路的畅通，时刻坚守在养护一线。这条公路落差大，从嘎隆拉隧道口的约3700米下降到墨脱县城的约1100米，下降了约2600米。沿途“一山有四季，十里不同天”的美景对游客来说是一种享受，而对养护工人来说就是一种忍受。嘎隆拉路段长期低温寒冷，秋冬春三季更是严寒，经常大雪封山，而嘎隆拉以下路段长年雨季。他们经常冒雨披雪养护保通，工作和生活条件艰苦。更为重要的是，他们经常面临着滑坡、塌方、泥石流、滚石、雪崩、倒树等自然灾害的威胁。

2016年底，我们为养护队提供了免费体检服务。

（发布时间：2018年3月30日21：09）

3月31日
星期六

走向天路627

终究抵不过饥饿

墨脱特殊的自然条件和丰富的生物资源，既是大自然赐予我们最宝贵的礼物和财富，也是大自然对我们不能“死于安乐”的善意提醒。在这里，既要战天斗地，又要防虫御兽。在战天斗地方面，既要遵循天意，尊重客观规律，看天吃饭，又不能靠天吃饭，而是要抢抓天机，充分利用自然规律，规避地震、塌方、滑坡、泥石流、雪崩、滚石、倒树等频发的自然灾害，合理安排好生产和生活。在防虫御兽方面，既要感恩大自然的馈赠，保护好自然生态环境和生物多样性，又要警惕上帝的过失，防范猛兽、毒蛇、害虫、病毒等各种精灵的侵扰，注意保护好自己。

在墨脱人们能够经常接触，对人们生产生活影响较大的有害生物主要有毒蛇、马蜂、蚂蟥、“一点红”（血蠓）以及各种鼠类、蛾类、真菌等。其中老鼠是一个令人讨厌的角色。我们刚来的那段时间没见过老鼠，结果有人说起来的时候我们还惊呼这里没有老鼠。然而事实总会让人意外。这里不仅有老鼠，而且还蛮多的，更加让人讨厌的是它很狡猾。我们的门窗都加装了纱窗，除了各种飞

蛾及其他虫子会从缝隙里爬进来进行骚扰外，老鼠一般情况下是进不来的。但当你发现屋里有老鼠出没的时候，才发现肯定有漏洞，观察来分析去，估计是在出入开门或打开门搞卫生的时候偷潜进来的，否则其他途径以我们的智慧已经很难想象了。

其实我们一直都是与鼠为伴，与鼠为友。小时候在农村是这样子，读书的时候在学校是这样子，长大了到城市工作还是这样子。问题是这里的老鼠，你留门给它吧，它不但不出去，反而会招来更多；你不留门给它吧，它在屋里跑来跑去十分碍眼，到处拉屎拉尿，骚味十足，臭气熏天，还咬坏了很多东西，造成了很多损失和垃圾。更可恶的是有一次晚上睡觉的时候，它爬到我头上来了，吓了我一跳，使得我在高原上本来就有点问题的小心脏更加受不了。

这里的老鼠胆子大。我去赶它，它钻到柜里、床下、茶几和沙发底下死活不出来。而我之前见到过的老鼠，别说你去搬动那些东西赶它，就是你在上面敲一棍它都要抱头鼠窜。有时候看见它们躲在角落或爬在桌子底下的横条上浑身发抖，尾巴紧紧地蜷曲起来贴着屁股，两只眼睛充满了死亡前的恐惧，我都差一点点就不忍心揍它了。

这里的老鼠忍耐力强。它既可以躲在一个地方和你对峙，只要你不走开，不管多长时间，它都绝不出来，它更可以躲在房间里很多天不吃不喝，因为我的房间就没有适合它的食物，但它会咬坏其他的东西。

这里的老鼠狡猾得很。我在它通常跑来跑去的路线放置了粘鼠板，它绝不会再从那里经过，反而自己有时候忘了一脚踩在了上面，鞋子半天也扒不下来，一天也擦不干净。这时候你会庆幸，幸亏没有光着脚丫子！我专门让人从广东带来了老鼠笼和老鼠夹，在笼里和夹上放置了它最爱吃的花生，但它宁可去啃香皂并将屎拉在洗手盆上，也不去吃那香喷喷的花生，搞得我自己反而有点流口水了。老鼠固然是没夹到，在安装笼子、夹子和放置花生的时候，反而把自己的手指给夹了，让我当了一回小白鼠。

之前的几次，我发现老鼠跑进了房间，便把门关起来，把它限定在房间。待我去上班了，便让王强和聂光娅他们翻箱倒柜地满房间找，终于把它给逮到了。今年回来，又发现了老鼠。我在的时候它不进房间，关不了它。我出去了，它才跑到房间和床上拉屎拉尿，是可忍孰不可忍！但客厅十分狭窄，那些柜子、茶几和沙发之类的东西质量虽然很差但却很重，难以搬动和腾挪，努力了几次都没成功逮住它。

3月16日晚上，我看见它跑到了电视柜下面，于是便把柜子推到贴墙，让它从后面出不来，两头分别用东西堵住，也不让它出来，只在前面两个可以出来的地方放了两块粘鼠板，静静地等待着它。你还别说，它还真能忍耐。一天过去了，它没动静，两天过去了，它没动静，三天过去了，依然是这样……直到26日，十天过去了。当天早上我起床的时候，才发现它歪歪斜斜地躺在粘鼠板上，奄奄一息，已经瘦得不成样子了。如果不是我亲手把它堵在里面的，我还真心怀疑它刚从股市里面出来。

胆大也好，能忍也好，狡猾也好，终究抵不过饥饿。当食不果腹的时候，就算明知前面是死路一条，也还是要铤而走险。动物是这样，人也是如此。制度也好，管理也好，必须建立在人性甚至是物性之上，否则会导致很多无谓的牺牲和无奈的悲剧。

（发布时间：2018年3月31日21：32）

2018年

April 4月

4月1日
星期日

走向天路628

春醉莲花湖

杨柳轻飘如垂钓，
嫩枝似藤能缠腰。
湖面无风漪自起，
不负春光醉今宵。

（发布时间：2018年4月1日22：25）

走向天路629

那夜，雨一直下

3月的墨脱本已开始进入雨季，但今年老天特别给力，天气相对往年出奇的好，晴天多了不少。我们想前往格当乡看看，但无奈天时地不利，往格当方向的道路也在改扩建和硬底化，封路15天才放几天。我有空时路未必通，路通时我未必有空，要两者相结合才行。好不容易等到一个共同的窗口期，于是我便与工作组成员、县住建局副局长李展健和县农牧局副局长赖明建在副县长达乔等人的陪同下，于3月30日前往格当。

经过达木珞巴民族乡后，就进入了挂壁路段。上面是刚开挖或爆炸过的崖壁，随时都有塌方、滚石和倒树的危险，下面是悬崖绝壁，万丈深渊，路面全是烂泥巴，随时都有打滑失控的风险。修路也让我们时停时走。

我们到达格当乡后，在乡长米玛的陪同下直奔多龙岗搬迁安置点。这里将安置从雅鲁藏布大峡谷深处搬迁出来的三个深度贫困且地质灾害隐患严重村（多卡、龙列、岗玉）。我们向佛山市委、市政府争取了3000万元的计划外资金用于支持这个耗资1.1亿元的易地扶贫搬迁安置项目。去年我们曾两次前往调研检查，这次也是一样的目的。我们听取了情况的汇报，并实地考察了进度、质量和安全，相关情况让人满意。接着我们继续前往昌都三岩片区易地扶贫搬迁安置点进行了考察，然后返回多龙岗工地与工人们一起午餐，因为封路让乡政府也断粮断菜了，据说米玛乡长已经啃了不少方便面。

午饭后，达乔一行留下进行部分工程的验收，我们在米玛的陪同下返回继续其他工作。我们先后回到布龙

村、格当村、桑珍卡村、占根卡村及格当寺调研，并看望慰问了驻寺工作队、驻村工作队、村两委班子及贫困户，实地考察了格当乡油菜花种植和尼日卡林下资源种植专业合作社种植羊肚菌、灵芝的情况。然后前往格当乡边防派出所进行调研和看望慰问。

晚上，我们夜宿占根卡村嘎玛扎西家。这是我们“睡遍墨脱”系列民族团结活动的其中一站。晚饭后，乡党委书记张志强、乡长米玛等乡干部，蔡虎等驻村工作队员以及部分村民一起，我们进行了座谈和交流。我们了解了相关情况，也提出了相关意见建议，特别是要利用好进乡公路改扩建及硬底化的机遇，把握好公路将要往前延伸到察隅县和云南省变成219国道的前沿，结合当地实际，在大力发展茶叶及辣椒、羊肚菌、灵芝等种植的同时，未雨绸缪种植万株梨树，打造梨花沟。

待大家散去后，天下起了大雨，滴滴答答地下了一个晚上。我们十分担心第二天的路是否会中断，把我们堵在格当。幸亏第二天早上起来的时候，雨变小了。整个山谷就像一个室内体育场，云雾充当了白色的盖子。但是我们原先安排的考察就无法如愿了。我们在驻村工作队吃早餐。他们的条件都很艰苦，只是他们自己动手做饭做菜，倒也把日子过得像是生活。早餐后，我们在返回途中调研检查了下那巴回迁安置点及配套的尼米登茶场（360亩，投资144万元）的建设情况。

下一站，是达木珞巴民族乡。

（发布时间：2018年4月2日21：13）

4月3日
星期二

走向天路630

卡布之夜静悄悄

3月的最后一天，是星期六。早上，我和李展健、赖明建从格当乡占根卡村往回走，今天的目的地是达木珞巴民族乡。

临近中午，我们回到了达木珞巴民族乡达木村。我们先前往公路下方的水稻田和玉米地调研了解备耕和春耕的情况，因为正好有村民在那里修水渠和除草准备种玉米。然后再与乡党委书记杨郓、乡长卓玛央宗等乡干部会合，实地检查了3月20日种植的1500株翠冠梨。所能看到的梨树都全部存活，并已开始发芽了，让我们觉得很欣慰。唯一的缺憾是间距过密，不过这个也不能怪群众，因为种下去的时候才一人多高，一两个手指粗，他们想象不到长大了要占那么多地方。

午饭后，我们先前往革林茶场调研了解春茶的采摘情况。该茶场属于卡布村，位于扎墨公路上方，面积600亩。我们到达的时候，已经有不少村民在那里，他们还没吃午饭。茶场中有一些小棚子，以前种玉米的时候是在这里住宿和堆放的，现在成了种茶和采茶时候的住宿点，条件十分简陋。部分村民已经采摘了部分茶叶回来，摊放在棚子里，以防受热沤坏了。我们实地考察了茶场的建设和茶叶的生长、采摘情况，并体验了采茶的过程。赖明建则指导群众如何进行田间管理、如何施肥以及如何采摘。

据了解，目前墨脱茶叶的收购价格如下：单芽是150元/斤，一芽一叶是40元/斤，一芽两叶是35元/斤。2017年，达木村有500亩茶园可以开始采摘，全年收入1万多元；卡布村有600亩茶园可以开始采摘，全年收入7万多元。2018年，仅卡布村革林茶场第一轮春茶采摘，茶青就卖出5万多元，大大提高了农牧民群众的积极性。

然后，我们开始返回卡布村。我们检查了该村3月21日在扎墨公路113K种植的200株红心蜜柚和在村里种植的1000株圆黄梨，以及小康村建设项目的情况，看望慰问了驻村工作队、村两委班子及贫困户。

晚上，我们夜宿卡布村。这是我们“睡遍墨脱”系列民族团结活动的其中一站。李展健因事当天傍晚与相约前来一起检查项目工地的欧康奎返回县城，喻晓坤则在朗杰岗村结束了一个月的蹲点驻村后赶过来参与。晚饭后，我们与陪同的乡干部、驻村工作队队员及部分村民进行了座谈交流。当晚天清气爽，繁星点点。我们在村子里散步，由于不少村民直接就住在革林茶场采茶，晚上不回来，只有几户亮着灯，整个村子显得格外的宁静。我们听到了难得的蟋蟀鸣唱。

第二天（4月1日）早上我们吃过早餐后就开始返回县城。我们没有直接走扎墨公路返回，而是在玛迪村附近下到雅鲁藏布江边，跨过德果吊桥前往德果村，然后再到文朗村过鲁古吊桥回到扎墨公路。之所以选择这样走，是因为这是我们拟安排的从德兴乡德果村到易贡白村沿线旅游开发考察的一部分。途经德果水田的时候，看到有村民在耕作，我们便停车与她们交流。我们走过去的时候，村民都认识我们。她们正在为花生作物等除草，为辣椒间苗。赖明建给她们作了技术指导。

（发布时间：2018年4月3日22：29）

4月4日
星期三

走向天路631

三月的足迹

为了支持配合全国“两会”期间和西藏3月敏感期的维稳工作，我们整个3月份都加强了对维稳工作的调研和督导。我们按照“统筹兼顾、综合安排、一次前往、分别实现”的工作原则，以维稳调研和督导为主线，统筹推进其他工作。

一个月内，我们分别召开了工作组工作会议、县委宣传工作座谈会、县统战工作座谈会、县援藏项目工作会议等四个工作会议；调研了县委政法委，县公安局及嘎隆便民警务站、贡日便民警务站、亚东便民警务站，武警墨脱县中队，墨脱县消防大队，墨脱县边防大队及背崩边防派出所、格当边防派出所等十个政法单位；走访了墨脱镇、县发改委、县住建局、县教体局、县农牧局、县人民医院等六个队员所在单位；前往墨脱镇及墨脱村、亚东村、朗杰岗村、玛迪村、米日村，德兴乡及德兴村、文朗村，背崩乡及背崩村、格林村，达木珞巴民族乡及达木村、卡布村，格当乡及格当村、布龙村、占根卡村、桑珍卡村等五个乡镇15个行政村开展维稳调研，并夜宿格林、占根卡、卡布三个村；前往仁青崩寺、格当寺等两座寺庙调研了解维稳工作情况；前往解放军驻墨某部的两个单位进行调研和慰问。

调研了累计达40多个单位，超过16个农牧民群众家庭。有的还去了两次甚至多次，如仁青崩寺、墨脱村、亚东村、朗杰岗村、文朗村、德兴村、达木村、卡布村等。

（发布时间：2018年4月4日22：28）

4月5日
星期四

走向天路632

今年墨脱“两会”

4月2日和4月3日，政协墨脱县委员会九届三次会议和墨脱县十一届人大四次会议相继隆重召开。在完成所有议程后，墨脱县“两会”于昨天和今天先后圆满闭幕。“两会”的顺利召开，拉开了墨脱新一年发展的序幕，更加生动鲜活的实践还在后头。

今年我只参加了人大的会议，没有列席政协的会议。魏长旗县长所作的政府工作报告中，既全面回顾了县政府2017年的工作和提出了2018年的计划，还用专门的篇幅从规划内援藏项目全面启动建设、规划外物资资金创历史新高、机制创新工作全面深化等三个方面对援藏工作给予了充分的肯定，对今年扎实推进援藏项目建设也进行了部署。

我提出的导入“六化”（道路硬底化、住房安居化、设施配套化、环境生态化、庭院经济化、景观旅游化）理念，将边境小康村打造成旅游村，作为落实国家乡村振兴战略的墨脱模式，以及重点打造雅鲁藏布大峡谷旅游水果经济带和墨脱千亩冬种蔬菜基地及油菜花海等相关意见建议被采纳，列入政府工作报告，战略援藏和理念援藏从空喊口号变为现实行动。

同时，作为人大代表，我也提交了关于项目“两化”（景观化、旅游化）导向的意见建议，希望依托雅鲁藏布大峡谷这幅美丽的底图，让人类活动在此基础上画出更加美丽精彩的图面。

（发布时间：2018年4月5日21：13）

雨洒花落把地盖，
半树绿叶添新彩。
未待残红褪尽去，
青涩桃子已可待。

走向天路633

花落桃结

（发布时间：2018年4月6日20：58）

4月7日
星期六

走向天路634

身体十二用

用眼睛去观察；

用耳朵去聆听；

用嘴巴去交流；

用鼻子去分辨；

用脑袋去思考；

用肩膀去承担；

用双手去创造；

用胸膛去拥抱；

用肚子去包容；

用两脚去丈量；

用心灵去感受；

用身体去躬行。

（发布时间：2018年4月7日22：39）

4月8日
星期日

走向天路635

雅鲁藏布大峡谷沐浴节

我只知道拉萨河有一个沐浴节，却没听说过雅鲁藏布大峡谷也有一个类似的沐浴节。“我发现了这里的一个风俗，门巴族的群众这个月会跑到雅鲁藏布江边去泡浴，与我同办公室的一个同事都去了。”一个队友欣喜地告诉我，因为他们知道我喜欢将墨脱了解得更加深入。如果不是他告诉我，我还真不知道有这么一个风俗，原来这里的门巴族群众每年3月有到雅鲁藏布江边泡浴的习惯。我们来到墨脱都快两年了，如果按年头算已经横跨三个年头了，按月份算也已经是第二个3月了，还从没有听说过这个习俗，可见我们的调研还不够深入。

据说，每年的3月份，在春季尚未结束，夏季尚未开始，雨季开始来临的时候，雅鲁藏布江的水位还未上涨，河滩裸露，河石满滩。此时雅鲁藏布江的水是清澈而碧蓝的，门巴族的群众认为这个时候的水是十分圣洁的，对身体健康有益。同时他们还认为此时河滩上的石头具备一定的特性，可以作药。他们认为，用烧过的石头烫热的水有祛风除湿、排毒养生等功效，特别适合墨脱这个多雨潮湿的地方。于是便会拖家带口，或者三五家庭，相约来到雅鲁藏布江边安营扎寨，一边过林卡，一边泡浴。他们一般都是泡三天，有些直接就住在河滩上，结束了才回去，有些就每天白天去泡，晚上回家，有些憋不住的三天不够就回去了。当然，这个习俗远不如拉萨河沐浴节那么普遍，那么热闹，应该算是一个相对小众的风俗习惯，而且来泡的人主要是患有慢性疾病特别是风湿关节疾病的人。在时间上，拉萨河沐浴节在9月，而雅鲁藏布大峡谷的是3月。

他们一般在河滩上挖出一个个长方形的坑，长宽深够一个人躺下，在坑里及四周铺上塑料薄膜， 做成一个天体浴池。浴池做好后，就去雅鲁藏布江边把清澈碧蓝的江水打上来，倒入浴池之中，直到将满为止。与此同时，他们用带来的柴火烘烧河滩上的石头，待到他们认为温度足够时把被烧红的石头移到浴池之中，池水马上冒起一阵水烟，并伴随着强烈的滋滋声。他们会投入足够的石头把水烫得足够烫，我曾伸手试了一下水温，手刚碰到水面就马上自动缩了回来，然后再让它慢慢降温。待到水温合适，便可尽情享受这置于天地间的天浴。其他人则继续打柴、烧火、打水、帮忙，或者在河滩上喝酒、聊天、散步、过林卡。

（发布时间：2018年4月8日22：00）

4月9日
星期一

走向天路636

新墨脱精神

来援藏，学精神是一门必修课，是我们作为“学习队”的重要任务，是我们“学习当地”的重要内容。那么西藏有什么精神值得我们学习呢？西藏值得我们学习的精神很多，其中著名的“老西藏精神”“两路精神”及“老墨脱精神”就值得我们好好学习。

“老西藏精神”就是“特别能吃苦、特别能战斗、特别能忍耐、特别能团结、特别能奉献”，“两路精神”就是“一不怕苦、二不怕死，顽强拼搏、甘当路石，军民一家、民族团结”。而“老墨脱精神”是什么呢？我一直只听过有概念但无内容，在网上搜索也没有找到，请教别人他们说是跟“老西藏精神”一样。直到3月17日我们前往背崩村开展维稳督导并看望慰问驻村工作队、村两委班子及贫困户时，才在该村的宣传栏上看到了相关表述。原来“老墨脱精神”是“乐于吃苦、善于忍耐、勇于战斗、敢于创业”。这时才算真正把三种精神学齐了。

这三种精神，都是西藏各族干部群众在党的正确领导下，克服青藏高原的特殊困难和西藏的特殊矛盾，在建设、稳定、发展、改革的过程中逐步形成并不断发展完善的。它激励和鼓舞了西藏一代又一代的建设者们砥砺前行，奉献自己，建设美丽西藏。这种精神，值得我们一代又一代人去学习传承和发扬光大。但是，时代在进步，社会在发展，精神在更新。老精神也不能一成不变，一条老路、直路走到底，而是要根据新时代的特征，赋予新时代的内容，反映时代的变迁，社会的进步，人们的诉求。

因此，我们通过深入调研和积极实践，回顾了墨脱的历史，因应了墨脱的现状，展望了墨脱的未来，以习近平新时代中国特色社会主义思想为指导，以反映墨脱的发展成果、时代特征和群众诉求为导向，在广泛征求意见的基础上，提出了“传承、创新、跨越、融合”的新墨脱精神。

传承。历史不能割断，事物不能割裂。尊重历史，传承历史，才能创造未来，创造历史。因此，我们要充分挖掘墨脱历史上的积极因素、优秀传统、人文精髓，把它进行整理、传承和发扬。特别是要传承“老西藏精神”“两路精神”和“老墨脱精神”。

创新。尊重历史不同于无所作为，传承历史不代表因循守旧。我们的前辈们在雅鲁藏布大峡谷中进行了艰苦卓绝的奋斗，为我们打下了坚实的基础，厚积薄发、喷薄而出的时候到了。以交通为核心和标志的内外环境正在以日新月异的速度改善，也为我们提供了创新发展的环境条件。2016年7月开始，墨脱改为由佛山单一对口支援，与敢为人先，连血液都充满着创新因子的佛山联姻，必定为墨脱的创新发展注入强劲的催化剂。

跨越。墨脱作为中国最后发的地区之一，如果还是按照先发地区的发展规律和路径，简单重复走别人走过的路，亦步亦趋，按部就班，循序渐进，难以根本解决墨脱的发展问题。“雄关漫道真如铁，而今迈步从头越。”我们要积极借鉴其他先发地区的发展经验，结合西藏及墨脱的实际情况，精心谋划，大胆探索，既遵循规律，又另辟蹊径；既直道竞速，又弯道超车；既迭代升级，又隔代跨越。

融合。“春风不度玉门关。”历史上由于自然条件的限制和交通、通信、网络、教育等的不发达，一些相对封闭独立的地理单元可能会存在上述情况。但现代社会这一切的限制都已经被突破，闭关自守已经完全失去了存在的条件。因此，区域融合、民族融合正以势不可挡的力度和速度席卷而来。与祖国内地融合，与中华民族融合，已经成了不二的选择。

（发布时间：2018年4月9日20：05）

4月10日
星期二

走向天路637

“三个一下”

除了援藏工作，我还分管宣传工作和统战工作。而这两个系统都各有一名县委常委在具体负责。我们相互之间如何定位，怎样处理好我们之间的关系，是大家都在心里嘀咕的事情。这个问题不能很好地研究和解决，将有可能影响我们之间的团结合作和工作开展。他们俩作为下级，又都是少数民族干部，肯定是不好意思直接提出这个问题。而我作为援藏干部和分管领导，就必须要勇于面对和抉择。

抉择的主要依据是制度安排，而不是我们相互之间的心理状态。不管是缺位，是失职，肯定行不通，也不可接受；都管是越位，是越权，就算行得通也没有必要，会导致干部职工无所适从；管这不管那、时管时不管，是错位，是缺位和越位的糅合，也不行。根据到位、补位而不缺位、不越位、不错位的原则，我提出了我们相互之间的定位和关系，那就是“三个一下”的原则：日常工作他们处理一下，重要工作向我汇报一下，安排工作帮我办理一下。

这“三个一下”实施一年多来，总体上呈现出关系融洽、合作愉快、运转正常、推进有度、工作有效的良好局面。

在少数民族地区和宗教信仰地区，作为援藏干部要搞好团结、做好工作，不要不好意思，更不要互相猜测甚至猜疑，而是要加强沟通，加强交流，开诚布公，精诚合作，方得始终。

（发布时间：2018年4月10日21：28）

4月11日
星期三

走向天路638

媒体频光顾

自2016年7月进墨至今，已有一年又八个多月了。一直以来，各级各类媒体都主动对我们的努力和付出给予了充分的关注与支持。据不完全统计，我们能够收集整理出来的媒体报道已近百次。人民日报、中央电视台、新华通讯社等中央媒体，中国国际广播电台、中国新闻社、法制日报等国家级媒体，欧洲时报等国际媒体，南方日报、广东电视台、西藏日报、西藏电视台、西藏人民广播电台等省级媒体，佛山日报、佛山电视台、佛山电台、林芝报、林芝电视台等市级媒体，以及众多的门户网站等新媒体，都曾经采访、报道过我们的工作。

今年回到墨脱的一个月时间内，我们就接待了六个批次共六家媒体的采访，包括人民日报西藏分社和广东分社、中央电视台、新华通讯社西藏分社和广东分社、经济日报、西藏日报、西藏人文地理杂志等。他们主要聚焦于我们的制度创新、脱贫攻坚、固边兴边等方面。

面对媒体的关注，我们没有丝毫的骄傲和自满，反而更加冷静和清醒。因此，我们反复坚持和强调几个观点与事实：一是援藏代表的是习近平总书记及党中央的关怀，相关省市（如广东省）和央企等对口支援单位是根据中央的统一部署来贯彻落实，由我们来具体执行实施；二是当地党委、政府是领导，当地干部群众才是当地改革、发展、稳定的主体和主力，我们是援助、补充、支持、配合和促进；三是我们只是广东省第八批援藏工作队的其中一个工作组、一个组成部分，我们的所有工作都是在许典辉领队及工作队的正确领导和具体指导下贯彻落实的，只是其中的一部分实践；四是我们的所有工作都是团队共同努力的结果，个人只是在团队中扮演了自己相应的角色而已，因此只宣传我们的工作、经验、做法和成效；五是厘清对宣传的认识，宣传只是为了让外界更加了解、理解、关注、关心、支持墨脱，而不是为了我们，更不是为了个人，因此不做有偿宣传，不做虚假宣传，不做个人宣传。

（发布时间：2018年4月11日21：42）

4月12日
星期四

走向天路639

连开一周

由于3月要集中精力做好维稳安保工作，因此年初的几乎所有会议都押后至4月才相继召开。其中4月的第一周（4月1日至5日），集中召开墨脱县“两会”：政协墨脱县委员会九届三次会议和墨脱县十一届人大四次会议。

在清明节放假尚未结束的4月7日，就拉开了以县委、县政府名义召开的各种专题会议的序幕。当天下午，墨脱县重点项目推进工作暨小康村建设工作会议在团结楼六楼会议室召开。会上，广东省第八批援藏工作队墨脱县工作组被评为“墨脱县2017年度重点项目建设工作先进集体”，工作组成员谢国高、邓宏照作为工作组代表被评为“墨脱县2017年度重点项目建设工作先进个人”，由此工作组开始进入今年收获的季节。

清明节假期结束后的一周之内（4月8日至12日），至少连续安排了14个专题工作会议。包括墨脱县农村工作会议、墨脱县教育体育工作暨义务教育均衡发展专题推进会议、墨脱县组织宣传统战工作会议、墨脱县政法工作暨扫黑除恶打非治乱专项斗争会议、墨脱县民族团结进步模范表彰大会、墨脱县脱贫攻坚指挥部2018年第一季度工作会议、墨脱县2017年度宣传思想文化工作座谈会、墨脱县2017年度公安工作暨扫黑除恶打非治乱专项斗争工作推进会议、墨脱县全面推行河长制工作会议、墨脱县迎接西南环境保护督查局现场检查安排部署会、墨脱县保密工作会议、墨脱县2018年安全生产工作暨第一季度安全生产工作会议、墨脱县政府2018年党风廉政建设工作会议、墨脱县2018年消防工作会议等。

由于工作原因，我参加了上述14个会议的前八个。其中部分会议安排讲话，部分会议安排主持，部分会议安排宣读文件，部分会议安排颁奖和捐赠。

在前述会议中，广东省第八批援藏工作队墨脱县工作组共获得集体荣誉4个，个人荣誉9个。由于个别专题会议尚未召开，预计集体和个人获得的荣誉称号还会有所增加。

（发布时间：2018年4月12日22：29）

4月13日
星期五

走向天路640

第二批旅游水果种植完毕

继3月中下旬在两乡四村种植了第一批5300株旅游水果（其中达木珞巴民族乡贡日村黄金梨2000株、达木村翠冠梨1500株、卡布村圆黄梨1000株和红心蜜柚200株、背崩乡格林村水蜜桃600株）之后，乘4月初墨脱县十一届人大四次会议将我提议的建设“雅鲁藏布大峡谷旅游水果经济带”正式列入县政府工作报告之势，我们马上按原计划启动了4个乡镇8个村第二批共8470株旅游水果的种植。

其中，墨脱镇墨脱村三华李2000株、玛迪村草莓番石榴300株、米日村巴西樱桃200株、德兴乡文朗村金佛手1000株、巴登则村波姬红无花果500株、易贡白村食用梅500株和食用杏100株、达木珞巴民族乡达木村翠冠梨1500株（追加）和红心猕猴桃200株、珠村秋月梨2000株、背崩乡江新村无核黄皮500株和鸡心黄皮500株，以及引进了桂味荔枝150株、紫香一号百香果100株、台湾长果桑20株分散试验种植。4月6日至7日，我带领工作组成员、墨脱镇党委副书记兼常务副镇长喻晓坤和县农牧局副局长赖明建分别前往墨脱镇墨脱村、玛迪村和米日村组织种植并示范指导。其他村则委托相关乡党委、政府及驻村工作队、村两委班子组织村民种植，我们事后检查验收。

而在第一批之前，我们已从广东带过来百香果、无核黄皮、草莓番石榴等多个品种在工作组驻地门前试种并取得成功。其后引进了150株台农一号百香果和62个品种共620株“树化蔬菜”在德兴乡德兴村试种，全部存活并且长势良好。

迄今，我们累计已经在扎墨公路和派墨公路沿线的4个乡镇13个村共种植旅游水果超过15,640株，雅鲁藏布大峡谷旅游水果经济带已初具规模。接下来，我们还会进一步扩大种植范围和增加果树品种，让雅鲁藏布大峡谷旅游水果经济带的基础更加坚实。

（发布时间：2018年4月13日19：36）

4月14日
星期六

走向天路641
墨脱含笑欢迎你

当人们沉浸在林芝桃花节的时候，今年有许多的人提出了强烈的异议："谁说林芝只有桃花？"是啊！谁说林芝只有桃花呢？林芝还有墨脱！而墨脱也只是一个意涵极其丰富的代名词，它里面蕴藏着更多的美好与精彩。于是乎，人们便趁机推出了自己的"重大发现"，林芝不仅有桃花，还有墨脱的杜鹃！是啊！我在去年3月9日所写的《走向天路240——杜鹃花儿开》一文中，就已向大家介绍了墨脱百里杜鹃花海。说是百里，只因我们沿扎墨公路嘎隆拉路段看到了这一小部分，而雅鲁藏布大峡谷两边的连绵群山里不知道还隐藏着多少杜鹃花（如卓玛拉神山），只是我们平时无法到达而已，因此，墨脱的杜鹃花海恐怕不是用百里就可以形容到位的，以万平方公里为单位会恰当一些。

只是，当时由于自己对植物缺乏足够的认识，也由于墨脱山高谷深、坡陡崖峭、林密草盛、虫多兽猛等原因，使得我们一般情况下就像"大头狗——入不了林"，而且很多树木十分高大，肉眼看得见但手机却拍不清，难以分辨，于是错把另外一种同期开花的树木也当成了杜鹃，但其实却是一个天大的误会。这种花在3月及前后开花，开花时间与高山杜鹃基本重合，花色为白色或类白色，因此当时误以为是白色的高山杜鹃。今年回来墨脱后，通过下垂树枝相对近距离拍摄和捡到落地花朵用"花伴侣"植物识别软件进行分辨，通过百度搜索进行查询比对，通过征询相关专业人士，确认应为多花含笑或相近种属。

我们在3月3日进墨途中，在达木珞巴民族乡贡日村往下路段发现了两棵开着白花的高大而古老的树木，灿烂的花朵刺破了雨雾的笼罩，在万绿丛中脱颖而出。我们便停下车来欣赏，发现有相对低垂的树枝，虽然离我们还很高，但通过相机拉近拍摄已经能够辨别，发现了原来是多花含笑或相近种属，这才结束了我

们一直误以为是白色杜鹃的历史。后来在前往位于卓玛拉神山的仁青崩寺和仁青崩自然村进行调研督导维稳工作的时候，发现漫山遍野的白花与正在盛开的红色杜鹃交相辉映，并传来沁人心脾的幽幽清香，据辨别，香味应该来自于白花。后来在地上捡到了落地上的花朵，经比对与3月3日拍到的一致，应为多花含笑或相近种属。

在达木珞巴民族乡和卓玛拉神山上发现的还有与高山杜鹃和多花含笑几乎同期盛开的另一种花，类似桃花又不是桃花，粉红色。通过上述方法分析和辨识，应为钟花樱桃或相近种属。

这两种都是极佳的景观树种。特别是多花含笑为亚热带常绿林中的稀有树种。对于它们，我们心中已经有了安排。

我自含笑迎春开，精彩墨脱等你来！

（发布时间：2018年4月14日19：11）

4月15日
星期日

走向天路642

终于有缘来看你

都说林芝的桃花美，但一直只听其传说，只见其照，未睹其容，未投其怀。虽然已在林芝工作快两年了，但我们是在林芝市下属的墨脱县，那里离林芝还有约350公里的路程，开车还得一天时间，而且道艰路险，高原缺氧，除非必要，否则我们宁愿待在这雅鲁藏布大峡谷里做一只井底之蛙，在坐井观天的同时做一些实实在在的事情。而且，时间也难以凑巧，林芝桃花开花的时间是每年3月底4月初，而3月却是西藏维稳的敏感期，我们都得全员在藏在岗，还要蹲点和督导，哪儿也去不了，于是便干脆死了这条心，等援藏结束了再来看吧。

但事情总会让人意外，广东省第八批援藏工作队通知4月13日开会，这回是想来也得来，不想来也得来了。不过，我对桃花是不抱什么希望了，因为都已4月中旬了，估摸着应该早已花落桃绿，最起码也是花残桃结了。

4月13日的会议，本应12日就出发，但因当时佛山市审计局的一个工作组在县里对我们进行审计，12日当天佛山市卫计系统的一个工作组进来墨脱，于是便等到初步反馈审计结果并接待完卫计系统的工作组后再赶着出发。我们13日早上6点钟就开始冒雨出发，过了西漠桥不远处便受阻，原因是路基塌陷导致了一辆运沙的货车侧翻，幸亏没掉到雅鲁藏布江里。我们等了一段时间，估摸着一时半会的搞不定，于是便果断调头返回，过鲁古吊桥走对面的一条小路，再从文朗吊桥返回扎墨公路。那两座吊桥以及它们之间的小路，比扎墨公路更为复杂艰险，绝大多数的驾驶员宁可选择等待和返回也不愿意走那一条路，因为工作任务可以有无数次，但生命毕竟只有一次。事实确实如此，当我们下午4点赶到林芝依时参会的时候，被堵的其他车辆才到达波密，离我们还有230多公里呢！早起的疲乏，缺氧的困倦，路途的颠簸，赶路的专注，使得我们一路上对平时欣赏有加的所有美景都视同透明，更别说什么桃花不桃花的了。

14日早上我和王强要送人到机场。尼洋河和雅鲁藏布河谷上空悬浮着浓厚的云雾，两边沿着山坡下垂，雾线下降到快到山脚的地方了。河谷两岸蓝色、红色或其他颜色屋顶的村庄十分鲜艳亮丽。村庄及周边却是一片银光浮动，原来那就是林芝桃花了，它们居然还没有掉光。

我们送完人后，顺便到附近村庄去走走，因为刚才在路上看到这里的桃花很棒，而且此时正灿烂。正如我们刚才所看到的一样，沿雅鲁藏布江和尼洋河两边的村庄，它们都分布在一片片类三角形的冲积扇或洪积扇上，而粉白（也有部分是粉色和红色的）的桃花也分布在村庄及其周围，布满了整个扇形区域，就像一把把的桃花扇。在阳光的照耀下，一阵微风吹来，整把桃花扇银光粼粼，春光浮动。被桃花的海洋所包围的，是那错落有致而又充满工布风格的藏式民居，以及那阡陌纵横的绿油油的青稞田，人们穿梭其中，猪牛徜徉其下，分别享受着大自然的赐予。这些村庄和桃林在蓝天白云映衬或云雾笼罩之下，背靠雪山，下临雅江，周围被冷杉等森林所环绕，就像镶嵌在山脚江边的一颗颗翡翠。我敢打赌说，在这个地球上恐怕再也找不到比林芝更美的地方了！

与其他地方不同，据说这里的桃树学名叫“光核桃”，又名“西藏桃”，俗称“野桃”。这种桃树生长在高原上，树干高大，树枝密集，树形优美，花色虽白，花朵虽小，但花开狂野，密密麻麻，再加上连片生长，背景衬托，更显气势恢宏。当地党委、政府及有关部门为了发展旅游，促进经济发展，从2002年开始举办林芝桃花节，到今年已经有17届了。配合林芝桃花节，官方和民间还策划、举行了一系列的活动，把它变成花的海洋，人的狂欢。

（发布时间：2018年4月15日21：15）

4月16日
星期一

走向天路643

雅鲁藏布大峡谷生态景观林带开建

雅鲁藏布大峡谷的雄壮与神秘吸引着无数慕名而来的游客。他们到过墨脱之后都会为大自然的神奇美丽而折服，但在惊叹之余也会顺便说一下：就是没什么可以停留的地方。这固然有他们认识上的偏颇，但同时也反映出墨脱旅游发展的现实——“穿越游，不停留，到了调头走”。缺少更多可欣赏、可停留、可体验的地方和项目，是墨脱旅游的一个软肋。

有鉴于此，我提出了项目“两化”（景观化、旅游化）的理念，并在月初召开的墨脱县十一届人大四次会议上作为议案和意见建议提交了。为了推进“两化”建设，我们一是在所有援藏项目中加进了“两化”的理念、策划、设计和建设；二是在边境小康村建设中融入了“六化”（道路硬底化、住房安居化、设施配套化、环境生态化、庭院经济化、景观旅游化）的理念；三是着力打造几个旅游村，并以旅游村作为落实乡村振兴战略之墨脱模式；四是启动雅鲁藏布大峡谷旅游水果经济带建设；五是启动雅鲁藏布大峡谷生态景观林带建设。

为了推进雅鲁藏布大峡谷生态景观林带建设，我们以县城为中心，以扎墨公路、派墨公路以及其他乡村公路为放射，初步规划一环两轴五线的生态景观林带建设。一环就是县委、县政府所在的白玛岗，即由白玛岗路、金珠路、双拥路所构成的“墨脱一环路”以上，县机关大院围墙以下的环形坡地，两轴是扎墨公路和派墨公路，五线是亚东村机耕道、巴日村栈道、仁青崩寺旅游公路、文朗村进村道路、果果塘旅游公路。

纸上得来终觉浅，画饼充饥终归饿。谋定而后动，说干就干，这是我们的风格。我们结合白玛岗观光栈道、白玛岗边坡治理和县机关大院挡墙治理项目等项

目，于4月8日在白玛岗种植了1000株生态景观林木——黄花风铃木。我由于当天上下午都有会议未能前往现场组织，而委托喻晓坤组织赖明建、欧康奎等人实施，当地驻军和武警官兵给予了大力支持。我在中午和傍晚两次带领喻晓坤、赖明建、欧康奎检查种植的落实情况。接下来，我们投资300万元的白玛岗边坡治理项目还会有相关的生态景观林木种植。此外，我们正在与相关企业和个人商洽，拟在白玛岗现有树木上种植金钗石斛等多种墨脱石斛，打造全球第一个也是唯一一个石斛公园和石斛花海。届时，白玛岗将成为一个多种生态景观林木相互间种和套种，乔木、灌木、草本植物高中低立体搭配，各种植物花期次第到来并互相衔接的综合生态公园和景观花海。

而在此之前的4月7日，我带领喻晓坤、邓宏照、李展健、赖明建前往亚东村，组织驻村工作队、村两委班子及村民在机耕道两边种植生态景观林木——玉堂春，并做了种植示范和指导。该机耕道长约1100米，种植玉堂春1000株。据说这是全球最长的玉堂春大道。第二天傍晚，我们前往检查的时候，已经全部种植完毕，效果令人满意。该玉堂春大道既是雅鲁藏布大峡谷生态景观林带“一环两轴五线”中的一线，也是亚东村旅游村“四个一千”（一千多米机耕道硬底化、一千株玉堂春、一千亩冬种蔬菜和油菜花海、一千株以上的旅游水果）项目中的一个“一千”。

接下来，其他两轴和四线将在相应项目建设完成后，视实际情况择机建设。

（发布时间：2018年4月16日21：12）

走向天路644

健康打头阵

没有健康就没有小康。当温饱解决之后，健康和教育就成了人民群众最关心、最直接、最现实的利益问题之一。健康不搞好，马上就死；教育不搞好，早晚得死。因此，我们一直都将医疗卫生和教育作为最大的民生事业，作为最重要的援藏工作。

为了贯彻落实《佛山市全面对口支援墨脱县镇乡结对工作方案》，经广东省第八批援藏工作队墨脱县工作组沟通协调，由佛山市卫计局局长王政带领的佛山市卫计系统一行七人于4月11日至15日前来墨脱开展调研、洽谈和对接落实对口支援工作。一同前来的还有佛山市第一人民医院党委书记刘永耀、佛山市中医院院长刘效仿等六人，以及佛山市中医院派驻墨脱县人民医院的三名短期柔性援藏医疗人才。这是今年佛山市第一批前来对接落实对口支援工作的单位及领导。

由于我13日一大早就要赶往林芝参加下午的广东省第八批援藏工作队集体廉政谈话会议，王政一行在12日进墨当天晚上未经休整就与广东省第八批援藏工作队墨脱县工作组进行了座谈。参与座谈的还有林芝市卫计委副主任扎西平措，墨脱县委常委、组织部部长赵敬，副县长李勇，县卫计局局长米玛次仁，县人民医院相关领导及医护人员。县人民医院院长邓声敏汇报了对口受援的相关情况，刘永耀、刘效仿、扎西平措、赵敬、李勇等相关领导作了发言，苏荣代表援藏医疗人才作了表态发言，王政作了讲话，我主持了座谈。

会后举行了捐赠仪式。佛山市卫计局向墨脱县卫计系统捐赠医疗仪器和经费，总价值8万元；佛山市第一人民医院向墨脱县人民医院捐赠数字式十二道心电图机一台，价值3万元；佛山市中医院向墨脱县人民医院捐赠特色制剂和医疗器械一批，价值3万元。共计14万元。

13日，王政一行还先后前往县人民医院和德兴乡卫生院等医疗机构调研、交流。然后于14日前往林芝，与林芝市卫计委相关领导进行了交流，我在林芝参与了活动。15日，他们离开林芝返回佛山。

他们在林芝和墨脱期间，与工作组及当地相关领导、卫计部门、医疗机构进行了广泛的接触交流，对进一步加强对口支援工作进行了研究探讨，为下一步的对口支援工作打下了坚实的基础，取得了预期效果。

（发布时间：2018年4月17日21：20）

走向天路645

母亲，我怀念你

母亲，我怀念你
怀念你的慈爱
你高高举起的巴掌
轻轻地落在我的脸上
顺便擦掉我眼角的泪水

母亲，我怀念你
怀念你的宽容
你宽广温暖的胸膛
紧紧地裹着我的头颅
用你的心跳接受我的悔悟

母亲，我怀念你
怀念你的勤劳
你长满老茧的双手
不知操持了多少家务
还让很多田地免于荒芜

母亲，我怀念你
怀念你的坚毅
你终生带病的身躯
不知经受了多少煎熬
面对痛苦你选择了拥抱

母亲，我怀念你
怀念你我的缘
你已经逝去的背影
常常在我的梦中浮现
每每醒来依然泪流满面

（发布时间：2018年4月18日21：23）

4月19日
星期四

走向天路646

主动体检

今天，由佛山市审计局总审计师谢慧茹、科长关颖璇两人组成的审计小组离开林芝途经成都返回佛山。她们是根据广东省第八批援藏工作队墨脱县工作组的提请，并结合佛山市相关领导的要求，于4月10日出发前来墨脱对工作组进行审计的。

当工作组接到通知，国家审计署广州特派办将前来墨脱县对当地扶贫领域及工作组的援藏资金进行审计后，我们主动向佛山市审计局提出请求，希望派出审计小组前来进行审计，以帮助查找问题，发现不足，从而自觉进行整改，促进规范，提升管理。我们的请求得到了佛山市审计局局长何内等领导的关心和支持。

审计小组在墨期间，认真听取了我们的工作汇报，分别与相关人员进行了交流，实地查看了相关援藏项目，查阅了相关资料，审核了相关会计凭证，指出了存在的不足，并对进一步规范管理提出了要求和意见。我们虚心接受，全单照收，认真落实。

而在去年，广东省第八批援藏工作队已委托第三方机构对包括墨脱县工作组在内的各个工作组进行了一次审计，佛山市纪委扶贫领域专项检查组也前来墨脱对我们进行了专项检查，我们自己又于去年底委托第三方机构对支持墨脱县相关部门和乡镇的资金进行了专项审计。对于检查和审计中发现的不足，我们高度重视，虚心接受，认真整改，迅速落实，已在接到国家审计署广州特派办前来审计的通知前全部整改完毕。

这次提请佛山市审计局派出审计小组前来，就是希望再帮我们进行深度的体检，有病治病，无病健身。

（发布时间：2018年4月19日21：30）

走向天路647

高明打头炮

促进民族团结是援藏的核心宗旨和任务之一，而加强交往交流交融是促进民族团结的重要途径，也是国家对援藏工作综合考核评价的重要指标之一。因此，作为对口支援地区的各级党委政府及有关部门、企事业单位、社会各界有序前来受援地区对接洽谈和落实相关援藏工作，是贯彻习近平新时代中国特色社会主义思想和党的十九大精神，以及“治国必治边，治边先稳藏”和“加强民族团结，建设美丽西藏”治藏方略的重要体现。

为贯彻落实《佛山市全面对口支援墨脱县镇乡结对工作方案》，经广东省第八批援藏工作队墨脱县工作组积极沟通协调，由佛山市高明区委副书记严冰带领的一行七人于4月15日至20日前来墨脱，就如何做好新时代对口支援工作开展调研和对接落实。

在墨期间，严冰一行先是深入达木珞巴民族乡贡日村、达木村、卡布村进行调研。他们考察了工作组建设雅鲁藏布大峡谷旅游水果经济带的情况，对工作组在相关村种植“花可赏，果可吃”的旅游水果，打造旅游村，并以旅游村作为落实乡村振兴战略的墨脱模式，表示了肯定和赞赏；考察了工作组援建的已经投入使用的达木珞巴民族乡卫生院，以及正在建设的卡布村小康示范村建设项目；与达木珞巴民族乡党委、政府进行了对接洽谈。

然后，他们与工作组及相关县领导进行了座谈。墨脱镇党委副书记、常务副镇长喻晓坤主持了会议。墨脱县委副书记、常务副县长、工作组副组长李斌介绍了墨脱及援藏工作的基本情况。严冰对工作组的创新性工作表示肯定，对工作组取得的成绩和荣誉表示赞赏，并代表高明区委、区政府向工作组支持了40万元的工作经费，慰问了工作组所有成员。会上，双方还就今后如何进一步做好对口支援工作进行了交流和探讨。墨脱县委常委、宣传部长普果，墨脱县政协副主席扎西措姆等县领导及工作组成员参加了座谈。

我由于在林芝市委党校学习，便委托李斌等工作组成员负责接洽。19日晚，当严冰一行返回林芝的时候，我与他们见了面。我代表县委、县政府及工作组对高明区委、区政府及严冰一行表示衷心的感谢，对他们积极贯彻习近平新时代中国特色社会主义思想和党的十九大精神，以实际行动落实习近平“治国必治边，治边先稳藏”和“加强民族团结，建设美丽西藏”的治藏方略表示敬佩。

高明是今年前来墨脱对接落实对口支援工作的第一个区。

（发布时间：2018年4月21日7：08）

4月21日
星期六

走向天路648

充电一周

根据林芝市委及市委组织部的统一安排，全市县级领导干部都必须轮训一次，集中学习习近平新时代中国特色社会主义思想和党的十九大精神。为此，我于4月16日至20日参加了为期一个星期的中共林芝市委党校第六期县级领导干部学习贯彻习近平新时代中国特色社会主义思想和党的十九大精神专题研讨班。与我同班的还有广东省第八批援藏工作队的九名领导和墨脱县的五名领导，以及林芝市有关部门和县（区）的相关领导，共计58人。

开设的课程包括《迈向新时代中国特色社会主义的政治宣言和行动纲领——党的十九大精神解读》《习近平新时代中国特色社会主义思想》《新时代中国共产党的历史使命》《贯彻新发展理念，建设现代化经济体系》《以党的十九大精神为指导，奋力推进西藏生态文明建设》《坚持国家总体安全观，谱写国家安全新篇章》《深入把握新修订的〈中国共产党章程〉的重大意义和主要内容》《党的十九届三中全会精神解读》等，还有视频教学观看纪录片《厉害了，我的国》，以及分组讨论。

由于远离墨脱，减少了日常工作对学习的影响，这次学习真正能够静下心来，认真听课，系统复习习近平新时代中国特色社会主义思想和党的十九大精神，并结合墨脱的实际和援藏工作深入思考，收获颇多。中共林芝市委党校各位老师的教学质量和水平也超出了我的预期，他们授课之认真生动和丰富多彩也很值得我们学习。特别是在观看纪录片《厉害了，我的国》时，十分感动。因为虽然我们没有做出什么样的成就，但我们有着一样或者类似的努力和付出，共同或类似的经历很容易引起同振共鸣。

一周的学习，一周的充电，使我们充满了能量。我们将把这种动能带回到工作岗位上去，转化为具体的努力和付出，为建设新时代中国特色社会主义贡献自己的一份力量，为新时代的援藏工作奉献自己的青春和智慧。

（发布时间：2018年4月21日20：09）

4月22日
星期日

走向天路649

雪山

白发魔女穿绿裙，
披上哈达成仙人。
金银常作头像饰，
变幻莫测真太神。

（发布时间：2018年4月22日20：57）

走向天路650

暖春

4月10日，广东省第八批援藏工作队墨脱县工作组在驻地集中举行捐赠仪式，拉开了今年回墨以后惠民济困的序幕。共向墨脱县圣地莲花生物科技有限公司、格当乡尼日卡林下资源种植合作社各捐赠一台闭环除湿热泵干燥机，价值6万元（各3万元）；向县委组织部（县强基办）捐赠14台小型榨油机，价值3万元；向县后勤服务中心捐赠9台车载空气净化器，价值5000元。合计9.5万元。

本次捐赠的2台闭环除湿热泵干燥机是由爱心人士丘裕昌和罗新红夫妇联系，由佛山爱心企业广东省威而信实业有限公司提供并运送到林芝，价值各2.5万元（合计5万元），工作组再找物流公司搬运到墨脱，运费就花了1万元。根据基层和企业的实际需要并经工作组集体研究，决定将其分别捐赠给墨脱县圣地莲花生物科技有限公司和格当乡尼日卡林下资源种植合作社，用于石斛、羊肚菌、灵芝等特色农牧产品的干燥和加工，支持县特色农牧产业发展，解决其燃眉之急。

据悉，墨脱县圣地莲花生物科技有限公司已在墨脱规模种植铁皮石斛并取得成功，目前正在以"公司+基地+专业合作社或农户"的模式扩大种植面积，带动农牧民群众脱贫致富。格当乡尼日卡林下资源种植合作社试种植羊肚菌、灵芝等名贵林下资源也取得初步成功，现正扩大种植规模，增加种植品种，带领格当乡的贫困户开展脱贫致富。但由于墨脱雨季时间长，空气十分潮湿，所产石斛、羊肚菌、灵芝等农牧产品无法自然干燥，急需合适的干燥机。

其他物品为相关爱心企业和人士提供，我们按照物尽其用的原则捐赠给相关部门，发挥它们的作用。

（发布时间：2018年4月23日21：18）

4月24日
星期二

走向天路651

从美国九曲花街到墨脱

2016年进墨开始援藏工作之前，我曾因公到访美国和加拿大。其中在美国圣弗朗西斯科停留期间，特意抽空去看了一下当地著名的九曲花街（即伦巴底街，英文为Lombard Street）。这是一条东西方向贯穿Presidio和Cow Hollow两个区的街道。其中在Hyde街与Leavenworth街之间的一个很短的街区，却有八个急转弯。据称是全美国乃至全世界最弯曲的一条街道。

历史上，这段坡度非常陡的街道原本是直线通行的，但考虑到行车安全，1923年这路段被改成目前所见的弯曲迂回情况，利用长度换取空间减缓沿线的坡度大小，并且用砖块铺成路面增加摩擦力。因为有40度的斜坡，且弯曲像“Z”字形，所以车子只能往下单行。

为防止上下坡发生交通事故，当地人特意在弯曲的车道两旁修筑了许多花坛，让车辆绕着花坛盘旋行驶。各住户也在自己门前栽树种花，为街道添姿增彩。花开时节，远远望去，有如一幅斜挂着的绒绣，美不胜收，“花街”的美名，因此而来。九曲花街也因此成为当地的旅游胜地。

但光看一下景观也就这样而已。其实最值得探究的是他们为什么这么做？之所以有这样的提问主要是来源于对比。如果是国内，像九曲花街那样既能疏导交通又能变成旅游胜地的创举实在是难以想象！可不是嘛，管理上的“你死好过我死”的潜规则，让个别部门和领导养成了“多一事不如少一事”的惯性思维，否则出了问题谁负责？封了它就一劳永逸、万事大吉了！这种所谓的安全，到底是为了人民还是为了自己？

我们在墨脱开展项目建设的过程中，也会碰到类似的困惑。我们在规划建设“秘境墨脱”进城牌坊及观景平台的时候，与有关部门的负责人进行沟

通，被告知上下坡和拐弯的地方都不能进行建设，我当场就反问：您告诉我扎墨公路哪一段是平路和直路？他马上就被逗笑了。当然，经过沟通之后他们同意我们按程序报批之后来建设，而没有让这个项目胎死腹中。另外一个是我们在与某设计单位沟通的时候被告知，按照国家相关质量技术标准规范，超过45度的坡度不能种树，我马上就反问：你看见墨脱有哪棵树是长在45度以下山坡的？对方即刻哑口无言。还有我们拟修一些道路的时候，也同样被设计单位告知，按照国家相关质量技术标准规范，市政道路和乡村山区道路的限坡度不能超过8%、12%，否则就出不了图纸。有的40度的坡度都可以！墨脱有哪个地方的坡度是不超过8%和12%的？墨脱也不是每个地方都有条件将坡度降低到这个标准的。

规范是好的也是必要的，但规范也要具备一定的弹性空间，因事制宜、因地制宜、因时制宜、因人制宜，否则既不符合实际更会扼杀创造创新。如果拿某些质量技术标准规范来衡量，我国古代很多的伟大工程和建筑都是不符合相关要求的。这个时候，我们真的要庆幸有关的质量技术标准规范没有在那个时代出台了。

标准不能脱离实际，规范不能扼杀创新，贯彻不能照本宣科，执行不能僵化教条。

（发布时间：2018年4月24日22：42）

4月25日
星期三

走向天路652

广东省发改委来墨调研援藏项目

为了解援藏项目的建设进展情况，加强与林芝的交往交流交融，进一步做好援藏工作，广东省发改委副主任、省援藏援疆办副主任黄恕明一行六人于4月19日至25日前来林芝，实地调研林芝市及巴宜区、米林县、波密县、察隅县、易贡茶场的援藏项目，以及林芝市人民医院创“三甲”、鲁朗小镇的运营情况。

其中4月21日至22日，黄恕明副主任一行在林芝市政府副秘书长、市发改委副主任李连声，市发改委主任唐拥军的陪同下，前来墨脱调研援藏项目。他们长途跋涉，顶风冒雨前往莲花圣地公园和墨脱古街等往批援藏项目，今批的墨脱县城风貌改造项目、墨脱县城致富路改造项目、墨脱县城及乡镇亮化工程项目、墨脱县城人行道项目、墨脱县茶叶展销中心、墨脱县

茶叶种植技术研发中心项目、墨脱县道路配套设施项目、墨脱县茶叶种植基地建设及标准化管理项目和德兴乡德兴村村级组织活动场所项目等援藏项目进行实地调研，了解项目建设的进度、质量、安全及遇到的问题、困难等情况。

黄恕明副主任对广东省第八批援藏工作队墨脱县工作组的项目建设理念、思路、目标、进度、质量、安全、效果，以及我们提出来的墨脱项目建设“八防”（即防水、防潮、防滑、防锈、防腐、防火、防晒、防震，详见《走向天路608——项目“八防”》）等，都给予了充分的肯定和高度的评价，并就如何进一步做好援藏项目的建设有针对性地提出了指导意见和建议。

黄恕明一行还参观了工作组的援藏文化室和项目建设指挥部，并看望慰问了工作组在墨的援藏干部人才。

由于我在林芝市委党校学习，委托工作组副组长、墨脱县委副书记、常务副县长李斌及工作组成员、县发改委副主任邓宏照，县住建局副局长李展健和县质检站总工程师欧康奎等在家工作组成员全程陪同调研。我也通过电话和微信向黄恕明副主任汇报了相关情况。

（发布时间：2018年4月25日21：33）

4月26日
星期四

走向天路653

横穿整个中国来看你

4月20日，广东省第八批援藏工作队墨脱县工作组成员、墨脱镇党委副书记、常务副镇长喻晓坤和工作组成员、墨脱县农牧局副局长赖明建带领墨脱镇镇长曹启兵，镇党委委员、副镇长、亚东村驻村工作队队长益西措姆，亚东村委会主任次仁旺堆，村妇女主任央前拉姆，村民今赤共七人，前来林芝与我会合。

21日早上9点，我们八人从林芝出发，前往林芝米林机场乘坐CA4252次航班（10：55—12：45）飞往成都。航班准时到达，由于时间紧凑，我们只在成都双流国际机场吃了一碗面，也有人只吃了一个汉堡，甚至还有人什么都没吃，然后乘坐CA4277次航班（14：20—18：45）经停郑州前往东营。航班准时起飞并到达经停站郑州新郑国际机场，就在我们等候再次登机的时候，天空下起了雨，航班延迟起飞。等了约一个多小时，终于可以起飞了。当我们到达东营上空，下降到可以看到机场跑道，马上就要着陆的时候，飞机突然拉升，而且没有盘旋，直接飞走了。后来机上广播通知，东营胜利机场由于天气不佳，飞机备降济南遥墙国际机场。飞到济南倒是很快，才20多分钟，但降落后等待地面接洽和安排反而用了一个多小时。当我们下到机场时，大家都已经很饿了，于是便又在机场吃了一碗面再乘车前往酒店，夜宿济南。

由于昨天坐了一整天飞机，几经辗转，加上醉氧，大家都很疲惫，又持续下着大雨，因此22日上午决定在酒店休息，下午再乘车前往寿光。午饭后，我们如期出发，结果才走了一段高速公路就要下来了，原因是高速公路改扩建限制客车和货车通行。结果当我们赶到寿光的时候，已经快晚上8点了。虽然我们多次建议取消，但是寿光市委副书记孙修炜、市委组织部副部长李炳泉、市农业局副局长刘天英等领导坚持要等我们一起晚餐，让我们很是感动。孙修炜副书记等领导热情地接待了我们，并向我们介绍了相关情况。

23日，我们在刘天英和市接待办王隆的陪同下，前往稻田镇崔岭西村实地考察了农业合作社及蔬菜种植基地，详细了解相关农业合作社的情况，学习先进的蔬菜种植、管理、技术和经验。然后实地考察了寿光市现代农业高新技术集成示范区，详细了解寿光蔬菜产业的发展历程和情况。最后实地考察了2018年第十九届中国（寿光）国际蔬菜科技博览会的全部十二个馆及大棚优质高效示范区、蔬菜博物馆。琳琅满目的各种蔬菜及种子、肥料、设施设备、栽培模式、蔬菜文化、艺术景观等，让人大开眼界，大开脑洞，大为震惊，大为感叹。

傍晚，我们离开寿光，赶往300公里外的烟台，当晚夜宿烟台。我们入住的酒店刚好位于渤海的莱州湾边，由于我们的航班是24日下午两点多的，所以当天上午大家可以在海边散步，感受大海的辽阔和深远。长期被局限在雅鲁藏布大峡谷的思想、观念、理念、意识、思维和心胸，被一阵又一阵的海风所撩拂，被一波又一波的海浪所拍打，在传统与现代、保守与创新之间反复摔打，碰撞出了“传承、创新、跨越、融合”的火花。

当天下午，我们乘坐MU5654次航班（14：15—18：55）经停合肥返回成都。由于航班晚到及航空管制的原因，我们在烟台蓬莱国际机场起飞时就已经晚点了，到达成都时已是晚上8点多了。当晚夜宿成都双流国际机场。

25日，墨脱镇及亚东村的五名干部群众已经乘坐CA4251次航班（8：15—10：15）返回林芝。他们在林芝休整了一天之后，已于今天返回墨脱。为期七天，横跨五个省区八个城市六个机场，行程超过7000公里的蔬菜学习考察之旅宣告结束。接下来，就是看我们的行动了！

（发布时间：2018年4月26日20：28）

4月27日
星期五

走向天路654

打造雅鲁藏布大峡谷蔬菜种植基地

4月20日至26日，我和喻晓坤、赖明建、曹启兵、益西措姆、次仁旺堆、央前拉姆、今赤共八人，从位于中国西南边陲的西藏墨脱，到位于山东半岛中北部、渤海莱州湾南岸的山东寿光，陆上距离3300多公里，几乎横穿整个中国。我们用了三天才到达目的地，然后又用了三天才回到墨脱。我们此行的目的只有一个，就是学习寿光发展蔬菜产业的经验和做法。

寿光是山东潍坊的一个县级市，素有“中国蔬菜之乡”和“中国海盐之都”的盛誉。农圣贾思勰、文圣仓颉、盐圣夙沙氏均为寿光人氏。改革开放以来，寿光根据自己的实际情况，将蔬菜作为农业的主导产业，通过规划引领、政策推动、技术支持、市场支撑，促进蔬菜产业迅猛发展，目前已经发展成为中国最大的蔬菜生产基地，寿光蔬菜批发市场也已经发展成为全国最大的蔬菜集散中心，并在此基础上建设了中国首个蔬菜电子交易市场（寿光蔬菜网）。一颗小小的蔬菜硬是被寿光人挪出了大乾坤，造就了大产业，形成了大市场，创造了大奇迹。小小的蔬菜更是成了全市农民增收致富的重要渠道。

据悉，寿光目前在全市铺开了大田改大棚、旧棚改新棚的蔬菜大棚“两改”工作，新建大棚广泛应用智能温控、水肥一体化设施，以智慧产业化推动蔬菜产业转型升级，大棚蔬菜面积发展到50多万亩，建成了亚洲最大的农产品物流园，菜博会成为全国三家5A级专业展会之一；启用了国家现代蔬菜种业创新创业基地研发中心，运营了全省首家果菜品种权交易中心，自主研发蔬菜新品种达到50个，种苗年繁育能力15亿株；全市“三品”认证农产品达到552个，国家地理标志产品16个，科技进步对农业增长的贡献率达到70%；全面实施“沃土工程”，建成启用了蔬菜质量智慧监管平台和生鲜溯源平台，全国蔬菜质量标准中心落户寿光，先后荣获国家农产品质量安全县、首批国家农业标准化示范市。习近平总书记在参加十三届全国人大一次会议山东代表团审议时提到了“寿光模式”，我们将按照“五个振兴”要求，深度思考“在新时代再造寿光模式新优势”的重大课题，不断赋予寿光模式新的时代内涵，积极争创国家级高新区，全力打造乡村振兴的“寿光样板”。

之前，我们依托雅鲁藏布大峡谷相对于青藏高原更优越的自然环境和气候条件，积极探索发展冬种蔬菜和大棚蔬菜，已经取得了初步的积极的成效（详见《走向天路602——有点小兴奋》）。以此为基础，我们提出了打造雅鲁藏布大峡谷蔬菜种植基地，将雅鲁藏布大峡谷打造成为青藏高原蔬菜（特别是冬种蔬菜）种植和供应基地的构想，并决定以墨脱镇亚东村为试点，打造千亩冬种蔬菜基地及油菜花海。这次带领墨脱镇及亚东村的干部群众前往寿光学习调研，就是让他们开眼界，转观念，促行动，争脱贫。

（注：寿光蔬菜产业的相关情况由寿光市委、市政府接待办公室提供。）

（发布时间：2018年4月27日21：46）

4月28日
星期六

走向天路655

水磨取经

4月25日，我和喻晓坤、赖明建没有随一起前往寿光学习考察蔬菜种植的墨脱镇及亚东村干部群众从成都飞返林芝，而是与24日从林芝飞到成都与我们会合的邓宏照按照既定计划前往汶川县水磨镇调研学习。

2008年“5•12”汶川大地震后，根据党中央、国务院的统一部署，水磨镇由佛山市对口支援重建。我们这次前往水磨，就是学习佛山对口支援水磨镇重建的经验和做法，同时缅怀在“5•12”汶川大地震中遇难的各族同胞，因为今年刚好是十周年纪念日。

当我们驱车来到水磨镇的时候，已是中午12点多了。水磨镇副镇长张宝玉

热情地迎接我们，从她的言谈中可以看得出当地各族干部群众对党中央、国务院的关怀心存感恩，对佛山对口支援重建工作心存满意，对佛山人民心存友谊。我们简单吃过午饭后，便在张宝玉副镇长及相关工作人员的带领下实地调研考察。

据介绍，水磨镇是四川省阿坝藏族羌族自治州汶川县辖下的一个镇，是一个羌、藏、回、汉等民族聚居的农业大镇和工业大镇。地震前的水磨镇是阿坝州高载能工业园区，有水泥厂、铁合金厂、硅铁厂等高污染、高耗能的企业63家，烟雾缭绕、污染严重。2008年5月12日，水磨镇经历了突如其来的“5•12”汶川大地震，造成311人遇难，3701人受伤，受灾群众2万多人；房屋100%损坏，四分之三倒塌；山体严重滑坡，交通、通讯、电力、供水等重要基础设施完全瘫痪，造成直接经济损失58亿元。

大地震发生后，在党中央、国务院的亲切关怀下，由广东省佛山市对口支援水磨重建。在党中央、国务院及广东、四川两省各级党委、政府的坚强领导下，灾后重建坚持立足当前和兼顾长远的原则，以“可持续发展”为灾后重建的核心理念，确定了水磨镇灾后重建的两个定位——“汶川生态新城，西羌文化名镇”，构筑“以生态为载体、以文化为灵魂、以特色产业为支撑”的三大支柱，并在此基础上以将水磨重建与城市化相结合、将水磨重建与产业升级相结合、将水磨重建与生态改善相结合、将水磨重建与民族文化的弘扬相结合、将水磨援建与共建相结合的创新性思路，打造出“人居共山水一色，经济与文化齐飞”的滨水小镇。共实施援建项目76项，完成投资10.94亿元，完成2619户农房、391户城镇居民房屋重建，高标准完成城镇建设和农村公共设施建设。

2010年水磨古镇被全球人居环境论坛理事会和联合国人居署《全球最佳范例》杂志评为“全球灾后重建最佳范例”，被第三届世界文化旅游论坛组委会评为“中国精品文化旅游景区”。随后分别被评为全国特色景观旅游名镇（2011年）、国家AAAAA级旅游区汶川特别旅游区（2013年）、四川省第五批历史文化名镇（2013年）、国家水利风景区（2014年）、国家卫生乡镇（2017年）、全国特色小镇（2017年），入选《全国红色旅游经典景区名录》（2017年）。镇域内含国家级传统村落1个、国家级历史文化名村1个、国家级文明村1个、省级文明村2个。辖区建有阿坝师范学院、汶川县中医院，成为阿坝州唯一一个完整拥有幼儿教育到大学教育的乡镇。

震后，水磨按照“南林北果+绿色工业+全域旅游（康养）”的总体思路，大力发展生态农业和康养旅游。2015年起着力构建“高山生态康养、河谷观光游览”一横四纵的产业格局，即在古镇观光同时，开发打造仁吉喜目谷（郭家坝、衔凤岩片区）二村沟龙神岗茶庄园经济、黄龙道馆（郭家坝、茅坪子片区）、户外露营拓展基地（马家营、灯草坪片区）。全镇建成28个农民专业合作社，种植猕猴桃4000亩，三木药材2600余亩，食用竹800余亩，茶叶2700余亩，魔芋300余亩，核桃1000余亩，天麻600余亩。基本实现一村一产一特色，全镇产业联动，农村经济稳步增长。2017年，全镇经济总收入2.82亿元，是震前的6.7倍。旅游发展呈现新增长点撬动全镇旅游经济发展良好态势，全镇有餐饮经营户228户，农家乐79户，客栈41户，优质民宿4家。2017年，水磨镇接待游客115余万人次，旅游创收1.1亿元。

通过实地考察和听取介绍相结合，让我们对水磨灾后重建特别是佛山对口支援重建工作有了基本的了解和掌握，认真吸取其经验和教训，对我们进一步做好佛山对口支援墨脱有很强的学习和借鉴意义。

（注：相关素材由水磨镇政府提供。）

（发布时间：2018年4月28日22：22）

4月29日
星期日

雪峰森林作篱藩，
绿茵繁花为地毯。
碧水蓝天相辉映，
醉美林芝偿夙愿。

走向天路656
醉美林芝

（发布时间：2018年4月29日19：35）

4月30日
星期一

走向天路657

团队中的角色与选择

“三分之一的人在干，三分之一的人在看，还有三分之一的人在捣乱。”这句话十分形象和生动地形容了团队中的角色与选择。当然，这里所说的“三分之一”不是一个比例的概念，而是一个构成的概念，而且也不是每个团队都必然存在这三种人，只是很多团队普遍存在的现象。

团队中每一个人，都有一个安排的角色和一个选择的角色。前者是制度性的安排，是选人适岗的一个过程。这个过程主要包括三个方面：一是招聘，即根据岗位空缺或需要招聘合适的人充实到相应的岗位上来；二是调整，即根据岗位需要和人员的实际情况调整现有的任职，使之更好地发挥作用；三是分配，即不变动现有的任职，只是把特定的任务分配给某人或某个小团队负责和完成。

后者是自愿性的选择，是人自适岗的一个扮演。这是思想认识、心理状态和行为表现的综合，也就是一个人在这个团队中希望自己扮演什么样的角色，发挥什么样的作用，达到什么样的效果，并为之而努力和付出的过程。

安排的角色与选择的角色有交集但并不也不可能完全重合，前者属于硬角色、他角色，后者属于软角色、自角色。硬角色类似于硬件，是用来担负使命、履行职责、遂行任务的。软角色相当于软件，是用来系统集成、沟通联络、拾遗补缺、互相补位的。软角色就相当于硬角色的连接线、润滑剂和补充液，在团队的建设和发展过程中具有重要而特殊的作用。

团队是为了担负共同的使命，凝聚共同的努力，完成共同的任务，实现共同的目标而组织起来的群体。团队离不开每一个人，每一个人也离不开团队。当然，前者更多的是客气，后者更多的是客观。特别是在现代社会中，越来越多的任务要靠综合与专业、合作与分工来达成，团队和平台的作用更加突出。光靠个人努力，单打独斗就可以成功的空间和机会不是完全没有，而是越来越少了。因此，团队及团队所搭建的平台，将深刻地影响每一个人。

每一个人加入了团队，就要在团队负责人的带领下，凝聚在团队里面，为团队的宗旨、使命、目标和任务而奋斗，并在这个过程中实现自己合理的价值和目标追求。每一个团队成员都不应该把团队当便车，把自己当乘客，只索取不奉献，只享受不付出。当一个人在团队中成为其他成员照顾的对象的时候，即使获得再多，也是十分可悲的。当然，如果这是客观原因造成的，比如身体问题或者能力问题等，大家都可以理解，并且还会给予更多的关心帮助，团队不会也不应该落下任何一个人。但是，如果这是该成员的主观意识、心理状态和行为选择造成的，那就另当别论了。每一个团队成员更不应该成为害群之马，一锅粥之老鼠屎，否则就只能被人唾弃了。

（发布时间：2018年4月30日20：35）

走向天路

援藏这三年·第二辑·下

2018年

5月 May

5月1日
星期二

走向天路658

到底咋整

根据西藏自治区人大常委会副主任、林芝市委书记马升昌，林芝市委副书记、常务副市长、广东省第八批援藏工作队领队许典辉，以及林芝市委、市政府的统一部署，林芝市各个县区都要建一家有机肥厂。

根据市委、市政府及有关领导的要求，广东省第八批援藏工作队墨脱县工作组积极主动配合县委、县政府加快推进有机肥厂的建设。经过紧张的组织准备工作，我们已经确定了选址，落实了厂房，订购了设备，注册了公司。正式投产前的各项准备工作正在有序推进，有望成为林芝市第一家有机肥厂。

为了学习有机肥厂的生产、经营和管理等方面的工作，我和喻晓坤、邓宏照、赖明建于4月25日结束在汶川县水磨镇的学习调研后，于26日返回林芝，带着问题，继续前往昌都相关县区学习调研，于4月30日返回墨脱。

我们首先来到江达县，得到了福建省援藏干部、昌都市旅发委主任林湫和天津市援藏干部、江达县副县长李志永等领导的热情接待。我们互相介绍了所在县区的基本情况、援藏工作的情况，就相互关注的问题进行了交流，并实地考察了同普乡夏乌村洒咧营地，学习借鉴他们支持致富带头人发展乡村旅游，带动其他贫困户脱贫致富的经验和做法。

然后我们前往贡觉县，得到了天津市援藏干部、贡觉县副县长吕永军等领导的热情接待。我们互相介绍了所在县区和援藏工作的基本情况，重点了解了三岩片区的相关情况，并就相互关注的问题进行了探讨。我们还实地考察了贡觉县藏东生物科技开发有限公司、贡觉县幸福村阿旺绵羊养殖专业合作社、贡觉县玛曲绿康饲料（肥料）制作有限公司等企业和经济组织。一方面，我们学习调研有机肥生产、经营和管理的经验和做法，另一方面学习调研他们以“公司+基地+农户”的模式进行集约化生产、规模化经营、群体化带动的产业促脱贫攻坚的经验和做法。

此外，我们还实地考察了昌都的城市规划、设计、建设和灯光亮化等方面的工作，均取得了积极的成效，达到了预期的目标。

（发布时间：2018年5月1日22：01）

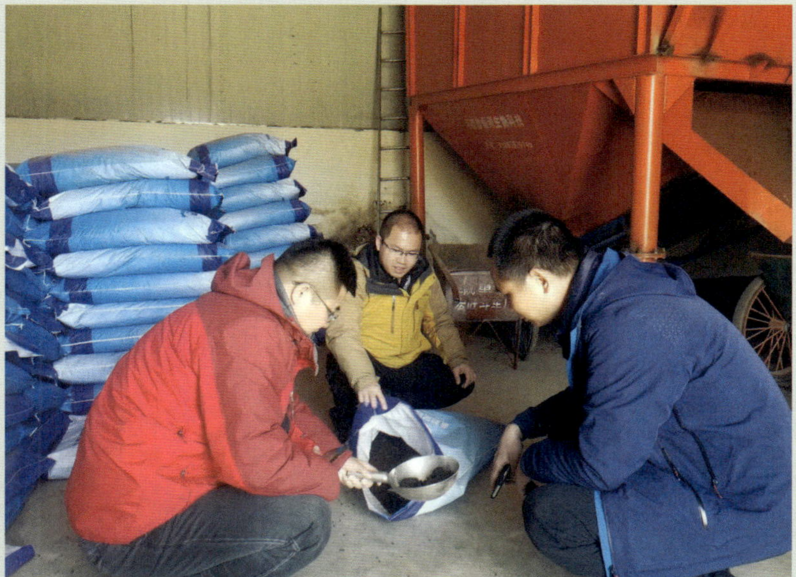

5月2日
星期三

走向天路659

打造中国最具特色小城

雅鲁藏布大峡谷是大自然赐予人类最美的一张底图，墨脱县城是镶嵌在这张最美底图上最璀璨的一颗明珠。我们作为墨脱的建设者，肩负着让底图更美、让明珠更亮的历史重任。我们只能为雅鲁藏布大峡谷增色添彩，而不能涂鸦玷污。因此，我们提出了“两化”（景观化、旅游化）的理念，并建议将“两化”的理念融入所有工作开展和项目建设的全过程，包括规划、策划、设计、建设和管理等各个领域、各个环节。我们曾经提出要把墨脱打造成为中国最具特色的古城的设想（详见《走向天路27——谋划》），但这个设想还没有取得共识，因此我们转而提出了将墨脱打造成为中国最具特色小城的战略目标和定位。

那么，墨脱有什么特色？

中国唯一的门珞民族县城。在中国境内，门巴族和珞巴族的分布地区不止墨脱，还有错那县的勒布沟和米林县的南伊沟等，但墨脱却是最集中的分布区域，是门珞民族的分布中心，而且是唯一一个以门珞为主体民族的县级行政区域。

中国唯一位于喜马拉雅山以南的县城。在中国境内，墨脱是唯一一个孤悬于喜马拉雅山以南的县城，是西藏的特例、孤例，有着与青藏高原其他地区截然不同的地形地貌、自然环境、气候条件、人文风情。

中国唯一地处雅鲁藏布大峡谷的县城。在中国境内，位于各种峡谷、河谷、山谷之中的县城应该不少，但是位于举世无双的世界第一大峡谷中的县城就只有一个，那就是墨脱。

中国唯一具备所有气候和植被类型的县城。在中国境内乃至整个世界，在县城及其周边一百公里的范围之内，具备所有气候和植被类型，气候和生物资源最丰富的地方只有一个，那还是墨脱。

中国水资源最丰富的县城。因雅鲁藏布江及其大峡谷的存在，墨脱的水资源及与水有关的资源为中国乃至世界之最，号称“世界雨都”“世界水都”“世界雾都”。

墨脱的特色，还可以数出很多，以上只是最主要最突出最特别的。既然墨脱具有那么多中国乃至世界独一无二的特色，那么打造中国乃至世界最具特色小城就是顺理成章的事情了。这个目标定位，既反映了它的特，也反映出它的小，因为墨脱县城可开发利用的土地资源极其有限，因此更加需要打造特色，打造精品，以小见大，以特出众。

特色，墨脱已经具备了坚实的基础，但是我们不能只吃老本，不能只享受大自然的馈赠，我们也要为后人创造，为大自然呵护。因此，我们也要努力，也要付出，还要建设。一是要规划。进一步完善县城的总体规划和控制性详细规划，高起点规划，高水平谋划，着眼长远，着手现在；二是要设计。制定县城的景观规划和设计，先把图画画好，然后按图索骥，逐一建设，逐一落实；三是要吸纳。有宽广的胸怀，听得进包括援藏干部及其他外来人士的意见建议，海纳百川，有容乃大；四是要执行。要有部门和有人去落实，去督促，去检查，去反馈，去完善，去提升。

（发布时间：2018年5月2日21：40）

5月3日
星期四

走向天路660

打造中国最具特色小城，我们在行动

为了打造中国最具特色小城，我们按照总体构思、模块组成、分步实施、先建部分的思路，付诸行动。主要包括打造城市中央公园、改造旧城区、完善功能建筑、建设进城门户、建设环城旅游步道、美化卫星乡村等，并与打造雅鲁藏布大峡谷旅游水果经济带、雅鲁藏布大峡谷生态景观林带、雅鲁藏布大峡谷蔬菜种植基地及油菜花海等工程有机结合起来。

全力打造中央公园。县委、县政府位于白玛岗之上，地处县城的核心位置，原来是一个环形的边坡地，杂草丛生，垃圾堆积，我们充分发挥它的区位和景观优势，将其与已经建成的莲花圣地公园一起打造成城市中央公园。我们在白玛岗投资500万元修建一条长898米的360度全景观光栈道；投资320万元（计划外资金）进行边坡治理和生态保护，种植2000棵生态景观林木（其

中黄花风铃木1000棵）；投资70万元（计划外资金）将县机关大院周边300米挡墙进行治理和美化。届时，白玛岗公园将成为一个多种生态景观林木相互间种和套种，乔木、灌木、草本植物高中低立体搭配，各种植物花期次第到来并互相衔接的综合生态公园和景观花海。

全面进行旧城改造。第七批援墨工作组修建了莲花圣地公园和墨脱古街之后，极大地提升了城市形象和品位，但与原有城区极不协调，呈现出一边美如画、一边脏乱差的现象。为促进莲花圣地公园、墨脱古街与老城区的协调，保持与第七批援墨项目的延续性，我们投资3770万元对东布路、致富路、白玛岗路、帕宗二路共750米的路面和人行道，以及这些道路两边的建筑物共39幢23,000平方米的外立面（包括墨脱古街一侧）进行全面的风貌改造；投资830万元对东布路、致富路及面向墨脱古街一侧的建筑物实施灯光亮化工程，让民族化、地域化、现代化、景观化、旅游化完美融合。

精心修建功能建筑。为完善县城的功能建筑，打造若干新地标，我们安排3500万元在亚东市政道路和帕宗二路分别修建了墨脱县茶叶研发中心、墨脱县茶叶展销中心和墨脱镇综合服务中心。其中墨脱县茶叶研发中心投资1590万元，占地面积2130.94平方米，建筑约4307.90平方米，层数五层，建筑高度23.95米；墨脱县茶叶展销中心投资1310万元，占地面积1912平方米，建筑面积约3311.26平方米，层数四层，建筑高度20.35米。两个项目合在一起建筑面积达7600平方米，是亚东市政道路上体量最大的建筑物，将成为亚东市政道路上的地标性建筑物。墨脱镇综合服务中心投资600万元，占地308平方米，建筑面积1272平方米，层数四层，将是帕宗路上的地标性建筑物。

倾情建设进城门户。在扎墨公路进城的咽喉位置西漠嘴，我们充分利用它优越的地理优势，投资500万元修建了“秘境墨脱”进城牌坊、观景廊桥和观景平台。项目建成后，在观景廊桥和观景平台绕视一圈，全部都是风景。北看扎墨公路和雅鲁藏布江蜿蜒而来，扎墨公路上下有上崩多茶场和下崩多茶场，雅鲁藏布江上有鲁古吊桥，江对岸半山之上有“佛手村”——文朗村及空中田园；西看德兴村及芭蕉扇梯田；南仰望县城全景如布达拉宫，平视和俯瞰亚东村下方梯田；东看亚东瀑布和巴米典梯田……

分段建设环城步道。我们构思和规划了墨脱环城步道，并投资800万元建设了其中1244米长的巴日栈道，连接“秘境墨脱”进城牌坊、观景廊桥、观景平台与“海市蜃楼”观景平台、水滴广场。整条栈道沿岭嘴的脊梁修建，坡度很大，落差近400米，远看犹如“墨脱长城”，气势如虹，极尽壮观，几十公里外目视可见。拾级而下，县城风貌和雅江晨雾尽收眼底。“海市蜃楼”观景平台将取代莲花阁成为观赏县城和雅江晨雾的最佳选择。我们还将在该栈道两侧种植1000株凤凰木，打造全球最长的凤凰木大道。

打造卫星旅游乡村。 拟将县城周边的亚东村、墨脱村、巴日村、文朗村、德兴村打造成为旅游村。其中在亚东村实施“四个千”项目：一千多米机耕道硬化；在机耕道两侧种植一千株玉堂春，打造全球最长的玉堂春大道；在亚东村下方，机耕道两边种植一千亩冬种蔬菜和油菜花海；在村内种植一千株以上旅游水果）。在文朗村实施“五个一”工程：在进村道路两侧种植钟花樱桃，打造一条全球最长的樱桃大道；在村内投资800万元实施一个小康村项目建设，包括一座魁星阁、村内道路硬化、挡土墙修建、景观水系等；在村内种植1000株金佛手，打造“佛手村”；投资100万元（计划外资金）修建一座目前墨脱档次最高、设施最全的农家乐；修建一条3000多米长的旅游耕种两用步道。在墨脱村种植三华李2000株打造旅游村……

建设生态景观林带。 我们以县城中心，以扎墨公路、派墨公路以及其他乡村公路为放射，初步规划了“一环两轴五线”的生态景观林带建设。一环就是县委、县政府所在的白玛岗，即由白玛岗路、金珠路、双拥路所构成的“墨脱一环路”以上，县机关大院围墙以下的环形坡地，两轴是扎墨公路和派墨公路，五线是亚东村机耕道、巴日栈道、仁青崩寺旅游公路、文朗村进村道路、果果塘旅游公路。目前，白玛岗所在的“一环”和亚东村机耕道、仁青崩寺旅游公路（13公里，两边以“海市蜃楼”观景平台为界分段种植两种不同的象牙树，即刺桐）两线已种植完毕。

（发布时间：2018年5月3日22：38）

5月4日
星期五

走向天路661

奔跑在扎墨公路上的劳动节

5月1日是国际劳动节，我和喻晓坤、邓宏照、赖明建早上八点半从波密出发，沿扎墨公路返回墨脱。由于扎墨公路正在全面改扩建施工，路面比以往更加复杂而危险。虽然如此，但嘎隆拉是我最喜欢的一个路段，因为每次经过都会有意外的惊喜。

经过两个小时的车程，我们返回达木珞巴民族乡贡日村，与从县城赶来的李展健会合。在我们的全面联系制度中，他是达木珞巴民族乡的联系人。我们与达木珞巴民族乡乡长卓玛央宗、人大主席罗布等乡干部及贡日村两委班子成员、部分村民举行了清洁家园保洁车捐赠仪式，并进行了墨脱形象宣传口号“世界只有一个墨脱，墨脱拥有整个世界”的首发仪式。

贡日村是扎墨公路进墨的第一村，是墨脱的北部门户。家里怎么样，先看看门面，因此贡日村的村容村貌关系着整个墨脱的形象和气质。由于贡日村负责本村及扎墨公路嘎隆拉路段的垃圾收运，但该村距离县城约有60公里，路途较远，且缺乏垃圾运输车辆，难以将垃圾运送到县垃圾集中处理站处理，给村庄和扎墨公路的环境卫生带来了很大的压力。

为了促进清洁家园和美丽乡村的建设，保护扎墨公路沿线的生态环境，提升墨脱的整体形象和品位，广东省第八批援藏工作队墨脱县工作组经工作组工作会议研究，决定支持贡日村清洁家园保洁车一辆，价值9.5万元。由于该车经常奔跑在扎墨公路上，我们便在车身上喷上了由我提出的“世界只有一个墨脱，墨脱拥有整个世界”的形象宣传标语，体现墨脱拥有整个地球所有气候和植被类型的完整性以及作为“世界雾都”“世界雨都”“世界水都”“世界生物基因库”等的资源丰富性。

我们认真查看了车辆，了解了相关性能和使用情况，并要求村两委班子加强统筹管理和维修保养，一方面要保证车辆的正常使用性能和安全，另一方面要充分发挥车辆作为运输工具的作用，在履行保洁职责的同时，积极发展运输业务，为农牧民群众增收致富和脱贫攻坚提供支持，还要防止车辆被私人霸占和滥用，成为个人谋利的工具。村民们对保洁车表示十分满意，向工作组送上“真情援墨不忘初心 佛山缘永连珞巴情”的锦旗，并向工作组成员敬献了黄酒，作为珞巴人民最真挚的谢意和祝福。

随后，我们在贡日村及沿途的墨脱镇米日村、玛迪村检查前段时间旅游水果的种植和生长情况，各村不同品种的旅游水果几乎全部存活并且长势良好，让人满意。在玛迪村，我们还前往有机肥加工厂的建设现场进行调研，各方面进度让人满意，有望成为林芝市第一个建成投产的有机肥生产企业。佛山速度、佛山效率、佛山精神在雅鲁藏布大峡谷落地生根，开花结果。

（发布时间：2018年5月4日21：00）

5月5日
星期六

走向天路662

全球最长象牙大道

如果你被告知墨脱又多了一个世界之最，那就是世界最长的象牙大道，你可能会觉得难以置信或者惊愕不已。不管你是以什么样的心情和神情来对待，它都已经成了一个事实。

仁青崩旅游公路，始于县城附近的扎墨公路亚东便民警务站，终于卓玛拉神山的仁青崩寺，全长超过13公里。这是我们规划建设的雅鲁藏布大峡谷生态景观林带“一环两轴五带”中的一带。

雅鲁藏布大峡谷生态景观林带以墨脱县城为中心，以扎墨公路、派墨公路以及其他乡村公路为放射，初步规划了“一环两轴五线”。一环就是县委、县政府所在的白玛岗，即由白玛岗路、金珠路、双拥路所构成的“墨脱一环路”以上，县机关大院围墙以下的环形坡地，两轴是扎墨公路和派墨公路，五线是亚东村机耕道、巴日栈道、仁青崩寺旅游公路、文朗村进村道路、果果塘旅游公路。

为了落实雅鲁藏布大峡谷生态景观林带建设，增加墨脱旅游的内涵，提升墨脱旅游的品位，打造仁青崩寺风景名胜区及仁青崩旅游公路景观长廊，我们委托王伟江在仁青崩旅游公路沿线分段种植了两种不同的象牙树（即刺桐），共9999株，目前已经种植完毕。从亚东便民警务站到海拔1550米处，种植的是生长在低海拔，每年3、4月开花，开花时无叶的象牙树；海拔1550米处到仁青崩寺，种植的是生长在高海拔、每年9、10月开花，开花时有叶的象牙树。

由于象牙树是本地树种，目前还没有育苗，因此种植只能采用扦插方式，成长最少也要三五年。但我们认为这是一个“功在当代，利在千秋”的好事，即工作、功夫在当代，活由我们来干，利让后人去慢慢享用。

（发布时间：2018年5月5日21：36）

走向天路663

全球最长玉堂春大道

根据我们规划的雅鲁藏布大峡谷生态景观林带“一环两轴五线”（一环是县机关大院所在的白玛岗环形坡地，两轴是扎墨公路和派墨公路，五线是亚东村机耕道、巴日栈道、仁青崩寺旅游公路、文朗村进村道路、果果塘旅游公路）的构想，亚东村机耕道是重要的一线。

根据我们规划建设一批旅游村作为落实乡村振兴战略之墨脱模式的总体部署，亚东村是其中一个重要的组成部分。我们为把亚东村打造成示范性的旅游村，在该村实施“四个千”项目：一千多米机耕道硬化；在机耕道两侧种植一千株玉堂春，打造全球最长的玉堂春大道；在亚东村下方、机耕道两边种植一千亩冬种蔬菜和油菜花海；在村内种植数千株旅游水果。

因此，亚东村机耕道在我们打造雅鲁藏布大峡谷生态景观林带、雅鲁藏布大峡谷旅游水果经济带、雅鲁藏布大峡谷蔬菜种植基地及油菜花海、雅鲁藏布大峡谷旅游村等四大战略部署中具有多项重合功能，可见其重要性。

于是，我们便从远在3000公里之外的佛山，经过9天的长途跋涉，在成都和波密两次转运，引进了1000株玉堂春，种植在该机耕道两边，打造全球最长的玉堂春大道。我和喻晓坤、邓宏照、李展健、赖明建于4月7日组织亚东村村民开始种植，4月8日种植完毕，当天傍晚我们前往检查了种植的落实情况。

前天（5月4日）上午，我和喻晓坤、邓宏照、赖明建再次前往检查生长情况，绝大部分已经发芽长叶，只有少量还没有发芽甚至可能会枯死，效果已经相当满意。接下来会继续跟踪，对确实枯死的部分将进行补种。

据了解，玉堂春，即玉兰，花紫红色的为紫玉兰，花白色的为白玉兰，木兰科木兰属，落叶中小乔木，高达3—5米，是极佳的观赏树木。

（发布时间：2018年5月6日23：01）

5月7日
星期一

走向天路664

服与不服

在领导与管理实践中，上下级关系是最基本的一对关系，服与不服是这对关系中最普遍的问题之一。作为一个团队的负责人，很多时候既不是自己的选择，也不是团队的选择，而是组织的选择、制度的安排。在这种情况下，你去领导一个团队，往往会面临团队成员服与不服的问题。这是团队负责人需要直面的领导和管理环境，不容有任何的回避和退缩。让团队成员服从的目的，不是建立封建式的人身依附关系，而是要让团队成员践行团队的使命，履行团队的职责，完成团队的任务，实现团队的目标，并让团队成员在这个过程中实现自己合理的价值追求。那么，如何让团队成员学会服从呢？

首先是制服。组织的选择、制度的安排，本身就是让团队成员服从的一个过程，但这只是他们对组织的服从，对制度的服从，而不是对团队负责人的服从。但是，团队负责人可以利用团队成员对组织和制度的服从，顺势而为，乘势而上。那就是要抓紧建立、健全和完善团队的相关制度，完善管理机制和运行规则。假如我说了不算，那你说了也不算，制度说了算，大家按规矩办事。你可以对我不服，但你总不能对制度不服，将自己凌驾于制度之上吧？那可是要成为害群之马、众矢之的！在现代管理中，团队成员服从制度和规则是最基本的，但在中国也是最急迫的。

其次是折服。这是一个团队负责人如何通过自身去适应、演绎所担任职位和角色的过程。人岗相适，他的影响力就等于法定职权；人不适岗，他的影响力就小于法定职权；人胜于岗，他的影响力就大于法定职权。若要人服你，你就必须要有过人之处。例如能力出众、品格超凡、以身作则等等，这些先辈们已有很多总结，在此不再赘述。但无论你有什么过人之处，也只能一物降一物，只对信奉和崇拜这方面的人才会管用。因此，你的过人之处越多，交叉综合影响的人就越多，佩服你的人也就越多。反过来，为什么有人不服你，就是你在这类人的信条中没有过人之处，那就要进行自我检讨和改进了。但是，要让所有人都佩服你，既无可能，也无必要。但一定要有若干人佩服你，那是十分必要的。对于佩服你又具备相应素质和能力的人，一定要予以重用，因为他们能够正确、充分地理解和贯彻你所代表的团队的意图，落实你所代表的团队的决定，为团队效力。

最后是屈服。在一个团队里，无论制度和规则是如何完善，无论你的品格、能力和表现如何超凡，理论上和现实中都可能存在还是不服你的人。因为，每一个人都有自己的立场、观点、喜好和利益。特别是在利益和自私面前，你的一切优点都可能会被对方视为透明甚至缺点，除非你能充分满足他的私欲，但这是所有团队负责人都难以接受和做到的。那么如何对待这些不服的人呢？首先还是要尊重和宽容。毕竟人不是机械化生产出来的标准化产品，而是有思维活动能力（而不一定是思想和灵魂）的动物，而且会随着条件的改变而不断发展变化。一般来说，对不服你的人都应该秉持“和而不同，求同存异”的原则，大事讲原则，小事讲风格。同时，要区别对待。按照管行为易过管嘴巴，管嘴巴易过管思想的规律，对口服行服心不服的，多开导，开导不了就多包涵；对口不服心不服但行服的，多引导，引导不了就多宽容；对行不服的（即使心服口服也好，但实际上可能性几乎为零），就要按照相关制度进行规范和约束，再不服而造成危害的就要采取果断措施让其屈服。

（发布时间：2018年5月7日23：37）

5月8日
星期二

走向天路665

雨季督导

面对墨脱特殊的环境和挑战，为加快推进援藏项目建设，我们采取了日常管理和专项督导、结合督导、随机督导相结合的方式，日常管理由工作组成员邓宏照、李展健、欧康奎三人负责，专项督导、结合督导和随机督导由我带领工作组相关成员进行。

今年3月3日我们返回墨脱的当天，便对扎墨公路沿线项目进行了专项督导，第二天便对县城及周边的项目进行了专项督导。由于县城前往背崩乡的道路封闭施工，该次专项督导直到3月17日才结束。该次专项督导的主要任务是了解援藏项目建设的进度、春节假期结束后复工的情况、现场协调解决存在的问题和困难，督促进一步加快进度和加强质量、安全管理。

除了集中式的专项督导，我们还有结合式的和随机式的专项督导。结合式督导就是结合其他工作进行，当我们因其他工作前往有在建项目的地方时，我们也会顺便对项目进行巡检。随机式督导就是当我们周末、节假日或者晚上有空时，也会随机对县城及周边的项目进行巡检。这两种督导的次数也不少，而且能够及时发现问题、督促整改，让项目更加符合实际，更加与所在环境融合。

雨季是墨脱最显著的特点之一，也是影响项目建设的最重要因素之一。墨脱自3月开始进入雨季，直到10月才结束，时间长达八个月。雨季的项目建设情况怎么样？这是我们最为关心的问题之一。于是，我们以3月25日前往德兴乡文朗村检查小康村、佛墨缘农家乐、旅游耕种两用步道等项目为标志，开始了雨季施工专项督导。3月31日前往达木珞巴民族乡卡布村对小康村建设项目进行了督导。随后因受一系列的会议，前往林芝市委党校学习；前往山东、四川等地出差等多种因素影响而中断。直到5月2日开始恢复，连续两天前往县城及周边的项目进行督导。5月7日利用县城前往背崩公路开放通行的窗口期，前往背崩进行了督导。

至此，我们实现了今年返墨后对所有在建项目进行督导检查的两次全覆盖（这是指被督导次数最少的项目，多者已达数次）。通过这次雨季施工的专项督导检查，我们进一步掌握了项目建设的进度和雨季施工的情况，现场协调解决了一些实际困难和问题，为实施雨季施工积累了经验，为加快项目建设进度、加强工程质量和安全管理，确保在今年年底前完成所有项目建设任务注入了动力。

（发布时间：2018年5月8日21：29）

5月9日
星期三

走向天路666

修的不是路

3月12日上午，我带领广东省第八批援藏工作队墨脱县工作组相关成员前往仁青崩寺进行维稳调研督导，发现才回去过了一个春节，从仁青崩旅游公路终点的四方亭开始到仁青崩寺门口的仁青崩旅游步道就已破败不堪，加上当天正值下雨，路面十分泥泞而湿滑，行人很容易滑倒受伤。据说此前不久自治区党委书记吴英杰一行前来仁青崩寺视察时就已经是这样。由于前往仁青崩寺的各种工作组以及游客众多，这样泥泞湿滑的斜坡路面容易造成行人跌倒甚至受伤，我当时就觉得不应该再让这种局面持续下去。于是便在第二天（3月13日）下午，带领工作组成员邓宏照、李展健及县旅发委主任拉巴次仁前往对仁青崩旅游步道进行实地考察和测量，并对如何维修提出了要求。特别是路面要修成台阶而不是斜坡，与公路相连的地方要修路障，防止不守规矩的驾驶员把车开上来把路面压坏。该旅游步道长200多米，按1.8米宽的路面维修，约需16万元。

4月1日，工作组召开2018年第二次工作会议。会议一并研究决定了仁青崩旅游步道由工作组用自筹资金给予支持，具体由邓宏照负责组织实施。4月10日，我和工作组成员喻晓坤、赖明建以及王伟江前往研究打造仁青崩旅游公路景观大道的事宜，并检查仁青崩旅游步道的建设情况，结果让人很不满意。主要原因在于路面没有采用我们要求的台阶而是斜坡，而且路面向外倾斜过大，而墨脱却是多雨潮湿，路面容易长青苔导致湿滑发生事故，这是我们反复强调需要避免的。我当场向施工方表达了不满，而且给予了严厉批评，"你们修的哪是路嘛？"邓宏照得知后马上督促施工方进行了整改。我在5月4日再次带领喻晓坤、邓宏照、赖明建前往检查为打造仁青崩旅游公路景观大道而委托王伟江种植的9999株象牙树（刺桐）时，一并前往检查了仁青崩旅游步道整改的情况，结果让人可以接受。我对在场的施工负责人说："我们修的不是路，修的是心！"我们工作组的信条就是"用心、用情、用爱"！仁青崩寺的僧人为了表达对我们的敬意和感谢，向我们敬献了哈达。

在工作组成员喻晓坤的沟通协调下，广东狮子会一行15人于4月27日至30日前来墨脱支持援藏事业，捐赠资金和物资共计28.98万元（现金11万元，物资价值17.98万元），其中3万元与工作组自筹资金进行配套，用于支持仁青崩旅游步道的维修。

（发布时间：2018年5月9日20：46）

5月10日
星期四

走向天路667

重见光明

前天（5月8日）早上八点半（由于时差原因相当于内地六点半），这在墨脱还是一个很早的时间，背崩乡格林村村民委员会主任多杰平措就给我发来微信："谢书记你好！格林村的解决了！谢谢您！"从这句表述不完整不规范的话中，别人肯定是看不出来什么意思，但我却懂了。

事情还得从头说起。3月17日晚上，我和工作组成员、县发改委副主任邓宏照在背崩乡党委书记王海斌等人的陪同下前往格林村，检查旅游水果种植情况并顺便开展"睡遍墨脱"系列民族团结活动（详见《走向天路618——逐寒而睡》）。当我们到达该村的时候，整个村子一片漆黑，伸手不见五指。

我们在驻村工作队住处与驻村工作队、村两委班子以及部分村民按照当地的风俗习惯和生活方式边喝酒边聊天，听取驻村工作队和村两委班子的情况汇报、意见建议，并进行沟通交流。我们策划实施"睡遍墨脱"系列民族团结活动，就是要在每一个村最少住一个晚上，以空间的停留和时间的保留，确保与基层干部群众沟通交流的广度、深度和温度。

我们在聊天的过程中得知，该村从去年6月份开始停电，到现在为止都已经快十个月了，主要原因是变压器烧了。村里进行了多次反映，但因种种原因一直没有得到解决。停电给村民的生产特别是生活造成了很大的不便。他们都希望我们能够给予解决，我答应他们先了解清楚情况再研究如何处理。此时，我在黑暗中也能看到他们眼中闪出的亮光。

第二天（3月18日），我们回到县城，就让邓宏照约了国网林芝墨脱县供电有限公司总经理唐磊等三人晚上前来工作组驻地进行沟通协调。唐总对我们的意见建议十分重视，对村民的不便和诉求十分理解。经过沟通协调，唐总答应争取在4月10日前恢复供电。

然而到了4月19日，多杰平措告诉我还没有恢复供电，并告诉我说“现在村民们越来越不相信我们的队伍和组织能力了”。一方面我让邓宏照加强与国网林芝墨脱县供电有限公司的沟通协调。经与该公司沟通了解，其实他们的设备和材料都已经准备好了，但由于前往背崩的公路封路，他们无法前往而尚未实施。我们督促他们在道路放行的窗口期抓紧时间前往实施。

另一方面我将情况反馈给多杰平措，让他们向村民做好解释和教育。要求他们作为党员和村干部，一定要有正确和坚定的政治立场，正确认识和处理问题，引导群众树立正确、积极、健康的思想观念，不消极、不抱怨、不埋怨，特别是不能因为一些诉求和愿望一下子还没得到满足就埋怨党委和政府，因为有些事情确实需要时间和成本，不是一下子就能够解决得了的，我们要在了解情况后做好解释和引导。

我们出差返墨后，于5月4日晚上约见唐总进行了沟通协调。唐总回应说已经趁道路放行期间将设备和材料运到格林，目前正安排人员进行线路检修和更换变压器，预计两天内可以完成。结果，格林村在停电将近一年的时间之后（5月6日），终于恢复了通电，让村民重新见到了光明。

我在收到多杰平措的微信后，勉励他以此为例，深入开展“讲党恩爱核心、讲团结爱祖国、讲贡献爱家园、讲文明爱生活”群众教育实践活动，让群众知党恩，感党恩，听党话，跟党走。

（发布时间：2018年5月10日22：51）

5月11日
星期五

走向天路668

二次南下

现在的背崩，不是你想去就能去得了的。因为，县城至背崩的路段正在进行路面硬化施工，封路是常态，放行是特例。而且，这里的道路施工什么时候封路，封多长时间，什么时候放行，放多长时间，好像是没有什么章法可言的，也没有什么官方权威信息。好不容易得知5月5日至7日放行，但5月5日要接待中央电视台的一个特别节目组，于是便决定5月6日至7日前往背崩。这是我今年第二次前往背崩。

此行的主要目的有六：一是检查雅鲁藏布母亲广场建设项目；二是检查地东和西让两个边境小康村建设项目；三是检查江新村旅游水果种植；四是推进“睡遍墨脱”等民族团结系列活动；五是深入基层调研和看望慰问贫困户；六是做好“四讲四爱”的先期动员。

5月6日早上，我和工作组成员李展健、雷震如期出发。县城到背崩的公路两头各有一段已经硬化，中间的一段还在施工。奔驰在沿江临崖、弯多路窄、起伏跌宕的公路上，不仅感受到了道路交通条件的改善，更感受到了道路交通条件改善后的危险。原来的路面虽然泥泞不堪，正因如此造成了中间低两边高，汽车打滑甩尾时好像还有一点防护，而且车速也不能太快，但硬化以后路面高于路基并窄于路基，由于车速太快，刹车滑行的距离和甩尾漂移相比之前更为严重，几次都差点就相撞了，真是险象环生。中间路段因施工耽搁了一段时间。

到达背崩后，我们在乡党委书记王海斌、纪委书记金海等人的陪同下实地检查了雅鲁藏布母亲广场的建设进度、质量和安全。因封路等多种原因，该项目的推进确实是困难重重。工作组李展健、欧康奎等人会同乡党委、政府和施工单位克服了很多困难，虽然总体进度滞后于计划，但还是有了很大的进展。

检查结束后，我们在金海的陪同下继续前往地东村。在驻村工作队和村两委班子的陪同下，先是入户调查了因边境小康村建设而临时安置的情况，并看望慰问了贫困户，村民们都表示理解、支持和感谢，并对拆旧重建的新家、新村充满了期待。我也趁机向群众作了今年“四讲四爱”群众教育实践活动的动员和宣讲，结合边境小康村的建设教育引导群众知党恩，感党恩，听党话，跟党走。随后实地检查了边境小康村建设工程项目和春耕工作情况。

午饭后，我们继续前往西让村。到西让村的公路正在修建，沿着新修的毛路行驶到约一半的地方就停止了。前面是一道河，桥还没修好，我们只好下车沿着施工倾倒的乱石和泥巴先爬下去到河边，过了吊桥再沿着乱石和泥巴爬上正在施工的道路。吊桥是原来人行道的吊桥，由于缺乏维护，已经摇摇欲坠，据说前几天才掉了一个村民下去，人当然是没了。过桥时，我采用了风险管理方法，每次只安排一人小心通过，这样就算是掉也只掉一个，而不会四个人“一锅熟”，将风险降到最低但又不因噎废食。前面的路正在修，我们经常要在临崖的乱石堆中穿行。经过一个半小时左右的徒步，我们到达西让村。

由于路未通，西让村的边境小康村建设项目还没有动工。我们看望慰问了贫困户，查看了春耕生产的情况，向驻村工作队、村两委班子及部分村民介绍了边境小康村的相关情况。西让、地东、德尔贡三个村的边境小康村建设项目资金共1.018亿元（按村民人均10万元），是由广东省第八批援藏工作队及墨脱县工作组会同当地提请，由时任广东省委书记、现任国务院副总理的胡春华同志及广东省委、省政府主动追加的计划外资金。结合边境小康村建设项目，我向群众作了今年“四讲四爱”群众教育实践活动的动员和宣讲。

晚上，我们赶回来乡政府驻地与新华通讯社西藏分社的王军、晋美等媒体朋友见面，接受了采访，然后冒着黑夜前往江新村。我们在村党支部书记次仁旺堆家里与驻村工作队、村两委班子及部分村民座谈交流，听取意见建议，对今年“四讲四爱”群众教育实践活动作了动员和宣讲。当晚，我们夜宿次仁旺堆家。第二天早上，检查了之前由我们提供并委派李展健前往组织种植的无核黄皮、鸡心黄皮的生长情况，然后返回县城。

雷震在上述三个村对有需要的村民进行了义诊，对之前经手治疗的重症病人进行了回访，并将部分药品赠送给西让村的村医。

（发布时间：2018年5月12日0：28）

走向天路669

四合一的护士节

护士和医生一起被称为“白衣天使”。护士和医生分工合作，医生负责医，护士负责护，履行着保护生命、减轻痛苦、增进健康的崇高使命和职责。他们不怕脏，不怕被传染，不怕苦和累，不怕委屈，用自己的热情、真诚、努力、付出去救治和呵护每一个病人，直至他们离开或离世。他们值得我们以及全社会的尊重、敬佩、理解、支持和关心。

今天是第107个护士节。广东省第八批援藏工作队墨脱县工作组邀请县人民医院的拉珍、妮妮、措姆、白玛旺姆、大旺姆、央宗等八位护士代表前来工作组驻地共同庆祝她们的节日。我们首先邀请她们参观了工作组的援藏文化室、援藏项目工程建设指挥部、工作组荣誉墙，详细向她们介绍了我们的援藏文化、援藏项目、援藏工作及取得的成效。随后，我代表县委、县政府和工作组向她们每人赠送国家级非物质文化遗产——佛山香云纱一份。这也是我们“援藏开放暨民族团结活动”之一，这已是第八场了。前七场分别为离退休干部、中小学教师、中小学生、西藏民族大学墨脱籍学生、西部计划志愿者、环卫工人、甘登乡人大代表和政协委员等界别。

我们在工作组饭堂为她们庆祝节日。我们摆上蛋糕，插上蜡烛，点燃之后，熄了灯。在庆祝节日之前，我们先为2008年“5•12”汶川大地震遇难者默哀，为幸存者祝福，向抢险救灾者致敬！因为今年是汶川大地震发生的十周年，今天是汶川大地震的十周年纪念日。我们之前曾于4月25日前往汶川县水磨镇学习考察佛山对口支援水磨重建的经验，并哀悼地震遇难者。然后，我们吹灭蜡烛，为所有护士及她们的家人祝福，向她们致敬。由于明天是母亲节，而绝大多数的护士都已是或将是孩子的母亲，因此我们也预祝她们母亲节快乐。

这样，我们以庆祝护士节为主题和契机，把援藏开放暨民族团结活动、纪念“5•12”汶川大地震十周年、庆祝母亲节有机结合起来，实现了“four in one”（四合一）！

（发布时间：2018年5月12日21：56）

5月13日
星期日

走向天路670

爱心随雨下

4月底的墨脱，早已经进入了雨季。雨季的墨脱，塌方、滑坡、泥石流、滚石、倒树等自然灾害频繁发，严重影响着人们的出行甚至威胁着人们的生命。对于外面的人来说，如果没有什么特别要紧的事，都尽可能避免在雨季前来墨脱。但是，下雨以及下雨带来的各种自然灾害的威胁，它挡得了一般的游客，但挡不住有爱的人们，他们的爱心和步伐随雨而下，随雨而来。

在广东省第八批援藏工作队墨脱县工作组成员、墨脱镇党委副书记、常务副镇长喻晓坤的沟通协调下，广东狮子会一行15人在胡展超的带领下，于4月27日至30日冒雨前来墨脱落实“佛墨缘”爱心家庭结对及墨脱镇一百户困难家庭结对帮扶，并且带来了资金和物资共计28.98万元（其中现金11万元，物资价值17.98万元）。由于当时我和喻晓坤等工作组成员出差在外，便安排在家工作组成员和当地干部接待了他们。

他们在墨脱镇副镇长桑杰平措的陪同下，先后来到墨脱村和亚东村，给两个村的16户困难家庭捐赠了慰问金1.6万元和物资一批，并亲自前往墨脱村建衷、次仁央格、达瓦拉姆等五户困难农牧民家中看望慰问，为他们送上结对帮扶慰问金6000元。他们在工作组副组长、墨脱县委副书记、常务副县长李斌等工作组成员的陪同下前往仁青崩寺，参加了由工作组用自筹资金修建的仁青崩寺旅游步道（仁青崩旅游公路终点的四方亭至仁青崩寺，长200多米，宽1.8米，投资16万元，详见《走向天路666——修的不是路》）的竣工启用仪式，他们决定为该项目支持资金3万元。

29日晚上，他们与工作组进行了座谈。工作组成员、县人民医院副院长雷震主持了座谈；在家援藏干部人才李展健、郭振华及墨脱镇镇长曹启兵参加了座谈；李斌代表县委、县政府及工作组对他们的到来表示热烈欢迎和感谢，并向他们介绍了援藏工作的相关情况和成效；胡展超代表爱心人士作了发言。

在墨期间，他们还参观了工作组援藏文化室和援藏项目工程建设指挥部，并实地考察了莲花圣地公园、墨脱古街、墨脱门珞民族文化遗产博物馆（莲花阁）等往批援藏项目，以及海市蜃楼、秘境墨脱、德兴钻石水景茶园等今批援藏项目。

广东狮子会成员孔梦文、莫亮成、郭飞、李莉、许明、何立华、潘宣、玉雄斌、陶玉华、何智萍以及爱心人士叶建荣、黄建成、陈海连、华超波同行。

我们出差返回墨脱后，喻晓坤于5月6日至8日带领或组织墨脱镇相关干部，把广东狮子会捐赠的资金和物资分发到余下的巴日、朗杰岗、玛迪、米日、亚让五个村的“佛墨缘”爱心结对帮扶家庭手中。其中5月8日上午，我和喻晓坤在墨脱镇相关干部的陪同下，前往朗杰岗村调研易地扶贫搬迁安置项目的建设进度，并前往村民贡桑伦珠和扎西平措家中分别看望了由我起名、由喻晓坤联系的佛缘花、佛缘果两位在搬迁后最先出生的小朋友。同时，我们将他们捐赠的资金和物资发放给该村的15户“佛墨缘”爱心结对帮扶家庭。我和喻晓坤都以此为契机，分别向驻村工作队、村两委班子及农牧民群众进行了“四讲四爱” 的动员和宣讲，教育和引导大家“讲党恩爱核心、讲团结爱祖国、讲贡献爱家园、讲文明爱生活”。

这次“佛墨缘”爱心家庭结对帮扶资金和物资发放，已是喻晓坤在“佛墨缘”爱心家庭结对活动的整体框架之下，在墨脱镇开展“百户家庭结对帮扶”以来的第三次集中发放了。

（发布时间：2018年5月13日23：29）

5月14日
星期一

走向天路671

打造脱贫攻坚示范村

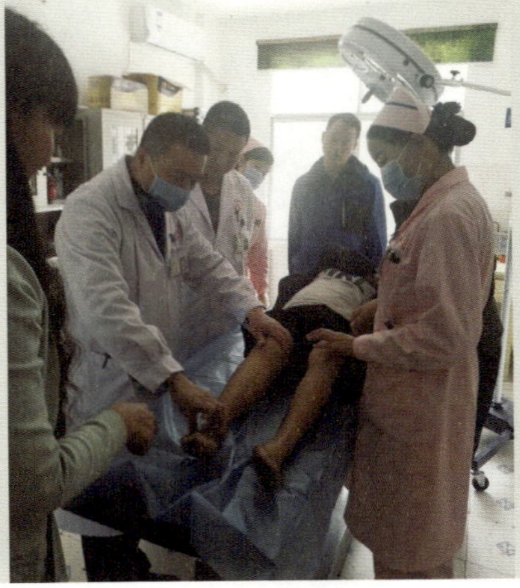

根据自治区和林芝市的统一部署，墨脱要在今年与林芝市另外六个县区一道，全面完成脱贫攻坚任务，同步进入小康社会。广东省第八批援藏工作队墨脱县工作组根据广东省第八批援藏工作队及墨脱县委、县政府的工作部署，充分发挥援藏的“战略支援、示范引领、拾遗补缺”的功能和特点，在全面协助县委县政府推进脱贫攻坚战的同时，积极探索打造一个脱贫攻坚示范村。

我们选择了条件比较成熟的亚东村，按照“着力于夯实基础，着眼于长远致富，着手于近期脱贫”的原则，在亚东村规划实施“五千”工程，将其打造成为旅游村，作为落实乡村振兴战略的墨脱模式。并以此为契机助推亚东村实现脱贫攻坚，将其打造成为“脱贫攻坚示范村”。

“五千”工程就是：

一千多米长、三米宽的机耕道硬化，投资100多万元，该项目已在5月11日晚上召开的工作组2018年第三次工作会议上集体讨论通过，将于近期组织实施；

在该机耕道两侧种植一千株玉堂春，打造全球最长的玉堂春景观大道，该批玉堂春已经于4月7日至8日种植完毕，我们5月4日前往检查，绝大部分已经存活并开始生长；

一千多亩的冬种蔬菜和油菜花海，去年已经种植了300多亩并取得了初步成效，今年要动员更多的村民参与并进一步扩大种植规模；

几千株旅游水果的种植，目前正在选择品种，将于今年年底适宜种植的季节实施；

带动千人脱贫致富，工作组出资支持与村民自筹资金相结合，建设一个扶贫农家乐，吸收所有有条件的贫困户入股和参与经营，收购贫困户及村民（该村村民近千人）种植的蔬菜，该项目目前正在推进过程中。

（发布时间：2018年5月14日22：52）

走向天路672

冒雨摸黑来看你

为了推进亚东村脱贫攻坚示范村的建设，我决定前往该村的每一个贫困户家中走访调查，研究如何“综合施策，对症下药”，帮助他们实现脱贫致富。由于目前正值春耕时节，村民们白天都在田里插秧，晚上才在家里。为了适应村民的时间，也为了避开白天工作的繁扰，我决定于晚上前往。

5月10日晚上，我带领喻晓坤、雷震、欧康奎，在墨脱镇主任科员、亚东村驻村工作队队员卫东和亚东村妇女主任央前拉姆的陪同下，冒雨摸黑进村入户。该村目前还有贫困户12户，其中4人为五保户，已送墨脱县五保集中供养服务中心，在村里的还剩8户。

我们首先来到卓玛旺姆家。叫门无应答，我们推门而入，借着昏暗的灯光，依稀看到有一个蓬头散发的女人蜷曲着身体躺在伙房的沙发上，身上盖着一层薄薄的被子，只露出一个头，目光呆滞，精神萎靡。看见我们进来，她尝试着艰难地挣扎爬起来，动了一下身体，但没有成功。经询问得知，原来她多天前摔伤了腿，曾到县人民医院检查了一下，然后让村里的接骨师所谓治疗了一下，但一直没有任何好转。我让雷震马上给检查看了一下，并要求驻村工作队和村干部第二天早上把她送到县人民医院让雷震亲自给她检查和治疗。第二天早上，喻晓坤、雷震带着我的驾驶员王强开着我的工作用车前往她家，在驻村工作队和村干部的协助下把她送到县人民医院，由雷震亲自负责治疗。目前，她已经得到了很好的治疗，在现代医学条件下她的病根本不值一提，很快就可以康复。

卓玛旺姆是2016年“6•16”特大泥石流灾害事故八个遇难者之一的家属，当年我们刚刚进墨不久时曾经前往家里看望慰问过她。目前她家里有一个母亲，一个哥哥，两个小孩。母亲帮她带小孩；哥哥在一家企业做保安，收入不高；两个小孩一个四岁，一个两岁。家中没有太多的收入来源。我们了解了情况后，给她开出了治贫的药方：先给她治疗好腿伤，让她恢复健康和劳动力；给她物色一个

合适的对象重组家庭，焕发生机和活力；吸收她参与扶贫农家乐的投资和经营，增加投资和劳务收入；动员和支持她参与千亩冬种蔬菜及油菜花海种植，卖给扶贫农家乐和市场；鼓励和支持她参与旅游水果种植，发展庭院经济；鼓励和支持她管理好现有茶园，并进一步扩大种植面积……

当我们来到白玛江措家的时候，这位八十多岁的老人已经睡觉了。我们见到的是他的孙子次仁群培。白玛江措的情况有点特殊，他自己独立户口，只有一人。他现在与次仁群培一家生活在一起，由他们进行赡养。但次仁群培一家与白玛江措原先并非亲人，是次仁群培的奶奶与白玛江措再婚之后才有的家庭关系。后来次仁群培的奶奶去世了，他们一家便把赡养白玛江措的事情接了过来。我听了以后觉得很感动，肯定和表扬了次仁群培及他们一家人的家庭美德和社会公德。我们了解了一下次仁群培家的相关情况，并闲聊了一会儿。然后给白玛江措脱贫开出了另一剂药方：继续由次仁群培家给予赡养，适当的时机对这种良好的社会风尚给予表彰和奖励；相关领导和工作组看望慰问贫困户时对白玛江措给予适当的关注……

接着，才久家、查果家、达瓦多吉家，次旺仁增家、次旺江措家、李红家，我们一一走访，一一了解，一一研究，一一开方，参与扶贫农家乐投资和经营、参与千亩冬种蔬菜和油菜花海种植、参与旅游水果种植、继续扩大茶叶种植、其他个性化和针对性的措施……

当我们与卫东和央前拉姆挥手告别的时候，已是晚上10点多了。我们戴着斗笠，穿行在黑夜和天雨中，返回工作组驻地。

（发布时间：2018年5月15日22：49）

5月16日
星期三

走向天路673

周日北上

5月13日，是一个星期天。午饭后稍微休息了一下，我和工作组成员、县住建局副局长李展健，县广播电视台记者索朗次仁乘坐工作组驾驶员次仁索朗的车如约北上。

我们首先来到墨脱镇玛迪村，调研检查了有机肥加工厂的厂房建设情况，看到工人们正在忙碌地工作。据相关负责人介绍，厂房建设当天即可收尾完成，生产设备已经到了青海境内的沱沱河，因大雪封山而延误，原材料则已经到达波密，预计近期即可安装调试完毕并正式投入生产。对于该有机肥加工厂的建设进度，我们很是满意，同时对建设质量和安全提出了要求。

然后，我们来到达木珞巴民族乡卡布村，与该乡人大主席罗布、副乡长何浩以及正在该乡采访的《西藏人文地理》杂志主笔罗洪忠老师会合。我们在该村调研检查了小康村建设项目，看到村综合服务中心的主体工程已经开始封顶，但附属配套工程尚未正式动工。我们要求施工方要加强统筹协调，合理安排好施工时序，确保进度、质量和安全。

随后，我们前往该乡的贡日村。贡日村是墨脱的北大门，是扎墨公路进墨的第一站。我们与驻村工作队队长巴桑塔曲、队员罗宗和村委会主任朗赛旺堆等人见了面。刚好我们于5月1日赠送给该村的保洁车停在村委会的院子里，我便向罗洪忠老师作了介绍，特别是漆在车身上的墨脱新的形象宣传口号——“世界只有一个墨脱，墨脱拥有整个世界”。罗洪忠老师对这个形象宣传口号十分赞同和支持。然后，罗洪忠老师前往村中采访，我和李展健则与何浩进行座谈交流。

晚饭后，我和李展健在罗布、何浩的陪同下在村里查看之前我们组织种植的旅游水果——2000株黄金梨的生长情况，调研和探讨庭院经济的发展。并随机走访了几户农牧民群众家庭，与他们进行沟通交流。然后我们来到朗赛旺堆家，邀请了驻村工作队、村两委班子成员、部分村民代表进行座谈。我们边喝酒边聊天，听取了村里有关情况的汇报。同时，我根据5月9日下午召开的墨脱县“四讲四爱”群众教育实践活动动员大会的精神，结合工作组支持贡日村保洁车和种植旅游水果等实例，用轻松愉快的方式给大家作了一场“四讲四爱”的动员和宣讲。

当晚，我们夜宿贡日村。这也是我们“睡遍墨脱”系列民族团结活动中的一站。

（发布时间：2018年5月16日21：30）

5月17日
星期四

走向天路674

英雄就在身边

5月10日，我接到林芝市电视台一个朋友的电话，说是汶川大地震中一个抢险救灾的英雄在墨脱工作，四川省汉源县电视台在做纪念汶川大地震十周年的节目，需要他的视频资料，让我协调县电视台帮忙拍摄一下。我问是谁，原来是达木珞巴民族乡副乡长何浩。这个小伙子我认识，只是不知道他还有这么一出。5月13日，我和李展健、罗洪忠前往达木珞巴民族乡贡日村开展工作，刚好他和乡人大主席罗布陪同。在贡日村，我们顺便了解一下他的故事。

何浩是1990年3月出生，汶川大地震发生时他是汉源二中高三年级的学生。大地震发生时，他正在上学的路上。霎时间，天崩地裂，地动山摇，整个县城房屋倒塌，死伤惨重，没有受伤的人夺路而逃。当时他刚好穿行在一条狭窄的巷子里，经过一个老年活动中心时发现有人死伤。突如其来的大灾难让他惊恐失措，毫无意识地跟着人们往前跑。但跑了一会儿又觉得不对劲，便又跑了回来。他与别人一起先救出了一条腿受了伤的老人，把他交给了警察。

然后，他又发现了一个受伤严重的人。这个人约有四十多岁，身材高大，很重，一个人搬不动，他便与一个警察和一个群众三人合力将其抬出来。这时，他刚好碰到了同班的另外一个同学徐泽。徐泽开着摩托车，何浩便在其他人的帮助下将重伤者扛到摩托车上，自己抱着一起送县人民医院。但县人民医院早已人满为患，无力接收，于是便转送镇卫生院。

这时候，何浩想起了在同一个学校上高二的妹妹，于是便和徐泽返回学校找妹妹。回到学校时，见到所有师生都已经集合到操场上了，妹妹也安然无恙，于是他和徐泽又再返回受灾严重的地方。年长的人都说太危险了，劝他们不要进去，但他们没有听从。他们找到了一个女性，把她抬了出来，当时以为她已经死了，一个警察摸了一下鼻子说还有一点气。于是何浩又把她抱着坐徐泽的摩托车送医院抢救。那个伤者已经完全瘫软了，在车上晃来晃去，吓得何浩都不敢看她。送到医院的时候，那女的已经不行了。因摩托车行驶过程中撞到了别的车上，何浩的左脚也受伤了，肿痛得很，而且天也黑了，军队和警察也已经投入救援了，他们俩就没有再去参与救援了。

他们救人的片段恰好被人拍了下来，并被电视台报道，引起了当地党委、政府的重视。他被评为“雅安市抗震救灾英雄少年，四川好人见义勇为好人，中国好人榜见义勇为好人”，并且在高中毕业后被保送至中国农业大学管理学专业就读。2013年毕业后作为西藏自治区进京引进的人才被分配到林芝市扶贫办工作，2017年又被选拔到墨脱县达木珞巴民族乡担任副乡长，分管脱贫攻坚、水利、交通等工作。

何浩说，自己在汶川大地震中的救人事迹成了他的人生转折点。因为以他当时在校的成绩，估计难以考上大学，现在也不知道在干什么了。即使被保送上了大学，他也延迟了一年才毕业。他说，自此之后他的独立性和责任心都比以前更强了。今年的3月份，他已经光荣地加入了中国共产党，成为一名党员。在墨脱，他也收获了自己的爱情。对于未来，他充满了憧憬。

听了他的事迹，我们都很受感动。我对他的事迹给予了充分的肯定和高度的评价，并勉励他把过去的先进事迹转化为现在的积极行动，把党和政府对自己的关怀转化为感恩回馈社会的力量，结合当前正在进行的“四讲四爱”群众教育实践活动，与其他乡党政班子成员一起，团结和带领广大干部群众感党恩爱核心，听党话跟党走，在新时代再立新功。

（发布时间：2018年5月17日21：12）

三个第一

为了贯彻习近平总书记于2016年7月20日在银川主持召开的东西部扶贫协作座谈会上的讲话精神，落实国家对援藏工作综合考核评价的相关指标和要求，按照《佛山市全面对口支援墨脱县镇乡结对工作方案》的安排，经广东省第八批援藏工作队墨脱县工作组诚挚邀请及佛山市三水区援藏干部喻晓坤的沟通协调，由佛山市三水区区长胡学骏带领的三水区党政代表团一行八人于5月12日至17日前来墨脱，就如何做好新时代对口支援工作开展调研和对接落实。

在墨期间，胡学骏一行深入墨脱镇及其下辖的七村一寺。在米日村、玛迪村考察了村级便民服务大厅建设和旅游水果种植情况；在亚东村考察了基层党组织建设和以“五千”工程（一千多米长的机耕道硬化、一千株玉堂春的种植、一千亩冬种蔬菜及油菜花海的打造、数千株旅游水果的种植、千名村民脱贫致富的综合施策和对症下药）打造旅游村和脱贫攻坚示范村的情况，并深入田间地头；在仁青崩寺、仁青崩自然村考察了仁青崩旅游公路生态景观林带建设和公路终点的四方亭至寺庙的旅游步道修建情况；在朗杰岗村考察了易地扶贫搬迁项目建设情况，看望慰问了工作组联系的佛缘花（次仁玉珍）和佛缘果（尼玛多吉）两位珞巴族小朋友，并在农牧民群众家中用午餐；在巴日村和亚让村各分别看望慰问了两户贫困户；在墨脱村考察了拉贡茶场和民族服饰加工点。他们的考察内容包括了在建援藏项目建设情况，以及工作组实施的雅鲁藏布大峡谷旅游水果经济带、生态景观林带、冬种蔬菜及油菜花基地建设情况，工作组实施的相关惠民济困项目情况。他们还前来工作组驻地考察了我们的援藏文化和项目管理，看望慰问了全体援藏干部人才。

胡学骏一行与县委、县政府及工作组进行了座谈。座谈会由我主持，并介绍了援藏工作的开展情况和成效，反馈了三水籍援藏干部突出的工作和表现情况。墨脱县委副书记、县长魏长旗代表县委、县政府及全县干部群众表示热烈欢迎和衷心感谢，详细介绍了墨脱的基本情况，对工作组的援藏工作给予了充分肯定和高度评价。墨脱镇党委书记格桑卓嘎和三水区委常委、西南街道党工委书记廖流波分别代表结对镇街作了发言。喻晓坤作了表态发言。胡学骏代表三水区委、区政府作了讲话。他简要介绍了三水区的基本情况，对墨脱县委、县政府及全县干部群众对工作组及喻晓坤的关心支持表示感谢，对工作组的表现和成效表示敬佩，并提出了加强对口支援的建议。会议结束后，胡学骏代表三水区委、区政府向工作组捐赠了50万元的工作经费。

与胡学骏同行的还有三水区委常委、西南街道党工委书记廖流波，区委区府办公室常务副主任彭家文，区委组织部常务副部长杨胜坤，区教育局局长李健鉴，区发展规划和统计局（发改统计）总统计师张坤祥，区发展规划和统计局（发改统计）综合一科科长萧志恩，西南街道办事处副主任唐智明。

据悉，胡学骏一行创造了最少三个第一。胡学骏是佛山五区中第一位党政一把手前来墨脱，第一位走遍对口支援乡镇全部行政村的区级领导，第一位到农牧民群众家中用餐并深入到田间地头的区级领导。

（发布时间：2018年5月18日21：09）

5月19日
星期六

接踵而来

佛山市三水区党政代表团的后脚刚进墨脱，顺德区党政代表团的前脚就跟着进来了。5月14日至19日，由佛山市顺德区副区长冼阳福带领的顺德区党政代表团一行21人前来墨脱。他们是经广东省第八批援藏工作队墨脱县工作组诚挚邀请及佛山市顺德区援藏干部郭振华的积极沟通而来的。

他们此行的目的是为了贯彻习近平总书记的治藏方略和于2016年7月20日在银川主持召开的东西部扶贫协作座谈会上的讲话精神，落实国家对援藏工作综合考核评价关于“交往交流交融”等系列相关指标的要求，履行《佛山市全面对口支援墨脱县镇乡结对工作方案》的安排，加大对墨脱的支援力度。

冼阳福一行与县委、县政府及工作组进行了座谈。工作组成员、墨脱县相关负责人、顺德区派出的柔性援藏干部人才参加了座谈。座谈会由工作组副组长、墨脱县委副书记、常务副县长李斌

主持；墨脱县副县长扎西顿珠介绍了墨脱的基本情况；我代表县委县政府、工作组及全县干部群众对他们的到来表示热烈欢迎，并汇报了援藏工作的开展情况和成效，反馈了顺德派出的援藏干部郭振华、医疗人才胡永丰及吴敏燕、梁小利、夏小梅等9名支教老师的优异表现。冼阳福代表顺德区委、区政府作了讲话，对墨脱县委、县政府及全县干部群众对工作组及顺德区派出的援藏干部人才的关心支持表示衷心感谢，对工作组的工作和成效表示敬佩，并提出了进一步加强对口支援的建议。

会上，顺德区龙江镇坦田小学与墨脱县背崩乡中心小学、顺德区均安镇中心小学与墨脱县帮辛乡中心小学、顺德区图书馆与墨脱县中学还分别签订了对口支援协议，勒流育贤教育集团向工作组捐赠奖教奖学基金8万元。我代表县委、县政府和工作组为吴敏燕、梁小利、夏小梅等9名支教老师颁发了“墨脱县优秀援藏人才”的荣誉证书。

在墨期间，冼阳福一行前来工作组驻地调研考察了我们的援藏文化室和援藏项目建设工程指挥部，看望慰问了全体援藏干部人才。他们还考察了墨脱镇和德兴乡境内的援藏项目。由于当前正值雨季，顺德区对口支援的背崩乡和帮辛乡要么封路要么危险，我们没有贸然安排他们冒险前往，以确保安全。吴敏燕、梁小利、夏小梅等9名支教老师除黄维海留下继续支教外，其他已经全部顺利结束任务，并跟随冼阳福一行返回顺德。

（发布时间：2018年5月19日22：58）

5月20日
星期日

走向天路677

压力山大

在已经过去的2017年，广东省第八批援藏工作队墨脱县工作组在粤藏两地各级党委、政府和广东省第八批援藏工作队的正确领导下，在佛山社会各界和墨脱全体干群的大力支持下，在工作组全体成员和柔性援藏人才的共同努力下，我们的工作取得了明显的进展、显著的成效。为此，各级党委、政府给予了我们充分的肯定和高度的评价，并授予了一系列的集体和个人荣誉称号。其中：

集体荣誉称号7个。市级2个：2017年度林芝市民族团结进步模范集体、林芝市2017年“四讲四爱”主题教育实践活动先进集体；县级5个：墨脱县2017年度民族团结进步模范集体、墨脱县2017年度脱贫攻坚工作先进集体、墨脱县2017年度政法工作先进集体、2017年度墨脱县“四讲四爱”主题教育实践活动先进集体、墨脱县2017年度重点项目建设工作先进集体。

个人荣誉称号11个。市级1个：李斌作为工作组代表被评为“林芝市2017年度边境地区小康村建设工作先进个人”。县级10个：谢国高、邓宏照作为工作组代表被评为“墨脱县2017年度重点项目建设工作先进个人”；李斌、郭振华作为工作组代表被评为“墨脱县2017年度民族团结进步模范个人”；喻晓坤、赖明建作为工作组代表被评为“墨脱县2017年度政法工作先进个人”；邓宏照作为工作组代表被评为“墨脱县2017年度脱贫攻坚工作优秀个人”；李展健、雷震作为工作组代表被评为“2017年度墨脱县‘四讲四爱’主题教育实践活动先进个人”；欧康奎作为工作组代表被评为“墨脱县2017年度安全生产工作先进个人”。

迄今，墨脱县工作组累计获中组部通报表扬1次；获得集体荣誉称号10个（其中市级2个、县级8个）；八个成员累计获得个人荣誉称号20个（其中国家级1个、市级2个、县级17个）；每个成员均已连续两年被授予各级各类荣誉称号，实现了所有成员的“两次全覆盖”；每个成员连续两年年度考核全部被评为优秀；所有柔性援藏人才（34人）均被评为“墨脱县优秀援藏人才”。

荣誉的背后是付出，荣誉的背后是肯定，荣誉的背后更是鞭策！背着荣誉前行，感觉到更多的是鼓励，更多的是要求，更多的是督促。

（发布时间：2018年5月20日23：16）

走向天路678

援藏功能

援藏应该起到什么作用，能够起到什么作用？这是我们曾经多次与其他县区的工作组交流时大家提到的共性问题。确实，印象中好像对援藏的功能定位缺少明确的界定和要求。各个工作组都是以自己的认识、理解和实践来回答这个问题，答案也就五花八门。

带着这个问题，结合广东省第八批援藏工作队墨脱县工作组的实践，我们进行了认真的理论分析和实践总结，认为援藏的功能定位应该是：战略支援、示范引领、拾遗补缺。

所谓战略支援，就意味着对于当地经济社会发展而言，我们不是主体，不是主力，不是主责，我们是支持，是援助，是外力。但这并不意味着我们不是主人，不应该主动，恰恰相反，我们应该积极主动去支持，去援助，通过外力影响内力形成合力，通过外因诱发内因形成主因，共同促进当地经济社会发展。而且，我们的支援不是一般性的支援，而是战略性的支援，要成为当地经济社会发展的战略支援部队。

所谓示范引领，就意味着我们不可能什么都干，什么都干成一个样，这既不可能，也无必要。我们在领域上要有选择，在层次上要有区分。我们要在工作方式方法等技术层面提供示范，要在思想、观念、理念等思维层面提供引领。

所谓拾遗补缺，就是要充分发挥我们机动灵活、快速应变的优势和特点，成为当地经济社会发展的助推器、补充液、润滑剂。例如在惠民济困特别是救急救难等方面，我们相对于党委、政府的程序化决策来说可能会更具弹性和活力。通过我们的拾遗补缺，与当地的主体主力一起，构成一个完整的工作整体，一个完整的程序闭环。

（发布时间：2018年5月21日22：53）

5月22日
星期二

走向天路679

墨脱的形象宣传口号

雅鲁藏布大峡谷赐予了墨脱一幅美丽的长轴画卷，门珞等各族人民赋予了墨脱一个动人的生活场景。墨脱到底以什么样的形象展示在世人面前呢？墨脱又以什么样的形象吸引人们前来观光旅游呢？这些，都关系到墨脱的形象定位问题。墨脱已经具备了优异的自然和人文禀赋，不像其他地方那样需要进行过多的人为的形象策划和设计，但也要把它已经具备的形象进行充分并恰如其分的挖掘、提炼和宣传。

为了展示墨脱、宣传墨脱，很多人都进行了不懈的努力。例如有人将其概括总结为“莲花圣地，秘境墨脱”，展现它的历史、宗教、自然和人文等特征；有人将其归纳概括为“高原低谷，青藏氧吧”，从比较的角度突出它在自然环境方

面的优越性；有人将其诠释为“泼墨山水意，超脱天地间”，从文字的角度把墨脱二字融入其中……每一种提法都从不同的角度对墨脱的形象进行了概括提炼，进行了展示和宣传，都有其合理成分和积极作用。当然，墨脱十分丰富的自然和人文禀赋使它具有综合性、多样性等特征，无论是哪一种提法都无法全面充分地展示墨脱丰富的内涵，只能突出某一方面或某些方面的因素。

我们在深入调研、综合分析和反复权衡的基础上，提出了墨脱新的形象宣传口号——“世界只有一个墨脱，墨脱拥有整个世界”。之所以这样提炼升华，是因为墨脱在水平不到100公里的距离内，拥有全球最大的落差，从南迦巴瓦峰的7782米下降到巴昔卡的152米，相差7630米；拥有全球最完整的垂直气候类型，从热带气候开始到极地气候；拥有全球最完整的垂直生态系统，从热带雨林开始到冰原覆盖……在不到100公里的距离之内，在不到五个小时车程之内，就可以实现从赤道到北极的尖叫式跨越。因此，墨脱就是一个微缩的地球，墨脱拥有整个世界，但整个世界只有一个墨脱，再也没有别的地方可以拥有墨脱那样丰富而完整的资源禀赋了。

当然，除了墨脱这个最显著的特点之外，还有很多世界之最：世界雨都——全球最大的降雨量；世界雾都——全球最壮观的雅江晨雾；世界水都——全球水资源最丰富的地方……

墨脱最新的形象宣传口号已于今年5月1日在扎墨公路进墨脱第一站、墨脱的北大门——达木珞巴民族乡贡日村首发。这个口号被喷涂在我们赠送给该村的一辆保洁车车厢的两边。这辆车经常奔跑于扎墨公路之上，我们就让它作为形象宣传大使吧。

（发布时间：2018年5月22日21：56）

天开眼

天开眼，在汉语中的基本解释：一是可谓苍天有眼，报应分明；二是描述一种奇异的天象。这种天象是神奇的、吉祥的。

在绝大多数的地方，在绝大多数的情况下，在绝大多数人的生命中，都无缘看到这种吉祥的神奇异象。但是，在墨脱却可以，因为墨脱盛产各种奇葩。

但在墨脱，也不是随时随地随便都能看到这种天象的。雨天看不着，晴天看不着，早上看不着，晚上看不着。一般情况下只有在阴天的傍晚才能看得到。

所谓天开眼，其实就是当云层覆盖了整个天空的时候，云层中露出了一个形状不规则的缺口，日落前的缕缕阳光从那个天窗投射下来，万丈光芒，感觉就像天上开了一只眼一样。

要形成这样的奇观，要具备以下几个条件：一是一般都是高山峡谷的地带；二是云层几乎覆盖了整个天空；三是云层中留了一个天窗；四是上面有阳光；五是阴天天气……

（发布时间：2018年5月23日22：22）

走向天路681

迁后之村

残墙败瓦梁半歪，
草长树高隔断路。
积尘结网庭院凄，
四周田地已荒芜。

（发布时间：2018年5月25日0：37）

5月25日
星期五

走向天路682

生态围栏

在青藏高原上，禽畜基本上都是放养的，相比之下人和庄稼反而成了圈养的。为了实现人畜分离，保护家园和庄稼免受牲畜的践踏、偷吃，人们往往需要修建各种围栏（也称之为围墙、篱笆、栅栏、护栏等）。墨脱也不例外，有的充分利用雅鲁藏布大峡谷十分陡峭的地形条件，在进出的村道上修建两道栅门，将牲畜限制在两道栅门之间的区域之内；有的修建围栏将牲畜限制在一定的范围之内；有的将整个村子用围栏围起来，将牲畜限制在村子之外；有的则将田园和庭院用围栏围起来。

从目前的情况来看，这些围栏有石砌的，有砖砌的，有夯土的，有牛羊粪垒的，有木搭的，有竹编的，有芦苇编的，有种植小乔木、灌木特别是带刺的植物构成的，有用铁丝围栏的，还有两种或多种复合而成的，五花八门，应有尽有。对于地广人稀和习惯于放养的地区而言，围栏在保护家园和田园上具有十分重要的作用。而且，围栏如果修得有特色，也是一道亮丽的风景线。

我们在下乡进村入户走访的时候，也会有部分村两委及群众向我们提出请求，希望我们能够出资支持他们仿建铁丝围栏。但对于此类请求，我们从来没有给予过任何支持。为什么呢？一是我们认为这些通过群众自己的辛勤劳动就可以得到解决，没有必要给予支持；二是我们更加提倡修建生态围栏，这样既降低成本甚至不需要任何成本，又符合青藏高原生态环境保护的需求，更能成为一道亮丽的风景线。

所谓生态围栏，主要是指不浪费资源，不破坏环境，不使用或尽可能少用工业产品而修建的，具有围栏的本身功能并具有生态、环保、景观等附加功能的围栏。如果按照这个定义和标准，铁丝围栏和木头围栏等就不属于这个范畴。夯土和垒牛粪等也不适合墨脱的实际情况，而最适合的是通过种植植物形成生态围栏。据我观察和了解，荚迷、刺桐（象牙树）、皱皮木瓜、仙人掌以及其他荆棘等贱生、密集或带刺的植物比较适合，也有成功的实践。我们也打算引进剑麻等适合的植物打造生态围栏和建设景观大道。

生态围栏看似事小，但其实意义重大。生态围栏的建设和推广，既需要广大农牧民群众解放思想，更新观念，充分发挥自己的勤劳和智慧，也需要各级党委政府特别是农牧、林业、环保等部门以及驻村工作队、村两委等基层单位的组织、指导和推动。

（发布时间：2018年5月25日22：06）

5月26日
星期一

走向天路683

向东学习

为了学习兄弟县区工作组援藏工作的先进经验和做法，积极推进援藏交流和交流援藏，我和喻晓坤、邓宏照结合其他工作任务，于近日前往察隅、芒康、左贡三个藏东南县区进行调研学习。我们得到了察隅县委常务副书记顾东忠和县委副书记、常务副县长梁中原，芒康县委常务副书记王代兵，左贡县委副书记陈晓东，以及三个县区其他援友的热情接待。

察隅、芒康、左贡三个县区分别由深圳、重庆、福建三个省市对口支援。我们每到一地，都认真学习了解兄弟县区工作组的先进经验和做法，请教相关的问题，进行深入的交流和探讨，实地考察相关的项目。在察隅，我们还深入察隅农场，竹瓦根、古玉、下察隅、察瓦龙等乡镇，沙琼僜人村等村庄，以及解放军驻察某部调研学习。重点是学习了解三个县区援藏工作的基本情况，援藏项目建设的经验和做法，产业扶贫的政策措施等。这次调研学习收获颇丰，启发很大，有些我们回墨以后就可以着手开展或深化，如县城风貌改造、产业扶贫、挡墙美化、军地援合作等。

（发布时间：2018年5月26日23：05）

5月27日
星期日

走向天路684

干热河谷的治理

从墨脱经波密前往昌都地区，会分别穿越丛林、森林、草原和荒漠等多种植被类型。一路走来，总体上呈现出越走海拔越高，越走越荒凉的特点。特别是横断山区的怒江、澜沧江、金沙江及其支流地区，更是呈现出典型的干热河谷现象。谷底有河流穿越，两岸从谷底到山顶几乎都是荒漠。

这些干热河谷一方面水资源十分丰富，一方面光热资源十分丰富，上干下湿，互相矛盾。气候炎热少雨，水土流失严重，生态环境脆弱，自然灾害频发，是这些干热河谷的特点。据了解，干热河谷的植树造林是世界性难题。看着这些干热河谷，既感慨大自然的造化，也涌起一种改造自然、创造奇迹的愿望。

我们沿途边走边考察，发现这些干热河谷也并非寸草不生，而是有两种例外。一种是在有溪流经过或有地下水的地方会有那么一小片绿洲（参见《走向天路365——河谷绿洲》）；一种是一些旱生植物依然顽强地生长着，例如仙人掌、柏树、两头毛、无心菜、猪毛菜、白刺花、狼毒甚至烟树等，特别是在察隅县察瓦龙乡境内的怒江峡谷两岸，居然长满了成片的密密麻麻的仙人掌，让人看到了荒漠变绿色的希望。

由此可见，如果要绿化这些干热河谷，最靠谱最经济的就是大面积地人工种植旱生植物，在局部区域小气候小环境得到改善以后再添种其他植物，应该可以起到绿化的作用。当然，这需要各级党委、政府的重视，相关部门和科研机构的研究，基层组织的推动，广大群众的参与。另外一种方法就是引水灌溉或者滴灌，但是这种成本较高，而且会改变地表水的分布，推动和实施可能难度较大。

除了人工种植旱生植物和引水灌溉或滴灌，还有两个更为大胆的设想，那就是在干热河谷中修建水库，改善局地气候；或者从中缅边境由西向东打隧道，把印度洋的暖湿气流引到这些干热河谷之中来。实践证明这是有效的方法之一，例如三峡水库建成之后，重庆就从“四大火炉”的名单里面除名了；墨脱与波密之间的嘎隆拉隧道打通之后，波密的降雨量比之前有较大增加了。当然，这两种方法需要大胆设想，科学论证。

（发布时间：2018年5月27日21：36）

走向天路685

天然岩画

我们在全国乃至全世界旅行，经常都会碰到一种让人十分震撼的文化遗产，那就是岩画。比较著名和集中的如广西左江花山岩画、宁夏中卫大麦地岩画、宁夏贺兰山岩画等，其他很多地方还有一些相对分散和没那么知名的岩画。

岩画是早期人类社会的文化创作和文化现象，是人类先民们留给后世的极其珍贵的历史文化遗产。岩画的创作和形成主要有两种方式：一种是雕刻，一种是绘画。前者有痕无色，后者无痕有色；前者用的是敲打工具等，后者用的是矿物颜料等。岩画的表现手法主要有写实和抽象两种。岩画的内容主要包括人类活动、生殖崇拜、图腾崇拜、原始祭祀和宗教信仰等，这是先民们生活、生产、战争等各种活动的真实写照，反映了人们对各种自然和社会现象的不解、迷茫、恐惧以及对美好生活的祈祷、憧憬和追求。岩画以一种特别的方式记载着史前人类的历史，可以说是人类最早的天书，具有十分重要的历史、艺术、科研、旅游等多方面的价值。

人类创造靠的是勤劳智慧，而大自然创造靠的是鬼斧神工。我们除了能够看到人类在这个世界的创造和积累，也能看到大自然的创造和遗存。我们行走于青藏高原特别是藏东高山峡谷地区，除了有雪山、森林、草原、河流、湖泊等多种地形地貌景观之外，也有不少岩石和崖壁。在这些岩石和崖壁上，除了有被我称为“青藏石刻”的玛尼石之外，鲜有岩画的发现。但人类在这方面没有创造不等于大自然也闲着。在这些岩石和崖壁上，有着很多天然的“岩画”。与人工的一样，它们也具备写实的和抽象的艺术风格。有的整个崖壁或整块岩石组成一幅画，有的几块岩石组成一幅画，有的局部组成一幅画，有的切割不同区域也能组成一幅画……这些“岩画”的类型和流派更多，有山水画、油画、水彩画、素描……它们的内容也更加丰富而精彩，有人物、动物、植物、物品、活动、动作、场景、风景……应有尽有，极尽大自然之所能。

在青藏高原长途跋涉的疲惫和乏味旅途中，如果你驻足停留并用心观察，说不定就会有意外的惊喜和收获。风景在路上，风情在行走中，慧眼出美景。

（发布时间：2018年5月28日21：23）

5月29日
星期二

走向天路686

牡丹花下

“牡丹花下死，做鬼也风流。”这句话从一个侧面道出了牡丹的国色天香，花容月貌。另一句是“牛嚼牡丹”，从反面的角度说明了牡丹的矜贵。我曾见识过洛阳牡丹，确实名不虚传。我在想，一般的牡丹就已经把人“折腾”成这样了，更何况是牡丹中的极品——黄牡丹呢？

昨天，我和墨脱县旅发委主任拉巴次仁，工作组成员、墨脱镇党委副书记、常务副镇长喻晓坤应邀参加了“米林第十二届黄牡丹藏医药文化旅游节”，再次见识了它的神奇魅力。说是“再次”，也就是说这已经不是第一次了。我之前曾在林芝市的巴宜区和察隅县等地见到过，据说云南省和四川省的部分地区也有分布。当时只是觉得它特别显眼，特别漂亮，拍了照片，然后就没有再特别留意它了。

昨天上午，由中共米林县委员会、米林县人民政府主办，米林县旅游发展委员会、米林县文化局承办，雅鲁藏布大峡谷景区、南伊沟景区协办，以“藏地药洲 神奇米林”为主题的“米林第十二届黄牡丹藏医药文化旅游节”在米林扎贡沟盛大开幕。开幕式现场安排了相关领导致辞、项目签约、歌舞表演以及牡丹仙子颁奖仪式等系列活动。其中的文

艺演出十分精彩，展现了工布藏族、珞巴族、门巴族等各族人民的文化精髓。墨脱县民间艺术团应邀作为主要参演单位之一，与米林县民间艺术团及其他演出人员一起进行了精彩的表演。在开幕式现场周边，还有设有相关展览和射响箭等相关活动。

开幕式结束后，我们在扎贡沟参观欣赏了黄牡丹。在扎贡沟的原始森林和草原中，万株野生黄牡丹同时开放，盛况空前。据了解，黄牡丹是中国西南地区特有的植物，现已被列为极危植物和国家保护植物。它是野牡丹的一个变种，为芍药科落叶小灌木或亚灌木，生于海拔2000—3500米的地带。黄牡丹花色金黄，是十分优异的观赏植物。同时，黄牡丹具有一定的药用价值，目前正在积极开展藏医药的研究和开发。此外，野生黄牡丹还是栽培牡丹的祖先，在科学、园艺等方面都有很大的研究价值。

（发布时间：2018年5月29日23：58）

5月30日
星期三

高原之春分外媚，
绿树红英铺满地。
满谷吐絮漫天舞，
误把飘花当雪飞。

（发布时间：2018年5月30日23：15）

走向天路687

高原之春

5月31日
星期四

走向天路688

亚东村脱贫攻坚示范村建设启动

为了助力墨脱实现脱贫攻坚目标，打造脱贫攻坚的墨脱模式，我们在县委县、政府的正确领导下，在当地脱贫攻坚工作的基础上，充分发挥援藏“战略支援、示范引领、拾遗补缺”的功能，有选择地建设若干个脱贫攻坚示范村。昨天，广东省第八批援藏工作队墨脱县工作组倾力打造的第一个脱贫攻坚示范村启动建设。工作组在家成员、墨脱镇相关领导、亚东村驻村工作队队员、村两委班子成员及部分村民见证了该示范村建设的启动。在启动仪式上，亚东村千米机耕道硬化工程和亚东村“佛墨缘”扶贫农家乐同时动工建设。工作组向该农家乐提供7万元的支持。

为了打造亚东村脱贫攻坚示范村，我们按照“综合施策、对症下药、着眼长远、着手近期”的原则，在当地脱贫攻坚措施的基础上，实施“五千”工程。即建设一千多米的机耕道路硬化路面，利用计划外资金投资100多万元，已于昨天开始动工建设；种植一千株玉堂春，打造全球最长的玉堂春景观大道，已经沿机耕道种植完毕并绝大部分存活；种植千亩冬种蔬菜和油菜花海，去年试种了300亩已取得成功并成效显著，今年将扩大到1000亩；种植数千株旅游水果，将于今年年底适宜种植的季节实施；建设带动千人致富的扶贫农家乐，采用村民合资与工作组支持相结合的方式，吸收贫困户参股和参与经营，优先收购贫困户及本村农牧民群众种植的蔬菜，已于昨天动工建设。

（发布时间：2018年6月1日0：04）

2018年

6月 June

6月1日
星期五

走向天路689

还有什么意见吗

根据西藏自治区、林芝市、墨脱县党委政府的战略部署，决定对甘登乡多卡村、加热萨乡龙列村、帮辛乡岗玉村这三个深度贫困且存在严重地质灾害隐患的村整体实施易地扶贫搬迁。为此，墨脱县委、县政府及广东省第八批援藏工作队墨脱县工作组共同筹集了1.1亿元，用于支持这三个村的易地扶贫搬迁。其中工作组向佛山市委、市政府争取了3000万元用以弥补资金缺口，使得这项工程得以如期顺利实施。经过县委、县政府、工作组以及相关乡镇、驻村工作队、村两委班子、广大农牧民群众的共同努力，这三个村的全体村民都愿意并且很乐意搬迁，工程进展也很顺利，目前主体工程已经封顶。到了这个阶段，这三个村的农牧民群众还有什么顾虑？还有什么诉求？

带着这个问题，我和喻晓坤、郭振华于昨天前往帮辛乡岗玉村进行调研。我们召开了村民代表大会，向村民介绍了各级党委、政府对他们的关心，对他们脱贫致富的支持，以及目前工程的进展等情况。然后询问大家还有什么顾虑和诉求。村民们各抒己见，议论纷纷，但集中体现在希望对他们的自筹资金、家具给予支持等。我们给他们分析了搬与不搬的利弊，党和政府对他们的投入，以及搬迁以后可以增加的政策性补贴、集体收入、商业机会、劳务收入等。并以各种户型为例计算国家的投入，让大家知党恩感党恩，然后计算每种户型需要自筹的资金，让大家知道自己到底要承担多少钱，再计算搬迁以后新增的政策性补贴，用这个新增的政策性补贴不到三年就足以支付自筹的资金，而且过后这个补贴还可以继续享受。这样，大家都心中有数，刚才提的问题也就迎刃而解了。

今天，我们带了两位岗玉村的村民代表前往格当乡多龙岗实地查看。他们认真地查看了每一种户型，详细地了解了相关的情况。我们在现场再次与村民代表进行计算，让他们更加清楚自己的收入和负担。他们听了以后如释重负，均表示回去与村民说清楚，让大家知党恩感党恩，不给党委、政府添加负担、添堵、添乱，而且还要通过自己努力，辛勤劳动，实现脱贫致富。两天跑两乡、两村，虽然很艰险，但进一步打消了村民的后顾之忧，让他们能够搬得开心，住得安心。这也为以后如何做好易地扶贫搬迁的群众工作积累了经验教训。

（发布时间：2018年6月1日23：53）

6月2日
星期六

走向天路690

让墨脱的土地更肥沃

昨天是“六一”国际儿童节，我们除了与墨脱的少年儿童举行了相关庆祝活动之外，还做了一件很有意义的事，那就是让墨脱的土地更肥沃，让墨脱的农作物像当地的门珞孩子一样茁壮成长。

6月1日，墨脱县沃地生物科技有限责任公司正式投产。这是林芝市第一家有机肥厂，墨脱县第一家真正意义上的工业企业。广东省第八批援藏工作队墨脱县工作组成员，墨脱镇相关领导，玛迪村驻村工作队、村两委班子及部分村民代表，沃地生物科技有限公司员工等参加了投产仪式。工作组成员、县发改委副主任邓宏照主持了仪式。墨脱县沃地生物科技有限责任公司总经理张杰致辞。我代

表县委、县政府和工作组讲话，向该公司正式投产表示热烈的祝贺，希望该公司狠抓质量和安全，为墨脱农业特别是茶叶、旅游水果、冬种蔬菜等产业的发展提供有力的支持，并祝愿该公司生意兴隆，事业兴旺。在投产仪式上，工作组向墨脱县沃地生物科技有限责任公司支持了20万元启动运营资金。

在该公司投产之前，墨脱的有机肥需要从那曲等地采购，长途运输物流成本很高，而且采购的都是半成品，所含成分不能完全适合墨脱的土壤结构。而随着墨脱茶叶、旅游水果、冬种蔬菜等有机农业的扩大，有机肥的需求也在不断增加，在墨脱建设一家有机肥加工厂既有必要也具有可行性。西藏自治区人大常委会副主任、林芝市委书记马升昌，广东省第八批援藏工作队领队、林芝市委副书记、常务副市长许典辉等领导对此十分关心，多次给予指示、指导和帮助。

在林芝市委市政府、广东省第八批援藏工作队及墨脱县委县政府的正确领导和具体指导下，工作组认识到位，态度坚决，行动积极，主动寻求相关投资方进行投资，我们也给予了充分的帮助。我还给该公司取名为沃地，希望墨脱的土地更肥沃。该有机肥厂于今年3月中旬开始筹备，总投资约650万元，规划建筑面积约4500平方米。其中一期工程于4月15日开工建设，5月26日建成试产，6月1日正式投产，前后不到三个月的时间。一期工程已建成生物有机肥生产线和办公区约2000平方米，投资280万元。二期工程将于6月中旬开始建设，8月中旬完成，新建生物有机肥成品、原材料仓库，发酵池等约2500平方米。届时，将形成5000吨至10,000吨的生物有机肥生产能力，为墨脱的有机茶产业提供肥力保障，并将形成从肥料生产到茶叶种植、加工、销售等完善的产业链，带动门珞群众脱贫致富。

（发布时间：2018年6月2日23：10）

6月3日
星期日

走向天路691

“五化融合”

之前，我提出了项目建设的“两化导向”，即景观化和旅游化。这是比较符合墨脱的实际情况的，因为雅鲁藏布大峡谷是大自然赐予人类最美的一张底图，墨脱拥有世界上最顶尖的资源禀赋。把旅游作为墨脱服务业的先导产业和龙头产业，让更多的门珞群众吃上旅游饭，从而助推脱贫攻坚，是墨脱的主要发展路径之一。

“两化”虽然突出了重点，但只是偏重于旅游这一块，不够全面和系统。于是，我们借鉴国外国内其他地区的先进经验和做法，结合墨脱的实际情况，在“两化导向”的基础上，提出了“五化融合”的项目建设理念，即“民族化、区域化、现代化、景观化、旅游化”相融合。

民族化就是要尊重和体现民族特色，我们的项目都尽最大可能反映和体现门珞民族特色，并为此提出了“和而不同，融而不灭”的民族文化发展理念和“挖掘、保护、传承、创新、发展”的民族文化发展重点；区域化就是要在民族化的基础上，反映和体现区域特色，如我们根据墨脱的区域特点提出了项目“八防”（详见《走向天路608——项目“八防”》）；现代化就是要在配置和功能上实现现代化，与时俱进，与时代同步，不能让别人只生活在过去和落后之中；景观化就是要让项目在具备自身应有功能的基础上，增加景观设计和效果，让它成为一道风景线；旅游化就是要让项目在具备自身应有功能的基础上，更加具有旅游的高附加值。

“五化融合”是在少数民族地区建设项目的一种理念、一种导向。如果我们都能按照“五化融合”的理念和导向来建设项目，那么项目就会更具特色和价值。

（发布时间：2018年6月3日23：57）

走向天路692

父母有别

顽童淘气去，
严父提棍追。
慈母敞开怀，
小子倒头睡。

（发布时间：2018年6月4日22：19）

6月5日
星期二

走向天路693

省党政代表团莅藏落实对口支援工作

广东省委、省政府历来高度重视对口支援西藏工作。新一届省委、省政府更是把贯彻落实习近平总书记的治藏方略和关于西藏工作、对口支援工作、脱贫攻坚工作的一系列重要指示精神放到十分重要的位置上。今年2月8日，省委、省政府即召开了广东省对口支援西藏新疆工作领导小组第八次会议，总结2017年工作，作出2018年部署。6月3日至4日，省委书记李希、省长马兴瑞又亲率广东省党政代表团莅临西藏自治区林芝市对接对口支援工作。

6月3日，广东省党政代表团一飞抵林芝，就马不停蹄地考察了米林县邦仲村边境小康示范村、布久乡小康示范镇、粤林产业园、林芝市第一中学、林芝市人民医院等援建项目，详细了解林芝市经济社会发展和对口支援工作情况，并前往广东省第八批援藏工作队驻地看望慰问了援藏干部人才。6月4日早上，粤藏两省区党政领导接见了包括墨脱县工作组成员在内的全体广东省第八批援藏工作队队员，并合照留念。

6月4日上午，粤藏两省区召开了对口支援工作座谈会。西藏自治区党委书记吴英杰主持了会议；广东省省长马兴瑞介绍了广东省经济社会发展和对口支援西藏工作情况，并提出了相关建议；西藏自治区政府主席齐扎拉介绍了历届中央领导人对西藏工作的重视和关心，以及全国各地对口支援西藏和西藏经济社会发展情况；广东省委书记李希和自治区党委书记吴英杰分别作了重要讲话。广东省领导任学锋、王伟中、林少春、邹铭、江凌、叶贞琴，南方航空集团公司党委书记王昌顺，西藏自治区领导曾万明、马升昌等参加了会议。我和李斌代表广东省第八批援藏工作队墨脱县工作组也参加了会议。

李希首先代表广东省委、省政府及全省人民对西藏多年来给予广东工作的大力支持表示感谢。他表示，对口支援西藏是习近平总书记及党中央交给广东的重大政治任务，是广东服从服务大局的使命担当，是深化粤藏区域合作、实现协同发展的难得机遇。当前，广东正认真学习贯彻习近平新时代中国特色社会主义思想及习近平总书记参加十三届全国人大一次会议广东代表团审议时的重要讲话精神，努力实现“四个走在全国前列”，当好“两个重要窗口”。我们一定要牢记总书记的殷殷嘱托，切实把思想和行动统一到以习近平同志为核心的党中央的治藏方略和对口支援工作的部署要求上来，把对口支援林芝、昌都摆在突出重要位置，用心用情用爱抓好抓实对口援藏工作，不断提高当地经济社会发展水平。

李希强调，要聚焦脱贫攻坚精准发力，帮助西藏林芝、昌都两市如期完成脱贫任务，推动对口支援工作取得新的更大成效。一是要持续抓好民生援藏工作，继续推进边境小康示范村建设，帮助提高、保障和改善民生水平，切实提高群众的获得感、幸福感、安全感；二是要深入推进产业援建工作，谋划推进一批符合当地实际的产业援建项目，支持帮助受援地进一步做好招商引资工作，在生态旅游、特色农牧业、藏医药等产业方面加大力度；三是要加大智力人才支援力度，积极拓展支援领域，改进完善支援方式，加大组团式支援，在教育、医疗等方面持续用力，共同开展教育培训工作，源源不断培养输送各类人才；四是要聚焦受援地所需所求和民生领域重点难点，加大资金支持力度，加强监督管理，确保援建项目高效推进、早日见效；五是要进一步加强组织领导，建立健全对口支援长效机制，加强协调联动，强化工作对接，动员全社会积极参与，汇聚起援藏工作的强大合力。

李希强调，广东省第八批援藏工作队要始终绷紧讲政治这根弦，牢固树立“四个意识”，坚定“四个自信”，旗帜鲜明地维护祖国统一、民族团结、社会稳定。全体援藏干部人才要自觉接受当地党委、政府的领导，虚心向西藏干部群众学习，以高度的责任感和使命感，全身心做好各项工作，以扎扎实实的工作成效，高质量完成对口支援任务。

吴英杰代表西藏自治区党委、政府和全区各族人民对广东省长期以来对西藏工作的关心支持表示衷心感谢。他表示，西藏作为特殊的边疆少数民族地区，始终受到党中央的特殊关心关怀。党的十八大以来，习近平总书记为西藏的发展稳定各项工作把舵定向、谋篇布局，把西藏工作在党和国家工作全局中的战略地位提升到了前所未有的高度，为我们做好西藏工作提供了根本遵循。当前，西藏总体形势很好，党的领导全面加强、民生大幅改善、基本公共服务能力大大提升、民族交往交流交融更加密切、宗教日益和谐、边疆巩固边境安全、群众“我要稳定”的愿望更加强烈，正处在历史上最好时期之一。

吴英杰指出，长期以来，广东省站在党和国家工作全局的高度，在自身改革发展任务十分繁重的情况下，始终把做好对口支援西藏工作作为一项重大政治任务和光荣使命，极大改善了林芝、昌都两市城乡基础设施条件，提高了各族群众生产生活水平，促进了两市经济社会全面进步。我们将牢固树立“四个意识”，正确处理好中央关心、全国支援和自力更生、艰苦奋斗的关系，以广东省党政代表团莅藏考察为契机，进一步重视受援工作，切实把广东支援的资金使用好、项目落实好，及时研究解决援藏工作中存在的困难和问题，为广东对口援藏工作创造良好条件，提供有力保障。真诚希望广东省一如既往地加大对西藏经济社会发展的支援力度，为西藏长足发展和长治久安做出新的更大的贡献。

（发布时间：2018年6月6日0：18）

6月6日
星期三

走向天路694

市委书记鲁毅在藏接见佛山援藏干部人才

6月3日至4日，佛山市委书记鲁毅随同广东省党政代表团莅临西藏自治区林芝市对接落实对口支援西藏工作（详见《走向天路693——省党政代表团莅藏落实对口支援工作》）。6月3日晚，鲁毅抽空接见了广东省第八批援藏工作队墨脱县工作组（佛山援藏）全体成员以及佛山派往林芝工作的援藏干部人才代表余国栋。鲁毅代表市委、市政府对佛山派出的援藏干部人才表示亲切慰问。这是鲁毅在我们在藏期间第二次莅藏进行看望慰问。在我们返粤回佛出差和休假期间，鲁毅也多次听取汇报或召开座谈会，十分重视对口支援西藏工作，十分关心援藏干部人才。

当天晚上，鲁毅不顾旅途疲惫和高原反应，在下榻的酒店与我们进行了座谈。我代表工作组作了工作汇报，其他成员汇报了自己的心得体会，林芝市职业技术学校副校长余国栋代表佛山派往林芝工作的援藏干部人才进行了发言。鲁毅在听取我们的汇报和发言之后作了讲话。

鲁毅指出，援藏干部人才是以习近平同志为核心的党中央治边稳藏重要战略思想的执行者，是对口支援西藏林芝市夺取全面建成小康社会伟大胜利的建设者，是加强民族交往交流交融、实现民族团结的促进者，责任重大、使命光荣。工作组代表广东省、佛山市，远赴艰苦的边境地区、民族地区墨脱县开展对口支援工作，以创新引领、全面深化为理念，援建项目有序推进，产业发展特色鲜明，民族团结成效显著，创新性工作亮点突出，教育医疗注重基础和长效，队伍团结，有战斗力，工作得到了中央及粤藏两地各级党委、政府和广大干部群众的高度肯定，引起了新华社、中央电视台等媒体关注，大家团结一心用心血和汗水使佛山对口援建工作走在了前列。

鲁毅指出，佛山援藏干部人才“不把援藏当公事而是家事，不把墨脱当他乡而是家乡，不把干群当他人而是家人”，是带着责任、带着使命、带着感情在做对口援建工作。工作组要继续保持良好的工作态度和状态，全面深化援藏工作。一是要进一步提高政治站位，以习近平新时代中国特色社会主义思想武装头脑，牢记总书记“治国必治边，治边先稳藏”治藏方略，全力以赴做好对口支援墨脱建设工作。二是要进一步做好民族团结工作。深刻认识边疆工作、民族工作的特殊性，深入学习党的有关民族政策和宗教政策，充分尊重当地党委、政府和广大干部群众，善于总结民族工作方法和规律。三是要进一步做好援藏项目建设。项目建设是党对边疆民族地区关心关怀和富民兴边、治边稳藏政策的具体体现。要克服墨脱项目建设的重重困难，科学规划、严格管理，建设一批精品优质工程、示范援建项目。四是要进一步加强安全意识。要时刻绷紧安全这根弦，保证政治安全、工作安全、交通安全、人身安全、财务安全等，尤其要严格遵守中央八项规定精神，落实援藏干部人才管理制度，始终保持清醒的头脑和良好的工作作风。

鲁毅强调，佛山援藏干部人才要深入贯彻落实习近平总书记关于西藏工作和对口支援工作的重要指示，认真学习领会粤藏对口支援工作座谈会精神，不忘初心，牢记使命，进一步提高政治站位，带着责任、带着使命、带着感情做好佛山对口支援墨脱县建设工作，向西藏人民交出一份满意的答卷。

（发布时间：2018年6月6日22：50）

6月7日
星期四

走向天路695

迅速传达学习贯彻

6月3日至4日，广东省委书记李希、省长马兴瑞率广东省党政代表团前来西藏自治区林芝市开展对口支援西藏工作，并于4日上午召开了粤藏对口支援工作座谈会。3日晚，佛山市委书记鲁毅抽空接见了广东省第八批援藏工作队墨脱县工作组（佛山援藏）全体成员及佛山派往林芝工作的援藏干部人才代表余国栋，并召开了座谈会。

为了让工作组成员及时学习贯彻粤藏对口支援工作座谈会和佛山市委书记鲁毅接见佛山援藏干部人才座谈会精神，根据林芝市委副书记、常务副市长、广东省第八批援藏工作队领队许典辉的指示和广东省第八批援藏工作队的部署，工作组于6月4日上午粤藏对口支援工作座谈会结束之后，马上在广东援藏干部公寓召开专题会议，传达学习贯彻上述两个座谈会精神。

我主持了会议。工作组副组长、墨脱县委副书记、常务副县长李斌传达学习了粤藏对口支援工作座谈会精神，包括广东省委书记李希、西藏自治区党委书记吴英杰、广东省省长马兴瑞、西藏自治区政府主席齐扎拉四位领导的讲话精神。工作组成员、墨脱镇党委副书记、常务副镇长喻晓坤传达学习了佛山市委书记鲁毅接见佛山援藏干部人才座谈会精神。

就如何贯彻落实这两个座谈会的精神，我提出了相关要求。工作组要在习近平新时代中国特色社会主义思想的指引下，深入贯彻落实习近平总书记关于西藏工作和对口支援工作的系列重要指示精神，认真学习贯彻好本次粤藏对口支援工作座谈会精神和鲁毅书记接见佛山市援藏干部人才座谈会的精神，牢固树立“四个意识”，提高政治站位，继续做好对口支援工作。要把这两个会议的精神迅速传达贯彻给其他柔性援藏干部人才，包括在林芝工作的佛山派出援藏干部人才和在墨脱工作的柔性援藏人才；要继续深入学习领会、贯彻落实这两个会议精神；

要结合实际来贯彻落实相关精神，以行动来体现，以成效来衡量；要不忘初心，牢记使命，严守纪律，善始善终，好头好尾，做好接下来的工作。

晚上，工作组召开了在林芝工作的佛山援藏干部人才学习贯彻会议。四名援藏教师和八名援藏医护专家全部参加了学习。我主持会议，李斌传达学习了粤藏对口支援工作座谈会精神，喻晓坤传达学习了佛山市委书记鲁毅接见佛山援藏干部人才座谈会精神，林芝市职业技术学校副校长余国栋代表在林芝工作的佛山援藏干部人才作了发言。我指出，工作组既是广东省第八批援藏工作队在墨脱的工作机构，也是佛山市委、市政府在西藏及林芝、墨脱的前方机构，还是佛山派出的援藏干部人才之家，我们既要加强与佛山派出的其他所有援藏干部人才的沟通、交流，也要对他们多关心、多支持。

6月6日下午，工作组在广东援藏公寓召开工作会议，传达学习了广东省第八批援藏工作队传达贯彻广东—西藏对口支援工作座谈会精神会议暨“四个摆进去”“四讲四爱”第一期主题学习交流活动的相关精神，研究讨论了项目建设过程中遇到的相关问题，讨论决定了相关事项。

今天晚上，已经返回墨脱的李斌等工作组成员受托组织在墨脱工作的其他柔性援藏人才进行了传达学习。

（发布时间：2018年6月7日22：48）

6月8日
星期五

走向天路696

佛山援藏“点行善”

“点”在广东话里面是如何、怎么样的意思。“点行善”就是如何行善，如何惠民济困。而惠民济困是援藏的重点工作之一，更是广东省第八批援藏工作队墨脱县工作组（佛山援藏）的特色招牌和亮点工作之一。工作组自2016年进驻墨脱以来，一直把惠民济困作为贯彻落实习近平新时代中国特色社会主义思想及治藏方略的重要举措，作为促进民族团结的重要途径，作为脱贫攻坚的重要内容。截至目前，工作组共筹集计划外资金和物资超过1.77亿元，解决各类困难和问题超过140多项。

工作组“点行善”引起了众多国内外媒体的关注，其中包括佛山电视台南海频道的《点行善》栏目。据了解，该栏目诞生于2015年5月11日，为广东省首档公益慈善电视栏目。《点行善》每周一期，每期25分钟。栏目有三个小版块：“点滴纪录”，通过一个个小型纪录片告诉大家点滴都是善；“点样行善”，通过与公益慈善领域的专家就纪录片的故事展开访谈，带出做公益做慈善的正确理

念、方法、经验；“行善一定掂”，在节目的最后通过一个个供需项目对接及活动资讯的发布，让大家在参与公益的过程中感受到行善一定掂的正能量！《点行善》开播已经三年，播出节目150多期。2016年，栏目在中国公益慈善项目大赛上获得社会创新项目百强奖；栏目制片人李文颖被授予“南海区慈善会形象大使”称号。2017年，制片人李文颖获得佛山公益慈善榜金玫瑰奖。2018年，《点行善》栏目获得佛山公益慈善榜年度项目奖。

5月28日至6月3日，《点行善》栏目组李文颖带领陈家坚、何永锋不顾雨季墨脱的艰险，前来拍摄工作组“点行善”的脱贫攻坚纪录片。他们在墨期间，跟随工作组成员邓宏照、雷震等深入相关单位、乡村和田间地头采访，先后前往县人民医院、墨脱村茶园、德兴村综合服务中心、德兴村农副产品专业合作社、雅江钻石水景茶园、朗杰村、地东村、玛迪村、沃地生物科技有限公司等进行实地采访。他们考察并拍摄了项目建设、医疗卫生、惠民济困等方式的援藏工作，采访了墨脱县委书记旺东等当地领导和干部群众，工作组的所有成员特别是来自佛山市南海区的邓宏照、雷震。我作为工作组组长向他们介绍了援藏工作的开展情况、取得的成效，以及我们的援藏文化、援藏项目，特别是我们结合实际摸索出的一套“十先扶贫法”。回到林芝，适逢广东省委书记李希、省长马兴瑞率广东省党政代表团莅藏对接落实对口支援工作，他们采访了佛山市委书记鲁毅接见工作组成员并召开的座谈会。

据了解，这次《点行善》栏目前来墨脱拍摄佛山援藏“点行善”并制作纪录片，既是被工作组“点行善”所吸引、所感动，也是受佛山市及南海区相关领导和部门派遣。这次拍摄的节目将于近期播出。

（发布时间：2018年6月9日1：18）

6月9日
星期六

走向天路697

大镇的担当

狮山，号称中国第二镇，2017年度位列“全国综合实力千强镇”第二名。狮山隶属于佛山市南海区，是佛山国家高新区核心园区所在地，粤桂黔高铁经济带合作试验区（广东园）主体区所在地，珠三角国家自主创新示范区重要组成部分，国家新型城镇化综合试点。目前已形成汽车整车及零部件制造、高端装备制造、光电、新材料、智能家电、生命健康等高新技术产业集群，建有广东省智能制造示范基地、广东生物医药产业基地、广东新光源产业基地、中欧科技合作产业园等特色产业园。集聚了一汽—大众等世界500强投资企业23家，上市及新三板挂牌企业达到20家，规模以上工业企业807家。2017年实现地区生产总值超过1000亿元，工业总产值3678亿元，税收163.8亿元。

狮山，作为佛山乃至中国的大镇，高举习近平新时代中国特色社会主义思想伟大旗帜，不仅成为佛山改革发展的排头兵，也是佛山对口支援西藏工作的排头兵。自2016年7月以来，该镇累计统筹整合支持援藏资金和物资超过232万元。为贯彻习近平总书记于2016年7月20日在银川主持召开的东西部扶贫协作座谈会上的讲话精神，落实国家对援藏工作综合考核评价的相关指标，按照《佛山市全面对口支援墨脱县镇乡结对工作方案》的要求，经广东省第八批援藏工作队墨脱县工作组诚挚邀请及佛山市南海区援藏干部邓宏照、雷震的沟通协调，佛山市南海区狮山镇副镇长叶伟华、狮山镇扶贫专干王锦辉一行两人于6月1日至5日前来墨脱，就如何做好新时代对口支援西藏墨脱的工作开展调研和对接落实。

在墨期间，叶伟华和王锦辉听取了广东省第八批援藏工作队墨脱县工作组的援藏工作情况介绍，参观了工作组的援藏文化室和援藏项目建设指挥部，实地考察了工作组已竣工和在建的项目。他们还下乡进村入户，深入田间地头，前往结对帮扶的德兴乡调研结对帮扶情况，研究扩大百香果种植打造青藏高原百香果之乡，助推德兴乡脱贫攻坚，并为贫困户和遭灾家庭送上慰问金。

（发布时间：2018年6月9日11：13）

如果有人告诉你，雅鲁藏布江原来是一条地下河，估计会颠覆你已有的认识，因为目前尚未有资料显示是这样，以至于打死你也不会相信。不过，不管你信还是不信，你都没错。因为你所了解的是事实，是本质，我所看到的是表面，是假象。

我们经常穿行于雅鲁藏布大峡谷，忽上忽下，忽高忽低，忽左忽右，忽里忽外，忽远忽近……我们所能看到的雅鲁藏布江，通常只有一截，一头像是从山底下涌出来，而另一头又消失于山脚下。整条雅鲁藏布江，像是一条由暗河（地下河）、明河、暗河（地下河）反复循环组成的河流。

之所以形成这样的假象，主要是因为这里是高山峡谷地貌，山重水复，形成了众多的S形大拐弯。我们站在大拐弯的顶端，看到的是一条U形的“明河”，在两个大拐弯的顶端之间，看到的是一条近乎直线的“明河”，而在它们的两端都是“暗河”（地下河）。

这种假象就有点像苏轼所写的《题西林壁》中的“横看成岭侧成峰，远近高低各不同。不识庐山真面目，只缘身在此山中”的味道了。

（发布时间：2018年6月10日21：09）

6月11日
星期一

走向天路699

大地的盔甲

在西藏林芝市波密县松宗镇境内的318国道边，有两座著名的山峰，那就是盔甲山。据说盔甲山原名“阿里措日”，也叫“松多巴热神山”和“念波茶热神山”。 由于山峰部分由板岩构成，经过长期的风化作用形成层层的长台阶。每年9、10月开始积雪后，或者次年的4、5月的积雪开始融化一部分后，远远望去，像是古代士兵所披盔甲上的花纹，所以叫盔甲山。相传这两座盔甲山是一对夫妻，而周围的其他雪山均是他们的子女。

无独有偶，远在3600多公里外的内蒙古赤峰市松山区也有一座盔甲山。只是，那里的盔甲山只有其名，并无其形，仅是因为清代将军在那里晾晒盔甲而得名。

其实，在青藏高原上，除了盔甲山像是披了盔甲之外，还有很多地方也像是披了盔甲一样，特别是只有一层浅草或还有一些低矮灌木的陡坡。这些陡坡可能由于风化作用而形成流沙，在下滑的过程中遇到地势及植被的阻挡，形成了一层层的地表结构。这些地表结构就像大地的盔甲，也像是大地的鳞片。这也许是一种自我保护，但最起码是一道景观。

（发布时间：2018年6月11日22：43）

6月12日
星期二

走向天路700

西藏的小水电站

行走于青藏高原，常常可以看到对面的山被拦腰打了一个洞，然后一条长长的管子沿着山坡往下伸，到了沟底河边上有一间小房子。我们刚开始的时候不知道是什么东西，乘坐在飞驰而过的汽车上，自然而然就没有留意观察。后来一次偶然的机会，我们停车就停在它的对面，由此认真地端详了一番，原来是个小水电站！

这个世界真的很奇怪！对面山上光秃秃、干巴巴的，别说水流没有，就是连水分恐怕都没有。那么是如何来的水呢？哪里来的水呢？原来有的是通过用管从沟里面引出来，有的甚至是从背后的那条沟打隧道穿山而过引出来，通过这两种方式把水引到半山腰上，利用其自然落差进行水力发电。由于都在管子中运动，就有效地减少甚至避免了水的流失。

看着这些工程，真心佩服那些为之而努力的决策者、设计者和建设者！青藏高原上不仅有神奇的风光，还有神奇的工程。

（发布时间：2018年6月12日21：34）

6月13日
星期三

走向天路701

空中厕所

看到这个题目，大家一定会联想到飞机上的厕所。但这里跟飞机没有任何关系，而有关系的是青藏高原。到这里，大家又会以为是青藏高原海拔高，离天空近，所以这里的厕所也就自然而然地被称为空中厕所了。其实也不是！

之前，某驻村工作队向我们反映了他们的一些问题和困难，其中包括他们住在村委会内，有男有女，就是没有洗澡的地方，很不方便，希望我们能够给他们修一个卫生间，既能上厕所又能洗澡。我和工作组成员、县发改委副主任邓宏照两次前往实地考察，双方都没就建设方案达成共识。后来对方提出在村委会二楼背后开个门出去，凌空搭建一个洗手间。我的姑奶奶！对方此言一出，吓得我们目瞪口呆。无奈之下，我们采用了一个折中的方案，在村委会一楼的旁边开一个门出去，建在一楼的旁边。

后来我们在出差时才发现，我们当时的反应可能过于夸张，也让对方心里咯噔了一下。为什么呢？因为空中厕所是不少藏区都有的特有建筑，只能怪自己见识太少和观察不细了。在部分藏区（具体范围因我考察不全面而无法划定），厕所都是在二楼的背后凌空突出的。绝大多数与地面不相连，没支撑，就像背在房子背后的一个箱子。只有极少数有排污管悬在半空或延伸到地面，减少或避免排泄物对墙体造成的污染。更有极个别会在厕所下面做成与厕所大小一样的箱体连接到地面，把排污管隐藏和装饰起来。地面一般都建有简易的收纳池，收纳排泄物。这种空中厕所一般都是木结构，反正到目前为止我还没看到过用其他建筑材料建造的。

藏式建筑的形式、材料、风格、艺术等都十分丰富多彩，博大精深，还有待我继续深入学习、研究、观察和积累。

（发布时间：2018年6月13日22：37）

青藏高原上的植被分布

青藏高原由于其特殊的地理、气候、历史和人文等条件，会有很多十分有趣的现象和事情。就拿植被分布来说吧，它也有自己鲜明的个性和特点。

一方面，是它的垂直分布。植被的垂直分布、水平分布很多书籍资料都有更加专业和详细的描述，我就不再赘述了。在这里我要讲的是，它分布的层次和界线十分分明。某一种植物特别是主导性或代表性植物，上至、下至一定的高度就戛然而止，即使一线之隔它也绝不跨越，不存在我们人为划线时总是弄出很多临界状态的问题。这在干旱地区特别是干热河谷就更为明显。另一种是河流的丰水线，丰水线之下即使是涸水期也几乎寸草不生，而在内地，很多地方的植物是一直长到河边甚至长到水里去了，哪管你什么丰水线和涸水线的。

另一方面，是它的群落分布。每一块地方的主导性植物和代表性植物十分明显而相对单一。例如，这一块是冷杉就是冷杉，是桦树就是桦树，是青杠树就是青杠树……你再也难以找出能与之匹敌的主导性树种和代表性树种了。在有泥石流的地区，当之前的常年泥石流已经停止或者不再常年发生时，该扇形区域就会陆续长出植物，但它长出来的植物却截然不同。人们常说物以类聚，人以群分，这算不算是植物的排他性？

高原上的植被跟高原上的其他景物一样，都有一个共同点，那就是：对比强烈而又完美融合，相互矛盾而又和谐共处。

（发布时间：2018年6月14日22：05）

走向天路703
庭院经济

去年2月5日，我在《走向天路208——六化建小康》中就提出了小康示范村建设应该做到“六化”，其中包括庭院经济化。庭院是指农牧民房前屋后、庭院内外以及周边可利用的土地、水域。庭院经济则是指农牧民以商品化和产业化为目的，利用庭院进行种植、养殖、园艺、手工业、服务业等以及它们之间相互的组合。

庭院经济在家近屋，简单易行，形式多样，适应性强，是小农经济与市场经济的结合和升华，在载体、规模等方面是小农经济，但在目的、理念等方面却是市场经济。传统庭院经济在我国传统农业经济发展中曾经发挥过重要作用，当其与市场经济相结合后又得到了升华，并呈现出旺盛的生命力。在市场经济、现代管理、脱贫攻坚等理念指引下的庭院经济，不仅成为现代农村的重要生产方式，更是成为脱贫攻坚的重要利器。在特色种植（如旅游水果、兰花等）、特色养殖（如金钱龟）、工艺品制作（如竹编、藤编等）、服务业（如民宿、家庭旅馆等）等特定的行业和领域更是如此。

可见，发展庭院经济是贯彻习近平新时代中国特色社会主义思想特别是关于生态产业化、产业生态化的重要体现，是落实党的十九大精神特别是乡村振兴战略的重要途径，是农牧民脱贫致富奔小康的重要法宝，也是符合墨脱实际情况的战略选择。墨脱山高谷深，坡陡崖峭，路无三丈直，地无三尺平，建设用地和耕地面积都极其有限。但生活在高山峡谷中的门珞群众可能沿袭了生活在高原宽谷上的藏族群众的传

统，不仅有规模较大的庭院，而且住房和伙房分设，不能说是浪费土地，但土地的使用效率确实可以提高。这就为发展庭院经济提供了条件。

目前，个别先知先觉的群众在其他地区及其他人的启发和帮助下已经进行了积极的探索。例如贡日村的云涧木居客栈就是该村村民利用自家庭院进行经营的；墨脱村的贡桑卓玛在自己家里开起了三姐妹农家乐；背崩村的扎西罗布在第七、第八批援墨工作组的支持下搞起了家庭旅馆，去年成功地摘掉了贫困帽子……我们经过深入的调查研究，充分利用墨脱的自然环境和庭院特点，推行旅游水果（花可赏，果可吃）种植，发展庭院经济，打造雅鲁藏布大峡谷旅游水果经济带。目前已经在扎墨公路和派墨公路沿线的四个乡镇13个行政村种植了超过20个品种17,000多株旅游水果。

在墨脱发展庭院经济有基础（庭院），有空间（尚未开发利用），有前景（旅游目的地），有行动（援藏和当地携手）。我们应该积极探索，稳步推进，把庭院经济作为乡村振兴战略和脱贫攻坚之墨脱模式的重要组成部分。

（发布时间：2018年6月15日23：50）

6月16日
星期六

走向天路704

如何发展庭院经济

昨天我们介绍了庭院经济的相关情况，今天再结合墨脱的实际与大家一起探讨一下如何发展庭院经济。

种植。墨脱的自然条件适合很多水果、蔬菜和药材等作物的种植，但也有两个缺点要克服，一个是雨季，绝大多数作物的种植都要考虑这个因素，甚至有些作物在雨季无法生长或者难以生长（例如部分蔬菜）；另一个是土壤，很多庭院都需要添加适合种植的土层和有机肥。种植可以实施乔木、灌木和草本植物相结合，高秆作物和低秆作物相结合，通过套种、间种构建立体种植模式。在墨脱适合庭院种植的有旅游水果（花可赏，果可吃）、菌类等林下资源、七叶一枝花等名贵药材、蔬菜、园艺等。我们之前在其他地方看到，农牧民群众在庭院中种植樱桃，大株的每年可收一万元以上，小株的每年可收三千元以上，只要家里有几株旅游水果，轻轻松松就能脱贫致富。

养殖。养殖在内地的庭院经济中十分普遍，但在墨脱的庭院经济中发展养殖还真是有点头痛。这里的门巴族、珞巴族、藏族群众普遍有不杀生的习惯，他们养殖的商品率不高，养殖方式多为放养，主要集中在藏香猪、牛（犏牛、巴米牛、牦牛等）、藏鸡等比较单一的品种。如何寻找适合墨脱庭院养殖的品种和方式，确实值得认真探讨。

服务。世界第一大峡谷雅鲁藏布大峡谷给了墨脱最美的底图，全国唯一的门巴族、珞巴族县又给了墨脱独一无二的人文风情，因此可以充分挖掘和整合相关的特色资源，结合实际情况发展旅游观光、休闲娱乐、会议度假、社会实践、体验活动等服务，如特色的农家乐、家庭旅馆、茶馆等。

加工。依托当地的特色优势资源，在庭院中建立小作坊、工作室、小加工厂等，对本地农产品进行加工，或者创制手工艺品。例如门珞服饰加工、竹编、藤编、旅游商品加工等。

综合。就是上述几种及其他多种模式的综合运用，最典型的就是立体种养。例如种植业与养畜业、渔业等相结合，围绕种植、畜牧、水产业等进行循环生产，构建庭院经济的生态循环模式。

要推进庭院经济发展，助力脱贫攻坚，首先要解放思想。各级各部门及干部群众要提高认识，解放思想，更新观念，将庭院经济发展与其他相关工作有机结合起来，一起研究一起部署一起落实；其次要政府支持。各级政府及农牧、扶贫等相关部门要给予工作指导，给予政策倾斜，在申报项目或分配资金时给予适当安排；再次要加强培训。相关部门要组织有兴趣的农牧民群众前往参观考察，学习借鉴其他地区的先进经验，加强相关技能培训，使其适应相应行业的要求。

（发布时间：2018年6月16日21：50）

走向天路705

昏睡一周

春节后返回墨脱三个多月了，终于有机会出差返回佛山。6月10日中午回到家，因醉氧先是睡了一个下午。晚饭后精神稍好，便和妻子一起送孩子去练小提琴，然后我们到河边散步。攒动的人头，微微的凉风，河两岸的公园和高楼，徐徐驶过的轮船，还有在水里摇曳的灯光，都让我觉得久离了这个城市。正在惬意间，一个类似臭屁虫的毒虫撞进了我的左眼，本能的反应让我的眼皮把它给活活夹死了。但它的毒液也洒了我一眼，顿时整个眼睛又辣又痛，眼泪哗哗地往外涌，视线十分模糊。想看看路上的行人有没有矿泉水，但大家是出来散步的，都没带。无奈之下只好硬着头皮往回赶，到达一个码头的门卫室时，赶紧进去找了一个水龙头冲洗。感觉好多了，但还是又辣又痛，难以睁开。

回到家里，醉氧的困乏和眼睛的受伤让我早早就睡了。不睡不要紧，这一睡就让我睡足了一个星期。第二天早上醒来了一下，左眼的睫毛和眼皮都沾满了分泌物，要用手来撕和刮才能扯下来，眼睛还是痛，却已经好多了。但这种清醒转瞬即逝，旋即又进入了昏睡的状态。后面的睡眠中偶尔会醒来一下，但瞬即就又睡着了。即使是要起床上厕所，也感觉神志恍惚，软弱无力，需要挣扎多次才能成功爬起来。中午的时候妻子回来做了饭给我吃，然后就又睡着了。在床上睡得很不是滋味，就像是严重脑震荡和重感冒、发高烧等多种疾病的综合征。意识混沌而模糊，有点想发疯；全身酸痛无力，特别是各个关节；所有内脏器官感觉很不爽，症状不可名状；咽喉疼痛，吞咽困难。反正全身没有一个地方是舒服的，没有一个地方是想要的。虽然没有消极的念头，但也让我在一定程度上体会到了生不如死的感受。

傍晚妻子回来后，发现我已经烧到39 ℃有余，就打了电话请我的同学周捷医生过来看病并带了药过来。我没有起床，因为实在是无力，也没有说话，因为实在是难受，只是用眼角的泪水来表达身体的感受和对他的感激。随后的几天里，情况在慢慢地好转，身体在慢慢地恢复，但直到今天也还没有完全断尾。回到佛山一周的时间里，除了昨天强打精神和妻子驱车两百多公里回乡下看望我的老父亲及其他家人外，几乎都没有出过门，原先安排的行程、约好的所有拜访都全部泡汤了，连原先的《每日一花》也停发了，只能挣扎着完成每天的《走向天路》。从高原下来，整个生理系统都在进行重新调整和适应，这个过程有点像机器和系统的重装一样。这是醉氧综合征的一周，也是昏睡的一周。

明天，虽然是中国的传统节日——端午节，但我们一早就要踏上新的旅途了！

（发布时间：2018年6月17日20：25）

走向天路706

苦了娘儿俩

这次回来佛山出差，本来想在工作之余帮一下忙，接送孩子也好，做点家务也好，甚至啥也不做哪怕只是好好陪一下他们娘儿俩也好。但因醉氧综合征，不但啥也没帮上忙，反而是帮倒忙，真是太不争气了。

每天，妻子总是最早起床。六点钟，她就会准时地起来，不需要闹钟，简单洗漱后就开始做早餐。儿子呢，第二个起床，时间是六点半，他洗漱完了一般情况下都会先复习一下，七点钟吃早餐。然后他们娘儿俩就在七点十分左右出发。幸亏学校离家不远，七点二十左右就能到校，比学校要求的七点四十要早20分钟左右，这就是孩子的自由时光了，可以复习也可以活动一下。

送完孩子上学，离八点半的上班时间还有一个小时左右的时间。这一个小时之内，妻子要走完从学校到单位的路，然后吃早餐，买好当天的菜。这一切办妥后，就开始进入上班模式。如果不是我病在了家里，她平时中午就在单位吃午饭和午休，然而这段时间她还要回家做饭给我吃，午休的事情也就免谈了。到了下午五点半下班，她就回家做饭做家务。

晚上九点半，她已经准时在学校门口迎接下晚自修的孩子回家。回到家里，孩子就直接进书房复习，直到十一点才出来洗漱睡觉，很多时候还要多次催促才肯出来。回想自己当年的学习生活，条件虽然艰苦，但学习压力与现在的孩子相比，显然是轻松多了。没有比较就没有伤害，没有比较也没有幸福。而妻子呢，则是继续忙她的家务。每天，她总是最后一个睡的。虽然说不上起得比太阳早，睡得比月亮晚，但十二点前有得睡已经很不错了。

以上是周一到周五以及学校不放假时候的状态。如果是周末或者节假日，她还要继续送孩子去上各种兴趣班。总之，作为家中的女主人，她总有忙不完的事，除非是睡着了。

昨天下午三点半左右，我到楼下去拿东西。一出楼梯间的门，便听到一声巨响，并有物品从高空坠地的动静和破碎声音。循着响声抬头仰望，隔壁的22栋不知道是十楼还是十一楼的一个住户阳台上冒出一团大火和浓烟。火灾了！我赶紧一边打电话报警，一边跑回去按门铃通知他们娘儿俩赶紧下来，以防烧到我们这栋来，因为两栋之间只是建筑结构，并无距离。我们这边区域的手机信号不佳，电话没打出去。他们娘儿俩没听清楚，以为是我们这栋，没敢坐电梯，直接从消防通道跑了下来，结果跑了十几层，才用了几分钟。下得楼来，他娘腿都软了。幸好该住户自己成功进行了处置，把火给扑灭了，才没酿成大祸，否则又不知道要造成多少人员伤亡和财产损失了。后来我们通知了物业管理公司，他们派员前往现场查看时被拒绝进门。希望大家都要注意安全，提高警惕，加强防范。

今天是端午节，顺祝各位朋友节日愉快，身体健康，一切平安！

（发布时间：2018年6月18日20：17）

6月19日
星期二

走向天路707

墨脱防潮十大攻略

众所皆知，墨脱是“世界潮都”。只是，人家的潮是潮流，墨脱的潮是潮湿。潮湿深刻地影响着人们的生产、生活和健康。潮湿对人体的关节和器官影响很大。我们进墨后很快就深有体会，然后是深受其害。潮湿，虽然防无可防，但又不得不防，有防绝对做不到无患，但尽可能做到防然于未患。总之，有防总比无防好。以下是我总结出来的墨脱防潮十大攻略，虽然不一定都用得上，而且也无须全部用上，仅供大家参考和选择。

一吃。防潮去湿，能吃的东西无非就是辛辣刺激性食物，因此辣椒、花椒、胡椒、生姜等食物就是最佳选择，门巴辣椒可是全球辣度最高的辣椒之一呢！而像包菜、龙牙白等本身湿气重的食物在墨脱就不是很适合了。在烹饪的方式上，墨脱石锅和重庆火锅等可能会有一定的帮助。

二喝。防潮去湿，能进口的除了吃就是喝。有帮助的主要就是酒、汤和粥等，茶和其他饮料目前好像还没有听说过有什么帮助的。喝酒要喝青稞酒、白酒、洋酒等，最好是高度的，一般不喝红酒，更加不要喝啤酒。我曾建议卫计部门向农牧民群众发出健康指引，在墨脱尽量避免喝啤酒。此外，还可以喝一些广东人认为可以去湿的去湿汤、去湿粥、去湿茶。

三动。就是适度的运动，出出汗，把寒气和湿气逼出来。墨脱海拔再低也是高原，是大高原中的小区域，是大气候中的小气候，没有从根本上改变它是高原的特点，也没有从根本上改变它缺氧和低气压的环境。因此，运动也只能是适度运动，特别是来自于海拔更低地区的人。

四穿。首先是要穿，在墨脱要避免像在内地一样赤膊上阵或穿条大裤衩逛来逛去，雨天和早晚更加要穿衣服，最好是长衣长裤。其次是衣服最好能防水防潮防霉，防止下雨淋湿了以后长时间包裹着身体，冲锋衣是不二之选。天气不热的时候，穿条秋裤也是可以的。

五戴。墨脱的雨季长达八个月（每年3月至10月），而且雨季期间降水连绵不断，所以最好是打伞和戴帽子防雨。我们除了冲锋衣自带帽子以外，还从内地购买了斗笠。斗笠十分实用，不光防雨，还可以防晒，甚至还能防小颗粒的飞沙走石，而且戴在头上习惯了不觉得有重量，不影响工作和生活。我们一直寻找编织的师傅进墨培训农牧民群众，因为他们晴雨天都不戴帽子，但一直没能如愿。

六关。就是要关门、关窗，特别是雨天和晴天的早晚，防止更多的湿气涌进屋里来。

七烘。雨季的衣服等物品，要用干衣机等来烘干，否则穿起来比洗之前还湿。床上最好垫一张电热毯，睡前先开着，把被褥等先烘干一下再睡。

八吹。房间可以开空调来吹风。电吹风机更管用，可以用来吹衣服，把裤腿、袖口、袜子套在电吹风机上吹，十分有效。雨季洗完澡后，用毛巾是抹不干身子的，还得用电吹风机把全身上下都吹个遍。

九抽。就是用抽湿机、空调等来抽抽湿。但这么多攻略里面这是最不顶事儿的一个，因为整个环境都是这样，你怎么抽呢?

十贴。如果身体哪个部位或者关节还是抵御不住，那就没办法了，只能往上贴药膏。佛山市中医院的相关药膏对付风湿关节炎还是十分顶用的。

以上十大攻略，第一至三为自内而外进行防御，最主要的就是通过出汗来达到目的，而第四至十为自外而内，通过外部防御来达成目的。如果一种不奏效，就要多管齐下，通过多种手段综合交叉影响实现目标。

（发布时间：2018年6月19日23：07）

走向天路708

我就是她“二爷”

我天生有一点二。不！不是一点，是二点，否则就不是二了。现在，大家都喜欢叫我二爷。虽然我的年纪还远没到爷级，而且我在哪里都没有排行过老二。

那么，二爷是怎么来的呢？记得有一次我们出差，从墨脱出来的路不好走，当我们到达林芝的时候早就已过了广东援藏公寓饭堂的用餐时间了，只好在外面吃饭。进来提供服务的是两个美女，一个是经理，已近中年，但风韵犹存，干练利落，一看就知道是社会人；一个是服务员，青春年少，羞涩如花，涉世未深。

我们实在是太渴了，便要了一壶茶。等了好一会儿，还没见上来，我们便催那经理。结果那经理破口就骂那服务员，那小女孩呆若木鸡地站在那里，不知所措。那经理最后的一句是：“我×你二爷的！”我听了以后，便一本正经地跟那经理说：“我就是她二爷！”然后静静地坐在那里。

经过短暂的沉寂之后，在座的人都不约而同地爆发出一阵笑声。有的身体往椅背上靠，头往上仰，双手向上伸展或向两边摊开；有的双手扒在桌子上，头伏在手上；有的用手捂着肚子，嘴巴合不拢；有的把头侧到一边，用手掩嘴，正在喷水……那个小女孩静静地伫立在那里，用感激的神情注视着我。而那个经理呢，则满脸通红，一直红到耳根，但红却不知道是从什么地方开始的。

自此，我就获得了二爷的“雅号”。唉，二就二吧！只要能给别人带来快乐和帮助就行了，也不怕二了。爷不爷的倒无所谓了！当然，我估计那经理以后再也不敢这样骂人了。

（发布时间：2018年6月20日19：52）

6月21日
星期四

走向天路709

不是让你来告诉我不行的

“我不知道！”“我不会！”“肯定不行！”……这些口吻，我们并不陌生。每当我们安排工作的时候，更多的人只会说：“好的！”但也总会有一部分人说出上述的消极话语，或者以各种理由进行推托。

这到底是你不行还是事情真的不行？很值得我们深思。要想做，总有办法；不想做，总有借口。做与不做，只是一念之差。影响这个一念的，是我们的态度、责任、选择和决心。你都还没去做，怎么知道自己不知道、不会做、做不了？而且还那么斩钉截铁？原因只有一个，那就是回答“不”实在是太简单了，不经大脑，不用思考，不须干活。而回答“好的”实在是太困难了，要去研究，要去落实，要出成效。

但是，光回答“不”，行吗？显然是不行的！在现代社会中，除了自由职业者等少数领域外，我们几乎所有的人都要在一个或大或小的团队中工作，都要参与到团队的分工协作中。现在的团队即使有AB角也好，都是“一个萝卜一个坑”，你不做谁来帮你做？而且，你在团队中存在的依据和价值是什么？不就是适应你的角色，担负你的使命，履行你的职责，完成你的任务，贡献你的力量吗？

因此，面对任务和困难，我们不要轻易地说“不”，而是要学会愉快地接受。只要是自己职责范围内的工作或者是团队的合理安排，就要说“好的！”要从“我不知道”转为“我可以去了解”；从“我不会”转为“我可以去学”；从“我做不了”转为“我会想办法”。

总之，我们一定要记住：你在团队中得以存在的依据和价值，不是要你告诉我不行，而是要你告诉我行和怎么样才行！“没有人干不了的事，只有干不了事的人！”这句话看似说得太过于绝对和夸张，但它反映出我们的真实状态与现实，强调的是主观的选择和努力。

（注：照片为福建省宁德市寿宁县下党乡。）

（发布时间：2018年6月21日20：12）

6月22日
星期五

走向天路710

七天只为两分钟

5月24日晚上，我接到一个来自拉萨的电话。原来对方是中央电视台西藏记者站站长陈琴，她说根据央视的通知要来墨脱采访我们的援藏工作。那时我刚好在外面出差，加上她和我都要参加5月28日的“米林第十二届黄牡丹藏医药文化旅游节”，于是便相约当天见面，次日进墨。不过，由于28日她有更重要的任务，我们没能如期见面。不仅如此，当天扎墨公路因路基垮塌而中断，我出于安全起见征求她的意见是否还来，她毫不犹豫地说当然要来，而且路断了更加要来，这才是真实的墨脱。于是我们商定29日从林芝出发，如果路还没抢通就到波密等候，如果路抢通了就当天进墨。

29日早上8点，我们在林芝米林机场相见，她连早餐都还没来得及吃。她一早就从拉萨飞过来与她的同事汪成健、多吉、拉次、次平四位老师，以及我和喻晓坤会合。我们人齐后就出发。快到波密的时候我们接到县交通局局长曲珠的信息，说路已经抢通了，于是便继续进发。当我们到达嘎隆拉隧道口的时候，他们就开始沿路拍摄我们的情况。由于下雨和修路，他们就这样冒雨站在泥泞中进行采访。途中还到贡日村进行了采访。当我们到达墨脱的时候，已是晚上8点多，离开林芝已经12个多小时过去了。晚饭后，她连夜听取了我们关于援藏工作及援藏文化、援藏项目的介绍，然后前往县电视台查看历史视频。

30日，我们先是来到墨脱村，采访了雅鲁藏布大峡谷旅游水果经济带的建设和茶产业发展的情况。然后我们前往德兴村，采访了雅江钻石水景茶园、村综合服务中心的建设和旅游水果、树化蔬菜、庭院经济的发展情况。之后回县完全小学采访我们与学生庆祝六一儿童节的活动，然后前往亚东村采访了我们的脱贫攻坚示范村及“五千”工程启动仪式，并随同我们入户走访贫困户，现场为贫困户解决困难。再返回县城采访中国最具特色小城和雅鲁藏布大峡谷生态景观林带建设等情况。当天由于长时间在户外，他们都被“一点红”叮得够呛！特别是汪成健老师的两个手肘被叮得密密麻麻的，惨不忍睹。

31日，他们随同我们前往帮辛乡岗玉村。前往岗玉村的路途遥远而艰险，我们得一早出发，很晚才回来。对于岗玉村，陈琴站长并不陌生，那是墨脱最后一个溜索村。几年前，她曾经前往岗玉村采访。在喝了酒之后，还是下不了决心溜索过去。后来又抽了一根烟，依然无法克服恐惧心理。在场的一个人无奈之下只好直接把她推了出去，结果留下了十分动人的故事和深刻的记忆。大家千万不要以为陈站长胆子小，只有体验过了你才有发言权。当我们在岗玉采访完了再回到县城，已是晚上8点多了。

6月1日，我们前往格当乡多龙岗采访。途中在墨脱镇玛迪村采访了我们引进和支持的有机肥加工厂的投产仪式。前往格当乡的路正在进行改扩建施工，加上是雨季，路上危机四伏。我们采访完了回到县城，已是晚

上6点多了。6月2日早上，他们拍摄了我们召开的工作会议，然后采访了县委书记旺东，并在县城拍摄相关的项目和场景。午饭没来得及吃，我们便每人吃了一碗面，然后前往达木珞巴民族乡卫生院采访。忙完后，他们要返回拉

萨，而我们也要前往林芝参加粤藏对口支援工作座谈会，于是同行。到达嘎隆便民警务站的时候，天已经开始黑了。但屋漏偏逢连夜雨，一辆水泥罐车侧翻截断了去路。寒冷中我们只好在警务站里烤火取暖，待扎木机械化养护队抢通了一条便道之后才能继续前行。当晚只能夜宿波密。

6月3日，我们中午赶到林芝，然后参加广东省党政代表团的相关活动，他们则在酒店进行编辑。直到6月4日，他们才回到拉萨。从他们离开拉萨到返回拉萨，前后用了七天的时间。而这七天以及后面多天的时间中，他们每天都加班到深夜，据说有时弄到凌晨两三点钟。不光这样，他们整个过程的认真、严谨、务实、敬业、专业等精神和作风都给我们留下了深刻的印象，给我们树立了一个学习的榜样。

经过多天拍摄和后期剪辑的新闻，终于在今天的中央电视台新闻联播中报道了，全长两分十七秒左右。而为了这两分多钟，他们付出了太多，我们也学到了很多。

（发布时间：2018年6月22日22：52）

走向天路711

上环，是最好的选择

墨脱位于雅鲁藏布大峡谷，境内山高谷深，坡陡崖峭，地无三尺平，路无三丈直。特殊的地形地貌特点，决定了墨脱的道路无法直，也无法宽。弯多路窄极大地限制了道路的通行能力，甚至很多时候直接导致了堵车。

墨脱目前的道路通行能力和车流量，还是能基本需求。但随着游客和物流的进一步增多，墨脱现有的道路势必难以适应发展的需要。一方面道路又不能或不易拓宽，另一方面日益增长的交通运输需求又对道路的通行能力提出了更高的要求，如何来破题？唯有增加和改善道路的供给——上环。

怎么上环？主要有四个层次：

第一个层次是进县环线。目前，墨脱已有扎墨公路（国道559线波密县扎木镇至墨脱县墨脱镇），派墨公路（国道219线米林县派镇至墨脱县墨脱镇）正在修建。当派墨公路打通以后，将与扎墨公路形成一条环线。未来还要修建察墨公路（国道219线察隅县至墨脱县），其中墨脱县城至格当乡多龙岗附近路段已通车，多龙岗往察隅段已开始进入测量等前期工作阶段。待察墨公路打通后，将形成一条新的环线。今后，如果能把县城到甘登乡的公路继续沿雅鲁藏布江往前修，直到派镇，形成雅鲁藏布沿江公路，并在雅鲁藏布与帕隆藏布汇合处修一条支线，沿帕隆藏布与国道318线连接，那就能够再增加两条环线。进县环线修通以后，就再也不受扎墨公路容易中断的影响了。

第二个层次是县内环线。目前，从德兴乡德果村到易贡白村已有简易道路（为方便起见简称“德易公路”），与江左岸的扎墨公路、派墨公路一左一右大体平行。自北向南有德果、鲁古（文朗）、德兴三座吊桥横跨雅鲁藏布江，将德

易公路与扎墨公路、派墨公路连接，据说还要在墨脱镇和德兴乡之间再修一座新的跨江大桥。但德易公路的缺点是断头路，到了易贡白村就结束了，没能与派墨公路相接形成县内环线。为了解决这个问题，我在时任德兴乡党委书记王桂兰等人的陪同下，于去年11月5日徒步七个多小时实地考察了易贡白村至派墨公路（派墨徒步路线二号桥）的连接线。回来后与县交通局局长曲珠进行了协调，由县交通局向林芝市交通局提出申请，后来已被市交通局列入了计划。我们希望该连接线能够早日动工，这样就可以在县内的雅鲁藏布江两岸形成一条环线，既提高抗风险能力，又能打造德兴旅游新干线。

第三个层次是城镇环线。包括县城和各个乡镇党委、政府驻地的道路。由于目前的道路狭窄，日后必将成为交通瓶颈，因此应未雨绸缪，及早谋划，长远规划，分期实施，打造若干环线。当交通出现拥堵的时候，便将现在的环线改造成为单行线，疏导交通拥堵。县城目前已有环线的雏形，但尚需完善和发展。

第四个层次是村内环线。目前村内道路更窄更弯，会车难以错开，倒车难以拐弯。以后随着村民购买车辆越来越多，矛盾也会越来越严重。这方面的问题在内地的村庄更加突出，教训更加深刻。因此，我们在推进小康村等方面的工程建设时，要加强规划，完善设计，统合资源，在增加会车位和调头位的同时，有条件的尽可能修成村内环线。

此外，由于墨脱地形地貌的特殊原因，道路的坡度也难以达到相关技术标准规范的要求，宜根据实际情况予以适当放宽。

（发布时间：2018年6月23日22：13）

走向天路712

墨脱茶

墨脱茶
喜马拉雅山的圣水滋养了她
南迦巴瓦峰的银光让她圣洁无瑕
雅鲁藏布的云雾是她的婚纱
秘境墨脱的莲花窨香了她
莲花圣地的乌吉用爱抚育了她
她是坠落在雅鲁藏布大峡谷的金娃娃

墨脱茶
茶中的珠穆朗玛
名茶的集大成者
她有高山峡谷和云雾
还有那高原和海拔
她有绿色和环保
更是那独一无二的有机茶
没有化肥和农药
圣洁的土地养育了她
没有污染和公害
甘甜的雨露洗涤了她
纯净的阳光和空气呵护着她

墨脱茶
茶叶的珠穆朗玛
她圣洁如南迦巴瓦
掬一捧贡堆神山的白雪
舀一勺娘姆措的神水
泡一壶茶
爱茶的人啊
你可别辜负了她
懂茶的人啊
你千万别辜负了她

（发布时间：2018年6月25日4：32）

6月25日
星期一

走向天路713

闽东取经

闽东，广义上包括福州、宁德两市，狭义上仅指宁德市，这里是狭义的闽东。34年前，中国扶贫事业在这里拉开了序幕。1984年6月24日，《人民日报》头版刊登了题为《关怀贫困地区》的评论员文章及福鼎县委新闻科科长王绍据的一封来信《穷山村希望实行特殊政策治穷致富》，信中反映了下山溪村的贫困问题并提出了希望和建议。同年9月29日，中共中央国务院下发了《关于帮助贫困地区尽快改变面貌的通知》。由此，下山溪村（自然村）所在的赤溪村（行政村）成了中国扶贫第一村。30年前，习近平新时代中国特色社会主义思想的重要组成部分——精准扶贫思想在这里起源。1988年至1990年在宁德担任地委书记的习近平提出了“滴水穿石”“弱鸟先飞”等精准扶贫思想，并写下了《摆脱贫困》一书。由此，闽东成了习近平精准扶贫思想的策源地。

在脱贫攻坚和决胜全面建成小康社会的关键阶段，《光明日报》于2018年5月31日发表了题为《滴水穿石三十年》的文章，回顾了30年来习近平精准扶贫思想在宁德的发源、实践和成效。一时间，在全国上下和各地掀起了一股继续深入学习贯彻习近平精准扶贫思想和做法的热潮，为脱贫攻坚工作注入了一股新的动力。根据西藏自治区党委关于“四讲四爱”群众教育实践活动的部署和广东省第八批援藏工作队领队许典辉的指示及墨脱县委、县政府的安排，结合墨脱县脱贫攻坚工作和广东省第八批援藏工作队墨脱县工作组援藏工作的实际，我们组织了工作组部分成员（我和喻晓坤、邓宏照、欧康奎）和“上三乡”部分干部群众代表（帮辛乡党委书记达穷及帮辛村委会主任达杰、岗玉村妇女主任红敏；加热萨乡党委书记白长云及加热萨村党支部书记扎西次仁、达昂村委会副主任扎西次培、龙列村委会副主任益西卓玛；甘登乡乡长尼玛桑珠及甘登村村民代表平措巴登、多卡村委会主任珠嘎）前往宁德学习脱贫攻坚工作和茶叶发展的先进经验和做法。

在宁德期间，我们先后与屏南、寿宁、福安、柘荣、福鼎、霞浦六个县市的党委、政府进行了座谈，听取各县市脱贫攻坚工作和茶叶发展的经验介绍，就我们困惑的问题进行了请教，就我们关心的问题进行了探讨。我们还先后前往寿宁县下党乡，拓荣县富溪镇岭后村、东源乡铁场村，福鼎市硖门畲族乡柏洋村、磻溪镇赤溪村，霞浦县三沙镇东山村、小皓村、东壁村，福安市下白石镇下岐村，以及有关企业、专业合作社、茶场进行实地考察。我们的学习调研得到了上述各地各级党委、政府的热情接待、精心安排和大力支持。他们毫无保留地把他们的经验、做法、政策和资料等都给了我们，真正做到传真经送真宝，让我们实地、实在地深入学习了习近平精准扶贫思想及当地的实践。他们的探索、实践和成效，不仅以事实验证了习近平精准扶贫思想的正确、可行和有效，更是给作为深度贫困地区而又热切希望摆脱贫困的墨脱充分的鼓舞，并提供了可学习、可借鉴、可复制、可推广的模式、路径和方法。

墨脱与包括宁德在内的福建省是十分有缘分的。在2016年7月份之前，包括墨脱在内的林芝市是包括宁德在内的福建省和包括佛山在内的广东省联合对口支

援地区，现任霞浦县委书记王斌就是全国第三批援藏干部（第一批援墨干部，全国前两批因墨脱不通公路而没有安排），时任墨脱县委副书记。2016年7月份（全国第八批援藏干部）之后，福建省调整为与天津、重庆等省市对口支援昌都市，林芝市才改由广东省单一对口支援，墨脱县改由佛山市单一对口支援。但包括宁德在内的福建省对包括墨脱在内的林芝市支持不减（当然形式有所改变），感情和友谊更加不减。我们也利用这次学习的机会，介绍了墨脱的发展和援藏的开展情况，以崭新的视角和方式宣传了墨脱，宣传了援藏。

参与这次学习调研的墨脱干部群众，克服了旅途的疲惫，克服了醉氧的不适，克服了语言的障碍，克服了饮食的差异，全程以饱满的精神、谦虚的态度、文明的举止、优良的作风参与活动，充分展示了西藏干部群众的良好形象，展示了藏族、门巴族、珞巴族的良好风貌，得到了参与接待的宁德干部群众的认可和赞誉。

这次学习调研，工作组相关成员是6月18日从佛山出发前往福建南屏。而甘登乡的干部群众早在15日便从乡里、村里动身，徒步一天到达加热萨乡住宿。16日，县里派车把这三个乡的干部群众接到县城，工作组安排食宿。17日，县里派车把他们送到扎墨公路贡日村附近断路处，乘坐扎木机械化养护队的装载机越过塌方断路路段，工作组租车从林芝出发前往接应，当天晚上到达林芝。18日早上，他们先飞往成都，然后经停贵阳飞往福州，再乘车赶来南屏与我们会合。当他们到达的时候，已是晚上12点，离他们出发的时候已经是17个小时过去了。我和其他工作组成员直到迎接并安顿好他们之前，都没有睡觉。我们在宁德四天时间跑了六个县市及九个乡村，包括多个企业、专业合作社和茶场。23日我们从宁德前往福州飞返成都，24日飞返林芝。“上三乡”的干部群众从林芝返回县里要一天，返回乡里和村里又一天，而甘登乡的干部群众还得再加一天。以最早出发和最后到达的干部群众来算，整个行程需要12天。

（发布时间：2018年6月25日21：52）

6月26日
星期二

走向天路714

关注茶产业的每个环节

从2012年开始，墨脱的茶产业不断地起步、发展和壮大。作为后发地区和茶产业的后来者，如何实现后来居上，弯道超车，脱颖而出，而不至于淹没在浩瀚的茶海中，是我们需要关注的问题。

为了茶产业的发展，墨脱县各级党委、政府及相关部门和广东省第八批援藏工作队墨脱县工作组都想了很多办法，做了很多努力。其中包括组织相关干部和群众前往先进地区进行学习，迄今为止已经组织了四个批次分别前往广东梅州、湖北宜昌和恩施、福建宁德等地学习。综合这几次学习，都给了我们很好的经验和做法，很有启发和借鉴意义。其中一点就是关注茶产业的每一个环节：

选种。我们刚到墨脱的时候，全县只有4180亩茶叶，但据说有20多个品种，太多，太散，太杂。当时我们分片与县直部门和驻墨单位座谈了解情况的时候，我就指出了这个问题。初期可以试验多个品种的适应性和比较优势，但搞清楚以后就要合理选种，少而精，首选的是既适应当地环境又优质高效、高附加值的品种。

育苗。墨脱远离其他茶产区和茶苗供应基地，长距离运输会降低茶苗的成活率，而且其他地区的茶苗过来以后还要有一个适应和驯化的过程。目前县里已经开始育苗的探索，但以现有的人员素质和技术水平还难以适应需要，尚需一段时间。

田间。茶苗种下去后，还要加强除草、施肥、病虫害防治等田间管理。这里特别强调的是除草不能用除草剂，施肥要施有机肥，不能使用化肥，病虫害要人防和技防相结合，不能使用农药，否则就会砸了墨脱茶作为有机茶的牌子。

加工。目前已经引进了一家茶叶加工厂，但以目前的工艺技术水平还无法适应墨脱茶本身所具有的品质，亟待提高。而且只有一家茶叶加工厂也缺乏良性的市场竞争，内生动力和外部压力的不足很容易滋生自满，把目前的好奇消费当成自己的竞争力。

营销。营销是一个复杂的市场推广过程。在目前好奇消费的拉动下，不少干部群众出现了错判和自满情绪，当前最主要的是克服这种盲目乐观、自以为是的思想观念，否则可能会影响今后的市场推广。

文化。如果现在还停留在种茶本身，那就难以跟上时代的脚步。种茶，已经不单纯是种茶，种的是景观；喝茶，已经不单纯是喝茶，喝的是文化。在这方面，我们还需要策划、积累、沉淀和爆发。

当然，茶产业的发展还远不止这些，上述环节也远不止这些。我在这里只是提纲挈领，点到即止。更多的，需要我们去研究和探索。

（发布时间：2018年6月26日23：31）

6月27日
星期三

走向天路715

高端化是墨脱茶的出路

当我们成功起步，首战告捷的时候，不要被胜利冲昏了头脑，被假象迷惑了双眼，我们要未雨绸缪，方能赢得未来。墨脱茶的定位何在？出路何在？在于高端化！

因为天然品质要求高端化。墨脱茶可谓是茶叶中的珠穆朗玛，是名茶的集大成者。高山、峡谷、海拔、云雾、有机、绿色、环保、无化肥、无农药、无公害、无污染……几乎所有名茶所需要具备的条件，墨脱茶一应俱全。这样的品质，你觉得不应该高端化吗？

因为独具特色要求高端化。墨脱茶是青藏高原不可多见的茶叶，是雅鲁藏布大峡谷独一无二的茶叶，是唯一由门巴族和珞巴族种植的茶叶。喜马拉雅山的圣水滋养了她，南迦巴瓦峰的银光让她圣洁无瑕，雅鲁藏布的云雾是她的婚纱，秘境墨脱的莲花窨香了她，莲花圣地的乌吉用爱抚育了她……这样的特色，你觉得不应该高端化吗？

因为产量稀少要求高端化。物以稀为贵。公主不一定是最漂亮的，但一定是最矜贵的，因为只有一个。墨脱的地形地貌决定了它不可能大规模地种植，即使达到理论极限也无非就是两三万亩，绝对是买少见少的珍品。再加上它独一无二的品质和特色，那就更加珍稀了。这样的稀罕，你觉得不应该高端化吗？

因为市场态势要求高端化。目前，全国茶叶产能过剩已经成为新常态。狭路相逢勇者胜。以墨脱茶这样的品质、特色和罕有，如果去走低端路线，极有可能被淹没在浩瀚的茶海中。这样的态势，你觉得不应该高端化吗？

因为后来居上要求高端化。墨脱茶是市场的新加入者，也是茶叶中的新贵、新宠，环境已经不容许我们步人后尘，亦步亦趋，甘当跟屁虫。因此，我们要学会直道竞速，弯道超车，斜向穿越，创新引领。这样的环境，你觉得不应该高端化吗？

（发布时间：2018年6月27日21：37）

6月28日
星期四

走向天路716

高端化不是一句空话

有人认为，墨脱茶本身就是高端茶，因为它的天然品质非常好，或者墨脱茶已经是高端茶，因为它的销售价格确实高。但这未免有点坐井观天的感觉。确切地说，目前的墨脱茶只是一块未经雕琢的璞玉，或者说只是一个高价茶叶。真要成大器，还须好好地琢磨。如何琢磨？

一是精细化管理。这里指的是从选种开始到种植再到加工的全过程，包括田间管理和生产管理，目的是要保证它的高品质。墨脱茶的天然品质只是基础性的品质，高品质还包括附加性的品质，而且即使天然品质也要通过精细化管理才能得以保证。选种是基础，基因具有决定性的影响。田间管理是保证，防止使用化肥和农药，才能确保不砸牌子。加工工艺是关键，是让玉成器的跳跃和升华。

二是互益化结合。茶叶做得再怎么高端也只是茶叶，并没有改变它作为茶叶的根本属性。但当茶叶与健康相联系、相结合的时候，它就实现了从茶叶向健康饮料、保健饮料、功能饮料的跨越和飞跃。根据茶具有吸收环境气味和成分的特点，实现这个跨越无非就是两个途径：一方面是与有益生物（如灵芝及其他花草树木）进行科学的间种和套种，让其汇聚天地之灵气，吸收环境之精华；另一方面是在加工过程中科学地添加有益的成分，实现茶与其他有益物质的结合，如菊普、橘普等就是一例。

三是旅游化导向。如果我们只是按照传统的方式方法去种茶，那么茶还是茶，茶园还是茶园，但如果我们按照景观化、旅游化的导向去策划、设计、建设和管理的话，那么茶除了是茶以外，更是景观，茶园除了是茶园以外，更是景区，具备了观光、休闲、娱乐、拓展、体验等多重功能和高附加值。茶旅结合，茶旅融合已经成长为一个发展方向。作为茶产业的后来者，墨脱唯有迎头赶上。

四是特色化竞争。市场竞争无非就是你无我有，你有我多，你多我优，你优我特。选购商品就像选美大赛一样，都漂亮，那就选特色。因此，墨脱茶在充分地发掘自己的高山、峡谷、高海拔、云雾等环境因素和有机、绿色、环保、无化肥、无农药、无公害、无污染等健康因素外，还要充分地挖掘青藏高原、雅鲁藏布大峡谷、门珞民族等独有因素，将自己的特色发挥到极致。

五是品牌化引领。品牌是指一个组织或地区所包含的所有内在因素的综合、凝练、提升而反映出来的外在表现，是一个组织或地区在人们心中所形成的认知、判断、评价的综合反映。通俗点说，品牌就是有品质、有品位的牌子。品牌需要有文化，有故事。目前墨脱茶只能说是一个商标、一个牌子，走向品牌还须进一步策划、沉淀和积累。

目前墨脱茶的主要矛盾是低水平的种植、加工、管理与高端化的市场选择、市场定位，高成本与低附加值之间的矛盾。墨脱茶走向市场，走向高端，还须继续努力。

（发布时间：2018年6月28日21：27）

6月29日
星期五

走向天路717

一目了然

我们6月15日至26日（含最偏远村民的往返在途时间八天）前往福建宁德学习调研的人员当中，就有“上三乡”的党委书记和乡长（帮辛乡党委书记达穷、加热萨乡党委书记白长云、甘登乡乡长尼玛桑珠），也有帮辛乡岗玉村妇女主任红梅、加热萨乡龙列村村委会副主任益西卓玛、甘登乡多卡村村委会主任珠嘎。为什么要选他们参加呢？他们除了与其他人员一样，肩负着学习脱贫攻坚和茶产业发展先进经验的共同任务之外，还有一个特殊的任务，那就是学习易地扶贫搬迁的先进经验并回去做好群众的宣传教育和说服工作。

多卡、龙列、岗玉三个村均是深度贫困村和地质灾害隐患村，共有90户，281人。它们位于雅鲁藏布大峡谷深处，远离县城，地理位置十分偏僻，进出道路十分艰险，多卡、龙列两村至今仍未通公路，进出只能靠徒步。它们位于雅鲁藏布大峡谷的陡峭山坡上，缺乏水田，缺少耕地，缺失发展资源和后劲，属于典型的一方水土不能养一方人的地区。为了脱贫攻坚和守护国土，改善群众的生产生活条件和发展环境，县委、县政府决定将其搬迁到位于边境一线的格当乡多龙岗去。那里已经通公路，并将延伸到察隅成为国道219线的一部分，交通便利。那里土地资源相对丰富，而且较为平坦开阔。

整个易地扶贫搬迁项目总投资1.1亿元，其中县委、县政府统筹整合资金7679万元，群众自筹321万元，广东省第八批援藏工作队墨脱县工作组向佛山市委、市政府争取计划外资金3000万元。整个村庄规划严整，配套齐全，有幼儿园、村级组织活动场所、广场等公共设施和商业设施，有按照家庭人口设置不同户型的漂亮房子，有人均0.4亩的开垦土地共160亩。为此，户均投入超过122万元，人均投入近40万元。

然而，党委、政府和援藏工作组的好意未能完全获得群众的认同和支持。在县乡两级党委政府及县有关部门的共同努力下，岗玉村和龙列村所有家庭都同意搬迁，而最为偏远的多卡村反而只有极少数家庭同意搬迁。为此，我和工作组成员喻晓坤、雷震于去年12月29日，经过两天的徒步之后来到多卡村，当天晚上召开村民代表大会听取意见建议，进行说服教育，终于做通了工作（详见《走向天路538——我同意！（再战“上三乡”之八）》）。

虽然这三个村最后都同意搬迁了，但是群众还是有一些顾虑，或者说是“小九九”。他们还提出了一些诉求，主要是希望县里或援藏工作组免除他们自筹部分的资金和为他们搬家时购置家具。群众自筹部分的资金为房屋造价的15%，根据家庭人口不同分别有61.42平方米、90.82平方米、149.84平方米、203.95平方米四种户型，房屋造价分别是25.11万元、34.26万元、51.45万元、66.55万元，对应需要自筹资金分别是3.7665万元、5.139万元、7.7175万元、9.9825万元。其中贫困户自筹部分已由援藏资金解决，无需分文即可拎包入住。搬迁后，原有的国家政策性补贴分文不少，而16—65岁的家庭成员（不含在校学生和公职人员）每人每年还可以按照现行标准新增6000元的国家政策性补贴。我们算过，每家每户光用新增的政策性补贴，不到三年即可把自筹部分的资金还掉，而且以后还可以继续享受这个政策性补贴。

目前项目主体工程已经封顶，搬迁工作很快就要开始。为了打消群众的顾虑，让群众知晓党和国家的政策，感受各级党委、政府和援藏工作组的良苦用心，激发群众自力更生的积极性和摒弃“等靠要”的思想，我和工作组成员喻晓坤、郭振华于5月31日冒着雨季的危险前往岗玉村，召开村民代表大会，听取意见建议，现场解释政策，计算不同户型的房屋造价、自筹资金、新增政策性补贴、还款年限等。并邀请了两位村民代表于当天与我们一起返回县城，于6月1日前往多龙岗实地察看，实地计算，使群众放弃原先的不合理要求（详见《走向天路689——还有什么意见吗》）。

为了进一步做通群众的思想工作，我们这次带领这三个乡党委书记、乡长和这三个村的村民代表前往宁德学习，并于6月23日上午在我们入住的宁德金海湾大酒店房间内召开了座谈会，以表格形式将每个村各家各户的户主姓名、家庭人口、房屋户型面积、房屋造价、自筹资金、新增政策性补贴等情况列出，让群众一目了然。该表格由工作组成员邓宏照作了详细讲解，我作了补充和强调。要求这三个乡党委书记、乡长回去后组织驻村工作队、村两委班子及村民做好解释说服工作，让群众放弃不合理的诉求，知党恩，感党恩，听党话，跟党走。

（发布时间：2018年6月29日21：03）

6月30日 星期六

走向天路718

脱贫攻坚之宁德经验

34年前（1984年），中国扶贫在宁德提出并由此拉开了序幕。30年前（1988年），习近平精准扶贫理念在宁德发源并开始实践。为了学习习近平新时代中国特色社会主义思想之重要组成部分——精准扶贫理念在宁德的起源和实践，广东省第八批援藏工作队墨脱县工作组于6月15日至26日（含去最偏远的村民途中时间八天，实际只有四天）前往福建宁德学习脱贫攻坚和茶叶发展的先进经验和做法（详见《走向天路713——闽东取经》）。

习近平精准扶贫理念在宁德的实践，不仅以事实验证了该理念的正确、可行和有效，更是给作为深度贫困地区而又热切希望摆脱贫困的墨脱充分的鼓舞，并提供了可学习、可借鉴、可复制、可推广的模式、路径和方法。那么，宁德在脱贫攻坚方面有哪些经验和做法呢？以我的认识、理解和体会，至少有以下几点：

一是必须坚持中国共产党的正确领导。“东西南北中，党政军民学，党是领导一切的。”没有共产党就没有新中国，没有新中国就没有我们的一切。宁德的经验告诉我们，没有党的领导强化，没有党的建设加强，没有全面从严治党的完善，没有一个能够团结班子、凝聚群众、科学决策、担当有为的党组织，别说是脱贫攻坚，哪怕是其他一切工作都无从谈起。

二是必须坚持以人民为中心的正确理念。党的十九大报告明确指出，“坚持以人民为中心”。人民，从来只有人民，才是历史的真正创造者。如果心中没有人民，别说是脱贫致富奔小康，就是连人民群众的死活都没人管。只有心中想着人民，装着人民，才会把人民群众的温饱冷暖放在心上，才会把他们的脱贫致富放在心上。

三是必须坚持综合施策与对症下药结合。贫困的存在和发生，既有共性问题，也有个性问题。共性问题通过综合施策去解决，如基础设施、配套环境等；漏网之鱼通过对症下药去解决，如区别每个家庭的不同情况给予个性化的支持等。

四是必须坚持滴水穿石的坚持与执着。贫困问题的存在和发生，有着深刻的环境基础，很多不是一举拿下，一蹴而就的，而是需要搞清症状，对症下药，绵绵用力，久久为功。特别是区域性的贫困，更加不是突击冲锋一下就可以解决问题，而是要综合施策，持续用力，才能见效。宁德三十年前赴后继，三十年一以贯之的精神值得学习。

五是必须坚持产业与生态的完美融合。习近平总书记早在宁德工作期间，就已经提出了“绿水青山就是金山银山”的理念，后来更是提出了产业生态化和生态产业化的思想。宁德没有为了加速实现脱贫攻坚而以牺牲生态环境为代价，破坏生态环境，而是在保护生态环境的基础上寻求发展的路径。现今，保持完好的生态环境已经成了一个绿色宝库和绿色银行。

六是必须坚持调动人民群众的积极性。皇帝不急太监急，群众不急干部急，那是真正的干焦急，没有用。要通过细致的工作，让群众提高认识，增强本领，从“要我脱贫”“要我致富”向“我要脱贫”“我要致富”转变。也要通过先富刺激后富，让消极怠懈的人感受到贫富差距，知耻而后勇，激发他们的主观能动性和积极性。只有将贫困群众的积极性调动起来，脱贫致富才能真正落到实处。

以上是我个人的理解和体会，尚欠深入，谨作抛砖引玉之用。欢迎各位批评指正和补充完善。

（发布时间：2018年6月30日23：01）

2018年

7月 July

7月1日
星期日

走向天路719

心灵的沟通

昨天下午5点，“粤藏同心　佛墨情深”——庆祝建党97周年文艺汇演暨德兴乡文朗村“乡村振兴示范村”全面启动仪式在德兴乡德兴村综合服务中心隆重举行。该活动由广东省第八批援藏工作队墨脱县工作组与墨脱县委组织部、县委宣传部、县文化局、德兴乡人民政府联合举办。活动的主题是庆祝中国共产党建党97周年、习近平新时代中国特色社会主义思想及党的十九大精神宣贯、“四讲四爱”（讲党恩爱核心、讲团结爱祖国、讲贡献爱家园、讲文明爱生活）群众教育实践活动宣讲、德兴乡文朗村“乡村振兴示范村”全面启动。

县委副书记、县长魏长旗，县委常委、宣传部部长普果，副县长、德兴乡党委书记王桂兰，县有关部门的负责人，德兴乡在家干部，德兴村驻村工作队、村两委班子及村民，文朗村驻村工作队、村两委班子等参加了活动。王桂兰主持了活动，我代表县委、县政府及工作组作了讲话，在隆重庆祝中国共产党建党97周年的同时，也对习近平新时代中国特色社会主义思想及党的十九大精神、“四讲四爱”进行了宣讲，并全面启动德兴乡文朗村“乡村振兴示范村”的建设。在启动仪式上，工作组向德兴乡人民政府支持专项资金12万元。

文朗村“乡村振兴示范村”的主要建设内容为“五个一”工程，总投资一千万元：建设一个小康村项目，包括建设一座魁星阁、入户道路硬化、挡土墙、景观化水渠及相关配套设施等；建设一个“佛墨缘”扶贫农家乐；建设一条耕种旅游两用步道；打造一条五公里长的进村景观大道；种植一千株旅游水果——金佛手。通过以现有村庄和产业为基础，加强基础设施、配套设施、相关产业的建设，将该村打造成为旅游村，作为落实乡村振兴战略的墨脱模式之一。

文艺汇演共有16个节目，包括合唱《佛墨缘——佛山援墨工作组之歌》《援嫂》《有一群佛山人》《共圆中国梦》，独唱《晚秋》《忘情水》，歌舞《缘定萨玛者》《心中的故乡》《门巴恋》《酥油飘香》《听风》（珞巴）《不丹舞》《东边升起不落的太阳》《欢腾的热巴》，朗诵《我是青年》，以及佛墨缘花样跳绳等。参演者有广东省第八批援藏工作队墨脱县工作组、县中学、县民间艺术团、德兴乡政府、德兴乡小学、德兴村等。

与以往的文艺汇演只是当地干部群众演出所不同的是，工作组也全面参与了演出，而且表演节目达7个，占全部节目的44%。之所以这样安排，就是要在我们欣赏和领略当地民族文化的同时，也让当地干部群众接触和了解汉族文化、岭南文化，促进地区间、民族间的文化交流。作为地道的广东人，我也给当地干部群众带来了一首粤语版的歌曲《晚秋》。之所以赤膊上阵，是因为我相信，语言有可能不通，但音乐是相通的，心灵是相通的。我们就是希望通过音乐促进祖国各地和各民族的沟通和交流，促进心灵的碰撞和感情的交融。

活动取得了圆满成功。工作组和当地干部群众一道，以歌舞等多种表演形式讴歌了伟大的党和祖国，表达了对习近平总书记及党中央的拥戴和感恩，反映了对美好生活的向往和追求。

（发布时间：2018年7月1日21：22）

7月2日
星期一

走向天路720

加强堡垒建设

包括党支部在内的党的基层组织，是党在社会基层组织中的战斗堡垒，是党的全部工作和战斗力的基础。党支部是党的基础组织，是党组织开展工作的基本单元，是团结群众的核心、教育党员的学校、攻坚克难的堡垒，在社会基层单位中发挥核心作用。

为了加强党的领导和党组织建设，根据中共广东省委组织部的要求，广东省第八批援藏工作队要成立临时党委，林芝市七个县（区）和易贡茶场工作组要成立临时党支部。广东省第八批援藏工作队墨脱县工作组在请示广东省援藏工作队临时党委，并与墨脱县委组织部、直属机关党工委沟通之后，成立了广东省援藏工作队墨脱县工作组临时党支部。

7月1日上午，工作组召开党员大会（包括工作组成员和柔性援藏人才中的党员），选举产生了支部委员会。支部委员会召开第一次会议，选举产生了书记、副书记，并进行了分工。支部委员会组织全体党员重温入党誓词。

随后，支部委员会召开学习会议，邀请工作组成员及柔性援藏人才中的民主党派和无党派人士参加。我们首先进行了与十四世达赖集团划清界限的宣誓，然后学习了“红船精神”和纪实文学《梁家河》，收听了广播纪实文学《梁家河》第一集。

会前，我们集体奏唱国歌。会后，我们集体奏唱《国际歌》。

战斗堡垒已经建立，我们将在广东省援藏工作队临时党委和墨脱县委的正确领导下，深入学习贯彻习近平新时代中国特色社会主义思想及党的十九大精神，不断加强政治建设、思想建设、组织建设、作风建设，充分发挥党支部的战斗力。

（发布时间：2018年7月2日21：30）

走向天路721

七一前后喜庆多

今年“七一”期间，墨脱县各级党委政府、有关部门及广大群众举行了形式多样的庆祝活动，隆重纪念建党97周年，全县上下都沉浸在一片喜庆祥和的气氛之中。大家纷纷以不同的形式表达对党和祖国的祝福，表达对习近平总书记及党中央的拥戴，表达对民族团结和世界和平的珍惜，表达对美好生活的向往和追求。

广东省第八批援藏工作队墨脱县工作组积极参与或举办相关活动。6月29日下午与县委组织部、县委宣传部、县文化局、德兴乡人民政府共同举办了“粤藏同心　佛墨情深”——庆祝建党97周年文艺汇演暨德兴乡文朗村“乡村振兴示范村”全面启动仪式；7月1日上午向县消防大队捐赠消防器材和应急救援物资一批，价值4.8万元，向县委组织部（县强基办）捐赠物资一批（鞋子1037双，价值20.74万元）；7月1日中午前往墨脱镇亚东村开展临时党支部与该村党支部的联合活动。

工作组也迎来了多项喜事。7月1日上午成立了广东省援藏工作队墨脱县工作组临时党支部；7月1日下午投资300万元的德兴乡中心小学功能楼竣工投入使用，成为工作组计划内资金24个项目中的第九个竣工项目；工作组成员李展健因连续三年年度考核优秀而荣立三等功，另外七个成员谢国高、李斌、喻晓坤、邓宏照、郭振华、赖明建、雷震因连续两年年度考核优秀而获嘉奖；工作组成员李斌、赖明建作为工作组代表被评为“墨脱县2018年度优秀共产党员”，郭振华作为工作组代表被评为“墨脱县2018年度党建促脱贫优秀共产党员”。

经我沟通联系，佛山爱心人士、学前教育举办者丘裕昌、罗新红夫妇于6月24日至29日再度前来墨脱考察学前教育事业，分别代表佛山市禅城区南庄镇醒群幼儿园、南海区狮山哈津摇篮幼儿园与墨脱县达木乡80K幼儿园、帮辛乡达邦幼儿园、背崩乡小学附属幼儿园、地东幼儿园、德兴乡小学附属幼儿园签订结对帮扶协议。此次结对帮扶之后，实现了佛山相关学校和幼儿园与墨脱所有中小学校及幼儿园结对帮扶的全覆盖。丘裕昌、罗新红夫妇还向工作组捐赠工作经费15万元，并看望慰问了工作组成员。

（发布时间：2018年7月3日22：46）

走向天路722

这十天

6月25日，我和工作组成员、墨脱镇党委副书记、常务副镇长喻晓在林芝与两个工作组进行了会面和交流，并前往林芝市人民医院看望慰问了在此住院的墨脱县委常委、组织部部长赵敬同志。当天，我们俩的“重返高原高反综合征”也开始出现，呼吸急促，心跳加快，头晕脑胀……但这些症状还不算十分严重，严重的是拉肚子。当天晚上就拉了三次，而这一拉就拉了五天，十多次。

26日，从林芝返回墨脱，头尾（林芝和墨脱）各拉一次，中途（色季拉和嘎隆拉）又各拉了一次。由于出差已有一段时间，回到达木珞巴民族乡时还是忍住难受拐上去卡布村检查了小康村建设项目，然后在途经墨脱镇米日村和玛迪村时查看了前段时间种植的旅游水果的生长情况，发现长势良好，有的已经开花结果。晚上在工作组饭堂与第二次前来墨脱考察和支持援藏工作的佛山爱心企业家、学前教育举办者丘裕昌、罗新红夫妇吃了个饭。他们俩是23日晚上从广州飞到成都与我们汇合，24日飞到林芝并在林芝休整了一天，25日进入墨脱，26日在工作组成员、县教体局副局长郭振华的陪同下先后考察了各小学附属幼儿园、村级幼儿园和相关援藏项目。

27日，我和工作组成员、县住建局副局长李展健陪同丘裕昌、罗新红夫妇前往背崩乡调研，并顺便实地考察了檫曲卡茶场的机耕道，检查了雅鲁藏布母亲广场建设项目。返回县城后我和李展健又检查了墨脱城市中央公园建设项目，对其中白玛岗栈道存在的问题逐一查找、逐一分析、逐一要求整改。当天刚好碰到墨脱镇的一期厨艺培训结束，我和喻晓坤及丘裕昌、罗新红夫妇应邀前往亚东村村委会体验学员的培训成果，并检查了“佛墨缘”扶贫农家乐建设项目。当天白天肚子还算争气，但到了晚上又不行了，一连拉了五次。

28日，早上举行了佛山市对口支援墨脱县幼儿园结对帮扶签约仪式。当天不得已休整了一天，又拉了三次。29日，上午参加了墨脱县庆祝建党97周年暨“七一”表彰大会，下午听了县委书记旺东讲党课。当天情况开始好转，只拉了一次。但肚子到现在都还是有点隐隐约约的不舒服。30日举办了“粤藏同心 佛墨情深”——庆祝建党97周年文艺汇演暨德兴乡文朗村“乡村振兴示范村”全面启动仪式。

7月1日，上午召开工作组党员大会并成立了工作组临时党支部，分别与县消防大队和县委组织部举行了捐赠仪式；中午前往墨脱镇亚东村党支部联合开展活动；下午前往德兴乡中心小学见证了功能楼（援藏项目）竣工并投入使用，然后前往德兴雅江钻石水景茶园建设项目进行了检查。

2日，上午与县住建局局长刘敖、副局长李展健和县发改委副主任邓宏照进行座谈，研究了援藏项目的变更、验收以及县城风貌改造的GRC（玻璃纤维增强混泥土）材料、灯光亮化、管线处理等问题，然后与县农牧局副局长赖明建研究了进一步扩大扎墨公路和派墨公路沿线村庄旅游水果种植、背崩乡水果种植、格当乡梨花沟和梨自然博物馆打造等问题；下午与邓宏照、李展健等前往德兴乡文朗村检查小康村、“佛墨缘”扶贫农家乐、耕种旅游两用步道、金佛手种植等项目，并实地考察了通往茶园和水稻田的机耕道。

3日，上午约了县纪委副书记、监察委副主任贺伟，县财政局负责人格桑扎西，县发改委副主任邓宏照等了解相关情况，听取关于进一步加强项目和资金管理的意见和建议；下午前往德兴乡荷扎村实地考察茶园的机耕道。

4日，上午前往检查了县城风貌改造、墨脱镇综合服务中心、墨脱县茶叶展销中心、墨脱县茶叶研发中心、巴日村小康村、秘境墨脱进城牌坊和观光平台、仁青崩旅游公路生态景观林带等援藏项目，实现了在建援藏项目雨季检查的又一次全覆盖，然后前往达木珞巴民族乡卡布村革林茶场实地考察机耕道；在达木珞巴民族乡政府饭堂吃过午饭后，赶往林芝开会。

（发布时间：2018年7月4日22：22）

走向天路723

插秧

赤脚卷裤一字排，
面向泥汤背朝天。
左手捧秧右手插，
苗进人退绿满田。

（发布时间：2018年7月5日22：15）

7月6日
星期五

走向天路724

援友走好

7月4日上午11:48，我们的好援友、墨脱人民的好医生、佛山中医院的好同事——陈建林同志走了。亲人的呼唤，援友的期盼，门珞群众的祝福，同事的努力，都未能挽留他远去的脚步。在父亲和妻子的陪伴下，他没有选择诗和远方，而是选择了远走那天堂。

噩耗传来的时候，我和李展健、欧康奎等正在达木珞巴民族乡卡布村革林茶场研究机耕道硬化问题。虽然我们早有预感和心理准备，但当它变成确切的消息时，心情依然十分沉痛和惋惜。我一边在心里默默地为他悼念，为他祝福，一边打电话给喻晓坤让他与家属联系，表达广东省第八批援藏工作队墨脱县工作组及全体援友对他的哀悼以及对家属的慰问。

当时我就在心里想，一定要为他写一篇悼念的文章。但由于这两天一直都奔跑在扎墨公路和318国道波密至林芝的道路上，雨季中的扎墨公路险象环生，阻滞甚多，花了两天才赶到林芝，然后又忙于公务，所以心情久久不能平复，一直没能理清思路。即使是昨天在朋友圈发表的《走向天路723——插秧》，也是从之前的口水诗中先找一篇出来应付一下，凑合着用。

陈建林，生于1977年1月1日。男，汉族，党员，硕士研究生，毕业于湖北中医药大学，任职于佛山市中医院中西医结合消化内科，副主任医师。2017年4月10日至9月30日，作为工作组提请佛山市选派的柔性援藏医疗人才、工作组进驻墨脱后佛山市中医院派出的第二批援藏医疗小组负责人，前来墨脱县人民医院任职内科主任，开展为期半年的医疗援藏工作。同期一起前来的还有佛山市中医院的梁彤、丁云霞和佛山市顺德区人民医院的王桂莲。他们在墨脱的优异表现，经工作组提议由县委、县政府授予“墨脱县优秀援藏人才”的荣誉称号。

援墨期间，陈建林作为佛山市中医院第二批援藏医疗小组的负责人，在县委县政府、工作组及墨脱县人民医院的领导下，带领援藏医疗小组牢记“敢为人先、崇文务实、通济和谐”的佛山精神，认真学习“老西藏精神”“两路精神”和“老墨脱精神”，务真求实，主动作为，用心、用情、用爱地开展了一系列的工作（详见《走向天路444——情留墨脱》）。

陈建林在墨脱的艰险环境和忘我工作，可能埋下了病根，或者是诱发或加重了他已有的病患。他返粤回佛后就总是隐隐约约觉得不舒服，而这种感觉是之前未曾出现过的。作为一名医生，他总是把关爱送给病人，而对自己的身体健康却毫不在意。这种忘我终于招致了身体对他的无情报复。5月31日，在北京进修的陈建林突发蛛网膜下腔出血！自此，他在ICU中度过了人生最后的36天。这36天中，他的妻子毛雪梅和他的同事、援友丁云霞给了他很好的陪护，北京市地坛医院和佛山市中医院给了他很好的救治，工作组的全体援友也一直惦念着他，每天了解他的情况。然而，现代医学虽然能够解决绝大部分问题，但却依然存在不少盲区和死角。在人类与死神的角力中，他被无情地拉到了另一边。

由于工作和专业的原因，陈建林在墨脱的工作我了解得不是太具体，更多的是从工作组成员、县人民医院副院长雷震的汇报及与其他医护人员的沟通中得知。但是他们都在工作组饭堂吃饭，并与丁云霞一起跟随我徒步前往背崩乡西让村等乡村开展医疗指导、医学调查和义诊，因此我对他的情况和表现并不陌生。陈建林给人的印象是谦虚、专业、热情、勤奋、务实。因此，他的口碑更多的是来源于当地的干部群众。

逝者已矣，生者如斯！我们在沉痛悼念陈建林同志，祝福他一路走好，在天国安息的同时，也要学习、继承和发扬他的遗志，他的优良传统和作风，化悲愤为力量，不忘初心，牢记使命，继续深入推进各项援藏工作，为墨脱的发展和门珞同胞的幸福贡献佛山力量。

（发布时间：2018年7月6日21：02）

夜景是一件性感的睡衣

每当夜幕降临，华灯初上，一个城市，一个乡村，就开始进入了她最婉约，最柔美，最动人，最性感的时刻了。

夜幕，给了城乡一件黑色的大衣，似乎要笼罩一切。但是，道高一尺，魔高一丈。人类发现了火，发明了灯。夜幕中的火与灯，就像只穿了睡衣的乳头，你可以遮挡，我可以突破。

路灯，给了人们光明，给了人们温暖，给了人们勇气，给了人们方向，照亮了回家的路。晴天，她恣意地散发着光芒；下雨，她照射出堕落的雨点；起雾，她营造出朦胧的氛围；刮风，她让光芒在风中绽放；下雪，她让光和雪飘逸共舞；打雷，她以微薄之力消减暴虐。

房灯，家中的太阳，家中的月亮，家中的星星。满园春色关不住，灯光已透窗和帘。她在告诉游子，告诉路人，你该归家了。无论你身处何方，无论你富贵贫穷，无论你健康疾病，都有一盏灯在等你。这就是家。夜归不要紧，回来了就好，回来了就好。

月亮，星星，她们在天空中俯瞰着大地，借得一缕阳光照亮了凡间。月亮，她是一个成熟的美人，她不说话，只是静静地看着你，带着她特有的微笑。星

星，她是一个青春的少女，她也会静静地看着你，所不同的是，她会对你眨眼，发出少女特有的挑逗。

临海，临江，临湖，临水的城市和乡村，每当夜晚灯光亮起，水与光的结合和交融，让光在水中摇曳，让水在光中荡漾，形成了光怪陆离，如梦如诗如歌如画如影如花如幻的特殊效果。应该说，光与水是最好的情侣，他们缔造了人类最美的爱情。

夜景，是人、物、景和光的完美结合。夜景，是一个城市和乡村的优质资源和光的最佳排列组合。夜景，是一个城市和乡村无字的画卷，无声的歌曲，但大家都懂。夜景，是一件性感的睡衣，朦胧，柔美……

（发布时间：2018年7月7日23：31）

7月8日
星期日

走向天路726

响箭

在青藏高原，传统的节假日和重大节庆活动，常常能够看到一些穿着民族服装的男性藏族同胞在射箭。现在一些旅游景点景区，也能看到这类体育活动，所不同的是射箭者多为游客而已。

射箭是藏族的一种传统体育和竞技活动。射箭者在传统上都为男性。他们习惯以村为单位组成队伍。每当举办射箭活动或者比赛时，同村的男女老少都会身穿民族服装组成歌舞队，为自己的队伍歌舞助兴。他们也会带着酒菜来到活动或者比赛现场，过起了林卡。

但在林芝地区，这里属于工布藏族同胞居住的地方。这里的箭与别的地方有所不同，他们的箭射出去之后会发出一种呼啸的响声，谓之响箭。据说响箭是工布藏族同胞特有的，当然现在其他民族和游客也在玩。

这种箭头是平的，正面呈正方形，然后四面往箭身收窄。四面各有一个小洞，有些弄成心形，里面是空的，但后面没有出口。射箭的时候发出来的响声，就是箭射出去之后空气从四面的小洞钻到里面的空间所形成的响声。

箭靶一般是一块悬挂着的圆形东西，中间有一个可以活动的靶心。如果箭刚好射中靶心，那么靶心就会被射飞并掉到地上，箭穿心而过。靶子后面是一块悬挂着的毯子，主要是用来阻拦没有中靶的箭，以方便回收。

（发布时间：2018年7月8日22：01）

7月9日
星期一

走向天路727

四脚蛇之乡

行走于墨脱，经常能够看到许多四脚蛇出没，特别是前往“上三乡”（帮辛、加热萨、甘登三个乡）的道路和经鲁古吊桥前往德兴村文朗村的道路上。它们有的快速横穿道路，有的在路边的水泥挡土墙和石壁上或者在石块、草丛、灌木丛中快速移动。

每当车或行人靠近，它们就快速地爬行，与你保持它们认为安全的距离。通常情况下，它们不会用头对着你，而是用尾巴对着你或者横在你面前用身体一侧对着你。当它们用尾巴对着你的时候，它们的头部并非与身体保持平直，而是侧向你所在的方向。无论它们怎么对着你，它们的头都略略抬起，眼睛注视着你，保持高度的警惕。它们的四条腿总是保持起跑的姿势，以便在需要时能够马上进入逃离状态。你不再靠近，它们就静观其变，等待你的离开，然后再忙活自己的，该玩耍就玩耍，该找吃的就找吃的，该干啥就干啥。你若靠近，它们就再跑远一点，或者干脆钻到石缝或者草丛、灌木丛中，有的胆子大的或者调皮的还会伸出头来看看你。

它们与蛇有点相似，但头部的形状可能更像青蛙或蟾蜍多一点，身体细长，有四条腿，每只脚上有五个脚趾，身体后面还有一条长长的尾巴，全身覆盖着以表皮衍生的角质鳞片。它们的长相相当奇特，如果是懂得欣赏的人会认为它们很帅或者很美，但可能更多的人觉得它们很丑甚至是恶心。这段时间看到很多的四脚蛇都大腹便便，应该是已经进入怀孕期了。

其实，四脚蛇就是蜥蜴。墨脱的四脚蛇之多，应该可以算得上是“中国四脚蛇之乡”了。但具体有多少种类和数量，由于我还没数过，也数不过来，就不得而知了。

（发布时间：2018年7月9日22：36）

7月10日
星期二

走向天路728

新路标

在西藏东部，主要是高山峡谷地形地貌。翻山越岭是经常需要干的事情，而且翻越的基本上都是雪山。

在一些盘山公路中，我们能够看到一根根笔直的杆子插在公路两边，如察隅的德姆拉和墨脱的嘎隆拉等。杆子上部有黄黑相间的斜穿条纹，有的还附有蓝底白图的箭头指示牌，下部有蓝底白字的数字标注，从一10到一100。有的则在公路两边立了一根根的柱子，柱子上部弯到路边或者路中间，然后在末端有一个红白相间的箭头垂直指向路边或者路中间。

在不同的地方有不同的形式，可见它们还没有形成统一的标准，应该是不同的地方各自所为。但它们都有一个共同的特点和作用，就是在路面积雪时告诉司机公路的中线位置或者边线位置，以及积雪的厚度等，以便让司机准确地掌握路况和安全驾驶。

原来这是一种新路标。它虽然十分简单，但却在大雪纷飞的严寒天气和路面积雪的恶劣环境中，给人方向，给人尺度，给人温暖。

（发布时间：2018年7月10日22：39）

7月11日
星期三

走向天路729

宜疏不宜堵

汽车也好，摩托也好，单车也好，徒步也好，其他也好，只要你穿越在青藏高原及其周边地区，你都得人庇护，受人恩惠。只是，保你平安的，保你顺利的，绝对不是宗教，更不是僧人，而是从决策到测量到地勘到设计到施工到监理到管理的全过程的相关领导、部门及工程技术人员。他们做了很多很多，我只想通过自己在青藏高原的经历和感受告诉你一点小秘密。

路上有很多秘密，有很多危险，背后更有很多人在探索、努力和付出，把你的危险程度降到最低，把你的幸运幸福放到最大。这些当中，有习近平总书记及党中央国务院关于西藏工作的正确决策部署，有西藏广大干部群众多年的牺牲和付出，有天路修筑者的奉献与探索。他们发明了明洞这个交通设施，使过往车辆和行人不再受泥石流、滚石、流沙、流水等的困扰与威胁。因为广大工程技术人员知道，自然灾害宜疏不宜堵的原理。但是，你一定要记住，一物降一物，明洞只能解决上述问题，不能解决一切，因此你还是要自己注意安全。

（发布时间：2018年7月11日23：10）

7月12日
星期四

走向天路730

螃蟹树

暖湿的印度洋暖流和连绵不绝的雨季，造就了墨脱的热带和亚热带丛林。门巴和珞巴等民族崇尚自然，不滥杀不滥伐的优良传统为墨脱留下了很多原始森林。墨脱森林覆盖率高达百分之八十以上，是中国现存最大的连片原始森林之一。

走进墨脱的原始丛林，遮天蔽日，密密麻麻，真的有点儿像“大头狗——入不了林”。原始丛林的层次十分复杂，不仅有乔木、灌木和花草等植物层次，而即使是乔木、灌木和花草内部都有多个层次。植物的种类繁多，即使蹲在原地不动，周边就有数种到数十种不同的植物。

而高大的乔木就最有意思。树上长树，树上长草，树上长苔藓，树上长菌……不少树木，你根本看不到树干和树枝的真面目，均被各种各样的其他植物所包裹。这些树干及树枝错综复杂，由于包裹其上的其他植物大小长短各不相同，看上去毛茸茸的，既像长满了蟹毛的螃蟹臂膀，也像长满了毛的猴子悬臂，但整棵树更像螃蟹一些。这种情况在冬天和初春时节更明显，因为有些树木落叶了，就算不落叶也没有夏天那么茂盛。因此，我将这种树称为“螃蟹树”。

（发布时间：2018年7月12日23：33）